Moritz Netenjakob

MACHO MAN DER BOSS

Zwei Romane
in einem Band

Kiepenheuer & Witsch

MIX
Papier aus verantwortungsvollen Quellen
FSC® C083411
FSC
www.fsc.org

Verlag Kiepenheuer & Witsch, FSC®-N001512

1. Auflage 2015

Umschlaggestaltung: Rudolf Linn, Köln
Umschlagmotiv: © plainpicture/fStop; Sandor Jackal - Fotolia.com
Satz: Pinkuin Satz und Datentechnik, Berlin
Druck und Bindung: CPI books GmbH, Leck
ISBN 978-3-462-04785-1

Das Buch

Macho Man: Daniel, Anfang 30, ist gerade verlassen worden. Um die Trennung zu verdauen, fliegt er in die Türkei, wo sein bester Freund Mark als Animateur arbeitet. Dort passiert ein Wunder: Die bezaubernde Aylin, in die der ganze Club verliebt ist, interessiert sich für ihn. Den Schattenparker. Daniel schwebt im siebten Himmel, wird aber sehr schnell wieder auf den Boden der Tatsachen zurückgeholt, als er, zurück in Deutschland, Aylins türkische Großfamilie kennenlernt. Soll er nach dem Essen bei den Schwiegereltern in spe spülen helfen? Über Griechen-Witze lachen? Und was tun, als er ins Männercafé eingeladen wird und dann auch noch in die türkische Disco?

Der Boss: Aylin hat endlich »Ja« gesagt. Daniel ist am Ziel seiner Träume. Denkt er. Denn eins ist nicht geklärt: Wer ist der Boss? Daniel? Aylin? Oder die Familie? So tauchen viele diplomatische Probleme auf: Soll es in den Flitterwochen in eine 5-Sterne-Anlage auf den Seychellen gehen oder aufs Gästesofa von Tante Emine? Muss er wirklich Tante X anlügen, damit Onkel Y nicht beleidigt ist? Und was ist die empfohlene Richtgeschwindigkeit beim Überfahren einer roten Ampel innerhalb einer geschlossenen Ortschaft?

Moritz Netenjakob schreibt brüllend komisch und gleichzeitig warmherzig vom deutsch-türkischen Kulturenclash, sodass man am Ende selbst eine türkische Familie haben möchte.

Der Autor

Moritz Netenjakob, geboren 1970, ist einer der gefragtesten deutschen Comedyautoren. Er war Chefautor von »Wochenshow« und »Switch« und schreibt für Fernsehserien wie »Dr. Psycho« und »Stromberg« (Grimme-Preis). Seit 2006 tourt er mit seinen Bühnenprogrammen durch Deutschland. Zuletzt erschien von ihm »Mit Kant-Zitaten zum Orgasmus«.

KiWi PAPERBACK

1436

Für Hülya

Inhalt

MACHO MAN

ERSTER TEIL

1

»Ja, bitte – Sie wünschen?!«

Die Stewardess hat meinen Blick missverstanden. Ich will mit ihr flirten. Sie denkt, ich will was bestellen. Das passiert mir immer. Warum kann sie nicht einfach zurücklächeln? Andere Männer schaffen das doch auch: Sie lächeln, die Stewardess lächelt zurück. Es muss doch einen Unterschied geben zwischen dem Ich-will-flirten-Blick und dem Ich-will-was-bestellen-Blick. Selbst die Relativitätstheorie habe ich ansatzweise verstanden, aber das ...

»Also, was jetzt? Wollen Sie was bestellen?«

»Äh, ja, äh, eine Cola, bitte!«

»Die müssen Sie aber selbst bezahlen.«

»Kein Problem.«

Ich habe natürlich keinen Durst. Im Gegenteil, ich muss aufs Klo. Aber das würde ja irgendwie scheiße klingen: »Entschuldigung, ich hatte nur vergeblich versucht, mit Ihnen zu flirten.«

Wenn ich alle Getränke zusammenrechne, die ich im Laufe meines Lebens aufgrund missglückter Flirts bestellt habe – ich käme locker auf ein Eigenheim.

Natürlich sitzt auch nicht die attraktive Studentin neben mir, die direkt vor mir eingecheckt hat, sondern ein 50-jähriger Typ von der Deutschen Vermögensberatung, der nach einer Mischung aus »Cool Water« und abgestandenem Zigarettenqualm duftet. Ich glaube, es gibt eine geheime Dienstanweisung an alle Mitarbeiter sämtlicher Fluggesellschaften: Setzen Sie niemals eine attraktive Frau neben Daniel Hagenberger.

Nicht dass mir das wichtig wäre. Auch ein angetrunkener Vermögensberater, der auf seinem iPod James Blunt hört, hat seine liebenswerten Seiten. Ich hätte mich einfach ein klein wenig mehr über die Studentin gefreut. Vielleicht hört es sich ein bisschen so an, als wäre ich notgeil, aber das stimmt nicht. Ich hatte nur ziemlich lange keinen Sex mehr, und da passiert es nun mal früher oder später, dass man, also unter hormonellem Gesichtspunkt ... Okay, ich *bin* notgeil. Aber ich bin kein primitiver Anbagger-Typ. Ich habe Respekt vor Frauen. Das Problem ist: Frauen haben keinen Respekt vor *mir*.

»Möchten Sie zollfreie Waren aus unserem Board-Shop?«

Da ist sie, meine große Chance: der Duty-free-Verkauf. Jetzt hole ich meine letzte Trumpfkarte aus dem Ärmel: Humor! Mit meiner Reiner-Calmund-Imitation knacke ich sie garantiert ...

»Ja, zollfreie Waren, dat is natürlisch unglaublisch jünstisch, dat is völlisch klar, da brauchen wir überhaupt nit drübber diskutieren, da hab isch jestern erst mit dem Ruddi Völler drüber jesprochen ...«

Die Stewardess schaut mich irritiert an, macht aber professionell weiter:

»Wir haben heute Yves Saint Laurent im Angebot.«

»Yff Sankt Loräng? Spielt der nit bei Olympick Lyon?!«

Jetzt schaut die Stewardess nicht mehr irritiert, sondern angewidert.

Na toll. In jeder Kontaktanzeige steht Humor an erster Stelle. Aber in Wirklichkeit kommt man damit nicht mal ansatzweise weiter. Gut, da steht auch »Mann mit Humor« und nicht »ein Typ, der mit der Stimme von Reiner Calmund eine Plüsch-Boeing vom Board-Shop kauft«.

Ja, ich habe eine Plüsch-Boeing gekauft. Ja, wahrscheinlich hält mich die Stewardess jetzt für schwul. Aber ich wollte nicht »Cool Water« kaufen, weil mich das immer an den Typen von der Deutschen Vermögensberatung erinnert hätte. Und immerhin war es auch nicht so peinlich wie der Moment, als sich der Start verzögerte, weil ich kurz vor dem Abheben noch mal zum Gepäckfach musste, um mein Asthma-Spray rauszuholen. Eventuell hat mich die Stewardess schon zu dem Zeitpunkt auf ihrer Liste möglicher Geschlechtspartner relativ weit hinten eingeordnet.

Moment mal ... Schaut mir die Stewardess etwa gerade in den Schritt?! Ach so, sie überprüft die Sicherheitsgurte, weil wir in eine Zone mit Turbulenzen kommen. Ausgerechnet jetzt, wo sich die mittlerweile fünf Colas heftig in meiner Blase bemerkbar machen. Zum Glück ist mir von den Turbulenzen bald so schlecht, dass ich sonst kaum noch etwas wahrnehme.

Ich hole eine Kotztüte raus – Aufdruck: »Vielen Dank für Ihre Kritik« – haha, sehr originell. Um es kurz zu machen: Die »Cool-Water«-Zigaretten-Duftmischung erweitert sich um die Nuancen »Cola« und »Magensäure«. Immerhin ist der Druck von der Blase jetzt geringer. Und der Mann von der Deutschen Vermögensberatung hat sich mit Sekt und Cognac schon so weit in Urlaubslaune gesoffen, dass er nicht sauer wird. Er meint, ich müsste die Reinigungsrechnung seiner Hose einfach nur bei meiner Haftpflicht einreichen. Was zur Folge hat, dass ich noch im Flugzeug bei der AachenMünchener eine Haftpflicht abschließe.

Was ich selbst nicht mehr vermutet hätte: Dieser Flug hat für mich ein Happy End! Kaum sind wir gelandet, finde ich mich in den Armen der Stewardess wieder, die mir zärtlich die Wangen tätschelt ... Es ist mir auch klar, dass ich das niemals geschafft hätte, wäre ich nicht bei der Landung ohnmächtig geworden. Aber irgendeinen Nutzen müssen schließlich auch Panikattacken haben.

An der Gepäckausgabe überfällt mich wie immer panische Angst, dass mein Koffer durch eine tragische Verwechslung in Kolumbien landet und dort vom korrupten Flughafenpersonal für eine Tagesration Koks versteigert wird ... Ich habe dann immer die Vision eines kolumbianischen Teenagers, der in meinen Klamotten durch Bogota streift ... Das wäre wirklich zum Heulen – vor allem, weil es in den Slums wahrscheinlich wenige 1. FC-Köln-Fans gibt, die sich über den T-Shirt-Aufdruck »Lieber eine Schwester im Puff als einen Bruder bei Bayer Leverkusen« freuen würden.

Als mein Koffer endlich auf dem Gepäckband erscheint, schließe ich vor lauter Freude bei dem inzwischen nur noch lallenden Typ von der Deutschen Vermögensberatung die Auslandskrankenversicherung ab, gegen die ich mich während des Fluges noch erfolgreich gewehrt habe. Aber im Gegensatz zu den fünf Colas, der Plüsch-Boeing und meiner zweiten Haftpflicht (kurz vor meiner Ohnmacht fiel mir ein, dass ich schon eine bei der ARAG habe) ist das mal eine sinnvolle Investition. Glaub ich jedenfalls.

2

Zwei Wochen Fünf-Sterne-Anlage zum Sonderpreis in Antalya: Das Zimmer ist top, die Sonne scheint auf den Balkon, links die unendliche Weite des Meeres, rechts das majestätische Taurus-Gebirge – wenn nicht im Zimmer-TV »Zwei bei Kallwass« laufen würde, könnte man glatt von einer Idylle sprechen.

Ich schalte den Fernseher aus, obwohl es mich als Sohn eines Germanistik-Professors eigentlich interessieren müsste, wenn die deutsche Sprache durch Neologismen wie »Bumsbrötchen« oder »Pissbuden-Lui« bereichert wird.

Ich gehe runter zum Pool und treffe meinen besten Freund Mark. Er arbeitet hier im Rixa-Diva-Hotel als Animateur und hat mich zu diesem Urlaub überredet.

»Mensch, Mark, du Penner, ey, freut mich panikmäßig, deine Fresse zu sehen!«

»Ey, Daniel, alter Säufer, was geht panikmäßig ab? Wie steht's mit den Bräuten?«

Zur Erklärung muss ich sagen, dass Mark und ich immer mit der Stimme von Udo Lindenberg sprechen, wenn wir uns treffen. Warum, das wissen wir selbst nicht so genau. Ein Ritual, ein Spaß, eine Marotte – keine Ahnung. Männer machen so was. In der Bronx klatschen sich die Rapper minutenlang obercool ab – Mark und ich imitieren Udo Lindenberg. Wo ist da der Unterschied? Gut, über uns schütteln die Mädels den Kopf, und mit den Rappern gehen sie ins Bett – aber sonst?

Das hat irgendwann angefangen, und nachdem wir zusammen den Vorentscheid zum Eurovision Song Contest 2005 gesehen haben, ist es zu einem Zwang geworden. Da ist Udo Lindenberg mit einer Pistole aufgetreten, die einen Knoten im Lauf hatte, und hat zu Reinhold Beckmann gesagt: »Keine Panik, das ist 'ne Friedensknarre ... Und wenn wir hier gewinnen, dann fahr ich in die USA und dann sag ich: Ey Georgyboy, gegen den Krieg – schöne Grüße aus Deutschland.«

Da haben wir Tränen gelacht und reden seitdem wie Udo Lindenberg.

»Ey, wie war der panikmäßige Flug, Alter?«

»Alles easy, dübndüdüüü ...«

Wie man sieht, eignen sich Udo-Lindenberg-Imitationen auch großartig, um von der Realität abzulenken. Und was sind Geschichten über Kotzen, Ohnmacht und unnötige Versicherungen gegen ein genuscheltes »Dübndüdüüü«?! Nach fünf Minuten wechseln wir dann aber doch meistens zu unseren normalen Stimmen.

»Und? Wie läuft's so bei dir?«

»Super. Echt. Und bei dir?«

»Auch super.«

»Und sonst so?«

»Nee, echt. Alles super.«

»Klasse.«

Ich habe ja nicht gesagt, dass wir mit normaler Stimme ehrlicher sind. Leider muss ich zugeben, dass Mark und ich in dieser Hinsicht zu fast 100 Prozent dem männlichen Klischee entsprechen. Was aber nicht heißt, dass wir *gar* nicht emotional werden können ...

»Hast du am Samstag das Spiel gegen Wolfsburg gesehen?! Ey, das kann doch echt nicht wahr sein!«

»Warum hat uns das Schicksal nur mit diesem Verein bestraft?«

Tja. Wir sind beide Fans des 1. FC Köln. Ich bin sicher, dass wir da irgendeine karmische Schuld abarbeiten müssen. An dieser Stelle kommt es in der Regel zu einer kurzen zweifachen Beckenbauer-Imitation.

»Ja gut äh, sicherlich, der Christoph Daum, er kokst nicht mehr, deshalb fehlt ihm die Power, die Energie ...«

»Ja, gut, äh ... klar.«

So was macht einfach mehr Spaß, als ehrlich über seine Gefühle zu reden. Dann hätte ich nämlich sagen müssen, dass ich meine Trennung noch längst nicht überwunden habe und seitdem versuche, meine Einsamkeit mit erotischen Abenteuern zu übertünchen, die aber nicht stattfinden, weil ich die Frauen entweder gar nicht anspreche oder aber Getränke bestelle. Das hätte die ganze Stimmung irgendwie runtergezogen. Und dann hätte sich auch herausgestellt, dass Mark total frustriert ist, weil seine türkischen Mit-Animateure jeden Tag deutsche Touristinnen abschleppen und er seit Beginn der Saison leer ausgegangen ist.

Das ist aber auch echt gemein: Türkische Männer können einfach besser flirten. Die sind mit der Kellnerin schon im Bett, wenn ich noch an der dritten Cola nippe. Keine Ahnung, wie sie das machen.

Während ich schweigend neben Mark an der Pool-Bar sitze, die erste Piña Colada meines Ultra-All-inclusive-Angebots genieße und darüber nachdenke, ob türkische Männer auch eine Minute lang bewusst atmen, bevor sie einen Flirtversuch starten, habe ich eine Erscheinung: eine Frau. Lange braune Haare, dunkle Knopfaugen, süßer Schmollmund und ein Körper, der einer Modelkarriere auf keinen Fall im Weg stehen würde. Mit einem Wort: Traumfrau. Eine Frau, die mich innerlich so aufwühlt, dass ich Mark tiefste Einblicke in meine Seele gewähre:

»Ey, panikmäßig geil, die Alte. 'ne echte Hammer-Braut.«

»Aylin?! O ja. Aber vergiss sie einfach.«

»Warum?«

»Ist doch egal. Vergiss sie einfach.«

Was soll's. Auf meiner Festplatte gibt es sowieso kein Programm für den Umgang mit Frauen wie Aylin. Ich bin in den 70er-Jahren aufgewachsen, in den Zeiten der Frauenbewegung. Meine Eltern haben mir beigebracht, dass man Frauen achtet und respektiert. Das hat mir früher schon auf Partys sehr geholfen: Während die Mädels mit anderen Jungs knutschend in der Ecke lagen, habe ich sie geachtet und respektiert ... Und irgendwer musste ja auch die ganzen Nudelsalate essen.

Jetzt kommt Aylin auf uns zu. Mein Herz schlägt schneller, mein Mund wird trocken. Die Zeit dehnt sich, sodass in meinem

Kopf Platz für eine Riesenmenge unnötiger Gedanken entsteht, von denen ich hier nur einen kleinen Teil auflisten möchte:

- Ist mein Hosenschlitz zu?
- Ich muss mich jetzt schnell vor eine weiße Wand stellen, damit meine Haut nicht ganz so käsig aussieht.
- Ich darf jetzt nicht Reiner Calmund imitieren.
- Sooo käsig ist meine Haut doch gar nicht. Die Unterarme sind schon fast hellbeige.
- Die ersten zehn Sekunden sind die wichtigsten. Da entscheidet sich alles.
- Ich nehme ab sofort nicht mehr Lichtschutzfaktor 50, sondern nur noch 10.
- Mein Gott, ist die schön.
- Ich sollte sie nicht so sehr auf ihr Äußeres reduzieren.
- Schwachsinn, bisher kenne ich doch nur ihr Äußeres.
- Okay, vielleicht nehme ich doch Faktor 20, aber dafür bleibe ich dann länger draußen.
- Ich darf jetzt keine Erektion kriegen, das würde man bei der Leinenhose sofort sehen!
- Ich muss an was Unerotisches denken ... Fußball. Wenn es hier Internet gibt, kann ich Köln gegen Eintracht Frankfurt im Live-Ticker verfolgen.
- Sag mal, spinnst du?! Du begegnest deiner absoluten Traumfrau und machst dir Sorgen wegen dieser Gurkentruppe!

Etwa in diesem Moment spricht Aylin Mark an.

»Du Mark, gleich vier, wir müssen die Wasserballtore aufbauen.«

»Okay. Übrigens, das ist ein Freund von mir, der macht hier zwei Wochen Urlaub ... Daniel, Aylin.«

»Hallo, Daniel. Freut mich.«

Sie gibt mir die Hand. Ich nehme sie. Ich muss jetzt irgendwas sagen. Es muss intelligent sein. Intelligent und witzig. Vielleicht ein philosophisches Zitat? Nein, es sollte was Eigenes sein. Aber es muss knallen. Etwas, an das sie sich noch Jahre später erinnern wird.

»Hi.«

Na ja, »Hi« war vielleicht nicht ganz die optimale Lösung, aber immerhin. Besser als beim Abiball, als mein Anbaggerversuch bei der schönen Gaby Haas damit endete, dass ich drei Stunden mit ihrer hässlichen Freundin über das Militärregime in Nicaragua diskutiert habe ... Da kommt mir die Idee, dass es vielleicht besser wäre, jetzt Aylins Hand loszulassen. Mir wird für eine Sekunde sehr heiß. Dann lasse ich los. Aylin lächelt mir kurz zu und verschwindet. Ich bin verliebt. Ich weiß, das klingt lächerlich. Ich kenne diese Frau seit einer halben Minute. Das kann nur eine durch Hormonstau verursachte chemische Reaktion sein. Sicher. So was habe ich auch oft erlebt: Die Hormone geraten kurz in Wallung und beruhigen sich wieder. Aber diesmal spüre ich, dass es etwas anderes ist. Ich kann nicht sagen, warum.

3

Am nächsten Morgen sitze ich auf der Sonnenterrasse des Rixa Diva mit Schafskäse-Rührei und türkischem Tee. Nur 100 Meter entfernt im Meer sind schon die ersten Surfer am Start. Surfen wirkt auch ungeheuer cool auf Frauen. Wenn man's kann. Mit meinem ersten und einzigen Versuch habe ich es immerhin – Marks Videokamera sei Dank – vor zwei Jahren in die Sendung »Upps! Die Pannenshow« geschafft.

Aber die Surfer interessieren mich im Moment nicht. Ich suche Aylin. Wenn sie auftaucht, kann ich ja ein ganz lockeres Gespräch anfangen, so in der Art: »Hi! Erinnerst du dich? Ich bin der Typ, der gestern ›Hi‹ gesagt hat.« – »Ja klar, ich habe die ganze Nacht davon geträumt. Weißt du, es war die Art, *wie* du es gesagt hast, das war einfach umwerfend. Noch nie hat jemand auf so vielschichtige, unendlich bedeutungs- und gefühlvolle Art ›Hi‹ zu mir gesagt ... Das war kein normales ›Hi‹, sondern eins, das einer Frau durch und durch geht. Ein ›Hi‹, das keine Fragen offenlässt, das einen in den Tiefen der Seele berührt ...«

Während ich so vor mich hin träume, kommt Mark.

»Dübndüdüüüü ...«

»Ey, alter Schwede, wie war die panikmäßige Nacht?«

»Geil!«

Nach weiteren 7 Minuten 23 Sekunden Lindenberg-Imitation sind wir endlich beim Thema: Aylin.

»Also, was ist mit ihr? Warum soll ich sie vergessen? Ist sie lesbisch? Hat sie eine unheilbare Krankheit?«

»Nein. Sie ist Türkin, und sie hat einen Bruder.«

»Och, es hätte schlimmer kommen können.«

»Ach ja?! Was wäre denn noch schlimmer?«

»Zum Beispiel *zwei* Brüder.«

Mark erzählt, dass Aylin im Hotel Geld als Kinderanimateurin verdient. Ihre Familie lebt aber in Köln. Köln – das ist Schicksal!

»Träum weiter! Das halbe Hotel hat's schon bei Aylin versucht. An die kommt definitiv keiner ran. Selbst die Türken blitzen bei ihr ab. Außerdem ... *Du* ... also ...«

»Ja?«

»Na ja, ich meine nur, äh ... *Du* ...«

»Du meinst, ich bin nicht der Typ Mann, auf den eine Frau wie Aylin abfahren würde?!«

»Nein, das ... äh ... Dübndüdüüü ...«

So persönlich haben wir noch nie gesprochen. Und im Grunde ist mir auch klar, was Mark sagen wollte: Ein Team aus der Kreisklasse kann sich nicht für die Champions League qualifizieren. Wo er recht hat, hat er recht. Ich habe nicht den Hauch einer Chance – also warum sollte ich mich unglücklich machen?! Das Schöne an einer solch glasklaren rationalen Erkenntnis ist: Bei der nächsten Gelegenheit wirft man sie in die Mülltonne und beweist wieder einmal, dass der Verstand lediglich taugt, um Sudokus zu lösen, Treppenlifte zu reparieren oder die Atombombe zu erfinden.

Kurze Zeit später gehe ich also zufällig am Kinderpool spazieren und beobachte, wie Aylin zwei Teams für ein Wasserballmatch bildet. Seufz! Wer selbst in einem verwaschenen Rixa-Diva-Animations-Team-T-Shirt umwerfend aussieht, den kann wirklich nichts entstellen. Und dieses Lächeln! Dieses Lächeln ist definitiv das Bezauberndste, was ich je gesehen habe. Ich glaube, es würde mir reichen, wenn ich sie einfach nur den ganzen Tag angucken könnte. Das Körperliche wird sowieso überschätzt. Und wie sie mit den Kindern umgeht – so liebevoll! Und das auf Deutsch und Englisch. Ich – platsch! Ich habe übersehen, dass sich vor dem Kinderbecken noch der Whirlpool befindet – hatte allerdings Glück, dass die Oberschenkel einer mindestens 100 Kilo wiegenden Frau um die 70 im rot-grünen Blümchen-Badeanzug meinen Aufprall sanft abgefangen haben. Wie man sieht, schadet Fett durchaus nicht *immer* der Gesundheit. Wenn die Frau nicht hysterisch schreien würde, weil sich meine Nase genau auf ihrer linken Brustwarze befindet, hätte Aylin sicher gar nichts mitgekriegt. So aber sieht sie mich mit klitschnassen Klamotten unter heftigen russischen Flüchen aus dem Whirlpool klettern – was mir immerhin Aylins Lächeln einbringt. Auch wenn es kein Flirt-Lächeln ist, sondern eher dieses Lächeln, das Frauen kriegen, wenn sie Donald Duck gucken. Mir rollt wieder eine Hitzewelle durch den ganzen Körper – zum einen, weil ich es geschafft habe, Aylin für fast eine ganze Sekunde in die Augen zu schauen, zum anderen, weil mir just in diesem Moment auffällt, dass ich im Whirlpool meinen Zimmerschlüssel verloren habe.

»Excuse me, I have lost my, äh, room-key in the whirlpool.«

Der verständnislos-wütende Blick der Russin verrät mir, dass sie der englischen Sprache nicht mächtig ist. Durch die Blubberblasen sehe ich den Schlüssel ausgerechnet zwischen ihren Füßen aufblitzen. Toll, wahrscheinlich ist sie die Frau eines kasachischen Öl-Milliardärs, der mich sofort liquidieren lässt, wenn er sieht, dass ich seiner Olga zwischen den Füßen rumfummle.

Da muss ich jetzt wohl durch. Ich klettere also zurück in den Whirlpool und setze mich zunächst einmal unauffällig auf die andere Seite. Dabei grinse ich Olga entschuldigend an. Ihre Gesichtsmuskeln entspannen sich. Dann versuche ich, den Schlüssel so unauffällig wie möglich mit dem rechten Fuß zu mir herzuziehen. Leider verzerren die vielen Blubberblasen ein wenig die Perspektive, und so erwische ich irgendetwas Weiches. Die Augen der Russin weiten sich beängstigend. Erneut dehnt sich die Zeit und macht Platz für Gedanken ...

- Scheiße! Wenn sie früher Kugelstoßerin war, dann bin ich verloren!
- Wie sagt man auf Russisch: »Warten Sie bitte einen Moment! Bevor Sie mein Genick brechen, möchte ich noch wissen, wie der 1. FC Köln gespielt hat«?
- Warum sind in meinem Kopf immer alle Russinnen Kugelstoßerinnen? Das ist doch ein blödes Klischee.
- Ich habe mich bisher viel zu selten mit russischer Literatur beschäftigt.

- Na und? Dann ist es halt ein beschissenes Klischee! Man muss doch nicht unter Todesbedrohung philosophisch anspruchsvolle Gedanken haben, verdammte Scheiße!
- Ich sollte vielleicht mal meinen Fuß wegziehen ...

Gott sei Dank, soooo böse scheint die Russin gar nicht zu sein. Puh, noch mal gut gegangen. Sie schaut sogar ziemlich versöhnlich. Ein bisschen *zu* versöhnlich. O nein – sie hat das missverstanden. Sie will mich küssen. Dabei wirft sie sich mit ihren hundert Kilo auf mich und drückt mich unter Wasser, wo ich eine geballte Ladung Blubberblasen direkt in die Nase bekomme. Eine Rangelei entsteht, die von der Russin als Vorspiel und von mir als Todeskampf wahrgenommen wird. Sie wird immer wilder. Ich nutze den kurzen Moment, in dem sie ihren Blümchen-Badeanzug von der Schulter streifen will, um mich kurz vor dem Erstickungstod mit letzter Kraft an den Beckenrand zu retten. Aus dem Augenwinkel sehe ich Aylin. Ich versuche, möglichst maskulin zu wirken – was relativ schwierig ist, wenn man mit blauen Flecken übersät nach Luft ringend auf dem Boden liegt, einem Wasser aus den Nasenlöchern läuft und neben einem im Whirlpool eine 100 Kilo schwere 70-jährige Russin frivol grinsend den Zimmerschlüssel hochhält.

Aylin kommt zu mir. Eigentlich der perfekte Zeitpunkt für ein romantisches Treffen: Wegen der Schmerzen am ganzen Körper und der Angst vor der Russin spüre ich meine Nervosität kaum noch.

»Hallo, Aylin. Mach dir keine Sorgen – die Frau ist meine Wrestling-Trainerin.«

Aylin lacht. Strike! Ich habe sie zum Lachen gebracht. Mein Gott, was für ein süßes Lachen. Bezaubernd. Ich schmelze dahin.

»Soll ich dich zum Arzt bringen?«

»Nein, nein, es ist nicht so schlimm.«

Verdammt, warum habe ich das nur gesagt? Ich hätte den sterbenden Schwan mimen können, mich bei ihr aufstützen (Körperkontakt!) und sie dabei in ein Gespräch verwickeln können. Stattdessen versuche ich es im aufrechten Gang bis zur Pool-Bar zu schaffen – gegen den Willen meines Körpers. Es muss etwa so aussehen wie eine Ente mit Osteoporose, die über ein Nagelbett watschelt.

Während sich Aylin wieder den Kindern zuwendet, denke ich plötzlich: »Mist, die Russin!« Zu allem Überfluss kriege ich jetzt auch noch Mitleid mit ihr. Vielleicht hat sie ihren Mann im Afghanistankrieg verloren und wartet seitdem vergeblich auf ein sexuelles Abenteuer. Und jetzt lasse ich sie einfach herzlos im Whirlpool liegen. Ich müsste doch wenigstens versuchen, einen netten Rentner für sie zu finden, mit dem sie gemeinsam in ihrer sibirischen Datscha Schneehasen füttern kann.

Machen sich die türkischen Machos eigentlich auch solche Gedanken, oder hat man am Ende sogar mehr Erfolg bei Frauen, wenn man sich solche Gedanken nicht macht? Ich werde aus meinen Überlegungen gerissen, als mich der dicke Stahlanhänger meines Zimmerschlüssels, den die wütende Russin in meine Richtung gepfeffert hat, mit voller Wucht am Hinterkopf trifft. Heute sehe ich die Sterne etwas früher als erwartet. Mein erster Gedanke: Gut, dass ich die Auslandskrankenversicherung abgeschlossen habe.

4

Ich bin der Lieblingspatient der türkischen Hotelkrankenschwester Nursel, denn mit blauen Flecken und einer dicken Beule am Kopf bin ich immer noch cooler als die beiden Alkoholleichen neben mir. Nursel erklärt mir, dass in der Hauptsaison in All-inclusive-Hotels mindestens drei Alkoholvergiftungen am Tag üblich sind. Die Hitliste wird von den Engländern angeführt, dicht gefolgt von uns Deutschen. Ich hätte die Iren auf Platz eins erwartet, aber die sind wahrscheinlich schon zu besoffen, um in den Flieger zu steigen.

Nursel ist Mitte zwanzig und hat ihre Haare zu zwei süßen Zöpfen geflochten. Sie ist eine von diesen dunklen Türkinnen aus der Osttürkei, die eine geheimnisvolle exotische Ausstrahlung haben – noch vor einem Tag hätte ich in ihrer Gegenwart kein Wort rausgebracht, aber jetzt plaudere ich total locker mit ihr. Wenn ich total locker mit einer Frau rede, dann hat das immer nur eine Ursache: Ich will nichts von ihr.

Warum will ich nichts von einer attraktiven exotischen Krankenschwester? Weil mein Herz sich schon gestern für Aylin entschieden hat. Toll: Den Frauen, von denen ich nichts will, zeige ich meine Schokoladenseite, und den Frauen, die ich erobern möchte, präsentiere ich mich als nervliches Wrack ... Das ist doch total bescheuert! Danke, Gott*, das hast du wirklich super hingekriegt. Okay, dass ich keinen Waschbrettbauch habe und mein

* Liebe Anhänger der Urknall-Theorie – bitte nicht böse sein. Sie können gerne im Geiste das Wort »Gott« durch »Urknallverursacher« ersetzen. Für das Hadern mit der Schöpfung finde ich den Begriff »Gott« aber definitiv griffiger.

Bizeps gerade mal dazu reicht, ein *Ice Age*-Poster aufzuhängen – das nehme ich auf meine Kappe. Ich mache nun mal nicht gerne Hanteltraining – zumal ich im Kraftraum eines Fitness-Studios auf genau die Leute treffe, die mir früher in der Schule mit Edding Penisse in meine Kafka-Bücher gemalt haben. Aber warum zum Teufel bin ich nur dann locker, wenn ich's überhaupt nicht brauche? Das ist doch ein klarer Schöpfungsfehler!

Übrigens, die Alkoholleichen neben mir entsprechen exakt der Statistik: ein Engländer und ein Deutscher. Das Lustige ist, dass bei Engländern die Alkoholvergiftung fast immer mit heftigen Verbrennungen einhergeht, sodass man den Geruch in der Krankenstation auch für mit Cognac flambiertes Rinderfilet halten könnte. Eigentlich schade, dass der englische Patient komplett einbandagiert ist (fast so wie im gleichnamigen Film) – so kann ich nicht sagen, ob seine Haut karmin-, krebs- oder rubinrot ist.

Im Gegensatz zum Engländer, der im Halbschlaf unablässig das Wort »Fuck« wie ein Mantra vor sich hin murmelt, ist der deutsche Patient bei Bewusstsein – leider. Denn es ist der Typ von der Deutschen Vermögensberatung, der, wie sich herausstellt, aufgrund seiner Alkoholexzesse vergessen hat, meinen Auslandskrankenversicherungsantrag wegzuschicken. Er tröstet mich damit, dass Post aus der Türkei sowieso eine Woche unterwegs ist und ich heute eh noch keinen Versicherungsschutz hätte.

Ich denke kurz darüber nach, ob es durch meine Haftpflicht abgedeckt wäre, wenn ich jetzt Eierlikör in seine Infusionsflasche füllen und ihm ein Antragsformular für eine Sterbeversicherung ins Maul stopfen würde – schäme mich aber augenblicklich für diese Phantasie*, denn schließlich haben mich meine Eltern zur Gewaltlosigkeit erzogen. Wobei man das Prinzip der Gewaltlosigkeit ernsthaft infrage stellt, wenn man von einem volltrunkenen Vermögensberater kurz vor dem Delirium mit den Vorzügen der privaten Altersvorsorge zugelallt wird.

Ich rate ihm, für seine persönliche Altersvorsorge am besten auf eine neue Leber zu sparen, und verlasse mein Bett. Auf dem

* Liebe Anhänger der neuen Rechtschreibung, bitte nicht böse sein. Aber »Fantasie« sieht irgendwie blöd aus, finde ich.

Flur der Hotelarztpaxis wird mir das nächste Alkohol-Opfer entgegengetragen. Sprechen kann er nicht mehr, aber Sachsen können ihren Dialekt selbst beim Stöhnen nicht verbergen. Zwei zu eins für Deutschland – hurra!

Schwester Nursel gibt mir zwei Aspirin gegen die Schmerzen mit auf den Weg und empfiehlt mir Ruhe. So liege ich den gesamten Nachmittag auf meinem Zimmer und kann mich erneut davon überzeugen, dass Sat.1 und RTL ihre Zuschauer für hirnamputierte Schwachköpfe halten, während MTV und VIVA softpornoartige Hip-Hop-Videos zeigen, die den altersbedingten Hormonstau ihrer Zielgruppe in medizinisch bedenkliche Bereiche treiben. Die ARD analysiert mit leeren Worthülsen die leeren Worthülsen eines SPD-Parteitags, und das ZDF kommt bei »Leute heute« seiner öffentlich-rechtlichen Informationspflicht nach, indem es uns über den neuen Brustumfang von Brigitte Nielsen in Kenntnis setzt. Lediglich 3sat rettet ansatzweise das Niveau – mit einem Bericht über die unterschätzte Gefahr durch Getreideschimmelkäfer.

Schließlich lande ich bei KRAL, einer Art anatolischem MTV, wo ein türkischer Macho, der offensichtlich von seiner Freundin verlassen wurde, seinen Gefühlen in einer arabesken Jodelarie freien Lauf lässt. Dabei wirft er sich theatralisch auf den Boden, wird von mehreren Autos überfahren, steht wieder auf, reißt sich die Fetzen seines T-Shirts von der Brust, jammert weiter und wird schließlich erneut überfahren, nur um auch dieses Mal heldenhaft wieder aufzustehen und das Lied mit einem markerschütternden Stoßseufzer zu beenden. Eigentlich sehr gelungener Slapstick, aber wahrscheinlich gilt es in der Türkei als besonders männlich, mit nacktem Oberkörper von Autos überfahren zu werden. Ich sollte das auch mal machen, dann könnte ich gleichzeitig meine gescheiterte Beziehung verarbeiten und Aylin beeindrucken. Aylin – ich muss sie sehen. Sofort. Mir ist egal, was sie denkt. Es ist sowieso hoffnungslos. Ich ziehe mir eine lange Leinenhose und ein langärmliges T-Shirt an, sodass meine blauen Flecken einigermaßen kaschiert sind. Am Pool treffe ich Mark.

»Ey, Mark, alte Stinknase, was geht panikmäßig ab?«

»Daniel, ey, dübndüdüüü ... äh, haha, das machen wir immer, wir, äh, das ist so ein Quatsch zwischen uns.«

Mark will gerade mit mehreren Frauen zum Tennis gehen. Da ist es ihm peinlich, Udo Lindenberg zu imitieren. Verräter. Ich ziehe ihn beiseite.

»Sag mal, hast du Aylin gesehen?«

»Ich hab doch gesagt, vergiss sie.«

»Hab ich ja auch. Aber jetzt ist sie mir wieder eingefallen.«

»Bitte – wenn du dich unglücklich machen willst: Sie ist im Amphitheater und übt mit den Kindern Discotänze.«

Das Amphitheater ist natürlich nicht antik, sondern von Hotel-Architekten entworfen – aber mit Stil: die Bühne nach hinten offen, mit dem Meer als natürlicher Kulisse. Aylin tanzt gerade direkt vor der untergehenden Sonne einer Horde von Drei- bis Zehnjährigen ein paar einfache Discoschritte vor – genug, um zu sehen, dass sie ihren Körper sehr elegant bewegen kann. Da sieht sie mich und winkt. Ich schaue mich um, um sicherzugehen, dass sie wirklich *mich* meint. Ich kontrolliere das immer, seit ich in der 11. Klasse einmal Gaby Haas zurückgewunken habe, obwohl sie eigentlich Christoph Berger gegrüßt hatte, der hinter mir stand. Um die peinliche Situation zu überspielen, bin ich dann wie Otto Waalkes mit einem »Jaaaaa – holleràhitiii« weggehüpft. Schon in dem Moment habe ich gemerkt, dass das *noch* peinlicher war, aber ich konnte mich nicht mehr stoppen. Eine absolut traumatische Erfahrung – auch wenn mein Vater das nicht so schlimm fand. Klar, in seiner Kindheit war der Krieg. Und objektiv gesehen ist es natürlich schlimmer, Bombenangriffe zu erleben, als sich vor Gaby Haas zu blamieren. Aber was ich persönlich als traumatisch empfinde, ist immer noch meine Sache.

Aylin meint wirklich mich. Sie winkt mich zu sich. Ich gehe. Oder besser: Ich schwebe. Und diesmal stürze ich nicht. Na bitte.

»Hey, Daniel, willst du auch mittanzen?«

Aylin lächelt mir zu. Ich brauche etwas zu lange, um die Information zu verarbeiten: Sie will, dass ich tanze. Ich will sie beeindrucken. Tanzen und Aylin beeindrucken – das geht definitiv nicht gleichzeitig.

»Klar, tanzen. Warum nicht?«

Wieso mache ich mir eigentlich Gedanken, wenn ich dann eh immer irgendeinen Mist sage? Aylin fordert mich auf. Ich scanne kurz meine tänzerischen Möglichkeiten ab. Ich habe zwei zur Auswahl:

1. pseudo-cool verkrampft,
2. relativ locker, aber wie Udo Lindenberg.

Während ich noch intensiv die eine gegen die andere Möglichkeit abwäge, merke ich, dass sich meine Gesichtsmimik schon für Udo Lindenberg entschieden hat – und der Körper folgt. Die Kinder lachen. Aylin lacht. Vielleicht findet sie mich nicht besonders sexy, aber sympathisch findet sie mich schon. Glaube ich. Wenige Minuten später tanzen alle Kinder wie Udo Lindenberg – sogar englische und russische.

Als die Kinder von ihren Eltern abgeholt werden, muss ich einem fassungslosen englischen Vater erklären, dass seine Tochter nicht von einer spontanen Bewegungsstörung heimgesucht wurde, sondern eine deutsche Rocklegende imitiert – sogar erstaunlich perfekt für eine Sechsjährige. Etwas mehr Probleme habe ich mit der Übersetzung von »Dübndüdüüü« in die englische Sprache.

»So what does it mean – ›dubnduduuu‹?«

»You mean ›Dübndüdüüü‹?! Well, it's not really a word. It's äh ...«

»It's not some Nazi thing, is it?!«

»No, no, no!!! Not at all.«

»So what does it mean?«

»Well, it means ... äh ... turaluralura.«

»You mean, dubnduduuu means turaluralura?«

»Well, not exactly ...«

»If I find out that it's a Nazi word, you're in deep shit.«

Der Vater verschwindet mit seiner Tochter. Aylin hat das Gespräch mitgehört und lacht. Dabei legt sie mir ihre Hand auf die Schulter.

»Tja, mit solchen Eltern schlag ich mich jeden Tag rum.«

Sie hat ihre Hand auf meiner Schulter. Immer noch. Immer noch. Immer noch. Immer noch. Immer noch. Immer noch. Immer noch. Jetzt nicht mehr. Plötzlich wird mir klar, dass nur noch Aylin und ich im Theater sind. Mein Herz rast. Aylin nimmt meine Hand (sie fasst mich schon wieder an!!!) und zieht mich zur hinteren Bühnenkante, wo wir uns nebeneinander hinsetzen und zusehen, wie die rote Sonne langsam ins Meer taucht wie auf der schönsten Kitschpostkarte. Ein perfekter romantischer Moment. Ausgerechnet jetzt muss ich an das Lied *Santa Maria* von Roland Kaiser denken, und direkt danach an die bescheuerte Parodie von Mike Krüger – *Sand da, Maria*. Ein innerer Schutzmechanismus, der verhindert, dass ich zu sehr auf die emotionale Ebene gerate.

»Du bist echt lustig, Daniel.«

»Danke. Du bist auch lustig ... Nein, ich meine, du bist, äh, schön.«

Nicht schlecht. Kleiner Lapsus mit dem »auch lustig«, aber schnell korrigiert. Für meine Verhältnisse absolut okay. Aylin lächelt geschmeichelt. Na bitte.

»Woher kennst du Mark?«

»Aus der Schule. Wir sind schon ewig befreundet. Wir haben den gleichen Humor, und das gleiche Pech mit Fußballvereinen und Frauen.«

»Pech mit Frauen?!«

»Na ja, meine Freundin hat mich verlassen ... Ich war ihr nicht männlich genug.«

Mist, das war ein Fehler. Aylin soll mich doch männlich finden. In meinem Kopf spulen sich kurz die Ereignisse der letzten 24 Stunden ab – nein, es gibt sowieso keine Chance mehr, dass sie mich männlich findet. Sie findet mich lustig. Lieber den Spatz in der Hand als, äh ... war das jetzt auf dem Dach 'ne Taube oder ein Rabe?

»Und warum fand sie dich nicht männlich?«

Gute Frage. Warum fand mich Melanie nicht männlich? Ich hab doch wirklich versucht, alles richtig zu machen. Als sie unbedingt nach Mauritius fliegen wollte, habe ich mir einen Vorschuss besorgt und sie an ihrem Geburtstag mit zwei Flugtickets überrascht. Als sie einen Hund wollte, stand ich am Valentinstag mit einem süßen Dalmatiner-Welpen an ihrem Bett. Als sie nicht mehr wollte, dass ich mich so oft mit meinen Freunden treffe, hab ich mich nicht mehr so oft mit meinen Freunden getroffen. Ich habe doch immer alles getan, was sie sich gewünscht hat … Tja. Wahrscheinlich ist es nicht besonders männlich, alles zu tun, was einem gesagt wird. Hat sie *deshalb* den Respekt vor mir verloren? Oder lag es daran, dass ich ihr mit der Stimme von Udo Lindenberg zu unserem Jahrestag gratuliert habe?

Ich merke, dass ich eine Minute nichts gesagt habe, und versuche, mir unauffällig eine Träne aus dem Augenwinkel zu wischen.

»Schon gut. Du musst nicht darüber reden.«

Aylin lächelt mich an und fährt mir tröstend mit der Hand über den Arm. Danach sitzen wir schweigend nebeneinander und sehen zu, wie das letzte Stückchen Sonne hinterm Horizont verschwindet. »Hinterm Horizont geht's weiter«, dudelt Udo in meinem Kopf. Ich denke, er soll die Klappe halten und mich mit Aylin alleine lassen. Das tut er dann auch. Aylins sanfter Atem vermischt sich mit dem Plätschern der Brandung, während ich ihr Rixa-Diva-Animations-Team-T-Shirt an meinem Unterarm spüre und sich unsere Knie ganz leicht berühren. Ab und zu riskiere ich es, sie anzublicken, während sie ihre Augen auf den Horizont gerichtet hält. Mindestens fünf Minuten genieße ich einfach nur diesen Moment – das ist neuer persönlicher Rekord.

Erst danach meldet sich eine innere Stimme mit der Aufforderung, Konversation zu betreiben. Mir kommen jede Menge völlig ungeeignete Sätze in den Kopf:

- Einfach toll, so ein Sonnenuntergang. (Viel zu banal.)
- Als sich eben die rote Sonne in deinen Augen gespiegelt hat, das war so schön, da sind mir Wonneschauer über den Rücken gelaufen. (Zu kitschig, und sie könnte mich für schwul halten.)
- Und woher kennst *du* eigentlich den Mark? (Blöde Frage, sie sind einfach Arbeitskollegen.)
- Darf ich dich küssen? (So was fragt man nicht, so was macht

man einfach, und außerdem würde ich im Falle einer Ablehnung den Moment für immer zerstören.)
- Wollen wir zusammen am Live-Ticker die Partie 1. FC Köln gegen Eintracht Frankfurt verfolgen? (Völliger Schwachsinn.)

Konversation in romantischen Momenten – das ist eine Disziplin, für die uns Männern schlicht und ergreifend die Ausbildung fehlt. Warum gibt es das nicht als Schulfach?

»Was sagen türkische Männer eigentlich in solchen Momenten?«

Hab ich das gerade nur gedacht, oder hab ich das gesagt? Ich habe es gesagt.

»Gar nichts. Türkische Männer gucken in solchen Momenten lieber Fußball oder machen sich hinter deinem Rücken an deine beste Freundin ran.«

Ein Anflug von Bitterkeit huscht über Aylins Gesicht. Sieht so aus, als wäre ich nicht der Einzige, der vor Kurzem ein Beziehungsdrama erlebt hat. Wir lächeln uns verständnisvoll an. Zwischen gebrochenen Herzen gibt es eine automatische Anziehung, ein intuitives Verständnis. Plötzlich fühle ich mich Aylin sehr nahe. Wer auch immer das Arschloch war, das sich hinter ihrem Rücken an ihre beste Freundin rangemacht hat – ich würde ihn vor Freude am liebsten abknutschen.

Als Mark einmal Liebeskummer hatte, habe ich ihn mit der Stimme von Reiner Calmund getröstet. Die Stimme von Reiner Calmund eignet sich ausgezeichnet zum Trösten. Sie hat so was Beruhigendes. Und nach nicht mal fünf Minuten hat Mark einen Lachanfall bekommen. Die meisten Frauen würden an dieser Stelle einwenden, dass das ein nicht unbedingt reifer Umgang mit einer Lebenskrise des besten Freundes ist. Eine Frau hätte ihn wohl in den Arm genommen und einfach heulen lassen. Aber so etwas könnte ich natürlich nicht – das würde sofort zu homophoben Angstattacken führen. Also, wenn ich die Wahl habe, entweder eine homophobe Angstattacke auszulösen oder einen Lachanfall – und ich mich dann für den Lachanfall entscheide … Soooo unreif finde ich das nicht.

Und ich weiß auch, dass man eine *Frau* nicht mit der Stimme von Reiner Calmund tröstet. Der Einzige, der das darf, ist Reiner Calmund. Und selbst da bin ich nicht sicher, ob's funktioniert.

In diesem Moment, im Amphitheater des Rixa-Diva-Hotels, sage ich einfach gar nichts. Wenn mein Leben ein Film wäre, würde der Regisseur jetzt *It must have been love* von Roxette drunterlegen. Als ich gerade vor meinem geistigen Auge in Zeitlupe die Tränen aus Aylins Gesicht wische, höre ich eine entfernte Stimme.

»Daniel?! Kommst du?!«

Aylin ist schon am Eingang des Amphitheaters und will abschließen. Ich springe auf, und wir gehen quer durch den großen Palmengarten des Hotels, auf einem nur von Fackeln beleuchteten Weg, zurück zum Poolbereich. Aylin ist wieder gewohnt fröhlich und singt ein türkisches Lied. Dann bleibt sie abrupt stehen.

»Ich habe morgen meinen freien Tag. Hast du Lust auf einen kleinen Ausflug?«

Jetzt bloß nicht zu schnell »Ja« sagen. Lass sie ein bisschen zappeln. Frauen mögen das nicht, wenn man zu Wachs in ihren Händen wird. Ein echter Mann hat seinen eigenen Willen.

»Ja!!!«

Das waren schätzungsweise 0,43 Sekunden. Sicher, das hört sich erst mal schnell an. Aber ohne meine taktischen Erwägungen wär's mir schon nach »Hast du Lust« rausgerutscht.

Wir sind mittlerweile am Wohnbereich der Animateure angekommen.

»Also dann – bis morgen, Daniel.«

»Ja, dann, äh, bis morgen.«

Aylin verabschiedet sich mit »Küsschen rechts, Küsschen links«, das ist die klassische türkische Art – wobei man natürlich kein Küsschen gibt, sondern nur die Wange hinhält. Und schon ist sie verschwunden. Ich stehe wie angewurzelt da und ärgere mich heftig über meinen letzten Satz: »Ja, dann, äh, bis morgen.« Mit dem »äh« wollte ich mir Zeit verschaffen, denn ich wollte auf keinen Fall »bis morgen« sagen – das hatte Aylin ja schon gesagt.

Natürlich, »bis morgen« ist eine Okay-Antwort auf »bis morgen«, aber ich wollte keine Okay-Antwort geben, sondern eine 1-a-De-luxe-Antwort mit Sternchen. Derselbe Mist wie beim »Hi«.

Halb drei Uhr nachts. Ich liege seit zwei Stunden wach und überlege mir Sätze, die besser gewesen wären als »Ja, dann, äh, bis morgen«. Hier meine Top 5:

5. »Ja dann - bis morgen.« (Ohne das »äh« ist der Satz definitiv cooler.)
4. »Okay, wir sehen uns.« (Simpel, aber irgendwie männlich.)
3. »Bis morgen. Ich freue mich.« (Ich hätte das »bis morgen« aufgegriffen, aber noch etwas Nettes draufgesetzt. Bis 1 Uhr 58 mein Favorit.)
2. »Morgen ist das heute der Zukunft.« (Habe ich mal auf einem Glückskeks gelesen, und es kann sein, dass ich es nur deshalb gerade genial finde, weil sich unter Schlafmangel die Wahrnehmung verschiebt.)
1. »Kennen Sie Schnipp-Schnapp - das ist auch ein Spiel für drei Personen.« (Ein Zitat aus dem Loriot-Sketch *Skat*, das einen hysterischen Lachanfall bei mir auslöst und deshalb auf Platz 1 landet - wie gesagt, unter Schlafmangel verschiebt sich die Wahrnehmung.)

Fünfzehn Minuten später sitzt Aylin mit einer Herz-9-Spielkarte an meiner Bettkante und fragt: »Was ist Trumpf?« Dafür gibt es nur eine Erklärung: Ich bin eingeschlafen und träume.

5

»Sie hat dich zu einem Ausflug eingeladen???«

Mark ist so fassungslos, dass er vergisst, wie Udo Lindenberg zu sprechen.

»Ja. Hat sie.«

»Aylin?!«

»Ja.«

»*Die* Aylin?!«

»Ja.«

»Dich?!«

»Ja.«

»Nein!«

»Doch.«

»Oh.«

Für einen Moment habe ich das Gefühl, in einer Louis-de-Funès-Dialogschleife gefangen zu sein. Dann kommt Mark langsam zu sich.

»Aber ... aber das kann nicht sein. Das widerspricht jeder Wahrscheinlichkeit. Aylin ist ... sie ist eine ... sie ist ... Aylin.«

»Es ist nur ein Ausflug.«

»Aber sie ist ... sie ist ... sie ist eine andere Liga.«

»Dann ist es halt ein Ausflug in eine andere Liga.«

»Aber du bist ... du bist ... Daniel.«

»Vielen Dank. Toll, dass mein bester Freund mich so aufbaut.«

»Nein, versteh das nicht falsch. Du bist schon ... du bist ein Mann. Irgendwie. Aber weißt du, Aylin ...«

»Vielleicht bist du neidisch, dass sie nicht *dich* gefragt hat?!«

»Ach Quatsch, ich bin doch nicht ... Okay, ich *bin* neidisch. Aber das ist nicht der Punkt.«

»Und was ist der Punkt?«

»Der Punkt ist: Es gibt bestimmte Gesetze, denen man vertrauen kann. Das Universum dehnt sich aus, die Zeit steht in Relation zum Raum, und Frauen wie Aylin sind grundsätzlich mit unsympathischen Machos zusammen. Das ist doch mein einziger Trost: dass Aylin zur Strafe jeden Morgen neben einem Stück schnarchender Muskelmasse aufwacht, das eine zentimeterdicke Gelschicht auf dem Kopfkissen zurücklässt und sich lieber aus dem Fenster stürzen würde, als ihr das Frühstück ans Bett zu bringen. Aber wenn jemand wie *du* mit Aylin zusammen ist, dann ... dann ... gibt es *gar* keinen Trost mehr.«

»Blödsinn. Ich bin nicht mit Aylin zusammen. Wir machen einen Ausflug.«

»Ein Ausflug ist ein Date.«

»Ist es nicht.«

»Ist es doch.«

»Ist es nicht.«

»Ist es doch. Und warum macht man ein Date?«

»Einfach so.«

»Um zusammenzukommen.«

»Dübndüdüüü ...«

Mark steht auf und geht. Na toll. Mit so einem Satz lässt er mich jetzt alleine. Bis hierhin war ich nur ein kleines bisschen nervös. Jetzt bin ich in *Panik*. Könnte es tatsächlich sein, dass Aylin etwas mit mir anfangen würde? Ich bin die ganze Zeit davon ausgegangen, dass ich sowieso keine Chance habe. Dadurch war ich einigermaßen locker. Gut, das Wort »locker« ist natürlich ein relativer Begriff. Also, sagen wir: Ich war locker im Vergleich zu einem Eichhörnchen, das sich den Schwanz in einer Bärenfalle eingeklemmt hat, oder im Vergleich zu einem Radprofi, der beim Dopingtest sieht, dass sein Urin blau ist.

Aber wenn ich wirklich eine Chance haben sollte ... Ich bekomme eine Hitzewallung, die jede Frau ab Ende dreißig für einen spontanen Eintritt ins Klimakterium gehalten hätte. Jetzt schnell die Ratio anschalten. Wozu bin ich denn bei Intellektuellen aufgewachsen?! Also: Ich suche einfach nach Anzeichen, die mir zeigen, ob ich eine Chance habe. Ganz simpel. Wenn ich dann feststelle, dass ich keine Chance habe, lohnt es sowieso nicht, sich aufzuregen. Und *wenn* ich eine Chance habe, dann ... ja, darüber mache ich mir später Gedanken ...

Übrigens, sollte Aylin nicht längst da sein? Na ja, zehn Minuten, das ist absolut im Rahmen. Keine Frau ist pünktlich bei einem Date. Pünktlich sein heißt: Ich will dich! Ein viel zu klares Signal. Gut, *ich* war pünktlich, aber das weiß sie ja nicht. Oder vielleicht doch? Hat sie mich vom Fenster aus gesehen und sich dann gedacht: »Ich gehe doch nicht zu ’nem Date mit so einem penetranten Pünktlichkeits-Freak«?

20 Minuten ... Ich versuche, beim Warten einen coolen Eindruck zu vermitteln. Okay, das nervöse Mit-dem-Knie-Wippen gibt Abzüge in der B-Note ... 25 Minuten. Ich schalte um auf meinen inneren Udo-Modus und denke: »Keine Panik. Dübndüdü. Alles easy ...«

Eine halbe Stunde – da wäre man auf eine weniger attraktive Frau schon ein kleines bisschen sauer ... Aber auf Aylin würde ich ... ja, wie lange würde ich eigentlich auf sie warten? Ein Leben lang? O ja. Ein Leben lang. Seufz!

35 Minuten. 35 Minuten und eine Sekunde, zwei Sekunden, drei Sekunden, vier Sekunden, fünf Sekunden ... Ich konzentriere mich auf meinen Atem. Ich werde eins mit meinem Atem. Ich brauche mein Asthma-Spray.

40 Minuten. Ein Leben lang, das klingt erst mal romantisch, aber wenn man drüber nachdenkt, würde »ein Leben lang« in einem 5-Sterne-All-inclusive-Hotel bei 495 Euro pro Woche und einer durchschnittlichen Lebenserwartung von 76 Jahren knapp 300 000 Euro kosten. Wie soll ich die denn verdienen, wenn ich die ganze Zeit auf Aylin warte?!

Eine Stunde – jetzt halte ich es für denkbar, dass ihr dieser Ausflug möglicherweise nicht ganz so wichtig ist wie mir. Mein innerer Udo möchte eine Flasche Eierlikör auf ex trinken. Mein Spiegelbild im Fenster hat die Körperspannung einer spanischen Schlammschnecke. Im Geiste gehe ich mehrere Möglichkeiten durch, Mark möglichst amüsant von diesem Desaster zu berichten. Mein Favorit bisher: »Ich habe die türkische Fassung von *Warten auf Godot* uraufgeführt – aber das Publikum war am Strand.«

Da! Genau 73 Minuten und 28 Sekunden nach dem vereinbarten Zeitpunkt kommt Aylin zu meinem Tisch. Zum ersten Mal sehe ich sie ohne das Rixa-Diva-Animations-Team-T-Shirt. Stattdessen trägt sie ein kurzes Top, das den Blick nicht nur auf ein atemberaubendes Dekolleté, sondern auch auf einen süßen Bauchnabel freigibt.

»Hi!«

Das darf ja wohl nicht wahr sein. Jetzt hab ich schon wieder »Hi« gesagt. Kein »Guten Morgen«, kein Kompliment, nichts.

»Kommst du, Daniel? Der Bus fährt gleich ab.«

»Okay, ich äh ...«

Ich stehe auf. Küsschen links, Küsschen rechts. Dann gehe ich mit Aylin zum Ausgang. Sie streichelt mir kurz mit der Hand über den Rücken. Das erste Zeichen, dass sie was von mir will ... Mist, warum hab ich nicht einfach nur »Okay« gesagt, sondern dieses blöde »ich äh« hinterhergeschoben?! So was Blödes aber auch ... Aufhören! Ich kann mich doch nicht für jeden verdammten Satz kritisieren. Irgendwann einmal werde ich etwas Intelligentes zu Aylin sagen, aber dieser Moment liegt definitiv nicht in der näheren Zukunft. Hat sie eigentlich erwähnt, warum sie 73 Minuten und 28 Sekunden zu spät war? Nein?! Egal.

Wir steigen in einen »Dolmuş«, einen öffentlichen Minibus für 15 Fahrgäste. Der Fahrer hat sich entschlossen, dem Klischee Genüge zu tun: Er trägt einen breiten schwarzen Schnurrbart und dünstet die Jahresernte einer anatolischen Knoblauchplantage aus. Er macht offensichtlich auf Türkisch eine anzügliche Bemerkung zu Aylin, denn Aylin antwortet sehr hart und genervt. Sie kann also auch anders. Wir ergattern zwei Plätze in der letzten Reihe. Leider kann ich den so entstehenden Körperkontakt mit Aylin nur kurz genießen: Der Fahrer fährt in dem festen Glauben, dass jeder Passagier ein Scout von McLaren-Mercedes sein könnte, der neue Talente für die Formel 1 sucht. Vielleicht möchte er aber auch den Film *Speed* nachspielen, wo der Bus explodieren würde, wenn er langsamer als 80 km/h fährt.

Das Positive: Ich habe so viel Angst um mein Leben, dass ich kaum noch nervös wegen Aylin bin - und das, obwohl wir in den Kurven regelrecht zusammengequetscht werden. Auch als die Straße ins Taurus-Gebirge führt und zur Seite hin gefühlte 10 000 Meter zum Meer abfällt, veranlasst das unseren türkischen Räikkönen nicht im Geringsten, das Tempo zu drosseln. Die einzige erkennbare Vorsichtsmaßnahme besteht darin, vor den Kurven kurz zu hupen, um eventuellen Gegenverkehr zu warnen. Wobei der einzige potenzielle Erfolg dieses Manövers darin bestünde, dass man mit 80 statt mit 100 km/h frontal zusammenstoßen würde - und auch das nur, wenn der entgegenkommende Fahrer anders als in der Türkei üblich die Stereoanlage nicht bis zum Anschlag aufgedreht hätte. Ich klammere mich mit letzter Kraft am Sitz fest. Aylin beobachtet mich amüsiert.

»Du bist süß, echt.«

»Süß? Ich habe Angst um mein Leben.«

»Genau das finde ich doch süß.«

»Hä?«

»Kein türkischer Mann würde zugeben, dass er Angst hat. Er würde immer noch so tun, als hätte er alles im Griff.«

»Interessant. Und wie verbirgt er seinen Angstschweiß? Ich meine, wenn ich weiter so schwitze, siedeln sich Algen auf mir an.«

Aylin lacht. Doch das nehme ich nur akustisch wahr, denn meine Augen sind starr nach vorne gerichtet: Der Busfahrer steuert gerade mit Vollgas auf einen Abhang zu. Ach du Scheiße! Gibt es Selbstmord-Attentäter, die mit Minibussen in Badebuchten fliegen? Als ich gerade mit meinem Leben abschließe, reißt der Fahrer im letzten Moment das Steuer rum.

Wie kann Aylin bei diesem Höllenritt nur so locker bleiben? Sie scheint meine Gedanken zu erraten:

»Mach dir keine Sorgen. So fahren hier alle.«

»Alle???«

»Ja. Im türkischen Straßenverkehr gibt es nur eine Regel: Es gibt keine Regel.«

Wie zum Beweis brettert unser Dolmuş gerade mit 100 km/h durch eine geschlossene Ortschaft. Mehrere Ziegen, Hühner und Hunde retten sich in letzter Sekunde, während zwei Opas mit Strickmützen, an denen der Bus mit einer Entfernung von maximal fünf Zentimetern vorbeidonnert, ungerührt weiter Wasserpfeife rauchen. Was soll man sich auch groß darüber aufregen, wenn ein Wahnsinniger einen um ein Haar totfährt?! Die Ampel und das 30 km/h-Schild am Ortseingang sind ohnehin nur Dekoration, falls sich zufällig mal ein EU-Kommissar ins Dorf verirrt.

Etwa drei Kilometer hinter dem Dorf macht der Fahrer ohne Vorwarnung eine Harakiri-Vollbremsung, die ich wie durch ein Wunder ohne mehrfachen Rippenbruch überlebe. Was ist passiert? Spielende Kinder? Ein Erdloch? Dinosaurier? Weit gefehlt! Die Ursache für diesen waghalsigen Stunt war ... eine Haltestelle. Wir stehen auf und verlassen diese Todeskutsche, gegen die sich jede Achterbahn wie ein Kinderkarussell anfühlt. Während ich – noch unter Schock und am ganzen Körper zitternd – die letzte Stufe nehme, fährt der Fahrer mit Vollgas und quietschenden Reifen weiter, sodass ich als Zugabe auch noch auf dem Boden lande.

Aylin nimmt mich an der Hand (noch ein Zeichen!) und zieht mich auf einen kleinen Weg, der durch einen Kiefernwald führt. Es sind diese Mittelmeerkiefern, die einem sofort das Gefühl geben, im Urlaub zu sein. Vielleicht haben wir die in ein paar Jahren auch in Deutschland?! Der Klimawandel hat nicht nur negative Seiten. Nach fünf Minuten Fußmarsch stehen wir an einer kleinen Bucht, die links und rechts von Felswänden eingerahmt ist. Der weiße Sandstrand fällt flach ins Meer ab und vermischt sich dort mit dem Wasser zu dem kräftigen Türkis, das ich bisher nur vom Malediven-Bildschirmhintergrund meines Laptops kannte. Außer Aylin und mir ist niemand hier. Ich bin beeindruckt: eine Idylle.

»Hier ist eine Kaserne in der Nähe. Deshalb dürfen sie hier keine Hotels bauen. Keine Hotels – keine Touristen.«

Da soll noch mal einer was gegen das türkische Militär sagen ... Während ich kurz darüber nachdenke, ob es nicht unmoralisch ist, wenn man als Kriegsdienstverweigerer derart vom Militär profitiert, zieht sich Aylin aus und steht im Bikini vor mir. Ich versuche, nicht so geil zu wirken, wie ich es tatsächlich bin. Deshalb konzentriere ich mich, während ich mich ebenfalls entkleide, auf die Schönheit der Landschaft und werfe nur ein paar verstohlene Seitenblicke auf meine Traumfrau. Ist das nicht eigentlich ziemlich verlogen? Sind in Wirklichkeit nicht die Machos ehrlicher, die jetzt sagen würden: »Ey, du siehst unglaublich geil aus - ich will dich flachlegen, und zwar hier und sofort«?!

»Daniel, soll ich dich eincremen?«

Mein Mund ist zu trocken, um diese Frage zu beantworten. Aber immerhin bin ich noch nicht *so* verkrampft, dass ich nicht mehr nicken kann.

»Okay, dann leg dich auf den Bauch.«

Ich lege mich auf den Bauch. Was zu einem der schönsten Momente meines Lebens werden könnte, wird zur Tortur - weil ich nur einen einzigen Gedanken habe: Ich darf jetzt keine Erektion kriegen, denn gleich muss ich mich wieder auf den Rücken drehen. Also versuche ich, an erektionsverhindernde Dinge zu denken ...

- die hässliche Freundin von Gaby Haas*
- aufgeweichte Kartoffelchips
- Johannes B. Kerner
- den Barbarossaplatz (in Köln; unbestritten unter den Top 3 der hässlichsten Plätze der Welt)
- die *Ödipus*-Inszenierung am Düsseldorfer Schauspielhaus**

Warum mache ich mir eigentlich das Leben zur Hölle, nur weil ich sensibel und einfühlsam sein will?! Warum zum Teufel darf ich keine Erektion kriegen, wenn meine Traumfrau mir den Rücken eincremt? Ein brennender Neid auf alle Machos steigt in

* Liebe sensible Frauen, ich finde es auch menschlich enttäuschend von mir, dass ich mir in solchen Momenten die hässliche Freundin von Gaby Haas vorstelle. Meine einzige Entschuldigung: Es funktioniert.

** Lieber Tadashi Suzuki (Regisseur von *Ödipus* am Düsseldorfer Schauspielhaus), es tut mir leid. Wahrscheinlich fehlten mir einfach die intellektuellen Voraussetzungen, um Ihre Inszenierung zu begreifen.

mir hoch. Ein Macho würde es einfach genießen. Und wenn er sich dann auf den Rücken dreht und sie seine Erektion bemerkt, würde er sie einfach küssen und kurz darauf wilden animalischen Sex mit ihr haben. Und ich liege hier und denke an Johannes B. Kerner. Das Leben ist nicht fair!

»So, dreh dich um.«

Ich drehe mich um. Jetzt habe ich eine Perspektive auf ihre Brüste, die an das Spätwerk von Russ Meyer erinnert. Selbst der Gedanke an den Barbarossaplatz kann nicht verhindern, dass ich erregt bin. Ich versuche, mich mit aller Kraft auf die *Ödipus*-Inszenierung zu konzentrieren. Ein brüllender Ödipus, der drei Stunden lang mit einem quietschenden Rollstuhl im Kreis fährt, während die anderen Griechen im Raum verteilt an Säulen verharren und ihren Text so laut in eine schäbige Fabrikhalle schreien, dass man auch beim besten Willen nichts versteht – das bekäme bestimmt von der Stiftung Warentest in der Kategorie »Erektionsverhinderungsleistung« Bestnoten.

Aber die Erinnerung an dieses Kleinod des modernen Theaters verblasst, und ich bin wieder im Hier und Jetzt. Und da kniet gerade die schönste Frau der Welt über mir und cremt mir, während ihre Haare meinen Bauch streicheln, die Oberschenkel ein. Das ist exakt der Moment, in dem ich die Kontrolle über die Steuerung meiner Blutzirkulation verliere. Und was passiert? Nichts. Aylin scheint es nicht einmal zu bemerken. Sie versorgt noch meine Unterschenkel und Füße, drückt mir die Sonnencreme in die Hand und legt sich auf den Bauch. Während ich sie sanft eincreme, kommt mir das Lied *Du hast den schönsten Arsch der Welt* in den Kopf. Ein viel zu primitives Lied für einen so vollkommenen Moment. Mein sexuelles Verlangen wird so stark, dass ich mir erneut den Barbarossaplatz vorstelle.

Was hatte ich für ein Pech, ausgerechnet in den 70ern aufzuwachsen. Zwei Dinge sind da passiert: Die Nazi-Vergangenheit wurde endlich aufgearbeitet, und die Frauen haben sich emanzipiert. Beides an und für sich lobenswerte Dinge. Aber als emanzipierter Mann hatte man es nicht leicht damals: Es war ein Fehler, dass man Deutscher war, *und* es war ein Fehler, dass man einen Penis hatte. Ein Deutscher mit Penis – die historische Arschkarte.

Genau so ein Mann ist mein Vater. Mein männliches Rollenvorbild. Jemand, der sich für seine Nationalität und für sein Geschlecht schämt. Jemand, der nervös das Zimmer verlässt, wenn bei Fußball-Länderspielen die deutsche Nationalhymne gespielt wird. Jemand, der monatelang mit einem »Zehn Jahre EMMA«-T-Shirt herumgelaufen ist.

Das ist doch unfair. Türkische Männer schämen sich weder für ihr bestes Stück noch für ihr Vaterland. Ich meine, ein Türke mit deutschem Pass könnte sich doch aus Solidarität zumindest ein kleines bisschen für die deutsche Geschichte mitschämen. Aber nix da. Nein, Türken lernen von ihren Vätern zwei Dinge: Sei stolz, ein Mann zu sein, und sei stolz, ein Türke zu sein. Türkische Väter sind Helden, die jeden Tag für eine gute Sache ihr Leben aufs Spiel setzen (mit »gute Sache« meine ich zum Beispiel: den Busfahrplan einhalten). Und was hat mein Vater mir mit auf den Lebensweg gegeben? Dass man darauf achten sollte, sich in seinen Sex-Phantasien eine gleichberechtigte Partnerin vorzustellen.

Genau so ein Blödsinn führt am Ende dazu, dass man beim Eincremen eines perfekt geformten orientalischen Popos an den Barbarossaplatz denkt. Als ich fertig bin, schaut mir Aylin lange in die Augen. Sie lächelt.

»Du bist unglaublich, Daniel.«

»Ich? Wieso?«

»Jeder türkische Mann hätte das ausgenutzt und mich bedrängt. Aber du ... Du bist einfach so ... elegant.«

Bestimmt werde ich jetzt rot. Ich lächle und weiche ihrem Blick aus. Dann nimmt Aylin meinen Kopf in beide Hände und küsst mich. Auf den Mund. Ich bin so verblüfft, dass mir nicht einmal blöde Gedanken kommen. Ich spüre sanft ihre Lippen, dann ihre Zunge. Es ist ein leiser, zärtlicher Kuss. Ich kann nicht sagen, wie lange er dauert. Die Dimension der Zeit verliert ihre Bedeutung – und der Barbarossaplatz ist sehr, sehr weit weg.

6

Etwa eine Stunde später liegen wir nebeneinander auf der Decke, die Aylin mitgebracht hat.* Ich kann mein Glück gar nicht fassen. Diese Traumfrau neben mir hat mich tatsächlich geküsst. Ich bin berauscht. In solchen Momenten merkt man, dass der menschliche Körper jede Menge Drogen auf Lager hat, die er in bestimmten Situationen ausschütten kann. Toll. Mein Gehirn ist Drogenproduzent und mein Körper der Dealer. Ich weiß nicht genau, welches Enzym verantwortlich ist, wenn man glaubt, einen halben Meter über dem Boden zu schweben – aber es fühlt sich verdammt gut an ...

»Daniel, würdest du bitte gucken?«

Ich gucke Aylin an. In einem Comic hätte mir der Zeichner jetzt Herzchen in die Pupillen gemalt. Aylin lacht.

»Du sollst nicht *mich* angucken, sondern die Soldaten da.«

Erst jetzt sehe ich im Augenwinkel, dass hinter uns ein halbes Dutzend türkische Soldaten in Uniform stehen und Aylin auf den Hintern starren. Mein Körper verabreicht mir eine andere Droge, die die Wirkung der vorherigen neutralisiert: Adrenalin.

Mein Pulsschlag verdoppelt sich in einer halben Sekunde. Mein Körper ist bereit zur Flucht. Wenn ich jetzt schnell ins Meer laufe und nach rechts schwimme, müsste irgendwann Griechenland

* Falls Sie sich auf eine wilde Sexszene gefreut haben: Tut mir leid, wir hatten keinen Sex. Es war einfach nur ein wunderschöner Kuss. Wenn es noch passieren sollte, werd ich's auch schreiben.**

** Liebe Fußnotenhasser, es tut mir leid. Auf den nächsten 27 Seiten kommen keine mehr – versprochen.

kommen. Ich darf aber das Asthma-Spray nicht vergessen! Funktioniert das überhaupt im Wasser? Nein, besser, ich stelle mich einfach tot ...

Die Soldaten starren immer noch auf Aylins Hintern. Was machen überhaupt Soldaten in dieser perfekten Idylle? Ach, stimmt ja: Diese perfekte Idylle gibt es ja nur, *weil* die Soldaten da sind. Perfekte Idylle und Soldaten – das gehört halt in der Türkei zusammen ...

Sehr gut, dieser Gedanke hat mich kurz von meiner Panik abgelenkt. Aber jetzt ist sie wieder da – zumal selbst Aylin langsam unruhig wird.

»Also – würdest du bitte gucken? Wenn du sie böse anguckst, dann verschwinden sie.«

Das scheint mir eine gewagte These.

»Äh, Entschuldigung, aber könnte es nicht sein, dass es eher so ablaufen würde: Ich gucke böse, die Soldaten fühlen sich provoziert, schlagen mich zusammen, und wenn ich zwei Wochen später das Bewusstsein wiedererlange, bin ich in irgendeinem türkischen Gefängnis, wo ich von meinem Zellengenossen, einem sadistischen Vierfachmörder, nach weiteren fünf Jahren endlich genug Türkisch gelernt habe, um zu verstehen, dass ich eventuell einen Anwalt bekomme, wenn ich endlich gestehe, dass ich ein PKK-Terrorist bin, der Istanbul in die Luft sprengen will?«

»Daniel, das ist *mein* Land. Hier kenne *ich* die Regeln. Und die lauten: Du guckst böse, sie verschwinden.«

»Ich würde dir ja gerne glauben, aber ...«

»Verstehst du nicht? Wenn du böse guckst, dann sagst du damit: Das ist *meine* Frau. Lasst die Finger von ihr. Das respektieren sie, das ist Ehrensache.«

Ach so. Eine Ehrensache. Davon verstehe ich natürlich nichts. Ehre ist einer von den Begriffen, die irgendwie so einen Nazi-Beigeschmack haben. Ehre, Blitzkrieg, Autobahn – *ganz* dünnes Eis. Muss man sich sofort distanzieren: Ich habe keine Ehre – dafür bin ich aber auch kein Nazi.

»Daniel – *bitte!*«

Tja. Wenn man verliebt ist, setzt das bekanntlich weite Teile der Ratio außer Kraft. Nur so kann ich es mir erklären, dass ich tatsächlich die Sonnenbrille abnehme, die Augenbrauen hochziehe und die Soldaten böse angucke.

Es folgt wieder einer der Momente, in denen sich die Zeit dehnt. Die Soldaten reagieren nicht. Sie reagieren immer noch nicht. Immer noch nicht. Immer noch nicht. Immer noch nicht. Mein Leben zieht noch einmal an mir vorbei. Allerdings komme ich nur bis zu meinem achten Geburtstag – meine Eltern schenkten mir eine Ernst-Jandl-Platte, auf der *Happy Birthday* zu einem dadaistischen Klangexperiment verfremdet wurde –, da geschieht das Wunder:

Die Soldaten wenden ihre Blicke von Aylin ab – und verziehen sich.

Ich bin fassungslos. Nur mit einem *Blick* habe ich sechs türkische Soldaten in die Flucht geschlagen – wow! Wenn man mich vorher gefragt hätte: »Wie schlägt man sechs türkische Soldaten in die Flucht?«, hätte ich gesagt: »Dazu braucht man mindestens zwölf nahkampferprobte Ninja-Krieger und Panzerfäuste« – und ich hab's mit einem *Blick* geschafft! Noch nie in meinem Leben habe ich mich so männlich gefühlt.

In meiner Jugend gab es nur wenige Momente, in denen ich mich männlich gefühlt habe. Einmal hat mir Tante Lieselotte eine Bomberjacke geschenkt, in der ich, wie ich fand, ziemlich cool aussah ... Gut, vielleicht ist es nicht sooo männlich, in einer Jacke rumzulaufen, die einem die Tante geschenkt hat. Aber die sah wenigstens nicht so peinlich aus wie die Nicki-Pullover, die meine Mutter mir immer gekauft hat.

Auf jeden Fall: Jetzt und hier, inmitten dieser idyllischen Bucht bei Antalya, umrahmt von den Taurus-Felsen, spüre ich zum ersten Mal in meinem Leben mit vollem Bewusstsein das Testosteron in meinen Adern. Ein geiles Gefühl: Ich bin ein Mann. Ich kichere zwar wie ein albernes Teenie-Mädchen, wenn ich *Shrek* oder *Findet Nemo* gucke, aber wenn es sein muss, kann ich auch die Welt retten. Ich schaue Aylin mit dem männlichsten Blick an, der sich je auf meinem Gesicht eingefunden hat. Aylin guckt kurz irritiert. Dann muss sie lachen. Mein Testosteronspiegel sinkt erstaunlich schnell.

7

Ich sitze seit gut zwanzig Minuten auf dem Klo und ertappe mich selbst dabei, wie ich im Geiste eine Kabinenansprache als Christoph Daum halte, in der ich die Mannschaft des 1. FC Köln auf die Partie gegen Eintracht Frankfurt einschwöre. Ist so was eigentlich normal? Oder bin ich der einzige Mensch der Welt, der so was tut? Normale Menschen denken wahrscheinlich gar nichts, während sie auf dem Klo sitzen. Oder einfach ganz normale Dinge wie: »Seltsam, wenn ich Spargel gegessen habe, riecht mein Urin total anders« oder: »Soll ich den Baby-Silberfisch unter dem Waschbecken Knut nennen?«

Ich kann mir einfach nicht vorstellen, dass andere Menschen auch auf dem Klo sitzen und im Geiste einer imaginären Mannschaft das 4-4-2-System erklären. Ich hatte sogar einen imaginären Tobsuchtsanfall, weil mein imaginärer Mittelstürmer mir nicht zugehört hat. Das ist so bescheuert, dass ich mich nicht mal traue, meiner Therapeutin davon zu erzählen. Und es ist erst recht kein Thema für einen Stehempfang:

»Und – was hast du heute so gemacht?«

»Och, erst hab ich meine E-Mails gecheckt, und dann hab ich mich aufs Klo gesetzt und im Geiste als Christoph Daum mit den Spielern des 1. FC Köln gesprochen.«

»Klasse, das mach ich auch immer.«

Langsam komme ich wieder zu mir. Ich bin in Antalya. Ich habe gestern meine absolute Traumfrau geküsst. Und heute bin ich schon wieder mit ihr verabredet. Ich bin ein Riesen-Glückspilz und muss mein Glück mit jemandem teilen ...

»Dübndüdüüü! Hey, Mark, alter Kiffer, wie läuft's denn so im Puff?«

»Daniel, alter Schrumpfdödel! Alles klar auf der Andrea Doria?«

»Ja, also emotionstechnisch war gestern echt ein panikmäßiger Hammertag.«

»Ey, das sind ja geile Panik-News! Also war bräutetechnisch alles easy?!«

»Ey logo – dübndüdüüü ...«

Vielleicht sollte ich mein Glück lieber doch nicht mit jemandem teilen. Ein Gefühl, das sich verstärkt, als ich den Typen der Deutschen Vermögensberatung erspähe, der irgendetwas Grünes aus einem Cocktailglas saugt. Er winkt mit einem Briefumschlag und meint, er würde meine Anträge noch heute Nachmittag losschicken, aber der Versicherungsschutz sei bereits um Mitternacht in Kraft getreten. Jetzt könne ich mir getrost den Fuß brechen. Wut steigt in mir hoch. Eine Wut, die ich normalerweise hinter einer Udo-Lindenberg-Imitation versteckt hätte. Aber ich bin jetzt der Mann, der sechs türkische Soldaten in die Flucht geschlagen hat.

In einem Anflug von Übermut schnappe ich mir den Briefumschlag und reiße ihn genüsslich in Stücke. Der Vermögensberater starrt mich mit offenem Mund an. Ich wünsche ihm noch einen schönen Tag, gehe weiter und fühle mich großartig – für etwa zwei Minuten. Dann plagt mich für knapp fünf Minuten ein schlechtes Gewissen, das anschließend langsam übergeht in Nervosität, weil ich heute Abend wieder mit Aylin verabredet bin. Größere Ängste sind immer praktisch, wenn man kleinere Ängste überwinden will.

Vier Stunden später sitze ich in der Strandbar, die Aylin mir als Treffpunkt genannt hat. Nur eine kleine Bambushütte, davor sechs Tische, keine zehn Meter entfernt plätschern die Wellen sanft ans Ufer, und während die Sonne sich für heute mit einem postkartenreifen Farbenspiel verabschiedet, entzündet der Kellner einige Fackeln, die im Sand stecken – die perfekte Kulisse für ein romantisches Candle-Light-Dinner. Natürlich bin ich pünktlich. Natürlich ist Aylin nicht pünktlich. Dafür habe ich ein philosophisch höchst ergiebiges Gespräch mit dem Kellner.

»Du Deutschland?«

»Ja.«

»Deutschland Wetter nixe gut.«

»Ja.«

»Wetter in Deutschland Rege kalt – immer friere.«

»Ja.«

»Türkei gut. Nixe Rege nixe kalt. Nixe immer friere.«

»Ja.«

Offensichtlich hat der Kellner den Eindruck, dass mir dieser Punkt noch nicht hundertprozentig klar geworden ist, deshalb führt er seine Argumentation weiter aus.

»Deutschland immer Rege kalt immer friere. Nixe gut.«

»Nein.«

»Türkei andere. Isse warm. Nixe Rege nixe kalt.«

»Ja.«

»Deutschland nixe gut. Habe die Rege, habe kalte.«

Jetzt habe ich den Ehrgeiz, aus den verschiedenen Aspekten des Diskurses eine Synthese zu bilden.

»Man könnte also zusammenfassend festhalten, dass das Wetter in der Türkei besser ist als in Deutschland.«

Er schaut mich ratlos an.

»Ich meine: Wetter – in – Türkei – besser.«

Der Kellner freut sich und bietet mir seine Hand zum High Five an. Ich war nie gut im Abklatschen, aber immerhin streife ich seinen kleinen Finger. Aylin ist schon wieder 32 Minuten und 45 Sekunden überfällig. Inzwischen weiß ich, dass der Kellner Birol heißt und mal zwei Jahre in Bochum gelebt hat – erstaunlicherweise fand er dort das Wetter nicht so toll. Seit ich mich für mein Bier auf Türkisch bedankt habe, nennt er mich Schwager. Das ist die berühmte türkische Gastfreundschaft, und ich könnte sie sicherlich mehr genießen, wenn mich nicht das dumme Gefühl beschleichen würde, dass ich diesmal doch versetzt werde.

Dann werde ich abgelenkt von einer alten kleinen Rosenverkäuferin mit sehr dunkler faltiger Haut und höchstens noch drei Zähnen.

»Du Rosse kaufe?«

Wenn sie keine Rosen auf dem Arm gehabt hätte – ich würde sie für eine Pferdehändlerin halten.

»Nein, danke.«

Die Frau bleibt ungerührt stehen. Deshalb sage ich's sicherheitshalber noch mal auf Türkisch:

»Hayır, teşekkürler.«

Nichts passiert.

»No, thank you. Non, merci. No, grazie.«

Nichts passiert. Ich schüttle den Kopf. Ein universelles Zeichen. Denke ich ... Die Frau bleibt wie angewurzelt stehen.

»Rott Rosse, kelb Rosse, weiss Rosse. Funf Öro.«

»Nein, danke.«

Sie bleibt stehen. Ich denke kurz darüber nach, ob sie mit »Öro« wirklich Euro gemeint hat, oder ob sie mich für einen Dänen hält und glaubt, dass ich mit Öre bezahle. 25 Öre, das sind doch diese Münzen mit dem Loch drin. Wär das lustig, wenn ich jetzt so eine dabeihätte. Aber ich fürchte fast, die nette Dame mit den drei Zähnen würde den Gag nicht kapieren. Tja. Die Frau steht übrigens immer noch an meinem Tisch.

»Hier, Rosse.«

Sie legt mir eine Rose auf den Tisch.

»Nein, danke.«

Sie schiebt mir die Rose hin. Ich schiebe sie weg. Sie schiebt sie hin. Ich schiebe sie weg. Sie schiebt sie hin. Ich schiebe sie weg. Sie schiebt sie hin ... So was hab ich seit dem Sandkasten nicht mehr erlebt.

»Funf Öro.«

Ich schiebe die Rose weg. Sie schiebt sie hin. Ich schiebe sie weg. Sie schiebt sie hin. Ich seufze.

»Funf Öro.«

»Nein, danke.«

»Funf Öro.«

»Hayır, teşekkürler.«

»Funf Öro.«

»No thank you.«

»Vie Öro fönza.«

Ohne den Kontext wäre ich nie darauf gekommen, dass »fönza« fünfzig bedeuten könnte. Vielleicht ist »fönza« auch ein türkisches Schimpfwort, das ich nicht kenne.

»Nein, danke.«

»Vie Öro.«

»Nein.«

»Vie Öro.«

»No.«

»Dra Öro fönza.«

»No, thank you.«

Ich schiebe die Rose weg. Sie schiebt mir jetzt zwei Rosen hin.

»Sekk Öro.«

»No!«

»Funf Öro fönza.«

»Nein.«

Ich will keine Rosen kaufen. Sie denkt, ich will handeln. Ein Teufelskreis.

»Vier Öro fönza.«

»No. Nein. Non. Hayır.«

Ich schiebe die Rosen weg. Sie legt jetzt den kompletten Strauß auf meinen Tisch.

»Twantziss Öro.«

Ich sehne mich nach dem Gespräch übers Wetter zurück. Ich glaube, wenn mir nicht irgendwann jemand zu Hilfe kommt, werde ich den Rest meines Lebens mit dieser Frau verbringen und feilschen. Gut, manche Ehe funktioniert auch nicht anders. Aber ich bin doch ein Romantiker.

»Entschuldigung, verstehen Sie mich?«

»Ja.«

»Also: Ich möchte keine Rosen kaufen, okay?! Nicht eine, nicht zwei, nicht alle – gar keine. Nicht jetzt, nicht später, nie! Haben Sie das verstanden?«

»Ja.«

»Gut, dann sind wir uns ja einig. Schönen Abend noch.«

Die Frau nickt. Ich atme tief durch. Die Frau geht nicht.

»Zwoll Öro fönza.«

»Nein.«

»Ell Öro.«

»No.«

»Neu Öro fönza.«

»No. No. No.«

Ich schiebe ihr die Rosen wieder hin. Jetzt fängt die Frau auf Türkisch an zu schimpfen. Es ist wahrscheinlich besser, dass ich sie nicht verstehe. Sie steigert sich in einen regelrechten Wutanfall. Der Kellner und die drei weiteren Gäste schauen mich kopfschüttelnd an. Als die Frau gerade anfängt, mich mit einer Rose auf den Kopf zu schlagen, erscheint Aylin!

Es ist wirklich unglaublich schwer, cool und männlich zu wirken, wenn einen gerade eine zahnlose kleine Oma laut schimpfend mit einer Rose verprügelt. Als sie merkt, dass Aylin sich an meinen Tisch setzt, nimmt die Oma ihre Rosen, sagt einen Satz zu Aylin und geht weiter.

»Was hat sie gesagt?«

»Sie meinte, sie an meiner Stelle würde den Abend nicht mit so einem arroganten, geizigen Arschloch wie dir verbringen.«

»Ah.«

Na ja. Arschloch ist okay. Hauptsache, sie hat nicht Nazi gesagt. Ich schaue auf die Uhr. Aylin ist jetzt 30 Sekunden hier, also war sie exakt 72 Minuten und 23 Sekunden zu spät. Bin ich sauer? Ich gucke sie an. Nein, ich bin nicht sauer.

»Daniel, willst du wissen, was du falsch gemacht hast?«

»Ja klar.«

»Dann schau dir *das* an.«

Aylin deutet zwei Tische weiter, wo die Oma gerade einem Mann die Blumen anbietet. Dieser schaut nicht von seiner Zeitung hoch, macht eine Handbewegung, als würde er eine lästige Fliege verscheuchen, und betont das türkische ›Nein‹, also ›Hayır‹, so, dass es sich etwa wie ein gegrunztes ›Wuäääää‹ anhört. Es erinnert mich ein wenig an die Sprache der Orks in *Herr der Ringe*. Und was passiert? Die Oma nickt lächelnd und geht weiter. Ich bin fassungslos: Ich bin höflich und werde für ein arrogantes Arschloch gehalten – der Typ verhält sich wie ein arrogantes Arschloch und wird dafür noch belohnt.

»Du hast sie angelächelt, stimmt's?«

»Ja.«

»Das ist für sie das Zeichen, dass du nicht abgeneigt bist. Wenn deine Augen ›Ja‹ sagen, kannst du mit dem Mund tausendmal ›Nein‹ sagen – das zählt dann nicht mehr. Mimik und Körpersprache sind für uns wichtiger als Worte.«

»Aber der Mann hat sie nicht mal angeguckt.«

»Genau so funktioniert's.«

»Aber er war unglaublich grob zu ihr.«

»Sie ist Zigeunerin. Sie ist das so gewohnt.«

»Willst du sagen: Wenn ich mich hier kulturell integrieren will, muss ich erst mal lernen, Ausländer schlecht zu behandeln?«

Aylin lacht. Dieses Lachen ist wie ein Schalter, der sofort alle anderen Großhirn-Windows schließt und nur noch das Fenster Aylin auflässt.

»So, jetzt kannst du trainieren.«

Ich verstehe zunächst nicht, was Aylin meint. Dann sehe ich, dass sich eine weitere Rosenverkäuferin unserem Tisch nähert. Ich will sie angucken, aber Aylin stoppt mich.

»Wenn du sie anguckst, hast du schon verloren!«

Ich rufe mir die Szene vom Nachbartisch ins Gedächtnis, nehme allen Mut zusammen und mache eine Handbewegung, als würde ich eine Fliege verscheuchen. Durch meine Unsicherheit wird die Handbewegung aber etwas weicher als gewollt. Ich kann nicht ausschließen, dass es ein klein wenig schwul wirkt. Aylin muss auf jeden Fall ein Lachen unterdrücken. So, jetzt kommt der schwierige Teil – das unfreundlich gegrunzte ›Hayır‹.

»Haäyıı ...«

Das war für meine Verhältnisse schon sehr unhöflich. In Deutschland wäre jetzt wahrscheinlich schon irgendein Sozialpädagoge zu mir gekommen und hätte mich gefragt, ob ich denn nichts aus der Geschichte gelernt hätte. Aber aus dem Augenwinkel kann ich beobachten, dass die Rosenverkäuferin noch da steht. Aylin lächelt.

»Das war nicht schlecht fürs erste Mal. Aber du musst noch viel härter sein!«

Ich atme noch einmal tief durch, winke jetzt noch entschiedener und brülle regelrecht.

»Wuääääääääääh!«

Und siehe da: Die Blumenverkäuferin nickt und zieht weiter. Yes! Sechs Soldaten zu vertreiben, das war nicht schlecht. Aber eine Oma, die Rosen verkauft – *das* ist die Meisterklasse. Aylin schenkt mir ihr schönstes Lächeln.

»Wenn du so weitermachst, wirst du noch ein echter türkischer Macho.«

Ich lächle zurück – und habe ein für türkische Machos eher ungewöhnliches schlechtes Gewissen. Unfassbar: Ich habe eine arme alte Zigeunerin böse angegrunzt. Beziehungsweise eine Sinti oder eine Roma. Wenn mein Vater das gesehen hätte, würde er mich enterben. Obwohl, die einzigen größeren Werte meiner Eltern sind zwei hässliche Collagen eines alten Freundes, der inzwischen ein bekannter Künstler geworden ist, eine kleine Giacometti-Plastik und die Originalgitarre, mit der Wolf Biermann sein erstes West-Konzert gespielt hat. Außerdem lasse ich mir doch von meinem schlechten Gewissen nicht mein romantisches Candle-Light-Dinner kaputt machen.

Ich konzentriere mich auf Aylin. Sie trägt ein schwarzes Minikleid, unter dem ein roter Spitzen-BH hervorschimmert. Die Flammen der Fackeln spiegeln sich in ihren Augen, und gut 70 Prozent von mir sind absolut hingerissen, während die anderen 30 Prozent darüber nachdenken, 50 Euro an einen Sinti-und-Roma-Hilfsfonds zu überweisen – dann springe ich auf, renne der Oma hinterher und kaufe eine Rose für acht Euro. 42 Euro gespart – wenn das kein Deal ist ... Als ich Aylin die Rose schenke, ist sie gerührt. Eine Träne kullert aus ihrem Auge.

»Du bist unglaublich süß, Daniel. Weißt du das eigentlich?«

Ich würde zwar unheimlich gerne als wilder Stier wahrgenommen werden, aber wenn es Aylin gefällt, bin ich auch sehr gerne *süß*. Kellner Birol kommt zum Tisch und will die Bestellung aufnehmen. Aylin meint, sie würde uns Birols Izmir Köfte empfehlen, die seien legendär. Ich stimme zu. Birol schaut mich weiter fragend an. Eine Pause entsteht. Ich dachte, es wäre klar geworden, dass wir Izmir Köfte essen wollen, aber irgendwas läuft falsch. Aylin schaut mich auffordernd an. Offensichtlich muss *ich* es Birol sagen.

»Ja, dann, also, äh, zweimal Izmir Köfte, bitte.«

»Kommt sofort, Schwager.«

Birol verzieht sich. Und ich habe gelernt, dass Bestellen in der Türkei ein Männerjob ist. Aylin errät mal wieder meine Gedanken:

»Wenn man als Paar essen geht, spricht der Kellner nur mit dem Mann.«

»Klar, worüber sollte ein Kellner auch mit einer Frau sprechen? Monatsbeschwerden, Rosamunde-Pilcher-Filme, die Frisuren von Gwen Stefani ... Da hat man unter Männern ja viel bessere Themen – das Wetter zum Beispiel.«

»Quatsch. Das hat einen ganz anderen Grund.«

»Ach ja?«

»Ja. Wenn er mit mir spricht, könntest du denken, er baggert mich an.«

»Stimmt. Kein so abwegiger Gedanke.«

»Aus solchen Anlässen können Schlägereien entstehen. Deshalb denken türkische Männer: Wenn ich gar nicht erst mit ihr rede, kann auch nichts passieren.«

Eigentlich ziemlich praktisch, diese Türken. Auch wenn ich es für unwahrscheinlich halte, dass wir uns geprügelt hätten. Ich meine, nur weil einer sagt: »Zweimal Izmir Köfte, kommt sofort«, fange ich doch keine Schlägerei an.

Und selbst wenn er Aylin vor meinen Augen schamlos angebaggert hätte, hätte ich wahrscheinlich auf die übliche Daniel-Art reagiert: erst mal in Ruhe drüber nachdenken, dann eine Woche später bei meiner Psychologin die Wut spüren und schließlich versuchen, mir die Eifersucht mit dem Mantra *Eifersucht ist Dunkelheit und ich entzünde jetzt das Licht der Liebe* wegzumeditieren. Wahrscheinlich ist 'ne Schlägerei doch irgendwie gesünder ...

Aylin hatte recht. Die Izmir Köfte sind wirklich ein Gedicht: längliche Frikadellen mit Kartoffeln in einer leichten Tomatensoße – köstlich. Birol kommt und fragt, ob es schmeckt. Da ich ihn nicht mit den sprachlichen Feinheiten der deutschen Esskritik belästigen möchte (das feine Chili-Aroma geht mit dem Tomaten-Kartoffel-Sud eine vortreffliche Liaison ein, welche durch die auf den Punkt kross gegrillten Frikadellen gekonnt kontrastiert wird), mache ich mich einfach international verständlich und grunze zufrieden:

»Mmmmmmmmmmmmm poooooh mmmmmmmm ...«

Aylin und Birol müssen spontan lachen. Offensichtlich bin ich Opfer eines kulturellen Missverständnisses geworden. »Mmmmmmm oooooh mmmmm« heißt zwar auf Deutsch »sehr lecker«, aber auf Türkisch »Ich bin schwul«. Aylin klärt mich auf, dass die maximale Wohlfallensbekundung eines türkischen Mannes beim Essen in einem herzhaften Rülpser besteht.

Plötzlich wird mir klar, warum die Hotelkellner immer so grinsen und tuscheln, wenn ich esse. Sollen sie mich doch für schwul halten – ich sitze hier mit der schönsten Frau der Welt beim Candle-Light-Dinner. Ätsch!

Als mir gerade bewusst wird, dass ich dabei bin, den wohl romantischsten Augenblick meines Lebens zu genießen, ertönt aus knarzenden Lautsprecherboxen *Wind of Change* in einer Panflötenversion. Unfassbar. Als ob das Original nicht schon schlimm genug wäre! Wahrscheinlich hat Birol die CD damals in Bochum ein paar heruntergekommenen Peruanern abgekauft, die mit Folklore-Teppichen von Woolworth um den Hals zur Lärmbelästigung in der Fußgängerzone beigetragen haben.

Für derartige »künstlerische« Darbietungen haben Mark und ich beim Gucken des deutschen Grand-Prix-Vorentscheids 2001 eine nach oben offene Peinlichkeitsskala eingeführt, die in der Einheit »Zlatko« gemessen wird; Zlatko hatte es damals geschafft, in einem dreiminütigen Lied nicht einen einzigen Ton zu treffen, und erreichte damit den Wert von 1 Zlatko auf der Skala – eine bis heute unübertroffene Marke. (Auf den Plätzen: Rudolf Mooshammer, in derselben Veranstaltung, mit 0,96 Zlatko und das Lebenswerk von Hans Hartz mit 0,94 Zlatko.)

Auf jeden Fall kriegt die Panflötenversion von *Wind of Change* von mir spontan 0,97 Zlatko. Dieses vor Schleim triefende Machwerk, gegen das selbst ein Duett von André Rieu und Richard Clayderman wie die Avantgarde moderner Rockmusik anmuten würde, hätte normalerweise dazu geführt, dass ich die Izmir Köfte spontan dem türkischen Mutterboden zurückgegeben hätte ...

Aber was passiert? Nichts. Das Rauschen der Wellen, die Gewürze, der Raki, Aylins Haare, die sich im Wind bewegen, ihr Lächeln, ihre Augen – all das verschmilzt ineinander, ich fühle mich wie im Paradies, und plötzlich denke ich: *Wind of Change* auf der Panflöte geblasen – ein wunderbarer Klangteppich, so richtig zum Schwelgen. Ich werde den Kellner bitten, mir diese sensationelle CD zu verkaufen. Und da wird mir schlagartig klar: Es ist ernst. Diese Frau hat mich verzaubert, mir den Kopf verdreht, mein Herz erobert. Eine Frau, mit der ich 0,97 Zlatko als romantisch empfinde – das ist die Frau fürs Leben.

8

Als Aylin nach dem Essen kurz auf der Toilette verschwindet, bringt mir Kellner Birol mit verschwörerischem Blick ein undefinierbares klebriges braunes Etwas, das optisch am ehesten an den Kot eines Chihuahuas erinnert.

»Hier, für dich, Schwager. Türkische Viagra. Kann heute Nacht nixe schiefgehen.«

Er zwinkert mir zu. Was für ein Blödsinn! Wenn ich bei Aylins Anblick eins *nicht* brauche, dann ist es Viagra. Aber die sicher nett gemeinte Idee meines »Schwagers« wirft eine dumme Frage auf, um die ich mir bisher überhaupt keine Sorgen gemacht habe: Wie lange dauert es in der Türkei normalerweise vom ersten Kuss bis zum ersten Mal? Das ist ja kulturell sehr verschieden. In den USA sind es schätzungsweise fünf Minuten. Aber hier? Ich will mich doch nicht unter Druck setzen, und Aylin auch nicht. Toll, vielen lieben Dank, Herr Schwager. Bis zu diesem Moment hatte ich ein romantisches Rendezvous, jetzt ist es plötzlich eine ganz profane Angelegenheit. Birol nickt mir noch einmal auffordernd zu. Ich füge mich und schiebe mir das Chihuahua-Häufchen in den Mund.

»Mmmmmmm ... äh, ich meine: Ist okay, Chef.«

Das »Viagra« schmeckt erstaunlich gut – eine Mischung aus Honig, Früchten und Nüssen. Ob die blauen Pillen von Pfizer da geschmacklich mithalten können, wage ich zu bezweifeln. Gott sei Dank hat Aylin von der Aktion nichts mitbekommen. Nach dem Zahlen verabschiedet sich Wetterexperte Birol überschwänglich von mir und wünscht mir hinter Aylins Rücken gestisch einen schönen Geschlechtsverkehr. Na bravo.

Aylin und ich gehen Hand in Hand am nächtlichen Strand spazieren, während eine Brise von Birols Strandbar leise Panflötenklänge mit der Melodie von *My heart will go on* herüberweht. Ich bekomme eine Gänsehaut und muss mir heimlich eine Träne aus dem Auge wischen ... Wenn das rauskommt, verliere ich meinen kompletten Freundeskreis.

Wenig später sitze ich mit Aylin auf einem Stein, und wir sehen, wie das Mondlicht sich im nur leicht gekräuselten Meer spiegelt. Aylin erklärt mir, dass man diese Spiegelung auf Türkisch »Yakamoz« nennt – wobei das ›z‹ wie ein stumpfes ›s‹ gesprochen wird. Yakamoz – auf Deutsch klingt das irgendwie weniger romantisch: »von der Meeresoberfläche reflektiertes Mondlicht« ... Aber Yakamoz ... Wenn es die Türken irgendwann in die EU schaffen, sollten sie uns dafür dieses Wort schenken.

Wie in Zeitlupe sehe ich, wie sich Aylins Lippen auf meine zubewegen. Ich spüre ihre Zunge, schließe die Augen, und ein sanftes Kribbeln macht sich in mir breit. Während unsere Umarmung leidenschaftlicher wird, verstärkt sich das Kribbeln und breitet sich auf meinen ganzen Körper aus. Und zwar sehr intensiv. *Zu* intensiv. Es ist jetzt auch kein Kribbeln mehr, sondern eher ein Jucken. Schlagartig wird mir klar: Im türkischen Viagra waren Haselnüsse, und ich erleide gerade einen allergischen Schock. Wieder dehnt sich die Zeit und gibt mir den Raum, mögliche Reaktionen durchzudenken:

1. Einfach weglaufen. (Unklug, wenn man kaum noch Luft bekommt.)
2. Ich sage Aylin, dass ich einen Allergieschock habe. (Vernünftig, aber es muss was Besseres geben.)
3. Wir könnten Sex haben, dabei wälze ich mich so im Sand, dass der Juckreiz aufhört, und wenn Aylin laut stöhnt, merkt sie nicht, wenn ich heimlich mein Asthma-Spray benutze. (Doofe Idee; außerdem will ich später nicht meinem Sohn erklären müssen, dass ich ihn während eines Allergieschocks gezeugt habe.)

Aylin hat sich mittlerweile von mir gelöst und schaut mich besorgt an.

»Alles in Ordnung?«

»Ja klar, wieso?«

»Ja klar, wieso« – bin ich denn geistig völlig umnachtet? Ich versuche, wie James Bond rüberzukommen, und kratze mich dabei wie ein verlauster Schimpanse, der in einem Fass mit Juckpulver gefangen ist, während sich mein Atem anhört, als würde *Wind of Change* von einem Nilpferd gefurzt. Das Schöne an dieser überaus blöden Situation ist: Ich muss sie nicht lange ertragen, denn meine Sinne schwinden und ich werde ohnmächtig.

In meiner Ohnmacht kommt mir ein Erinnerungsfetzen. Als ich als Kind mal hohes Fieber hatte, kam mein Vater zu mir ans Bett, um mich zu trösten.

»Mein Sohn, du bist zwar krank, aber das ist ein gutes Zeichen.«

»Wieso?«

»Genies hatten schon immer körperliche Gebrechen.«

»Und warum?«

»Weil, äh, nun, also, ein körperliches Gebrechen zwingt einen dazu, anders über die Welt nachzudenken.«

»Ich will aber nicht nachdenken. Ich will gesund werden.«

»Natürlich. Du musst nur wissen, dass, äh, also der Satz: ›In einem gesunden Körper wohnt auch ein gesunder Geist‹, das ist Nazi-Ideologie.«

»Aber Papa, sind denn alle gesunden Menschen Nazis?«

»Nun, natürlich nicht alle, aber, ähm ... Und obwohl natürlich auch Goebbels ein körperliches Gebrechen hatte und ich weit davon entfernt bin, ihn als Genie zu bezeichnen, äh ... Was ich sagen wollte, war, nun ja ... Auch wenn nicht alle Nazis gesund waren und nicht alle Kranken Genies sind, äh ...«

Eigentlich wollte er mir wohl sagen: »Mach dir keine Sorgen, alles nicht so schlimm, ich liebe dich.« Aber das wäre natürlich viel zu platt gewesen.

Ich öffne die Augen und befinde mich in der Hölle. Unerträgliche Hitze, bestialischer Gestank, um mich herum stöhnende blutverschmierte Gestalten, die schlimme Qualen erleiden. Offenbar war mein Allergieschock tödlich, und ich hab irgendwie das Jüngste Gericht verpennt. Wahrscheinlich bin ich deshalb in der Hölle, weil ich damals im Geschichtsunterricht, als unser Lehrer uns ein Video mit einer Hitler-Rede vorgespielt hat, schallend gelacht habe. Als Einziger in der Klasse. Ich war einfach überrascht von Hitlers komischem Talent. Ich wurde dann vor den Direktor zitiert, der mir erklärt hat, dass mein Verhalten pubertär und unreif war. Ich habe mich dann auch ordnungsgemäß geschämt und dachte, die Sünde sei damit abgegolten. Das sieht Gott offenbar anders. Die einzige andere Erklärung für meine ewige Verdammnis wäre, dass Gott Borussia-Mönchengladbach-Fan ist und einfach kategorisch alle Anhänger des 1. FC Köln in die Unterwelt verfrachtet.

Da sehe ich Aylin. Aylin und die Hölle – das schließt sich gegenseitig aus. Ich bin verwirrt.

»Wo bin ich?«

»Im Krankenhaus.«

Offenbar versteht man in der Türkei unter dem Begriff »Krankenhaus« etwas anderes als bei uns: Ich befinde mich auf einer Liege im Flur, wo kreuz und quer irgendwelche Betten herumstehen, auf denen Menschen husten, röcheln, bluten, pinkeln und um Hilfe schreien. Alle deutschen Kassenpatienten, die über miese Behandlung nörgeln, sollten unbedingt mal hierherkommen.

»Ich bin so froh, dass du aufgewacht bist. Du warst zwei Stunden bewusstlos. Der Arzt hat dir eine Cortison-Spritze gegeben.«

Der Mann hat mein Leben gerettet. Das ist doch letzten Endes die Hauptsache. Einzelzimmer und Chefarztbehandlung, das ist eh nur was für Weicheier ... Moment, bin ich nicht selbst ein Weichei? Na ja, immerhin habe ich Soldaten und Rosenverkäuferinnen vertrieben. Und mit dem Tod gerungen.

»Aylin, ich möchte dir eine Frage stellen.«

»Ja?!«

»Warst du die ganze Zeit ... *hier*???«

»Ja. Klar.«

Wow. Frauen sind bekanntlich viel geruchsempfindlicher als Männer, und hier ist es selbst für mich kaum auszuhalten. Aylin muss wirklich etwas für mich empfinden. Im Mondlicht und mit einer sanften Meeresbrise in der Nase, da ist es einfach, verliebt zu sein. Aber unter grellen Neonröhren mit einer Duftmischung aus Ammoniak, Urin und Erbrochenem – da zeigt sich, was wahre Liebe ist. Ich lächle Aylin an. Sie lächelt zurück. Ein Arzt kommt vorbei und redet Türkisch mit mir. Ich schaue Aylin fragend an.

»Er will wissen, ob du eine Auslandskrankenversicherung hast.«

9

»Allergieschock?! Mensch, Alter, da hast du ja sicher panikmäßig Panik gekriegt ...«

Es geht doch nichts über einfühlsame Freunde, die einen trösten. Ich ärgere mich ein bisschen, weil ich nicht mal mit meinem Nahtod-Erlebnis angeben kann, denn »Allergieschock« – das klingt nicht mal ansatzweise männlich. »Ich wurde von einem Tiger angefallen« oder »Ich war kurz vorm Gipfel des Mount Everest, als ein Orkan mit 150 km/h auf mich zukam« – das sind Berichte, mit denen man Eindruck schinden kann. Aber »Ich bin fast krepiert, weil ich Haselnüsse gegessen habe« – mit *der* Story kommt man nicht mal in die Apotheken-Umschau.

Allergieschock ... Ich hatte 1994 meine Kriegsdienstverweigerung schon eingereicht, aber sie wurde nicht anerkannt – ausgemustert. Als Kriegsdienstverweigerer kann man bei vielen Frauen noch punkten, vor allem bei Sozialpädagoginnen. Das hat zumindest ein bisschen was Heldenhaftes – aber »untauglich aufgrund von allergischem Asthma«?? Ich hab den Arzt im Kreiswehrersatzamt angefleht: »Bittebittebitte nicht ausmustern! Ich bin doch nicht für *alle* Kampfhandlungen ungeeignet! Wenn wir zum Beispiel mal Krieg führen gegen einen Schurkenstaat mit sehr wenig Blütenpollen ... Oder im Winter, da könnte ich unser Vaterland verteidigen – zumindest wenn keine Felltiere in der Nähe sind.«

Nichts zu machen. T5. Untauglich. Feierabend. Heimlich habe ich mich sogar gefreut. Wer hat schon Lust auf anderthalb Jahre Zivildienst? Aber seitdem verfolgt mich dieses Wort: »Untauglich«. Als Aylin erscheint, habe ich irgendwie Angst, dass sie mich jetzt auch ausmustert.

»Daniel war so tapfer. Schon vier Stunden nach dem Kollaps wollte er wieder ins Hotel.«

Aus ihrem Mund klingt das Ganze viel freundlicher. Türkische Frauen verstehen es, einen als Mann aufzuwerten. Selbst wenn man Erektionsprobleme hätte, würden sie wahrscheinlich noch sagen: »Toll, wie selbstständig dein Penis Entscheidungen trifft.«

Als Aylin mit Mark das Animationsprogramm für den Tag bespricht, bemerke ich, dass sie ihn dabei anfasst: Zunächst legt sie ihm die Hand auf die Schulter, dann streichelt sie ihm über den Rücken. Als Aylin weitergeht, bemühe ich mich, diese Szene zu verdrängen – da sehe ich, dass sie auch einen der Väter beim Reden ständig anfasst. Toll, für mich waren das klare Signale, dass sie was von mir will. Aber wenn sie *alle* Männer anfasst, dann gibt es nur zwei Möglichkeiten: Entweder sie will von *allen* was, oder aber es war mitnichten ein Signal, dass sie etwas von mir will.

Ich muss mit Mark sprechen. Er kennt Aylin länger als ich.

»Ey Alter, dübndüdüüü ... Bei Onkel Pö spielt 'ne Rentnerband seit 20 Jahren Dixieland. 'n Groupie ham die auch, die heißt Rosa oder so, und die tanzt auf dem Tisch wie ein Go-go-go-Girl ...«

Ein so heikles Thema könnte ich niemals direkt ansprechen. Deshalb singe ich erst mal das Lied *Alles klar auf der Andrea Doria*, woraufhin Mark *Hinterm Horizont geht's weiter* anstimmt und ich das Medley mit *Gerhard Gnadenlos* aus dem Album *Sündenknall* abschließe. Dann endlich komme ich zum Thema:

»Du, äh, also, dass, äh, Aylin. Also, dass Aylin ... also, äh, sie fasst andere Männer immer so an, und ich wollte, äh ... mal fragen ...«

»Klar, das macht sie immer. Ist halt ihre Art. Die Türken sind sowieso viel körperlicher als wir. Hat nichts zu bedeuten.«

»Oh. Ach so. Na dann ... Ich hatte nur, als sie *mich* so angefasst hat, da hatte ich den Eindruck, dass ... aber dann eben nicht. Na gut.«

»Du bist eifersüchtig.«

»Ich? Nein, haha, das ... Nein. Wenn das die türkische Art ist ... Dann war das halt ein kulturelles Missverständnis. Tja, gut, dass wir gesprochen haben.«

»Du *bist* eifersüchtig.«

»Ach Quatsch ... Na ja ... Gut, ein bisschen.«

»Ein bisschen.«

»Okay: Ja, ich bin eifersüchtig. Zufrieden?«

Eifersucht ist ein normales menschliches Gefühl. Wir unterscheiden uns eigentlich nur im Umgang damit: Als emanzipierter deutscher Mann schämt man sich für seine Besitzansprüche, als Türke haut man den Konkurrenten eine runter.

Wir emanzipierten deutschen Männer sind echt die ärmsten Säue: Es ist doch schon scheiße genug, wenn man eifersüchtig ist – aber dann muss man sich auch noch dafür *schämen*. Es ist unglaublich anstrengend, wenn man ein guter Mensch sein will.

In meiner letzten Beziehung habe ich meiner Freundin immer die Freiheit zugestanden, sich auch mal mit einem anderen Mann zu treffen. Die Gespräche danach hörten sich etwa so an:

»Und – wie ist er so, der Jan?«

»Er ist ein Langweiler.«

»Aha. Und wenn er ein Langweiler ist, warum triffst du dich mit ihm?«

»Nur so. Wir reden über alte Zeiten.«

»Oh, und wie waren die so, eure alten Zeiten?«

»Langweilig.«

»Also du redest mit einem Langweiler über langweilige Zeiten.«

»Genau.«

»Gut.«

Natürlich haben wir beide gelogen. Sie fand den Langweiler Jan eigentlich überhaupt nicht langweilig. Und ich fand es auch nicht *gut*. Im Gegenteil, Jan hatte reichlich Muskeln und löste bei mir Minderwertigkeitskomplexe aus. In meiner Phantasie habe ich mich dann gerächt, indem ich Popstar wurde und einen Hit schrieb, in dem es darum ging, dass Jan nur einen Hoden besitzt und es sich bei diesem auch noch um einen Wanderhoden handelt ... Wenn man von Eifersucht zerfressen zu Hause sitzt und wartet, dass seine Freundin endlich nach Hause kommt, dann hat man halt seltsame Ideen. Obwohl, der Refrain war eigentlich gar nicht schlecht:

Es geht ein Ei auf Wanderschaft
Im Körper hin und her
Jan hat zwar reichlich Muskelkraft
Doch ist sein Säcklein leer.

Meine Phantasie ging dann so weiter: Das Lied wird Nummer eins und Jan in ganz Deutschland zum Gespött – sodass er schließlich keine andere Möglichkeit sieht als auszuwandern; meine Freundin kehrt zu mir zurück, aber ich bin inzwischen mit Penelope Cruz zusammen, die bei dem Lied meine Duett-Partnerin war; schließlich ziehen wir zu dritt in ein Märchenschloss auf Rügen, wo wir in einem Whirlpool wilden animalischen Sex haben ... Also eine ganz normale Eifersuchtsphantasie.

»Äh, Mark, du meinst also, Aylin macht das immer. Dass sie so ... körperlich mit anderen ist?«

»Ja.«

»Das heißt, wenn ich mit Aylin lebe, muss ich mir jahrelang angucken, wie sie an anderen Männern rumfummelt?«

»Na ja, *rumfummeln* ist vielleicht das falsche Wort ...«

In diesem Moment sehe ich, wie Aylin einem Kellner den Nacken massiert. Mein Magen verkrampft zu einem einzigen Klumpen. Am liebsten würde ich zu dem Kellner hingehen und eine Prügelei anfangen.

Mit dieser Idee bin ich aber äußerst unzufrieden. Mein Unterbewusstsein soll sich gefälligst dem intellektuellen Niveau meines Bewusstseins anpassen. Wozu habe ich drei Bücher des Dalai Lama gelesen, wenn sich meine Instinkte auf dem Level eines Halbzeit-Interviews mit Lukas Podolski befinden?!

»Daniel?«

»Ja?!«

»Du knurrst.«

»Was?«

»Du knurrst.«

»Wie, ich knurre?«

»Du knurrst. Wie ein Hund, bevor er zubeißt.«

»Ich knurre doch nicht.«

»Aber eben, als du Aylin und den Kellner angestarrt hast.«

»Ich habe geknurrt?«

»Jep.«

»Tja … Dübndüdüüü …«

Das darf ja wohl nicht wahr sein! Vor zwei Monaten habe ich das Buch *Die Liebe ist das Kind der Freiheit* gelesen, und jetzt knurre ich beim Anblick einer Nackenmassage.

»Weißt du was, Daniel?«

»Hm?«

»Türkische Frauen mögen es, wenn Männer eifersüchtig sind.«

»Wirklich?«

»Ja, das sehen sie als Zeichen von Liebe.«

»Nicht als Zeichen von Arschlochsein?«

»Nein. Du kannst einfach zu ihr hingehen und sagen: ›Baby, wir sind jetzt ein Paar, so läuft das nicht.‹«

»Aber wir haben uns gerade zweimal geküsst. Ich weiß nicht mal, ob wir ein Paar sind.«

»Sie wird das verstehen. Sie ist Türkin.«

»Aber ich bin nicht Sean Penn.«

»Daniel. Es stört dich doch. Also sag's einfach.«

»Toll. Das sagt einer, der seiner Exfrau zwei Seitensprünge verziehen hat.«

»Stimmt doch gar nicht.«

»O doch.«

»Nein. Es waren *drei*.«

»Na bitte.«

»Und wahrscheinlich hat sie mich genau deshalb verlassen. Wenn ich nach dem ersten Mal hingegangen wäre und gesagt hätte: ›Baby, so läuft das nicht‹ – dann …

»Dann wärst du nicht Mark.«

Eine unangenehme Pause entsteht. Mark versinkt in den Erinnerungen an das katastrophale Ende seiner Ehe und schwankt kurz zwischen den Möglichkeiten »in Tränen ausbrechen« und »Udo Lindenberg imitieren« hin und her, bis er sich natürlich für Letzteres entscheidet.

»Also, Alter – sei ein panikmäßiger Mann und sag deiner Hammerbraut, sie soll die Fummelei el-schnello-mäßig einstellen.«

Drei Stunden später bin ich wieder mit Aylin in Birols Strandbar verabredet. Als ich eintreffe, kommt Birol mit ausgebreiteten Armen auf mich zugerannt – zum zweiten Mal da, das heißt in der Türkei: Stammgast. Und dann wird man geradezu enthusiastisch begrüßt. So eine Begrüßung erlebt man in Deutschland höchstens, wenn man nach einer fünfjährigen Weltreise seine Eltern wieder trifft.

»Schwager, du biste da! Ich freue so sehr! Guck mal, ich habe deine Tisch wie immer! Oh, ich große Freude, Vallaha große Freude!«

Es folgen eine innige Umarmung, die üblichen Wangenküsschen und ein extrem heftiges Schulterklopfen, das bei Kalkmangel definitiv eine Trümmerfraktur nach sich ziehen würde. Dann kommt es wieder zu einem unserer tiefgründigen philosophischen Gespräche:

»Und? Alles gut, Schwager?«

»Ja.«

»Gut.«

»Ja, gut.«

»Sonne gut, immer alles gut.«

Diesmal komme ich ihm zuvor:

»Ja. Nicht wie in Deutschland.«

Dieser Satz löst unfassbaren Jubel bei ihm aus. Jetzt bin ich endgültig Familienmitglied. Er spendiert mir einen Raki, und ich verkneife mir den Satz »Wetter in Deutschland immer Regen« – aus Angst, dass er mich dann adoptiert.

Aylin ist diesmal nur 55 Minuten zu spät. Zum ersten Mal unter einer Stunde – unsere Beziehung tritt in eine neue Phase ein. Diesmal trägt sie ein rotes Minikleid, das hinter dem Rücken zusammengebunden ist. Ich verliebe mich spontan noch mal in sie. Für ungefähr 30 Sekunden bin ich der glücklichste Mensch der Welt. Dann merke ich: Es hat sich etwas verändert im Vergleich zu unserem letzten Rendezvous. Plötzlich spüre ich die Blicke der anderen Männer auf Aylins Dekolleté und Rücken – und habe das Bedürfnis, wie ein Orang-Utan auf den Tisch zu springen, auf meine Brust zu trommeln und zu brüllen: »MEINE!!!«

Das mache ich natürlich nicht. Stattdessen versuche ich vergeblich, mir eine Stelle aus *Die Liebe ist das Kind der Freiheit* ins Gedächtnis zu rufen. Toll, wozu liest man diese Bücher, wenn man sich im entscheidenden Moment nicht daran erinnert?! Ah, jetzt weiß ich's wieder: Man sollte neunzigminütige Beziehungsgespräche führen, nach festen Regeln, mit einer Stoppuhr ... Schwachsinn, doch nicht jetzt! Was hatte noch der Dalai Lama gesagt? Man soll ein Licht der Liebe anzünden ... Sehr gut! Oder war das Osho? Egal – und wie geht das überhaupt? Ich habe drei Rakis auf leeren Magen getrunken; wie zum Teufel soll ich mit 1,6 Promille und Sodbrennen ein Licht der Liebe entzünden?! Außerdem hab ich nicht mal ein Feuerzeug dabei.

»Alles okay, Daniel?«

»Ja. Wieso?«

»Na ja, du hast so komisch geguckt.«

»Ach so. Nein, das war nur ... äh ... Aylin?«

»Ja?«

»Ich hab mich heute gefragt ... Also, es war nur so eine Beobachtung, dass äh ... Also, du ... Es hatte sicher nichts zu bedeuten, aber du hast ... Also, du bist ziemlich körperlich, was den Kontakt mit anderen Menschen betrifft – wobei ich jetzt nicht *alle* Menschen meine, sondern eher die *eine* Hälfte ... also nicht die Frauen. Um nicht zu sagen, die, äh, Männer.«

»Ja?«

»Nun, also, was die körperliche Nähe zu diesem Teil der Menschen betrifft, äh, also, mir ist natürlich bewusst, dass die türkische Kultur in dieser Frage eine ganz andere Tradition, also eine kulturell bedingte kulturelle Kulturtradition ... also, dass man sich hier halt eher mal anfasst.«

»Ja?«

»Das ist ja in Deutschland irgendwie so ein bisschen, äh, also, äh, anders. Wir geben uns eben die Hand, und das war's. Gut, in den letzten Jahren begrüßen sich manche auch mit ›Küsschen links, Küsschen rechts‹. Das kommt von den Franzosen, glaub ich. Aber ist ja auch egal. Was ich sagen wollte ...«

»Du bist eifersüchtig, weil ich andere Männer anfasse.«

»Das äh ... ist sehr direkt formuliert, aber na ja, irgendwie, äh, ja.«

»Und du hättest es lieber, wenn ich das nicht tun würde.«

»Oh, das, das ... klingt jetzt aber sehr brutal, wenn du's so sagst, aber ... äh ... ja.«

Ich habe eine kurze Vision: An Aylins Stelle sitzt mir Michael L. Moeller gegenüber, der Autor von *Die Liebe ist das Kind der Freiheit*, und fragt mich kopfschüttelnd, ob ich denn aus seinem Buch gar nichts gelernt habe. Dann kommt der Dalai Lama als Kellner vorbei und fragt, ob er jetzt das Licht der Liebe servieren darf.

Im Hier und Jetzt sitzt Aylin mir gegenüber. Ihr steigen Tränen in die Augen. Ist sie enttäuscht von mir? Mustert sie mich jetzt aus?

»Du bist unglaublich, Daniel ...«

Unglaublich *was*? Unglaublich primitiv? Unglaublich besitzergreifend?

»... unglaublich warmherzig. Ich habe noch nie einen Mann erlebt, der so süß eifersüchtig wird.«

»Du ... du findest das nicht bescheuert?«

»Quatsch. Du bist doch ein Mann.«

»Du bist doch ein Mann.« Aus Aylins Mund klingt alles so unkompliziert. Ich bin ein Mann. Also habe ich auch das Recht, eifersüchtig zu sein. Die türkische Kultur gefällt mir immer besser. Michael L. Moeller sollte sich unbedingt mal mit Aylin unterhalten.

»Es stimmt, ich fasse alle ständig an ... Tja, Daniel, ich war halt zu lange Single.«

»*War*?!«

»Ja.«

»Das heißt, du siehst das auch so, dass wir zwei jetzt, also, dass wir ...«

»... ein Paar sind.«

Aylin lächelt mich an. Ich lächle zurück. Mehr gibt es nicht zu sagen. Wir sind ein Paar. Ich kann mein Glück kaum fassen.

Unsere Hände berühren sich in der Tischmitte, und mein Körper zeigt mir, dass er auch ohne Allergieschock in Wallung geraten kann.

Ich weiß genau, dass ich mich daran noch in 50 Jahren erinnern werde: ein ganzer Abend, an dem ich nicht das geringste Bedürfnis verspüre, Udo Lindenberg zu imitieren. Und ich habe dazugelernt: Diesmal lehne ich Birols Angebot mit dem türkischen Viagra ab.

Nach dem Essen schlendern wir Hand in Hand im Mondlicht zum Hotel zurück, vorbei am Pool, hin zum Wohnbereich der Animateure, und auf einmal steht eine ganz banale Frage im Raum: Soll ich mit reinkommen? Diese Thematik kenne ich eigentlich nur aus dem Fernsehen. Da heißt es immer: »Willst du noch auf einen Kaffee mitkommen?« Aber das fällt schon mal flach, denn Aylin trinkt grundsätzlich Tee. Und ich habe noch *nie* eine Serie oder einen Film gesehen, in dem eine Bett-Beziehung anfängt mit »Willst du noch auf einen Tee mitkommen?« – nicht mal bei *Sex and the City*, und die haben doch keine Perversion ausgelassen. Woran liegt das eigentlich? Ist Tee so abturnend? Klar, wenn man sagen würde: »Komm mit – ich mach uns einen Blasentee«, oder: »Soll ich uns Löwenzahnwurzeln aufgießen, ist sehr gut für den Magen-Darm-Trakt?« – das wäre eventuell kontraproduktiv. Aber eine Ostfriesen-Mischung von Meßmer ist doch nicht unerotischer als Dallmayr Prodomo.

Aylin sagt einfach gar nichts. Sie gibt mir einen intensiven Zungenkuss und verschwindet dann alleine in ihrem Zimmer. Klar, es wäre definitiv zu früh gewesen. Und sie hat morgen wieder einen harten Arbeitstag. Apropos *hart* ... Mein Unterbewusstsein wäre wohl doch sehr gerne auf einen Kaffee mitgegangen. Meine Erektion klingt schon auf dem Weg zu meinem Zimmer wieder ab, weil der Gedanke an Sex von Sorgen über die Zukunft meiner Beziehung mit Aylin verdrängt wird:

- Wird Aylins Vater einen deutschen Freund für seine Tochter akzeptieren?
- Hat er Aylin vielleicht schon für viel Geld dem Sohn eines Mafiabosses versprochen?

- Wird Aylin von mir verlangen, dass ich mich beschneiden lasse?
- Beherrscht Aylins Bruder asiatische Kampfsporttechniken? Und wenn ja, wie viele Knochen bricht er mir, wenn er merkt, dass ich mit seiner Schwester zusammen bin?
- Wird mich die Familie vielleicht irgendwann im Schlaf betäuben, und ich wache am nächsten Morgen beschnitten auf?*

Faszinierend, wie Zukunftsängste sexuelles Verlangen einfach abschalten können.** So liege ich um 4 Uhr 27 und 38 Sekunden immer noch wach und zappe mich zu KRAL, dem türkischen MTV, wo sich der jammernde türkische Macho erneut von Autos und Lkws überfahren lässt. Als ich noch darüber nachsinne, ob ich ihn auf der Zlatko-Skala mit einer 0,87 oder 0,88 einordnen soll, schlafe ich endlich ein.

Im Traum erklärt mir der türkische Regierungschef Erdoğan, dass er meine Beziehung mit Aylin erst erlauben wird, wenn die Türkei gleichberechtigt in die EU aufgenommen wird. Dann flüstert mir der Kölner Geißbock ins Ohr, dass der Trainer von Energie Cottbus ihn heimlich beschnitten hat. Schließlich erscheint Marcel Reich-Ranicki und kritisiert, dass ich völligen Schwachsinn träume.

* Liebe türkische Leser, mir ist klar, dass diese meine Fragen auf primitiven Klischees beruhen, die die Angst vor unseren türkischen Mitmenschen schüren sollen. Es ist natürlich genauso denkbar, dass Aylins Vater Vorsitzender einer Menschenrechtskommission der Vereinten Nationen ist und ihr Bruder als Pädagoge in der Waldorfschule über die Vorzüge von Holzspielzeug referiert. Aber ich mache mir einfach gerne Sorgen. Ist ein Hobby von mir.

** Es kann sogar zu einer Erektionsschwäche führen, wenn man z.B. vor dem Beischlaf stundenlang grübelt, ob es nicht zu gefährlich ist, mit einem relativ langsamen Abwehrspieler wie Alpay auf Abseits zu spielen. Ist mir aber nur einmal passiert. (Und übrigens, es *ist* zu gefährlich, so hat sich der 1. FC Köln in der Saison 2006/07 mehrere Gegentreffer eingefangen.)

10

Drei Tage später stehe ich mit einem Koffer in der Lobby. Aylin legt ihren Kopf an meine Brust - wir werden uns jetzt einen ganzen Monat nicht sehen. Aylin arbeitet noch bis Ende September im Rixa Diva, dann kehrt auch sie nach Köln zurück. Ich befinde mich in einem diffusen Schwebezustand und habe wahrscheinlich genau diesen Gesichtsausdruck zwischen Kiffer und Dorfdepp, der alle Frischverliebte auszeichnet. Natürlich bin ich auch etwas traurig - seit E.T. damals zurück in sein Raumschiff gewatschelt ist, hasse ich Abschiede -, aber eigentlich könnte es mir nicht besser gehen. Diese beiden Wochen, in denen ich eigentlich nur ein bisschen entspannen und meine zerbrochene Beziehung hinter mir lassen wollte, haben mein ganzes Leben auf den Kopf gestellt. Neben uns steht Mark, die Unterlippe lindenbergmäßig nach unten gezogen, aber er weiß nicht, was er sagen soll. Sogar Birol ist von seiner Strandbar rübergekommen, um mich zu verabschieden.

»So, Schwager, jetzt du fliege wieder in die Kalte und die Rege.«

»Tja.«

Da sehe ich, wie die dicke Russin, meine Whirlpool-Bekanntschaft, in den gläsernen Aufzug stapft, ihr hinterher ein schmächtiger älterer Herr. Beide im Bademantel. Während der Aufzug sich zum dritten Stock hinaufquält, sehe ich, wie ihre Hand zärtlich an seinem Rücken entlanggleitet. Offenbar bin ich nicht der Einzige, der in den letzten Wochen sein Glück gefunden hat.

Der Bus kommt. Während das Gepäck eingeladen wird, verabschiede ich mich von Birol (»Wenn du wolle schöne Wetter, komme wieder Türkei!«) und Mark (»Immer lustig und vergnügt, bis der Arsch im Sarge liegt …«). Dann kommt der schwierige Teil: Aylin. Ich habe mir die halbe Nacht den Kopf zerbrochen, was ich ihr zum Abschied sagen soll. Hier meine Top-5-Abschiedssätze:

5. »Ich schau dir in die Augen, Kleines.« (Zu abgenudelt, außerdem keine gute Übersetzung von »Here's looking at you, kid«.)
4. »Das mit uns ging so tief rein, das kann nie zu Ende sein.« (Zwar eine relativ romantische Udo-Lindenberg-Imitation, aber eben immer noch eine Udo-Lindenberg-Imitation.)
3. »Ich liebe dich.« (Eigentlich schön, aber erstens nicht von mir, und zweitens sehr von der richtigen Betonung abhängig; ich habe mal ein Sat.1-Movie gesehen, da sagte der Hauptdarsteller am Ende zu seiner Traumfrau: »Ich liebe dich«, und es klang etwa so gefühlvoll wie »Ich hab Brötchen mitgebracht«.)
2. »Ich bin immer bei dir!« (Das hat E.T. damals zu Elliot gesagt. Aber dazu müsste dann auch mein Zeigefinger rot aufleuchten.)
1. »Aylin, ich danke dir! Du bist die schönste, liebevollste und aufregendste Frau, die ich jemals getroffen habe. Du hast meine Seele gerettet, und ich möchte den Rest meines Lebens mit dir verbringen – ich liebe dich.« (Das wäre nicht nur ehrlich, sondern auch romantisch und sehr, sehr schön. Aber so etwas kann ich niemals sagen, da hat mir irgendein Idiot einen Romantik-Spam-Filter ins Sprachzentrum eingebaut.)

Wir umarmen und küssen uns – und sagen einfach gar nichts. Auch 'ne Lösung. Dann steige ich in den Bus und winke Aylin von meinem Sitzplatz aus zu. Ich erwische mich dabei, dass ich die normale Daniel-Winke korrigiere, weil sie mir nicht männlich genug erscheint. Kann man überhaupt männlich winken? Hat John Wayne jemals gewunken, oder Rambo oder der Terminator? Nein, Teletubbies winken oder kleine sprechende Erdmännchen, aber es ist schwer, sich einen winkenden Killer-Roboter vorzustellen. Obwohl, seit Schwarzenegger Gouverneur von Kalifornien ist, muss er ja auch in der Öffentlichkeit winken. Das ist die Rache des Schicksals, weil Schwarzenegger ein ewiges kosmisches Gesetz gebrochen hat: Bodybuilder sind mit Traumfrauen zusammen, dafür sind Bierbäuche an der Macht. Das war immer so, und so bleibt die Welt schön im Gleichgewicht. Wenn jetzt ein Bodybuilder an die Macht kommt, dann muss er wenigstens winken – dann sieht er albern aus, und alles ist wieder im Lot.

Ich stelle das unmännliche Winken jetzt ganz ein und fühle mich wie John Wayne. Natürlich ist es cooler, alleine auf einem Pferd in den Sonnenuntergang zu reiten, als in einem Neckermann-Bus voller Pauschaltouristen mit Adiletten zum Flughafen zu fahren. Aber es kommt auf die innere Haltung an. Und die stimmt. Bis ich nach ziemlich genau zehn Sekunden sehe, wie Aylin sich Tränen aus dem Gesicht wischt. Plötzlich werden auch meine Augen feucht – jetzt wäre exakt der richtige Moment für den Bus loszufahren.

Leider spielt sich draußen eine Szene ab, die die Abreise vorerst unmöglich macht: Das gesamte männliche Animations-Team bringt einer 20-jährigen Blondine die Koffer zum Bus. Aylin hat mir erzählt, dass das Koffer-zum-Bus-Bringen ein geheimer Code in Animateurskreisen ist. Es bedeutet: Ich habe mit ihr geschlafen. In diesem Fall würde es bedeuten, dass die Blondine mit dem kompletten Team im Bett war – herzlichen Glückwunsch. Jetzt muss sie sich natürlich von jedem Einzelnen ausgiebig verabschieden.

Ich versuche, meine Traurigkeit zu bekämpfen, indem ich Mark mit ein paar coolen Udo-Lindenberg-Gesten dazu animiere, dass er jetzt udomäßig auf der Stelle tänzelt und ein imaginäres Mikrofon durch die Luft schleudert. Jetzt muss auch Aylin wieder lachen. Die Blondine ist inzwischen im Bus und versucht, ihre Animationsfreunde draußen mit Blitz durch die getönte Scheibe zu fotografieren. Die Zeit der Blondinenwitze ist zwar vorbei, aber dieses Exemplar hat irgendwie überlebt.

Der Bus fährt an, mein Herz bekommt einen kleinen Stich, die Feuchtigkeit kehrt in meine Augen zurück, und ich kann einfach nicht anders – ich winke. Aylin winkt zurück, läuft dem Bus einige Meter nach und schüttet Wasser hinterher. Eine türkische Tradition, die so viel bedeutet wie: Die Reise soll fließen wie das

Wasser. Oder so. Hat Aylin mir vorher erklärt. Vielleicht heißt es auch: Das Flugzeug soll nicht ins Wasser stürzen; oder man soll nicht immer nur Tomatensaft bestellen; oder der Fahrer soll endlich mal den Bus waschen.

Aylin wird immer kleiner, dann biegt der Bus um die Ecke, und ich kann sie nicht mehr sehen. Aus dem Blick. Weg. Nicht da. Verschwunden. Fort. Abwesend. Nicht mehr bei mir ... Es fühlt sich seltsam an. Hab ich diese zwei Wochen vielleicht nur geträumt?! Schnell ziehe ich meine Digitalkamera aus der Tasche und öffne die Bildergalerie:

- Aylin vor dem Hotel-Pool
- Aylin vor dem Hotel-Pool, aber ein bisschen näher rangezoomt
- Aylin vor dem Hotel-Pool, jetzt längs statt quer
- Aylin vor dem Hotel-Pool, aber aus einem leicht veränderten Blickwinkel
- Aylin vor dem Hotel-Pool, aus dem anderen Winkel, ein bisschen näher rangezoomt
- Aylin vor dem Hotel-Pool, aus dem anderen Winkel, jetzt längs statt quer
- Aylin vor dem Hotel-Pool, ohne das Rixa-Diva-Animations-Team-T-Shirt
- Aylin am Strand
- Aylin am Strand
- Aylin am Strand
- Aylin am Strand
- Aylin am Strand
- Aylin am Strand
- Aylin am Strand
- Aylin am Strand
- Aylin am Strand
- Aylin am Strand, mit Muschel in der Hand
- Aylin am Strand, Küsschen gebend
- Aylin am Strand, als Silhouette, mit Sonnenuntergang
- Aylin am Strand, geblitzt, mit Sonnenuntergang
- Aylin am Strand, nachdem die Sonne untergegangen ist

Als der Bus nach 157 weiteren Aylin-Fotos am Flughafen ankommt, bin ich immer noch nicht durch. Ich habe in zwei Wochen mehr Fotos von Aylin gemacht als zehn Paparazzi von Britney Spears. Auf jeden Fall kann ich mir sicher sein, dass ich nicht geträumt habe.

Leider gibt es nur zwei Bilder, auf denen ich auch mit drauf bin: Das erste zeigt mich mit Aylin in Birols Strandbar (man sollte nie die Kellner Fotos machen lassen, die wollen immer nur zeigen, wie schön ihr Restaurant ist; die Dekopalmen sind dreimal größer im Bild als Aylin und ich); das zweite ist eine Großaufnahme, auf der wir uns küssen (das Foto habe ich selbst mit ausgestrecktem Arm gemacht, dadurch sind die Köpfe ganz unten, und darüber das Schild »Nicht vom Beckenrand springen« in fünf Sprachen).

Bei der Passkontrolle bekomme ich noch einmal eine Lektion in puncto Macho-Verhalten: Trotz einer beträchtlichen Warteschlange nimmt sich der Beamte, der eine verspiegelte Sonnenbrille trägt, gut und gerne fünf Minuten Zeit pro Reisepass. Dabei starrt er mit einem »Ich bin wichtig«-Blick, der durch die Spiegelgläser nur zu erahnen ist, auf seinen Bildschirm. Dann hämmert er urplötzlich seinen Stempel so wuchtig aufs Papier, als gäbe es beim »Hau den Lukas« einen Bordell-Gutschein zu ergattern, und schiebt anschließend den Pass mit demonstrativer Gleichgültigkeit zurück.

Dieses Ritual wiederholt sich gut zehnmal, bis ich nach einer Stunde endlich an der Reihe bin. Der Grenzbeamte hat nicht bedacht, dass sich in der Sonnenbrille sein Monitor spiegelt. So sehe ich, dass er mitnichten mit der Passkontrolle beschäftigt ist, sondern mit einem Computer-Autorennen. Gerade überschlägt sich sein Wagen mehrfach. Das ist die Erklärung für die Wucht beim Stempeln: Bei jedem Crash lässt er seine Wut an einem Reisepass aus.

Ich betrete den Flieger und schaue auf meine Boarding-Karte: Seat 22 B. Ich muss mich also durchs ganze Flugzeug schieben und habe nur einen Wunsch: nicht wieder neben dem Typen von der Deutschen Vermögensberatung. Da sehe ich ihn schon von Weitem sitzen. O nein, ich bin bei Reihe 14, und er sitzt noch mindestens sechs Reihen weg – das wird eng. Reihe 15, Reihe 16, Reihe 17 ... Der Typ von der Vermögensberatung hat mich erkannt und wendet den Kopf ab. Reihe 18, Reihe 19 ... Yes, er sitzt in Reihe 20! Und ich sitze ... neben der Blondine, die mit dem kompletten Animations-Team geschlafen hat.

Zum ersten Mal in meinem Leben sitze ich im Flugzeug neben einer attraktiven Frau, und mein einziger Gedanke ist: Hoffentlich schaltet die Dummbratze* ihr Handy bald aus. Aber offenbar bin ich Zeuge eines Weltrekordversuchs im Schnell-Simsen. Ich bin beeindruckt, in welch atemberaubender Geschwindigkeit man mit vier Zentimeter langen Fingernägeln eine winzige Nokia-Tastatur bedienen kann. Ich zähle in fünf Minuten nicht weniger als 21 geschriebene und 27 empfangene SMS, die unter anderem folgenden Dialog enthalten:

- HDZFG
- GGG
- HASE
- VERMINI
- IKDÜWDGH
- ILDÜWDGH
- YY
- GS

Für SMS-Unkundige, hier die Übersetzung:

- Hab dich zum Fressen gern
- Ganz großes Grinsen
- Habe Sehnsucht
- Vergiss mich nicht
- Ich küsse dich überall, wo du's gern hast
- Ich lecke dich überall, wo du's gern hast

* Liebe blonde Leserinnen, ich möchte nur klarstellen, dass ich das despektierliche Wort »Dummbratze« hier unabhängig von der Haarfarbe meiner Sitznachbarin verwende; der aggressive Unterton rührt von meiner Angst her, dass die Dame mit ihrem Handy einen Flugzeugabsturz verursachen könnte.

- Yammi yammi
- Große Sehnsucht (könnte auch ›geiler Stecher‹ oder ›gepiercte Schamlippen‹ heißen, da bin ich unsicher)

Zu allem Überfluss hat die Blondine auch noch ein weibliches Stöhnen als SMS-Signalton, sodass die übrigen Fluggäste denken, dass ich es ihr gerade heimlich besorge. Nach der 44. empfangenen SMS kommt endlich die Stewardess und bittet meine Sitznachbarin höflich, das Handy abzuschalten. Schmollend fügt sie sich in ihr Schicksal, blättert dann gut eine halbe Minute gelangweilt im Board-Shop-Magazin, bis sie sich schließlich mir zuwendet.

»Hi. Ich bin Viviane.«

»Daniel.«

»Ey, warst du nicht auch im Rixa Diva?«

»Ja.«

»Ey, ist das ein geiles Hotel oder ist das kein geiles Hotel?«

»Ja, ich fand's auch schön.«

»Ey, einfach nur geil. Aber so richtig geil. Geil, geil, geil.«

Ich dachte eigentlich, Bruce und Bongo hätten das Wort »geil« Ende der 80er-Jahre mit ihrem unfassbar dämlichen Nummereins-Hit *Everybody's geil* ins linguistische Grab gesungen. Hoffentlich bleiben späteren Generationen wenigstens »turbogeil«, »endgeil« und »geilomat« erspart.

»Boah, und die Animateure – erste Sahne, absolut erste Sahne. Ey, türkische Männer ... Geil, einfach geil!«

»Was, würdest du sagen, haben türkische Männer, was wir deutschen nicht haben?«

»Na ja ... Sex-Appeal.«

»Sex-Appeal.«

»Genau: Sex-Appeal. Weißte, das sind einfach Männer, die machen nicht lange rum, so ›Darf ich dich einladen‹, ›Darf ich dich anfassen‹, ›Darf ich dich küssen‹, blablabla ... Die *machen's* einfach.«

Interessant. Einfach *machen*. Ich fürchte allerdings, diese Regel gilt nicht für Reiner-Calmund-Imitationen. Als ich im Board-Shop-Magazin die Yves-Saint-Laurent-Werbung sehe, bin ich versucht, meine beim Hinflug vergeigte Pointe an Viviane zu testen, werde aber zum Glück von der Stewardess gestoppt:

»Wir haben soeben die Starterlaubnis erhalten. Bitte schalten Sie alle elektronischen Geräte aus und bringen Sie Ihre Rückenlehnen in eine aufrechte Position ... Wi häff rezieft se schtarting pörmischen ...«

Englisch mit kölschem Akzent – diese unfreiwillige Comedy-Einlage kann ich leider nicht richtig genießen, denn meine Flugangst meldet sich zurück. Automatisch fährt meine Hand zum Asthma-Spray. Es ist nicht da. O nein, schon wieder im Gepäckfach. Der ideale Moment, in Panik zu geraten. Aber irgendetwas in mir sträubt sich. Ich habe keine Lust, Viviane das Bild der deutschen Weichei-Männer zu bestätigen. Im Geiste lasse ich die Bilder an mir vorüberziehen, wie ich die Soldaten und Rosenverkäuferinnen in die Flucht geschlagen habe, wie ich dem Tod von der Schippe gesprungen bin, wie ich Aylin tapfer mit meiner Eifersucht konfrontiert habe ... Ich atme tief durch. Ein leichtes Rasseln – aber kein Grund für das Asthma-Spray. Ich packe das!

Mir fällt auf, dass Viviane merkwürdig still geworden ist. Ihr Lipgloss schimmert jetzt nicht mehr knallrot, sondern rosa. Ich stehe kurz neben mir und höre mich sagen:

»Keine Sorge! Flugzeuge sind statistisch gesehen die sichersten Fortbewegungsmittel überhaupt.«

Unglaublich! Ich, Daniel, die personifizierte Flugangst, rede während des Startvorgangs beruhigend auf meine Sitznachbarin ein. Ein absoluter Durchbruch ... Okay, ich habe es mit der Stimme von Reiner Calmund gesagt. Aber die Stimme von Reiner Calmund klingt definitiv beruhigender als meine. Und es wirkt: Viviane lacht!

»Ey, das klingt wie Reiner Calmund.«

»Ja, natürlisch, dat hab isch mit dem Ruddi Völler alles jeklärt: Wenn im Fluchzeusch ene Blondine neben dir Fluchangst hat, dann, hat dä Ruddi jesagt, sprisch so wie dä Calli, dann lacht die Blondine, dann hatt se auch keine Fluchangst mehr, dat is hundertprozentig klar, da müssen wir überhaupt nit drübber diskutieren ...«

»Ey geil. Das ist ja wohl obergeil.«

Obergeil. Das Wort gibt's also auch noch ... Ein Luftloch. Wahrscheinlich sind wir schon über Griechenland, denn mein Magen tanzt Sirtaki. Da bemerke ich, dass Viviane vor Angst ihre Fingernägel in meinen Oberschenkel krallt, und zwar bedenklich weit oben. Was noch vor ziemlich genau 14 Tagen eine heiße erotische Phantasie gewesen wäre, wird in diesem Moment zu einem echten Problem, denn ich habe Angst, jetzt eine Erektion zu bekommen. Das würde doch bedeuten, dass ich etwas von Viviane will – ein kleiner Betrug an Aylin, und das nicht mal zwei Stunden nach der Verabschiedung. Ich konzentriere mich also auf meine Flugangst, um mich von der sexuellen Erregung abzulenken. Das führt allerdings dazu, dass meine Bronchien enger werden. Dann spielen sich in kurzer Zeit folgende Ereignisse ab: Trotz der erleuchteten Anschnallzeichen stehe ich auf und öffne das Gepäckfach. Ein zweites Luftloch überstehe ich heldenhaft, indem ich mich an einer Kopflehne festkralle. Exakt in dem Moment, als ich bemerke, dass es gar keine Kopflehne ist, sondern der Kopf des Vermögensberaters, befördert das dritte Luftloch Vivianes Beauty-Case mit Schwung aus dem Gepäckfach und verletzt nur deshalb niemanden auf den gegenüberliegenden Sitzen, weil mein Schädel den Flug sanft abfedert. Ich sehe Sternchen und sacke zusammen.

Meine dritte Ohnmacht in zwei Wochen – das ist neuer Rekord. Als ich aufwache, ist mein Asthma verschwunden. Super, ich werde dem Gesundheitsministerium mitteilen, dass ich einen Durchbruch in der Asthmatherapie erzielt habe: K.-o.-Schläge! Wenn sich demnächst in Köln-Mülheim meine Bronchien verengen, gehe ich einfach in ein türkisches Männercafé und sage: »Wussten Sie schon, dass die meisten Touristenattraktionen in der Türkei von Griechen erbaut wurden?« – und schon werde ich kostenlos geheilt.

Während ich mich noch an dieser genialen Idee erfreue, merke ich: Mein Kopf liegt auf Vivianes Schoß. Ich schrecke hoch und stoße mir den Schädel am Vordersitz. Dann fragt mich die Stewardess mit wütendem Blick, ob ich denn wahnsinnig sei, kurz nach dem Start bei Turbulenzen das Gepäckfach zu öffnen. In meinem noch leicht benommenen Gehirn formen sich mögliche Antworten:

- Herzlich willkommen bei der versteckten Kamera! (Nette Idee, aber dazu hätte ich vorher eine Kamera verstecken müssen.)
- Tut mir leid, aber ich bin ein Außerirdischer vom Planeten Xonon 7. Ich habe diesen Körper erst vor wenigen Tagen besetzt und bin mit den Gepflogenheiten auf der Erde noch nicht so recht vertraut. (Relativ unglaubwürdig.)
- Meine Sitznachbarin stand kurz vor einer Panikattacke, und da wollte ich ihr nur schnell eine Heroinspritze aus meiner Tasche holen. (Bis auf die Heroinspritze genial, das sag ich.)

»Also, äh, es war so: Meine Sitznachbarin stand kurz vor einer Panikattacke, und da wollte ich ihr nur schnell ein, äh, Beruhigungsmittel aus der Tasche holen.«

Plötzlich lächelt die Stewardess.

»Ach so. Na dann ... Aber trotzdem: Seien Sie in Zukunft vorsichtig und spielen nicht wieder den Helden.«

Held. Dieses Wort habe ich noch nie mit mir in Verbindung gebracht. Zum Beispiel an Karneval, da sind meine Freunde immer als Cowboy gegangen oder als Superman – ich als Bertolt Brecht. Im schwarzen Rollkragenpulli auf der Kostümparty – da kommt Stimmung auf. Wenigstens durfte ich Zigarre rauchen – sonst wär's ja nicht authentisch gewesen. Und da war ich dann doch der Einzige in der Grundschule.

Aber konnte Brecht fliegen? Fehlanzeige. Jetzt, fast 30 Jahre später, bezeichnet mich eine Stewardess als Helden der Lüfte. Und neben mir sitzt eine Blondine, die ich retten muss. Auch wenn mich ihr Beauty-Case fast erschlagen hat und ich ohnmächtig auf ihren Schoß gesackt bin – sie lächelt mich fasziniert an.

»Du bist 'n geiler Typ, Daniel. Ich geb dir meine Handynummer. Vielleicht treffen wir uns ja mal in Köln.«

»Oh, das ist nett, aber ich glaube nicht, dass ich ... Äh, also, es ist so, ich bin gerade frisch verliebt, und deshalb bin ich, also was das Treffen von attraktiven blonden ... wobei die Haarfarbe eigentlich keine Rolle spielt, es geht mehr um das, äh, Geschlecht und die, äh, Attraktivität, also, ... äh, dübndüdüüüü ... Ich meine: Da hab isch mit dem Ruddi Völler schon drübber jesprochen, dat is hundertprozentig klar, da müssen wir überhaupt nit drübber diskutieren ...«

Es ist immer gut, wenn man klar und mit unnachgiebiger Härte seine Grenzen definiert. Und Viviane hat auch genau verstanden, was ich meine, denn sie schreibt gerade mit Kugelschreiber ihre Handynummer in meinen Reisepass.

Na bravo - der läuft erst in fünf Jahren ab! Jetzt werde ich fünf Jahre lang auf jeder Reise Angst haben, dass Aylin in meinen Pass schaut. Und irgendwann, in vier Jahren - da haben Aylin und ich vielleicht schon einen Sohn, der »Michael Ballack wird überschätzt« sagen kann -, dann liegen wir glücklich in einer Hütte auf den Seychellen, und während ich ihr den Rücken mit Kokosöl einreibe, fragt sie plötzlich: »Wer ist Viviane???«

Natürlich werde ich mir in vier Jahren über 1000 Antworten auf diese Frage zurechtgelegt haben, in der Art von: »Das ist die Service-Dame vom Einwohnermeldeamt. Wenn der Pass abgelaufen ist, soll ich sie anrufen«, aber sie wird mir nicht glauben - Streit, Scheidung, unglücklich für den Rest des Lebens.

Ich schaue Viviane fassungslos an. Sie lächelt mit einem »Ich-kenne-alle-Sexualpraktiken-aus-persönlicher-Erfahrung«-Blick zurück. Das darf ja wohl nicht wahr sein. Warum gehen geheime Wünsche immer dann in Erfüllung, wenn man's nicht mehr will? Mein Mund wird trocken. Ich brauche dringend 'ne Cola. Ich winke der Stewardess. Die Stewardess lächelt und zwinkert mir zu. Sie hat mich missverstanden. Sie dachte, ich will flirten.

ZWEITER TEIL

11

Das ist schon hart, wenn man nach zwei Wochen im Paradies den Barbarossaplatz wiedersieht. Ich habe kurz überlegt, in der Eifelstraße auszusteigen, den Barbarossaplatz zu umlaufen und dann in der Poststraße wieder in die Bahn einzusteigen – aber das ist doch auch keine Lösung. Man muss sich damit abfinden, dass es hässliche Dinge im Leben gibt: Kriege, unfähige Linienrichter, den Barbarossaplatz. Aber wie bei der Linie 15, so im Leben: Nach jedem Barbarossaplatz kommt auch wieder ein Zülpicher Platz. Jetzt ist der Zülpicher Platz nicht *wesentlich* schöner als der Barbarossaplatz, aber immerhin ein bisschen. Und das macht doch Mut. Irgendwie.

Am Friesenplatz steige ich aus – hier kann Köln immerhin mit einem Werk des internationalen Star-Architekten Norman Foster aufwarten, der in Berlin die Kuppel des Reichstags und in London einen Wolkenkratzer in Gurkenform entworfen hat. Leider hatte Foster offenbar den Barbarossaplatz gesehen und wollte das Gesamtkonzept der Stadt Köln nicht durch übertriebene Ästhetik torpedieren, sodass sein »Ring-Karree« etwa so aufregend ist wie ein graues Leinen-Sakko aus der C&A-Young-Collection.

Jetzt sind es nur noch fünf Minuten bis zu meinem Arbeitsplatz, einem Büro in der Werbeagentur »Creative Brains Unit«. Wie kommt ein relativ intelligenter, nicht geisteskranker Mann von 33 Jahren in eine Branche voller Kokser, die sich um drei Uhr nachts auf der Herrentoilette irgendeiner Champagner-Bar von magersüchtigen Super-Models einen blasen lassen?! Nun, zum einen sind das Klischeevorstellungen von der Werbebranche, die so überhaupt nicht zutreffen: Abgesehen davon, dass ich mir Koks gar nicht leisten könnte, arbeiten in einer Werbeagentur ganz normale Menschen, die nichts anderes zu tun haben, als ganz normale Produkte so extravagant zu präsentieren, dass ganz normale Leute sie kaufen.

Zum anderen wollte ich eigentlich zum Film – Kino, das war mein großer Traum. Nach dem Abitur habe ich mit meiner Videokamera kleine Filmchen gedreht. Mein persönliches Highlight war eine Flipper-Parodie, in der ich Flipper durch eine sprechende Gewürzgurke ersetzt habe, die eine übermenschliche moralische Integrität besitzt und Kinder vor dem Ertrinken rettet. Die Berliner Filmhochschule konnte sich allerdings nicht vorstellen, dass heroische Gewürzgurken zur internationalen Reputation des deutschen Films beitragen können, und so wurde meine Bewerbung abgelehnt.

Als ich Mark das Video gezeigt habe, hat er Tränen gelacht (damals haben wir übrigens noch nicht Udo Lindenberg imitiert) und die Kassette anschließend seinem Onkel in die Hand gedrückt, der Junior-Produzent bei »Creative Brains Unit« war. Er fand die Idee großartig und meinte, man sollte den Film professionell neu produzieren und damit das Image der guten alten Spreewaldgurke humorvoll aufpeppen. Der Plan scheiterte zwar, weil die Produzenten der Spreewaldgurke den Eindruck hatten, dass der Film ihr Produkt nicht bewirbt, sondern verarscht; aber Marks Onkel war von meinem Talent überzeugt und bot mir eine Praktikantenstelle in der Agentur an, die ich dankend annahm. Ziemlich schnell habe ich mich zu einer Festanstellung im Kreativ-Team hochgearbeitet, und so sitze ich heute in einem hellen Altbau-Büro in der Brüsseler Straße und schaue auf ein Flipchart, auf das mein Chef Rüdiger Kleinmüller (der Senior-Produzent) gerade die Worte »Koffeinfreier Kaffee« schreibt.

»Wenn man die Worte ›Koffeinfreier Kaffee‹ hört, was ist der first thought?«

Habe ich gesagt, dass in der Werbebranche nur ganz normale Menschen arbeiten? Nun ja, es kommt natürlich darauf an, wie man »ganz normal« definiert. In der Werbebranche findet man es zum Beispiel »ganz normal«, dass man nicht »erster Gedanke« sagt, sondern »first thought«. Auf Englisch klingt es einfach viel professioneller. Die Frage war übrigens rein rhetorisch. Rüdiger Kleinmüller hört sich viel zu gerne reden, als dass er Antworten abwarten könnte.

»1000 Marktforschungsfragebögen. 1000 Antworten auf die Frage ›Was ist Ihre erste Assoziation zu Koffeinfreiem Kaffee?‹. Was meint ihr, sind die Top five associations?«

Wie gesagt, seine Fragen sind rhetorisch. Deshalb warten auch alle brav, als Kleinmüller die Antworten auf das Flipchart schreibt:

1. Langweilig.
2. Uncool.
3. Überflüssig.
4. Nur für Frauen.
5. Schlechter Geschmack.

»Wir sehen also: Wir haben hier ein Produkt, das keiner braucht und das niemand haben will. Also müssen wir einen need createn.«

Einen »need createn« ist Rüdiger Kleinmüllers Lieblingsformulierung. Will heißen: ein Bedürfnis schaffen. Erreichen, dass Erika Mustermann, Otto Normalbürger und all die anderen plötzlich denken: »Mein Gott, wie konnte ich nur so lange ohne koffeinfreien Kaffee leben? Ich sterbe, wenn ich nicht *sofort* koffeinfreien Kaffee kriege!«

In diesem Fall ist das Createn eines needs tatsächlich eine Kunst, denn koffeinfreier Kaffee kommt in den Top 3 der nutzlosesten Produkte aller Zeiten noch vor Herren-Strumpfhosen und aufziehbaren Hüpfpenissen. Koffeinfreier Kaffee ist der totale Schwachsinn, denn der einzige Grund, Kaffee zu trinken, ist Koffein. Koffein ist eine Droge, die den Kreislauf stimuliert und uns die Energie gibt, sinnlose Tätigkeiten zu verrichten (wie z. B. sich Werbesprüche für koffeinfreien Kaffee auszudenken). Einzig und allein, um an die Droge Koffein zu kommen, nehmen wir den bitteren Kaffeegeschmack in Kauf, bzw. versuchen, ihn mit Hilfe von Milch und Zucker einigermaßen erträglich zu gestalten. Aber ohne Koffein gibt es nun wirklich überhaupt keinen Grund mehr, sich diese widerliche Plörre reinzuziehen. Koffeinfreier Kaffee – das ist wie Fußball ohne Tore, wie Udo Lindenberg ohne Hut, wie Pamela Anderson ohne Brustimplantate.

Rüdiger Kleinmüller kreist Punkt 4 rot ein: »Nur für Frauen«.

»Hier ist unser Ansatzpunkt: Koffeinfreier Kaffee wird bisher als Produkt für Frauen und Weicheier angesehen. Also: Was könnte einen Mann dazu veranlassen, koffeinfreien Kaffee zu kaufen?«

Rüdiger Kleinmüller schaut erwartungsvoll in die Runde ... Moment, kann es sein, dass er uns tatsächlich zu Wort kommen lassen will? Natürlich nicht.

»Ich komme nur auf drei Möglichkeiten: a) das Wort ›koffeinfrei‹ ist so klein gedruckt, dass er die falsche Packung nimmt, b) das Wort ›koffeinfrei‹ ist normal gedruckt, aber er ist ein bisschen blöd und wählt trotzdem die falsche Packung, und c) er ist beim Jahrestreffen der Transvestiten-Union für die Getränke verantwortlich ... Haha, ihr seht: *Gar nichts* kann einen Mann dazu veranlassen, koffeinfreien Kaffee zu kaufen.«

Fast 30 Sekunden ohne englisches Wort – um ein Haar hätte mein Chef seinen persönlichen Rekord gebrochen.

»Ein großer Kaffeehersteller plant für 2010 einen Relaunch von koffeinfreiem Kaffee.«

Ich wusste bis jetzt noch gar nicht, dass man koffeinfreien Kaffee relaunchen kann. Aber wenn das jemand mit coolem Dreitagebart und grauen Schläfen im Designer-Anzug sagt, dann sollte man ihm das wohl glauben.

»Was also brauchen wir? *(rhetorische Pause)* Den male approach to koffeinfreier Kaffee.«

Jetzt findet es Rüdiger Kleinmüller kein bisschen albern, den Begriff »male approach to koffeinfreier Kaffee« auf das Flipchart zu schreiben. Normalerweise würde ich denken, dass so jemand an einer misfunction im brain suffert, aber weil er mein Chef ist, tue ich so, als wär er ganz normal.

»Also, ihr bastelt mir bis nächste Woche eine Image Campaign. Noch Fragen? Alles klar.«

Der Chef verschwindet und lässt mich mit meinen drei Kollegen Karl, Lysa und Ulli ratlos zurück. Was ist das eigentlich für eine Welt, in der sich vier künstlerisch begabte intelligente Menschen eine ganze Woche lang das Hirn darüber zermartern müssen, wie man irgendwelche Adilettenträger für koffeinfreien Kaffee begeistert, die sich nur deshalb zu Lidl geschleppt haben, um die Asbach-Uralt-Ration fürs Wochenende zu beschaffen?! Karl zündet sich eine Zigarette an.

»Auf die Scheiße rauch ich erst mal eine Marlboro ... Der male approach to Lungenkrebs.«

Karl ist fanatischer Verfechter der Freiheit zu rauchen. Er hat sich einer Sammelklage gegen das Rauchverbot in Gaststätten angeschlossen und wettert stundenlang fanatisch gegen den Fanatismus von Nichtrauchern. Da Lysa auch raucht, sind wir zwei gegen zwei. Ulli ist zwar bekennender Hypochonder, aber seine Angst vor Konflikten ist stärker als die vor dem Passivrauchen. Da ich Ulli in Sachen Harmoniebedürfnis in nichts nachstehe, wird halt geraucht. Wirkt irgendwie auch kreativer. Brecht und Sartre haben schließlich auch geraucht. Einem echten Rocker wie Karl kann man das sowieso nicht verbieten. (Karl ist in seiner Freizeit Bassist der Heavy-Metal-Formation »Hysterical Death« (musikalisch irgendwo zwischen Baulärm und 3. Weltkrieg.)

»So, ich geh dann mal den female piss factor im water closet upgraden.«

Das war Lysas Gag. Sie ist der lebende Beweis, dass die Theorie, Frauen hätten keinen Humor, nicht stimmt. Ihre Eltern haben ihr den Sinn fürs Marketing quasi in die Wiege gelegt: Das y macht den doch recht gewöhnlichen Namen Lisa irgendwie interessant.* Wobei eine Frau auch mit dem Namen Kotznulpe für Männer interessant wäre, wenn sie so aussieht wie Scarlett Johansson. Und Lysa *sieht* aus wie Scarlett Johansson. Das bedeutet: *Jeder* heterosexuelle Mann in der Firma hat es schon mal bei ihr versucht.

Jeder bis auf mich. Da ich gerade mit Mark telefoniert habe, als Lysa zum ersten Mal unser Büro betrat, hat sie mich als jemanden

* Wenn Sie zufällig Lisa heißen und sich mit i schreiben, bitte nicht sauer sein – man hört's beim Sprechen ja gar nicht raus. Trotzdem sollten Sie Ihr Naming mal überdenken ... Wie wär's mit Leysa oder Lisay oder The L-Project?

kennengelernt, der mit der Stimme von Udo Lindenberg sagt: »Ey, alter Penis, da wird ja bräutetechnisch voll die Luzzi abgehen!« Und der erste Eindruck ist nun mal der entscheidende. Also war sofort klar: Für Lysa stehe ich in Sachen sexueller Attraktivität auf einer Stufe mit wirbellosen Lebensformen. Das ist auch gut so, da kann man sich besser auf die Arbeit konzentrieren. Und es öffnet den Raum für Freundschaft. Männer und Frauen können eben *doch* befreundet sein - wenn von Anfang an klar ist, dass nix läuft.

Und zwischen Lysa und mir *wird* nie etwas laufen. Die ultimative Bestätigung dieser Vermutung habe ich bekommen, als ich mit Lysa alleine im Kino war. Sie hatte mich gefragt, nachdem der Typ, mit dem sie eigentlich hinwollte, abgesagt hat und auch die drei nicht konnten, die sie danach angerufen hat. Ich war ziemlich stolz, schon an fünfter Stelle auf ihrer Liste zu kommen - auch wenn es nur daran lag, dass ich ihr gerade zufällig gegenübersaß und nicht Udo Lindenberg imitiert habe.

Auf jeden Fall: Mit einer Frau verabredet zu sein, die aussieht wie Scarlett Johansson - das wäre normalerweise ein guter Grund für feuchte Hände, sinnloses Herumstottern und heimliche Asthma-Spray-Benutzung. Nicht so mit Lysa!

Wir hatten einfach nur einen lustigen Abend, wie ich ihn auch mit Mark oder Ulli hätte erleben können. »Stirb langsam 4« ist sowieso kein Film, bei dem romantische Gefühle aufkommen - zumal ich die komplette erste Hälfte am Wasserhahn des Männerklos verbracht habe, weil sich die Bemerkung des Popcorn-Verkäufers, die Chili-Schoten auf den Käse-Nachos seien nur mittelscharf, als dramatische Fehleinschätzung erwies.

Im Rosebud, einer eleganten Cocktailbar im Kölner Studenten-Viertel, haben wir uns dann noch so richtig die Kante gegeben. Alkohol enthemmt bekanntlich, und jeder, der zwei und zwei zusammenzählt, kann sich denken, was dann passiert ist ... ich habe Reiner Calmund imitiert.

Wenn ich mich richtig erinnere, wurde Lysa dann gegen halb drei nachts von einem sehr muskulösen schwarzhaarigen Deutschen mit Migrationshintergrund im silbergrauen Porsche abgeschleppt.

Wir vier arbeiten jetzt seit anderthalb Jahren zusammen und sind ein eingeschworenes Team. Letzten Endes zählt doch nur, *mit wem* man etwas macht. Mit diesen Leuten macht selbst der größte Schwachsinn noch Spaß. Im Frühjahr hatten wir den Auftrag, das Drehbuch für einen zehnminütigen Informationsfilm zu schreiben, in dem eine Firma, die künstliche Darmausgänge produziert, potenzielle Kunden über die Vorzüge ihres Produktes aufklären wollte. Der Film sollte laut Auftraggeber einen »heiteren Tonfall haben, ohne in die Fäkal-Ecke abzudriften«. Beim Brainstorming hatten wir stundenlang so heftige Lachattacken, dass ich ohne Asthma-Spray auf keinen Fall überlebt hätte.*

Gott sei Dank stimmen meine drei Kollegen und ich auch darin überein, dass das Denglish unseres Chefs extrem albern ist. Rüdiger Kleinmüller wäre auch mit Sicherheit nicht »Head of Development« einer Werbeagentur, sondern Insasse der geschlossenen Psychiatrie (beziehungsweise »Head of the Bekloppten«), hätten sich nicht 90 Prozent aller Werbe-Fuzzis darauf geeinigt, dass Sätze wie »Wir müssen das noch microshapen, sonst kriegen wir das nie gegreenlightet« nicht etwa geistige Verwirrung, sondern Kompetenz ausdrücken. So ist das halt: Die einen trainieren sich Muskeln an, um cool und männlich zu wirken, die anderen sagen nicht »Ich bin Praktikant«, sondern »Ich bin Head of Coffee Cooking«. Der dahinterstehende Minderwertigkeitskomplex ist derselbe.

Karl wirft eine erste Marketing-Idee für koffeinfreien Kaffee in den Raum:

»Eine große Plakatwerbung: Foto von Jan Ullrich, darunter die Schrift: ›Morgens Amphetamine, abends koffeinfreier Kaffee‹.«

Alle lachen. Jetzt kommt auch Lysa in Fahrt:

»Oder wir nehmen dieses Pannenvideo, wo der Radfahrer mit

* Liebe Freunde des Fäkalhumors, ich möchte aus Rücksicht auf empfindliche Leser die Details weglassen. Außerdem muss man einfach dabei gewesen sein. Sonst kann man sowieso nicht nachvollziehen, wie lustig es ist, wenn jemand die Frage »Wie klingt denn ein heiterer Tonfall, der nicht in die Fäkalecke abdriftet?« mit einem pfeifenden Pupsgeräusch beantwortet.

vollem Tempo gegen den Baum kracht, und dann: ›Er hätte seinen Kaffee besser koffeinfrei getrunken.‹«

Ich versuche, das Ganze mit einer Udo-Imitation zu toppen:

»Also, wenn ich panikmäßig morgens aufwache, so gegen 18 Uhr, dann pfeif ich mir erst mal 'ne volle Dröhnung koffeinfreien Kaffee rein, denn Koffein verträgt sich irgendwie nicht mit Eierlikör ...«

Ulli wischt sich die Lachtränen aus dem Gesicht.

»Hört auf, ich kann nicht mehr!«

»Stimmt. Du hast auch schon so komische rote Flecken im Gesicht.«

Das war gemein von Karl, denn Ullis Humor hört bei Krankheitssymptomen auf.

»Wirklich?«

Jetzt muss Lysa, von einem inneren Zwang getrieben, noch tiefer in der Wunde bohren:

»O ja, tatsächlich. Rote Flecken in Form der finnischen Seenplatte – ein klares Symptom für Helsinki-Fieber.«

»Helsinki-Fieber???«

Jetzt kriegt Ulli *tatsächlich* rote Flecken im Gesicht. Und Karl setzt noch einen drauf:

»Helsinki-Fieber. Zu 95 Prozent tödlich. Wenn du jetzt noch einen beschleunigten Puls hast ...«

»Ja, hab ich!«

»Starker Druck im Bauch?«

»O Gott, ja!«

»Stiche in der rechten Niere? Schlimme Zahnschmerzen? Das Gefühl, dass dir jemand mit einem Strohhalm Luft in den Stirnlappen bläst?«

Kurz vor der Ohnmacht dämmert Ulli, dass er verarscht wird. Da ihm für eine Retourkutsche die sprachlichen Mittel fehlen, startet er ein Ablenkungsmanöver:

»Okay, lasst uns über die Männlichkeit von koffeinfreiem Kaffee reden. Daniel, mit Männlichkeit kennst du dich doch aus.«

Lacher. Offenbar hat hier niemand etwas von meiner männlichen Entwicklung in der Türkei mitbekommen. Und Lysa wohl auch nicht:

»Also, Daniel kann jederzeit ein feminines Profil für Kettensägen erschaffen.«

Großer Lacher. Seltsam: Früher hat mir mein Weichei-Image nichts ausgemacht. Plötzlich stört es mich. Ich überlege kurz, wie ich ihnen klarmachen kann, dass ich mich in den letzten zwei Wochen total verändert habe. Aber wie verhält man sich überhaupt männlich – in *Deutschland*? Wenn ich hier einen Rosenverkäufer mit abwehrender Geste und Grunzlauten verscheuche, hält man mich für ein Wildschwein mit Naziattitüde.

In der Türkei weiß man, wie man sich als Mann zu verhalten hat – aber hier? In Deutschland ist der ideale Mann einfühlsam und bestimmend; ein sanftes Muskelpaket, das klare Grenzen setzt, ohne die Freiheit auch nur im Geringsten einzuschränken; jemand, der unter Berücksichtigung der weiblichen Perspektive und zyklischen Befindlichkeit ganz klar sagt, wo's langgeht – kurz: der Chef in einer gleichberechtigten Partnerschaft.

Um fünf Uhr ist endlich Feierabend. Wir haben zwar noch keinen male approach to koffeinfreier Kaffee, aber mein stomach created gerade den need for Nahrung. Ein Whopper Menü XL mit Bacon, Käse, Mayo und Cola später merke ich: Mir fehlen nicht Kalorien, mir fehlt Aylin. Noch dreieinhalb Wochen ohne sie – wie soll ich das nur aushalten?

Immerhin können wir jeden Tag Kontakt halten – das war ja früher nicht so. Goethe musste damals, nachdem er sich in Italien verliebt hatte, von Weimar aus seine Briefe mit einer Pferdekutsche losschicken, die erst Wochen später am Ziel eintraf! Das heißt, selbst wenn seine Flamme direkt geantwortet hat, musste der arme Kerl mindestens sechs Wochen auf die Antwort warten – in der Zeit hat er die komplette »Iphigenie« in Jamben umgeschrieben und das Prinzip der Urpflanze entdeckt. Und selbst wenn die italienische Ische ihm zurückschrieb, dass sie ihn immer noch liebt – in den drei Wochen, die ihr Brief unterwegs war, hätte sie sich in einen anderen verlieben, heiraten, an Typhus erkranken und sterben können.

Das heißt, im selben Moment, wo Goethe ihren Brief las, in dem sie ihm ewige Liebe schwor, wurde vielleicht gerade ihr Kadaver mit dem Ehering eines anderen am Finger zusammen mit anderen Typhus-Leichen in ein Massengrab geworfen. Goethe muss doch bekloppt geworden sein. Klar, dass man da tiefere Verzweiflung erlebt hat als heute. Als Goethe seine Freundin vermisste, schrieb er Sätze wie »Das volle, warme Gefühl meines Herzens an der lebendigen Natur, das mich mit so vieler Wonne überströmte, das rings umher die Welt mir zu einem Paradiese schuf, wird mir jetzt zu einem unerträglichen Peiniger, zu einem quälenden Geist, der mich auf allen Wegen verfolgt«.

Ich bin 100 Prozent sicher: Hätte Goethe ein Handy gehabt, hätte er auch nicht mehr gesimst als HADILI, SCHGRAFA, VB (Hab dich lieb, schreib gerade den Faust, viele Bussis).

Unsere moderne Kommunikation ist schön und gut, aber Vermissen war früher einfach romantischer:

»Ach, Geliebte! Mein banges Herz will vor Verlangen in meiner Brust zerbersten! Oh, wie ich dich liebe, mit allen meinen Sinnen, mit meiner ganzen Seele, vollständig.«

(Sechs Wochen später) »Oh Geliebter! Als ich deinen Brief erhalten habe, wie mir das durch alle Adern lief, wie sich ein Vorhang vor dem dunklen Abgrund meiner quälenden Sehnsucht wegzog und das Licht der Hoffnung meine Pein überstrahlte!«

Und heute:

»Hi, Schatz, wie läuft's denn so?«

»Du, ich ruf gleich zurück, ich sitz grad auf dem Klo.«

Eigentlich hat man heute gar keine Möglichkeit mehr, sich vernünftig zu vermissen: Man kann telefonieren, simsen, mailen und chatten, sogar mit Bild. Man ist zu jedem Zeitpunkt über alles informiert, was der andere tut. Das ist nicht romantisch. Deshalb habe ich mein eigenes kleines Ritual entwickelt: Um Punkt elf Uhr abends schalte ich Computer und Handy aus und ziehe den Stecker aus meinem Telefon – mit einem Wort, ich bin nicht mehr erreichbar. Das löst am Anfang immer eine leichte unbestimmte Panik aus. So als könnte ich irgendetwas total Wichtiges verpassen. Dabei ist das Einzige, was ich tatsächlich verpasse, in der Regel ein Anruf von Vodafone, ob ich Geld sparen möchte.

Dafür habe ich jetzt immer die ganze Nacht, um Aylin so richtig zu vermissen. Dazu die »Best of Kuschelrock«, und ich versinke in einem wohligen Meer der Sehnsucht.* Als ich an meinem vierten Morgen in Köln wie immer um neun das Handy einschalte, wiehert es. Es wiehert? Ja, es wiehert. Wenn schon keine Postkutschen mehr kommen, soll es sich wenigstens so anhören. Es ist eine SMS von Aylin – die schönste SMS, die ich je bekommen habe. Schöner als »Köln-Schalke 4:2 n.V.« (von Mark), schöner als »Haben den Auftrag von Maxi Malz« (von Rüdiger Kleinmüller), schöner als »Bello doch kein Tumor, war nur Abszess« (von Tante Gertrud). Gegen diese SMS von Aylin kommen mir jetzt die Liebesbriefe von Goethe wie nichtssagende Worthülsen vor. Ich lese sie immer und immer wieder und kann mein Glück nicht fassen. Ich schalte das Handy aus, nur um zu gucken, ob die Worte noch da sind, wenn ich es wieder anschalte. Und sie sind noch da: »Hier ist alles öde und leer ohne dich. Habe gekündigt. Fliege morgen zurück. Aylin.«

* Natürlich ist es irgendwie peinlich, als heterosexueller Mann beim Hören einer Kuschelrock-CD in einem wohligen Meer der Sehnsucht zu versinken. Ich schwöre, ich hab's mit Linkin Park versucht, aber es funktioniert nicht.

12

Ich stehe mit einer Horde aus ungefähr sechzig Türken und zehn Deutschen am Köln/Bonner Flughafen und freue mich, als hinter dem Flug 1265 aus Antalya das Wort »gelandet« erscheint. Aylin hat mir geschrieben, dass ihr Bruder Cem sie abholen werde. Ich schaue mir die türkischen Männer um die dreißig an und überlege, wer davon Cem sein könnte. Ein tätowierter Schrank mit Muskel-Shirt und zwei Tuben Gel in den Haaren schaut mich misstrauisch an. Er ist mit 99-prozentiger Sicherheit Türsteher, und wenn *er* Aylins Bruder sein sollte, ist die romantische Phase der Beziehung definitiv vorbei und es geht ab jetzt darum, den Tag ohne Genickbruch zu überstehen. Eine unangenehme Hitzewelle fährt mir durch den Körper. In Antalya war Aylin einfach eine Erscheinung, ein Naturereignis – losgelöst von allem Irdischen. Aber hier in Deutschland hat sie eine *Familie*. In mir steigt eine leise Ahnung hoch, dass diese schlichte Tatsache größere Konsequenzen haben könnte, als mir lieb ist.

Ängstlich starre ich zum Türsteher hinüber und flehe höhere Mächte an, dass er *nicht* Aylins Bruder ist – beziehungsweise: *Wenn* er Aylins Bruder ist, dass sich durch eine tragische Verwechslung die Seele eines Lyrikers in den Körper eines Vollproleten verirrt hat. Zu spät bemerke ich, dass der Türsteher sich offenbar durch meine Blicke provoziert fühlt. Er kommt auf mich zu. Mein Puls geht schneller – zumal als ich sehe, dass die schwarzen keltischen Zeichen auf seiner Brust von 4:3 auf 16:9 in die Breite gezogen werden, weil die gigantische Muskelmasse das weiße XXL-Shirt fast zum Platzen bringt.

»Ey, was guckst du misch an? Hast du Probleme oder was?«

Bisher dachte ich immer, die Frage »Was guckst du?« kommt nur in Kaya-Yanar-Sketchen vor. Und zweifellos würde sich der freundliche Türsteher, der auch auf das obligatorische Goldkettchen nicht verzichtet hat, sich hervorragend in den Sat.1-Fun-Freitag einfügen. Es gibt da nur drei Probleme: Erstens: Er ist echt. Zweitens: Er ist kurz davor, die Zahl meiner Zähne zu reduzieren. Drittens: Er ist vielleicht der Bruder der Frau, die ich liebe. Die Zeit dehnt sich, und für einen kurzen Moment bin ich sogar stolz darauf, einen Türsteher provoziert zu haben. Schließlich zeigt das, dass er mich als Mann ernst nimmt. Dann wird mir klar, dass ich schon wertvolle Zehntelsekunden verschenkt habe, um mich vor einem Kieferbruch zu bewahren. Ich brauche jetzt eine gute Antwort. Und zwar schnell. Gibt es in einem solchen Moment überhaupt eine gute Antwort, oder sollte man sich nicht besser umdrehen und versuchen, den Sprint-Weltrekord zu brechen, um die Flughafentoilette zu erreichen, wo man sich dann für ein paar Stunden einschließen kann? Ich entscheide mich fürs Reden:

»Nein, ich ... ja, also, haha – wow! Tolle Muskeln, äh, also, äh, Respekt.«

Sagte ich Reden? Ich meinte Stammeln. Aber immerhin hat der Türsteher nicht mehr so viel Wut in den Augen. Jetzt ist es Ekel.

»Ey, bist du schwul oder was?«

»Nein. Definitiv nicht. Also, äh, jedenfalls, was meine, äh, sexuelle Ausrichtung betrifft. Wenn du allerdings das Attribut ›schwul‹ als umgangssprachliches Schimpfwort verwendet hast, im Sinne von ›Weichei‹, ›Pissrinnenverfehler‹ oder ›Mückenstichallergiker‹ – dann, ja, also, äh ... dübndüdüüüü ...«

Wenn ich vor jemandem Angst habe, neige ich dazu, zu viel zu reden. Ich habe das Gefühl, das hält ihn davon ab, mich zu verprügeln. Das ist natürlich Quatsch, und spätestens bei der Udo-Lindenberg-Imitation kommt sich der Muskelberg verarscht vor. Als er gerade darüber nachdenkt, ob er mir zuerst die Nase oder den Kiefer brechen soll, werde ich von einer Frauenstimme gerettet.

»Erol!!!«

Eine Kopftuchträgerin um die sechzig mit zeltartigem Mantel kommt gerade aus der Sicherheitszone. Der Türsteher rennt zu ihr.

»Anne!!!«

Anne ist kein türkischer Frauenname. Ich weiß das von einer Schulkollegin. Sie heißt Anne, und als sie in ein türkisches Viertel gezogen ist, hat sie sich monatelang gewundert, warum die Kinder andauernd ihren Namen rufen – bis sie herausfand: »Anne« heißt auf Türkisch »Mutter«.

In diesem Moment fällt mir ein Stein vom Herzen, denn der Türsteher ist nicht Aylins Bruder. Er wirft mir noch einen letzten abschätzigen Blick zu und schiebt dann den Gepäckwagen seiner Mutter nach draußen, auf dem sich mindestens acht Koffer befinden – und das ist keine Ausnahme. Auch ihre Landsleute schleppen massenweise Koffer, Schachteln, Kisten, Tüten und Teppiche durch den Flughafen. Offensichtlich ist bei Türken der Unterschied zwischen Reise und Umzug marginal.

Dann öffnet sich die automatische Tür zur Sicherheitszone – und Aylin steht da: kurzärmeliges weißes Shirt, Jeans, die Sonnenbrille auf den Haaren, das schönste Lächeln der Welt – und mehr als zehn Gepäckstücke. Ich renne zu ihr, wir umarmen uns lange. Dann will ich sie küssen und merke, wie sie meinem Mund ausweicht, sodass ich nur ihre Wange erwische. Ach ja, natürlich, der Bruder! Mittlerweile ist die Schar der Wartenden deutlich kleiner geworden. Ich sehe nur drei Männer um die dreißig, die in Frage kommen: ein dunkelhäutiger Schnauzbartträger mit Bierbauch, der als perfektes Model für Dönerbuden-Werbeplakate herhalten würde; ein Rapper mit umgedrehtem Baseball-Cap und schlabberigem Basketball-Shirt, der einem 50-Cent-Video entsprungen scheint; und ein Schönling mit schwarzem Anzug, weißem Hemd und Kevin-Kurányi-Bart, der offenbar direkt von einem Fotoshooting für die neue Calvin-Klein-Kollektion kommt.

Während ich noch abwäge, wer von den dreien wohl am wenigsten Probleme machen würde, kommt ein unscheinbarer rothaariger Typ mit blauen Augen auf Aylin zu und umarmt sie innig. O nein! Aylin hat einen Freund! Warum hat sie mir das nicht gesagt? Das ist so demütigend.

»Daniel, das ist mein Bruder Cem. Cem – Daniel.«

Der rothaarige Typ mit den blauen Augen reicht mir die Hand. Ich nehme sie fassungslos. Das ist nie im Leben ein Türke.

»Ja, so gucken alle, wenn ich sage, dass er mein Bruder ist. Aber er kommt nach unserem Vater, und der ist vom Schwarzen Meer. Da sehen die Türken anders aus als in Anatolien.«

Rothaarige Türken. Ungeheuerlich! Ich finde es immer schade, wenn Klischees nicht zutreffen. Klischees haben so etwas Beruhigendes. Man kann sich daran festhalten: Vielleicht gibt es Paralleluniversen, Antimaterie und andere Ungereimtheiten auf dieser Welt – aber wenigstens haben Türken schwarze Haare. Das war schon immer so, und das wird auch immer so sein. Und wenn die Erde irgendwann in ein schwarzes Loch gerät und auf Erbsengröße schrumpft, dann haben die Türken zwar nur noch sehr, sehr kleine Köpfe, aber die Haare sind immer noch schwarz!

Cem und Aylin lachen, als sie sehen, wie sich die Erschütterung meines Weltbildes in meinem Gesicht spiegelt. Cem holt zum Beweis seinen türkischen Pass heraus:

»Hier. Glaubst du mir jetzt?!«

Tatsächlich. Cem Denizoğlu. Daneben sein Foto. In einem türkischen Pass. Jetzt muss ich auch lachen:

»Wow, ein rothaariger Türke, das ist toll. Da hast du die Wahl: mach ich 'ne Dönerbude auf oder 'nen Irish Pub?«

Cem lacht. Er wirkt sehr nett, und es scheint für ihn kein Problem zu sein, dass seine Schwester einen deutschen Freund hat. Ich atme erleichtert auf – für zehn Sekunden. Dann sagt Aylin einen folgenschweren Satz:

»Los, wir fahren nach Hause – dann lernt Daniel gleich Mama und Papa kennen.«

»Ja, gut, äh ...«

Das war ein franzbeckenbauereskes »Ja gut äh ...«, das mir immer in diplomatisch schwierigen Situationen rausrutscht. Aylin und Cem ignorieren mein Zögern, und fünf Minuten später sitze ich – eingequetscht zwischen Paketen und Tüten – auf dem Beifahrersitz von Cems BMW Cabriolet, das mit 200 km/h in Richtung Innenstadt brettert, und überlege, was mich wohl im Hause der Denizoğlus erwartet ... Ein wütender Vater, der mich steinigen will, weil ich seine Tochter entehrt habe; eine weinende Mutter, die sich ein Messer in die Brust rammt, weil sie diese Schande nicht ertragen kann – also eine ganz normale orientalische Reaktion.

Sicher, Cem hat positiv auf mich reagiert, aber vielleicht ist er ja nur deshalb so entspannt, weil er weiß, dass sein Vater mich sowieso umbringt.

»Daniel, wenn du unseren Vater kennenlernst, sag zu ihm ›Iyi günler pezevenk‹. Das heißt auf Türkisch ›Ich begrüße den Herrn des Hauses‹.«

»Haha, nein, den Trick kenn ich aus *My big fat greek wedding.* Das heißt dann ›Ich hab nur ein Ei‹ oder ›Auf meiner Vorhaut ist ein Muttermal in der Form von Zypern‹ oder so was.«

Jetzt mischt Aylin sich ein:

»Nein, Cem hat recht. Das heißt: ›Ich begrüße den Herrn des Hauses.‹«

»Na gut. Also, wie heißt das?«

»Iyi günler pezevenk.«

»Iyi günler pezevenk, iyi günler pezevenk, iyi günler pezevenk ...«

Während ich wie ein Mantra die türkische Begrüßungsformel vor mich hin murmle, überquert der BMW die Innere Kanalstraße, die die Grenze zu Köln-Ehrenfeld markiert. Wir fahren vorbei an einer Reihe türkischer Geschäfte: Dönerbuden, Supermärkte, Reisebüros – als Türke in Köln muss man definitiv nicht Deutsch können, um zu überleben. Demnächst soll in Ehrenfeld sogar eine Großmoschee gebaut werden. Bis vor Kurzem hat man sich im Kölner Rat noch um die Höhe der Minarette gestritten. Die einen wollten nicht, dass der Islam sich allzu deutlich im Kölner Stadtbild abzeichnet, die anderen dachten: Je höher, desto besser lenkt es vom Barbarossaplatz ab.

Wenig später stehe ich in der zweiten Etage eines Altbauhauses vor einer Wohnungstür, auf der ein Emaille-Schild mit dem Namen »Denizoğlu« hängt; der Kringel über dem g wurde mit Edding dazugemalt – offenbar hatte der Schildermacher keine türkischen Buchstaben. Über dem Guckloch das blaue Auge aus Glas, das alle Türken haben, um den »bösen Blick« abzuwenden.

Die Tür öffnet sich, und eine etwa 60-jährige Frau mit schwarzen Haaren verfällt bei Aylins Anblick in einen Zustand ekstatischer Freude. Klar, wenn Kellner schon das Erscheinen von Stammgästen frenetisch bejubeln – da darf sich eine Mutter beim Wiedersehen mit ihrer Tochter natürlich nicht lumpen lassen. Ich verstehe nicht, was sie sagt, aber es ist eine Mischung aus der Geschwindigkeit von Dieter Thomas Heck, dem Pathos von Johannes Rau und der Freude von Herbert Zimmermann 1954 beim 3:2 gegen Ungarn.

Aber das reicht noch nicht – Aylins Mutter muss ihrer Freude auch physisch Ausdruck verleihen: Sie kneift ihre Tochter mehrfach in beide Wangen, packt sie dann an den Schultern und schüttelt sie so stark, dass es eigentlich ein Schleudertrauma auslösen müsste, nur um sie Sekunden später so stark an ihre Brust zu drücken, dass sich das Gesicht aus Luftnot dunkelrot färbt. Wenn sie ihre Tochter jetzt noch auf den Boden schmeißt, würde ich sagen, es ist Wrestling.

Aylin scheint dieses Ritual aber gewohnt zu sein und lässt es mit einem Lächeln über sich ergehen. Mir fällt auf, dass Aylins Mutter genauso schön ist wie ihre Tochter, nur 30 Jahre älter und stärker geschminkt – offenbar hat sie es sich zur Aufgabe gemacht, die komplette Farbpalette irgendwie in ihrem Gesicht unterzubringen. Ansonsten ist sie sehr elegant gekleidet: schwarze Satin-Hose, silberne Bluse und jede Menge Schmuck. Jetzt fällt ihr Blick auf mich. Sie mustert mich kurz mit skeptischem Blick von oben bis unten, nur um mich dann umso freundlicher anzustrahlen. Dann schickt sie ihrer Tochter einen auffordernden Blick. Und Aylin versteht.

»Anne, das ist Daniel. Daniel, das ist meine Mutter.«

»Hallo, Daniel. Ich freue mich. Vallaha, ich freue mich. Du bist also Daniel, Aylin hat schon erzählt. Du siehst aber nicht aus wie ein Deutscher. Ich weiß, du bist Deutscher, ja, aber Vallaha, du siehst nicht aus wie ein Deutscher. Oder, Aylin?! Er sieht doch nicht aus wie ein Deutscher. Na egal, Vallaha, ich freue mich. Komm rein, du musst sehen unser Wohnung. Vallaha, er sieht nicht aus wie ein Deutscher …«

Das Praktische daran, dass Aylins Mutter wie ein Wasserfall

redet: Ich muss mir keine Gedanken darüber machen, was *ich* sage. Ich werde direkt ins Wohnzimmer geführt, bei dessen Anblick man das Wort »Kitsch« neu definieren muss. Es sieht so aus, als sei hier jemand um die Welt gereist, nur um den gruseligsten Krempel für dieses eine Zimmer zusammenzutragen. Eine Art grünes Gewölbe für Touristennippes. Es ist unmöglich, sämtliche Einzelheiten dieses Gesamtkunstwerks aufzuzählen, deshalb beschränke ich mich hier auf meine persönlichen Top 10:

- Platz 10: ein goldgerahmtes Atatürkporträt, auf dem der Gründer der Türkei vor dem Hintergrund einer wehenden Türkeifahne sinnierend in die Ferne schaut.
- Platz 9: ein Stoffharlekin mit weißem Porzellangesicht und einer schwarzen Träne, in dessen Kostüm rosa Pailletten und silberne Perlen eingearbeitet wurden.
- Platz 8: ein Plastikstier mit Plastiktorero, der ein buntes Stoffjäckchen mit Pailletten trägt. Im Stier stecken Pfeile, die man als Zahnstocher verwenden kann.
- Platz 7: ein gut 40 cm hoher goldener Eiffelturm, auf dessen Spitze jemand nachträglich eine Türkeifahne angebracht hat.
- Platz 6: eine Schwanenfamilie aus Kristall, bestehend aus den Eltern und fünf Jungen – in der Vitrine so beleuchtet, dass diverse Regenbogeneffekte entstehen.
- Platz 5: zwei weiße Porzellantauben, die auf einem rosa Herz sitzen, in welchem sich das Hochzeitsfoto von Aylins Eltern befindet.
- Platz 4: ein goldgerahmtes Mekkabild mit goldener Uhr und bunten Lämpchen, das zu jeder vollen Stunde eine arabische Melodie spielt.
- Platz 3: eine lebensgroße Babypuppe, die einen weißen Strampelanzug mit rosa Blümchen trägt, auf den jemand »Aylin« gestickt hat.

- Platz 2: ein von hinten beleuchteter Wasserfall mit silbernem Spiegelrahmen, bei dem durch einen Dreheffekt das Wasser zu fließen scheint.
- Platz 1 (tatatataaaaa): ein dreidimensionales Meisterwerk mit bronzenem Rahmen, auf dem vor silbergoldenem Hintergrund eine komplett aus Leder gearbeitete blau-weiße Blütenpracht mit altgoldenen Stängeln prangt.

Ich habe höchstens fünf Sekunden, um dieses erstaunliche Sammelsurium zu bewundern, da hat Aylins Mutter auch schon Tee und Gebäck serviert.

»Daniel, nimm.«

»Danke.«

Ich nehme ein Stück Salzgebäck.

»Nimm noch mehr.«

»Danke.«

Ich nehme noch eins.

»Nimm noch mehr.«

»Danke.«

Ich nehme noch eins. Jetzt schüttet mir Aylins Mutter die halbe Schüssel auf den Teller.

»Danke.«

»Warte!«

Aylins Mutter rennt in die Küche. Währenddessen hat Cem vor dem Fernseher Platz genommen, in dem mit ohrenbetäubender Lautstärke ein türkisches Boulevardmagazin davon berichtet, dass eine anatolische Popsängerin beim Einsteigen in ein Motorboot unfreiwillig den Blick auf ihren Tangaslip freigab. Aylin lächelt mir zu. Ich bin so aufgeregt, ihre Familie kennenzulernen, dass ich ihre Gegenwart gar nicht richtig auskosten kann. Ich würde sie gerne küssen, aber dazu müssten wir alleine sein. Inzwischen hat Aylins Mutter Schafskäse gebracht.

»Daniel, nimm.«

»Danke.«

Ich schneide mir ein Stück Schafskäse ab und packe es auf das kleine Stückchen meines Tellers, das nicht mit Salzgebäck gefüllt ist. Ich habe schon gelernt, dass es offenbar die Gastgeber beleidigt, wenn man sich zu wenig nimmt, deshalb habe ich ein ziemlich großes Stück abgeschnitten. Sekunden später schneidet mir Aylins Mutter ein Stück in der vierfachen Größe ab und platziert es auf meinem Salzgebäck.

»Danke.«

Aylins Mutter verschwindet kurz in der Küche und kommt mit einer Schale Oliven zurück. Diesmal verzichtet sie darauf, mich selbst nehmen zu lassen, und schafft es, gefühlte 300 Oliven auf meinen Teller zu schütten, ohne dass eine einzige runterrollt.

»Danke.«

»Bitte. Musst du essen. Ist sehr lecker ... Vallaha, er sieht nicht aus wie ein Deutscher.«

Während ich den Schafskäse genieße, wechselt Aylins Mutter ins Türkische. Eine lebhafte Diskussion entwickelt sich, die ich leider nur als Abfolge von Tönen erlebe – und zwar von sehr lauten Tönen, denn der Fernseher dröhnt so, dass sich Aylin und ihre Mutter anbrüllen müssen, um sich zu verstehen. Das hat allerdings nicht den Effekt, dass Cem den Fernseher leiser stellt – im Gegenteil. Von der Diskussion gestört, stellt er den Fernseher noch lauter, was wiederum dazu führt, dass Aylin und ihre Mutter *noch* mehr brüllen müssen – ein Teufelskreis.

Die Beteiligten nehmen das allerdings gar nicht wahr. Aylin führt offenbar ein Mutter/Tochter-Gespräch. Ich sitze daneben und habe keine Ahnung, worum es geht. In Spielfilmen kommen an solchen Stellen immer Untertitel. Warum gibt es im wirklichen Leben keine Untertitel?! Wenn Gott die Erde, den Menschen und halluzigene Pilze erschaffen konnte, dann dürften Untertitel doch nicht so schwer sein. Selbst ARTE kann das.

Im Fernsehen läuft inzwischen zum zehnten Mal in Zeitlupe, wie die türkische Pop-Diva das Motorboot besteigt. Jetzt wurde auch noch rangezoomt, sodass man bildfüllend die Aufnahme des Tangaslips bewundern kann, und zwar so unscharf und rasterhaft, dass es sich genauso gut um eine Aufnahme der Marsoberfläche handeln könnte.

Das Mutter/Tochter-Gespräch wird immer lebhafter. Zwischendurch fällt ab und zu mein Name. Ich tue so, als ob ich mit den Oliven beschäftigt wäre, dabei rotieren in meinem Kopf verschiedene Versionen, wie das Gespräch wohl inhaltlich verläuft.

Version 1: die Klischeeversion:
»Hast du ihn geküsst?«

»Ja.«

»Dann musst du ihn auch heiraten. Er soll morgen schon mal Moslem werden und sich beschneiden lassen; du besorgst dir in der Zeit ein Kopftuch – und vergiss nicht, zehn Meter hinter ihm zu gehen. Aber sag ihm, er soll sich einen Schnäuzer wachsen lassen, sonst kann er nicht in unserer Dönerbude arbeiten.«

Version 2: die Wunschtraumversion:
»Hast du ihn geküsst?«

»Ja.«

»Herzlichen Glückwunsch, Aylin. Er ist ein absoluter Traummann! Ich habe mir immer einen deutschen Schwiegersohn gewünscht. Und dass er kein Moslem ist, ist mir völlig egal. Weißt du was? Ich bin so froh, ich schenke euch beiden unsere luxuriöse Strandvilla direkt am Mittelmeer mit Pool und Palmengarten!«

Version 3: die Albtraumversion:
»Hast du ihn geküsst?«

»Ja.«

»Sag mal, schämst du dich nicht, deine Zunge in so einen Vollidioten zu stecken?! Und dann auch noch ein Deutscher! So, wir gehen jetzt auf der Stelle in die Küche und beschneiden ihn mit dem Brotmesser. Obwohl – lohnt sich gar nicht, Papa bringt ihn sowieso um.«

Vielleicht reden sie auch über die Entwicklung der Korbflechterei unter Sultan Mehmet, keine Ahnung. Mein Schädel raucht.

Im türkischen Fernsehen diskutiert inzwischen eine Expertenrunde über das Tangaslipvideo, welches zwischendurch zur Untermauerung der einzelnen Thesen zum 327. Mal wiederholt wird. Gegen diese Sendung fühlt sich ein Beitrag bei RTL Explosiv an wie eine Doktorarbeit ... Als ich aufs Klo muss, stelle ich fest: Dies ist der einzige Ort, an dem man nicht von dieser Sendung verfolgt wird, denn ansonsten gibt es in exakt *jedem* Zimmer einen Fernseher, und sie laufen alle. Nicht dass das Klo ein Ort des Rückzugs und der Besinnung wäre, schließlich gibt es ja auch Radios – und da hat sich Familie Denizoğlu etwas Besonderes einfallen lassen: Was passiert wohl, wenn man alle Bässe herausnimmt und dann auf volle Lautstärke dreht? Die Antwort ist schnell gegeben: Man kriegt Ohrenschmerzen und das Gefühl, verrückt zu werden. Ich drehe das Radio klammheimlich leiser und atme auf. Leider war der Toilettenbesuch trotzdem vergebens, denn ich schaffe es nicht, Platz in meinem Magen zu schaffen. Ich kehre unverrichteter Dinge zurück ins Wohnzimmer.

»Iss, Daniel, ist sehr lecker!«

»Ja, es war wirklich sehr lecker. Danke.«

»Musst du mehr essen!«

Höflicherweise schiebe ich mir noch eine Olive und etwas Schafskäse in den Mund. Aylin zwinkert mir zu und schüttelt mit dem Kopf. Im Fernsehen kommt jetzt eine Werbeunterbrechung. Unnötig zu sagen, dass die Werbung *noch* lauter gesendet wird – die Lautstärke reicht jetzt in etwa aus, um einen 500-Mann-Saal zu beschallen. Unnötig zu sagen, dass Cem *nicht* leiser stellt. Unnötig zu sagen, dass Aylins Mutter *noch* lauter brüllt.

»DANIEL, BLEIBST DU AUCH ZUM ESSEN?«

»Zum Essen???«

»JA. ICH HABE GEKOCHT. IST SEHR LECKER! MUSST DU UNBEDINGT ESSEN!!«

Entsetzt zeige ich auf meinen immer noch zu zwei Dritteln gefüllten Teller und brülle gegen den Fernseher an:

»UND DAS HIER???«

»DAS IST NUR KLEINIGKEIT ZUM TEE.«

Ich lächle höflich und ahne, was auf mich zukommt. In dem Moment erscheint ein Mann im Wohnzimmer, der Cem sehr ähnlich sieht, nur 30 Jahre älter. Ich kombiniere messerscharf: Aylins Vater. Adrenalin strömt aus allen Teilen meines Körpers. Wieder einmal sehe ich mein Leben an mir vorbeiziehen. Diesmal komme ich nur bis zu meinem vierten Lebensjahr und einem denkwürdigen Dialog mit meinem Vater:

»Papa, was passiert, wenn man tot ist?«

»Dann vermodert man unter der Erde.«

Toll, dass ich mich gerade jetzt daran erinnere, wo ich dem Tod eventuell ins Auge blicken muss. Oder vielleicht doch nicht?! Aylins Vater lächelt mich an. In diesem Moment erinnere ich mich, was ich zu sagen habe, beziehungsweise zu brüllen.

»IYI GÜNLER PEZEVENK!«

Die Miene von Aylins Vater verfinstert sich. Dafür lachen Aylin und Cem Tränen. Der Vater beschimpft seine Kinder auf Türkisch, dann entspannt sich seine Miene wieder, und er reicht mir die Hand:

»Vallaha, du siehst nicht aus wie ein Deutscher! Er sieht doch nicht aus wie ein Deutscher?!«

»Nein, Vallaha, er sieht überhaupt nicht aus wie ein Deutscher.«

Dann erfahre ich: »Iyi günler pezevenk« heißt »Guten Tag, Zuhälter«. Zuhälter ist in der Türkei ein übles Schimpfwort – hier in Deutschland ja eher das erforderliche Karriereprofil, wenn man bei 9Live moderieren möchte.

In diesem Moment kommt orientalischer Gesang aus einer Kommode, der sich kurz darauf als Klingelton des Handys von Aylins Mutter herausstellt. Abgesehen davon, dass sie beim Telefonieren den Fernseher überbrüllen muss, gehört sie auch noch zu den Menschen, die denken: Je weiter der Gesprächspartner entfernt ist, desto lauter muss man sprechen. Offenbar ist gerade Verwandtschaft aus der Türkei am Apparat, sodass Aylins Mutter ihre Sprechlautstärke auf mehrere tausend Kilometer einstellt.

Als kurz darauf auch noch Aylin einen Anruf bekommt und quietschende Freudenschreie in den Äther schickt, schüttelt ihr Vater genervt den Kopf und winkt mich auf den Balkon. Unten wird gerade mit einem Presslufthammer die Straße aufgerissen – was im Vergleich zum Lärm in der Wohnung wie sanftes Bachgeriesel anmutet. Aylins Vater verliert keine Zeit.

»Bist du katholisch?«

»Nein.«

»Evangelisch?«

»Nein.«

»Jüdisch?«

»Nein. Ich bin gar nicht getauft. Mein Vater geht davon aus, dass man nach dem Tod unter der Erde vermodert. Ich dagegen glaube schon, dass es da etwas gibt, da oben, äh, wobei ich jetzt nicht oben sagen würde, das ist vielleicht eher so dazwischen, äh, also ...«

Ich bin nicht ganz sicher, ob mich Herr Denizoğlu jetzt nur extrem skeptisch oder schon verächtlich anschaut. Auf jeden Fall: Wenn das hier gerade eine Prüfung ist – und es fühlt sich definitiv an wie eine –, dann habe ich bei der ersten Frage versagt. Zum Glück kriege ich noch eine zweite Chance:

»Was denkst du über die Griechen?«

»Die Griechen? Tja, die Griechen ... Meinen Sie jetzt die alten Griechen oder die von heute?«

»Alt, neu, groß, klein – Griechen sind Griechen.«

»Natürlich. Die Griechen. Ja, die Griechen, das ist schon ein Volk, die Griechen ... Was denken Sie denn über die Griechen?«

»Ich denke, Griechen sind arrogant. Denken immer, sie haben große Kultur. Aber wo ist denn große griechische Kultur?«

»Na ja, also ...«

»Das sind einfach nur Steine. Da liegt irgendwo kaputte Säule auf der Wiese, und alle sagen: ›Guck mal, die Griechen, was hatten sie für eine Kultur!‹ Aber ich sehe da keine Kultur, ich sehe nur kaputte Säule.«

»Äh, ich denke, man kann schon sagen ...«

»Alles, was die Griechen gebaut haben, ist kaputt: Ephesus – kaputt. Pergamon – kaputt. Atlantis – nie gesehen. Große Lüge, Atlantis. Im Meer versunken, haha, das kannst du deiner Oma erzählen! Vallaha, die Griechen sind arrogant.«*

* Liebe griechische Leser, nicht böse sein, das ist nur die Meinung von Herrn Denizoğlu. Die meisten Griechen, die ich kenne, sind absolut zauberhafte, freundliche Menschen.**

** Liebe türkische Leser, nicht böse sein, natürlich sind auch die meisten Türken, die ich kenne, absolut zauberhafte, freundliche Menschen.***

*** Liebe Zyprioten, nicht böse sein, aber ich werde hier keine Stellung beziehen.****

**** Liebe UN, nicht böse sein, aber ich muss hier nun wirklich nicht den Vermittler spielen. Das ist immer noch Unterhaltungsliteratur!

Herr Denizoğlu gestikuliert wild – eine Mischung aus Louis de Funès, HB-Männchen und dem Trainer der türkischen Nationalmannschaft.

»Und Akropolis, große Attraktion ... Was ist das für ein Blödsinn – Akropolis?«

»Nun ja ...«

»Hat die Akropolis ein Dach? Nein. Hat sie ein Klo? Nein. Eine große Scheiße ist die Akropolis.«

»Ja. Also so gesehen ...«

»Die Osmanen, *die* hatten Kultur, und steht alles noch! Geh mal nach Istanbul, da kannst du alles sehen. Die hatten Sauberkeit, besser als heute. Aber die Griechen hatten keine Sauberkeit ... Und 2004, warum sind sie Europameister geworden? Weil, sie haben so scheiße langweilig gespielt, da sind alle Gegner eingeschlafen ... Und Schiedsrichter haben sie auch bestochen! Und was ist mit große Philosophen, hä, was ist damit?«

Ich habe den Verdacht, dass es sich hier um eine rhetorische Frage handelt, und verzichte auf eine Antwort.

»Die waren alle Penner, Schwule und Alkoholiker. Sokrates, wer war Sokrates? Ein schwuler Penner war Sokrates.«

Geschichte war immer eine Frage der Interpretation. Und auch wenn sicherlich nicht jeder Historiker dieser These von Herrn Denizoğlu zustimmen würde, so muss man sie auch erst einmal widerlegen. Ich ziehe es jedenfalls vor, auf eine voreilige Entgegnung zu verzichten, um in der Achtung von Aylins Vater nicht noch weiter zu sinken.

»Also, was denkst *du* über die Griechen?«

Die Zeit dehnt sich. Komm, Daniel, ein kleines rassistisches Statement gegen die Griechen, und du bist raus aus der Nummer. Sag einfach: »Ich finde die Griechen auch scheiße«, und er wird dich lieben! Na los – das kann doch nicht so schwer sein!

Leider doch. Ich kann das einfach nicht. Ich bin in Bezug auf ausländerfeindliche Äußerungen zu extremster Vorsicht erzogen worden. Ich erinnere mich spontan an eine Episode, als ich zehn Jahre alt war. Da hatten wir iranische Nachbarn, denen der Begriff »nächtliche Ruhestörung« definitiv unbekannt war: laute Musik, hitzige Diskussionen, Hämmern, Bohren bis vier Uhr morgens –

für Familie Sheibani kein Problem. Nachdem wir mehrere Nächte kein Auge zubekommen hatten, wollte mein Vater sich endlich beschweren – schließlich musste er am nächsten Morgen eine wichtige Vorlesung an der Uni über die sprachlichen Eigenheiten des mittelalterlichen Minnesangs halten.

Wie beschwert sich ein normaler Mensch? Er geht rüber, klingelt Sturm, kriegt einen Wutanfall und droht mit der Polizei. Nicht so mein Vater. Der macht sich erst einmal im Brockhaus über Sitten und Gebräuche im Iran sachkundig.

»Papa, warum liest du das jetzt? Ich kann nicht schlafen!«

»Mein Sohn, das ist nur, damit ich bei meiner Beschwerde nicht einseitig aus der abendländischen Perspektive argumentiere.«

»Ah.«

»Wusstest du übrigens, dass die iranische Kunst im 3. bis 7. Jahrhundert eine Blütezeit hatte?«

»Nein. Ich will schlafen.«

»Es entstanden Paläste und Feuertempel mit großen Trompenkuppeln und tonnengewölbten Iwanhallen, seit dem 6. Jahrhundert mit reichem Stuckdekor.«

»Trompenkuppeln?«

»Genau, Trompenkuppeln.«

»Was sind denn Trompenkuppeln?«

»Trompenkuppeln sind Kuppeln, mit ... äh, Trompen.«

Dann holte er eine Flasche Sekt aus dem Kühlschrank.

»Papa, willst du die Herrn Sheibani jetzt über den Schädel hauen?«

»Natürlich nicht.«

»Aber was willst du dann damit?«

»Nun, es wäre doch unhöflich, ohne Gastgeschenk zu kommen. Schließlich will ich die Familie zum ersten Mal besuchen.«

»Besuchen? Du willst dich *beschweren*.«

»Ich besuche sie in der Absicht, mich zu beschweren. Aber es ist immer noch ein Besuch.«

In dem Moment kam meine Mutter, von Schlaflosigkeit gezeichnet, aus dem Bett.

»Bist du sicher, dass sie dich nicht für ausländerfeindlich halten, wenn du dich beschwerst?«

»Nennen wir es nicht ›beschweren‹. Sagen wir einfach, ich trete in einen multikulturellen Dialog zum Thema ›Lärm‹.«

»Sehr gut.«

»Weißt du zufällig, was ›Guten Abend, wir kommen in friedlicher Absicht‹ auf Persisch heißt?«

Der Rest der Nacht ist schnell erzählt: Meine Eltern haben sich mit den persischen Nachbarn angefreundet und sie gegen halb vier morgens in unsere Wohnung eingeladen, wo man sich bis kurz nach fünf unter starkem Alkoholeinfluss so lautstark verbrüderte, dass schließlich die Nachbarn auf der anderen Seite die Polizei riefen und meine Eltern eine Anzeige wegen Ruhestörung erhielten.

Während sich vor meinem geistigen Auge noch einmal die Szene abspult, wie mein Vater stockbesoffen die Polizeibeamten als Nazis beschimpft, die keine Ahnung von persischer Kultur und Trompenkuppeln haben (was im Übrigen noch ein Bußgeld wegen Beamtenbeleidigung nach sich zog), spüre ich den bohrenden Blick von Herrn Denizoğlu. Ich bringe einfach keinen Anti-Griechen-Satz über die Lippen. Mein Hirn rotiert, und heraus kommt eine Dieter-Hallervorden-Imitation:

»Also, die Griechen, uiuiuiuiui ... Palim, palim – ich hätte gern 'ne Flasche Gyros ... Und die Kreta-Frage, die klärt ihr am besten mit Kreta Garbo, hühühühühü!«

Das war natürlich dämlich. Erstens war das das schlechteste Wortspiel seit dem Titel des Soloprogramms von Gerd dem Gaukler (»Was lange Gerd, wird endlich gut«)*, zweitens stehen Dieter-Hallervorden-Imitationen relativ weit hinten auf der Liste der Dinge, die man tun sollte, um die Gunst eines türkischen Familienvaters zu erlangen.

Herr Denizoğlu schaut mich jetzt schon leicht angewidert an.

* Ein noch schlechteres Wortspiel habe ich nur in der 6. Klasse gehört, wo einer meiner Mitschüler unsere Erdkundelehrerin, Frau Kusenbach, immer »Frau Busenkrach« nannte. Ich fand diesen Scherz damals schon daneben – eine für einen Zehnjährigen eigentlich bedauerliche Haltung ... Ich weiß nicht mehr, wer diesen »Gag« damals gemacht hat. Wahrscheinlich ist er heute Unterhaltungschef beim Privatfernsehen.

O nein, ich hab's vermasselt. Gleich wird er sagen, dass ich seine Tochter nie wieder sehen darf. Nur noch eine einzige Chance, bitte! Und tatsächlich, da kommt sie:

»Was ist dein Lieblingsverein? Im Fußball?«

Oh, das ist einfach. Wir sind in Köln. Da kann er nichts sagen.

»Der 1. FC Köln.«

»1. FC Köln? Auweia!«

Meinte ich, er kann nichts sagen? Natürlich kann er was sagen.

»Aber ich will wissen: was ist dein Lieblingsverein in der *Türkei?*«

Jetzt bloß nichts Falsches sagen. Das ist meine letzte Chance. Daniel, denk nach. Er kommt vom Schwarzen Meer. Also ist es auf keinen Fall eine Mannschaft aus Istanbul. Das heißt: Weder Fenerbahçe noch Galatasaray. Welchen türkischen Verein kennst du noch? Lahmacun! Ja, genau, Lahmacun! Nein, stopp, Lahmacun ist türkische Pizza. Mist! Es muss doch noch andere Teams geben als Fenerbahçe und Galatasaray. Ah, ich hab's: Beşiktaş! Na bitte. Aber halt! Beşiktaş ist auch Istanbul ...

Ich gerate ins Schwitzen und sehe meine letzte Chance, mich irgendwie beliebt zu machen, hinter dem türkischen Halbmond verschwinden, da habe ich im letzten Moment einen Geistesblitz:

»Trabzonspor.«

Herrn Denizoğlus Augen weiten sich. Eine viel zu lange Pause entsteht. Warum habe ich Trabzonspor gesagt? Warum hab ich nicht einfach gesagt, dass ich gar keine türkische Lieblingsmannschaft habe?! Das wäre erstens die Wahrheit und zweitens absolut nachvollziehbar. Wahrscheinlich ist Trabzonspor seine totale Hassmannschaft – so was wie für mich Bayer Leverkusen. Würde ich dulden, dass meine Tochter ein Verhältnis mit einem Bayer-Leverkusen-Fan hätte? Nie im Leben! Vorausgesetzt, ich hätte eine Tochter. Und vorausgesetzt, sie würde sich irgendwie für meine Meinung interessieren. In Erwartung, jetzt der Wohnung verwiesen zu werden, kneife ich ängstlich die Augen zusammen. Da merke ich, wie sich der Mund von Aylins Vater zu einem breiten Grinsen auseinanderzieht:

»Trabzonspor?! Allah Allah! Wirklich?!«

»Äh, ja. Trabzonspor.«

Jetzt bricht mit voller Wucht die Freude aus Aylins Vater heraus. Er lacht herzlich, klopft mir mehrfach so fest auf die Schulter, dass ich im Geiste schon einen Termin bei meiner Osteopathin abmache, küsst mich dann auf beide Wangen und krempelt schließlich seine Ärmel und Hosenbeine hoch, um mir zu zeigen, dass er am ganzen Körper Gänsehaut bekommen hat. Jetzt reißt er die Balkontüre auf und brüllt hinein:

»Er ist für Trabzonspor!«

Großer Jubel im Wohnzimmer. Dass ich ein ungläubiger unbeschnittener Griechenfreund bin, ist vergessen. Ich bin akzeptiert.

13

Wenig später sitze ich mit Aylins Vater und Bruder am Tisch, der von Aylin und ihrer Mutter reichlich gedeckt wird: ein großer Korb mit Fladenbrot, ein Korb mit Sesamkringeln, zwei große Schüsseln Reis, ein Teller Köfte, ein Teller Fleischspieße, eine Schüssel mit dicken weißen Bohnen, eine Schüssel mit grünen Bohnen, eine sehr große Schüssel Salat (etwa in der Größe eines Kinderplanschbeckens), ein Teller mit türkischer Pizza, ein Teller Börek (Blätterteig), ein Teller Sigara Böreği (Blätterteig in Zigarrenform), jeweils eine Schale kleine grüne Oliven, große grüne Oliven, mittelgroße grüne Oliven, kleine schwarze Oliven, kleine schwarze schrumpelige Oliven, große schwarze Oliven, große schwarze schrumpelige Oliven, mittelgroße schwarze Oliven, mittelgroße schwarze schrumpelige Oliven, eine Schale grüne Peperoni, mit Schafskäse gefüllt, eine Schale rote Peperoni mit Schafskäse gefüllt, ein Teller mit gefüllten Paprika, ein Teller gebratene Auberginen, eine Schale Auberginenmousse, eine Schale Schafskäsemousse, eine Schale Olivenmousse, ein Topf mit Kartoffeln in einer roten Soße sowie eine Schale Sellerie, eine kleine Schüssel Petersilie, ein mittelgroßer Teller mit geviertelten Zitronen, eine Tupperdose mit Zucchini in roter Sauce, vier mittelgroße Schalen mit Joghurt, davon zwei zusätzlich mit Spinat, geschätzte fünfzig kleine Schälchen und Streuer mit verschiedenen Gewürzen und gefühlte 120 Kilo Schafskäse.

Jetzt verstehe ich endlich, warum Familie Denizoğlu einen Esstisch von den Ausmaßen einer Tischtennisplatte besitzt, obwohl sie mit nur zwei Kindern für türkische Verhältnisse ja nicht gerade eine Großfamilie ist. (Wie ich erfahren habe, wird diese Kinderarmut allerdings dadurch wieder ausgeglichen, dass Aylin und Cem fast 50 Cousins und Cousinen beschert wurden, die wiederum auch schon wieder jede Menge Kinder in die Welt gesetzt haben; es existieren nur noch vage Schätzungen, wie groß die Familie inzwischen ist – auf jeden Fall dürfte sie nur sehr knapp ins RheinEnergie-Stadion passen.)

Ich versuche mehrmals, Aylin und ihrer Mutter beim Tischdecken zu helfen, und werde von der gesamten Familie vehement davon abgehalten. Jetzt verstehe ich: Das ist hier die Aufgabe der Frauen. Und die Aufgabe der Männer besteht darin, währenddessen über Fußball zu reden.

»Und, Daniel, wer ist dein Lieblingsspieler bei Trabzonspor?«

»Wer? Mein, äh, oh, da gibt es so viele, die sind alle so gut, haha ...«

»Aber wer ist für dich der Beste?«

»Okay. Der Beste. Hmm ... Dieser Stürmer, der so unglaublich schnell ist, der äh ...«

»Yattara?«

»Genau. Yattara.«

»Stimmt. Vallaha, Yattara ist super. Bravo, Daniel.«

Noch immer tragen Aylin und ihre Mutter Schalen und Teller aus der Küche heran. Eine innere Stimme sagt mir, dass ich helfen *muss*. So wurde ich nun mal erzogen. Meine Mutter war bis 1986 freie Mitarbeiterin der Frauenzeitschrift EMMA. Gelegentlich war sogar ihre Chefin Alice Schwarzer bei uns zu Gast. Deshalb durfte ich auch nie wie meine Kumpels Poster von Samantha Fox in mein Zimmer hängen. »Wenn die Alice das sieht«, war bei uns ein geflügeltes Wort. Wie kannst du als Junge eine vernünftige Pubertät hinlegen, wenn du ständig Angst haben musst, dass Deutschlands führende Feministin dein Zimmer inspiziert? Meine Mutter schlug vor, statt eines Samantha-Fox-Posters doch lieber ein Bild von Simone de Beauvoir aufzuhängen. Schließlich bin ich als Kompromiss Nena-Fan geworden. Nena lief zwar im Minirock rum und hatte einen süßen Schmollmund, aber sie war auch irgendwie frech und emanzipiert. Da waren beide Seiten zufrieden – sodass Alice Schwarzer bei der Inspektion meines Zimmers eigentlich nur meine Falco-Platten zu bemängeln hatte, weil sie Falco für einen fiesen Macho hielt. Seit dieser Zeit habe ich eine imaginäre Alice Schwarzer im Kopf, die mich für jeden Gedanken kritisiert, der nicht mit der Frauenbewegung konform geht …

Auf jeden Fall war es immer eine absolute Selbstverständlichkeit, dass mein Vater und ich in der Küche geholfen haben, wenngleich sich doch im Laufe der Zeit herausgestellt hat, dass meine Mutter besser kochen konnte – was zur Folge hatte, dass sogar Alice Schwarzer meinte, bei ihren Besuchen solle doch lieber die Frau an den Herd.

Jetzt sitze ich zum ersten Mal in meinem Leben mit Männern am Tisch und lasse mich von Frauen bedienen. Die erste Viertelstunde fühle ich mich als Verräter der Emanzipation, aber dann kommt mir ein neuer Gedanke: Hier geht es darum, die Regeln einer fremden Kultur zu respektieren. Und wenn diese Kultur nun einmal darin besteht, dass sich Männer von Frauen bedienen lassen, dann verhalte ich mich gerade vollkommen politisch korrekt. Machoverhalten als Beitrag zur multikulturellen Gesellschaft – das macht richtig Spaß! Cem und Herr Denizoğlu fangen schon an zu essen, obwohl die beiden Frauen immer noch den Tisch decken. Jetzt kriege ich doch wieder diese blöden Gewissensbisse:

»Äh, sollten wir nicht vielleicht warten, bis die Frauen …«

»Warum sollen wir warten? Jeder isst sowieso in seinen eigenen Magen.«

»Ach so. Natürlich.«

Allerdings wollte ich nicht nur aus reiner Höflichkeit warten, ich hatte auch die unbestimmte Hoffnung, mein Hunger möge zurückkehren. Was allerdings nicht der Fall ist, denn das Gebäck scheint sich in meinem Magen irgendwie aufzublähen. Als Aylin eine letzte Schüssel mit Okraschoten zum Tisch bringt, scheint das Ensemble an Speisen, mit denen sogar Reiner Calmund problemlos überwintern könnte, endlich komplett: Aylin setzt sich neben mich und streichelt mir über den Arm. Eine kurze Berührung nur, vielleicht eine Sekunde, aber es ist, als hätte sie einen Knopf gedrückt, der sexuelles Begehren auslöst. Ich will Aylin küssen, jetzt, hier, und ich will noch mehr. Die Tatsache, dass ich sie hier im Familienkreis nicht einmal anfassen darf, erregt mich noch mehr. Könnten wir nicht einfach kurz in ihrem Zimmer verschwinden, unter irgendeinem Vorwand? Schon stellen sich in meinen Kopf Bilder ein, wie Aylin und ich uns in den Kissen wälzen, und unwillkürlich entfährt mir ein Stöhnlaut.

»Hmmmmmh!«

Alle schauen mich verwundert an.

»Hmmmmh – das sieht aber alles unheimlich lecker aus.«

Frau Denizoğlu lächelt und bringt dann den tödlichen Satz:

»Ist sehr lecker, Daniel, musst du unbedingt alles probieren!«

Ich ahne, dass mir ein Martyrium bevorsteht, und lächle verkrampft zurück, als Aylins Mutter meinen Teller nimmt und darauf kiloweise Köfte, Reis, Kartoffeln und Joghurt anhäuft.

Der Fernseher wird zum Essen nicht aus-, aber immerhin ein wenig leiser gestellt. Das ist auch praktisch, denn so kann Cem viel besser telefonieren. Es zeugt von einigem Training, wie er gleichzeitig Köfte kaut, Fladenbrot in die Soße tunkt und Reis nachnimmt, während er das Handy zwischen Ohr und Schulter eingeklemmt hält.

Um das ungeschriebene Gesetz nicht zu brechen, dass von vier Türken immer mindestens zwei telefonieren müssen, brüllt jetzt auch Aylins Mutter wieder 3000 Kilometer weit nach Anatolien.

Ich atme einmal tief durch und beginne dann, meinen Teller langsam leer zu arbeiten. Obwohl es phantastisch schmeckt, fällt mir jeder Bissen schwer. Ich versuche mich selbst zu motivieren, indem ich das Essen im Geiste wie ein Sport-Event von Gerd Rubenbauer kommentieren lasse:

»Sensationell, da hat er schon in der Vorrunde den favorisierten Schafskäse aus dem Rennen geworfen und trifft nun im Finale auf die unglaublich schwer zu bezwingenden Fleischspieße – aber mit unbändiger Willenskraft beißt er sich rein in diese Begegnung – absolut spektakulär, was hier abgeht in der Denizoğlu-Arena …«

Es wirkt vielleicht seltsam, aber so motiviere ich mich oft in schwierigen Situationen. Wenn ich alleine bin, zum Beispiel beim Joggen (was ich regelmäßig tue, also etwa einmal im Jahr), dann mache ich's sogar laut. Aber in diesem Fall würde mich Familie Denizoğlu sicher seltsam anschauen, wenn ich mein eigenes Essen als Gerd Rubenbauer kommentieren würde. Moment mal, Familie Denizoğlu *schaut* mich seltsam an. Habe ich etwa …?

O nein! Das kommt davon, dass die Hälfte meiner Blutmenge bereits für die Verdauung aus dem Kopf in den Magen geflossen ist. Und ausgerechnet jetzt hat niemand telefoniert. Ist das peinlich! Mindestens eine 0,95 auf der Zlatko-Skala ...

»Haha, das mache ich manchmal: Ich kommentiere meine eigenen Handlungen mit der Stimme von Gerd Rubenbauer. Ein kleiner Tick von mir, kümmern Sie sich nicht drum.«

Wenn ich schon beim Beichten bin: Sollte ich jetzt auch erwähnen, dass ich im Geiste gelegentlich Pressekonferenzen als Christoph Daum gebe, auf dem Klo?! Nein, ich glaube, das sollte ich *nicht* erwähnen. Es reicht ja, dass sie mich für *leicht* gestört halten. Aber ich habe Glück: Herr Denizoğlu muss lachen.

»Das stimmt, das war die Stimme von Gerd Rubenbauer, der ist Sportreporter, den kenne ich.«

Jetzt lachen auch die anderen höflich mit. Aylins Mutter schaut mich aber immer noch ein wenig irritiert an. Dabei schiebe ich mir gerade mit großer Anstrengung den letzten Bissen in den Mund. Geschafft. Ich glaube, ich habe noch nie so viel gegessen. Immerhin ist mein sexuelles Begehren weg – an Geschlechtsverkehr kann ich frühestens nach sechs bis acht Stunden intensiver Verdauung wieder denken. Frau Denizoğlu lächelt mich freundlich an.

»Noch ein paar Fleischspieße?«

»Nein, danke.«

»Nur drei oder vier. Guck mal, ist noch so viel da!«

»Nein. Wirklich nicht. Danke.«

»Nur ganz bisschen?«

»Nein.«

»Hier, ein paar Frikadellen? Sind sehr lecker! Vallaha, ich bin unheimlich traurig, wenn ich wegschmeißen muss!«

Ich fühle mich auf fatale Weise an meine Diskussion mit der Rosenverkäuferin erinnert. Aber ich kann doch nicht Aylins Mutter mit hässlichen Grunzlauten abwehren. Gibt es überhaupt eine Möglichkeit, einem älteren Familienmitglied »Nein« zu sagen, oder ist das hier einfach die Fortsetzung der Militärherrschaft im Privaten? Obwohl ich noch weitere drei Mal »Nein« sage, schaufelt mir Aylins Mutter jetzt den unter Schmerzen leer ge-

gessenen Teller wieder komplett voll. Mein Werk ist zerstört, ich möchte heulen. Ich hätte gerne das Gesicht von Reinhold Messner gesehen, wenn ihm kurz vor dem Gipfel des Mount Everest ein zweiter Mount Everest obendrauf geschüttet worden wäre ... Wenn ich diese Portion auch noch esse, begebe ich mich definitiv in Lebensgefahr. Ist es das wert, sich aus Höflichkeit umzubringen? Ich bin 33 und mit der wunderbarsten Frau zusammen, die ich je getroffen habe. Soll ich das alles aufs Spiel setzen für einen Teller Fleischspieße? Ja.

Ich schaufle also weiter Essen in mich hinein, die Schmerzgrenze ist längst überschritten. Ich konzentriere mich einfach immer auf den nächsten Bissen – selbst Gerd Rubenbauer ist längst verstummt. Es gibt nur noch mich und das Lammfilet. Meine Atmung ist flach, die Gefühle abgeschaltet, mein Gehirn auf blankes Überleben programmiert. Minuten später starre ich mit glasigem Blick auf einen leeren Teller. Eine übermenschliche Leistung liegt hinter mir – so schmerzhaft, dass meine Psyche die quälenden Details verdrängt haben muss.

Da sehe ich in Zeitlupe die Hand von Aylins Mutter nach meinem Teller greifen. In Schockstarre beobachte ich, wie sich mein Teller aufs Neue füllt und mir vor die Nase gestellt wird. Während ich ein Stück Blätterteig in den Mund schiebe und feststelle, dass ich zu müde zum Kauen bin, registriere ich gleichzeitig, wie die zuvor in Trance heruntergewürgten Fleischstücke im Magen um Einlass begehren und offensichtlich vom Türsteher abgewiesen werden: »Ihr kommt hier nicht rein, es ist voll, haut ab.«

Dies hat zur Folge, dass sich meine Speiseröhre dank einer Warteschlange von wütenden Lammfiletstücken weitet und auf die Luftröhre drückt. Ich atme wie eine englische Bulldogge, die nach dem Verzehr von zehn Dosen Chappi zum Joggen mitgenommen wird. Ich habe nur noch einen Gedanken: »Daniel, kotz jetzt bitte nicht auf den Tisch!«

Mit einer letzten verzweifelten Anstrengung erhebe ich mich und wanke zum Klo. Natürlich hat inzwischen jemand das Radio wieder auf volle Lautstärke gestellt – was zwar einerseits meine Stöhngeräusche übertönt, aber andererseits dazu führt, dass ich fiebrige Schweißausbrüche bekomme und sich alles um mich dreht. Ich habe zehn Kilo frische Nahrung in meinem Körper, und davon müssen jetzt schnell mindestens fünf wieder raus. Aber nichts passiert. Ich sitze schweißnass auf dem Klo und zwinge mich durch extreme Konzentration, nicht ohnmächtig zu werden. Nach etwa fünf Minuten gibt mein Dickdarm dem Gnadengesuch statt und schafft gerade mal so viel Platz, dass der Druck auf die Luftröhre von »lebensbedrohlich« auf »sehr, sehr unangenehm« sinkt. Endlich habe ich die Kraft, das Radio leiser zu stellen. Ich wische mir den Schweiß aus dem Gesicht und trainiere vor dem Spiegel, nicht ganz so gequält zu gucken. Dann gehe ich zurück ins Wohnzimmer. Gott sei Dank, der Tisch ist abgeräumt. Ich hatte ein Nahtoderlebnis, aber ich habe überlebt. Ein Sieg der puren Willenskraft! Wenn das nicht echt männlich war, dann weiß ich's auch nicht mehr!

Da kommt Frau Denizoğlu mit einem gigantischen Tablett aus der Küche, auf dem sich fast einen Meter hoch Gebäck auftürmt.

»Das ist Baklava, Daniel. Ist türkische Spezialität. Musst du unbedingt essen!!!«

14

Ich kann mich nur noch schemenhaft daran erinnern, wie ich mich verabschiedet und in ein Taxi geschleppt habe. An Schlaf war bis fünf Uhr morgens nicht zu denken. Ich musste mir den Vormittag freinehmen, und selbst jetzt, um halb zwei, sitze ich in unserem Büro bei der Creative Brains Unit und bin noch zu 95 Prozent mit Verdauung beschäftigt. Die restlichen 5 Prozent versuchen, geniale Ideen zu produzieren. Ironie des Schicksals: Gerade jetzt, wo Koffein das Einzige ist, das mir helfen kann, soll ich mir Werbung für koffeinfreien Kaffee ausdenken. Mir gegenüber sitzt Lysa und hämmert irgendwas in ihre Tastatur.

»Holst du mir noch 'nen Kaffee, Lysa?«

»Bin ich jetzt deine Sekretärin oder was?!«

Stimmt. Ich habe ja wieder den Kulturkreis gewechselt. Hier bei den Abendländlern ist Selbstbedienung. Eigentlich schade. Es fühlt sich an, als wäre ich am Abend zuvor in einem Fünf-Sterne-Hotel gewesen und säße jetzt bei McDonald's.

»Komm, Lysa, du kannst mir doch *einmal* 'nen Kaffee holen. Oder meinst du, dann sind 30 Jahre Emanzipation im Arsch?«

Lysa schaut mich irritiert an.

»Ich glaub, es hackt. Wieso fragst du nicht Ulli?«

»Weil, äh ... Okay. Ulli, holst du mir noch 'nen Kaffee?«

Ulli steht auf und holt mir einen Kaffee. Aha. Man kann sich also auch in Deutschland bedienen lassen. Man muss nur den Richtigen finden. Denn hier im aufgeklärten Westeuropa kann sich jeder unabhängig vom Geschlecht individuell entscheiden, sich ausbeuten zu lassen. Toll.

Ich trinke den Kaffee und habe trotzdem keine Ideen. Ich

google »koffeinfreier Kaffee« und habe 15 900 Treffer. Als Erstes erfahre ich bei *Welt online*, dass koffeinfreier Kaffee für das Herz schädlicher ist als koffeinhaltiger, weil er den Spiegel bestimmter Blutfette noch mehr erhöht. Diese interessante Information bringt mich auf eine erste Idee, die ich hastig in die Tasten haue:

Die Kamera zeigt ein idyllisches Einfamilienhaus. Dazu hören wir auf die Melitta-Melodie:

Es liegt was in der Luft,
ein ganz besond'rer Duft –
o ja, es riecht nach Gruft!

In dem Moment schwenkt die Kamera auf die Terrasse, wo eine halb verweste Leiche mit Kaffeetasse in der Hand liegt. Dazu hören wir eine kernige Männerstimme:

Koffeinfreier Kaffee –
wirkt schnell und zuverlässig.

Ich lache mich 20 Sekunden lang über meine eigene Idee kaputt, dann denke ich kurz nach und lösche alles wieder. 99 Prozent der Ideen, die ich habe, machen das Produkt lächerlich, anstatt es zu bewerben. Immer wieder beschleicht mich das Gefühl, in der falschen Branche zu arbeiten. Aber beim Blick auf meine Kontoauszüge verschwindet dieses Gefühl dann meistens wieder.

Ich reiße mich zusammen und klicke auf den nächsten Google-Link zum Thema »koffeinfreier Kaffee«. Es ist eine Frage im Gesundheitsforum von www.pfiffige-senioren.de. Die nierengeschädigte Oma Fine möchte wissen, ob koffeinfreier Kaffee dem Körper Flüssigkeit entzieht. Aha. Hier scheine ich bei der Kernzielgruppe von koffeinfreiem Kaffee angekommen zu sein. Ich überlege kurz, ob ich mich einloggen und Oma Fine antworten soll, dass sie sich keine Gedanken um ihre Nieren machen muss, solange sie ihr Herz derart mit Cholesterin vollpumpt, surfe dann aber zum nächsten Google-Treffer: www.medizinauskunft.de. Hier wird berichtet, dass koffeinfreier Kaffee das Zuckerkrankheitsrisiko verringert. Toll. Das heißt, Oma Fine darf so viel Zucker in ihre Plörre kippen, wie sie will – der Herzinfarkt wird nicht von störenden Diabetessymptomen verschleiert.

Danach lande ich bei der Shopping-Community »Ciao«, wo die Kundin »Spätzle 28« allen Ernstes eine dreiseitige Rezension über eine einzige Sorte koffeinfreien Kaffee verfasst hat, in sage und schreibe sechs Unterpunkte gegliedert: »Vorbemerkung«, »Verpackung«, »Aroma«, »Geschmack«, »Magenfreundlichkeit« und »Schlussbemerkung«. Unfassbar, womit manche Menschen ihre Zeit verbringen. Wenn man »Spätzle 28« irgendwann mal fragt: »Haben Sie denn nicht mitgekriegt, wie Ihre Tochter sich den goldenen Schuss gesetzt hat?«, dann wird sie wahrscheinlich antworten: »Wie denn – ich war doch gerade dabei, mein Traktat über die Cremigkeit des Zwischenbelags in der zuckerfreien Schwarzwälder Kirschtorte light von Dr. Oetker zu vollenden!«

Ich schließe entnervt den Internet Explorer und versuche mich auf die Kernfrage zurückzubesinnen: Was ist das Männliche an koffeinfreiem Kaffee? Bisher hat niemand von uns eine Antwort: Lysa hat den ganzen Tag gechattet; Karl hatte die Idee, einen Superhelden zu erfinden, der nach dem Genuss von koffeinfreiem Kaffee übernatürliche Kräfte entwickelt – das wurde aber vom Chef als »albern« abgelehnt; und Ulli kann sich nicht mehr auf die Arbeit konzentrieren, seit er erfahren hat, dass koffeinfreier Kaffee das Herzinfarktrisiko erhöht. Nicht dass er koffeinfreien Kaffee trinken würde, aber der bloße Gedanke, dass es Dinge gibt, die Herzinfarkte auslösen, beunruhigt ihn.

Nach Feierabend treffe ich Aylin im Starbucks am Friesenplatz. Ich wollte eigentlich einen romantischeren Ort wählen, aber ich habe Starbucks gesagt – wahrscheinlich arbeitet Starbucks mit irgendwelchen Aliens zusammen, die Menschen im Alter zwischen 15 und 35 nachts unbemerkt Chips ins Hirn pflanzen, die einem am nächsten Tag befehlen, zu Starbucks zu gehen. Egal, Hauptsache, ich sehe Aylin. Sie sieht wieder bezaubernd aus: Jeans-Minirock, kombiniert mit einem engen roten Trägertop, dazu offene Haare, silberne Ohrringe und das schönste Lächeln der Welt. Ich bin einfach ein Glückspilz – und endlich mit Aylin allein, ohne die Familie ... Denke ich. Denn die Erfindung des drahtlosen Telefonierens war insofern Gift für unsere türkischen Mitbürger, als sie jetzt ihre Familie immer dabeihaben – egal, wo sie gerade sind. Aylins Sony Ericsson wiegt vielleicht 150 Gramm – aber dadrin stecken ihre Mutter, ihr Vater, ihr Bruder, acht Tanten, zehn Onkel und die fast fünfzig Cousins und Cousinen. Wenn ich überlege, wie oft ich in einem Jahr mit meiner Familie telefoniere, komme ich auf 17,2 Anrufe: Einmal im Monat bei meinen Eltern, dazu die Geburtstagsanrufe bei meinen drei Tanten und zwei Onkeln (Weihnachten schicke ich Karten). Die 0,2 ist Großtante Elfriede, die ich nur alle fünf Jahre zum runden Geburtstag anrufe.

Die Zahl 17,2 übertrifft Aylin im Starbucks an einem einzigen Abend mühelos: Von den zweieinhalb Stunden dort haben Aylin und ich vielleicht zehn Minuten für uns. Die restliche Zeit geht dafür drauf, mehr oder weniger große Familienprobleme zu lösen. Während ich von den Gesprächen mit der Mutter gar nichts verstehe, kann ich den Dialog mit Cousine Orkide zumindest teilweise mitverfolgen:

»Önce Meldehalle'ye gidiyorsun. Ausländeramt nerede soruyorsun. Orada Visum göster, sonra Verlängerung alacaksın, bir Stempel Pasaporta. Okay? Hadi tschüss!«

Darauf folgt eine fast halbstündige Handy-Orgie auf Türkisch, begleitet von großen Emotionen. Mir wird ziemlich mulmig, denn offenbar wurde Aylins Familie gerade von einer Katastrophe heimgesucht. Aylin reißt die Augen weit auf und ruft mehrfach »Allah, Allah ...«, gefolgt von herzerweichenden Seufzern, Kopfschütteln und Lauten des Bedauerns. Ich bin sicher, dass irgendjemand gestorben ist, und lege Aylin tröstend die Hand auf die Schulter. Mehrmals klopfen andere Anrufer an, die offensichtlich auch von der Tragödie gehört haben. Als in der Reihe der Kondolenzanrufe endlich eine Pause entsteht, wage ich nachzufragen, was passiert ist.

»Ach, nichts Besonderes.«

»Aber es klang so dramatisch.«

»Wirklich?«

»Ja.«

»Aber es war nichts Besonderes.«

»Bist du sicher?«

»Ja. Erst war meine Mutter dran. Sie stand bei H&M in der Umkleidekabine, weil sie ein Kleid anprobiert hat, und bekam den Reißverschluss nicht mehr auf.«

»Äh, und da ruft sie dich an?«

»Ja, klar. Wieso?«

»Na ja, also wenn meine Mutter bei H&M in der Umkleidekabine stehen und ein Kleid anprobieren würde – wobei, das ist unrealistisch, denn meine Mutter trägt eigentlich nur Hosen und würde auch nie zu H&M gehen, aber angenommen, sie wäre in dieser Situation ... Dann würde sie einfach die Verkäuferin bitten, den Reißverschluss zu öffnen.«

»Genau das hab ich ihr auch geraten.«

»Und?«

»Dann war das Problem gelöst.«

»Ah. Aber ... du hast unglaublich lange telefoniert. Und es klang die ganze Zeit so dramatisch, als ginge es um Leben oder Tod.«

»Tja, danach war mein Vater dran, der hat mir erzählt, dass in der Weidengasse die Knoblauchwurst teurer geworden ist, dann hat meine Cousine Aynur angeklopft, die hatte Streit mit Tante Emine, weil sie bei ihrem Türkei-Urlaub Onkel Mustafa nicht wie versprochen einen deutschen Nasenhaarschneider mitgebracht hat, dabei schwört Aynur, dass sie gar nichts versprochen hat. Dann war wieder meine Mutter dran, die vergessen hatte, ob die gelbe Bluse, die sie zu Hause hat, rote oder orange Streifen hat.«

»Klingt aber nicht so dramatisch.«

»Doch! Denn wenn die gelbe Bluse orange Streifen hätte, würde sie nicht zu dem roten Rock passen, den meine Mutter gerade bei H&M gekauft hatte.«

»Aber sie kann doch zu Hause nachgucken – warum ruft sie dich deshalb an?«

»Sie wollte nicht so lange mit der Ungewissheit leben.«

»Nee, ist klar.«

»Und dann hat noch Tante Emine angerufen ...«

»Ah, die, die Streit mit deiner Cousine hat.«

»Nein, das ist die andere Tante Emine. Auf jeden Fall wollte Emine wissen, ob ich ein weißes Tischdeckchen brauche, weil sie gerade etwas häkeln will, aber da hat Cem angerufen.«

»Ah, dein Bruder.«

»Nein, mein Cousin. Der heißt auch Cem. Und der wollte mir nur mitteilen, dass sich Aynur und Emine inzwischen versöhnt haben, weil sich Emine plötzlich erinnert hat, dass nicht Aynur, sondern Özlem den Nasenhaarschneider besorgen wollte; danach hat noch mal Aynur angerufen, um mir dasselbe zu sagen. Dann war noch mal meine Mutter dran, die bei Strauß T-Shirts entdeckt hat, die von 15 auf 8 Euro runtergesetzt sind, dann war wieder mein Vater dran, um mir zu sagen, dass die Knoblauchwurst nicht nur in der Weidengasse, sondern *überall* teurer geworden ist, und schließlich kam der Anruf von Özlem, die inzwischen die bitteren Vorwürfe von Emine gehört hatte, weil sie keinen Nasenhaarschneider besorgt hat; allerdings hatte sich Emine schon wieder vertan, denn sie hat die falsche Özlem angerufen – Özlems Tochter heißt nämlich auch Özlem.«

Wow. Das waren höchstens 50 Euro Gesprächskosten, und dafür hat Aylin wahrlich wichtige Informationen erhalten. Einfach faszinierend, welche Lebensqualität uns die moderne Kommunikationstechnik ermöglicht.

Aber auch faszinierend, dass der Türke an sich offenbar recht sparsam mit Vornamen umgeht. Unter Aylins Tanten und Cousinen gibt es allein drei Ayşes und fünf (!) Emines. Das führt dann wahrscheinlich zu Dialogen wie:

»Du, gestern ist Emine gestorben.«

»O nein. Allah Allah, das ist ja so traurig ... Äh, welche Emine?«

»Ayşes Mutter.«

»Ayşes Mutter Emine? Oder meinst du Emines Mutter Ayşe?«

»Nein. Ayşes Mutter Emine.«

»Aber meinst du die dicke oder die dünne Ayşe?«

»Die dicke.«

»Die mit Mustafa verheiratet ist?«

»Welcher Mustafa?«

»Der Sohn von Mehmet.«

»Welcher Mehmet?«

»Emines Bruder.«

»Die Emine mit dem dicken Popo?«

»Nein, die mit dem Hautausschlag, die Tochter von Ali und Ayşe.«

»Ach so.«

»Und wer ist jetzt tot?«

»Auf jeden Fall nicht die Angeheiratete-Tante-von-Ayşes-Mann-Emine, also die mit dem Hautausschlag, und auch nicht die Schwester-vom-alkoholkranken-Mustafas-Sohn-Ali-Emine mit dem dicken Popo, sondern die Ayşes-Mutter-Emine.«

»Moment. *Ich* bin Ayşes Mutter Emine. Und ich lebe.«

»Oh, dann war es doch Emines Mutter Ayşe.«

»Welche Emine?«

»Egal. Auf jeden Fall ist sie tot.«

Wie auch immer – ich habe verstanden, dass türkische Familien-Handy-Telefonate sich zwar dramatisch anhören, aber in Wirklichkeit ganz harmlos sind. Aylin fragt, ob ich einen Bagel essen will, aber der bloße Gedanke an Essen löst Übelkeit in mir aus. Doch Aylin zeigt kein Mitleid mit meinem verkorksten Magen. Im Gegenteil:

»Kein Wunder, dass dir schlecht ist – so wie du zugelangt hast.«

»Ich wollte nur höflich sein.«

»Höflich? Das war nicht höflich.«

»Was? Ich habe mir Unmengen reingestopft.«

»Das ist nicht höflich, das ist verfressen.«

»Aber wenn man aufisst, dann zeigt man doch, dass es geschmeckt hat.«

»Nicht bei uns. Wenn man den Teller leer isst, dann heißt das: Es war nicht genug. Ich bin noch nicht satt. *Deshalb* hat meine Mutter dir immer wieder nachgegeben. Wenn sie das nicht macht, ist sie eine schlechte Gastgeberin.«

»O nein! Und was denkt sie jetzt von mir?«

»Dass du unverschämt bist.«

Na toll. Ich habe mich aus Höflichkeit fast umgebracht, und das Ergebnis ist: Man hält mich jetzt für einen dreisten Fresssack. Ich könnte heulen. Aber heulende Männer sind für türkische Frauen vermutlich nur dann akzeptabel, wenn sie zu arabesker

Musik jammern und dabei von Autos überfahren werden. Also versuche ich es mit Humor:

»Tja, dann bestelle ich mir am besten im Internet das Trikot von Trabzonspor, damit meine Sympathiewerte wieder steigen.«

»Hey, super Idee!«

Vielleicht hätte ich die Ironie deutlicher zum Ausdruck bringen sollen.

»Ach Daniel, eins hab ich vergessen: Meine Mutter hat noch gesagt, wir sollen unbedingt morgen kommen, weil Tante Emine für uns aus dem Kaffeesatz lesen will.«

Ich verzichte darauf zu fragen, um welche Emine es sich handelt.

»Aus dem Kaffeesatz lesen?! Warum?«

»Na, damit die Familie weiß, ob wir auch zusammenpassen.«

»Ach so ... Ihr glaubt doch nicht an so was, oder?«

»Doch, klar.«

»Haha, du verarschst mich.«

»Nein. Tante Emine kann das. Sie hat bis jetzt immer die Wahrheit vorhergesagt.«

»Aber dir ist schon klar, dass das, äh, ja, also, dass das wissenschaftlich, äh, also, dass das dann doch eher so ... Quatsch ist.«

»Emine hat den Tod meiner Oma vorhergesagt, sie wusste, wie viele Kinder meine Eltern kriegen, und sogar den Lottogewinn von Onkel Mustafa hat sie aus dem Kaffeesatz herausgelesen.«

»Ja, kann schon sein, aber so was ist Zufall, versteh doch ...«

»Ich weiß, ihr Deutsche glaubt nicht daran. Wir Türken schon.«

»Ja aber ... Was ist denn, wenn Tante Emine jetzt sagt: ›Nö, sorry, die zwei passen nicht zusammen‹?«

»Das wird sie nicht sagen.«

»Woher willst du das wissen?«

»Weil wir doch sehr gut zusammenpassen.«

»Okay, aber nur mal angenommen, Tante Emine sagt, dass wir *nicht* zusammenpassen, was passiert dann?«

»Tja, dann müssen wir uns halt trennen.«

Ich schlucke. *Was* hat Aylin da gerade gesagt? Meine Knie werden weich. In ihrem Blick sehe ich: Das war leider kein Scherz.

»Was??? Wie kannst du das so einfach ... das gibt's doch gar nicht!!!«

»Hey, bleib mal cool, Daniel.«

»Ich soll cool bleiben??? Du machst gerade unsere Beziehung vom puren Zufall abhängig, und ich soll cool bleiben?!?«

»Das hat doch nichts mit Zufall zu tun.«

»Aber sie liest aus dem *Kaffeesatz*! Das ist nasses Kaffeepulver. Das gehört in die Biotonne, aber man kann doch nicht ...«

»Du kannst ihr vertrauen. Sie ist richtig gut.«

»Eben. Das macht mir noch mehr Sorgen. Dass du das glaubst. Aber ich ... ich ... du bist das Wichtigste für mich. Ich liebe dich. Unser Glück kann doch nicht von Kaffeepulver abhängen!!!«

»Ich liebe dich auch, Daniel. Und unser Glück hängt definitiv nicht vom Kaffeesatz ab.«

Moment mal – hat sie gerade »Ich liebe dich« gesagt?! Ja, das hat sie.

Moment mal – habe ich davor *auch* »Ich liebe dich« gesagt?! Ja, das habe ich.

Mein Herz wummert. Ich bin von mir selbst überrascht. Sicher, ich wollte ihr das irgendwann sagen. Aber doch nicht in einer Starbucks-Filiale.

Wir schauen uns an. Wir sind beide gerührt. Es ist völlig egal, wo wir sind – wir lieben uns!

Unsere Lippen nähern sich vorsichtig und wir küssen uns zärtlich. Dass die Kassiererin über Lautsprecher »Daniel, dein tall Chai Latte mit Raspberry-Shot ist fertig« brüllt, mindert die Kuss-Qualität nur geringfügig. Langsam lösen sich unsere Zungen voneinander, und wir schauen uns aus wenigen Zentimetern tief in die Augen.

»Aylin?«

»Ja?«

»Ich liebe dich wirklich.«

»Ich liebe dich auch, Daniel. Wirklich.«

»Versprich mir, dass wir uns nicht wegen des Kaffeesatzes trennen, ja?!«

»Ich verspreche es dir.«

»Danke. Du weißt gar nicht, wie mich das erleichtert.«

»Verstehst du: Der Kaffeesatz würde nur anzeigen, dass unsere Beziehung unter keinem guten Stern steht, und dann müssten wir uns trennen. Das wäre aber nicht wegen des *Kaffeesatzes*, das wäre einfach unser Schicksal.«

»WAS???«

»Verstehst du? Der Kaffeesatz löst das Schicksal nicht aus. Er zeigt das Schicksal nur an.«

Ich sacke auf meinem Stuhl zusammen. Sosehr ich mir auch wünsche, dass das hier nur ein übler Scherz ist – Aylin meint es ernst. Und zwar *bitter*ernst. Ihre ganze Familie wird Tante Emine glauben – egal, was sie sagt. Esoterik war für mich immer die Freizeitbeschäftigung von psychisch labilen Sozialpädagoginnen in der Midlife-Crisis ...* Aber hier habe ich eine wunderschöne Frau Mitte 20 vor mir, die ohne erkennbare Symptome psychischer Unzurechnungsfähigkeit versichert, dass ich die Liebe meines Lebens ein paar feuchten Krümeln anvertrauen soll. Das kann ich nicht zulassen. Das darf ich nicht zulassen!

»Und wenn ich einfach nicht mitkomme?«

»Dann liest sie trotzdem aus dem Kaffeesatz.«

Ich denke nach. Es gibt keine andere Möglichkeit. Die Chancen liegen wohl so um die 50 Prozent. Wenn ich bei Tante Emine einen sympathischen Eindruck mache, vielleicht etwas höher. Also sollte ich wohl mitkommen und mein Bestes geben.

* Liebe psychisch labile Sozialpädagoginnen in der Midlife-Crisis, das ist natürlich nur ein Klischee. Selbstverständlich gibt es auch viele andere Dinge, mit denen Sie sich beschäftigen: Buddhismus, Hinduismus oder Katzenzucht.

15

Ich sitze schweißgebadet am Esstisch der Familie Denizoğlu und nippe an einem kleinen Mokkatässchen. Mir gegenüber sitzt Aylin, und um den Tisch herum hat sich der engste Familienkreis versammelt: Herr und Frau Denizoğlu, Cem, vier Tanten (darunter zwei Emines), drei Onkel, zwei Cousinen und ein Cousin. Es herrscht gespannte Erwartung. Offensichtlich misst Familie Denizoğlu dem Ereignis große Bedeutung bei. Aylins Mutter klärt mich auf:

»Du bist zweite Mann, mit dem Aylin sich Kaffeesatz lesen lässt. Das ist große Ehre.«

»Oh. Und was war mit dem ersten?«

»Der Kaffeesatz hat gesagt, Beziehung steht unter schlechte Stern. Dann hat Aylin Schluss gemacht ... Gott sei Dank – zwei Jahre später hat ihn Auto überfahren.«

Ich lächle verkrampft. Tante Emine muss mich unbedingt sympathisch finden. Ich habe noch nicht herausgefunden, welche der beiden Emine-Tanten aus dem Kaffeesatz lesen wird, also versuche ich, bei beiden Sympathiepunkte zu ergattern. Ich fürchte allerdings, dass ich durch meine Nervosität eher das Gegenteil bewirke. Ich bin mittlerweile so angespannt, dass ich den Mund zur Tasse bewege, weil meine Hände zu sehr zittern. Von diesem Gebräu hängt also mein Lebensglück ab. Ich versuche, eine entspannte Reiner-Calmund-Haltung einzunehmen – es gelingt mir nicht. 28 Augen sind auf mich gerichtet. Ich wünsche, ich hätte mich vorher betrunken, dann wäre es leichter zu ertragen.

So erlebe ich alles mit vollem Bewusstsein. Ich fasse den festen Vorsatz, männlicher zu werden. Ich befinde mich hier bei den

Nachfahren stolzer osmanischer Krieger, die ohne Furcht die halbe Welt erobert haben, und zittere hier vor einer Mokkatasse. So kann das nicht weitergehen.

»So, Daniel. Jetzt Untertasse obendrauf, und dann umdrehen.«

Tante Emine hat gesprochen. Jetzt weiß ich auch endlich, auf welche Emine ich einen guten Eindruck machen muss – wenn das überhaupt noch geht. Emine hat tiefe Furchen im Gesicht, lange grauweiße Haare, die hinten zu einem Zopf gebunden sind; dazu einen silbernen Pullover, jede Menge Ketten um Hals und Arme und einen wallenden Rock. Jetzt noch ein spitzer Hut, und sie könnte im nächsten Harry-Potter-Film mitspielen ... Ich mache es wie befohlen und sehe, wie sich mein Lebensweg auf einen entscheidenden Punkt hinbewegt, ohne dass ich es beeinflussen kann.

»Leg Zeigefinger auf Tasse, mach Augen zu und wünsch dir was.«

Ich befolge auch diese Anweisung und versuche mich auf eine glückliche Zukunft mit Aylin zu konzentrieren. Kann ja nicht schaden. Wenn am Ende doch was dran ist und mein Leben nur deshalb den Bach runtergeht, weil ich mich jetzt nicht konzentriert habe, dann wäre das doch sehr, sehr ärgerlich. Es ist gar nicht so leicht, sich auf eine glückliche Zukunft mit Aylin zu konzentrieren, wenn die Nerven so angespannt sind. Ich darf jetzt auf keinen Fall an irgendeine andere Frau als Aylin denken. An keine andere Frau. Nicht an Viviane aus dem Flugzeug, nicht an Lysa, nicht an ... Mist, jetzt denke ich an Lysa. Und an Viviane. Ach du Scheiße! Wenn sie das aus dem Kaffeesatz herausliest! Komm Daniel, die Gedanken sind frei. Und es gibt nun mal andere Frauen. Immerhin hast du nicht an *Sex* mit diesen Frauen gedacht. Denk jetzt auf keinen Fall an Sex mit Viviane!!!

Tja, das ist so wie mit dem rosa Elefanten. Wenn man den Satz hört: »Denken Sie auf keinen Fall an einen rosa Elefanten«, woran denkt man? Nur einzig und allein deshalb denke ich in diesem Moment an Sex mit Viviane. O nein! Aufhören, stopp, denk an dein Glück mit Aylin, denk an dein Glück mit Aylin. In zehn Sekunden gedehnter Zeit habe ich folgende wirre Visionen:

- Aylin, die mich beim Sex mit Viviane erwischt hat und total ausrastet.
- Christoph Daum an einem Flipchart, der seiner Mannschaft ein neues Spielsystem erläutert (4-4-2 mit Doppel-6).
- Ich als osmanischer Krieger, der auf einem Pferd durch Anatolien reitet.
- Aylin in den Klamotten von Lysa, die sich weigert, mir Kaffee zu bringen.
- Aylin und ich beim Sex ... Hey, *die* Vision ist in Ordnung!
- Aylin und ich beim Sex, aber Aylins Handy klingelt und sie redet mit ihrer Mutter über Reißverschlüsse.

Jetzt schnappt sich Tante Emine die Tasse und dreht sie um. Ein Raunen geht durch die Familie. Ich öffne meine Augen, und der Strom bescheuerter Gedanken reißt endlich ab. Ich bin im Hier und Jetzt. Aber da will ich gar nicht sein. Tante Emine starrt mit skeptischer Miene in die Tasse und brummelt unverständliche Laute vor sich hin. Die Spannung ist kaum noch auszuhalten – schlimmer als das Elfmeterschießen 2006 im Viertelfinale gegen Argentinien. Warum sagt sie denn nichts, verdammt? Schon wieder zieht mein Leben an mir vorbei, diesmal rast es bis zu einem denkwürdigen Moment im Jahre 1983. Ich bin acht Jahre alt, in unserem Aquarium ist gerade mein Lieblingsfisch gestorben, ich heule Rotz und Wasser, und mein Vater tröstet mich mit den Worten: »Mein Sohn, das Wichtigste im Leben ist, dass man die Dinge rational betrachtet.« Ein toller Ratschlag. Und jetzt, über zwanzig Jahre später, versuche ich, diesen Rat zu befolgen. Rational betrachtet bin ich nervlich am Ende. Sag doch endlich was, Tante Emine, biiiitteeeeee! Aber nein, sie grummelt weiter vor sich hin, offenbar ein Tick von ihr, oder eine Geheimsprache zwischen ihr und dem Kaffeesatz, keine Ahnung. Türkisch ist es jedenfalls nicht, und Deutsch schon gar nicht. Warum muss ich gerade jetzt an willkürliche Justiz-Urteile denken? Komm, Daniel, beruhige dich. Was ist das Schlimmste, was passieren kann? Aylin macht Schluss und du bist für den Rest deines Lebens unglücklich – wäre das denn sooo schlimm? Ja, verdammt, das wäre schlimm! Endlich hört Emine auf zu grummeln. Es scheint loszugehen. Alle schauen sie gebannt an. Niemand wagt zu kauen, zu schlucken oder zu atmen. Emine räuspert sich.

»Guck hier.«

Emine zeigt etwas in der Tasse. Ein Raunen geht durch die Familie. Ich gucke auch, aber ich sehe nichts als gottverdammten Kaffeesatz.

»Hier ist Linie. Von da bis da. Ist fast gerade und geht lange.«

Na toll. Eine gerade lange Linie. Und was heißt das? Langes Leben? Langes Leiden? Langer Penis?

»Ist gute Zeichen. Beziehung wird halten lange. Wird sehr glücklich sein. Kommt Hochzeit und zwei Kinder.«

Ein kurzer Moment der Stille, dann bricht tosender Jubel aus. Wer nach dem Sieg der Türken gegen Kroatien bei der EM 2008 auf dem Kölner Ring gewesen ist, der weiß, wie es aussieht, wenn Türken sich freuen. Der Osmane an sich bringt seine Freude gerne körperlich zum Ausdruck, da kann es schon mal zu Quetschungen und Atemnot kommen, egal, die Emotionen müssen einfach raus. Offenbar hat nur eine kleine Minderheit der Türken von meinem Vater erfahren, dass man die Dinge rational betrachten muss. Während die osmanische Frau ihre Freude vor allem durch lautes Kreischen, Schütteln und Drücken äußert, pressen die Männer akustisch nur kurze Stoßlaute hervor, etwa so wie Gewichtheber, und schlagen einem dafür mit aller Kraft auf die Schulter.

Ich bin etwa zwei Minuten mit purem Überlebenskampf beschäftigt; erst dann fasse ich, dass ich gerade unglaubliches Glück gehabt habe. Ich möchte Aylin küssen, aber gerade läuft mein Gesicht rot an, weil die andere Emine mich mit aller Kraft an sich drückt, während Aylins Bruder Cem mir die rechte Schulter wund schlägt und eine Cousine dabei ist, mir den linken Arm auszukugeln.

Als sich die Freude ein wenig gelegt hat, komme ich endlich dazu, Aylin zu umarmen. Meinen Versuch, sie auf den Mund zu küssen, lenkt sie elegant auf die Wange ab. Aylins Mutter legt ihren Arm um mich und drückt mich an sich.

»Guckt mal, er sieht nicht aus wie ein Deutscher!«

»Nein, Vallaha, er sieht überhaupt nicht aus wie ein Deutscher.«

»Vallaha, ich schwöre, ein Deutscher sieht ganz anders aus!«

Während auch der Rest der Familie bestätigt, dass ich nicht wie ein Deutscher aussehe, schaut mir Aylins Mutter tief in die Augen.

»Also sag mal, Daniel, wann ist die Hochzeit?«

Ich lache zunächst, weil ich denke, dass es sich um einen Scherz handelt. Aber die Miene von Frau Denizoğlu lässt keinen Zweifel, dass ich mich mal wieder getäuscht habe. Jetzt müsste man Franz Beckenbauer sein:

»Ja gut äh, sicherlich, da werd ich jetzt erst mal mit dem Uli Hoeneß drüber reden, und dann in aller Ruhe nachdenken ...«

Aber ich bin nicht Franz Beckenbauer und schaue Aylin Hilfe suchend an. Und Aylin rettet mich.

»Anne, hör bitte auf, ja?!«

Habe ich gesagt, Aylin rettet mich?! Da wusste ich noch nicht, wie ihre Mutter antwortet:

»Okay. Ich ruf morgen Standesamt an und frag, wann nächste Termine frei sind.«

»Anne, würdest du das bitte lassen?!«

»Ich ruf nur mal an. Einfach so.«

Tja. Türken machen halt gerne Nägel mit Köpfen. Vor allem wenn's ums Heiraten geht. Wie gesagt, ich mag es normalerweise, wenn Klischees zutreffen. Aber ein bisschen romantischer könnte man das Thema schon behandeln. Ein Heiratsantrag in Venedig, nachts in einer Gondel, der Gondoliere geigt die Mondscheinsonate, Champagner, ich rezitiere ein Rilke-Gedicht, und zwar *nicht* mit der Stimme von Udo Lindenberg ... So was in der Art. Aber Aylins Mutter geht das Ganze doch recht pragmatisch an, wie den Erwerb eines Eigenheims. Man fährt ja auch nicht mit dem Kreditvermittler nach Venedig und fragt ihn in gereimten Jamben, ob er einem 250 000 Euro leiht. Auf jeden Fall hat der Satz »Ich ruf morgen Standesamt an und frag, wann nächste Termine frei sind« etwa den Romantikfaktor vom Barbarossaplatz.* Dafür kommen dann 500 Gäste mehr zur Feier als bei einer deutschen

* Liebe Grammatik-Freaks, ich hätte natürlich auch »des Barbarossaplatzes« schreiben können, aber über dem Genitiv seine Verwendung hat man im Hause Kiepenheuer & Witsch ganz eigene Ansichten.

Hochzeit – vielleicht gleicht das die fehlende Romantik wieder aus.

Na ja, wenigstens stellen sie keine Fragen mehr zu meiner Religion … In diesem Moment kommt Aylins Bruder Cem mit einem Küchenmesser und einer Geflügelschere ins Wohnzimmer.

»Also, Daniel, wie sollen wir dich beschneiden? Hiermit oder damit?«

Schweißperlen treten auf meine Stirn. Ich schaue in Cems Augen und suche verzweifelt nach irgendwelchen Anhaltspunkten für Ironie. Alle schauen mich an. Schon wieder zieht mein Leben an mir vorbei. Ich sehe meinen Vater, wie er 1980 zwei Zeuginnen Jehovas nicht etwa abwimmelt, sondern ins Wohnzimmer bittet, um einen konstruktiven Dialog zu führen. Unvergessen:

»Und Sie glauben also, dass das Weltenende naht …«

»Ja. Die Zeichen mehren sich. Merken Sie denn nicht, dass alles immer schlimmer wird?«

»Ich weiß nicht. Meinen Sie die Lage im Nahen Osten oder spielen Sie auf das 2:3 gegen Österreich an?«

»Glauben Sie uns, das Ende naht. Und nur Jesus Christus kann uns erlösen.«

»Tut mir leid, im Namen von Jesus Christus ist schon viel zu viel Mist passiert. Aber kennen Sie Sartre? Der hat ein paar interessante Ideen, was man *vor* dem Weltenende machen könnte.«

»Sartre? Den lehnen wir ab.«

»Haben Sie ihn denn gelesen?«

»Nein, aber …«

»Aha. Sie haben ihn also *nicht* gelesen. Also, ich schlage Folgendes vor: ich lese bis nächste Woche den *Wachtturm*, dafür knöpfen Sie sich ein Buch von Sartre vor. Und dann kommen Sie wieder und wir tauschen Argumente aus. Wir könnten natürlich auch Körperflüssigkeiten austauschen – meine Frau und ich führen eine moderne Ehe –, aber das müssen *Sie* entscheiden.«

Natürlich sind die Zeuginnen *nicht* wiedergekommen. Dabei hat mein Vater ihnen tatsächlich ein Sartre-Buch geschenkt und dafür den *Wachtturm* an sich genommen. Für ihn war das Wegbleiben der Jehova-Zeuginnen der Beweis, dass man mit Bibelgeschwafel nun einmal nicht gegen Sartre ankommt.

An dieser Stelle reißt mein Lebensfilm erneut, weil mir schallendes Gelächter entgegenschlägt. Gott sei Dank, diesmal war es wirklich nur ein Scherz. Ich atme auf und versuche, den Spott der Familie mit Würde über mich ergehen zu lassen. Alle schlagen sich auf die Schenkel vor Lachen, nur Aylins Mutter schaut böse.

»Cem, damit macht man keine Scherze.«

Da zieht mich die Kaffeesatz-Lese-Tante-Emine ins Nebenzimmer und schließt die Tür.

»Daniel, ich habe nicht alles gesagt eben. Kaffeesatz zeigt auch: Nächste Monat wird große Problem. Nur wenn ihr Problem löst, dann passiert, was ich habe gesagt.«

»Und wenn nicht?«

»Dann du bleibst immer allein und sehr, sehr unglücklich.«

»Aber ... warum haben Sie das nicht der Familie gesagt?«

»Weil du hast gehabt große Angst, ich habe gesehen. Das zeigt, du hast großes Herz für Aylin ... Außerdem, ich habe gehört, du bist für Trabzonspor.«

»Ja, in der Tat.«

»Unsinn. Das ist natürlich Lüge. Aber zeigt, dass du bist kluger Junge, und ich mag kluge Jungen.«

»Tja, äh ...«

»Aber bitte, pass auf nächster Monat. Vallaha, ich schwöre, ist sehr wichtig für dich.«

Mit diesen Worten lässt mich Tante Emine stehen. Vielleicht werde ich gerade verrückt, aber ich habe das komische Gefühl, ich sollte ihre Worte ernst nehmen.

16

Ich stehe mitten in unserem Büro. Lysa, Karl und Ulli schauen mich mit großen Augen an. Ich bin so richtig in Fahrt.

»Also: Zwei Männer trinken Kaffee. Einer koffeinhaltigen, einer koffeinfreien. Schnitt auf eine alte osmanisch gekleidete Frau. Sie sagt: ›Tassen umdrehen!‹ Dann liest sie beiden aus dem Kaffeesatz. Dem Mann mit dem koffeinhaltigen Kaffee sagt sie alle möglichen Krankheiten voraus: Herzinfarkt, Gicht, Parkinson, und vor allem: Potenzprobleme – alles. Und dem Typen mit dem koffeinfreien prophezeit sie ein langes glückliches Leben und wilde Sexorgien ... Was meint ihr?!«

Die drei schauen mich beeindruckt an. Lysa reagiert als Erste:

»Wow. Das ist cool. Das ist ... das ist cool.«

»Kaffeesatz lesen, geil! Auf was für Ideen du immer kommst ...«

Das war Karl. Ich werde überschwänglich für meine Phantasie gelobt. Natürlich suggeriert mein Werbespot, dass koffeinfreier Kaffee gesünder ist als koffeinhaltiger, und natürlich weiß ich, dass diese Aussage zumindest zweifelhaft ist. Aber die Wahrheit interessiert in der Werbebranche kein Schwein. Bei Southern Comfort zum Beispiel zeigt die Werbung idyllische Südstaaten-Bilder und nicht Onkel Bernd, der nachts hackebreit vor der verschlossenen Haustür steht und minutenlang in sein Handy-Display grabscht, weil er den Schlüssel greifen will, der die aktivierte Tastensperre symbolisiert. Oder bei Beck's Gold, da sehen wir gut gelaunte schlanke junge Menschen in der Sonne bei einem lustigen Segeltörn und nicht fette alte Säcke, die um drei Uhr nachts gegen die Kirchenmauer pinkeln. Werbung ist immer

Lüge. Warum soll ich dann nicht behaupten, dass koffeinfreier Kaffee gesund ist?! Das ist noch vergleichsweise nah dran an der Wahrheit – immerhin verringert er das Diabetesrisiko.

»Stimmt es wirklich, dass Gicht, Parkinson und Potenzprobleme durch koffeinhaltigen Kaffee verursacht werden?«

»Quatsch, Ulli. Das hab ich mir doch nur ausgedacht.«

»Aber wie kommst du denn darauf?«

»Hey, das waren die ersten Krankheiten, die mir eingefallen sind. Ich hätte auch Cholera, Gastritis und Schuppenflechte nehmen können.«

»Du weißt, dass ich immer gerne Kaffee getrunken habe. Jetzt kann ich nie wieder Kaffee trinken. Du bist so rücksichtslos!«

Es hat einfach keinen Sinn, mit Ulli über so was zu diskutieren. Aber außer ihm sind alle in der Firma von meiner Spot-Idee begeistert. Ich bekomme sogar ein Sonderlob von Rüdiger Kleinmüller.

»Sehr gutes Thinking, Daniel. Das ist genau das Thirty-Seconds-Storytelling, das ich meine. Jetzt muss ich das nur noch vom Auftraggeber gegreenlighted kriegen, dann können wir mit dem Spot ins Shooting gehen.«

Ich freue mich natürlich über das Lob, frage mich aber gleichzeitig, warum er nicht gleich Englisch spricht. Zur Belohnung dürfen wir früher ins Wochenende gehen – was mir sehr recht ist, denn ich will unbedingt Aylin treffen. Diesmal entscheide ich mich bewusst gegen Starbucks und überlege, welcher Ort in Köln nett sein könnte. Eins ist klar: Der Barbarossaplatz muss mindestens drei Kilometer weg sein, es darf nicht in der Altstadt sein (zu viele Touristen), nicht an den Ringen (zu viele Bergheimer), nicht im Studentenviertel (zu viele grölende Besoffene), nicht in der Nähe des Ebertplatzes (erinnert zu stark an den Barbarossaplatz), nicht in Marienburg (zu schick), nicht außerhalb des Gürtels (zu weit außerhalb), nicht rechtsrheinisch (geht für den Linksrheiner an sich gar nicht), und mein Stammlokal *Filos* scheidet aus, weil es von Griechen betrieben wird und ich nicht weiß, ob Aylin die Haltung ihres Vaters teilt. Da fällt mir ein lauschiges Plätzchen in der Südstadt ein: ein kleines Lokal mit mediterraner Küche und Außengastronomie unter einer großen Platane, das abends mit Laternen und Lichterketten beleuchtet wird – gut, der Name lässt einen nicht gerade von Lavendelfeldern in romantischen Provence-Tälern träumen: Haus Müller. Der passt eher zu einer Baumarktkantine oder dem Frühstücksraum eines Stundenhotels, ist aber in diesem Falle irreführend.

Als Aylin (natürlich eine Stunde zu spät) angeradelt kommt, geht die Sonne auf. Ich bin immer noch verliebt. Ich verliere mich in ihren Augen und vergesse, was ich mit ihr besprechen wollte, aber nach zehn Minuten kommt sie selbst auf das Thema:

»Du, wegen der Hochzeit, das tut mir total leid, ich hätte dich vorwarnen müssen. So sind wir Türken nun mal, da kann es nicht schnell genug gehen. Aber mach dir keine Sorgen: Ich lasse mich nicht unter Druck setzen. Auch nicht von Mama. Ignorier einfach, was sie gesagt hat.«

»Okay, aber, äh, kriegst du dann nicht irgendwie Ärger?«

»Mama ist zwar stur und wird mich jeden Tag fragen, wann es so weit ist. Aber ich bin noch sturer. Und das weiß sie.«

»Aber du wirst nicht irgendwie gefoltert oder nach Anatolien zur Zwangsheirat geschickt?!«

Aylin lacht.

»Wenn meine Familie so hart drauf wäre, dürfte ich wohl kaum als Animateurin arbeiten. Und dich hätten sie niemals in die Wohnung gelassen. Weißt du, es gibt zwei Sorten von Türken: die netten und die verbohrten. Meine Familie gehört zu den netten.«

»Wow, das gäbe 'ne tolle RTL-Serie: *Gute Türken, schlechte Türken.*«

Aylin lacht wieder. Von diesem Lachen werde ich nie genug bekommen, das weiß ich. Derweil hat Aylin schon wieder ihre Familie am Handy: Eine der beiden Ayşe-Tanten hat vom Ergebnis des Kaffeesatz-Lesens gehört und will jetzt wissen, wann die Hochzeit stattfindet, weil sie in drei Wochen in die Türkei fliegt. Aylin erwidert leicht genervt, Ayşe solle ruhig in die Türkei fliegen und sich keine Gedanken machen. Dann meldet sich Onkel Serkan, der in Leverkusen einen Hochzeitssaal betreibt. Er habe gehört, Aylin wolle heiraten, und sein Saal habe in den nächsten zwei Monaten nur noch drei Termine frei. Und schließlich fragt eine Großtante aus der Türkei, ob Aylin für sie ein Touristenvisum besorgt, damit sie bei der Hochzeit dabei sein kann. Aylin reagiert genervt: Wenn die Familie noch weiter Druck ausübe, werde sie aus Trotz gar nicht heiraten ... Dann tut sie etwas für eine Türkin Ungeheuerliches. Es ist ein Affront gegen die Familie und der endgültige Beweis, dass sie mich wirklich liebt: Sie schaltet ihr Handy aus.

17

Es ist fünf Uhr in der Nacht, und ich liege seit vier Stunden wach. Ich habe Aylin noch nach Hause gebracht und bin dann direkt ins Bett gegangen. Die erste Stunde habe ich damit verbracht, den Duft von Aylins Parfüm auf meinem T-Shirt einzuatmen und mich dabei an unseren Abschiedskuss im Hausflur zu erinnern, der erst unterbrochen wurde, als ich aus Versehen statt des Lichtschalters die Klingel von Herrn Kohlmüller im Erdgeschoss gedrückt habe, der zwar zu verschlafen war, um richtig wütend zu werden, aber immerhin noch meinte, dass man sich als Ausländer in Deutschland schon an die Regeln halten müsse. Als ich klarstellte, dass ich Deutscher bin, kam ein Satz, der mir bekannt vorkam: »Du siehst aber nicht aus wie ein Deutscher.« Fehlte nur noch das »Vallaha«. Immerhin in diesem Punkt ist Herr Kohlmüller mit seinen türkischen Nachbarn einer Meinung.

Von zwei bis drei habe ich dann mit mir selbst darüber diskutiert, ob es nicht doch ethisch verwerflich ist, koffeinfreien Kaffee in der Werbung als gesund darzustellen. Wenn jetzt Oma Fine von www.pfiffige-senioren.de meinen Spot sieht, danach vermehrt koffeinfreien Kaffee trinkt und anschließend an einem Herzinfarkt stirbt, wäre es meine Schuld. Zumindest teilweise. Ich habe mich dann um drei Uhr unter dem Pseudonym Florian Silbereisen bei den pfiffigen Senioren eingeloggt und Oma Fine vor koffeinfreiem Kaffee gewarnt.

Seit halb vier kreisen meine Gedanken aber nur noch um ein Thema: Aylin und Hochzeit. Ihre Familie hat das Thema gut fünf Jahre früher auf den Tisch gebracht als in Deutschland üblich – und jetzt gibt es zwei Möglichkeiten: verdrängen oder drüber nachdenken. Da ich gerade drüber nachdenke, scheint das mit dem Verdrängen irgendwie nicht geklappt zu haben. Also blicke ich der Frage mannhaft ins Auge: Will ich Aylin heiraten? Zunächst einmal meine grundsätzliche Position dem Heiraten gegenüber: Ich finde es *nicht* spießig. In den 50er- und 60er-Jahren, da war Heiraten spießig. Deshalb haben meine Eltern auch nicht geheiratet, das war Rebellion gegen das Spießertum. Aber wenn ich jetzt auch nicht heiraten würde, dann würde ich mich damit ja an meine Eltern anpassen. Wenn man Alt-68er-Eltern hat, ist Nicht-Heiraten spießig und Heiraten rebellisch.

Aylins Familie findet Heiraten auch nicht spießig. Dafür existiert Nicht-Heiraten im Weltbild einer türkischen Familie offenbar gar nicht. Ich wette, für den Satz »Wir sind einfach nur zusammen, aber wir heiraten nicht« gibt es keine türkische Übersetzung. Genauso gut könnte man sagen: »Ich bin ein Mann, aber ich habe keinen Penis.« Umso höher ist es Aylin anzurechnen, dass sie versucht, diesen Druck von uns zu nehmen. Aber der Druck ist nun mal da, und ich will nicht zum Heiraten erpresst werden.

So schön es auch ist, komplexen Gedankengängen nachzugehen, am Ende entscheidet sowieso der Bauch. Wenn man clever genug ist, kann man danach immer eine passende intellektuelle Begründung nachschieben. Und mein Bauch hat sich schon längst entschieden: Ich will Aylin heiraten!!! Ich will ihr einen romantischen Antrag machen, bei dem sie heulen muss. Ich will sie in einem weißen Kleid sehen. Ich will ihren Schleier lüften und sie vor den Augen der Familie küssen. Ich will eine fünfstöckige Hochzeitstorte. Ich will eine wilde Hochzeitsnacht. Und wenn irgendwer sie in Zukunft schamlos anbaggert, will ich sagen können: »Hey, lass die Finger von meiner Frau!«

Plötzlich ist alles ganz klar: Ich werde Aylin morgen fragen, ob sie meine Frau werden will. Jetzt stellt sich nur noch eine Frage: Wo? Ich erstelle eine Pro-und-Contra-Liste mit geeigneten Orten:

ORT	PRO	CONTRA
Venedig	Romantischste Stadt der Welt.	• Regel für Kreative: Nie die erste Idee nehmen. • Ich war in der 11. Klasse zur Jahrgangsstufenfahrt da, und da hab ich unter der Rialto-Brücke eine tote Ratte treiben sehen, was den Romantikfaktor stark reduzierte.
Paris	Stadt der Liebe.	War als Zwanzigjähriger da und habe in einer Bar ein nettes Mädchen kennengelernt, das sich erst als Prostituierte und dann als Mann herausstellte. Trauma. Geht leider gar nicht.
Brüssel	Auch schön.	Ein kleines pissendes Männchen als Symbol meiner Liebe scheint mir unpassend.
Amsterdam	Das Venedig des Nordens.	Hier habe ich nette Erinnerungen an einen Kiffertrip mit meiner Exfreundin. Geht leider auch nicht.
Köln	Praktisch.	Barbarossaplatz.
New York	Aufregende Metropole.	• Zu weit weg (muss am Montag wieder arbeiten). • Unromantisch. • Terrorgefahr.
Türkei	• Schön. • Aylins Heimat. • Warm.	• Gerade da gewesen. • Für Aylin nichts Besonderes. • Schon der Ort des ersten Kusses.
Rom	Ewige Stadt.	Die Italiener haben 2006 Torsten Frings verpetzt. (Gilt auch für Venedig.)
Loreley-Tal	Der wohl romantischste Ort in Deutschland.	Irgendwie mit Spießern verknüpft, die sich Plaketten an ihre Wanderstöcke heften.
Schloss Brühl	Weltkulturerbe.	Die Zeche Zollverein ist auch Weltkulturerbe, das ist kein Argument.
Rhein-Energie-Stadion	• Emotionalster Ort in Köln. • Nah.	Frauen finden Fußballstadien tendenziell eher unromantisch.
Zugspitze	• Schöne Landschaft • Höchster Ort in Deutschland.	Zu kalt.
Prag	Die goldene Stadt.	Bei Prag muss ich immer an Karel Gott denken, und ich will bei meinem Heiratsantrag nicht an Karel Gott denken.
Düsseldorf	?	Meine Konzentration lässt nach.

Ich feuere die Liste frustriert in die Ecke. Das ist das Dumme an Pro-und-Contra-Listen: Wenn man nur lange genug nach Contras sucht, dann findet man auch welche. Da kommt mir plötzlich ein Ort in den Sinn, an den ich bisher gar nicht gedacht habe: die Hamburger Hallig. Die Hamburger Hallig??? Ja, die Hamburger Hallig. Die Hamburger Hallig ist eine winzige Halbinsel im Wattenmeer der Nordsee, die nur über einen schmalen Damm zu erreichen ist. Auf ihr gibt es nur drei Häuser auf einer leichten Erhebung, die man noch nicht einmal Hügel nennen kann. Ansonsten überall nur Wiesen, auf denen Schafe weiden, und das Meer. Hier bin ich 1992 gelandet, als ich nach bestandenem Abitur mit dem InterRail-Ticket durch die Gegend gefahren bin. Meine Grundstimmung war leicht depressiv. Ob es daran lag, dass ich ununterbrochen Roger Waters gehört habe, oder ob ich Roger Waters gehört habe, *weil* ich depressiv war, kann ich nicht mehr sagen.

Noch wahrscheinlicher aber lag es daran, dass ich 18 war und immer noch keine Freundin hatte. Das ist heute, wo viele 18-Jährige gerade die Einschulung ihrer Kinder erleben, kaum noch vorstellbar, aber selbst in den frühen 90ern war man mit 19 ein Spätzünder. Auf jeden Fall passten die karge Landschaft, das raue Meer, der heftige Wind und der graue Himmel perfekt zu meiner Stimmung. Ich bin alleine über die Wiesen gewandert, habe mich auf einen Wellenbrecher gesetzt und aufs Meer geschaut. Stundenlang. Und mit einem Mal – keine Ahnung, wie und warum – wurde mir ganz warm ums Herz. Wahrscheinlich hat die Nordsee diesen eingebauten Rosamunde-Pilcher-Effekt, ich weiß es nicht. Plötzlich kamen mir die Tränen, und ich habe mir geschworen: Irgendwann werde ich eine Freundin haben, und dann werde ich sie hier hinbringen und das alles mit ihr teilen.

Seitdem habe ich nie wieder daran gedacht – bis jetzt. Plötzlich habe ich alles wieder vor Augen: die feuchte Wiese, die Schafe, die endlosen Reihen von Wellenbrechern, der weiße Hallig-Krog mit seinem braunen Reetdach, die unruhige Nordsee mit ihrem permanenten Geruch nach Krabbenbrötchen. Ich brauche keine Pro-und-Contra-Liste mehr, denn mein Entschluss steht in dieser Sekunde fest: Ich werde morgen mit Aylin zur Hamburger Hallig fahren.

18

Es ist Samstagmorgen, zehn Uhr, und ich habe gerade bei den Denizoğlus geklingelt. Eine verschlafene Aylin öffnet mir die Tür.

»Aylin, wir machen einen Ausflug. Pack ein paar Sachen ein, es könnte sein, dass wir übernachten.«

»Wohin?«

»Frag nicht. Komm einfach mit.«

Aylin schaut mich mit einer Mischung aus Überraschung und Respekt an. Ich bin selbst erstaunt, wie bestimmend ich sein kann. Färbt die Machokultur langsam auf mich ab? Werde ich mir bald einen Schnäuzer wachsen lassen, zehn Schritte vor Aylin hergehen und in Männercafés verkehren?

Aylin fängt an, einen Rucksack zu packen. Als sie erfährt, dass die Fahrt einige Stunden in Anspruch nehmen wird, gesellen sich zum Rucksack noch zwei Riesenkühltaschen, die so prall mit Lebensmitteln gefüllt sind, dass ein Zehn-Mann-Team damit locker eine Antarktisdurchquerung durchstehen würde.

Außer Aylin ist nur ihr Bruder zu Hause – ihre Eltern kaufen gerade auf dem Nippeser Markt bei ihren Landsleuten multikulturelle Lebensmittel ein. Cem legt mir den Arm um die Schulter.

»Daniel, du hast Glück, dass Aylin so einen netten Bruder hat. Weißt du, das ist überhaupt nicht normal, dass ein Türke seine Schwester einfach so mit einem Deutschen wegfahren lässt.«

Aylin muss lachen.

»Jetzt spiel dich hier nicht als den großen Gönner auf. Du weißt, was passiert ist, als ich damals mit Orhan ins Kino wollte.«

Ich bin irritiert. Cem sieht meinen verwirrten Blick.

»Orhan war Aylins erster Freund. Sie war gerade 18. Orhan

kam und wollte Aylin zum Kino abholen. Ich hab ihm gesagt: ›Du willst mit meiner Schwester ins Kino? Kommt ja gar nicht in Frage. Ihr zwei wartet hier, bis Mama zurückkommt, und dann fragt ihr um Erlaubnis.‹«

»Und dann?«

»Aylin hat gesagt, sie will das mit mir unter vier Augen besprechen. Dann sind wir in ihr Zimmer, und Aylin musste kurz aufs Klo …«

»Haha, zwei Stunden war er in meinem Zimmer eingeschlossen, bis Mama kam und ihn befreit hat … Er hat sich fast in die Hose gepinkelt.«

Cem schaut mich mit leidendem Blick an.

»Jetzt sag mal, Daniel, was soll ich tun? Diese Frau macht mich krank. Wie soll ich mich als richtiger Mann fühlen, wenn ich nicht mal meine Schwester im Griff habe?«

Kurz darauf verstauen wir die Kühltaschen in meinem Ford Ka, dessen Fassungsvermögen damit bis aufs Äußerste ausgereizt ist. Cem kann sich ein Grinsen nicht verkneifen:

»Wow, Daniel, das ist ja ein richtiger Angeberschlitten.«

»Och, der ist eigentlich sehr praktisch – wenn die Tasche nicht ins Auto passt, kann man das Auto in die Tasche tun.«

Cem schüttet uns zum Abschied Wasser hinterher, und schon wenig später düsen wir auf der A 1 in Richtung Dortmund. Aylin will wissen, wo es hingeht, aber ich will die Überraschung nicht verraten. Ich denke zurück an meinen magischen Moment auf der Hamburger Hallig. Auf einen Schlag war meine Depression verflogen, und ich empfand mich als Teil eines großartigen Ganzen.

In den Wochen nach diesem Erlebnis habe ich auf meinem InterRail-Trip noch exakt dreimal versucht, dieses Gefühl wieder zu erleben:

1. In der Provence habe ich mich nach einer Weinprobe in einem kleinen Dorf unweit von Aix-en-Provence auf eine blaue Holzbank an einem kleinen romantischen Wanderweg gesetzt. Angeregt von einem phantastischen Blick auf Weinberge, Lavendelfelder und Mandelbäume versuchte

ich, noch einmal wie auf der Hamburger Hallig eins mit der Natur zu werden. Der Fehler war, dass ich vor der Weinprobe schon zwei andere Weinproben gemacht hatte, was sich in Kombination mit der Mittagssonne als ungünstig erwies. So war am Ende das Einzige, das eins mit der Natur wurde, der Inhalt meines Magens.

2. Am Vierwaldstättersee in der Schweiz habe ich mich ans Ufer gesetzt und das gigantische Panorama aus See und Bergen auf mich wirken lassen. Dummerweise war am Abend zuvor Deutschland im EM-Halbfinale gegen Holland rausgeflogen, und anstatt die Würde des Ortes einzuatmen, ärgerte ich mich die ganze Zeit darüber, dass Beckenbauer Pierre Littbarski erst in der 84. Minute eingewechselt hatte.
3. In Paris habe ich mich auf eine Treppenstufe vor Sacré-Cœur gesetzt; vor mir ein atemberaubender Ausblick auf die Stadt der Liebe, hinter mir eine der schönsten Kathedralen der Welt – in dieser Traumkulisse versuchte ich eine halbe Stunde lang angestrengt, Erhabenheit zu empfinden. Nun ist das Empfinden von Erhabenheit allerdings schwierig, wenn sich fünf Meter entfernt ein Gitarrenspieler hinsetzt und mit schwäbischem Akzent *Country Roads* singt, während einem gleichzeitig ein Araber eine Lederpeitsche verkaufen will. Am selben Abend hatte ich das schon erwähnte Erlebnis mit der transsexuellen Prostituierten. Danach habe ich das mit der Erhabenheit bis heute drangegeben.

Magische Momente kann man eben nicht erzwingen. Aber mit Aylin ist ohnehin jeder Moment magisch. Vor allem jetzt, wo sie nach Gesprächen mit zwei Emines, einer Ayşe, einem Mustafa sowie natürlich Mama, Papa und Bruder schon zum zweiten Mal für mich ihr Handy ausgeschaltet hat. Wir sind mittlerweile hinter Osnabrück beim Rasthof »Dammer Berge« angekommen und machen Pinkelpause. In meinem Magen herrscht Kirmes – schließlich habe ich noch nie einen Heiratsantrag gemacht, und in wenigen Stunden ist es so weit. Werde ich's vermasseln? Wird Aylin »Ja« sagen?

Unbewusst will ich wohl Zeit schinden, denn ich schlage Aylin vor, zu einer kurzen Rast einzukehren, um die 50-Cent-Wertbons einzulösen, die wir in der Toilette bekommen haben. Das ist clever gemacht: Man hat das Gefühl, sein Geld wiederzubekommen, dabei gibt man in Wahrheit noch mehr aus. Vor meinen Werbekollegen, die sich das ausgedacht haben, muss ich wirklich den Hut ziehen.

Ich habe in letzter Zeit so viel Türkisch gegessen, dass ich einen plötzlichen Heißhunger auf die gute deutsche Currywurst empfinde. Aylin hält inne:

»Wie schmeckt eigentlich eine Currywurst?«

»Du hast noch nie eine Currywurst gegessen???«

»Nein.«

»Aber du warst mal dabei, als andere Currywurst gegessen haben, und hast probiert?!«

»Nein.«

»Wie kann man über 20 Jahre in Deutschland leben und den Geschmack von Currywurst nicht kennen???«

Jetzt wird mir schlagartig klar, was mit »Parallelkultur« gemeint ist. Mein Ehrgeiz ist geweckt. Ich werde zum Repräsentanten meines Landes. Sicher, die Türken haben schöneres Wetter, können besser tanzen und sind gastfreundlicher. Aber wir haben eine funktionierende Demokratie und Currywurst.

»So. Jetzt zeige ich dir das Fundament im Gebäude der deutschen Esskultur. Das Drei-Sterne-Menü des kleinen Mannes. Das pochierte Perlhuhn-Parfait von Berlin-Charlottenburg – die Currywurst!«

Ich wende mich an eine vollschlanke Servicekraft, die gerade im »Goldenen Blatt« liest, dass Matthias Reim seine Sehnsucht nach Michelle endgültig überwunden hat. Mit etwas schlechtem Gewissen, weil ich sie beim Erwerb wichtiger Informationen störe, spreche ich sie an:

»Entschuldigung, haben Sie auch Currywurst ohne Schweinefleisch?«

»Nein.«

»Kein Problem, ich esse Schweinefleisch.«

Dieser Satz aus Aylins Mund wirft einen Teil meines Weltbildes über den Haufen.

»Aber du bist Türkin.«

»Ja und?«

»Aber Türken sind Muslime, und, äh ...«

»Die meisten Deutschen sind auch katholisch und benutzen Kondome.«

»Ja, aber sie können's wenigstens beichten ...«

»Papa isst kein Schweinefleisch, aber Mama, Cem und ich nehmen das nicht so streng.«

Nun gut. Das muss man wohl so hinnehmen. Es gibt nicht nur rothaarige Türken, sondern auch welche, die Schweinefleisch essen. Ich kaufe also zwei Currywürste mit Pommes rot-weiß und zwei Colas. Da hat sich das Pinkeln aber gelohnt, sonst hätte ich statt saugünstiger 21 Euro 90 den Wucherpreis von 22 Euro 90 zahlen müssen. Als ich die Currywurst stolz zum Tisch bringe, schaut Aylin verwundert:

»Aber das ist ja nur eine Bratwurst mit Ketchup und Currypulver.«

»Genau. Eine Currywurst.«

»Aber ich dachte, das ist irgendeine besondere Wurstsorte. Etwas Exotisches. So was wie karibische Chorizo oder italienischer San-Daniele-Schinken – und keine Bratwurst.«

Tja. So werden Kindheitsmythen brutal zerstört. Der Weihnachtsmann entpuppt sich als der betrunkene Onkel Bernd, der Osterhase bringt keine Eier, sondern legt kleine braune Dinger, die man nicht mehr aus dem Flokati rauskriegt, und die geheimnisvolle sagenumwobene exotische Currywurst ist eine stinknormale Bratwurst. Aylin und ich lachen, und schließlich findet Aylin, dass eine Bratwurst mit Ketchup und Curry tatsächlich nicht so übel ist.

Wir fahren weiter Richtung Nordsee, durchqueren den Elbtunnel, wo Aylin erklärt, dass sie noch nie so weit im Norden war. Dann nehmen wir die A 7, von der wir in Schleswig abfahren und uns über die Landstraße in Richtung Husum begeben. Irgendwo nördlich von Husum verliere ich die Orientierung und habe das Gefühl, im Kreis zu fahren. Ich versuche, Aylin davon abzulenken, indem ich sie auf die Schönheit der Landschaft aufmerksam mache: die kilometerweiten Weizen-, Raps- und Maisfelder und die norddeutsche Architektur mit Backstein und Reetdächern. Als ich dabei bin, auf einem Feldweg zurückzusetzen, weil dieser in einer Kuhweide gemündet ist, kann sich Aylin ihr Lachen nicht mehr verkneifen:

»Du hast keine Ahnung, wo wir sind, stimmt's?«

»Doch, natürlich. Wir sind ... Ich muss nur dahinten um die Ecke, und dann ist da die B 5. Oder die B 199. Oder ... Auf jeden Fall eine B.«

Aylin schaut mich grinsend an. Zu meiner eigenen Verwunderung kann ich nicht zugeben, dass ich mich verfahren habe. Ich versuche, noch bis zur nächsten Ecke cool zu bleiben, und hoffe inständig, dass da irgendein Hinweisschild steht. Und ich habe Glück – da steht tatsächlich eins: »Jens's Imbiss 500 Meter«. Ich beklatsche noch innerlich die Doppel-S-mit-Apostroph-Konstruktion, da gabelt sich vor mir die Straße. Fetzen einer Otto-Waalkes-Nummer kommen mir in den Sinn:

»Rechts oder links – welch große Frage! Vor ihr stand Beckenbauer einst, als er, von Rummenigge angespielt, sich frug, wohin des Leders Rund er flanken sollte. Nach links auf Müllers schussgewalt'gen Fuß?! Nach rechts, wo schon das Lockenhaupt des Uli Hoeneß nach dem Ball sich reckt?!«

Ich habe keine Ahnung, wo es langgeht. Die Chancen stehen 50 zu 50. Eigentlich weniger, es könnte nämlich auch sein, dass *beide* Richtungen falsch sind. Ich halte vor der Gabelung und denke nach. Und zwar so lange, dass es keinen Sinn mehr hat, Wissen vorzutäuschen.

»Also, die Sachlage ist folgende: Ich hatte lange Zeit das unbestimmte Gefühl, eine grobe Ahnung zu haben, wo es eventuell langgehen könnte. Dieses Gefühl ist allerdings in den letzten Minuten schwächer geworden.«

»Frag doch den Mann da.«

Erst jetzt sehe ich, dass direkt neben mir auf einer Bank ein alter Mann mit der klassischen norddeutschen Schiffermütze sitzt und mich mit einem Na-du-kommst-wohl-nicht-von-hier-Blick anschaut. Vielleicht hat er auch einfach noch nie so ein kleines Auto gesehen ... Noch vor ein paar Wochen hätte es mir gar nichts ausgemacht, als Mann einen anderen Mann nach dem Weg zu fragen. Jetzt sträubt sich alles in mir dagegen. Andererseits wäre es noch peinlicher, wenn ich jetzt weitere zwei Stunden durch Schleswig-Holstein gurke, nur um am Ende wieder bei Jens's Imbiss anzukommen. Also lasse ich das Fenster runter.

»Entschuldigung, geht's da zur Hamburger Hallig?«

Ich zeige nach links. Und warte. Auf dem Gesicht des Mannes offenbaren sich keine Anzeichen dafür, dass meine Frage angekommen ist. Nach einer endlosen Pause heben sich die grauen Augenbrauen um einen halben Zentimeter. Der erste Hinweis, dass es sich nicht um eine Wachsfigur handelt. Dann kommt ganz langsam Bewegung in den Unterkiefer. Es dauert allerdings so lange, dass ich vermute, er mümmelt nur ein wenig auf seinem Kautabak. Umso überraschender trifft mich die plötzliche Heftigkeit seiner Antwort. Es klingt wie ein mit verstopfter Nase ausgehustetes Keuchen, und unserem Alphabet mangelt es an Buchstaben, um dieses Geräusch adäquat wiederzugeben. Ich will dennoch annäherungsweise versuchen, es in Lautschrift darzustellen:

»Nnnnneeejjjjj.«

Ich wusste schon immer, dass Norddeutsche nicht unbedingt sehr gesprächig sind, aber dieses Exemplar ist selbst für hiesige Verhältnisse extrem. Vielleicht hat der Mann auch seit Jahren nicht gesprochen, und wenn jemand aus seinem Dorf diese Szene erlebt hätte, wäre großer Jubel ausgebrochen:

»Opa Hein spricht wieder, Opa Hein spricht wieder!!!«

Auf jeden Fall verfällt er jetzt wieder in seine alte Starre. Ich warte gut 30 Sekunden darauf, dass er mir mitteilt, wo es stattdessen zur Hamburger Hallig geht. Vergeblich suche ich nach einem Anzeichen von Bewegung im Unterkiefer. Auch die Augenbrauen müssen sich offensichtlich von der Strapaze des 0,5-Zentimeter-Hochziehens erholen. Dann kommt mir in den Sinn, dass ich eigentlich nur eine sehr präzise Frage gestellt habe, die ebenso präzise beantwortet wurde. Vielleicht klappt es ja mit einer weiteren Frage:

»Und wo geht es zur Hamburger Hallig?«

Diesmal weiß ich, dass die Antwort Zeit braucht. Das ist so, als ob man plötzlich mit einem alten Computer arbeiten muss, der fünf Minuten braucht, um hochzufahren: Man stellt sich darauf ein. Dann hebt der Mann ganz langsam seinen rechten Arm. O nein! Bitte jetzt nicht den Hitlergruß! Ich habe eine Ausländerin im Auto, und ich möchte, dass sie mein Land mag. Bittebitte nicht! Der Arm hebt sich langsam immer weiter, das passiert in etwa zehn Prozent der Geschwindigkeit einer Super-Zeitlupe bei Sportübertragungen. Ich beuge mich vor, damit Aylin es nicht mit ansehen muss. Auf dem Scheitelpunkt angekommen, kippt der Arm plötzlich mit einem Ruck zur Seite, und der Zeigefinger weist in Richtung der Hamburger Hallig. Das Positive: Es war nicht der Hitlergruß. Das Negative: Ich muss wenden. Ich bedanke mich bei dem alten Mann und bin nicht ganz sicher, ob er als Antwort den Kopf leicht nach vorne geneigt oder einfach gar nicht reagiert hat ... Wenn irgendwer die türkische Kultur als fremdartig empfindet, soll er bitte mal nach Schleswig-Holstein fahren.

Eine halbe Stunde später endlich das Schild: »Hamburger Hallig 4,5 km«. Ich bin sehr aufgeregt: Aylin wird jetzt zum ersten Mal in ihrem Leben die Nordsee sehen. Ich zahle die Mautgebühr und fahre auf den vier Kilometer langen Damm, der die Insel mit dem Festland verbindet. Der Damm ist schmal und hat nur eine Spur (für den Fall, dass ein Auto entgegenkommt, sind ab und zu kleine Haltebuchten eingerichtet). Links und rechts das tosende Meer. Das Meer??? Ja, wo ist sie denn, die Nordsee? Mein Gott, ist der Klimawandel schon so weit fortgeschritten, dass das Wasser um die Hamburger Hallig weggetrocknet ist? Halt, die Polkappen schmelzen doch – also müsste der Meeresspiegel eigentlich gestiegen sein. In dem Moment trifft mich der Schlag der bitteren Erkenntnis: Ebbe.

O nein! Diese verdammten Gezeiten – daran habe ich nicht gedacht! Spontane Hassgefühle auf den Mond kommen in mir hoch. Was bildet sich diese beschissene graue Kugel da oben eigentlich ein, mir hier die komplette Nordsee vor der Nase wegzuziehen?! Mit dem Mittelmeer macht sie diesen Schwachsinn doch auch nicht, ja nicht einmal mit der Ostsee! Aber natürlich, wenn Daniel Hagenberger einen Heiratsantrag machen will, dann ziehen wir die salzige Plörre einfach mal ein bisschen von der Küste weg, und die Scheiß-Gravitation und die Kack-Fliehkraft haben natürlich nichts Besseres zu tun, als dieser Aknefresse bei ihrem hirnamputierten Blödsinn zu helfen, diesem Schwachmaten da oben, diesem Axel Schulz unter den Himmelskörpern! Nicht mal selber leuchten kann er, aber mir die Überraschung versauen! Und deine Umlaufbahn ist schief, o ja, an dir stimmt einfach nichts, du Vollidioten-Trabant! Kein Wunder, dass das albernste Auto aller Zeiten nach dir benannt wurde, du hohle Kugel! Ich hoffe, irgendwann kommt ein Komet und haut dich aus der Bahn, dann kannst du in Zukunft um den Jupiter kreisen oder dich in den Pferdekopfnebel verziehen! Hier braucht dich jedenfalls keiner, hörst du?! Keiner!!!

»Du, Daniel, ist das ein Sumpfgebiet?«

»Na ja, nicht direkt, es ist ... Das erklär' ich später.«

Aylin scheint ein wenig irritiert darüber, dass ich über 400 Kilometer zurücklege, um ihr eine von Sumpf umrahmte Wiese zu zeigen. Panik steigt in mir hoch. Ich kann ihr doch nicht bei Ebbe einen Heiratsantrag machen – mit Ausblick auf wabbelige Quallen, Spulwürmer und braunen Matsch. Da wären tote Ratten im Canal Grande doch die bessere Wahl gewesen.

Es folgt eine kurze Depression (25 Sekunden), darauf völlige Leere (38 ½ Sekunden), dann beginnt sich in meinem Kopf ein Plan zu formen: Ich kehre mit Aylin in den Hallig-Krog ein, lenke sie dort so lange ab, bis die Nordsee wieder da ist, und ziehe dann alles durch wie geplant ...

Der Hallig-Krog ist ebenso schlicht wie die Landschaft, die ihn umgibt: Niedrige Decken, braun gekachelter Boden, ein paar schlichte Holztische – das war's. Ich merke Aylin an, dass sie nach über fünf Stunden Fahrt etwas Spektakuläreres erwartet hat. Das ist nachvollziehbar. Ich platziere Aylin so am Tisch, dass sie nicht nach draußen gucken kann, und wir bestellen zwei Ostfriesen-Tee. Mit dem Vorwand, aufs Klo zu müssen, schleiche ich mich zum Kellner.

»Entschuldigung, können Sie mir sagen, wann die Flut wiederkommt?«

Der Kellner reagiert exakt im Sportübertragungs-Super-Zeitlupentempo, also immerhin zehnmal schneller als der alte Mann.

»Sieben Uhr.«

»Sieben Uhr?! Also, ist sie dann schon voll da?«

Fünf Sekunden Pause, dann kommt eine leicht abgeschwächte Version der seltsamen Lautfolge, die ich inzwischen schon kenne:

»Nnneeejjj.«

»Also nicht. Na ja. Aber immerhin geht's dann los. Aber so um halb acht, dann ist sie doch voll da, die Nordsee?!«

In diesem Moment erfahre ich, wie sich das positive Gegenstück zu »Nnneejjj« anhört. Auch hier kann ich es nur unzureichend in Buchstaben wiedergeben:

»Jjjooww.«

»Na also, das ist doch was. Jetzt bin ich beruhigt. Tja, also, vielen Dank für die Auskunft.«

»Da man nich für.«

Ich bin erschrocken: Vier Worte hintereinander – der Mann ist ein regelrechtes Plappermaul. Ich schaue auf die Uhr: Zwanzig nach drei. Das heißt, ich muss Aylin noch über vier Stunden davon ablenken, dass ich sie nach einer endlosen Autofahrt in ein Sumpfgebiet verfrachtet habe. Vier Stunden – das kann verdammt lang werden. Am besten, ich fange erst mal ein Gespräch an:

»Sag mal, Aylin, bist du eigentlich auch so ein fanatischer Trabzonspor-Fan wie dein Vater?«

Oh Mann, Daniel! So beginnt man doch kein Gespräch mit einer Frau, der man in vier Stunden und zehn Minuten einen Heiratsantrag machen will. Ich habe halt die erste Frage genommen, die mir in den Sinn kam. Aber ob sie nun blöd war oder nicht – Aylin beginnt zu erzählen: dass sie zwar nicht so fanatisch ist wie ihr Vater, sich aber schon freut, wenn Trabzonspor gewinnt. Dass wir unbedingt mal nach Trabzon ans Schwarze Meer fahren sollten, weil es dort Berge gibt wie in der Schweiz. Dass sie dort mehrere Tanten und Onkel hat, die einsam auf einem Berg wohnen und sich mit Milch und Mais selbst versorgen. Dass jede Familie im Garten ihren eigenen Friedhof hat und ihre Großeltern da liegen. Dass ihr Vater nur nach Deutschland gezogen ist, um sich das Geld für ein Haus am Schwarzen Meer zu verdienen, und dann nicht mehr wegwollte, weil er die deutsche Demokratie großartig findet. Dass sich ihre Eltern in Köln bei einem türkischen Liederabend kennengelernt haben, bei dem ihre Mutter gesungen und ihr Vater getrommelt hat. Dass sie früher gedacht hat, sie könnte sich niemals in einen deutschen Mann verlieben, und dass sie sich noch nie in ihrem Leben so getäuscht hat.

Ich erzähle von meinen Eltern und ihren Versuchen, alles anders zu machen als die Generation davor. Davon, dass mein Vater sich immer noch für die Nazis schämt, obwohl er damals ein Kind war. Dass ich zu Musik von Wolf Biermann aufgewachsen bin und mit dem Weltbild von Alice Schwarzer. Dass ich mich immer für ein Weichei gehalten habe und dass ich dank Aylins Unterstützung zum ersten Mal daran zweifle. Dass ich auch nie daran gedacht habe, mich in eine Türkin zu verlieben, und sehr froh bin, dass wir uns beide getäuscht haben.

Nebenbei bestellen wir noch zwei Tee, dann noch zwei, dann noch zwei, dann essen wir Apfelkuchen, aber das alles registriere ich kaum, ich bin besessen davon, noch mehr über Aylin zu erfahren und ihr noch mehr von mir zu erzählen. Ich schaue beiläufig aus dem Fenster und sehe – Wasser. Die Flut ist da. Wir haben viereinhalb Stunden geredet, und sie kamen mir vor wie fünf Minuten. Ich glaube, ich habe mich gerade noch einmal in Aylin verliebt. Auf eine tiefere Art.

Nachdem ich bezahlt habe, sage ich Aylin, sie solle sich nicht darüber wundern, was jetzt passiert, und mir vertrauen. Dann verbinde ich ihr die Augen und führe sie aus dem Hallig-Krog nach draußen, über die Weide, bis zu den Wellenbrechern. Dort setzen wir uns nebeneinander, und ich nehme ihr die Augenbinde ab. Unter sich majestätisch auftürmenden Wolken zeigt sie ihre ganze raue Schönheit: die Nordsee. Auch Aylin kann sich des Rosamunde-Pilcher-Effekts nicht erwehren: Ihr kommen die Tränen.

»Daniel, du bist unglaublich!«

»Es ist schön, nicht wahr?«

»Du kannst zaubern. Vallaha, du kannst zaubern. Eben war da ein Sumpf, jetzt das Meer ... Es ist wunderschön.«

In diesem Moment ziehe ich aus meiner Jacke die kleine Schatulle mit den Ringen aus Weißgold, die ich heute Morgen noch schnell bei einem türkischen Juwelier in der Weidengasse gekauft habe: Schlicht, aber elegant; in Aylins Ring ist ein kleiner blauer

Saphir eingearbeitet. Ich öffne die Schatulle, und plötzlich wird mir bewusst, dass ich mir keinen Satz zurechtgelegt habe. Für einen kurzen Moment habe ich Angst, den schönsten Augenblick meines Lebens mit einer Reiner-Calmund-Imitation zu versauen. Dann sehe ich, wie Aylins Tränen beim Anblick der Ringe zu kleinen Rinnsalen werden, und plötzlich ist alles klar. Was ich tun muss, was ich sagen muss, mit wem ich mein Leben verbringen will. Ich schaue Aylin tief in die Augen.

»Aylin, du bist das Schönste und Wunderbarste, was mir je passiert ist. Ich will immer mit dir zusammen sein ... Benimle evlenmek istiyor musun?«

Ich hatte den türkischen Juwelier gefragt, was »Willst du mich heiraten?« auf Türkisch heißt. Er hat es mir aufgeschrieben, und auf dem Weg zu Aylin habe ich den Satz immer wieder laut vor mich hin gesagt, um ihn mir einzuprägen. Ich hatte kurz Angst, dass der Juwelier auch so ein Scherzkeks sein könnte wie Cem und ich Aylin jetzt vielleicht frage, ob ihre Mutter eine Prostituiere ist – deshalb habe ich mir extra noch ein Langenscheidt-Wörterbuch gekauft und den Satz nachgeprüft.

Der Satz ist richtig, was ich vor allem daran merke, dass Aylin mir gerade schluchzend um den Hals fällt. Eine lange Zeit umarmen wir uns einfach ganz fest. Dann löst sich Aylin und hat gerade noch genug Stimme, um »Ja, ich will« zu hauchen. Jetzt kriege auch ich feuchte Augen. Ich stecke ihr den Ring an, sie steckt mir den Ring an, und exakt in diesem Moment öffnet sich die Wolkendecke, die Sonne scheint hindurch und taucht die ganze Szenerie in Orangegold.* Wir küssen uns lange und intensiv. Dann nehme ich Aylin in den Arm, und wir schauen uns gemeinsam dieses lebendig gewordene Postkartenpanorama an, bis ich merke, dass Aylin an meiner Schulter eingeschlafen ist – mit dem Lächeln im Gesicht, das ich so sehr liebe.

* Liebe Gegner kitschiger Szenarien, ich kann doch auch nichts dafür, dass das jetzt passiert, aber es passiert nun mal. Ich kann doch nicht schreiben, dass es regnet, wenn gerade die Sonne durch die Wolkendecke bricht. Dafür fühle ich mich zu sehr der Realität verpflichtet, und die ist nun mal gelegentlich romantisch, da kann ich auch nichts gegen machen.

19

Anderthalb Stunden später wuchte ich die beiden Mega-Kühltaschen in den ersten Stock eines Bauernhofes. Wir hatten Glück, dass nur zehn Kilometer von der Hamburger Hallig entfernt gerade Gäste aus einer Ferienwohnung abgefahren sind. Die Wohnung ist wie ein Museum für Flaschenschiffe: Von kleinen Einmastern bis hin zur Gorch Fock wurde hier alles in Schnapsflaschen verfrachtet und in Vitrinen, auf Brettern, Kommoden und Fensterbänken ausgestellt. Selbst auf dem Schlafzimmerschrank stehen in zwei Metern Höhe noch mindestens acht Flaschen. Insgesamt schätze ich den Bestand auf gut 200. Entweder gibt es hier einen leidenschaftlichen Sammler, oder jemand hat versucht, seinen exorbitanten Schnapskonsum mit künstlerischer Tätigkeit zu übertünchen.

Aylin und ich setzen uns in die kleine Küche auf die Holz-Eckbank und essen mit Schafskäse gefüllten Blätterteig, Oliven und Köfte – also etwa fünf Prozent der mitgebrachten Reserven. Durch die Fenster dringt der würzige Geruch von Kuhmist, und mein Blick fällt auf zwei Fliegen, die auf einer Schnapsflasche mit dem Buddelschiff »Alexander von Humboldt« Geschlechtsverkehr haben. Die haben Spaß – im Gegensatz zu ihren Artgenossen, die in der Ecke an einer dieser ekligen Klebefliegenfallen hängen. Obwohl, wer weiß – vielleicht sind es ja S/M-Fliegen und finden das toll.

Die Frage steht unweigerlich im Raum: Wird »es« heute passieren? Wir übernachten zum ersten Mal gemeinsam, wir sind verlobt, wir sind alleine ... Seit unserem ersten Kuss sind mittlerweile fast drei Wochen vergangen ... Tja. Hm. Tja, tja, tja. Hm. Tja. Hm.

Tja, tja. Hm, hm. Tja. Hm. Tja ... Ich suche nach Anzeichen von Lüsternheit in Aylins Gesicht, kann aber keine finden. Sie sieht glücklich aus, nicht lüstern.

»Weißt du was, Daniel?«

»Ja?«

»Ich werde diesen Kuss auf der Hamburger Hallig niemals vergessen. Diesen Kuss, der ein kleines bisschen nach Apfelkuchen geschmeckt hat. Ich werde ihn immer in meinem Herzen tragen.«

Ich möchte einfach nur dahinschmelzen. Irgendwie beneide ich orientalische Menschen dafür, dass sie so pathetisch sprechen können, ohne dass es auch nur ansatzweise peinlich wirkt. Das letzte Mal, dass ein Deutscher so unbefangen pathetisch gesprochen hat, war beim Reichsparteitag. Seitdem ist irgendwie der Wurm drin. Vielleicht bringen es uns die Türken ja wieder bei.

Aber bei aller Freude über Aylins unbekümmerten Umgang mit emotionalen Sätzen: Wie bringt man das eigentlich zur Sprache, dass man gerne Sex haben würde? Sollte das nicht einfach *passieren*?! Schon wieder beneide ich die Machos, die das einfach mit einem Blick ausdrücken können. Genau wie den Flirt-Blick gibt es nämlich auch einen Ich-will-dich-jetzt-um-den-Verstand-vögeln-Blick. Den haben wir Deutschen nicht drauf, und wir Intellektuellen-Söhne schon gar nicht. Dafür beherrschen wir perfekt den In-dem-Film-fehlte-mir-ein-Stück-weit-das-Kafkaeske-Blick oder den Beim-Thema-Völkermord-dürfen-wir-die-Verbrechen-aus-der-Kolonialzeit-nicht-ausklammern-Blick.

Aber für den Ich-will-dich-jetzt-um-den-Verstand-vögeln-Blick fehlen uns irgendwelche Gene. Vielleicht hat das auch was mit der Sonne zu tun – je weniger Sonne, desto schwerer wird der Ich-will-dich-jetzt-um-den-Verstand-vögeln-Blick. Der Finne zum Beispiel, der die Sonne noch seltener sieht, kennt nur zwei Blicke: das depressive Ich-brauche-Wodka-Starren und das zufriedene Jetzt-habe-ich-über-drei-Promille-Stieren.

Wie dem auch sei, wir Deutsche können den Wunsch nach Sex leider nur verbal ausdrücken, gewöhnlich mit der Frage »Zu dir oder zu mir?«. Das ist praktisch und elegant: Der Geschlechtsverkehr wird einfach impliziert und das Gehirn mit einer simplen

Frage von dummen Überlegungen – wie zum Beispiel »Hat das Kondom in meinem Portemonnaie eigentlich schon das Haltbarkeitsdatum überschritten?« oder »Ist es für einen Deutschen nicht aus historischen Gründen problematisch, in eine Ausländerin einzudringen?« – abgelenkt. Das Problem ist nur: Es ist sinnlos, Aylin in der Ferienwohnung eines norddeutschen Bauernhofes »Zu dir oder zu mir?« zu fragen.

Während ich so nachdenke, verschwindet Aylin im Bad; die alte Holztür hat sich so verzogen, dass man auch im geschlossenen Zustand einen Spaltbreit hindurchschauen kann. Ich möchte auf keinen Fall zum Voyeur werden, aber die Nackenmuskeln drehen meinen Kopf wie von Geisterhand gesteuert in Richtung Türspalt, sodass ich mitbekomme, wie Aylin ihren BH auszieht, und zum ersten Mal einen kurzen Blick auf ihre nackten Brüste erhasche. Da ich sie schon im Bikini sehen durfte, ist es keine Überraschung mehr, dass sie absolut perfekt sind. Meine Kehle wird trocken, mein Atem schwer, und ich wende mich verzweifelt an das letzte bisschen Verstand, das mir geblieben ist, um mir einen Satz zurechtzulegen – mehrere Alternativen kommen mir in den Sinn:

- Ich finde beim Auspacken meiner Tasche zufällig die Kondome und sage: »Och, guck mal, was ich dabeihabe! Das ist ja lustig!« (Unelegant, und lustig ist es auch nicht; man sollte Sex und Humor immer trennen. Ich weiß, wovon ich spreche; ich habe meine Exfreundin nach dem Sex einmal mit der Stimme von Helmut Kohl gefragt: »Und? Wie war ich?« Danach lief drei Wochen gar nichts mehr.)
- Ich erkundige mich unverbindlich nach ihren sexuellen Vorlieben. (Bescheuert. Man kann sich nicht unverbindlich nach sexuellen Vorlieben erkundigen.)
- Ich nehme ein Buddelschiff in die Hand und sage: »Was hältst du davon, wenn ich meinen Einmaster mal in deiner Flasche platziere?!« (Wenn ich irgendwann mal den Auftrag bekomme, die Dialoge für einen norddeutschen Billigporno zu schreiben, kann ich auf diesen Satz zurückgreifen; ansonsten hoffe ich inständig, dass Aylin keine Gedanken lesen kann.)

- Ich sage: »Aylin, mein Über-Ich und mein Ich sehen das Thema Geschlechtsverkehr einigermaßen locker, aber mein Es hat die beiden als Geiseln genommen und droht damit, das Über-Ich zu erschießen, wenn wir nicht kooperieren.« (Wie gesagt, Sex und Humor sollte man trennen.)

Gleichzeitig versuche ich mich verkrampft zu erinnern, was ich damals im Wartezimmer beim Zahnarzt im Männermagazin *Matador* gelesen habe, während ich auf die Paradontose-Prophylaxe gewartet habe. Dort gab es eine Liste: »Zehn todsichere Methoden, sie ins Bett zu kriegen«. Aber das Einzige, was mir jetzt einfällt, ist der Hinweis meines Zahnarztes, ich müsse mein Zahnfleisch jeden Abend zwei Minuten mit einer elektrischen Zahnbürste massieren.

Ah, jetzt hab ich's: Man soll der Frau beim Küssen in den Hals beißen! Oder war's der Nacken? Und dann sollte man sich langsam nach unten arbeiten und mit einer elektrischen Zahnbürste den Belag von ihren Brustwarzen – Schwachsinn! In diesem Moment kommt Aylin in einem harmlosen Bärchenschlafanzug aus dem Badezimmer. Bärchenschlafanzüge sind der Keuschheitsgürtel des 21. Jahrhunderts. Sie zeigen unmissverständlich an: Heute läuft nichts.

»Daniel, nimmst du das blaue Schlafzimmer? Dann geh ich ins orange.«

Jetzt verraten meine Augen doch viel mehr, als mir lieb ist. Das ist der Ich-bin-enttäuscht-weil-wir-keinen-Sex-haben-werden-Blick. Den beherrsche ich wie kaum ein Zweiter, und ich habe ihn schon oft erfolgreich anbringen können. Aylin schaut mich an.

»Oh, du hast gedacht, dass wir ...«

»Ich? Was hab ich gedacht? Dass wir ... Ach *das*?! Nein, ich hab gar nichts gedacht. Ich hab nur gedacht ... Nein, ich habe doch nichts gedacht.«

»Weißt du, Daniel ... Also, ich bin eigentlich nicht so traditionell, du weißt ja: Schweinefleisch und Alkohol – kein Problem. Aber *das* ... Ich hoffe, du bist nicht böse, aber ich fände es total romantisch, wenn wir bis zur Hochzeitsnacht warten würden.«

»Bis zur *Hochzeitsnacht*???«

Unwillkürlich zeige ich blankes Entsetzen. Ich überlege, ob wir nicht schnell den Dorfpfarrer für eine Blitzhochzeit wach klingeln können. Ja, das müsste klappen. Die Kirche ist keine 200 Meter von unserem Bauernhof entfernt; wenn er sich schnell die Kutte überwirft, wären wir in einer halben Stunde vermählt, und dann ... Moment, ich bin konfessionslos und Aylin islamisch – Daniel, vergiss den Pfarrer, du brauchst einen Standesbeamten! Verdammt, warum habe ich unsere Geburtsurkunden nicht dabei??!!

Diese Überlegungen verbalisiere ich natürlich nicht und sage stattdessen:

»Klar, wir warten bis zur Hochzeitsnacht. Warum nicht? Kein Problem ... Sicher, das wäre echt romantisch, auf jeden Fall.«

»Ich wusste, dass du so reagierst. Du bist einfach etwas ganz Besonderes ... Gute Nacht!«

Aylin gibt mir einen langen Zungenkuss und verschwindet in ihrem Zimmer. Wenn man mit einem sexuell erregten Mann nicht schlafen will, sollte man ihm nicht unbedingt einen Zungenkuss geben. Da geschehen nun einmal chemische Reaktionen, die für die Nichtdurchführung von Sex kontraproduktiv sind ... Sicher, Selbstbefriedigung wäre jetzt eine denkbare Option, aber nicht nach diesem perfekten romantischen Heiratsantrag, das passt einfach nicht. In Rosamunde-Pilcher-Filmen macht das auch keiner.

Also versuche ich, meiner Libido mit der Kraft meiner Gedanken Herr zu werden. Einmal mehr rufe ich den Barbarossaplatz vor mein geistiges Auge. Aber im Moment finde ich sogar die Erinnerung an die weibliche Stimme erotisch, die vor einer Woche an der Straßenbahnhaltestelle ebenso blechern wie rheinisch aus einem Lautsprecher dröhnte: »Aufjrund eines Falschparkers kommt es im Bereisch der Linie 12 zu Fahrplanunrejelmäßischkeiten.«

Schließlich nehme ich eine kalte Dusche. Irgendwie ist es demütigend, dass ein paar Liter Wasser erfolgreich sind, wo der Intellekt trotz Lektüre des Buches *Heilung durch Gedankenkraft* versagt. Vielleicht sollte ich mir doch irgendeinen Mentaltrainer suchen. Dann kann ich über glühende Kohlen gehen, Holzbretter mit der Handkante durchhauen – und bis zur Hochzeitsnacht durchhalten.

20

Ich sitze wieder mit Aylin im Haus Müller in der Kölner Südstadt, und während Aylin immer noch tapfer versucht, die 178 Anrufe von Familienmitgliedern zu beantworten, die während unseres Nordseetrips auf ihrer Mailbox eingegangen sind, lese ich erschrocken im *Express*, dass der neue Geißbock des 1. FC Köln, Hennes VIII., vor Kurzem kastriert wurde. Was zur Hölle ist das denn für eine Symbolik?! Der Geißbock ist sowieso schon ein Weichei-Maskottchen. Andere Vereine haben gefährliche Wildtiere: Löwen, Wölfe, Panther – Angst einflößend. Und mein Verein? Ein niedliches Knuddelböckchen. Und das hat jetzt nicht einmal mehr Eier – ich fasse es nicht. Da wirkt ja selbst das Zebra vom MSV Duisburg noch cooler – das ist wenigstens in der Steppe gut getarnt.

Direkt vor uns ist ein langer Tisch festlich gedeckt; eine schicke Südstadt-Gesellschaft hat Platz genommen. Anhand einer kurzen sentimentalen Rede bekomme ich mit, dass es sich um eine Silberhochzeit handelt. Ob Aylin und ich auch irgendwann unsere Silberhochzeit feiern? Ein schöner Traum ... Allerdings wären bei der Feier mindestens 500 Gäste mehr dabei.

Aylins Bruder Cem kommt »zufällig« vorbei. Natürlich weiß er, wo Aylin gerade ist, denn etwa 30 Prozent der türkischen Familientelefonate gehen drauf, um sich den jeweiligen Aufenthaltsort mitzuteilen:

»Sag mal, wo bist du gerade?«

»Ich bin im Kaufhof, im zweiten Stock, wenn du an den Handtüchern vorbeigehst, da kommen die Klamotten für Kinder, und dann ist da die Rolltreppe, aber ich fahre jetzt hoch in den dritten

Stock, wo die Spielsachen sind, und dann geh ich hinten an den Jogginghosen vorbei zu den Turnschuhen ... Und du?«

»Unter der Dusche ... Allah! Allah! Mein Handy wird nass!«

Wenn man das umrechnet, bezahlt Aylin im Monat mindestens 40 Euro, nur um Familienmitgliedern mitzuteilen, wo sie gerade ist; weitere 40 Euro, um zu erfahren, wo sich die Familienmitglieder aufhalten; und schließlich noch gut 20 Euro, um zu sagen: »Hallo?! Oh, ich glaub, du bist in 'nem Funkloch ... Hallo? Haaalllooooo???«

Cem praktiziert mit seiner Schwester und mir das obligatorische Küsschen-rechts-Küsschen-links-Begrüßungsritual – natürlich unterbricht er dabei nicht sein Handygespräch. Er kommentiert gerade einen Erlebnisbericht:

»Sag mal, Ali, hast du's ihr so richtig ...? Cool, und wie war sie so? Hat sie so richtig geschrien? Geil! Super, sana söyledim, mit der kannst du alles machen ...«

Da Cem in der von zu Hause gewohnten Lautstärke spricht, erfährt auch die komplette Silberhochzeitsgesellschaft, was Ali für ein toller Stecher ist:

»... und hast du ihr auch ... Super ... Du bist ein Hengst, echt ... *DAS* auch??? Vallaha bravo!«

Ich hebe entschuldigend die Schultern und versuche die Silberhochzeitsgäste, die pikiert zu unserem Tisch gucken, mit einem gequälten Lächeln milde zu stimmen. Die Situation hat mindestens eine 0,9 auf der Zlatko-Skala. Immerhin wird sich das Image der Türken nicht verschlechtern, denn niemand kann Cems Nationalität einordnen: Ein Ire mit schwedischem Handy, der »Vallaha« sagt?! Und Cem ist noch längst nicht fertig ...

»Ey, wow ... ey, woooowww! Vallaha, ich schwöre, der totale Hengst bist du, ehrlich.«

Am Silberhochzeitstisch herrscht eisiges Schweigen. Weder die Jubilare noch ihre Gäste können Cems Begeisterung über Alis einzigartiges Sexleben zu 100 Prozent teilen. Sie wissen vielleicht auch nicht, dass es sich wahrscheinlich um eine türkische Tradition handelt, die sexuellen Erfolge von Freunden und Bekannten lautstark zu feiern.

»Auch von hinten? Vallaha, der totale Hengst!«

Gerade als Deutscher überschreitet man hier schnell die Grenze zur Ausländerfeindlichkeit, wenn man stur darauf beharrt, dass das Thema Analverkehr das Erhabene einer Silberhochzeitsfeier stört.

Aber mir wird langsam klar, was mir zum Machosein fehlt: das Lob, die Bestätigung meiner Geschlechtsgenossen. Da gibt es einen türkischen Witz, wo ein türkischer Mann nach einem Flugzeugabsturz alleine mit Angelina Jolie auf einer einsamen Insel strandet. Eine Woche lang haben sie unglaublichen Sex, in jeder denkbaren Stellung, und danach sagt er zu ihr: »Angelina, erfüllst du mir bitte noch einen einzigen Wunsch?« – »Okay.« – »Bitte kleb dir einen Schnurrbart an!« – »Hä? Wieso denn einen Schnurrbart?« – »Ich muss das unbedingt jemandem erzählen!«

Diese Ich-war-gestern-super-im-Bett-Kommunikation gibt es bei uns deutschen Männern einfach nicht. Zumindest nicht, wenn man intellektuelle Eltern hat. Mir fallen spontan nur drei Leistungen in meinem Leben ein, mit denen ich vor meinen Freunden angegeben habe:

1. 1981 habe ich in Ostberlin den ebenfalls sechsjährigen Sohn eines bekannten DDR-Künstlers im Schach geschlagen. (Das ist an sich noch nichts sooo Besonderes, aber der Vater des Jungen hat vorher geprahlt, dass sein Sohn das Schachspielen von Wolf Biermann persönlich gelernt hatte.)
2. Beim Zauberwürfel-Wettdrehen 1984 habe ich einen Zauberwürfel-Wettdreh-Profi geschlagen und dabei eine Alphaville-LP gewonnen. (Dem Profi ist sein Würfel kaputtgegangen, und es könnte natürlich sein, dass ich ihn nur deshalb geschlagen habe, aber erstens ist das nicht bewiesen, und zweitens, um es mit Franz Beckenbauer zu sagen: »Ja gut, äh, das interessiert hinterher keinen mehr.«)
3. Beim Frankreich-Austausch 1988 bin ich schneller gelaufen als Ralf Brenner. (Ralf Brenner war der Jahrgangsstufen-Schnellste; aber als wir zu viert in einem zwielichtigen Vorort von Lyon von einer arabischen Streetgang verfolgt wurden, kam ich als Erster am rettenden Bus an; darauf bin ich immer noch stolz, auch wenn der Antrieb natürlich die Angst war.)

Aber mit meinen sexuellen Leistungen anzugeben, das wäre mir nie in den Sinn gekommen. Gut, es gab da natürlich auch nicht sooo viel, womit ich überhaupt hätte angeben können. Als ich mein »erstes Mal« hatte, war ich 22, und obwohl ich kurz die Telefonliste aus der Abi-Zeitung in der Hand hatte und allen, die mich in der Schule immer verarscht hatten, mitteilen wollte, dass es passiert ist, hab ich's dann doch für mich behalten. Der Einzige, dem ich es schließlich erzählt habe, war Mark. Das war drei Wochen später, und es klang so:

»Dübndüdüüü, Alter, du wirst nicht glauben, was mir panikmäßig passiert ist!«

»Nee, dann spuck's mal el-schnello-mäßig aus.«

»Also, du kennst doch die hammermäßige Panikbraut Sarah. Und du weißt ja, so dübndüdüüüü, wir waren also in der Dröhn-Discothek, und dann, äh ...«

An dieser Stelle habe ich von der Udo-Lindenberg-Stimme in meine normale gewechselt.

»... ja, also, es war dann, also wir sind dann also irgendwie so, äh, also zu ihr, und da, äh ...«

»Willst du sagen, du bist also, du hast mit ihr, also das ist irgendwie so passiert mit euch, also dieses, äh, also *das*?«

»Tja, also, so gesehen, also in Anbetracht dessen, was dann in Sarahs Wohnung, also, äh, passiert ist, äh, würde ich sagen ... Ja, doch, schon irgendwie.«

»Und???«

»Na ja, äh, also, tja. Das äh ... Sag mal, hast du den neuen Woody-Allen-Film schon gesehen?«

So viel zu *meinen* sexuellen Prahlereien. Das ist halt nichts für Kinder von Intellektuellen. Mein Vater gibt höchstens damit an, dass er beide Bände von Peter Sloterdijks *Kritik der zynischen Vernunft* gelesen und *verstanden* hat, also wo sind meine Vorbilder? Ich habe eine schwache Ahnung, dass Cem eins werden könnte. In diesem Moment kommt gerade der silberne Jubilar an unseren Tisch.

»Äh, Entschuldigung, aber würde es Ihnen etwas ausmachen, etwas leiser zu telefonieren?«

Er hat so höflich und dezent gesprochen, dass Cem es gar nicht mitbekommen hat:

»Wie, und dann *noch* mal??? Was für ein Hengst, Vallaha!!!«

Ich zupfe Cem am Ärmel und mache ihn auf den ratlosen Jubilar aufmerksam.

»Du, warte mal Ali ... Ja?!«

»Entschuldigung, aber würde es Ihnen etwas ausmachen, etwas leiser zu telefonieren?«

»Klar, kein Problem. Ali, ich ruf dich zurück ... Hadi tschüss, du Hengst!«

Ich lächle dem Jubilar noch einmal zu. Dieser schleicht zurück zu seinen Gästen, denen die Silberhochzeitsfeier nicht als exquisites Fest mit köstlichem Essen und vorzüglichem Wein in Erinnerung bleiben wird, sondern als der Abend mit dem Analverkehr.

Ich bin ein wenig erleichtert, als Aylin Cem Vorwürfe macht, dass er sich danebenbenommen hat und seine Sexgespräche anderswo führen soll. In dem Moment bemerkt Cem den ungewohnten Ring an Aylins Finger.

»Was ist das?«

»Daniel hat mich gefragt, ob ich ihn heiraten will ... Und ich habe Ja gesagt.«

Kurz darauf trifft mich wieder die geballte Kraft türkischer Männerfreude. Cem jubelt laut, umarmt mich und klopft mir auf die Schulter, die sich von der Kaffeesatzlesefreude noch nicht ganz erholt hat. Diesmal habe ich das Gefühl eines Kapselrisses. Dann setzt sich Cem wieder und ist sehr aufgeregt.

»Vallaha Daniel, ich freue mich. Wow! Ihr heiratet ... Du hast wirklich Glück, dass ich so tolerant bin! Weißt du, andere türkische Brüder ...«

Diesmal stoppt Aylin ihn nur mit einem strafenden Blick. Cem ringt kurz mit seinem männlichen Stolz, dann wechselt er einfach das Thema:

»Habt ihr Mama und Papa schon Bescheid gesagt?«

»Nein. Daniels Eltern haben ja noch nicht um Erlaubnis gefragt.«

Ich erfahre, dass es auch in weniger traditionellen Familien doch

Tradition ist, dass die Eltern des Bräutigams die Brauteltern um Erlaubnis fragen. Eine Formsache zwar, und nicht wichtig, aber irgendwie doch wichtig. Ich will es schnell hinter mich bringen und rufe bei meinen Eltern an. Meine Mutter ist am Apparat.

»Hallo?«

»Hallo, Erika, hier ist Daniel.«

Meine Eltern fanden »Mama« und »Papa« zu spießig, deshalb rede ich sie immer mit ihren Vornamen an. Als ich mit 15 zum ersten Mal eine andere Erika kennengelernt habe, war das ganz seltsam, als würde ich zu einer fremden Frau »Mama« sagen.

»Oh, hallo Daniel. Schön, dass du dich mal meldest. Wie geht's?«

»Gut, ich, äh ... ja, gut. Und dir?«

»Gut ... Und dein Asthma?«

»Im Moment nicht so schlimm.«

»Okay. Aber hast du immer dein Spray dabei, ja?«

»Ja.«

»Du weißt, was der Arzt gesagt hat.«

»Ja.«

»Was hat er denn gesagt?«

»Dass ich das Spray immer dabeihaben soll.«

»Genau. Und du hast es auch wirklich immer dabei?«

»Ja.«

»Und du musst das Gehäuse regelmäßig reinigen.«

»Ja. Und was macht ihr so?«

»Ich war gerade mit deinem Vater in einem Flötenkonzert.«

»In einem Flötenkonzert.«

»Ja, eine Chinesin hat ein Werk von Stockhausen für Querflöte umgeschrieben und dazwischen Zitate aus der Mao-Bibel gebrüllt.«

»Ah.«

»Dabei saß sie auf einer Art elektrischem Stuhl, der aber von Moos bewachsen war – das Werk eines georgischen Künstlers.«

»Aha.«

»Und sie war nur mit Zellophanfolie bekleidet, dadurch sah es ein bisschen aus wie eine flötende Fleischwurst – aber auf jeden Fall sehr interessant ...«

»Ah.«

»Wu Li Hang hieß sie. Oder so. Vielleicht auch Wi Lu Hong.«

»Aha.«

»Und was machst du so? Bist du zu Hause? Wie läuft es mit der Arbeit? Hast du schon Sommerreifen drauf? Warst du im neuen Wim-Wenders-Film? Soll ich dir was zu essen vorbeibringen? Wie findest du eigentlich diesen Obama? Also, ich finde ihn toll, vor allem, weil er schwarz ist. Aber reden kann er auch.«

»Ich will heiraten.«

»Ich meine, ich war auch für Hillary Clinton, weil sie eine Frau ist. Aber Obama hat einfach mehr Charisma, obwohl dein Vater meint, er würde nur oberflächliche Floskeln daherbrabbeln, die irgendein Hollywood-Autor geschrieben hat ... Was hast du gesagt?«

»Ich will heiraten.«

»Heiraten? Du willst mich auf den Arm nehmen!«

»Nein, echt. Ich bin verliebt. Ich will heiraten.«

»Aber Heiraten ist spießig und reaktionär. Wen willst du denn überhaupt heiraten? Kenne ich sie? Sieht sie gut aus? Ist sie emanzipiert? Hat sie einen interessanten Beruf? Kann man mit ihr über Sartre diskutieren?«

»Sie heißt Aylin.«

»Aylin?«

»Ja. Sie ist Türkin.«

»Eine Ausländerin. Das ist gut. Integration ist wichtig.«

»Ich habe sie in Antalya kennengelernt.«

»Das hast du gar nicht erzählt!«

»Nein?«

»Du hast nur eine SMS geschrieben: ›Bin wieder da. Lieben Gruß!‹«

»Oh. Tja, also dann: Ich habe in Antalya meine Traumfrau kennengelernt. Sie heißt Aylin, und ich will sie heiraten.«

»Aber Antalya ist doch ziemlich weit weg. Ich meine, wie oft kann man im Jahr nach Antalya fliegen? Höchstens drei, vier Mal, und außerdem: das ganze Kerosin ...«

»Sie wohnt in Köln.«

»Ah.«

»Also, was meinst du?«

»Tja, das ... das ist jetzt ein bisschen plötzlich.«

»Freust du dich denn gar nicht?«

»Doch, sicher. Ich freue mich. Vor allem darüber, dass sie eine Ausländerin ist. Es ist halt nur ein bisschen plötzlich.«

»Ihr werdet sie lieben. Sie ist eine tolle Frau.«

»Wann lerne ich sie kennen? Wollen wir zusammen in den neuen Wim Wenders? Oder soll ich was kochen? Au ja, ich koche was. Isst sie Schweinefleisch? Trinkt sie Alkohol? Muss sie andauernd gen Mekka beten? Ich glaube, der Barbarossaplatz ist im Osten, dann könnte sie sich ins Wohnzimmer hocken und ihre Gebete in Richtung der Giacometti-Plastik sprechen. Oder soll ich sicherheitshalber einen Kompass besorgen?«

»Erika, ich geb sie dir einfach.«

Ich stelle den Lautsprecher des Handys an. Aylin muss nur schnell das Gespräch mit einer der fünf Emines beenden, dann kommt es zum historischen ersten Kontakt zwischen Aylin und meiner Mutter.

»Hallo?!«

»Ha-llo. Hier - ist - E-ri-ka - die - Mut-ter - von - Da-ni-el.«

»Hallo. Hier ist Aylin.«

»Tut - mir - leid - aber - ich - spre-che - lei-der - nicht - Türkisch!«

»Kein Problem. Ich kann Deutsch.«

»Oh, du sprichst aber sehr gut.«

»Ich bin in Köln geboren.«

»Aber trotzdem. Du sprichst sehr gut. Du hast überhaupt keinen Akzent. Also wirklich sehr gut, und das als Ausländerin.«

»Danke. Und Sie haben einen unglaublichen Sohn. Vielen Dank!«

»Wofür?«

»Dass Sie ihn zur Welt gebracht haben.«

»Ach so, ja. Keine Ursache.«

»Ich hoffe, wir lernen uns bald mal kennen.«

»Ja, das hoffe ich auch. Dann können wir ... uns kennenlernen.«

»Genau.«

»Ja.«
»Okay.«
»Also dann …«
»Also dann geb ich mal wieder den Daniel.«
Aylin gibt mir das Handy wieder zurück.
»Sie spricht aber sehr gut Deutsch, deine Freundin.«
»Verlobte.«
»Ihr seid verlobt??? Habt ihr Ringe getauscht? Wart ihr alleine? Warum weiß ich davon nichts? Gibt es Fotos? Ist dir so was nicht zu spießig?«
»Erika, was ich eigentlich mit dir besprechen wollte … Also, es ist so: Ihr müsst jetzt um Erlaubnis fragen.«
»Wen?«
»Aylins Eltern.«
»Wofür?«
»Na, ob ich sie heiraten darf.«
»Warum fragst du nicht selbst?«
»Weil das Tradition ist.«
»Eine türkische Tradition?«
»Ja.«
Eine Denkpause entsteht. Ich kann das Gehirn meiner Mutter förmlich rattern hören. Meine Eltern sind strikt gegen Traditionen, vor allem, wenn es um so etwas Altmodisches wie eine Erlaubnis geht. Aber wenn es die Tradition von Ausländern ist, dann ist das Dagegensein nicht mehr links-alternativ, sondern ausländerfeindlich. Eine Pattsituation. Für ganz knifflige Fragen wird immer mein Vater zurate gezogen.
»Rigobert, kommst du mal bitte?! Daniel ist dran.«
Ich höre im Hintergrund das Rascheln einer Zeitung. Es dauert immer eine halbe Ewigkeit, bis mein Vater die *Zeit* so zusammengefaltet hat, bis er sie zur Seite legen kann. Die *Zeit* ist nicht nur die Lieblingszeitung der meisten Intellektuellen, sondern auch die unpraktischste Zeitung der Welt: gefühlte zehn Quadratmeter groß und extrem dick. Man muss sie immer zusammenfalten, um überhaupt einen Artikel lesen zu können; wenn man dann umblättern will, muss man erst wieder alles auseinanderfalten, dann die Zeitung mit bis zum Anschlag ausgestreckten Armen von sich

weghalten, um sich genügend Rangierraum zu verschaffen (Intellektuelle mit kurzen Armen müssen die Zeitung auf den Boden legen, um sie überhaupt lesen zu können), und schließlich mit letzter Anstrengung die Seite so umlegen, dass es nicht allzu viele Falten wirft – denn genau dieser Fehler kann bei der wieder zusammengefalteten Zeitung dazu führen, dass man die Hälfte des Artikels nicht lesen kann.

Das Umblättern ist auch unfassbar laut; es hört sich immer an, als würde gerade mitten im Wohnzimmer ein Altpapiercontainer geleert. Als ich *Star Wars Episode 5* im Fernsehen gesehen habe, hat mein Vater ausgerechnet kurz vor Schluss umgeblättert – vom Verwandtschaftsverhältnis zwischen Darth Vader und Luke Skywalker habe ich erst Jahre später erfahren.

Und natürlich kann man die *Zeit* im Freien überhaupt nicht lesen, weil schon Windstärke 1 ausreicht, um das Umblättern gänzlich zu verhindern. Ab Windstärke 6 könnte man einen Intellektuellen, der sich an der *Zeit* festklammert, problemlos als Drachen steigen lassen.

Mein Vater hat mal versucht, am Strand von Lanzarote die *Zeit* zu lesen: Er hat ein System mit acht großen Steinen entwickelt, die er zum Umblättern nacheinander hochheben musste. Nachdem ihm mehrere Seiten gerissen waren, sich etwa drei Kilo Sand in der Zeitung verfangen hatten und ein Labrador auf einen Artikel von Hans Magnus Enzensberger gepinkelt hatte, gab mein Vater auf ... Nicht dass er dann das Strandleben genossen hätte. Er hat im Hotel weitergelesen.

Endlich hat das Rascheln aufgehört, und mein Vater kommt zum Telefon. Ein schnurloses Telefon hätte dieses Dilemma des Zeitung-Zusammenfaltens-und-zum-Telefon-kommen-Müssens längst gelöst, aber meine Mutter kann sich seit 30 Jahren nicht vom guten alten Wählscheibentelefon trennen.

»Hallo, Daniel, wie geht's dir?«

»Gut, und dir?«

»Auch gut. Wir waren gerade in einem Flötenkonzert.«

»Ja. Ich hab's gehört.«

»Querflöte. Sie hat ein Werk von Stockhausen transponiert und dazu Zitate aus der Mao-Bibel gebrüllt.«

»Ich weiß. Und sie saß in Zellophanfolie eingewickelt auf einem moosbewachsenen elektrischen Stuhl.«

»Ach, hast du sie auch schon gesehen?«

»Nein. Erika hat's erzählt.«

»Ach so. Unheimlich interessant. Sie hieß Wong Lu Hung. Oder Wung Lo Hang. Oder so.«

Nachdem mein Vater mir einige Minuten lang die Metaphorik des Eingewickeltseins in Zellophanfolie auf einem moosbewachsenen elektrischen Stuhl erklärt hat, konfrontiere ich ihn mit der Tatsache, dass ich Aylin heiraten will und dass er um Erlaubnis fragen soll. Er erkennt die Situation messerscharf als »multikulturelles Paradoxon«, das letzten Endes in der Frage münde, ob man kulturell bedingte antidemokratische Haltungen von Ausländern in Deutschland tolerieren soll oder nicht. Für ihn persönlich bestehe die Problematik hauptsächlich darin, dass er, indem er Aylins Eltern um Erlaubnis fragen würde, indirekt das Recht eines erwachsenen Paares auf die freie Wahl des Ehepartners in Frage stellen würde.

»Aber Rigobert! Das ist für Aylin wirklich kein Problem.«

»Das mag sein. Aber mir geht es auch in erster Linie um *deine* Haltung.«

»Hä?«

»Nun, zunächst einmal gehört es zu den Grundrechten, dass sich ein erwachsener mündiger Bürger in einem Rechtsstaat seinen Ehepartner frei wählen darf. Wenn Aylin nun aus eigenem Willen aufgrund kultureller Traditionen entscheidet, dieses Recht an ihre Eltern abzutreten, dann muss ich das natürlich tolerieren. Aber was ist mit *dir*?«

»Das ist eine reine Formsache. Frag einfach ›Darf Daniel Aylin heiraten?‹, dann sagen sie Ja, und dann umarmen sich alle und Feierabend.«

»Verstehst du denn nicht? Wenn *ich* für dich frage, bedeutet das doch, dass du dein Selbstbestimmungsrecht an mich abtrittst.«

»Ja. Genau das will ich auch. Okay?!«

»Nein, das ist überhaupt nicht okay. Ich habe dir doch nicht als Zehnjährigem die Biografie von Martin Luther King vorgelesen, damit du jetzt deine Bürgerrechte ins Klo spülst!«

»Rigobert, ich verspreche dir, dass ich meine Bürgerrechte danach wie gewohnt wahrnehmen werde. Ich werde wählen gehen, ich werde jegliches Unrecht anprangern, und ich werde mich bei IKEA beschweren, wenn zu wenig Preiselbeersoße auf den Köttbullar ist. Aber nur dieses einzige Mal ...«

»Ich bin sicher, ich verstoße damit gegen das Grundgesetz.«

»Rigobert, bitte ...«

»Artikel 2, Paragraf 1: ›Jeder hat das Recht auf die freie Entfaltung seiner Persönlichkeit, soweit er nicht die Rechte anderer verletzt und nicht gegen die verfassungsmäßige Ordnung oder das Sittengesetz verstößt.‹«

»Du nimmst das viel zu ernst.«

»Die Freiheit kann man nicht ernst genug nehmen, mein Sohn. Wenn es eine Lehre aus der Nazizeit gibt, dann diese.«

»Glückwunsch, du hast diesmal nur fünf Minuten gebraucht, um bei der Nazizeit anzukommen.«

»Wie gesagt: Ich respektiere die türkische Tradition, aber wenn mein Sohn auf reaktionäre Weise sein Leben totalitären Strukturen unterwerfen will, die wir spätestens 1968 überwunden haben, dann gehen bei mir die Alarmglocken an.«

»Rigobert ...«

Das Gespräch ist festgefahren. Ich möchte mal wieder heulen. Da mischt sich Aylin ein.

»Hallo, Herr Hagenberger, hier ist Aylin. Ich wollte Ihnen nur sagen, ich liebe Ihren Sohn von ganzem Herzen, und ich werde Ihnen ewig dankbar sein, wenn Sie meine Eltern um Erlaubnis fragen. Das wäre für mich der schönste Moment in meinem Leben, Sie können nicht glauben, wie viel mir das bedeuten würde, Vallaha, ich schwöre, Sie würden mich unglaublich glücklich machen!«

»Tatsächlich? Tja, nun, äh, also, wenn das so ist, dann äh, werde ich es natürlich tun.«

»Oh, danke! Sie sind super, Herr Hagenberger.«

»Äh, du kannst Rigobert sagen.«

»Du bist super, Rigobert. Ciao!«

»Ja, dann, äh, tschü ... äh, ciao.«

Lächelnd gibt mir Aylin das Handy zurück. Irgendwie ist Aylins orientalische Argumentationsweise effizienter. Gegen eine geballte Ladung Emotion und Pathos kann nicht einmal jemand ankommen, der auf Lanzarote den vom Labrador vollgepinkelten Enzensberger-Artikel mit dem Hotelfön getrocknet und dann doch noch gelesen hat.

21

Während Aylin und ich mit meinen Eltern telefoniert haben, konnte ich nebenbei beobachten, wie sich zwischen Cem und der Kellnerin ein Flirt entwickelt hat. Jetzt, als die Kellnerin abräumt, hält Cem ihr sein Glas zunächst hilfsbereit entgegen. Als sie jedoch danach greifen will, zieht er es zu sich und deutet an, dass er es nur gegen einen Kuss auf die Wange freigeben wird. Die Kellnerin zieht die Augenbrauen hoch und schaut ihn mit gespielter Genervtheit an. Cem zieht auch die Augenbrauen hoch und schaut flirtend zurück. Ich habe diese Kellnerin schon oft erlebt. Sie wirkt emanzipiert, und ich würde wetten, sie studiert Geschichte oder Politikwissenschaften; sie sieht aus wie die intelligentere Schwester von Heidi Klum. Sie spielt definitiv in einer anderen Liga als Cem. Nie im Leben wird sie auf einen derart simplen Trick eingehen. Sie fordert Cem gestisch auf, das Glas freizugeben. Cem schüttelt lächelnd mit dem Kopf. Die Kellnerin seufzt – und gibt Cem einen Kuss auf die Wange. Ich bin fassungslos. Aylin scheint meinen Blick zu bemerken.

»Er braucht das für sein Ego. Sex ist für ihn so eine Art Sport.«

Eine Art von Sport, die ich seit geraumer Zeit nicht betrieben habe und, wie es aussieht, auch ziemlich lange nicht betreiben werde. Glücklicherweise spreche ich diese Worte nicht aus. Die Kellnerin kommt zurück, zwinkert Cem zu, schreibt ihre Telefonnummer auf einen Bierdeckel und steckt ihn in Cems Hemdtasche. Ich bin Zeuge eines meisterlichen Flirts geworden und würde gerne meine Bewunderung zum Ausdruck bringen, aber das könnte Aylin falsch verstehen. Cem haut mir noch einmal auf die schmerzende Schulter.

»Komm, Daniel, wir machen einen Männerabend.«

Ich will gar keinen Männerabend. Ich will einen Aylinabend. Ich schaue Aylin Hilfe suchend an.

»Na los, geht schon. Aber hör nicht auf das, was mein Bruder dir erzählt – er ist ein unverbesserlicher Macho.«

Ehe ich mich wehren kann, schnappt sich Cem meinen Arm und zerrt mich weg. Ich spüre, wie die Silberhochzeitsgesellschaft erleichtert aufatmet. Ich reiße mich noch einmal los und küsse Aylin zum Abschied auf den Mund. Aylin lässt es geschehen – zum ersten Mal in Cems Gegenwart. Cem wendet den Kopf ab.

»Ey, das darf ich echt keinem erzählen. Meine Schwester küsst in der Öffentlichkeit einen deutschen Mann, und ich stehe daneben und mache gar nix.«

»Wieso, was solltest du denn machen?«

»Dich verprügeln.«

Cem sieht meinen erschrockenen Blick.

»Haha, keine Angst, Schwager, du weißt ja, unsere Familie ist nicht so. Aber als türkischer Mann bist du für deine Schwester verantwortlich. Wenn sie unverheiratet andere Männer küsst, heißt das für die traditionellen Türken: Sie ist eine Hure.«

»Auweia.«

»Wenn ich als Bruder dann nichts mache, bin ich entweder Weichei oder Zuhälter.«

»Ach, deshalb habt ihr das auch so eilig mit der Hochzeit.«

»Hey, du lernst schnell, Schwager.«

Aylin wirft mir ein paar Küsse hinterher, als Cem und ich in die Severinstraße einbiegen und aus ihrem Blickfeld verschwinden. Cem wirft den Bierdeckel mit der Telefonnummer der Kellnerin in den nächstbesten Papierkorb. Dieser Mann ist wirklich cool. Vielleicht ist so ein Männerabend gar nicht so schlecht – so kann ich meinen zukünftigen Schwager besser kennenlernen.

»Und was machst du so beruflich, Cem?«

»Ich bin Rechtsanwalt.«

»Oh. Wow. Das ist ja ... toll.«

Ich bin ehrlich überrascht. Ich hätte viel Geld verwettet, dass Cem entweder Döner, Handys oder Gemüse verkauft. Irgendwie siedelt man Türken automatisch in der Unterschicht an. Ich erfahre, dass der Ali, mit dem er eben telefoniert hat, in derselben Kanzlei arbeitet. Unter dem Aspekt, dass da zwei Rechtsanwälte kommuniziert haben, wirken die Sexprotzereien im Nachhinein noch skurriler. Obwohl, warum sollen Rechtsanwälte nicht über Analverkehr sprechen?! Ich sollte weniger engstirnig denken.

Plötzlich schaut mich Cem skeptisch von der Seite an:

»Sag mal, Daniel, wie gehst du eigentlich?«

»Wie meinst du das, wie gehe ich? Ich setze einen Fuß vor den anderen. So wie alle.«

»Nein, ich meine, du gehst so komisch ... Krummer Rücken und Kopf nach unten.«

»Wirklich?«

Ich kontrolliere meinen Gang in einer Schaufensterscheibe. Cem hat recht. Wenn es eine Skala der Gänge gibt, die von Woody Allen bis Tom Cruise reicht, und Woody Allen ist 1 und Tom Cruise 1000 – dann bin ich so bei 1,7.

»Daniel, das ist nicht gut für Frauen. Sieht immer so aus wie ein Olivenlutscher.«

»Ah.«

»Hier, es ist ganz simpel: Kopf gerade und Brust nach vorne.«

Cem macht es mir vor. Na bravo. Mit zwei Jahren habe ich laufen gelernt und seitdem nicht einen einzigen Gedanken daran verschwendet. Ich bin einfach gegangen. Ich habe meine unteren Extremitäten exakt so eingesetzt, wie es von der Schöpfung vorgesehen ist: um von einem Ort zum anderen zu kommen. Und plötzlich soll das ein Problem sein?!

»Los, Daniel, versuch's mal.«

»Quatsch. Wenn ich gehe wie ein Olivenlutscher, bitte. Dann geh ich halt wie ein Olivenlutscher.«

»Jetzt komm schon!«

Cem drückt mir den Kopf nach oben und die Brust nach vorne. Ich seufze und ergebe mich meinem Schicksal. Als ich mich in der Schaufensterscheibe beobachte, finde ich, dass es weniger nach Tom Cruise, sondern mehr nach Gustav Gans aussieht.

»Sehr gut, Schwager. Schon viel besser.«

Es ist unheimlich anstrengend, so zu gehen. Ich verstehe nicht, wie die Türken das den ganzen Tag durchhalten. Ich spiele das

Spiel Cem zuliebe mit, aber morgen werde ich zu meinem alten Gang zurückkehren. Vielleicht ist ein Gang ja genauso ein unverwechselbares genetisches Merkmal wie ein Fingerabdruck?

Cem und Gustav Gans sind mittlerweile zum Ring gewandert, wo man im *Al Salam*, das inzwischen zum Raucherclub umfunktioniert wurde, eine Wasserpfeife genießen kann, die die Araber »Shisha« und die Türken »Nargile« nennen. Ich fülle meinen Mitgliedsantrag aus und nehme mit Cem an einem der niedrigen goldenen Tische Platz, die ebenso wie die restliche Einrichtung so orientalisch wirken, dass man sich wie in einem Märchen aus 1001 Nacht fühlt – und das unweit vom Barbarossaplatz. Cem scheint öfter hier zu sein, denn mehrere Männer begrüßen ihn mit Handschlag, Schulterklopfen und Küsschen rechts-links. Der Laden ist arabisch, die Gäste zum Großteil Türken, dazu ein paar deutsche Studenten. Also eine ganz normale kölsche Mischung – nur dass der Anteil an Homosexuellen unter dem Durchschnitt liegt.

»Pass auf, Enişte, gleich kommt was, das wird dir gefallen!«

»Enişte?«

»Schwager.«

»Ah. Und was wird mir gefallen? Die Wasserpfeife?«

»Nein. *Sie* wird dir gefallen.«

In diesem Moment kommt hinter einem Vorhang eine dunkle Schönheit hervor. Unterhalb der Augen ist ihr Gesicht von durchsichtigem Stoff verhüllt. Ansonsten trägt sie nicht viel: Ein knapper, goldbestickter BH mit Fransen und ein langer Tüllrock, an dem kleine goldene Münzen klimpern, sind alles, was ihre kakaobraune Haut verdeckt. Da fällt mein Blick auf ein Schild an der Wand: »Freitags und samstags Bauchtanz«. Cem schlägt mir lachend auf die rechte Schulter. Falls die Kapsel nur angerissen war – jetzt ist sie durch.

»Na, Enişte, hab ich zu viel versprochen?«

»Äh, nun, also, nein, äh, eigentlich nicht.«

»Hammer die Frau. Ab-so-lu-ter Hammer.«

»So gesehen, äh, ja.«

Ist das ein Test? Will Cem prüfen, ob ich hinter Aylins Rücken andere Frauen anschaue? Oder will er einfach nur wissen, ob ich einer bin, mit dem man einen geilen Männerabend verbringen kann? Ich hasse solche Situationen, in denen ich nicht weiß, was man von mir erwartet. Gut, ich könnte mich einfach so verhalten, wie ich es selbst für richtig halte. Dafür müsste ich allerdings *wissen*, was ich selbst für richtig halte. Und genau da liegt mein Problem.

Orientalische Musik setzt ein. Die Bauchtänzerin hebt einen Arm in die Luft und lässt ihre Hand elegant kreisen. Dabei schaut sie mit einem Ich-bin-die-geilste-Frau-der-Welt-aber-keiner-kann-mich-haben-Blick in die Runde. Ein Blick, der bei heterosexuellen Männern zu 100 Prozent funktioniert. Ich wende mich ab. Ich bin in Aylin verliebt und werde jetzt keine andere geil finden.

Das ist ein unausgesprochenes Gesetz: In der Verliebtheitsphase darf man nur einzig und allein für seinen Partner erotische Gefühle hegen. Selbst wenn einem auf dem Weg zum Supermarkt mindestens zehn Topmodels in Spitzenunterwäsche von H&M-Postern lüstern entgegenstarren – das hat einen nicht zu interessieren. Und es interessiert mich ja auch wirklich nicht, solange ich Hand in Hand mit Aylin durch die Stadt turtele. Aber jetzt ist die Situation eine andere: Aylin ist nicht hier, und das Topmodel dreidimensional und ziemlich gelenkig.

»Ey, wo guckst du hin, Enişte? Guck sie an. Guck dir diesen Bauchnabel an! Zum Reinbeißen.«

In meinem Kopf laufen die Drähte heiß. Ich führe eine Diskussion mit meiner imaginären Alice Schwarzer, ob diese Darbietung politisch korrekt ist. Tabledance ist auf keinen Fall politisch korrekt, da bin ich mir sicher. Aber Bauchtanz ist eine kulturelle Tradition von Ausländern, also muss man ihn akzeptieren, sonst wäre man ja ausländerfeindlich. Wobei, wenn man so denkt, dürfte sich ein Araber dann ohne schlechtes Gewissen Tabledance angucken, weil er ja damit seine Toleranz der westlichen Kultur gegenüber zum Ausdruck brächte. Meine imaginäre Alice Schwarzer rät mir, die Tänzerin respektvoll als Künstlerin zu betrachten. Das leuchtet mir ein: Ich sehe mir die Darbietung einfach an wie eine Brecht-Inszenierung. Epischer Bauchtanz, das ist es! Leider ist mit dieser – intellektuell gesehen – perfekten Haltung unterhalb der Gürtellinie Schluss. Ich habe ja schon des Öfteren mit der Biologie gehadert, aber gewisse Schlüsselreize führen nun mal zu bestimmten chemischen Reaktionen. Das darf doch nicht wahr sein, dass ich jetzt eine Erektion bekomme. Ich fühle mich wie ein Verräter.

Plötzlich merke ich, dass die Tänzerin mir zulächelt. Mir? Ich drehe mich um – mein typischer Reflex seit dem erwähnten Rückwinkmissverständnis mit Gaby Haas in der 11. Klasse. Aber die Tänzerin sieht tatsächlich *mich* an. Warum ausgerechnet mich? Es gibt so viele andere Männer hier ... Erst jetzt sehe ich: Cem gibt der Bauchtänzerin nicht gerade dezente Zeichen, dass sie sich mir zuwenden soll. Danke. Vielen lieben Dank, Herr Schwager! Ich fürchte, es ist doch ein Test, und ich falle gerade durch. Sollte ich schnell aufstehen und wegrennen? Ja, das sollte ich. Zu spät, die Tänzerin steht jetzt direkt vor mir und lässt langsam ihren Bauch kreisen. Dann dreht sie sich um und wendet mir ihren wohlgerundeten Hintern zu. Durch den Tüll zeichnet sich ein Stringtanga ab. Jetzt beginnt sich dieser Zauberpopo direkt vor meinen Augen zu drehen. Das ist zu viel für jemanden, der sich aus romantischen Gründen auf Sexentzug befindet. Kann mich jetzt bitte jemand k.o. schlagen? Ich reiße meinen Blick vom Stringtanga weg und schaue zu Cem. Der schaut mich auffordernd an. Ich schaue fragend zurück.

»Du musst ihr einen Schein reinstecken.«

»Einen Schein? Wo rein?«

»Egal. Irgendwo, wo's hält.«

Ich bekomme Schweißausbrüche. Neben mir sitzt der Bruder der Frau, die ich liebe, 20 Zentimeter vor meinen Augen kreist der Stringtanga einer Fremden, und jetzt soll ich ihr auch noch an die Wäsche gehen ... Kommt der Nebel von den Wasserpfeifen, oder werde ich gerade ohnmächtig? Ich warte zwei Sekunden und bleibe leider bei Bewusstsein. Dann ziehe ich umständlich mein Portemonnaie aus der Hose und stelle fest, dass ich nur einen 50-Euro-Schein und Kleingeld habe.

»Cem?«

»Du kannst mich Bruder nennen, Enişte.«

»Okay. Bruder. Kannst du mir fünf Euro wechseln?«

Während die Tänzerin professionell weitermacht, krame ich

fünf Euro in Münzen zusammen. Natürlich fallen mir auch noch welche runter, sodass ich auf den Boden kriechen muss. Weil ich mich schlecht rasiert habe, bleibt ein Stück vom Tüll an meinem Kinn hängen. Es ertönen unschöne Geräusche reißenden Stoffes – und die Tänzerin ist noch nackter, als sie ohnehin schon war. Ich überlege kurz, welche meiner beiden Haftpflichtversicherungen ich bemühen soll. Die Sängerin verliert zum ersten Mal für ein paar Zehntelsekunden ihre professionelle Ausstrahlung und wirkt genervt. Dann gibt mir Cem einen Fünf-Euro-Schein, der mich vor eine schier unlösbare Aufgabe stellt: Wo soll ich ihn hinstecken? Glücklicherweise dehnt sich die Zeit, sodass ich alle Möglichkeiten durchgehen kann:

- Vorne in den Tüllrock. (Gar nicht gut, denn der ist mittlerweile so tief gerutscht, dass ich in die Nähe primärer Geschlechtsmerkmale greifen müsste.)
- Vorne in den Träger des BHs. (Auch problematisch, denn der BH ist so eng, dass ich hier direkten Kontakt mit sekundären Geschlechtsmerkmalen hätte.)
- Hinten in den BH. (Nicht schlecht, aber bei meinem Glück würde ich ihn dabei sicher aus Versehen öffnen.)
- Hinten in den Tüllrock. (Auch nicht schlecht, aber ich höre schon, wie mich meine imaginäre Alice Schwarzer als »Popograpscher« beschimpft.)
- An der Seite in den BH. (Schwierig, denn dann müsste ich mit der anderen Hand ihren Arm hochhalten, das würde sicher blöd wirken.)
- Ich mache aus dem Schein ein Röllchen und stecke es ihr ins Ohr. (Unfassbar, dass ich wertvolle Zeit mit so einem Schwachsinn vergeude.)

Schließlich entscheide ich mich, den Schein an der Seite in den Tüllrock zu stecken. Dabei muss ich leider die zweite Hand zu Hilfe nehmen und kann eine Popoberührung nicht mehr verhindern. Meine imaginäre Alice Schwarzer sagt zwar nichts, schüttelt aber enttäuscht den Kopf, während Cem lacht und begeistert applaudiert.

»Super, Enişte! Siehst du, war gar nicht so schwer.«

Ich wische mir den Schweiß von der Stirn. Egal, ob das jetzt politisch korrekt war oder nicht – Hauptsache, ich hab's hinter mir ... Denke ich. Denn plötzlich nimmt die Tänzerin meine Hand und fordert mich zum Mittanzen auf. Schlimme Erinnerungen an einen Kurs in der Tanzschule Kasel schießen aus hinteren Hirnregionen nach vorne. Ich habe den Kurs nur besucht, um an Gaby Haas ranzukommen, aber schon bei meinem allerersten Versuch wurde meine mangelnde Begabung so offensichtlich, dass ich danach nie wieder eine Partnerin fand und deshalb immer mit dem Tanzlehrer üben musste. Wenn man das Ziel hat, ein cooles siebzehnjähriges Mädchen zu beeindrucken, sollte man es auf jeden Fall vermeiden, sich zu argentinischen Tangoklängen wie ein nasser Sack von einem übergewichtigen Sechzigjährigen durch die Gegend wirbeln zu lassen.

Diese schmerzliche Erinnerung ist genau das, was ich als Motivationsschub gebraucht habe, um jetzt vor einer Horde Türken und Araber mal eben einen lockeren Bauchtanz aus der Hüfte zu schwingen. Um die Tänzerin und mich hat sich ein Kreis gebildet, alle klatschen im Takt mit. Ich erhebe mich mühsam und ernte Applaus. So, womit soll ich anfangen? Arme, Beine, Hüfte – keine Ahnung. Ich muss an ein Zitat von Loriot denken: »Es muss gehen, andere machen es doch auch.« Tanzen an sich ist nicht gerade eine deutsche Spezialität, und Bauchtanz erst recht nicht. Wir sind halt das Volk der Dichter und Denker. Schopenhauer hat bestimmt auch beschissen getanzt, oder Nietzsche. Wer behauptet, dass Gott tot ist, kann auf keinen Fall locker die Hüften kreisen lassen. Das passt nicht zusammen. Wenn überhaupt, können wir Deutsche hüpfen und grölen. Zu Rammsteinmusik, da kommt die Bewegung ganz natürlich von innen heraus. Aber für orientalische Bauchtanzmusik fehlt uns die körperliche Software.

Jetzt stellt sich die Tänzerin direkt vor mich und wackelt so mit ihren Brüsten, dass die BH-Fransen meinen Brustkorb streifen. Da ich dummerweise immer noch nicht ohnmächtig werde, wird mir klar, dass ich irgendwas tun muss. Zum Glück fällt mir ein Videoclip ein, den ich in Antalya gesehen habe: Der türkische Popstar Tarkan nahm schnipsend die Arme in die Luft und schüttelte seinen Oberkörper. Tanzen kann ich nicht, aber ich kann imitieren. Ich konzentriere mich, dann ahme ich Tarkans Bewegungen nach. Johlen und Pfeifen geht durch die Menge. Das ermutigt mich, auch noch Tarkans flirtenden Machoblick zu imitieren. Noch mehr Johlen und Pfeifen. Schließlich ist die Musik zu Ende, und alle klatschen mir begeistert Beifall, sogar die Bauchtänzerin. Als ich mich wieder zu Cem setze, ist der fassungslos.

»Mensch, Enişte, du bist ja ein Tier! Unglaublich! Vallaha bravo.«

Ich hätte nie geglaubt, dass ich in diesem Leben noch mal für eine Tanzeinlage Beifallsstürme ernten würde. 20 Jahre nach dem Trauma in der Tanzschule Kasel nimmt mein Leben eine unerwartete positive Wendung. Ich bin ein Tier. Das ist in Cems Rangliste wahrscheinlich schon die Vorstufe zum Hengst. Ich fühle mich großartig – da sehe ich Aylin. O nein! Wann ist sie gekommen? Hat sie mich mit der Tänzerin gesehen? Ist meine Erektion schon abgeklungen?

»Na, ihr zwei?! Wie läuft der Männerabend?«

»Sehr gut. Perfekt. Äh ... Bist du jetzt gerade gekommen, oder hast du das eben gesehen?«

»Was hab ich gesehen?«

»Ach, nichts.«

Gott sei Dank. Sie hat nichts mitbekommen. Ich bin gerettet.

»Was meinst du denn, Daniel?«

»Er meint *das* hier!«

Jetzt hält Cem seiner Schwester das Handy unter die Nase. Er hat alles aufgenommen: wie mich die Frau antanzt, wie der Tüll an meinem Kinn klebt, wie ich ihr das Geld an den Rock stecke, wie ich tanze – alles. Er hat mir eine Falle gestellt, und ich bin reingetappt. Na bravo. Herzlichen Glückwunsch, Daniel. Das Video ist zu Ende. Aylin dreht sich zu mir und schaut mich an. Macht sie jetzt Schluss?

»Wow, du tanzt ja wie Tarkan!«

»Tja. Na ja, ich hatte sein Video ... aber, äh, bist du nicht sauer jetzt?«

»Warum sollte ich sauer sein?«

»Na ja, weil ich ... also, die Frau, und ich hab ihr das Geld, und überhaupt ...«

»Das muss man machen. Das ist Tradition.«

»Aber, äh, also, wenn ich ganz ehrlich bin, also, das, äh, hat mich schon, also ich ... Ich muss es dir einfach sagen. Weil ich, ich will einfach nicht, dass etwas zwischen uns steht ... also ›steht‹ im wahrsten Sinne des Wortes.«

»Was denn, Daniel?«

»Na ja, also, es hat mich schon irgendwie, also ... äh, erregt.«

Aylin lacht. Es ist ein Lachen von ganzem Herzen. Ein Lachen, in dem sehr viel Liebe steckt.

»Natürlich hat dich das erregt. Sie ist eine Frau, und sie war fast nackt. Und du bist ein Mann. Ich müsste mir eher Sorgen machen, wenn dich das *nicht* erregt hätte.«

»Und du bist nicht sauer jetzt?«

»Du bist süß, Daniel, unglaublich süß. Kein türkischer Mann würde sich deshalb überhaupt irgendwelche Gedanken machen.«

Die meisten türkischen Männer laufen auch nicht mit einer imaginären Alice Schwarzer im Kopf herum.* Aylin nimmt mich in den Arm und drückt mich fest an sich. Sensationell! Anstatt mir eine Szene zu machen, liebt sie mich jetzt noch mehr. Das ist das Paradies: Ich darf andere Frauen anschauen und anfassen, und ich darf sogar erregt sein – weil ich ein Mann bin. Ich muss nie wieder krampfhaft den Blick abwenden, wenn mir eine Frau im Minirock entgegenkommt. Ab heute darf ich eine feste Beziehung haben und gleichzeitig ein Mann sein. Ich liebe die türkische Kultur!

* Das ist natürlich nur eine Vermutung.

22

Rüdiger Kleinmüller hat Lysa und mich in den Konferenzraum gebeten. Der Auftraggeber ist da und will mit uns über das Drehbuch zum Koffeinfreier-Kaffee-Werbespot sprechen. Ich bin dabei, weil ich den Spot geschrieben habe; Lysa ist dabei, weil Rüdiger Kleinmüller glaubt, mit einer attraktiven Frau im Raum bei einem männlichen Auftraggeber leichter punkten zu können – womit er vermutlich recht hat.

Uns gegenüber sitzt Ewald Pfaff, ein Mann mit Bierbauch, üppigem Schnurrbart, weißem Hemd und Nadelstreifenanzug. Die Bugs-Bunny-Krawatte hat er sicher deshalb angezogen, um den verrückten Typen in der Werbefirma zu zeigen, was für ein spaßiger Geselle er doch ist.

Bei Gesprächen mit Kunden hält sich Rüdiger Kleinmüller immer fast sekundengenau an die Regel, die er vor Jahren von irgendeinem Business-Seminar mitgebracht hat: Zehn Minuten Socializing, dann geht's zur Sache. Das heißt, man soll exakt zehn Minuten lang so tun, als ob man sich privat näherkommt, um so eine entspannte Atmosphäre für das Businessgespräch zu schaffen. Nun grenzt es allerdings fast an eine Unmöglichkeit, eine entspannte Atmosphäre herzustellen, wenn einem ein Schnauzbartträger mit Bugs-Bunny-Krawatte gegenübersitzt, der unablässig mit einem Plastikstift auf sein digitales Notizbuch einhämmert.

Während Lysa und ich uns mimisch darüber verständigen, dass wir Ewald Pfaff nicht unbedingt in die Top 100 der sympathischsten Zeitgenossen aufnehmen werden, versucht Rüdiger Kleinmüller, seine geballte Socializing-Kompetenz unter Beweis zu stellen:

»Sind Sie mit dem ICE aus Frankfurt gekommen?«

»Ja. In der Tat.«

»Das geht ja jetzt schneller als früher.«

»Viel schneller. Aber diesmal gab's einen Personenschaden.«

»Och nee ...«

»Da hatte sich einer vor die Bahn geschmissen.«

»Oh.«

»Tja.«

»Ja.«

»Tja. Bekloppte gibt's überall.«

»Da sagen Sie was, Herr Pfaff.«

»Kann der nicht warten, bis der nächste Zug kommt?!«

Ewald Pfaff lacht, und Rüdiger Kleinmüller lacht pflichtschuldig mit. Er schaut Lysa und mich vorwurfsvoll an, und jetzt lachen auch wir. Es ist immer gut zu lachen, wenn der Auftraggeber einen Gag gemacht hat; das ist genau das, was mit Socializing gemeint ist. Dass der Gag menschenverachtend war – egal. Schon eine zynische Branche, die Werbung.

»Der Zug hat eine Vollbremsung gemacht – mir ist der ganze Kaffee über die Hose ... Zum Glück habe ich immer einen Ersatzanzug dabei ... Ich meine, es gibt so viele Balken, an denen man sich aufhängen kann, da muss man doch nicht unbedingt den ICE-Betrieb stören.«

Ich würde einem Selbstmörder raten, aus einem Hochhaus auf Ewald Pfaff zu springen. Das würde seinem Tod immerhin einen Sinn geben. Als Lysa Ewald Pfaffs Augenzwinkern mit konsequentem Wegschauen beantwortet, spürt selbst Rüdiger Kleinmüller, dass das heutige Socializing irgendwie verkrampft ist, und beendet es nach 7 Minuten und 44 Sekunden – absoluter Minusrekord.

»Also, Herr Pfaff, worüber wollten Sie denn mit uns sprechen?«

»Ja, also zunächst mal vielen Dank für Ihren Vorschlag ...«

Unverschämtheit. Ich habe ein Drehbuch für einen Werbefilm geschrieben, und er nennt es »Vorschlag«. Das ist genau das Problem in der Werbebranche, dass man als Künstler mit schnauzbärtigen Bugs-Bunny-Krawattenträgern darüber diskutieren muss, was originell ist.

»… nur leider muss ich Ihnen sagen: Das geht überhaupt nicht. In diesem Spot wird behauptet, dass koffeinhaltiger Kaffee ungesund ist. Koffeinhaltiger Kaffee macht 95 Prozent unseres Umsatzes aus, da wären wir ja schön blöd, wenn wir Hunderttausende von Euros für Fernsehwerbung rausschmeißen, nur um unser eigenes Image kaputt zu machen.«

Rüdiger Kleinmüller schaut mich vorwurfsvoll an. Noch 'ne Unverschämtheit. Er hat das Drehbuch doch weggeschickt. Er fand es nicht nur in Ordnung, er fand es super. Und jetzt tut er so, als hätte *ich* Mist gebaut.

»Tja, ihr Lieben, ich würde vorschlagen, ihr kloppt die Idee mit dem Kaffeesatzlesen in die Tonne, geht rüber in euer Büro und brainstormt was Neues.«

Als wäre das nicht schon demütigend genug, setzt Ewald Pfaff noch einen drauf:

»Hervorragende Idee.«

Dazu lacht er auch noch, und Rüdiger Kleinmüller lacht mit. Ich sehe, dass Lysa genauso wütend ist wie ich. Wir stehen auf und trotten aus dem Konferenzraum. Natürlich hatte der Bugs-Bunny-Idiot recht. Aber darf er mich deshalb so geringschätzig behandeln, und dann noch vor Lysas Augen? Nein, darf er nicht.

»Ey, mir reicht's! Ich geh da jetzt rein und geig denen mal die Meinung!«

»Ach komm, Daniel! Mach das, was wir immer machen: zurück ins Büro gehen und zynische Witze darüber reißen, wie beschissen unser Leben doch ist.«

»Ich weiß nicht …«

»Pass auf, wir machen 'ne Top-10-Liste: die zehn lustigsten Methoden, jemanden mit seiner eigenen Bugs-Bunny-Krawatte zu erwürgen.«

»Lieb gemeint, aber ich will mich einfach nicht mehr so behandeln lassen.«

»Du lässt dich seit Jahren so behandeln. Dafür wirst du bezahlt.«

»Aber jetzt ist Schluss.«

»Hey, du bist Daniel. Du machst so was einfach nicht, okay?! Also komm.«

Lysa geht los in Richtung unseres Büros. Ich folge ihr einen Schritt weit, dann bleibe ich stehen. Irgendwas hält mich auf. Es ist ein seltsames Gefühl, das ich nicht kenne. Es fühlt sich an wie eine Mischung aus Trotz und Wut, aber doch irgendwie anders. Es durchdringt meinen ganzen Körper; es hindert mich definitiv daran, jetzt wie ein begossener Pudel zurück ins Büro zu trotten, und es ist … männlicher Stolz. Männlicher Stolz?! Ja, männlicher Stolz.

Ich wurde vor Lysas Augen gedemütigt, und ich werde ihr jetzt und hier zeigen, dass ich kein Weichei bin!

Ich drehe um und gehe zurück zum Konferenzraum. Ich kann Lysas verblüfften Blick in meinem Nacken spüren, und das treibt mich weiter. Ich bin keine Memme. Ich bin … ja, was bin ich eigentlich? Egal, darüber denke ich später nach. Dass ich keine Memme bin, reicht fürs Erste. Ich reiße die Tür auf und trete entschlossen ein.

»So. Das war … ich … also, äh …«

Seltsam, vor meinem geistigen Auge spielte sich die Szene so ab, dass ich den beiden extrem cool und mit ausgezeichneter Rhetorik eine messerscharfe Analyse ihrer Ignoranz um die Ohren haue. Jetzt suche ich nach Fluchtmöglichkeiten, während mich Rüdiger Kleinmüller und Ewald Pfaff anschauen wie einen Eiterpickel im Intimbereich. Ich drehe mich um und sehe in Lysas Augen etwas, das ich da überhaupt nicht sehen will: Mitleid. Wieder meldet sich das neue unbekannte Gefühl. Ich atme tief durch und wende meinen Blick zurück in den Konferenzraum.

»Was ich sagen will: So kann man mich nicht behandeln.«

Mein Chef und das Bugs-Bunny-Monster schauen mich verblüfft an. Rüdiger Kleinmüller hat es für einen Augenblick so die Sprache verschlagen, dass ihm nicht mal ein Anglizismus über die Lippen kommt. Dann fängt er sich wieder.

»Daniel, wenn du irgendein Problem hast, dann komm heute Nachmittag in mein Büro.«

»Nein, das möchte ich jetzt und hier loswerden. Erstens: Ich habe ein Drehbuch geschrieben und keinen Vorschlag gemacht. Zweitens: *Sie* haben mich ausdrücklich dafür gelobt, also tun Sie nicht so, als hätte *ich* hier Mist gebaut.«

»Daniel, jetzt halt aber mal ...«

»Lassen Sie mich ausreden! Drittens: Wenn es ein Problem mit der Aussage des Spots gibt, muss man doch nicht gleich alles wegschmeißen! Man kann ja wohl mal fünf Minuten darüber nachdenken, ob das Kaffeesatzlesen auch ohne das Schlechtmachen von koffeinhaltigem Kaffee funktioniert, verdammt!«

»Daniel, es reicht, ich ...«

»Ich meine, wenn wir nichts Negatives über den Scheiß-koffeinhaltigen-Kaffee sagen dürfen, dann lassen wir das halt weg, dann liest die gottverdammte Kaffeesatzleserin eben nur den koffeinfreien Kaffeesatz ... Und während sie eine blendende Zukunft voraussagt, kommt ihr der Duft in die Nase, und dann meint sie, das ist ja der leckerste Kaffee, den sie je gerochen hat, und als sie dann erfährt, dass der koffeinfrei ist, hängt sie ihren Beruf an den Nagel, weil sie zum ersten Mal im Leben etwas nicht vorhergesehen hat.«

Eine Pause entsteht. Mein Chef schaut mich ebenso wütend an wie Ewald Pfaff, doch langsam weicht die Wut einem nachdenklichen Stirnrunzeln, das wiederum von einem Grinsen abgelöst wird. Ewald Pfaff springt auf:

»Das ist perfekt! Das ist ... das ist genial!«

Rüdiger Kleinmüller hat mir noch nie auf die Schulter geklopft. Aber ausgerechnet heute steht er auf, steuert um den Tisch herum auf mich zu und haut mir gezielt auf die gerissene Kapsel. Selbst mein ABC-Wärmepflaster kann nicht verhindern, dass mir ein stechender Schmerz durch den ganzen Körper fährt, der allerdings schnell von Glückshormonen neutralisiert wird: Ich habe gewonnen! Ich habe mich erfolgreich gewehrt, zum ersten Mal! Der Affront ist vergessen, ich taumele siegestrunken aus dem Konferenzraum und zeige triumphierend den gestreckten Daumen in Richtung Lysa, die mich ebenso erfreut und fassungslos anstarrt wie Karl und Ulli, die offenbar durch die Lautstärke angelockt das Finale mitbekommen haben. Jetzt weiß ich, was ich bin: ein Held.

Vier Stunden später, als ich die Firma verlasse, habe ich so ein Gefühl wie nach dem Abstellen von schweren Koffern nach kilometerweitem Schleppen – plötzlich fühlt man sich magisch nach oben gezogen, als würde man schweben. Verblüfft schaue ich in eine Schaufensterscheibe und stelle fest, dass ich mich auf der Skala in Richtung Tom Cruise bewegt habe, und zwar ohne den geringsten Anflug von Gustav Gans. Ich nehme es zufrieden zur Kenntnis.

In 50 Metern Entfernung kommt mir eine Blondine im Jeans-Minirock mit Netzstrumpfhose und schwarzen Stiefeln entgegen. Eine dieser Frauen, von denen ich seit jeher denke, dass sie oberflächliche Tussen sind, mit denen man sich bestenfalls über Energy Drinks unterhalten kann, und denen ich dann trotzdem einige Sekunden hinterherschmachte.

Das ist derselbe Widerspruch, den ich immer beim Gucken von *The Girls of the Playboy Mansion* empfunden habe, einer Doku-Soap auf VIVA über das Leben des Playboy-Gründers Hugh Hefner und der drei jungen Blondinen, die aus purer Nächstenliebe ihr Leben bei einem 80-jährigen Opa verbringen.

Ich habe meiner inneren Alice Schwarzer immer erzählt, dass ich die Sendung aus satirischen Gründen gucke, und extra laut gelacht. Diese satirische Ebene ist auch durchaus gegeben. Wenn zum Beispiel die 20-jährige wasserstoffblonde Kendra kurz vor einer Heulattacke steht, weil sie vergessen hat, Hugh Hefners Silberfasanenweibchen eine Geburtstagskarte zu schreiben, dann wird man das durchaus in weiten Teilen der Welt als lächerlich empfinden ... Aber tief in mir drin saß auch immer ein kleiner Playboy, der mir zuflüsterte: »Geil! Wenn du 80 bist, willst du auch drei junge Blondinen um dich haben, die multiple Orgasmen kriegen, wenn du ihnen einen Diamantring an den Finger steckst.« Ich gebe zu, solche Phantasien hatte ich vor Aylin oft. Aber so denkt man halt als Mann – vor allem wenn man gerade sein Asthma-Spray benutzen muss, weil man sich nicht getraut hat, seiner Partnerin zu sagen, dass man gegen ihre Katze allergisch ist.

Als die Blondine näher kommt, treffen sich für einen kurzen Moment unsere Blicke, und ich – zwinkere ihr zu. Und sie – lächelt!!!

Vorbei. Es ging so schnell, dass ich die Szene noch einmal vor meinem geistigen Auge Revue passieren lassen muss, um zu begreifen, was passiert ist. Ich habe in meinem ganzen Leben noch nie einem Mädchen oder einer Frau zugezwinkert. Ich war überzeugt, dass man sich erst einen megadicken Bizeps antrainieren muss und dass dadurch irgendwelche Muskelgruppen im Gesicht aktiviert werden, die einem das Zwinkern ermöglichen. Aber jetzt habe ich vollkommen spontan einer attraktiven Blondine zugezwinkert – und sie hat es nicht etwa als nervöses Augenzucken gedeutet, sondern zurückgeflirtet.

In diesem Moment wird mein Gang noch leichter, und ich entferne mich in der Skala noch weiter von Woody Allen. Ist das überhaupt wünschenswert? Ist es nicht sympathischer, wie Woody Allen zu gehen als wie Tom Cruise? Ich denke ernsthaft nach. Der eine hat seine Stieftochter geheiratet, der andere ist bei Scientology. Hmm. Wie wäre es denn, wenn ich Tom Cruise durch Brad Pitt ersetze? Der hat zwar auch Kinder adoptiert, aber er will sie nicht heiraten, und meines Wissens ist er auch nicht in einer Sekte.

Plötzlich ist mir klar, wohin meine Reise geht. Ich verabschiede mich von meinem Image als Loser, Memme, Weichei, Schattenparker und Abschiedswinker. Ich werde sein wie Brad Pitt. Und es ist mir egal, was meine Eltern sagen, was meine Kollegen sagen, und was Aylin ... Nein, natürlich ist mir nicht egal, was Aylin sagt. Aber Frauen lieben Brad Pitt sowieso. Alle.

DRITTER TEIL

23

Ich sitze vor meinem Computer und bin immer noch fest entschlossen, einige Dinge in meinem Leben zu ändern. Als Erstes schreibe ich eine E-Mail an das Präsidium des 1. FC Köln:

> Sehr geehrter Herr Overath und Konsorten,
> ich bin seit 27 Jahren treuer Fan des 1. FC Köln. Aber als ich kürzlich im Express gelesen habe, dass Hennes VIII. kastriert wurde, hat mich das zutiefst empört. Wie will denn eine Mannschaft mit einem kastrierten Maskottchen in die Champions League einziehen?
> Ich arbeite in der Werbebranche und kann Ihnen versichern, dass die Symbolwirkung absolut fatal ist! Können Sie sich den MGM-Löwen mit Zahnausfall vorstellen, die lila Kuh mit nur drei Zitzen am Euter oder den Bärenmarke-Bären mit Hüftgelenksdysplasie?
> Jetzt muss sich Hennes VIII. schon mit Tollwut infizieren, wenn er überhaupt noch irgendwelche Gefahr ausstrahlen will. Die Schmähgesänge der gegnerischen Fans ›Ihr seid die Hauptstadt der Schwulen‹ haben mich nie gestört – im Gegenteil, da sind wir Kölner ja stolz drauf. Aber ein kastriertes Maskottchen, das haben wir nicht verdient.
> Mit sehr enttäuschten Grüßen
> Daniel Hagenberger

Ich klicke auf »Senden« und bin zufrieden: Der neue Daniel Hagenberger lässt sich nicht mehr alles bieten. Als meine Mutter anruft und sagt, dass ich sie und meinen Vater zu Hause abholen soll, weigere ich mich und bestehe darauf, dass wir uns am Neumarkt treffen. Einfach so. Weil ich nicht mehr alles tue, was man mir sagt. Vielleicht ist es in diesem Fall etwas albern, weil ich auf dem Weg zum Neumarkt sowieso bei meinen Eltern vorbeikomme ... Aber es geht ums Prinzip. Sicher, im Prinzip wären derartige Trotzreaktionen in der Pubertät angebracht gewesen, aber ich hatte halt in der Pubertät andere Dinge zu tun. Allein das Nichtbeachtetwerden von Gaby Haas hat Jahre in Anspruch genommen. Wenn ich dann noch gegen meine Eltern rebelliert hätte – wann hätte ich dann bitte die Hausaufgaben machen sollen?

Drei Stunden später gehe ich mit meinen Eltern über die Venloer Straße in Richtung der Wohnung von Familie Denizoğlu. Mein Vater trägt Jeans, einen schwarzen Rollkragenpulli und ein Cordjackett. Seine schulterlangen silbergrauen Haare hat er wie üblich glatt nach hinten gekämmt, damit seine Wim-Wenders-Brille besser zur Geltung kommt. Meine Mutter trägt eine schlabberige lila Seidenbluse und eine ebenso schlabberige bordeauxrote Leinenpluderhose. Dazu langes lockiges Haar; zusammen mit dem Blumenstrauß, den sie als Gastgeschenk in der Hand hält, erweckt sie den Eindruck, als sei sie aus einem Franziska-Becker-Cartoon der 70er-Jahre hierhergebeamt worden ...

»Sind wir gleich da? Ist es dieses Haus? Hier sind ja tolle türkische Läden – kann man da günstig Lammfleisch kaufen? Ich habe Tulpen besorgt. Mögen Türken überhaupt Blumen?«

»Klar, Erika. Zwar am liebsten aus Plastik, aber ...«

»Müssen wir in der Wohnung die Schuhe ausziehen? Ist es eigentlich schlimm, dass wir nicht an Gott glauben? Pass auf, dass sie nichts kochen, wogegen du allergisch bist. Sprechen Aylins Eltern überhaupt Deutsch?«

»Natürlich. Die leben seit 30 Jahren hier.«

»Ich muss unbedingt Türkisch lernen. Gibt es an der Volkshochschule Türkischkurse? Was heißt ›Wir sind keine Nazis‹ auf Türkisch?«

Beim Stichwort »Nazis« horcht mein Vater, der zuvor in Gedanken versunken war, auf.

»Was hast du gesagt?«

Um eine langwierige Diskussion über unsere Geschichte zu vermeiden, spreche ich meinen Vater schnell auf das in Geschenkpapier eingewickelte Buch an, das er in der linken Hand trägt.

»Was hast du da eigentlich?«

»Das? Oh, das ist ein hervorragendes Buch. Das möchte ich Aylins Vater schenken. Das wird ihm gefallen.«

»Toll. Und worum geht's?«

»Nun, es geht um Misshandlungen beim türkischen Militär. Der Autor hat unter Lebensgefahr recherchiert und gibt einen absolut erschütternden Einblick in die ...«

»Rigobert, ich weiß nicht, ob das so eine gute Idee ist.«

»Wieso?«

»Also, ich hatte den Eindruck, dass Aylins Vater ... na ja, doch irgendwie eher patriotische Gefühle für die Türkei hat.«

»Aber er ist doch nicht bei den Grauen Wölfen?!«

»Nein. Er ist absolut tolerant. Ich weiß nur nicht, wie das bei ihm ankommt, wenn das türkische Militär kritisiert wird ... Und vielleicht solltet ihr euch auch nicht unbedingt über Griechenland unterhalten.«

»Wieso denn nicht? Das ist doch immer wieder ein spannendes Thema. Alleine über Sokrates könnte ich mich tagelang ...«

»Tu's einfach nicht. Vertrau mir.«

Wir stehen mittlerweile vor der Haustür. Ich drücke die Klingel. Mein Vater liest das Klingelschild.

»Denizoglu.«

»Nein. Denizoğlu. Da ist ein Kringel über dem g, dann wird es nicht mitgesprochen: Deniz-o-lu.«

»Ah, wie unser Dehnungs-i, das zur Kennzeichnung von Langvokalen benutzt wird, zum Beispiel in ›Grevenbroich‹. Eine Form, die angeblich keltischen Ursprungs ist, obwohl sie in der Schriftsprache erstmals von Martin Luther in seiner Bibelübersetzung ...«

Man sollte einen Germanistik-Professor nie auf sprachliche Feinheiten aufmerksam machen. Meine Mutter reißt das Papier von den Blumen.

»Das ist aber ein schönes Haus. Ist das nicht zu laut, direkt an der Venloer Straße? Welcher Stock ist es denn? Wie begrüßen sich Türken überhaupt? Gibt man sich die Hand? Guckt man sich in die Augen? Ich gehe als Erste. Oder mögen es Türken nicht, wenn die Frau vorangeht?«

Schließlich gehe ich voran. Ich spüre, dass ich unsicher bin. Ob das gut geht – meine intellektuellen Eltern und eine türkische Familie? Gleich bin ich schlauer. Aylin steht in der Tür. Wir begrüßen uns mit einem kurzen Kuss auf den Mund, dann sieht Aylin meine Eltern. Ich merke, dass auch sie aufgeregt ist. Zuerst kommt meine Mutter. Sie begrüßt Aylin und hält ihr die Hand hin, die aber ins Leere greift, weil Aylin sie mit Küsschen rechts-links empfängt. Dasselbe Spiel wiederholt sich nicht nur zwischen Aylin und meinem Vater, sondern auch zwischen meiner Mutter und Aylins Mutter, meinem Vater und Aylins Mutter, meiner Mutter und Aylins Vater sowie meinem Vater und Aylins Vater: Meine Eltern halten jeweils vergeblich die Hand hin und werden geküsst. Erst als Cem sein Handygespräch beendet hat und meine Eltern begrüßt, zeigt sich ein Lerneffekt: Sie halten ihm nicht die Hand hin und küssen direkt.

Jetzt überreicht meine Mutter die Tulpen, die von Frau Denizoğlu mit orientalischer Freude entgegengenommen werden.

»Oh Vallaha, die sind unheimlich schön. Ich habe noch nie so schöne Blume gesehen! Guck mal, Aylin, die sind Vallaha wunderschön. Das wäre normal nicht nötig, aber Vallaha, ich freue mich, die sind unglaublich schön, Vallaha, die schönste Blume. Noch nie habe ich so schöne Blume bekommen.«

Jetzt erhalten meine verdutzten Eltern erneute Küsse von Aylins Mutter, diesmal sind es je vier. Daraufhin werden wir ins Wohnzimmer gebeten, wo der tischtennisplattengroße Esstisch unter Beweis stellt, dass er *wirklich* stabil gebaut ist, denn auf ihm türmt sich mehr Essen, als ich je zuvor gesehen habe. Obwohl ich vom letzten Mal ja einiges gewohnt bin. Auch nur ansatzweise alles aufzulisten, was hier vor mir steht, würde mindestens zwanzig Seiten in Anspruch nehmen – und ein derartiger Papierverbrauch ist umweltpolitisch nicht zu verantworten. Ich blicke mich kurz um, ob jemand vom Guinnessbuch da ist, denn offenbar handelt es sich hier um einen Rekordversuch.

Dass Aylins Eltern diesen Besuch wirklich wichtig nehmen, zeigt sich daran, dass sie den Fernseher auf lautlos gestellt haben – eine Ehre, die in der Türkei nur hohen Staatsgästen gewährt wird. Einen Aus-Schalter besitzen türkische Fernsehgeräte bekanntlich nicht.

Ich setze mich direkt an den Tisch, während mein Vater zur großen Überraschung von Herrn Denizoğlu beim Tellertragen helfen will. Was natürlich abgelehnt wird – im Gegensatz zum Hilfsangebot meiner Mutter.

Als alle Männer am Tisch Platz genommen haben, bemerke ich das Unwohlsein meines Vaters, der es nicht gewohnt ist, von Frauen bedient zu werden. Ich dagegen finde es inzwischen klasse und seufze zufrieden, während ich mir eine erste schrumpelige Olive in den Mund schiebe. Als mein Vater mich tadelnd ansieht, kläre ich ihn auf:

»Jeder isst in seinen eigenen Magen.«

Herr Denizoğlu stimmt mir lachend zu und haut mir diesmal – zum Glück – auf die gesunde Schulter. Mein Vater ist von dieser männlichen Verbrüderung irritiert und überreicht in einer Übersprungshandlung Aylins Vater das Buch. Herr Denizoğlu packt es aus und schaut es sich interessiert an, während mein Vater es anpreist:

»Ein hervorragender Insiderbericht über die Machenschaften beim türkischen Militär. Der Autor bringt Misshandlungen und Korruption in gigantischem Ausmaß ans Tageslicht. Hochinteressant.«

Aylins Vater lässt das Buch fallen wie eine heiße Kartoffel beziehungsweise wie heißes Fladenbrot und schiebt es zur Seite.

»Alles Lüge.«

Nun schaut mein Vater überrascht. Er hat nicht damit gerechnet, dass das Thema von Herrn Denizoğlu so gründlich vorrecherchiert wurde.

»Äh ... Wollen Sie damit andeuten, dass dem Autor möglicherweise bei seinen Enthüllungen sachliche Fehler unterlaufen sind?«

»Ja. Alles Lüge. Westeuropäische Propaganda.«

»Aber, äh, mit Verlaub, was hätte Westeuropa denn für ein Interesse, das türkische Militär zu verunglimpfen?«

»Ist doch klar: US Army und türkisches Militär sind beste Armeen von Welt. Westeuropa hat Angst, dass irgendwann Türkei und USA teilen sich Europa auf.«

»Aaah ja. Eine ... äh ... interessante Hypothese.«

»Wer hat Hypothese?«

»Na, Sie.«

»Ich?«

»Ja.«

»Was wollen Sie damit sagen, ich habe Hypothese?«

»Na ja, was Sie gesagt haben, äh ...«

»Ich hatte nie Hypothese. In meine ganzes Familie hat es nie gegeben Hypothese.«

Die Stimmung ist angespannt. Als Aylin das mitbekommt, geht sie schnell dazwischen.

»Papa, eine Hypothese ist eine Vermutung.«

»Ach so. Ich dachte, Hypothese ist Geisteskrankheit.«

Jetzt sind auch die letzten freien Millimeter des Tisches mit Lebensmitteln gefüllt, und die Frauen nehmen Platz. Aylins Mutter schaufelt meinem Vater den Teller voll, während meine Mutter sichergehen will, dass sie keinen Fehler macht:

»Entschuldigung, sprechen Sie ein Tischgebet?«

Jetzt denkt Aylins Mutter, *sie* habe einen Fehler gemacht – was zu einem interkulturellen Glaubensdiskurs mit meiner Mutter führt:

»Oh, 'tschuldigung, Frau Hagenberger. Wollen Sie Tischgebet sprechen?«

»Nein, wir sind Atheisten. Ich dachte nur, *Sie* würden vielleicht ...«

»Nein, wir nicht.«

»Okay.«

»Atheisten? Ist das so was wie Evangelisch?«

»Nein, Atheisten sind ... Also, wir glauben nicht an Gott.«

»Oh. Aber an Allah.«

»Nein, auch nicht an Allah.«

»Aber an was glauben Sie denn?«

»An das, was man beweisen kann.«

»Aber wenn man kann beweisen, dann man muss nicht mehr *glauben*.«

»Haha, sehr gut. Das stimmt natürlich.«

»Und außerdem: Gott, man kann beweisen.«

»Wie das denn?«

»Gucken Sie unsere Kinder an – ist das keine Beweis?!«

»Na ja, nicht im wissenschaftlichen Sinn.«

»Ach, Frau Hagenberger, Wissenschaft kommt jeden Tag neue Sachen. Was heute ist große Entdeckung, morgen ist falsch. Wissenschaft koste nur Geld, sitzen ganze Zeit mit Fernrohr, gucken in Himmel und finde gar nix.«

Meine Mutter und ich wissen genau, dass mein Vater diesen Satz niemals so stehen lassen kann. Schon sehen wir, wie er unruhig auf seinem Stuhl hin- und herrutscht und sich eine sprachlich elegante Replik überlegt. So lenkt meine Mutter das Gespräch schnell in eine andere Richtung:

»Eine wunderschöne Wohnung haben Sie! So ... authentisch.«

Die Gesichter von Aylins Eltern zeigen, dass sie mit dem Wort »authentisch« ebenso wenig anfangen können wie mit Enthüllungsbüchern über das türkische Militär. Ich habe kurz Angst, dass meine Mutter zu einem ihrer Monologe ansetzt, mit denen sie stets angespannte Situationen zu überspielen versucht. Nach wenigen Sekunden ist die Angst verflogen – denn der Monolog hat längst begonnen.

»Was ist das denn hier? Das riecht ja unheimlich lecker. Oh, ich glaube, da ist Knoblauch drin. Mmmm, ja, das ist Knoblauch! Ich liebe Knoblauch!!! Wissen Sie, viele Deutsche sagen immer, die Türken stinken nach Knoblauch, aber ich finde das gar nicht schlimm, ich rieche das gerne ... Neulich hab ich in der Bahn neben einem Araber gesessen – was der alles an Gewürzen ausgedünstet hat, also ich hab mich direkt gefühlt wie auf dem Wochenmarkt in Kairo! Ich hab dem gesagt, wenn es seinen Körpergeruch als Raumparfüm geben würde, ich würd's sofort kaufen ... Da hat er gelacht, haha. Und was ist das hier? Oh, das ist Spinat in Joghurtsoße – hmmm, das schmeckt aber! Und da ist auch Knoblauch drin, toll. Und diese Klopse, sensationell! Viel feiner als unsere Klopse – hach, ich finde es einfach nur schön, dass Sie hier sind, in Deutschland. Also Sie natürlich ganz besonders, aber überhaupt die Türken, die haben uns so viel gebracht, allein in der Esskultur, und ich bin auf jeden Fall für den Bau der Moschee! Wir haben ja den Dom, warum sollen die Türken keine Moschee haben?! Und ich finde das so praktisch, dass man sich vor der Moschee die Füße waschen kann, so was müsste es in unseren Kirchen auch geben, aber das Weihwasserbecken hängt dafür einfach zu hoch, haha. Und ist das nicht klasse, dass wir so wenig Nazis in Köln haben, also, ich habe seit Jahren keinen Nazi mehr gesehen – kein Wunder bei so vielen Türken, die würden sicher richtig Ärger kriegen, die Nazis, haha. Mmmm, und diese Oliven ... Sie müssen mir unbedingt sagen, wo Sie diese Oliven herhaben. Phantastisch, absolut phantastisch! Mmmmmm! Also, man müsste jeden Nazi zwingen, diese Oliven zu essen, dann hätte sich das mit der Ausländerfeindlichkeit sowieso erledigt; hach, man kann definitiv niemanden hassen, der einem solche Oliven ins Land holt.«

Ich habe schon erwähnt, dass ich auf gewisse Dinge in meiner Pubertät verzichtet habe. Zum Beispiel auch darauf, mich für meine Eltern zu schämen. Dafür kann ich es in diesem Augenblick hervorragend nachholen. Fast genieße ich es ein wenig, weil ich spüre, dass es meiner Entwicklung guttut.

Ich habe allerdings nicht damit gerechnet, dass es noch schlimmer kommen könnte. Aber mein Vater schafft es mühelos, seinen Fauxpas mit dem Militärbuch zu toppen:

»Das Wort ›Olive‹ hat seine Herkunft übrigens im griechischen ἐλαία.«

Als er das Wort »griechisch« hört, versteinert sich die Miene von Herrn Denizoğlu.

»Was soll das heißen, Olive kommt aus Griechenland?! Das sind türkische Oliven.«

»Das mag sein. Ich bezog mich nur auf das Wort ›Olive‹.«

»Das ist eine griechische Wort?«

»Ja.«

»Warum kann man denn keine eigene Wort haben? Warum muss man denn eine griechische Wort nehmen? Die Deutschen haben so viele Wörter, ich kann alles unmöglich lernen. Warum muss ausgerechnet für Olive eine griechische Wort sein? In der Türkei gibt viel bessere Oliven! Griechische Oliven schmecken wie Schafpisse. Weil, Griechen sind alle faul und schlafen ganze Tag, ernten Oliven nicht, wenn reif sind, sondern warten, bis runterfallen auf Boden, deshalb sind immer gemischt mit Schafpisse griechische Oliven.«

»Nun, ich habe mich zwar bisher nicht eingehend mit der Olivenernte in Griechenland befasst, aber …«

Ich schaue meinen Vater flehend an. Vergeblich.

»… aber es ist so, dass viele griechische Wörter Eingang in die deutsche Sprache gefunden haben.«

»Was? Noch mehr?«

»Ja. Zum Beispiel ›Atmosphäre‹ kommt vom griechischen ›Atmo‹.«

»Das nicht so schlimm – sage ich sowieso nie. Aber wie kann ich in Zukunft Oliven kaufen, wenn ich weiß, das ist griechisches Wort? Ach, ich kaufe Oliven sowieso lieber auf dem Markt bei Ozan Bey.«

»Das Wort ›Demokratie‹ stammt sogar von zwei griechischen Wörtern ab: δῆμος und κράτος.«

»Was jetzt? Demokratie kommt aus Griechenland?«

»Allerdings.«

»Eine Scheiße kommt aus Griechenland. Sind irgendwelche Penner an Regierung, fahren einmal in Jahr nach Brüssel, halten Hand auf, kriegen zehn Milliarden Euro, davon kaufen nur Waffen, um zu ballern Türken weg aus Zypern – und das ist dann große griechische Demokratie. Ha!«

»Tja. Ich denke, diese Darstellung der griechischen Außenpolitik ist doch ein wenig subjektiv.«

»Was ist denn heute Griechenland? Ist gar nix. Haben keine gute Auto, Oliven schmecken wie Schafpisse, und schöne Gebäude alles kaputt. Tsatsiki haben sie Rezept geklaut aus Türkei, und Gyros ist Döner mit schlechte Fleisch. Auf Dorf machen nur Inzest oder mit Tieren, und in Athen Autoabgase stinkt und kriegt keiner Luft.* Wo ist denn große Demokratie?«

Jetzt ist es Aylin, die sich für ihre Eltern schämt – Gerechtigkeit muss sein. Die Stimmung ist gereizt. Die Zusammenführung der Familien droht zu scheitern. Aylin und ich würden am liebsten spontan in einem Erdloch verschwinden.

* Liebe Gegner rassistischer Klischees: Ich habe es langsam satt, mich ständig zu entschuldigen. Und wenn Sie unbedingt auf einer objektiveren Darstellung des modernen Griechenlands bestehen, dann schauen Sie doch auf www.griechenland.de unter »Land und Leute«.

Selbst mein Vater hat inzwischen registriert, dass er vielleicht besser nicht stur auf den Errungenschaften der griechischen Demokratie beharren sollte. Was nicht heißt, dass das Thema »Griechische Wurzeln in der deutschen Sprache« für ihn beendet ist.

»Oder Homosexualität. Das kommt vom griechischen ὁμός, was ›gleich‹ bedeutet.«

»Ha! Ich hab gewusst! Die alten Griechen waren alles schwul. Ich hab gewusst!«

»Nun, äh ...«

Von einem Moment auf den anderen ist die Anspannung weg. Herr Denizoğlu lacht aus tiefster Seele.

»Haha, Daniel, dein Vater gefällt mir. Er hat die Griechen verstanden. Vallaha, darauf müssen wir anstoßen.«

Mein Vater will widersprechen, aber meine Mutter und ich schaffen es gemeinsam, ihn mimisch zu stoppen. Für die Familienharmonie muss man halt auch mal über seinen Schatten springen. Schließlich akzeptiert mein Vater seufzend Herrn Denizoğlus Haltung. Später wird er mir wahrscheinlich erklären, dass man als Ausländer durchaus ausländerfeindlich sein darf, wenn diese Ausländerfeindlichkeit eine kulturell bedingte Tradition ist. Und wenn man *wirklich* tolerant ist, toleriert man auch die Intoleranz. Zumindest ein Stück weit.

In diesem Moment zeigt mein Vater, dass er mich wirklich liebt. Er kann es nicht einfach sagen, das geht in Deutschland ohnehin schwer, und für Intellektuelle überhaupt nicht. »Ich liebe dich« ist ein viel zu banaler Satz und vor allem nicht empirisch beweisbar. Wenn es ein Gerät gäbe wie einen Pulsmesser, das man sich an die Brust halten könnte und das einen objektiven Liebeswert anzeigen würde, dann hätte mein Vater mit dem Satz sicher kein Problem – er würde sagen: »Daniel, ich liebe dich ... Und zwar mit einem Wert von 9,86.«

Da sind Türken ganz anders. Sie gehen geradezu verschwenderisch mit dem Wort »lieben« um. Gestern erzählte mir Aylin von ihrem türkischen Gemüsehändler:

»Oh, ich liebe ihn – er hat so tolle Artischocken.«

Das führte zu einer kleinen Diskussion.

»Wie kannst du sagen, dass du ihn liebst, nur weil seine Artischocken gut schmecken? Was bedeutet es dann, wenn du zu mir ›Ich liebe dich‹ sagst?«

»Aber das kann man doch gar nicht vergleichen.«

»Natürlich kann man das vergleichen. Du liebst mich. Und du liebst den Gemüsehändler.«

»Quatsch, ich liebe nur dich.«

»Aber du hast gerade gesagt, du liebst den Gemüsehändler.«

»Ja. Aber doch nicht *so*.«

»Ach. Wie denn dann?«

»Na, ich liebe ihn dafür, dass er so tolle Artischocken hat. Das ist eine andere Art Liebe, das hat nichts mit der Liebe zu tun, die ich für dich empfinde.«

»Dann solltest du auch ein anderes Wort dafür benutzen.«

»Warum seid ihr Deutschen denn immer so auf Worte fixiert?«

»Weil Worte nun mal eine Bedeutung haben.«

»Aber für uns Türken ändert sich die Bedeutung, je nach Situation.«

»Ach ja?«

»Ja. Wenn ich zum Gemüsehändler ›Ich liebe dich‹ sage, dann hat das eine ganz andere Bedeutung, als wenn ich es zu dir sage.«

»Moment ... Du hast dem Gemüsehändler ›Ich liebe dich‹ gesagt?«

»Ja. Aber es bezog sich doch nur auf die Artischocken.«

»Und das weiß er.«

»Natürlich weiß er das. Alle Türken reden so.«

Ich habe das inzwischen als orientalische Kommunikation akzeptiert. Es ist vielleicht auch ein wenig albern, auf einen 60-jährigen Gemüsehändler eifersüchtig zu sein, der einen Buckel hat und seinen Schnäuzer über den kompletten Mund wuchern lässt, um die vier fehlenden Zähne zu verdecken.

Auf jeden Fall tun wir Deutsche uns schwer mit dem Verbalisieren der Liebe und sind daher darauf angewiesen, sie uns durch Taten zu beweisen. Und eben dies tut gerade mein Vater, indem er sein Glas erhebt und sagt:

»Auf Trabzonspor, den besten Verein der Welt.«

Das ist deshalb ein Liebesbeweis, weil mein Vater sich als Wissenschaftler extrem der Wahrheit verpflichtet fühlt. Ich weiß einfach, dass es ihn ungeheure Überwindung gekostet haben muss, Begeisterung für einen Verein zu heucheln, der ihn eigentlich überhaupt nicht interessiert, und dann auch noch zu sagen, es sei der beste Verein der Welt, obwohl er natürlich weiß, dass diese Behauptung einer empirischen Prüfung nicht standhält. Also im Prinzip zwei kleine Lügen, und das nur, um mir den Weg in meine neue Familie zu ebnen! Und die kleinen Lügen machen sich bezahlt: Herr Denizoğlu springt auf und hämmert auf die Schulter meines Vaters ein. Das Eis ist endgültig gebrochen. Ich merke, dass ich langsam tatsächlich eine Sympathie für Trabzonspor empfinde – schließlich hat mir dieser Verein jetzt schon zweimal aus der Patsche geholfen.

Als Frau Denizoğlu meiner Mutter ihre Kitschsammlung präsentiert, findet diese die Werke des Neo-Nippessimus »faszinierend«, was zumindest teilweise der Wahrheit entspricht.

Jetzt kommt es allerdings zu einem interkulturellen Missverständnis. Als meine Mutter den Stoffharlekin mit weißem Porzellangesicht und einer schwarzen Träne mit den rosa Pailletten und silbernen Perlen im Kostüm erblickt (Platz 9 in meinem Kitsch-Ranking), entfährt ihr ein leiser Seufzer, weil es sie in diesem Moment Mühe kostet, ihren Ekel zu überspielen. Frau Denizoğlu hält diesen Seufzer jedoch für einen Ausdruck der Bewunderung und will ihr das Meisterwerk schenken. Dass meine Mutter sich wehrt, hält sie wiederum für einen Akt der Höflichkeit. Nach gut drei Minuten hat sich Aylins Mutter auf orientalisches Pathos hochgearbeitet:

»Vallaha Frau Hagenberger, ich schenke diese Puppe von ganze Herz, ich schwöre, Sie werden mich unheimlich glücklich machen, wenn Sie nehmen meine Geschenk, das würde füllen meine ganze Seele mit große, große Freude, Vallaha billaha.«

Meine Mutter lächelt verkrampft und nimmt die Puppe. Wer sie gut kennt, der spürt ihre Verzweiflung. Denn in diesem Moment wird ihr bewusst, dass sie dieses Werk, bei dessen Anblick sich ihr der Magen umdreht, wahrscheinlich bis zu ihrem Tod aufbewahren muss, um Aylins Mutter nicht zu verletzen. Wenn Aylins Mutter früher stirbt, könnte sie es als Grabbeilage loswerden, aber das ist unwahrscheinlich, denn Frau Denizoğlu ist sechs Jahre jünger als sie. Das bedeutet, dass sich irgendwo zwischen den Originalskizzen von Joseph Beuys, einer Serie mit Bauhaus-Fotografien, der Giacometti-Plastik, diversen abstrakten Ölgemälden befreundeter Künstler und vier Betonskulpturen, die meine Eltern von der documenta mitgebracht haben, demnächst ein Stoffharlekin mit weißem Porzellangesicht und Pailletten befinden wird. Natürlich kann meine Mutter ihn in eine Schublade stecken und nur herausholen, wenn Familie Denizoğlu zu Besuch kommt – aber sie wird immer *wissen*, dass der Stoffharlekin in der Schublade steckt, und bei jedem Blick auf die Schublade wird sie ihn sehen, und die Pailletten werden immer irgendwie im Raum sein und die reine pure kristallklare Aura der Postmoderne unwiederbringlich beschädigen ... Das multikulturelle Zusammenleben ist nicht nur aufregend und schön, es verlangt auch Opfer – das wird meiner Mutter in dieser Sekunde schmerzhaft klar, zum allerersten Mal.

Als sie Frau Denizoğlu zum Dank viermal auf die Wangen küsst (meine Mutter lernt schnell), ist das Entsetzen in ihrem Gesicht noch deutlich zu sehen.

Aylins Vater bemerkt, dass seine Frau meine Mutter beschenkt hat, und will sich auch nicht lumpen lassen: Er zieht sich kurz zurück und kommt mit einem Fünferpack weißer Tennissocken wieder (die klassischen mit roten und blauen Streifen), den er meinem Vater feierlich überreicht. Während meine Mutter ihr Geschenk mit Ekelgefühlen entgegengenommen hat, zeigt sich im Gesicht meines Vaters einfach nur eine totale absolute Leere.

Weiße Tennissocken mit roten und blauen Streifen, das ist etwas, das im Universum meines Vaters schlicht nicht vorkommt. Dieses Universum ist bevölkert mit der kompletten Literatur- und Theatergeschichte, mit moderner Kunst, der Herkunft von Wörtern, Politik, dem Gesamtwerk von Wolf Biermann und diversen Theorien über die Entstehung des Weltalls. Weiße Tennissocken mit roten und blauen Streifen gibt es dort nicht. Wenn Arno Schmidt welche getragen hätte, gäbe es wenigstens einen

Anknüpfungspunkt. So aber ist der Fakt, dass Joschka Fischer als erster Minister in Turnschuhen vereidigt wurde, das, was im Universum meines Vaters einem Fünferpack weißer Tennissocken noch am nächsten kommt. Aber selbst diese Erinnerung kann er nicht ausreichend mit dem in Verbindung setzen, was er gerade in den Händen hält.

Er ist immer noch so paralysiert, dass er Herrn Denizoğlu zum Dank um ein Haar auf den Mund küsst. Nur einer Blitzreaktion von Aylins Vater, der seinen Kopf im letzten Moment zur Seite drehen kann, ist es zu verdanken, dass die Lippen meines Vaters knapp neben dem Mundwinkel auf der Wange landen.

Eine gute Stunde später sitzen alle auf dem rosaroten Plüschsofa, das Aylins Mutter höchstwahrscheinlich in einem der vielen Kölner Schwulenläden gekauft hat. Aylin und ihre Mutter haben reichlich Raki ausgeschenkt, sodass sich die Stimmung weiter gelockert hat. Diverse Themen wurden gestreift: Trabzonspor, Wolf Biermann, griechische Oliven, die Außenpolitik der Weimarer Republik, die beste Art, Lammbraten zuzubereiten, das Frühwerk von Marc Chagall, die Wassertemperatur am Strand von Sürmene bei Trabzon, die Tatsache, dass das Leben keinen Sinn ergibt.

Plötzlich entsteht eine Pause, und die Frage steht bleischwer im Raum: Wann werden meine Eltern endlich um Erlaubnis fragen? Ich gucke meinen Vater an, der guckt meine Mutter an, die guckt von ihm zurück zu mir. Ich gucke Aylin an, die guckt ihre Mutter an, die guckt ihren Mann an, der guckt Cem an, der guckt sein Handy an. Ich gucke Aylins Mutter an, die guckt meine Mutter an, die guckt Herrn Denizoğlu an, der guckt meinen Vater an, der guckt mich an, ich gucke auffordernd zurück. Endlich räuspert sich mein Vater. Gespannte Stille. Dann schaut er meine Mutter an, die schaut mich an. Ich schaue flehend zurück. Mein Vater räuspert sich noch einmal und schaut wieder meine Mutter an, die meinen flehenden Blick nicht länger ertragen kann und endlich etwas sagt:

»Also, wir wollten Sie noch etwas fragen, und zwar, äh ... Tja, haha, das ist ungewohnt für uns. Wir machen das zum ersten Mal.«

Jetzt fühlt mein Vater sich ermutigt, seine Frau zu unterstützen.

»So ist es, und es ist uns natürlich bewusst, dass Aylin, äh, also dass ich sie zu 100 Prozent respektiere, also als selbstständige ... und so weiter. Jedenfalls wollten wir fragen ...«

Nun hat ihn der Mut wieder verlassen, und er schaut zu meiner Mutter, die schaut zu mir, sieht Verzweiflung und muss handeln:

»Also, wir wollten Ihnen die Frage stellen, ob Sie ... Also, ob das für Sie okay ist, wenn die beiden, also Daniel und Aylin, äh ...«

Jetzt platzt es aus Aylins Mutter heraus.

»Ja, wir erlauben es!!«

Nach diesem Satz bricht ein Jubel aus, als hätte Trabzonspor gerade in der letzten Minute das Siegtor im Champions-League-Finale geschossen: Alle springen auf, umarmen sich, küssen sich, rufen irgendwelche türkischen Brocken, zertrümmern Schulterblätter – und schaffen es bewundernswerterweise gleichzeitig, mit Hilfe von sechs Handys und zwei schnurlosen Telefonen die guten Neuigkeiten in die Türkei zu brüllen. Ich will Aylin küssen, aber ihre Mutter hat mich im Würgegriff, während Cem die Haut von Aylins Wangen wegzieht und schüttelt.

Meine Eltern haben sichtlich Spaß: Das Enthüllungsbuch über das türkische Militär, die Analyse griechischer Außenpolitik, der Harlekin und die Tennissocken – das alles ist in diesem Moment vergessen. Cem wirft eine CD mit türkischen Liedern ein, und es wird getanzt. Als mein Vater anfängt, mit den Fingern zu schnipsen, und meine Mutter sich in Sachen Bauchtanz versucht, treffen sich Aylins und mein Blick. Sie sieht glücklich aus – wir haben's geschafft.

24

Am nächsten Morgen sitze ich in unserem Autorenbüro bei der Creative Brains Unit und lasse die letzte halbe Stunde meines Lebens Revue passieren: Ich habe auf dem Weg zur Arbeit mit sage und schreibe sechs attraktiven Frauen geflirtet – absoluter Rekord. Die erste war die spanische Bäckereifachverkäuferin von Schmitz & Nittenwilm. Bei ihr kaufe ich jeden Morgen mein belegtes Körnerbrötchen, das seit ein paar Jahren albernerweise Power Burger heißt – meinem Chef würde es gefallen. Ich habe schon etwa 250 Mal einen Power Burger bei der 30-jährigen dunklen Schönheit mit den blonden Strähnchen und den Riesenohrringen gekauft, die laut Namensschild Frau Sanchez-Pütz heißt. Unser Kontakt hatte sich stets auf eine höfliche Begrüßung, den nüchternen Bezahlvorgang und eine höfliche Verabschiedung beschränkt. Heute Morgen habe ich sie zunächst mit »Hola« begrüßt und ihr dann, als sie mich überrascht angesehen hat, zugezwinkert, was von ihr mit einem feurigen Flirtblick beantwortet wurde. Zum ersten Mal hat sie mich nicht mit einem neutralen »Schönen Tag noch« verabschiedet, sondern mit einem leidenschaftlichen »Adios«, verbunden mit verführerischem Augenaufschlag. Im Hochgefühl dieses Triumphs habe ich noch im Herausgehen einer rothaarigen sommersprossigen Frau zugezwinkert, die auf dem Fahrrad an mir vorbeifuhr, mich ansah und – lächelte. Dabei fuhr sie um ein Haar gegen ein Baustellenschild – ein Missgeschick, das normalerweise mir hätte passieren müssen.

Nummer drei gehörte der Jeans-hängt-knapp-über-den-Schamhaaren-Fraktion an, natürlich blond, mit obligatorischem Bauchnabelpiercing und Stringtanga, aber überraschenderweise ohne Arschgeweih. Sie stand wie ich am Chlodwigplatz und wartete auf die Straßenbahn, als ich sie einfach angesprochen habe und mit einer launigen Bemerkung über die Unpünktlichkeit der Kölner Verkehrsbetriebe zum Lachen brachte. Wir setzten uns nebeneinander, und ich war selbst davon überrascht, dass ich so tat, als sei ich in der Werbebranche ein wichtiger Mann. Als sie am Barbarossaplatz ausstieg (die Arme), warf sie mir noch einen verheißungsvollen Blick zu, und ich merkte, dass das, was ich für einen String-Tanga gehalten hatte, *doch* ein Arschgeweih war.

Nummer vier und fünf waren zwei Russinnen, die am Zülpicher Platz einstiegen, meinen Flirtblick am Rudolfplatz bemerkten und ihn die eine verbleibende Station bis zum Friesenplatz fleißig erwiderten. Leider habe ich nicht verstanden, was sie sich auf Russisch erzählten – aber ihren Mienen nach zu urteilen hielten sie mich nicht für einen Ersatzweckerbenutzer.

Nummer sechs schließlich war die italienische Putzfrau der Creative Brains Unit, der ich bisher immer distanziert »Guten Tag« gewünscht hatte und die ich heute mit »Ciao Bella« zu einem verführerischen Hochziehen der linken Augenbraue provozieren konnte.

Sechs erfolgreiche Flirts an einem einzigen Morgen – das sind mehr als in meinem gesamten Leben zuvor. Sechs Frauen aus vier Nationen – Vallaha bravo! Ein Hochgefühl macht sich in mir breit. Es ist, als wären damit auf einen Schlag all die Demütigungen meiner Jugendzeit neutralisiert, all die peinlichen Momente, in denen ich um die Gunst eines Mädchens werben wollte und es irgendwie geschafft habe, mich total zum Horst zu machen.

23. 4. 1990: Ich bin 15 Jahre alt und bei Holger Klausner zum Geburtstag eingeladen, der im Partykeller seiner Eltern gefeiert wird. Zu diesem Zweck durfte Holger sogar mit Reißzwecken einige Bravoposter über die Fototapete mit dem Alpenpanorama hängen. Die Zugspitze wird von Matthias Reim verdeckt, und vor dem Wettersteingebirge posieren die Jungs von Milli Vanilli (natürlich die falschen) mit albernen Schulterpolstern und zehn Tuben Wet-Gel im Haar. Ich will heute Abend unbedingt Gaby Haas küssen und bin sicher, dass mein Garfield-Sweatshirt sie

beeindrucken wird – vor allem in Kombination mit Bundfaltenjeans und einem FC-Köln-Schweißband. Ich sitze zwei Stunden lang in der Ecke und überlege, wie ich Gaby am geschicktesten ansprechen soll. Als *Verdammt, ich lieb dich* gespielt wird, habe ich die plötzliche Eingebung, dass ich Gaby Haas einfach antanzen sollte. Ich steuere die Tanzfläche an und merke, dass es nicht gut ist, zwei Stunden lang im Schneidersitz in der Ecke zu kauern. Zu spät wird mir klar, dass mein rechtes Bein eingeschlafen ist. Ich gerate ins Taumeln. Immerhin kann Gaby Haas rechtzeitig zur Seite springen, sodass ich gegen ihre hässliche Freundin pralle und diese so zur Seite stoße, dass sie in den Nudelsalaten landet.

17. 5. 1991: Im Spanisch-Grundkurs werden Zweiergruppen gebildet, in denen man sich auf Spanisch kennenlernen soll. Das Schicksal meint es gut mit mir und beschert mir Gaby Haas als Partnerin. Ich bin so aufgeregt, dass es nach dem Satz »Buenos días, me llamo Daniel Hagenberger« so heftig in meinem Bauch rumort, dass es im ganzen Raum zu hören ist. Gaby Haas schaut mich mit einer Mischung aus Mitleid und Ekel an, und ich verziehe mich schnell aufs Schulklo, wo die Blähungen von Diarrhö abgelöst werden, die praktischerweise bis zum Ende der Stunde anhält.

8. 9. 1992: Auf der Jahrgangsstufenfahrt nach Berlin habe ich im Aufzug des Ostberliner Fernsehturms zum ersten Mal in meinem Leben Körperkontakt mit Gaby Haas, weil wir im Gewühl aneinandergequetscht werden. Anstatt es einfach still zu genießen, versuche ich, mit den Händen in den Hosentaschen, meinen Penis in eine senkrechte Position zu bringen, damit beim Aussteigen niemand meine Erektion bemerkt. Gaby Haas bekommt mit, wie ich mir heimlich im Intimbereich rumfummele, und verzieht angewidert das Gesicht. Mein gestotterter Erklärungsversuch rundet das Albtraum-Erlebnis ab: »Äh, also, äh äh, nicht dass du jetzt denkst ... Äh, tja ... Holleröhiti!« Besonders das auf Otto-Waalkes-Art geknödelte »Holleröhiti« hat mich noch viele Nächte verfolgt.

Ein ganzer Schwall unangenehmer Flirt-Erinnerungen kommt mir in den Sinn – gut 95 Prozent sind mit Gaby Haas verknüpft, hinter der ich immerhin fast acht Jahre hergeschmachtet habe. Aber während mich diese Erinnerungen bisher immer gequält und mit Schamgefühlen erfüllt haben, merke ich, dass sie mir plötzlich egal sind – lustige Anekdoten über den alten Daniel Hagenberger, diesen uncoolen Loser, der ich nicht mehr bin. Ich habe eine Verlobte, die aussieht wie ein Topmodel, ich geige meinem Chef die Meinung, und ich flirte wie ein Weltmeister.

Hochzufrieden hole ich mir meinen Morgenkaffee, packe den Power Burger aus und surfe ebenso wie meine Kollegen erst mal im Internet. Das ist das Tolle an einem kreativen Beruf: Man kann sich immer damit rausreden, dass man gerade auf der Suche nach Inspiration ist. In diesem Sinne gehört es tatsächlich zum Aufgabenbereich eines Werbetexters, sich im Kölner Lokalfernsehen Center TV die Wiederholung einer Pressekonferenz mit dem neuen Mittelfeld-Star Petit anzusehen, dessen portugiesische Dolmetscherin das Kölsch der Kölner Lokalreporter nicht versteht, sodass der Pressesprecher des 1. FC Köln zunächst vom Kölschen ins Deutsche übersetzen muss, bevor ins Portugiesische weiterübersetzt wird. Zugegebenermaßen würde ich gerne wissen, wie der Satz »Haben Sie jewusst, dat et eine Biersorte jibt, die denselben Namen hat wie unsere Sprache, nämlich *Kölsch*?« auf Portugiesisch klingt.

Karl quarzt wie üblich eine seiner selbst gedrehten Zigaretten, trinkt Kaffee mit möglichst viel Koffein und schaut sich auf YouTube ein wackeliges Handyvideo vom Avantasia-Auftritt beim Heavy-Metal-Festival in Wacken an, eingestellt von »Hellfucker_78«, der kilometerweit von der Bühne entfernt gestanden haben muss, dessen Grölen die Stimme des Sängers Tobias Sammet übertönt und dessen Freundin die einzigen Momente, in denen er nicht grölt, nämlich die Gitarrensoli, kaputt quasselt, indem sie darüber lamentiert, dass der Typ hinter ihr beim Headbangen immer sein Bier in ihre Haare spritzt.

Lysa quarzt ihre roten Gauloises, trinkt eine Dose Red Bull und fügt gerade ihr Gesicht in einen tanzenden Nacktmull ein, der

Always look on the bright side of life singt. (Nacktmulle sehen aus wie wandelnde Penisse und sind deswegen die Lieblingstiere vieler Comedy-Fans.) Das Ganze verschickt sie jetzt als Grußkarte an ihren gesamten Freundeskreis.

Und Ulli schließlich sucht mithilfe von Google, ob seine Rückenschmerzen eventuell Vorboten eines Schlaganfalls sein könnten, findet aber zu seiner Erleichterung das Wort »Rückenschmerz« nicht auf der Symptomliste bei »netdoktor.de«. Dafür führt das bloße Lesen der Worte »Benommenheit« und »Schwindelgefühle« in der Symptomliste postwendend zu Benommenheit und Schwindelgefühlen – was immerhin die Rückenschmerzen für eine Weile in den Hintergrund drängt.

Ich bin immer wieder darüber begeistert, wie das Internet unser Leben mit wertvollen Dingen bereichert.

Bei Center TV berichtet jetzt ein investigativer Reporter live vom zehnjährigen Jubiläum der Kneipe »Jupp's Eck« und verbreitet die total interessante Neuigkeit, dass Jupp nach sechs Jahren Gaffel Kölsch auf Reissdorf Kölsch umgestellt hat, was aber an und für sich keine Auswirkungen habe, weil Gaffel sei lecker und Reissdorf sei auch lecker. Wirt Jupp persönlich stellt klar, dass das Sünner Kölsch, das er in den ersten vier Jahren ausgeschenkt habe, auch lecker gewesen sei, und man einigt sich darauf, dass Kölsch *an und für sich* lecker sei, nur frisch müsse es sein, und das sei ja beim Jupp sowieso immer der Fall.

Dann werden diverse Gäste interviewt und mit der Suggestivfrage »Und? Schmeckt doch wieder, dat Kölsch?!« zu der Aussage gedrängt, dat dat Kölsch schmeckt. Allerdings bleibt das Gespräch nicht derart an der Oberfläche: Die Frage »Ja, dat is mal wieder lecker, oder?« dringt auf subtile Weise tiefer und führt überraschend zurück zu der ursprünglichen Erkenntnis, dass Kölsch lecker ist. Nur Hermann, ein Stammgast, der immer noch zu Jupp kommt, obwohl er mittlerweile drei Häuser weiter wohnt, ersetzt das Wort »lecker« durch »süffig«, was den Reporter zu dem Satz inspiriert: »Genau, et is süffig, und weil et süffig is, isset auch lecker.« Damit ist ein totaler Konsens in Jupp's Eck gefunden, den ich in dem Ausmaß nur aus Berichten über SED-Parteitage kannte.

Plötzlich fällt mir auf, dass sich irgendetwas in unserem Büro verändert hat. Ich schaue mich um ... Karl hat schon immer Heavy-Metal-Videos auf YouTube geguckt, Lysa hat schon immer alberne elektronische Grußkarten verschickt, und Ulli ließ sich schon immer vom Internet zu neuen Symptomen inspirieren. Aber irgendetwas ist anders, und es ist irgendwo im Raum. Ich sehe mich um: die gleiche halb vertrocknete Yuccapalme auf der Fensterbank, die gleichen abstrakten Ölbilder von irgendwelchen mittelbegabten Kunststudenten, die die Innendesignerin in der ganzen Firma verteilt hat, das gleiche Chaos auf allen Schreibtischen außer auf Ullis, wo gut 20 Medikamente liebevoll nebeneinander aufgereiht sind.

Alles ist exakt wie immer, und doch habe ich so ein komisches Gefühl im Magen, dass sich etwas verändert hat. Ich schaue mich noch einmal gründlich um. Und mit einem Schlag wird mir klar, was es ist: Es ist ... Lysas Blick.

Ich sitze jetzt seit vier Jahren mit ihr in einem Büro, und seitdem hat sie mich nie als Mann gesehen. Dieser Daniel-ist-harmlos-Blick hat es möglich gemacht, dass wir heute befreundet sind. Und dass ich tatsächlich harmlos war. Ihr Blick sagt, ich bin harmlos – also bin ich auch harmlos.

Aber heute guckt sie mich anders an. Es sind nur Nuancen – ein kurzes Weggucken, ein winziger Augenaufschlag, ein kleines Lächeln ... Aber die Veränderung ist nicht zu leugnen. Plötzlich denke ich darüber nach, ob ich zu ihr rüberschauen soll oder nicht. Ich habe vier Jahre lang nicht darüber nachgedacht. Ich habe einfach geguckt oder eben nicht geguckt, aber ich habe nicht darüber nachgedacht. Warum zum Teufel denke ich plötzlich darüber nach, ob ich Lysa angucken soll??? Ich gucke Karl an, ich gucke Ulli an – alles normal. Es ist Lysa.

Was ist passiert? Ich will diese Veränderung nicht. Ich will, dass alles so ist wie immer. Aber es ist nicht so wie immer. Ich muss trainieren, Lysa wieder normal anzusehen. Ich sehe sie an. Sie lächelt. Ich lächle zurück. Fast gleichzeitig wenden wir den Blick ab, um uns Sekunden später ebenso gleichzeitig wieder anzusehen – und wieder lächeln wir. O nein, das ist nicht normal. Das ist nicht wie immer. Plötzlich sieht sie in mir einen Mann.

Das Leben ist doch zum Verrücktwerden! Jahrelang habe ich

mir gewünscht, dass Lysa in mir *nicht* den harmlosen Trottel sieht, den Kumpel-Knuddel-Bärchen-mit-dir-kann-man-ja-soooo-gut-reden-Typen, und jetzt, wo ich mein Glück gefunden habe, wo alles klar ist in meinem Leben, sieht sie mich plötzlich als Mann.

Ich überlege mir verschiedene Möglichkeiten, wieder harmlos zu werden:

- Ich könnte Reiner Calmund imitieren. (Wirkt etwa so männlich wie ein kastrierter Geißbock.)
- Ich könnte mein Asthma-Spray benutzen. (Reduziert selbst den Sex-Appeal von Brad Pitt auf das Niveau von Johannes B. Kerner.)
- Ich könnte mir in der Mittagspause ein lustiges T-Shirt mit Diddl-Mäusen kaufen. (Selbst wenn Osama bin Laden eins tragen würde, würden die Frauen in ihm einen Kumpel-Knuddel-Bärchen-mit-dir-kann-man-ja-soooo-gut-reden-Typen sehen.)
- Ich könnte erzählen, dass ich meine Schamhaare in Herzform rasiert habe. (Hätte eine Wirkung, als würde man in einem Diddl-Maus-T-Shirt Reiner Calmund imitieren.)

Vier hervorragende Möglichkeiten, meine Männlichkeit auf null zu reduzieren, stehen mir zur Verfügung, ich muss einfach nur eine auswählen. Aber da spüre ich, dass es ein Problem gibt: Ich *will* meine Männlichkeit gar nicht reduzieren. Es macht mich stolz, dass Lysa mich endlich als Mann sieht, und jetzt fühle ich mich noch männlicher, was dazu führt, dass Lysa in mir noch mehr einen Mann sieht – ein Teufelskreis.

Langsam begreife ich, was damit gemeint ist, dass Männer und Frauen nicht befreundet sein können. Es geht zwar, aber nur solange die Frau im Mann einen Kumpel-Knuddel-Bärchen-mit-dir-kann-man-ja-soooo-gut-reden-Typen sieht. Sobald sie in ihm einen Mann sieht, ist es vorbei.

Ich muss jetzt etwas tun. Ich muss jetzt reagieren, sonst wird es in Zukunft problematisch mit Lysa. Da ich meine Männlichkeit frisch entdeckt habe, entscheide ich mich folgerichtig für die männlichste aller Konfliktlösungsstrategien: Ich verdränge.

25

Fünf Stunden später arbeite ich noch eine kleine Korrektur in mein neues Koffeinfreier-Kaffee-Drehbuch ein: Ich habe geschrieben, dass die Kaffeesatzleserin zunächst unverständliche Geräusche vor sich hin murmelt, genau wie Tante Emine es gemacht hat. Das war den Auftraggebern jedoch zu übertrieben und clownesk – die Werbung hat offensichtlich eine instinktive Abneigung gegen die Wahrheit. Also ersetze ich die Realität durch eine Erfindung, die realer wirkt.

Als ich gerade darüber nachdenke, ob ich die Kaffeesatzleserin »Oooh, hier zeichnet sich etwas ab« sagen lassen soll oder lieber »Ahh – hier zeigt sich die Zukunft«, klingelt mein Handy. Es ist Aylin.

»Hallo, Nişanlım!«

»Nişanlim?«

»Mein Verlobter.«

»Ah. Also dann: hallo Nişan...lim.«

»lım. Ein i ohne Punkt. Nişanlım.«

»Hallo, Nişanlım.«

»Super! Du Daniel, ich hab ein Traum-Angebot, für fünf Tage Kinderanimation zu machen, auf der Automobilmesse in Hannover. Ich müsste aber schon heute Nachmittag losfahren.«

»Äh, was wollen denn Kinder auf der Automobilmesse?«

»Eben nichts. Deshalb sollen sie ja animiert werden.«

»Das leuchtet ein. Fünf Tage???«

»Ich werde dich auch vermissen, aber es ist richtig gut bezahlt. Du bist doch nicht sauer, oder? Wenn du's nicht willst, mach ich's nicht.«

Welche deutsche Frau würde ihren Verlobten um Erlaubnis fragen, ob sie einen Job annehmen darf? Könnte man sich vorstellen, dass Angela Merkel ihren Joachim fragt: »Du, ich muss morgen zu einem Krisengespräch mit Putin, aber wenn du's nicht willst, lass ich's sausen«?

Dabei hatten Aylin und ich nicht mal ein festes Programm, das wir jetzt über den Haufen schmeißen müssen. Aber es fühlt sich gut an, großzügig sein zu dürfen.

»Kein Problem, fahr ruhig. Natürlich werde ich dich vermissen, aber das hört sich doch nach einem guten Job an.«

»Du wirst mir auch fehlen ... Heute Abend bist du übrigens schon gut versorgt.«

»Inwiefern?«

»Mein Vater lädt dich ins Männercafé ein.«

»In ein türkisches Männercafé???«

»Ja. Heute spielt Trabzonspor.«

»Aber ich meine, in einem türkischen Männercafé ... ist das nicht eine verbotene Zone? Da darf man doch sicher gar nicht rein als Deutscher! Da muss man doch sicher Moslem sein. Sind die da eigentlich bewaffnet? Gilt da noch das deutsche Grundgesetz?«

Fast kommt es mir vor, als spreche meine Mutter aus mir. Aber türkische Männercafés sind bei mir irgendwie angstbesetzt. Eine Art Staat im Staat, wie der Vatikan in Italien; irgendwelche unsichtbaren Geheimbünde ziehen im Hintergrund die Fäden und bringen jeden Fremden um, der zu tief eindringt. Aylin lacht:

»Mach dir keine Sorgen, Daniel. Du bist doch jetzt für alle Türken Enişte.«

»Wie, für alle Türken?«

»Na, wenn du mit einer Türkin verlobt bist, bist du nicht mehr Deutscher, dann bist du unser Schwager.«

»Wow – das ist ja einfach bei euch ... Nicht wie bei uns mit Visum, Terrorismus-Fragebogen und Sprachtest ...«

»Genau. Freitag will Tante Emine dich treffen, du kennst sie, aber nicht die Kaffeesatzlese-Emine, die andere. Ihre Tochter will nämlich in die Werbebranche, vielleicht kannst du ihr ja helfen ... Dann wäre es schön, wenn du zwischendurch bei Onkel Serkan in

Leverkusen vorbeischaust, der will dir mal seinen Hochzeitssaal zeigen, nur ganz unverbindlich. Samstag lädt dich Mama zum Essen ein, und danach nimmt Cem dich mit in die Disco. Okay?« Plötzlich wird mir klar, dass die enge Familienbindung der Türken eine gewisse Fremdbestimmtheit mit sich bringt. Zwar darf man seiner Verlobten die Arbeit verbieten, aber damit hören die Kompetenzen dann auch schon auf.

Ich nehme das Handy mit aufs Klo, damit ich Aylin »Ich liebe dich« sagen und anschließend ins Handy küssen kann, ohne dass meine Kollegen das mitbekommen. Leider ist das Klo besetzt, also gehe ich ins Treppenhaus, wo aber schon jemand aus der Grafikabteilung telefoniert, der wahrscheinlich das gleiche Problem hat. Ich renne schnell runter auf die Straße, wo allerdings ziemlich viele Fußgänger unterwegs sind. In einem Hofeingang finde ich ein ruhiges Plätzchen – jedenfalls bis ein Presslufthammer losdröhnt. Ich renne über die Brüsseler Straße, wo ich von einem Radfahrer als »Penner« beschimpft, von einem Taxifahrer dröhnend angehupt und anschließend um ein Haar von einem Lkw erfasst werde, und lande schließlich – nachdem ich mein Portemonnaie erfolgreich gegen einen etwa zehnjährigen Mitbürger mit Migrationshintergrund verteidigt und einer hübschen Studentin zugezwinkert habe (sie lächelt – Nummer sieben, Yes!*) – in der neuromanischen Kirche St. Michael, wo ich endlich genügend Intimsphäre finde, um mich gebührend von Aylin zu verabschieden. Da soll noch einer sagen, durch Handys sei Telefonieren einfacher geworden ...

* Liebe Freunde ungetrübter Romantik, natürlich könnte man jetzt kritisieren, dass es irgendwie nicht richtig ist, einer hübschen Studentin zuzuzwinkern, während ich mit Aylin telefoniere, aber Herrgott noch mal, ihr habt doch gelesen, was ich früher für ein Elend mitgemacht habe – jetzt kann ich ja wohl *einmal* genießen, dass ich bei Frauen ankomme! Das ist ja nun wirklich nicht zu viel verlangt! Und außerdem habe ich mich gerade fast umgebracht, nur damit ich Aylin in Ruhe ein Küsschen ins Handy schicken kann, aber das überlest ihr einfach, ihr Ignoranten!

Drei Stunden später stehe ich in der Weidengasse vor dem Männercafé »Karadeniz«, durch dessen Milchglasscheiben man nicht nach innen sehen kann. Ich habe ein mulmiges Gefühl im Magen. Als ich die Tür öffne, habe ich den Eindruck, das Tor zu einer anderen Welt aufzustoßen: rauchgeschwängerte Luft, die das grelle Neonlicht durch den gesamten Raum transportiert. Spartanische Holztische und -stühle, eine spärlich ausgestattete Theke. An den kargen Wänden hängen ein moderner Flachbild-Fernseher, ein Atatürk-Porträt, ein Trabzonspor-Wimpel, eine goldene Plastikuhr sowie einige vergilbte Fotos vom Schwarzen Meer: Teeplantagen, ein Felsenkloster, eine Moschee mit zwei Minaretten an einem Bergsee. Wenn man einem professionellen Fernsehausstatter den Auftrag gegeben hätte, einen Raum so ungemütlich zu gestalten wie nur irgend möglich – er hätte es nicht mal ansatzweise so gut hinbekommen. Wahrscheinlich ist es ein genialer Trick, um Frauen fernzuhalten. Keiner der Männer muss sagen: »Du, Schatz, ich hab es nicht so gerne, wenn du mitkommst« – der Raum sagt es viel klarer und deutlicher: Hier ist frauenfreie Zone.

Als ich die Schwelle übertrete, schauen mich gut 20 Augenpaare, unter denen sich mindestens 17 Schnäuzer befinden, überrascht an. Ich kannte diese Szene bisher nur aus Western-Filmen: Ein Cowboy betritt den Saloon, und auf einen Schlag verstummen alle Gespräche – man könnte eine Stecknadel fallen hören. Jetzt bin ich mitten in dieser Szene, mit dem Unterschied, dass der Saloon hässlich ist und man die Stecknadel nicht hören würde, weil der Fernseher dröhnt.

Ohne mein neues männliches Selbstbewusstsein hätte ich jetzt spontan die Flucht ergriffen, so bringe ich immerhin leicht stotternd das auswendig gelernte »iyi akşamlar« (guten Abend) über die Lippen. Die Blicke werden noch skeptischer. Angst steigt in mir hoch. Ich bin sicher, dass ich irgendein ehernes Gesetz verletzt habe und gleich Opfer einer wütenden Meute werde.

Ich schaue mich mit ansteigender Panik nach Aylins Vater um. Er ist der Einzige, der mich retten kann. Er ist nicht da. Meine Knie werden weich, und ich schleppe mich gerade noch zu einem der Tische, an dem zwei freie Stühle stehen.

»Äh, Entschuldigung, ist hier noch frei?«

Die Männer am Tisch hören diese Frage offensichtlich zum ersten Mal in ihrem Leben. Wahrscheinlich hat sie in der Geschichte der türkischen Männercafés noch nie jemand gestellt. Ein Platz ist entweder frei oder nicht. Vielleicht sprechen sie auch einfach kein Deutsch. Ich warte noch ein paar Sekunden eine Antwort ab, und als sie nicht kommt, geben meine Knie nach, und ich sitze – ob ich will oder nicht. Plötzlich durchfährt mich ein Adrenalinstoß: was, wenn das der Platz des Chefs ist? Dann habe ich ein weiteres Sakrileg begangen und seinen Stuhl entweiht ...

Ich sehe schon die *Express*-Schlagzeile vor mir: »Werbetexter in türkischem Männercafé gelyncht« – und meine Eltern müssen nicht nur meinen Tod betrauern, sondern sich auch noch schuldig fühlen, weil ihr Sohn das deutsch-türkische Verhältnis belastet hat.

Seit meinem Eintreten sind höchstens zehn Sekunden vergangen, aber für mich dehnt sich die Zeit gerade in kaum erträglichem Maße. Da löst sich ein Mann aus dem hinteren Teil des Raumes und kommt nach vorne. Jetzt erkenne ich Herrn Denizoğlu – ich muss ihn übersehen haben.

»Daniel! Oğulum!«

»Oğulum?«

»Mein Sohn!«

Er packt mich unter den Achseln und zieht mich nach oben, um mich auf die Wangen zu küssen. Für einen Moment fühle ich mich als nasser Sack wie damals in der Tanzschule. Dann ruft Herr Denizoğlu in die Runde:

»Daniel Aylinin nişanlısı.«

»Daniel ist Aylins Verlobter« – der erste türkische Satz, den ich verstanden habe. Sofort bricht lauter Jubel aus, und dieselben Männer, die mich eben noch angesehen haben wie ein Seepferdchen im Haifischbecken, kommen zu mir, rufen »Enişte«, küssen mich auf die Wangen und – klopfen mir auf die Schultern. Da mein Adrenalinspiegel immer noch hoch ist, ertrage ich die Schmerzen mannhaft, aber der Job meiner Osteopathin wird immer schwieriger.

Jetzt fällt mir auf, dass viele der Männer blaue Augen und blonde oder rote Haare haben wie Aylins Vater und Bruder. Kein Wunder, es handelt sich um ein Schwarzmeercafé. Deshalb sind auch alle hier für Trabzonspor, und nicht für Galatasaray, den heutigen Gegner.

Orhan Bey, einer der wenigen dunkelhaarigen Männer, die aussehen, wie man sich Türken vorstellt, hat mir einen Tee bestellt und will mir in gebrochenem Deutsch einen Witz erzählen. Es geht um einen Bauern, der an einer Krankheit leidet, für die Orhan Bey leider das deutsche Wort fehlt. Er fragt auf Türkisch in die Runde, aber offenbar sind die anderen so ratlos wie er. Diverse türkische Sätze werden ausgetauscht, ich höre Wörter wie »Katarrh«, »Blasenschwäche« und »Durchfall«, schließlich einigt man sich auf »Hämorrhoiden«. Offensichtlich handelt der Witz davon, dass dem armen Bauern geraten wurde, sein Hinterteil an das Loch der Stalltür zu halten, damit ihm sein Ziegenbock die Hämorrhoiden weglecken kann. Durch eine tragische Verwechslung steckt der Bock jedoch anstelle seiner Zunge sein Horn durch das Loch, wodurch es zu einer unfreiwilligen analen Penetration kommt – was anscheinend der Witz ist. Eine Pointe, mit der sich Orhan Bey problemlos in eine Kölner Herrensitzung einfügen würde, der kölschen Variante des Männercafés. Da sieht man wieder: Humor ist universell. Ich lache höflich mit, obwohl ich seit der Kastration von Hennes VIII. nichts Lustiges mehr an Ziegenböcken finden kann.

Der geneigte Hobby-Psychologe würde in Witzen über anale Penetration normalerweise einen Katalysator für Homophobie sehen. Was zu dieser Diagnose aber gar nicht passt, ist, dass die Männer hier völlig selbstverständlich ihrem Sitznachbarn den Arm um die Schulter legen und ihm den Schenkel tätscheln. Das könnte kein heterosexueller deutscher Mann ohne Angstattacke überstehen. Selbst in mir löst es ein leichtes Unwohlsein aus, und dabei kann man nicht toleranter erzogen werden. Meine Eltern waren sogar stolz, dass ich in der Montessori-Schule von einem Lesben-Pärchen unterrichtet wurde. Als hätte das einen Wert an sich, so ein Gütesiegel wie »Von Felsquellwasser gebraut«: Daniel Hagenberger – von Lesben erzogen.

Auf jeden Fall: Hier ist es völlig selbstverständlich, dass sich Männer anfassen. Vielleicht muss man keine Angst vor Homosexualität haben, wenn man von der Annahme ausgeht, dass es das bei Türken einfach nicht gibt?!

Die Mannschaften betreten das Spielfeld – und ich bin unsicher, ob meine Lieblingsmannschaft die in Blau-bordeaux oder die in Rot-gelb ist. Ich schaue auf den Trabzonspor-Wimpel an der Wand: blau-bordeaux. Aylins Vater klärt mich auf: das Blau steht für das Meer, das Bordeaux für den Tee.

In diesem Fall ist Integration einfach: Ich muss nur spontan eine Abneigung gegen die rot-gelben Spieler entwickeln ... Alles Idioten!

Der Schiedsrichter pfeift nicht nur das Spiel an, sondern auch einen Orkan der Schimpftiraden. Wer behauptet, dass türkische Männer nicht emotional sein können, der sollte unbedingt mit ihnen Fußball gucken. Da wird gewütet, geschimpft, gefleht, gebetet, verflucht, angefeuert, getrauert und gejubelt. Selbst wenn ein Schwabe sein gesamtes Vermögen auf Trabzonspor gesetzt hätte, könnte ihn das nicht zu solchen Gefühlsausbrüchen verleiten. Und das Interessanteste ist: Es steckt an! Dieser Verein war mir bis vor ein paar Minuten völlig gleichgültig, und plötzlich zittere ich mit – als hinge mein Lebensglück davon ab, dass Trabzonspor Galatasaray schlägt.

Die erste Halbzeit endet torlos, in der zweiten geht das Spiel hin und her. Es ist richtig viel Tempo und Leidenschaft drin, und die Emotionen im Karadeniz-Café drohen überzukochen. Ab der 70. Minute hält Aylins Vater es nicht mehr aus. Er steht auf und pilgert im Raum auf und ab, wirft nur noch einen gelegentlichen Blick auf den Fernseher. Er ist nicht der Einzige, der eine Herzattacke fürchtet. Die Tür wurde mittlerweile geöffnet, und drei Männer stehen fix und fertig mit dem Rücken zum Fernseher draußen und schnappen nach Luft. Im Café haben sich die meisten heiser gebrüllt. Einige Teegläser mussten schon dran glauben, und bei einer vergebenen Großchance von Trabzonspor schlägt der Mann vor mir so heftig auf den Tisch, dass sich mit einem lauten Krachen ein Tischbein verabschiedet und alles auf dem

Boden landet. Der Mann hält sich die Hand, die zumindest angebrochen sein muss – was ihn aber nicht daran hindert, den Tisch zu beschimpfen und mit der gesunden Hand auf den Nachbartisch zu trommeln.

Dann die Erlösung: In der 88. Minute kommt eine halbhohe Flanke von rechts, Flugkopfball, 1:0 für Trabzonspor. Ich habe ja schon mehrere türkische Jubelorgien erlebt, aber was jetzt im Karadeniz-Café abgeht, ist mit nichts zu vergleichen, was mir in meinem bisherigen Leben widerfahren ist. Wenn die Türken im 16. Jahrhundert mit dieser Energie auf Wien zugerannt wären – ich bin sicher, sie hätten es erobert. Und wahrscheinlich wären sie noch weiter bis Portugal gerannt und anschließend nach Kanada geschwommen. Selbst die Heisersten der Männer holen Töne aus sich heraus, um die sie jede Oper der Welt beneiden würde. Rein optisch kommt das Ganze einer Massenschlägerei gleich: Es wird geschlagen, geschubst, gestoßen, erdrückt, geschüttelt und geboxt – und ich bin mittendrin.

Meine Schultern habe ich längst aufgegeben, sie sind mir auch egal, Trabzonspor hat ein Tor geschossen, mein Verein!!! Mein Verein??? Ja, mein Verein. Der 1. FC Köln hat doch keinen Anspruch auf Alleinherrschaft. Das haben sie jetzt davon, dass sie ihren Geißbock kastriert haben. Jetzt habe ich einen zweiten Verein, und der hat keinen eierlosen Paarhufer als Maskottchen, sondern das Meer und Tee – das sind doch mal Symbole. Symbole für ... äh ... ja gut, äh.

Als ich gerade darüber nachdenke, ob Tee nicht auch etwas weicheimäßig rüberkommt oder ob *türkischer* Tee ein echtes Männergetränk ist, weil der ja stärker getrunken wird, pfeift der Schiedsrichter das Spiel ab. Trabzonspor hat gewonnen. Ich habe gedacht, die Emotionen nach dem Tor sind nicht zu toppen. Ich habe mich getäuscht. Das Einzige, das dem Eindruck, der sich mir hier bietet, ansatzweise nahekommt, ist die finale Schlacht in *Herr der Ringe,* als die Armee der Untoten bei Minas Tirith das Heer der Orks zerschmettert. Ich mache mir ernsthafte Sorgen, dass sich diese Männer vor Freude umbringen – und vor allem: dass sie *mich* umbringen. Ich werde willenlos durch den Raum geschleudert, pralle irgendwie gegen die Theke und werde dort von einem weißhaarigen Mann mit großem Schnurrbart, den ich nicht kenne, an beiden Schultern gepackt und heftiger geschüttelt als in einer Achterbahn mit Vierfach-Looping. Kurz vor einer Gehirnerschütterung merke ich, dass ich etwas tun muss – ich packe ihn auch an den Schultern und schüttele zurück; so gleicht sich die Wucht irgendwie aus. Jetzt habe ich Blut geleckt und schüttle auch andere türkische Männer, die ich nicht kenne. Und ich brülle. Und schlage. Es ist das Archaischste, was ich je gemacht habe – und es tut unheimlich gut. Nicht, dass wir Deutschen so etwas nie machen würden. Aber wir nennen es Urschreitherapie und lassen es von der Krankenkasse bezahlen ... Kein Wunder, dass unser Gesundheitssystem nicht funktioniert.

Jetzt kommt Aylins Vater zu mir und drückt mich fester und emotionaler an sich, als es ein Verwandter von mir je getan hat. Er hat Tränen der Freude in den Augen und tätschelt mich danach liebevoll im Gesicht, obwohl es für neutrale Beobachter eher so aussehen muss, als würde er mich ohrfeigen – und es fühlt sich auch so an. Ich schüttle ihn, er schüttelt mich, und wir drücken uns noch einmal aneinander, diesmal noch fester, mit Rückenklopfen. Komisch, plötzlich fühlt sich mein Rücken so gesund an, als hätte das Brüllen, Schütteln und Klopfen alle Schmerzen getilgt und alle Verspannungen gelöst. Ein Sieg für Trabzonspor, und meine Osteopathin wird arbeitslos. Herr Denizoğlu ist immer noch gerührt.

»Oğulum. Mein Sohn ...«

Er möchte gerne mehr sagen, seine Gefühle herausbrüllen; stattdessen drückt er mich noch einmal fest an sich. Kurz bevor ich blau anlaufe, gibt er mich wieder frei.

»Mein Sohn ... Ich bin stolz, dass du in unser Familie kommst. Für Aylin, ich habe mir immer gewünscht genauso netten Mann wie du. Natürlich, wäre auch schön gewesen Türke, aber Hauptsache keine Grieche. Du machst mich glücklichste Papa der Welt.«

»Danke, Herr Denizoğlu, das ...«

»Nix mehr, Herr Denizoğlu. Du sagst ab heute ›Baba‹.«

»Oh, das ist, ich meine ... äh ...«

»Keine Widerrede. Oder willst du mich beleidigen?«

»Natürlich nicht, Herr äh ... Baba.«

Es fühlt sich seltsam an, zu einem Mann »Baba« zu sagen, den ich erst zum dritten Mal getroffen habe. Aber wenn er mir schon körperlich näher kommt als mein eigener Vater, warum dann nicht auch verbal? Wieder eine Umarmung mit Klopfen und Schlagen. Auch ich habe Tränen in den Augen, aber es sind keine Weichei-Tränen, es sind stolze Tränen. Tränen, wie sie Aragorn in den Augen hatte, nachdem er Mordor besiegt und Mittelerde den Frieden zurückgebracht hat.

Ich spüre, dass ich endgültig in diesem Kulturkreis angekommen bin. Dieser gemeinsame Torjubel, diese Grenzerfahrung, dieses Nahtoderlebnis, all das war ein männlicher Initiationsritus – und die stolzen Männer hier im Karadeniz-Café, diese Helden, diese Nachfahren der großen osmanischen Feldherren, haben mich in ihren erlauchten Kreis aufgenommen. Ich bin ein tapferer Krieger, ich kann die Welt erobern, und ich mache vor nichts mehr halt: nicht vor Wien, nicht vor Koffeinfreier-Kaffee-Produzenten, und vor türkischen Discos schon gar nicht.

26

Es ist Samstagabend. Ich sitze ohne Aylin bei Familie Denizoğlu und habe meine Lernfähigkeit unter Beweis gestellt, indem ich exakt zehn Prozent meines Essens auf dem Teller gelassen habe, um zu signalisieren, dass ich satt bin. Und es hat tatsächlich funktioniert. Aylins Mutter, zu der ich jetzt nicht mehr »Frau Denizoğlu« sage, sondern »Anne«, hat nach nur fünfmaligem Nachfragen tatsächlich meinen Teller abgeräumt und war nicht beleidigt.

Auch die familiären Pflichtaufgaben habe ich erledigt: Ich habe mich mit der 18-jährigen Tochter von Tante Emine getroffen, die originellerweise auch Emine heißt, aussieht wie 14 und angeblich einen Job in der Werbebranche haben will – aber ein ausgeprägtes Desinteresse an sämtlichen Erscheinungsformen menschlichen Zusammenlebens an den Tag legt:

»Also, Emine, was ist denn dein Ziel?«

»Weiß nicht.«

»In der Werbebranche gibt es kreative und technische Berufe. Was interessiert dich mehr?«

»Keine Ahnung.«

»Was Kreatives?«

»Ja.«

»Oder eher was Technisches?«

»Ja.«

»Aber was denn lieber?«

»Keine Ahnung ...«

»Denk einfach mal nach. Stell dir beides vor. Und dann sag spontan, was dir besser gefällt.«

»Hmm … Mmmmm … pfff … hm. Pff. Hmmm. Tja … Also, irgendwie hmmm … was Kreatives.«

»Gut.«

»Oder was Technisches.«

»Ooookay. Gut. Äh, arbeitest du gerne im Team?«

»Weiß nicht.«

»Was ist denn dein Lieblingsfach?«

»Keine Ahnung.«

»Wo hast du denn die besten Noten?«

»Ich hab keine guten Noten.«

»Und wo hast du die am wenigsten schlechten Noten?«

»Sport.«

»Gut, Sport ist jetzt nicht *direkt* das, was einem in der Werbebranche weiterhilft, aber äh … und was machst du so in deiner Freizeit?«

»Telefonieren.«

»Ah, das ist gut. Dann wäre vielleicht ein Bürojob geeignet.«

»Ich hasse Bürojobs.«

»Okay, also eher was in der Produktion. Vielleicht Requisite?«

»Keine Ahnung.«

»Kamera?«

»Weiß nicht.«

»Regieassistenz?«

»Keine Ahnung.«

»Vielleicht machst du einfach mal ein Praktikum und guckst dann, was dir am meisten liegt.«

»Kriegt man da Geld?«

»Am Anfang nicht, aber …«

»Dann mach ich's nicht.«

»Aber wenn du in die Werbebranche willst, dann …«

»Ich will nicht in die Werbebranche.«

»Aber deine Mutter hat doch gesagt, du willst in die Werbebranche.«

»Ich weiß.«

»Aber … Hast du ihr denn nicht gesagt, dass du das gar nicht willst?«

»Natürlich nicht.«

»Äh … Wieso natürlich?«

»Na, dann hätten wir diskutiert. Und ich hasse Diskussionen.«

»Also du ziehst es vor, dich hier mit mir zu treffen, obwohl das völlig überflüssig ist, statt deiner Mutter zu sagen, dass du nicht in die Werbebranche willst?«

»Klar. Dann hab ich's wenigstens versucht.«

»Aber du hast gar nichts versucht.«

»Aber Mama *denkt*, ich hab's versucht.«

»Tja. Dann wäre das ja geklärt.«

»Mhmm.«

Nach dieser erquicklichen Konversation war ich in Leverkusen und habe mir pflichtgemäß Onkel Serkans Hochzeitssaal angesehen, der in seiner Trostlosigkeit selbst von den hässlichsten Schulsporthallen nicht übertroffen wird und allenfalls die geeignete Location für einen Themenabend »Barbarossaplatz« abgeben würde. Auch mit Onkel Serkan hatte ich eine interessante Unterhaltung:

»Äh, also, das ist wirklich ein toller Raum, Serkan Bey …«

»Nenn mich einfach Amca, Enişte.«

»Amca?!«

»Onkel. Von Vaterseite.«

»Ah. Also, Amca Serkan …«

»Nein, einfach nur Amca. Ohne Serkan.«

»Okay. Amca, ich finde den Saal wirklich toll. Besonders das Schlichte. Es hat etwas vom Bauhaus-Stil der 20er-Jahre – es gibt auf jeden Fall nichts Störendes, das von der Reinheit des Mischbetons ablenkt, und auch auf der documenta habe ich einige interessante … äh … aber weißt du, bei einer Hochzeit, sollte das nicht irgendwie … also so ein bisschen romantischer, vielleicht …«

»Enişte, das überhaupt keine Problem. Wird alles geschmückt, kommt Luftballons, kommt viel rote Tüll, kommt Rosen, kommt weiße Tischdecken, Plastikblumen, schöne Bilder aus echte Leder, wird sehr sehr romantisch, Vallaha billaha.«

Wir sind so verblieben, dass ich mich noch mit Aylin darüber unterhalten und dann eine Entscheidung treffen werde – was

Onkel Serkan zu der launigen Bemerkung veranlasste, dass ich offenbar schon unter Aylins Pantoffel stehe.

Jetzt sitze ich mit Baba auf dem Sofa, während Anne uns Tee und Knabbereien serviert. Cem gesellt sich zu uns, nachdem er seinen Akku leer telefoniert hat. Im Fernsehen moderiert Ibrahim Tatlises, *der* Superstar der türkischen Arabesk-Szene, auf seinem eigenen Sender Tatlises TV eine Samstagabend-Show. Das Konzept besteht darin, dass sich mehrere junge Frauen auf einem Sofa räkeln und Ibrahim Tatlises beim Singen bewundern.

Zwischen den Liedern erzählt der Senderchef heitere Anekdoten aus seinem Leben und bezieht gelegentlich sogar die Sofa-Groupies mit kurzen Zwischenfragen in seinen Monolog ein – aber nur, um zu beweisen, dass es sich nicht um Schaufensterpuppen handelt; Tatlises unterbricht sie nach spätestens fünf Sekunden.

Ich finde Tatlises ehrlicher als Florian Silbereisen: Er zeigt sein Desinteresse an den Gästen ganz offen und versucht nicht, seinen Selbstdarstellungsdrang mit schleimerischer Kumpelhaftigkeit zu kaschieren.

Als Ibrahim Tatlises nach gut zwei Stunden sein mittlerweile vierzehntes Lied anstimmt, brauche ich allerdings eine große Portion multikultureller Toleranz, um keine Hassgefühle gegen diesen permanenten Jammergesang zu entwickeln, der in der Lautstärke eines Metallica-Konzerts durch das Denizoğlu'sche Wohnzimmer dröhnt.

Ich bin erleichtert, als Cem gegen 22 Uhr seinen Handy-Akku aufgeladen hat und zum Aufbruch bläst. Wir verabschieden uns mit den obligatorischen Küsschen von Baba und Anne und steigen in Cems BMW Cabrio. Cem mustert mich von oben bis unten und schaut mich skeptisch an:

»Enişte, wir fahren am besten bei dir zu Hause vorbei, dann kannst du dich umziehen.«

»Umziehen? Ich dachte, wir fahren in die Disco?!«

»Eben.«

»Aber warum soll ich mich dann umziehen?«

»Weil du so nicht reinkommst.«

»Du kommst hier nicht rein« – nach »Was guckst du?!« die zweite Klischee-Phrase, die offensichtlich auch in der Realität existiert.

»Aber warum komme ich in einer Levis 501 und einem roten T-Shirt nicht rein?«

»Weil du was Schickeres brauchst.«

»Aber ich habe nichts Schickeres. Ich trage keine Anzüge oder so was. Alle meine Klamotten sind so.«

»Dann gehen wir dir was kaufen.«

»Am Samstag um 22 Uhr?«

»Klar, ein Cousin von uns hat 'nen Klamottenladen ... Der macht für uns auf.«

Ich widerstehe der Versuchung, das genaue Verwandtschaftsverhältnis zu dem Cousin zu erfragen, weil ich mir sowieso nicht alle Namen merken kann, aber die Frage hängt wohl doch irgendwie in der Luft, und Cem beantwortet sie:

»Es ist Ayşes Sohn Kenan. Hala Ayşe, nicht Teyze Ayşe.«

»Hala? Teyze?«

»Hala ist die Tante väterlicherseits, Teyze mütterlicherseits.«

Die Türken haben wesentlich mehr Vokabeln, um Verwandtschaftsverhältnisse zu benennen – dafür fehlen ihnen Begriffe wie »Anwohnerparkausweis«, »Fremdrasen« und »Fahrstuhlmitbenutzungspauschale«. Eine Sprache zeigt immer die Prioritäten der Menschen an, die sie sprechen.

Auf dem Tacho sehe ich, dass wir gerade mit knapp 90 km/h durch eine Tempo-30-Zone brettern. Die einzige Geschwindigkeitsbegrenzung für Türken ist die Grenze zum Irak.

Cem parkt mit quietschenden Reifen in einer Ausfahrt direkt neben einem Klamottenladen und hupt. Ein Fenster öffnet sich, und ein Typ mit Kevin-Kurányi-Bart und gegelten Haaren, bei dem es sich um Hala Ayşes Sohn Kenan handeln muss, brüllt die Information, dass er gerade mit der Endausscheidung verdauter Nahrung beschäftigt ist, so laut durch die Weidengasse, dass Kardinal Meisner im anderthalb Kilometer entfernten Dom auf jeden Fall informiert ist.

Fünf Minuten später geht das Licht im Laden an. Kenan öffnet die Tür, begrüßt Cem mit einem coolen Hip-Hop-mäßigen Einschlag-Ritual, das ich anschließend zu imitieren versuche, womit ich immerhin keinen Lachanfall bei den beiden auslöse.

»Das ist Daniel, Aylins Verlobter. Der braucht ein paar coole Klamotten für die Disco.«

»Okay, kein Problem.«

Kenan mustert mit geübtem Blick meine Körpermaße, huscht dann zwischen diversen Kleiderstangen hin und her. Nach nicht einmal einer Minute kommt er zurück – mit einem schwarzen Satin-Anzug, einem langärmeligen weißen Feinripp-Shirt mit den offenbar obligatorischen keltischen Zeichen und schwarzen Lackslippern:

»So, zieh das an, Enişte. Damit siehst du nicht mehr so studentenmäßig aus.«

Ich sehe studentenmäßig aus? Aha. Ich nehme die Klamotten mit in die Umkleidekabine. Die Hose ist zu eng.

»Äh, ich glaube, die Hose müsste eine Nummer größer ...«

»Was ist das denn da?«

Kenan zeigt auf meine schlabberigen Boxershorts.

»Das ist meine Unterhose.«

»Kein Wunder, dass es nicht passt. Warte!«

Kenan verschwindet kurz und gibt mir dann eine Unterhose in die Hand, die er aus dem Beate-Uhse-Katalog bestellt haben muss: schwarz, eng, glänzend, und an den Seiten durchsichtige Streifen. Ich schaue ihn ungläubig an.

»Zieh das an, Enişte. Dann passt die Hose.«

Die Entwicklung der Männermode funktioniert offensichtlich so: Erst kommt es in die Sexshops, dann erobert es den Alltag. Zuerst tragen es die Schwulen, dann die Türken, und am Ende die heterosexuellen Deutschen. Ich ziehe meine Boxershorts aus und streife mir diesen Hauch von Nichts über den Hintern. Ich betrachte mich im Spiegel und werde für etwa 30 Sekunden von einer homophoben Angstattacke heimgesucht. Dann verspüre ich eine leichte Übelkeit, weil ich mich an einen RTL-Explosiv-Bericht über einen Swingerklub erinnere, wo ein gut 60-jähriger Sabbersack etwas Ähnliches trug und damit eine verklemmte 35-Jährige mit Kassengestell sexuell zu erregen versuchte, die unter ihrem roten Lackbody den beigen Schiesser-BH anbehalten hatte.

Dann beruhige ich mich mit der Erkenntnis, dass Batman doch auch so ähnlich gekleidet ist, und der ist weder homosexuell noch ein Sabbersack. Wenn man einfach beschließt, dass es nicht albern ist, dann sieht es eigentlich sogar sexy aus. Sexy? Ich, Daniel Hagenberger, sexy??? Mir wird schlagartig bewusst, dass ich noch nie über die Möglichkeit nachgedacht habe, dass ich für eine Frau sexuell attraktiv sein könnte. Meine Waffen waren immer Liebenswürdigkeit, Einfühlsamkeit und Humor. Sexuelle Attraktivität war nie mein Terrain. Es war das Terrain von Türken und von Uwe Schäfer.

Uwe Schäfer hat Gaby Haas bekommen. Auf der Jahrgangsstufenfahrt nach Berlin. Die ganze Rückfahrt im Bus haben sie geknutscht, während ich eine Reihe hinter ihnen auf meinem Walkman *The final countdown* gehört habe – gut fünf Jahre nachdem es cool war, *The final countdown* zu hören. Ich habe durch die Ritze zwischen den Sitzen sogar gesehen, wie Uwe Schäfer Gaby Haas unter dem T-Shirt die Brüste massiert hat. In diesem Moment wäre ich gerne Uwe Schäfer gewesen. Sicher, er hat in der Deutschklausur eine Vier minus geschrieben, weil er die pantheistische Philosophie in *Faust II* nicht verstanden hat. Dafür hatte er irgendetwas, was ich nicht hatte und was der Schlüssel zu Gaby Haas war. Ich zwinkere mir selbst im Spiegel zu und habe das Gefühl, dass ich dabei bin, diesen geheimnisvollen Schlüssel endlich in die Hand zu bekommen. Nicht, dass ich ihn jetzt noch brauchen würde – ich habe ja alles, was ich will. Aber es kann ja nicht schaden, ihn zu haben.

»Enişte, alles in Ordnung?«

Cem reißt mich aus meinen Gedanken. Schnell ziehe ich mir die Satin-Hose an. Sie sitzt unglaublich eng. Geil. Dann das Langarm-Shirt mit den keltischen Zeichen. Geil. Dann noch Jacke und Schuhe, und raus.

»Wooooooooow! Enişte, Vallaha, du siehst super aus. Vallaha echt super, Enişte. So kannst du in die Disco.«

Cem ist begeistert, und Kenan pflichtet ihm bei:

»Vallaha, super, Enişte. Aber eins fehlt noch. Bir dakika.«

»Bir dakika?«

»Eine Minute.«

Die Minute dauert aber nur zehn Sekunden. Dann kommt Kenan mit einer Tube Wet-Gel zurück und verteilt den halben Inhalt irgendwie in meinen Haaren.

»So, *jetzt* kannst du in die Disco.«

Ich drehe mich zum Ganzkörperspiegel und habe das Gefühl, einen anderen Menschen zu sehen. Einen coolen Typen. Einen Aufreißer. Einen Sex-Gott. Ich lächle. Cem klopft mir auf die Schulter. Ich verspüre keine Schmerzen und wende mich an Kenan:

»Und, äh, vom Preis her, wie viel ...?«

Kenan schnappt sich einen Taschenrechner, tippt zwei Minuten lang wild irgendwelche Zahlen ein und murmelt dabei vor sich hin:

»Der Anzug ist normal 500, aber ich gebe 20 Prozent normalen Rabatt, dann noch mal 50 Prozent Familienrabatt, dann 30 Prozent Sommerschlussrabatt, plus 19 Prozent Mehrwert, dann die Schuhe, normal 150, aber ich sage 100, dann 10 Prozent normaler Rabatt, 30 Prozent Familie, 15 Prozent Sommerschluss, plus 19 Mehrwert, das T-Shirt normal 60, ich sage 40, dann 15 normaler, 30 Familie, 25 Sommer, 19 Mehrwert, und die Unterhose ist mein Geschenk zur Verlobung, dann noch alles minus 10 Euro Rabatt für Neukunden, macht insgesamt 228 Euro 65, sagen wir 220.«

Ich denke, das ist ein gutes Angebot, und will meine EC-Karte geben, aber Cem stoppt mich und ich werde stummer Zeuge des folgenden Verhandlungsgesprächs:

»220? Bist du verrückt? Er ist kein Scheiß-Tourist, er ist Familie.«

»Hey, weißt du, wie teuer die Sachen im Einkauf sind?«

»Ja. Ich war hier, als der Händler kam.«

»Ach ja, stimmt.«

»Also, wie viel?«

»100.«

»50.«

»90.«

»50.«

»80.«

»50.«

»Vallaha, du bist krank. Okay, mein letztes Angebot: 51.«

»Okay. Jetzt kannst du zahlen, Enişte.«

Die beiden schlagen ein. Ich gebe Kenan 51 Euro, der mir im Gegenzug eine Lidl-Tüte reicht, in die ich meine alten Klamotten packen kann. Ich habe den Laden als studentenmäßiger Loser betreten und komme jetzt als cooler Stecher wieder heraus. Wenn die Styling-Show von Bruce Darnell nicht schon längst abgesetzt wäre, hätte er damit bestimmt 30 Minuten Sendezeit gefüllt. Als ich mich wieder auf den Beifahrersitz des BMW Cabrio schwinge, lehne ich instinktiv meinen Ellenbogen aus dem Fenster. Ich bin Generation Golf, fahre Ford Ka, aber jetzt passe ich einfach perfekt in ein BMW Cabrio.

27

Um 23 Uhr 05 fahren wir in der Weidengasse los, um 23 Uhr 11 kommen wir in der Kalker Hauptstraße an. Es ist unmöglich, in sechs Minuten von der Weidengasse in die Kalker Hauptstraße zu gelangen. Aber manche unerklärlichen Phänomene muss man einfach akzeptieren. Cem parkt den Wagen in der zweiten Reihe, und wir gehen zu einem Nagelstudio, in dem sich gerade eine extrem gestylte junge Türkin, etwa Mitte zwanzig, krallenähnliche Vorrichtungen mit schwarz-roten Flammen auf ihre Fingernägel kleben lässt. Sie trägt silbernen Lidschatten, dazu Lipgloss, der so stark glänzt, dass man sich drin spiegeln kann, weiße Stiefel mit mindestens zehn Zentimeter hohen Absätzen, sowie ein schwarzes Minikleid, das Ausblicke nicht nur auf ihr Dekolleté, sondern auch auf ihren Bauchnabel und 80 Prozent ihres Rückens gewährt. Warum müssen Frauen solche Sachen anziehen? Nicht, dass ich hier für Kopftuch und Burka plädieren will, aber es muss doch irgendwas dazwischen geben. Es ist doch schon schwer genug, dass ich bis zur Hochzeitsnacht warten muss. Cem begrüßt diese nächtliche Erscheinung, die einem Pirelli-Kalender entsprungen zu sein scheint, mit den üblichen Küsschen.

»Daniel, das ist Emine. Emine, das ist Daniel, Aylins Verlobter.«

Noch eine Emine. Das ist praktisch, ich kann mir nämlich schlecht Namen merken. Wir begrüßen uns mit Küsschen, dann merke ich, dass Emine mich ungläubig anstarrt.

»Daniel? Wow, du ... du siehst ja ganz anders aus. Du ... du siehst cool aus. Vallaha, bravo. Du siehst aus wie ein Mann!«

Zugegebenermaßen bin ich ein wenig verwirrt. Diese Frau

scheint mich zu kennen. Aus der Schule? Nein, über dreißig ist sie auf keinen Fall. Von der Arbeit? Glaub ich nicht. Oder hat sie mal im *Filos* gekellnert? Ich habe keinen blassen Schimmer. Sie sieht meinen fragenden Blick.

»Ich hab meiner Mutter gesagt, dass du gesagt hast, man braucht für die Werbebranche Abitur, okay?! Nur dass du Bescheid weißt, wenn du sie siehst.«

Jetzt trifft mich der Schlag der Erkenntnis: Das ist Emines Tochter Emine, Aylins Cousine, mit der ich erst am Nachmittag gesprochen habe und die offenbar in acht Stunden zehn Jahre älter geworden ist. Entweder ist das nach der Autofahrt der nächste Riss im Raum/Zeit-Kontinuum, oder es liegt am Styling. Unglaublich, wie sich ein Mensch in so kurzer Zeit verändern kann ... Aber das trifft wohl genauso auf mich zu, denn Emine, die vor acht Stunden weder an mir irgendein Interesse zeigte noch an dem, was ich zu sagen hatte, schaut mich jetzt anders an. Und zwar so, dass mir ein Adrenalinstoß durch den Körper fährt und die älteren Hirnregionen den neueren Bereichen per Eilkurier eine Botschaft übersenden: Geschlechtsverkehr!

Aber nein! So schnell gebe ich nicht auf. Mein Verstand ist zwar angeknockt, aber er rappelt sich langsam wieder auf. Sie ist Aylins Cousine. Sie sieht zwar aus wie Mitte zwanzig, aber sie ist erst achtzehn. Und außerdem sind das nur ein paar simple sexuelle Schlüsselreize, die intellektuell betrachtet nicht mal mit einem Film von Dieter Wedel mithalten können.

»Und das ist Yasemin, die Tochter von Tante Gül.«

Jetzt erst nehme ich die Frau wahr, die Emine die Nägel macht. Sie ist nicht weniger aufreizend gestylt als Emine, nur umgekehrt: schwarze Stiefel, weißes Kleid. Wenn sie nebeneinander stehen, sehen sie aus wie das Yin-und-Yang-Symbol. Ich würde Yasemin auf Ende zwanzig schätzen, also ohne Schminke und Styling wohl eher Anfang zwanzig. Wir begrüßen uns mit Küsschen, und mein Verstand erhält den nächsten Schlag. Ich erschaudere bei der Nachricht, dass Cem die beiden halb nackten Cousinen mit in die Disco nehmen will, und zwar nach Düsseldorf.

»Also, ich hab gedacht, wir fahren zum Checkers Club, da ist heute eine Bodrum Party von Rakkas.«

Zu diesem Vorschlag bringt Yasemin überzeugende Gegenargumente:

»Auf keinen Fall. Da ist Rüyas Sohn Mustafa, wenn der mich in dem Outfit da sieht, dann erzählt der das hundertpro seinem Cousin Ahmet, und der arbeitet in derselben Firma wie mein Bruder, das geht voll überhaupt nicht.«

»Okay. Was ist mit dem Jade Club in Frankfurt?«

Diesmal hat Emine Bedenken:

»Nee, da wollte die Nursel mit Ahmet hinfahren, die ist voll die Tratschtante, da krieg ich zu Hause wieder voll den Anschiss.«

Weitere Optionen werden besprochen: Bonn kommt nicht in Frage, weil da Faruks Sohn Ümit hinfährt, der mit Güls Cousine Hatice befreundet ist, die das auf jeden Fall zu Emines Mutter Emine weitertratschen würde; Bochum scheidet aus, weil das Taxim zwar eine geile Disco ist, aber mit Nihats Schwager Tunç als Türsteher leider von der Liste gestrichen werden muss; und das Giga Parc in Melle ist verbotene Zone, weil da Günays Schwester Emine an der Bar arbeitet. Jetzt wage ich einen Vorschlag:

»Äh, aber es gibt doch sicher auch eine türkische Disco hier in Köln?!«

Für diese Idee ernte ich nur Gelächter. Köln geht natürlich nicht, weil der Großteil der Familie nun einmal hier wohnt und man in Kölner Discos *immer* auf Familienmitglieder trifft. Nach längerer Diskussion einigt man sich schließlich auf Berlin. In Berlin wohnen zwar auch zwei Cousins, aber die sind gerade in Izmir. Ich schaue Cem erschrocken an.

»Berlin??? Äh, gibt es hier in der Nähe auch ein Berlin?«

»Nein, ich meine Berlin halt.«

»Die Hauptstadt?! Wo mal diese Mauer war?!«

»Ja klar.«

»Und da willst du jetzt hinfahren.«

»Klar, warum nicht?«

»Weil das völlig bescheuert ist.«

»Wieso?«

»Das sind fast 600 Kilometer.«

»570.«

»Aber es ist nach elf! Da sind wir frühestens um sechs.«

»Um drei.«

Ich wage gar nicht, mir auszurechnen, mit welcher Geschwindigkeit man in dreieinhalb Stunden von Köln nach Berlin kommt. Yasemin hat ihr Werk an Emines Fingernägeln vollendet und schließt ihr Geschäft. Emine steigt nach hinten ins BMW Cabrio; da es sich um einen Zweitürer handelt, halte ich Yasemin höflich die Tür auf, damit sie sich neben ihre Cousine setzen kann.

»Sorry, Daniel, aber mir wird hinten immer schlecht, ich muss vorne sitzen.«

Ich setze mich also nach hinten. Neben mir eine 18-Jährige, die aus einer einzigen Ansammlung sexueller Schlüsselreize zu bestehen scheint. Wie soll ich das nur dreieinhalb Stunden aushalten? Ich spüre Emines nackten Schenkel durch den dünnen Stoff meiner Glanzhose. Ich atme schwer, flehe höhere Mächte um Hilfe an, und siehe da – die Hilfe wird mir zuteil: Meine Todesangst lenkt mich hervorragend vom sexuellen Begehren ab. Cem könnte Busfahrer in Antalya werden, er hat denselben Stil. Der einzige Unterschied ist, dass ein BMW deutlich *schneller* fährt als ein türkischer Minibus. Seit ich Aylin kennengelernt habe, häufen sich die Nahtoderfahrungen auf bedenkliche Weise.

Autobahnschilder, Brücken und Dörfer fliegen irgendwie an mir vorbei, und der Wind bläst mir so in die Nase, dass ich nicht mehr einatmen muss, sondern nur noch ausatmen, aber das ist irgendwie schwierig, weil der Gegenwind zu stark ist. Das Ganze fühlt sich so an, wie ich mir einen schlechten LSD-Trip vorstelle: eine Mischung aus kurzen Visionen, Panik und verzerrter Realität.

Emine ist genauso locker wie Aylin in Antalya und schickt mir flirtende Blicke, die zum Glück kein sexuelles Begehren mehr auslösen, weil ich mich darauf konzentrieren muss, trotz Todesangst einen coolen Gesichtsausdruck zu wahren. Glücklicherweise macht die Mischung aus Motorenlärm und Türk-Pop-Musik, die in voller Lautstärke aus den acht Yamaha-Boxen dröhnt, Konversation überflüssig. Ich sehe ständig Hindernisse auf uns zuschießen, denen Cem in letzter Sekunde ausweicht. Es ist wie in SpeedRacer oder anderen 3D-Computer-Rennspielen – mit dem Unterschied, dass »Game Over« in unserem Falle eine etwas dramatischere Bedeutung hätte. Erst hinter Hannover traue ich mich zum ersten Mal, für ein paar Sekunden die Augen zu schließen.

Als ich wieder aufwache, ist es fünf vor drei, und ich sehe den Ostberliner Fernsehturm. Wir fahren irgendwo in der Nähe von Kreuzberg auf ein Fabrikgelände, in dessen Mitte ein altes Backsteingebäude steht. Aus den hohen Fenstern dringen flackernde bunte Lichter nach draußen. Cem parkt seinen BMW inmitten anderer teurer Autos. Während er das Verdeck schließt, korrigieren Emine und Yasemin sich gegenseitig ihre vom Wind zerzausten Frisuren mit Sprays und Gel-Tuben, die sie aus ihren silbernen Handtaschen hervorzaubern. Bevor wir in Richtung Eingang losmarschieren, richtet Emine auch meine Frisur und versenkt noch eine gute Vierteltube Gel. Da ich bei dieser Aktion freie Sicht in Emines nicht jugendfreien Ausschnitt habe, wird in den steinzeitlichen Hirnregionen der Überlebens- wieder vom Fortpflanzungsinstinkt verdrängt.

Dann machen wir uns zu viert auf in Richtung Eingang, vor dem zwei Klischee-Türsteher ihren Job, böse zu gucken, erschreckend gut erledigen. Sie haben allein im rechten Unterarm mehr Muskeln als ich im gesamten Körper, und dass die Nähte ihrer schwarzen Maßanzüge nicht platzen, müsste von der Stiftung Warentest ein »sehr gut« einbringen.

Ich versuche, noch aufrechter zu gehen, als ich es inzwischen ohnehin schon tue. Dass ich schon wieder knapp dem Tod entronnen bin, hat Endorphine freigesetzt, und ich fühle mich stärker und männlicher als je zuvor. Der eine Türsteher macht auf Türkisch eine anzügliche Bemerkung zu Emine und Yasemin, was ich nur am Tonfall und seinem Augenzwinkern erkenne, und an dem leicht genervten Lächeln der Mädels. In diesem Moment erfasst mich eine Kühnheit, von der ich selbst überrascht bin: Ich ziehe die Augenbrauen hoch und schaue den Türsteher vorwurfsvoll an. Der Türsteher scheint kurz zu überlegen, ob er mir die Nase mit der linken oder rechten Faust brechen soll. Es ist ein magischer Moment, in dem ich nicht die geringste Angst empfinde. Ich habe in der Türkei Soldaten in die Flucht geschlagen und gerade dreieinhalb Stunden den kalten Atem des Sensenmanns in meinem

Nacken gespürt – da kann mich doch so ein albernes Muskelhirn nicht beeindrucken. Jetzt passiert etwas sehr Interessantes: Der Türsteher hebt entschuldigend die Schultern und lässt uns passieren. Cem klopft mir bewundernd auf die Schulter:

»Respekt, Enişte ... Aus dir wird noch ein echter Türke.«

Auch von Emine und Yasemin kommen respektvolle Blicke. Mein Testosteronspiegel erreicht einen historischen Höchststand. Während Aylins Cousinen sofort auf der Toilette verschwinden, vermutlich um ihr Make-up zu verfeinern, erreichen Cem und ich den Hauptraum: eine von der Architektur her gotisch anmutende Fabrikhalle, in der aber alles weiß zu sein scheint: Die Backsteinmauern sind weiß gestrichen, die Tanzfläche ist weiß, dazu eine weiße Bar, an der mit weißem Kunstleder bezogene Barhocker stehen; etwas abseits weiße Stehtische mit weißen Tischdecken. Alles schimmert im Schwarzlicht leicht bläulich, sodass insgesamt eine keimfreie Mischung aus OP-Saal und einem Modern-Talking-Video der 80er-Jahre herauskommt. Ab einer Empore in etwa drei Metern Höhe ist dann alles in rotes Licht getaucht und wirkt irgendwie puffig.

Die Rollenverteilung ist eindeutig: Männer stehen cool am Rand, Frauen tanzen. Die Männer bestätigen durch ein beherztes Im-Takt-Nicken, dass auch sie die Musik wahrnehmen, marschieren etwa einmal pro Viertelstunde auf die Tanzfläche und stecken ihrer jeweiligen Freundin kurz die Zunge in den Mund, damit jeder mitkriegt, wer zu wem gehört.

Als ich meinen Blick über die Tanzfläche schweifen lasse, bin ich sicher, durch irgendeinen dummen Zufall in die Sex-Phantasie eines Opel-Corsa-Fahrers eingetaucht zu sein. Gut einhundert extrem leicht bekleidete junge Frauen bewegen ihre Körper auf eine Weise, die man gemeinhin als Aufforderung zur sofortigen Begattung bezeichnen würde. Die Röcke sind zum Teil so kurz, dass eine begriffliche Abgrenzung zum *Gürtel* schwierig wird. Durch das Schwarzlicht sehe ich diverse Unterhöschen wie Hinweisschilder aufleuchten.

Man soll mit dem Wort »Kulturschock« nicht leichtfertig umgehen, aber für das, was ich hier erlebe, gibt es keinen anderen Begriff. Türkische Frauen, das waren für mich immer diese geschlechtslosen Wesen mit Kopftüchern und langen Mänteln, die zehn Schritte hinter ihren Männern hergehen und Tüten mit Gemüse schleppen. Aylin hat dieses Bild schon heftig ins Wanken gebracht, aber jetzt wird das Bild nicht nur von der Wand gerissen, sondern anschließend noch geschreddert und verbrannt. Was für mich der absolute Wahnsinn ist, scheint für Cem so normal zu sein, dass er nicht einmal hinguckt.

Allerdings bleibt mir wenig Zeit, mich mit der Rolle der Frau in der türkischen Kultur auseinanderzusetzen. Die urzeitlichen Hirnregionen haben in einem Maße die Kontrolle übernommen, dass ich nicht einmal mehr in der Lage wäre, einen Power Burger zu bestellen. Ich brauche dringend Alkohol, um wieder einen klaren Kopf zu bekommen. Nach zwei schnellen Wodka-Red Bull fühle ich mich endgültig in einer surrealen Comic-Welt. Und in dieser Welt bin ich der Superheld. Ich sehe, wie Yasemin und Emine auf die Tanzfläche gehen, und folge ihnen. Ich praktiziere die Tarkan-Dance-Moves von neulich – und schon bildet sich um mich ein Kreis von Mädels, die mich anfeuern.

Der historische Rekord meines Adrenalinpegels fällt nur wenige Minuten nach der letzten Höchstmarke. Ich bin der King.* Ich hab's geschafft. Ich bin der Sultan, der von seinen hundert Haremsdamen umgarnt und bewundert wird ... Allerdings nicht lange: Durch mein offensives Tanzverhalten sind einige der Männer eifersüchtig geworden und stürmen nun auf die Tanzfläche. Ein Typ, der den Türstehern an Muskelkraft in nichts nachsteht, baut sich vor mir auf, und selbst seine Brustmuskulatur, die sich durch das schwarze Glanz-Shirt abzeichnet, strahlt Wut aus. Er spricht drohende Worte, die ich leider aufgrund mangelnder Türkischkenntnisse nicht verstehe, aber sein Blick verheißt nichts Gutes. Dieser Blick ist international, und er bedeutet: Verabschiede dich schon mal von deinen Zähnen!

Im letzten Moment reißt ihn seine Freundin von mir weg und verwickelt ihn in einen Tanz. Dasselbe passiert mit den anderen Männern, die mir ebenfalls an die Wäsche wollten: Sie alle werden

* Und zu irgendwelchen Erklärungen hab ich keinen Bock mehr. Fußnoten sind was für Schattenparker. Mit dem Schwachsinn höre ich ab sofort auf.

von ihren Frauen in heiße Tänze verwickelt, die die Gewaltbereitschaft auf null reduzieren. Wow! Hier in einer Berliner Türken-Disco, im Jahr 2008, verstehe ich endlich, was meine Eltern in den 70er-Jahren mit »Make Love not War« gemeint haben: Diese türkischen Frauen haben gerade mit Balztänzen eine Schlägerei verhindert – herzlichen Glückwunsch.

Jetzt erinnert die Tanzfläche an die heißen Szenen von *Dirty Dancing*. Auch ich werde plötzlich gepackt – von Emine. Sie umklammert meine Hüfte und lässt ihren Körper in wellenförmigen Bewegungen an mir entlanggleiten, was von der Benebelungswirkung her zwei weiteren Wodka-Red Bull gleichkommt.

Ich spüre, dass ich dabei bin, auf eine Katastrophe zuzusteuern. Aylin mit ihrer eigenen Cousine zu betrügen wäre auf der Liste der Dinge, die ich tun könnte, um uns auseinanderzubringen, mit Sicherheit ganz weit oben; es wäre schlimmer, als bei der Hochzeit das Ja-Wort als Reiner Calmund zu sagen oder mir »Griechenland ist geil« auf den Penis zu tätowieren. *Los, Daniel, reiß dich zusammen! Du liebst Aylin. Und deshalb musst du jetzt stark sein!* Diese Botschaft geistert als schwaches Echo irgendwo durch hintere Hirnregionen. Aber sie findet nicht den Weg nach vorne. Sie schreit und tobt, aber sie ist zu weit weg; das Stammhirn feiert eine Party. Die Botschaft kommt bis zur Tür, aber sie hat die falschen Klamotten an und wird nicht reingelassen.

Jetzt steigt mir auch noch ein Schwall von Emines Parfüm in die Nase, süßlich-betörend, und ich spüre ihre Hand auf meinem Hintern. Ich kann nicht mehr unterscheiden, ob die Drehungen in meinem Kopf oder auf der Tanzfläche stattfinden. Unsere Bewegungen verschmelzen. Die Party in meinem Stammhirn steuert ihrem Höhepunkt entgegen ... Da, plötzlich, ist der Tarkan-Hit »Dudu« zu Ende. Es dauert nur eine knappe Sekunde, bis der nächste Song startet, aber in dieser kurzen Zeitspanne schmuggelt sich die Botschaft an den Türstehern vorbei und dringt endlich durch. Ich reagiere blitzschnell, signalisiere Emine, dass ich aufs Klo muss, und haste von der Tanzfläche.

Sekunden später fülle ich mein Wodka-Red-Bull-Glas mit kaltem Wasser und schütte es mir in die Hose, wo es seine Wirkung tut. Nach der dritten Ladung ist das Blut wieder da, wo ich es haben wollte: im Gehirn. Jetzt muss ich nur noch meine Hose trocknen, dann ist mein Leben wieder im Gleichgewicht. Sicherlich gibt es heroischere Posen, als sich wie Mr. Bean unter dem Toiletten-Fön einer türkischen Disco in Berlin zu verrenken, aber in diesem Moment empfinde ich anders: Ich bin ein Held. Ich wurde geprüft, und ich habe bestanden. Ich bin nicht nur ein geiler Typ, sondern habe auch noch einen sensationellen Charakter. Ich bin einfach ein unglaublich toller Mensch. Ein moderner Heiliger.

Ich sehe mich im Spiegel an und bin begeistert, wie gut ich aussehe. Kaum zu fassen, dass dieser Hengst es vor ein paar Wochen nicht einmal geschafft hat, mit einer Stewardess zu flirten. Und mein Gang hat den letzten Rest von Woody Allen verloren. Ich habe meine Entwicklung abgeschlossen und bin ein perfekter Mensch geworden. Das muss ich unbedingt meiner Therapeutin erzählen.

28

Ich sitze im Haus Müller und warte sehnsüchtig auf Aylin, die endlich wieder in Köln ist, denn ich habe mir einen Plan überlegt: Ich werde Aylin heute verführen. Es wäre einfach grausam, bis zur Hochzeitsnacht zu warten. Und das nur für einen Rosamunde-Pilcher-Effekt. Außerdem: Bei vermutlich weit über 500 Gästen dauert die Party mindestens bis sieben Uhr morgens. Das heißt, wenn alles optimal laufen würde, wären wir um acht im Bett. Wir hätten jeder mindestens zwei Promille und wären von einer durchzechten und durchtanzten Nacht fix und fertig, würden nach Rauch und Schweiß stinken und mit dem Schlaf kämpfen. Wie zum Teufel soll unter diesen Umständen eine romantische erotische Atmosphäre entstehen?

Also ist es eigentlich sogar romantischer, wenn wir unser erstes Mal vorverlegen. Und was wäre vom Timing her besser als der heutige Tag, an dem ich mich fühle wie Brad Pitt, nur attraktiver; ich habe mich exakt so gestylt wie für die Disco und mir die erste Tube Gel meines Lebens gekauft. Die Klamotten habe ich sogar noch in die Reinigung gegeben, damit alles perfekt aussieht. Außerdem hatte Emine auf dem Rückweg etwas Lipgloss auf der Hose hinterlassen, als sie auf meinem Schoß eingeschlafen war. Keine Angst, es ist nichts passiert – sogar ihr Angebot, noch mit zu mir zu kommen, habe ich mannhaft abgelehnt. Ich kann Aylin mit reinem Gewissen entgegentreten.

Aylin kommt. Ich setze meinen neu gelernten Verführer-Blick auf und schaue ihr damit tief in die Augen. Aylin ist perplex. Yes! Genau das wollte ich erreichen: Sie kann es kaum fassen. Sie ist sprachlos. Es hat sie umgehauen. Sie ist überwältigt.

»Du … was ist mit dir passiert?«

»Überraschung! Und? Gefällt dir, was du siehst?«

Jetzt verziehen sich Aylins Mundwinkel in die falsche Richtung. Sie soll lächeln, aber stattdessen schaut sie … angewidert. Und sie schüttelt den Kopf. Abwesend drückt sie mir einen Kuss auf den Mund und setzt sich. Ich bin wie vor den Kopf gestoßen. Und verstehe nicht.

»Aber … wieso? Was … was gefällt dir denn nicht?«

»Na … irgendwie … alles.«

»Aber … ich verstehe das nicht. Das sind türkische Klamotten. Du bist Türkin. Das muss dir doch gefallen.«

»Nein.«

Das darf doch wohl nicht wahr sein. Ich bin endlich ein cooler Typ, und jetzt mag mich meine Verlobte nicht mehr.

»Aber warum? Erklär's mir. Warum?«

»Weil du nicht mehr aussiehst wie Daniel. Weil du jetzt genauso aussiehst wie die Typen, die ich nicht leiden kann.«

Das tut weh. Zum ersten Mal in meinem Leben hatte ich das Gefühl, dass ich sexy bin, und jetzt macht sie alles kaputt. Mein männlicher Stolz ist verletzt.

»Aber … o Mann, das kann doch nicht … die anderen fanden's doch auch alle geil.«

»Welche anderen?«

»Na, deine Cousinen.«

»Welche?«

»Emine und Yasemin.«

»Na, die müssen's ja wissen.«

Das hatte einen eindeutig sarkastischen Unterton. Ich will das so nicht auf mir sitzen lassen:

»Wieso müssen sie das wissen?«

»Weil sie die größten Schlampen sind, die rumlaufen.«

»Ach. Nur weil sie mich geil finden, sind sie Schlampen.«

»Nein, die sind einfach *immer* Schlampen.«

»Und Emine wollte natürlich auch nur mit mir ins Bett, weil sie eine Schlampe ist. Dass das an meiner Attraktivität gelegen haben könnte, das kommt dir wohl gar nicht in den Sinn.«

»Sie wollte mit dir ins Bett?«

»O ja. Und was habe ich gesagt? Ich habe ›Nein‹ gesagt.«

»Warum wollte sie mit dir ins Bett?«

»Weil ich unheimlich geil mit ihr getanzt habe, deshalb.«

»Das wird ja immer besser.«

»Hatte ich Lust, mit ihr zu schlafen? Natürlich hatte ich Lust. Jeder Mann, an dem sich eine leicht bekleidete 18-Jährige in heißen Klamotten reibt, kriegt Lust. Aber ich habe ›Nein‹ gesagt. Und warum habe ich ›Nein‹ gesagt? Deinetwegen.«

»Soll ich mich jetzt auch noch bedanken oder was?«

»Ich hätte in den drei Tagen mit mindestens zehn Frauen schlafen können. Hab ich aber nicht.«

»Daniel, wie redest du? Ich erkenne dich gar nicht wieder.«

»Sogar Lysa will jetzt was von mir. Aber habe ich was unternommen? Njet. No. Hayır.«

»Wer ist Lysa?«

»Oder Frau Sanchez-Pütz von Schmitz & Nittenwilm, wie die mich angesehen hat, oder die beiden Russinnen ... Nur meine Verlobte, die zickt hier rum.«

»Daniel, pass auf, was du sagst!«

»*Ich* soll aufpassen, was ich sage? *Du* trampelst doch hier auf *meinen* Gefühlen rum! Ich hab die Klamotten extra noch in die Reinigung ... für dich. Und das Gel, dafür bin ich extra noch ... Weißt du, ich dachte, du findest das auch gut, und dann ... na ja, wir gehen schön essen, trinken ein bisschen Wein, gehen dann zu mir, und ...«

»Du wolltest mich verführen??? In *den* Klamotten???«

Aylin kriegt einen Lachanfall. Mein Trauma. Ich will sexy sein, und die Frau lacht. Wüste Erinnerungen an die Demütigungen meiner Pubertät schießen mir durch den Kopf. Der alte Daniel hätte sich jetzt mit gesenktem Kopf zurückgezogen, zwei Stunden *The Wall* gehört und dann mit seinem Nena-Poster über die Schlechtigkeit der Welt diskutiert. Der neue Daniel ist sauer. Die Wut auf Gaby Haas und all die anderen Frauen, die mich früher nicht für voll genommen haben, kommt in mir hoch, und zum ersten Mal in meinem Leben brülle ich eine Frau an:

»Hör gefälligst auf zu lachen!«

Aylin ist aber keine Frau, die sich anbrüllen lässt.

»Ooooh, was sind das denn plötzlich für Töne? Jetzt hör mir mal gut zu, Daniel: Wenn ich einen Macho will, gibt es in der Türkei jede Menge Originale. Dafür brauche ich keine billige Kopie aus Deutschland.«

Jetzt reicht's. Ich nehme mein halb volles Weizenbierglas und pfeffere es mit Wucht auf den Boden, direkt neben Aylin, wo es zersplittert. Das Bier ergießt sich über Aylins Hose und Schuhe.

»Weißt du was, Aylin?! Ich hätte doch mit deiner Cousine schlafen sollen. Die ist wahrscheinlich sowieso besser im Bett als du!«

Aylin schaut mich lange ausdruckslos an. Dann läuft eine Träne aus ihrem rechten Auge. Ein Teil in mir möchte sie einfach da wegküssen, der andere Teil ist immer noch sauer. Ich möchte gerne etwas sagen, aber ich bin wie gelähmt. Ich will, dass alles sofort wieder gut ist. Dass mein Lieblingslächeln wieder kommt. *Daniel, los, sag jetzt etwas! Dir fällt doch immer etwas ein! Irgendein Satz, der alles wiedergutmacht.* Aber da kommt nichts. Für eine solche Situation bin ich nicht ausgerüstet. Ich kenne männlichen Stolz erst seit einer Woche, und *gekränkten* männlichen Stolz seit drei Minuten. Nicht weinen, Aylin! Bitte nicht weinen!!!

Langsam zieht Aylin den Ring von ihrem Finger und legt ihn vor mir auf den Tisch. Ich sehe es teilnahmslos mit an wie damals die Live-Bilder vom einstürzenden World Trade Center, die plötzlich auf meinem Fernsehschirm waren, als ich eine Folge *Gilmore Girls* gucken wollte. Manche Dinge dürfen einfach nicht passieren, und wenn sie doch passieren, tut das Gehirn eine Weile lang so, als wären sie nicht passiert. Aylins Stimme klingt brüchig:

»Es tut mir leid, Daniel.«

Dann geht sie weg. Einfach so. Ohne Abschiedskuss. Ohne sich noch einmal umzudrehen. Und ich sitze da. Alleine. Mit Gel in den Haaren und einem schwarzen Glanzanzug. Und gekränktem Stolz. Noch immer ist das, was passiert ist, nicht bei mir angekommen. Als wäre alles nur ein Spaß gewesen und Aylin käme gleich wieder um die Ecke. Aber sie kommt nicht. Ich starre minutenlang auf den Punkt, an dem sie verschwunden ist. Dann kommt der Kellner und fegt die Scherben zusammen, als ob dadurch wieder alles in Ordnung wäre. Aber es ist nichts mehr in

Ordnung. Da ist es, das ›große Problem‹, das Tante Emine im Kaffeesatz gesehen hat. Ich nehme Aylins Ring in die Hand, und mir wird schmerzlich bewusst, dass er nicht da ist, wo er sein sollte. Mit einem Schlag ist die Erkenntnis angekommen: Aylin hat mich verlassen.

VIERTER TEIL

29

Eine Woche ist vergangen seit der Trennung. Eine Woche habe ich von Aylin nichts gesehen und nichts gehört. Ich habe mich krankgemeldet, liege jetzt auf meinem Bett und höre die CD *Monster Metal Power Ballads*, die mir Karl geliehen hat. Langhaarige tätowierte Typen mit Lederhosen, zerrissenen Hemden und Nieten-Armbändern, die ihren Liebeskummer zu saftigem Gitarreneinsatz ins Mikro schreien – the male Approach to Liebeskummer. Ich schluchze. Das ist weniger männlich. Aber es tut gut. Und es sieht ja auch keiner.

Ich fühle mich unglaublich allein, meine Therapeutin hatte nämlich keinen Termin frei, die Schlampe! Moment – habe ich meine Therapeutin gerade als Schlampe bezeichnet? Erste Zweifel an der Gesundheit meiner geistigen Entwicklung kommen auf – und verschwinden sofort wieder. Jedenfalls hat mir die Schlampe geraten, ein Trennungs-Tagebuch zu führen. Während mein Trommelfell eindrucksvoll den Praxistest besteht, indem es *Still lovin' you* von den Scorpions in voller Lautstärke ohne Risse übersteht, blättere ich in dem Haufen gefalteter DIN-A4-Blätter, auf denen ich meine wirren Gedanken zu ordnen versucht habe:

Mittwoch, 17. September
23 Stunden 15 Minuten ohne Aylin. Sollte sie anrufen. Ja, das sollte ich. Warum ruft *sie* nicht an? Überprüfe zum 250. Mal, ob mein Handy Empfang hat. Handy ausgeschaltet, nachdem mir der blöde Kleinmüller auf die Mailbox gelabert hat, dass der Kaffeesatz-Spot jetzt gedreht wird. Informationen aus einer beschissenen Parallelwelt. Zwei Stunden auf Premiere Goldstar TV

Schlager geschaut und bei »Ein bisschen Frieden« Heulattacke bekommen. Angst, verrückt zu werden.

Donnerstag, 18. September
44 Stunden 26 Minuten ohne Aylin. Ich glaube, es wird langsam besser. Zum ersten Mal die Merci-Reklame ohne Tränen überstanden. 22 Uhr 25: Es wird doch nicht besser. 23 Uhr 04: Jetzt habe ich die Trauer endgültig überwunden. 0 Uhr 40: Es wird immer schlimmer. 2 Uhr 50: Taschentücher sind alle. 4 Uhr 12: Klopapier ist auch alle. 5 Uhr 18: Tagebuchschreiben ist sinnlos und hilft kein bisschen weiter.

Freitag, 19. September
71 Stunden 44 Minuten ohne Aylin. Vielleicht sollte ich wieder zur Arbeit gehen, mich ablenken. Warum lasse ich mich so runterziehen? 18 Uhr 27: Den Kölner Dom bestiegen. Hat auch nicht geholfen. 21 Uhr 43: Auf RTL Mario Barth geguckt. Geweint.

Samstag, 20. September
Noch länger ohne Aylin. Fühle mich leer. Zum 398. Mal die Fotos aus Antalya als Dia-Show auf dem Laptop angeschaut. Mit Foto-Programm den »Rote-Augen-Effekt« auf Bild von Aylin vor Sonnenuntergang reduziert. Foto verbessert, Stimmung verschlechtert. 17 Uhr 17: Bielefeld gegen 1. FC Köln 2:0. Liebeskummer kurz von Abstiegsangst abgelöst. 0 Uhr 07: In den Sexy Sport Clips auf DSF gesehen, wie sich eine nackte dürre Blondine im Netz eines Eishockeytors verheddert. Kopfschmerzen.

Sonntag, 21. September
Eine Ewigkeit ohne Aylin. Habe die Trauerphase überwunden und bin wütend. 21 Uhr 28: Die Trauerphase ist zurück. 21 Uhr 33: Die Wutphase ist zurück. 21 Uhr 36: Ich weiß nicht, ob ich wütend oder traurig bin. 21 Uhr 44: Es ist weder Wut noch Trauer, es ist Gleichgültigkeit. 21 Uhr 47: Es ist Gleichgültigkeit mit ein bisschen Wut. 21 Uhr 55: Es ist Depression. 21 Uhr 59: Es ist immer noch Depression. 22 Uhr 04: Habe beschlossen, mich zu betrinken. 22 Uhr 29: Bin betrunken. 22 Uhr 32: Lachanfall

bei einem Bericht über Erdferkel auf Hessen 3 – die Lebensfreude kehrt zurück. 0 Uhr 21: Wim-Wenders-Film auf ARTE geguckt. Die Lebensfreude ist wieder weg.

Montag, 22. September
Kann mich nicht mehr an Aylins Geruch erinnern. Gestern hatte ich ihn noch genau in meiner geistigen Nase. Diese einzigartige Mischung aus Hugo Woman, Kräutern und – Aylin eben. Plötzlich ist es weg. 18 Uhr 23: Aylins Geruch auf Beifahrersitz des Ford Ka gesucht. Nicht gefunden. 19 Uhr 49: Hugo Woman gekauft und eine türkische Gewürzmischung damit besprüht. Es riecht fast wie Aylin. 20 Uhr 55: Es riecht überhaupt nicht nach Aylin. 21 Uhr 05: Es fehlt Thymian! 21 Uhr 38: Bei REWE Thymian gekauft ... Jetzt riecht es noch weniger nach Aylin.

Dienstag, 23. September
Liege auf dem Bett und höre *Monster Metal Power Ballads* ...

Still lovin' you läuft gerade zum fünften Mal durch, da taucht plötzlich vor dem ersten Refrain eine neue Keyboardpassage auf. Kann es sein, dass ich verrückt werde? Ja, das kann sein. Jetzt läuft der Refrain, und dieses neue Keyboard spielt immer noch. Ich stoppe die CD. Das Keyboard spielt weiter. O nein! Eine akustische Halluzination! In diesem Moment springt der Anrufbeantworter an. Das Keyboard war mein Telefon. Ich habe es einfach unheimlich lange nicht mehr klingeln hören ... Es piepst.

»Dübndüdüüüü ... Ey Daniel, alter Panik-Knochen, wollte nur mal El-Checko-mäßig nachhorchen, was in deinem hammergeilen Lotterleben so gefühlstechnisch abgeht ...«

Mark! Ich freue mich wie ein Kind, seine Stimme zu hören, beziehungsweise die von Udo Lindenberg, und haste zum Telefon.

»Dübndüdüüüü! Ey Mark, alter Kastraten-Tenor! Cool, dass du panikmäßig anrufst.«

»Ey, Daniel, du bist ja doch dübn-dübn-da.«

»Ja, logo, hab das panikmäßige Klingeln so Trommelfell-technisch irgendwie nicht so ganz ... Aber was läuft denn so in der Turbo-Türkei?«

»Ja, gigamäßiges Hammer-Wetter und immer schön den Daumen im Wind und so ...«

»Und so bräutetechnisch, was ist da so sahneschnittenmäßig unterwegs?«

» Ja, alles easy, keine Panik ...«

Etwas früher als üblich entsteht jetzt die Pause, die wir normalerweise dazu nutzen, um von Udo Lindenberg in die normale Stimme zu wechseln. Mark findet seine als Erster.

»Ja, also, Daniel, es ist ... ich wollte nur mal fragen, wie's dir so geht.«

Ein sehr ungewöhnlicher Gesprächsanfang. Wie's mir so geht? Und das Ganze mit so einem komischen Mitgefühl in der Stimme. Weiß er von der Trennung?

»Tja. Wie's mir geht. Also. Tja. Also es ist so ... Aylin und ich ...«

»Sie ist hier.«

»Was???«

»Sie ist hier. Aylin. Sie hat mir erzählt, dass ihr euch, äh ... Dübndüdüüü. Also, sie hat mir alles erzählt. Und deshalb wollte ich einfach wissen, ob du jetzt irgendwie ... also gefühlsmäßig ... dübndüdü, also, wie es dir geht.«

»Sie ist in Antalya?«

»Ja.«

»Was macht sie da?«

»Sie arbeitet wieder.«

»Okay.«

»Also, äh, ist bei dir alles in Ordnung?«

»Na ja, ich bin natürlich noch nicht so ganz ... aber ... tja. Wird schon wieder.«

»Du weißt ja, wenn du, äh, also, äh, reden willst oder so ... Dann ... Du weißt ja, dass ich dann ...«

»Ja.«

»Dann bin ich natürlich ... Also, dann kannst du natürlich immer ...«

»Ja.«

»Wollte ich nur sagen.«

»Ja. Danke.«

Ich bin gerührt. Mark spürt, dass ich gerührt bin. Ich spüre, dass er es spürt. So viel Gefühl können wir nur als Udo Lindenberg ertragen.

»Ey, also panikmäßigen Dank! Das war so freundschaftstechnisch voll der Hammer-Anruf, der is' mir Gustav-Gänsehaut-mäßig voll unter den Hut gegangen ...«

»Das ist doch panikmäßig klar. Und denk immer dran: hinterm Horizont geht's weiter, dübndüdüdüüüü ...«

Ich lege auf und bin in dieser Reihenfolge: 1. gerührt; 2. traurig; 3. tieftraurig; 4. wütend; 5. sehr wütend; 6. gerührt; 7. verzweifelt; 8. stinksauer; 9. gleichgültig; 10. fuchsteufelswild; 11. hundeelend; 12. depressiv; 13. voller Hoffnung; 14. verzweifelt; 15. belustigt; 16. traurig; 17. gerührt; 18. euphorisch; 19. tieftraurig; 20. wahnsinnig; 21. hypochondrisch; 22. glücklich; 23. total am Ende; 24. leicht wütend; 25. sehr wütend; 26. wütend; 27. leicht wütend; 28. wütend; 29. leicht wütend.

Während sich meine Gefühle zwischen wütend und leicht wütend einpendeln, kreisen meine Gedanken um Aylin. Sie ist also einfach wieder zurückgeflogen und tut so, als sei nichts gewesen. Während es mir hier richtig dreckig geht und sich die Pizzakartons stapeln, hat die Dame offensichtlich kein Problem, fremden Menschen gute Laune zu vermitteln. Das ist doch unerhört!

Mein Blick fällt auf die Disco-Klamotten, die ich vor einer Woche auf den Wäschekorb geschmissen und seitdem nicht mehr beachtet habe. Langsam, fast feierlich, schreite ich auf die Klamotten zu und spüre, wie mein Gang schon bei diesen wenigen Metern aufrechter wird. Dann ziehe ich mein ausgewaschenes *Aufstieg 2005*-T-Shirt und die beige Schlabber-Shorts aus und verwandle mich Kleidungsstück für Kleidungsstück zurück vom Jammerlappen-Daniel in den Berliner Disco-König: zuerst die glänzende Unterhose, dann die schwarze Satinhose, das langärmelige weiße Shirt mit den keltischen Zeichen, das Sakko, die Lackschuhe und schließlich das Gel. Als ich mich im Spiegel betrachte, kommt es mir vor, als steckte ich in einem Superheldenkostüm, das magische Kräfte verleiht. Plötzlich fühle ich wieder das Testosteron in meinem Körper. Ich bin nicht mehr der verheulte Sitzpinkler der letzten acht Tage. Der neue Daniel ist zurück!!!

30

Ich wusste genau, wo der Reisepass lag und auf welche Seite mir Viviane ihre Telefonnummer geschrieben hat. Ohne zu zögern, rief ich sie an: »Hey, Viviane, hier ist Daniel, aus dem Flieger von Antalya. Ich dachte mir, unsere Beziehung hat die Turbulenzen ja schon hinter sich, haha, also können wir uns ja mal treffen.« Viviane musste lachen und wollte sich mit mir verabreden.

Ich habe ein Date. Mein erstes seit Aylin. Sie arbeitet weiter und tut so, als wäre nichts gewesen? Bitte. Das kann ich auch.

Ich verlasse meine Wohnung und gehe mit höchstens 4 Prozent Woody Allen und 96 Prozent Brad Pitt in Richtung Studentenviertel. Ich habe für unser Date das Café *Magnus* vorgeschlagen, weil mir Emine, also Emines Tochter Emine, Aylins Cousine, erzählt hat, dass sie dort gelegentlich kellnert. Nicht, dass ich etwas von ihr will, aber sie hat mir das Gefühl gegeben, attraktiv zu sein, und das hat mir gefallen. Ich drehe im Volksgarten extra noch eine Ehrenrunde um den See, um nicht pünktlich zu sein, denn das wäre uncool. Dann umlaufe ich geschickt den Barbarossaplatz und komme an der Filmdose vorbei, wo das Transen-Stück »Vom Winde verdreht« Gerd, dem Gaukler, in Sachen schlechtestes Wortspiel Konkurrenz macht.

Als ich das *Magnus* betrete, sitzt Viviane schon da. Top gestylt mit pink-silbernem Bustier und einer Frisur, die in meinem Kollegenkreis allgemein als Fick-mich-Palme bezeichnet wird. Sie sieht mich verblüfft an.

»Hey, Daniel! Du siehst ja ... wow, du siehst voll cool aus!«

»Danke. Du siehst auch voll cool aus.«

Wir begrüßen uns mit Küsschen auf die Wange, und ich setze mich zu ihr an den Tisch. Ich ärgere mich ein bisschen über meinen Antwortsatz »Du siehst auch voll cool aus«. Warum überhaupt? Warum messe ich das Niveau meiner Konversation seit über 30 Jahren mit den Maßstäben meines Vaters?! Sicherlich, Hans-Magnus Enzensberger und Wim Wenders werden ihre Rendezvous nicht mit einem Satz wie »Du siehst auch voll cool aus« beginnen. Aber was hat das mit mir zu tun? Warum zum Teufel soll ich meine Energie bei einem Date mit einer Blondine, deren IQ wahrscheinlich unter 80 liegt, mit dem Ersinnen von intelligenten Sätzen verschwenden?! Eigentlich ist der Satz »Du siehst auch voll cool aus« perfekt.

»Echt, du hast voll den anderen Style, Daniel, echt geil, voll männlich irgendwie. Geil!«

»Danke. Ich finde auch, dass das so männlichkeitstechnisch ... äh, voll cool rüberkommt, irgendwie.«

Eigentlich finde ich es peinlich, wenn man als 33-Jähriger versucht, sich sprachlich jugendlich auszudrücken. (Das erbärmlichste Beispiel dieser Art gab es bei der Deutschen Grand-Prix-Vorausscheidung 1998, als Bernd Meinunger und Ralf Siegel vergeblich versuchten, sich durch Anbiedern beim jungen Publikum gegen Guildo Horn zu behaupten, unter anderem mit der Zeile *Cool sein musst du, sonst bist du out.* Dazu bewegten sich im Hintergrund ein paar 16-jährige Streber in C&A-Klamotten, als wäre ihr Religionslehrer der Choreograf gewesen. Wenn es damals schon die Zlatko-Skala gegeben hätte, wäre es eine 0,99 gewesen.)

Aber heute Abend, hier im *Magnus*, habe ich alle Ansprüche über Bord geworfen. Ein sprachlicher Anbiederungsversuch ist ja nur dann peinlich, wenn er vom Gegenüber bemerkt wird. Und davon ist Viviane weit entfernt. Sie gibt alle Signale, die im Lifestyle-Bereich der GMX-Homepage als Beweise für den erfolgreichen Verlauf eines Dates genannt wurden: Sie zeigt ihren Hals, sie streicht sich durch die Haare, ihre Pupillen sind vergrößert (das könnte natürlich auch an Drogen liegen), sie sucht Körperkontakt.

Als ich Viviane gerade begeistere, indem ich Interesse für die Ehe von Marc Terenzi und Sarah Connor heuchle, kommt Emine zu unserem Tisch.

»Hey, Daniel! Das ist ja 'ne Überraschung!«

Wir begrüßen uns mit Küsschen und einer Umarmung, die etwas zu lange dauert für zwei, die nur gute Freunde sind. Aus dem Augenwinkel sehe ich, dass Viviane Emine hasserfüllt ansieht. Es läuft einfach perfekt. Ich fühle mich schon wieder wie ein Hengst. Habe ich vorhin noch geweint? Lächerlich.

»Du, Daniel, ich hab das mit Aylin gehört. Tut mir total leid, echt.«

»Tja. That's life.«

Habe ich gerade »That's life« gesagt? Ja, das habe ich. Na und? Eigentlich sind Anglizismen cool. Und Rüdiger Kleinmüller wäre stolz auf mich. Viviane bestellt eine Piña Colada, ich einen Blue Lagoon. Emine geht zurück zur Bar; ich zwinkere ihr zu, sie zwinkert zurück. Ich hatte ganz vergessen, wie schön Flirten ist. Da werden Endorphine ausgeschüttet. Flirten ist das beste Mittel gegen Trennungsschmerz. Besser als *Monster Metal Power Ballads* und besser als das blöde Tagebuch. Ich glaube, ich mache Schluss mit meiner Therapeutin.

Mein Flirt mit Emine scheint Viviane in dem Urteil bestätigt zu haben, dass ich begehrenswert bin. Sie ist näher an mich herangerückt und berührt beim Reden immer öfter meinen Unterarm. Mein Adrenalinpegel bewegt sich auf die Berliner Höchstmarke zu. Warum sollte es mich stören, dass Viviane ziemlichen Blödsinn redet?

»Die Balladen von Marc Terenzi gehen total unter die Haut, ehrlich, und die Texte sind auch irgendwie voll tiefsinnig, wenn man da mal drüber nachdenkt. Und dann sieht er auch noch voll schnuckelig aus, obwohl der ja bei Sarah ziemlich unterm Pantoffel steht ... Aber *Love to be loved* ist hundertpro das schönste Liebeslied aller Zeiten, ey, ich hab so geheult, wie der da am Strand am Klavier saß, ey, das war sooo süß, echt ...«

Auf welchem Stand ihrer emotionalen Entwicklung befindet sich eine Frau, die *Love to be loved* von Marc Terenzi für das schönste Liebeslied aller Zeit hält? Wohl irgendwo zwischen Kindergarten und erstem Poesiealbum. Wahrscheinlich klebt sie Diddl-Mäuse auf ihre Liebesbriefe. Sollte ich nicht mehr Respekt vor einer Frau haben, mit der ich wahrscheinlich eine sexuelle Beziehung aufnehmen werde? Ich glaube nicht. That's life. In diesem Moment vibriert mein Handy. Ich schaue auf das Display. Es ist Lysa. Ich entschuldige mich kurz bei Viviane und gehe raus.

»Ja?«

»Hi, Daniel, Lysa hier. Ich wollte nur mal fragen, ob's dir besser geht.«

»Ja, danke, mir geht's besser. Viel besser ... Ich würde sogar sagen: phantastisch.«

»Klasse. Also kommst du morgen wieder?«

»Was? O ja. Klar. Ich denke, ich komme morgen.«

»Gut. Dann sehen wir uns ja.«

»Genau. Oder hast du Lust, dass wir uns heute Abend noch treffen? Sagen wir, in 'ner Viertelstunde im *Rosebud*?!«

»Okay, warum nicht? Dann bis gleich.«

Ich lege auf und verspüre Euphorie. Die Sätze sind irgendwie aus meinem Mund hervorgequollen. Ich konnte mich nicht bremsen. Und ich bin stolz auf mich. Lysa hat mich noch nie aus rein privaten Gründen angerufen. Und jetzt haben wir sogar ein Date!!! Adrenalin schießt durch meinen Körper. Ich habe zwei Dates auf einmal. Ich dachte immer, so was machen nur Machos. Aber jetzt erscheint es mir total plausibel. Außerdem hatte ich lange genug überhaupt keine Dates. Ich gehe zurück zu Viviane.

»Du, sorry, das war mein Chef. Es ist ein total eiliger Auftrag gekommen, das wird die ganze Nacht dauern. Tut mir echt total leid.«

»Schon okay. Wir simsen morgen 'nen neuen Termin aus.«

»Perfekt.«

Ich küsse Viviane zum Abschied so knapp neben den Mund, dass es schon fast ein richtiger Kuss ist. Dann bezahle ich bei Emine und küsse sie zum Abschied noch knapper neben den Mund. So knapp, dass ich etwa ein Drittel ihrer Lippen erwische. Der Berliner Testosteronpegel ist erreicht. Ich zwinkere meinen beiden Flammen zum Abschied zu und verlasse das *Magnus*.

Habe ich Viviane gerade angelogen? Ja, das habe ich. Ich dachte immer, so was machen nur Arschlöcher. Aber so wie Viviane aussieht, wird sie nicht lange alleine dasitzen. Ich muss kein schlechtes Gewissen haben.

Zehn Minuten später hocke ich an der Bar des *Rosebud* – dort, wo Lysa damals gegen halb drei nachts von einem Deutschen mit Migrationshintergrund im Porsche abgeschleppt wurde. Wollen wir doch mal sehen, wer sie heute abschleppt. Ich könnte wetten, dass ich es bin. Obwohl ich mich ein klein wenig sorge, dass sie mein neues Outfit ähnlich lächerlich findet wie Aylin. Schließlich hat Lysa einen sarkastischen Humor ...

Sie kommt herein. Schlicht gekleidet in Jeans und bauchfreiem T-Shirt. Sie sieht gut aus. Und sie findet mich ganz und gar nicht lächerlich.

»Wooow! Daniel! Du siehst ja aus wie ein Mann.«

Sie fühlt den Stoff meines Jacketts und nickt anerkennend. Wir begrüßen uns mit Wangenküsschen. Dann setzt sie sich neben mich, schaut mich mit geweiteten Pupillen an und gibt ihren Hals frei. Mein Testosteronpegel hat den Berlin-Rekord gebrochen: Lysa findet, dass ich aussehe wie ein Mann. Ausgerechnet Lysa, in deren Liste möglicher Geschlechtspartner ich jahrelang noch hinter Bata Illic kam, signalisiert mir, dass heute Abend etwas laufen könnte. Als sie sich auf die Toilette verabschiedet, sinniere ich kurz, ob es klug ist, ein Verhältnis mit einer Kollegin zu beginnen, oder ob mein Leben damit das Niveau einer Sat.1-Telenovela erreicht. Plötzlich spricht mich ein Mann an, der ebenfalls an der Bar sitzt.

»Daniel? Daniel Hagenberger?«

»Ja?«

»Das gibt's doch gar nicht! Mann, du hast dich total verändert!«

Irgendwie kommt mir der Mann bekannt vor, aber ich weiß nicht, woher.

»Kennst du mich nicht mehr? Ich bin's, Uwe. Uwe Schäfer.«

»Uwe!«

Unglaublich. Vor mir sitzt der Typ, der bei der Jahrgangsstufenfahrt 1992 nach Berlin Gaby Haas abbekommen hat. Er hat jetzt eine Halbglatze und einen stattlichen Bierbauch – das Schicksal ist doch irgendwie gerecht.

»Mensch, Uwe! Das ist ja ... wie geht's denn so? Bist du noch mit Gaby Haas zusammen?«

Dumme Frage. Er hat ihr 1992 im Bus unterm T-Shirt rumgefummelt. So etwas hält niemals so lange.

»Ja. Sie heißt allerdings jetzt Gaby Schäfer. Sie ist nur kurz auf dem Klo. Du weißt ja, Frauen …«

Blut schießt in meinen Kopf. Gaby Haas ist hier. Ich werde gleich Gaby Haas sehen. Zum ersten Mal seit 1997, da habe ich sie bei Saturn getroffen. Sie hat die neue *Take That* gekauft, ich *Monty Python live at the Hollywood Bowl.* Ich wollte sie mit der Stimme von Franz Beckenbauer zu einem Kaffee einladen, aber sie meinte, sie müsse noch Obst kaufen – was in meiner Liste der fadenscheinigsten Ausflüchte von Frauen, die ich einladen wollte, Platz 3 belegt, direkt nach Heike Zanders Statement »Ich muss morgen früh raus« (das war um fünf Uhr nachmittags!) und Monika Ohligs Aussage »Gleich macht die Apotheke zu und ich muss noch Zahnseide besorgen«.

Doch all diese deprimierenden Phrasen sind in diesem Moment vergessen, als Gaby Haas, die jetzt nicht mehr Gaby Haas heißt, von der Toilette kommt. Jetzt sehe ich auch den Grund für Uwe Schäfers Bierbauch: Offenbar hat Gaby ihn immer ihre Reste essen lassen – denn sie ist schlanker denn je.

»Guck mal, Gaby, wer hier ist: Daniel Hagenberger.«

Ich zwinkere ihr zu, und Gaby fällt aus allen Wolken. Sie sieht mich mit offenem Mund an und ist beeindruckt. Mein Gott, das Leben kann so schön sein.

»Daniel! Das kann ja wohl echt nicht wahr sein! Du warst doch immer der totale Loser, und jetzt … wow! Du siehst ja richtig gut aus!«

»Danke. Du siehst aber auch richtig gut aus.«

Bei Gaby Haas ärgert es mich dann doch ein bisschen, dass mir kein intelligenter Antwortsatz eingefallen ist.

»Was ist mit dir passiert, Daniel? Warst du bei einer von diesen Styling-Shows, wo sie einen neuen Menschen aus dir machen?«

»Nein, ich hab mich einfach … verändert. Bin erwachsen geworden.«

»Wow! Und du redest auch nicht mehr wie Beckenbauer oder Lindenberg.«

»Nee, solche Kindereien hab ich hinter mir gelassen.«

»Respekt. Echt, Daniel. Ich muss zugeben, ich bin beeindruckt. Das ist doch nicht zu fassen, nicht wahr, Uwe-Schnuckel?!«

»Jaja, schon lustig, Gaby-baby.«

Uwe-Schnuckel und Gaby-baby. Das kriegt spontan eine 0,92 auf der Zlatko-Skala.

»Sag doch, Uwe-Schnuckel, bist du nicht auch total baff?«

»Jaja.«

Uwe-Schnuckel ist ein wenig genervt. Seine Gaby-baby redet wohl etwas zu euphorisch. Und ich schwebe auf Wolke 7. Das ist so eine Szene, die es normalerweise nur in Tagträumen und süßen Rachephantasien gibt. Aber nicht im realen Leben. Ich koste jede Sekunde aus. Am liebsten würde ich jetzt laut losjubeln wie ein Fußballer nach einem Tor und mir auf die Brust trommeln. Besser kann es nicht mehr kommen. Aber es kommt noch besser:

»Du, Daniel, schön, dass wir dich getroffen haben. Aber wir wollten eigentlich gerade gehen. Nicht wahr, Gaby-baby?«

»Nein, wieso denn?«

»Na ja, weil wir doch noch da hinmüssen, zu dieser Veranstaltung.«

»Welche Veranstaltung?«

»Na, du weißt doch, dieses Konzert da.«

»Uwe-Schnuckel, ich habe keine Ahnung, wovon du redest.«

Sie lässt ihn eiskalt auflaufen. Uwe schäumt vor Wut und zieht sie nach draußen, wo der Disput weitergeht. Ich sehe die beiden vor der Fensterscheibe wild gestikulieren und bedanke mich bei allen Mächten des Universums, dass ich das gerade erleben darf. Lysa kommt von der Toilette zurück.

»Lysa, du glaubst nicht, was gerade passiert ist! Ich hab doch im Büro bestimmt mal von diesem Mädchen erzählt, hinter dem ich acht Jahre her war ...«

»Die Geschichte, wo du dir im Berliner Fernsehturm am Pimmel rumgefummelt hast?«

»Genau. Die Frau da draußen, das ist sie. Sie findet mich jetzt toll. Und sie hat gerade einen richtigen Ehekrach deshalb.«

»Wow. Herzlichen Glückwunsch ... Die Szene merken wir uns als Werbespot für irgendein Klamotten-Label ... Ein totaler

Durchschnitts-Typ, der in seinem neuen Outfit alle Frauen scharf macht, die sich früher nicht für ihn interessiert haben …«

Jetzt zieht Uwe-Schnuckel wütend ab. Gaby steht einen Moment unschlüssig da und überlegt, ob sie hinterhergehen soll. Lysa und ich schauen gebannt zu. Dann kommt Gaby Haas, die jetzt Gaby Schäfer heißt, zurück. Lysa klopft mir auf die Schulter und flüstert mir ins Ohr:

»Ich lass euch zwei dann mal alleine … Erzähl mir morgen, wie's ausgegangen ist. Ich liebe Seifenopern.«

Lysa zwinkert mir noch einmal zu und verlässt das *Rosebud*. Was für ein eleganter Abgang! Es ist auch besser, dass ich Beruf und Privatleben trenne. Vielleicht will das Schicksal ja, dass ich etwas mit Gaby Haas anfange?! (Für mich heißt sie nicht Gaby Schäfer, für mich bleibt sie Gaby Haas.) Ich frage so unschuldig wie möglich:

»Was war los? Gab's Stress?!«

»Ach, der ist echt krank vor Eifersucht. Immer wenn ich mal mit 'nem attraktiven Mann rede, will er mich da wegzerren. Aber ich lass mir nichts verbieten. Da bin ich trotzig. Jetzt erst recht!«

Sie lächelt mir zu. Hat sie mich gerade indirekt als »attraktiven Mann« bezeichnet? Ja, das hat sie. Mein Testosteronpegel ist auf dem Niveau eines Stiers in der Arena, der beim Anblick des roten Tuchs von einer Wespe in den Hodensack gestochen wird. Vielleicht ist mein ganzes Leben nur auf diesen Moment zugesteuert, in dem Gaby Haas endlich erkennt, dass sie damals einen großen Fehler gemacht hat … Vielleicht ergibt jetzt plötzlich alles einen Sinn. Wir unterhalten uns über die Schulzeit, die Macken unserer Lehrer, und wie wir am letzten Schultag Beton vor den Eingang geschüttet haben, der mit einem Presslufthammer entfernt werden musste, bevor irgendwer das Schulgebäude betreten konnte. Oh Mann, wie viele Nächte habe ich damals davon geträumt, Gaby Haas so nah zu sein … Davon erzähle ich ihr natürlich nichts.

Als Gaby mal wieder zur Toilette muss, vermutlich um nachzupudern, kaufe ich dem *Express*-Verkäufer, der um diese Zeit durch alle Kneipen und Cafés streift, ein Exemplar ab. Es ist gut, wenn es nicht so aussieht, als würde man auf die Frau warten. Auf Frauen warten ist unmännlich. Also lese ich wie üblich zuerst den Sportteil und freue mich, dass der Star-Stürmer des 1. FC Köln, Milivoje Novakovic, beschlossen hat, weniger Alkohol zu trinken. Dann fällt mein Blick auf die kleine Rubrik »Fußball international«, wo unter anderem die Ergebnisse der türkischen »Süper Lig« aufgelistet sind ... Trabzonspor hat verloren. Auf einen Schlag verschwindet meine Euphorie. Als würde jemand das Testosteron aus meinem Körper saugen und alle Endorphine mit Säure zersetzen. Trabzonspor hat verloren. 1:2 gegen Fenerbahçe. Diese Nachricht macht mich unglaublich traurig.

»Daniel, sag mal, weinst du?«

Gaby Haas ist vom Klo zurück. Weine ich? Wenn man Weinen so definiert, dass einem eine durchsichtige Flüssigkeit aus den Augen läuft, während man die Mundwinkel nach unten zieht – ja, dann weine ich.

»Ich glaube schon.«

»Aber ... was ist denn los?«

»Trabzonspor hat verloren.«

»Wer ist Trabzonspor?«

»Ein türkischer Fußballverein.«

»Du weinst, weil ein türkischer Fußballverein verloren hat?«

»Ja.«

»Aha.«

»Tja.«

»Und, äh, *warum* weinst du, wenn ein türkischer Fußballverein verloren hat?«

»Weil das einfach total traurig ist. Ich meine, es lief doch so gut! Sie haben Galatasaray geschlagen, und jetzt verlieren sie gegen Fenerbahçe. Das kann doch einfach nicht wahr sein.«

»Äh ... Geht es dir gut, Daniel?«

»Weißt du, jetzt ist bestimmt die ganze Familie traurig. Vor allem Baba.«

»Baba?«

»Genau. Und Anne. Und Cem. Und die ganzen Emines und Ayşes. Und ... und Aylin.«

Ich schluchze. Der Barkeeper und Gaby Haas schauen mich irritiert an. Aber das ist mir egal. Meine Klamotten sind mir egal, mein Coolsein ist mir egal, wie ich auf Gaby Haas wirke, ist mir egal. Durch meinen Kopf jagen Fetzen der Erinnerung: wie ich mit Aylin am Strand spaziere; wie ich nach dem Allergieschock aus der Ohnmacht erwache und sie meine Hand hält; wie ich ihr aus dem Bus zuwinke; wie ich ihr auf der Hamburger Hallig den Ring anstecke und wir uns küssen; wie wir uns anlächeln, als meine Eltern um Erlaubnis fragen. Plötzlich weiß ich wieder, wie Aylin riecht. Und ich weiß, dass ich diesen Geruch mein Leben lang um mich haben will.

Ich schluchze erneut. Meine Tränen bewässern das Foto, auf dem Milivoje Novakovic grinsend ein Kölschglas in die Kamera hält, und plötzlich kommt irgendwo aus meinem Inneren eine Erkenntnis, die ebenso glasklar wie unumstößlich ist: Ich muss zu Aylin. Jetzt. Sofort. Ohne zu zögern. Ich stehe auf, lege zehn Euro auf die Theke, klopfe Gaby Haas zum Abschied auf die Schulter und verlasse das *Rosebud*. Ich gehe über den Barbarossaplatz und denke: Mit Aylin würde ich sogar *hier* hinziehen.

31

Ich sitze zu Hause an meinem Laptop und suche Flüge nach Antalya. Die Möglichkeiten sind schier unbegrenzt: reise.de, flug.de, easyjet.com, germanwings.de, antalya24.com, sunexpress.de ... Mir flimmern die Buchstaben vor den Augen. Währenddessen höre ich aus dem Fernseher Worte, die mir bekannt vorkommen: »Aaaah, hier zeigt sich die Zukunft ...«

Mein Koffeinfreier-Kaffee-Werbespot läuft. Ich schaue auf den Bildschirm und zucke zusammen: Die Wahrsagerin wird von einer zwanzigjährigen Brünetten mit aufgespritzten Lippen gespielt, deren Korsage kurz vor dem Platzen ist und die sich anhört, als würde Jörg Knör eine Telefonsex-Werbung imitieren. Nicht einmal Naddel hätte es geschafft, diese Knallcharge in schauspielerischem Dilettantismus zu unterbieten. Ich bin ehrlich entsetzt, öffne meinen E-Mail-Account und beginne zu schreiben:

> Sehr geehrter Herr Kleinmüller,
> habe gerade den Werbespot gesehen und bin begeistert! Wie Sie die Silikontitten als Metapher für die Künstlichkeit des modernen Lebens einsetzen und damit indirekt die Sinnlosigkeit des Produktes thematisieren – Hut ab! Dann die Korsage als Sinnbild für die einengende Gesellschaft und die aufgespritzten Lippen, die wie ein Leuchtturm der Sprachlosigkeit inmitten einer Überfülle von Informationen anmuten ... Ein absolutes Meisterwerk.
> Ach, übrigens: Betrachten Sie diese Mail als Kündigung. Wenn's am schönsten ist, soll man ja bekanntlich aufhören.
> Mit freundlichen Grüßen,
> Daniel Hagenberger

Ich klicke auf »Senden«. Eine Euphorie macht sich in mir breit. Ich habe die Werbebranche sowieso nie gemocht. Vielleicht mache ich mit Karl, Ulli und Lysa eine Kreativ-Firma auf. Oder ich baue Kartoffeln an. Oder ich schreibe meine Erinnerungen auf, nenne sie »Macho Man« und verkaufe sie als Roman. Vielleicht arbeite ich aber auch einfach mit meiner türkischen Familie zusammen ... Meine türkische Familie. Die nur dann meine Familie wird, wenn ich jetzt schnell zu Aylin fliege.

Als ich meinen E-Mail-Account gerade schließen will, sehe ich, dass der 1. FC Köln mir geantwortet hat:

> Sehr geehrter Herr Hagenberger,
> wir bedanken uns für Ihre Kritik und sind betrübt, dass Sie unzufrieden sind. Allerdings möchten wir darauf hinweisen, dass Glücksbringer traditionell keine Hoden benötigen, um zu wirken. Auch Pfennigstücke, Fliegenpilze und Hufeisen besitzen keine männlichen Geschlechtsorgane. Der von Ihnen erwähnte Löwe von Bayer Leverkusen ist lediglich ein Karnevalskostüm, in dem sich ein Ein-Euro-Jobber befindet. Wir sind stolz auf unseren Bock und hoffen, Sie halten uns weiterhin die Treue. Ihr 1. FC Köln

Eigentlich haben sie recht. Was ist nur in mich gefahren? Es ist doch toll, ein süßes Knuddel-Maskottchen zu haben. Und immerhin kann er den Glücksbringer von Greuther Fürth, das Kleeblatt, einfach aufessen.

Es ist fast zwei, und der nächste Flug geht um sechs Uhr ab Hamburg. Ich rufe am Flughafen an. Es sind noch wenige Plätze frei, aber spätestens um fünf müsste ich am Check-in sein. Ich lüge, das sei kein Problem, und reserviere. Wie zum Teufel komme ich in drei Stunden nach Hamburg? Mir fällt nur *eine* Lösung ein ...

20 Minuten später sitze ich neben Cem im silbernen BMW Cabrio, dessen Verdeck diesmal wegen Regens geschlossen ist, und düse über die A1. Cem hat keine Fragen gestellt, aber er weiß genau, worum es geht. Der Regen macht es nicht einfacher, in drei Stunden nach Hamburg zu kommen, aber in lebensbedrohlichen Situationen hat sich bei mir ein gewisser Fatalismus eingestellt.

Cem hat diesmal keinen Türk-Pop im CD-Wechsler, sondern die »Abba Gold«, bei der er jeden Song mitsingt und im Takt mitwippt. Ein türkischer Macho, der Abba verehrt? Plötzlich suchen mich Erinnerungsfetzen heim: Cem wirft die Telefonnummer der Kellnerin weg, in der Disco schaut er die halb nackten Frauen auf der Tanzfläche nicht an, hinterher kommt ein Typ mit zum Auto, gibt Cem einen Klaps auf den Po und lächelt schelmisch. Ein Bild setzt sich zusammen: Cem guckt nicht im Männercafé Fußball, er hat keine Freundin, und in seinem Zimmer habe ich eine Autogrammkarte von George Michael gesehen. Ich bin irritiert und drehe die Musik ein wenig leiser.

»Sag mal, Cem ... Du, äh, also, äh, du ... du hörst Abba?«

»Du willst wissen, ob ich schwul bin? Ja, bin ich.«

»Aber ... du ... ich dachte immer, du bist so ein Macho.«

»Ich bin immer noch Türke.«

»Hast du einen Freund?«

»Ja.«

»Und neulich in der Disco?«

»Frag nicht.«

»Aber ... Deine Eltern?«

»Die wissen Bescheid.«

»Also hast du dich geoutet.«

»Natürlich nicht.«

»Dann haben sie dich irgendwo erwischt.«

»Nein.«

»Aber woher wissen sie ...«

»Sie wissen es einfach. Sie sind nicht dumm.«

»Aber was haben sie denn gesagt?«

»Gar nichts.«

»Wie, gar nichts?«

»Darüber wird nicht gesprochen. Ich weiß, dass sie es wissen. Sie wissen, dass ich weiß, dass sie es wissen. Das reicht.«

»Aber hast du nicht das Bedürfnis, ihnen deinen Freund vorzustellen?«

»Bist du wahnsinnig? Er ist Grieche.«

»O nein!«

»Außerdem: Auch wenn es alle wissen, ist es noch lange nicht offiziell. In der Türkei kannst du eigentlich alles machen. Das können auch ruhig alle wissen. Nur *reden* darfst du nicht drüber.«

»Ist das nicht schwierig, wenn man die Wahrheit nie aussprechen darf?«

»Hey, ich bin Jurist!«

Rothaarige Türken, okay. Rothaarige Schweinefleisch essende Türken, okay. Aber rothaarige Schweinefleisch essende *homosexuelle* Türken - das ist zu viel. Das ist ja wie nüchterne Engländer auf Mallorca ohne Sonnenbrand. Oder bescheidene Amerikaner ohne Waffenschein, die auch noch Fremdsprachen beherrschen. Mein altes Weltbild war sowieso schon erschüttert. Jetzt fällt es endgültig in sich zusammen. Dieses ganze Männlichkeits-Gehabe, der Machismo, der aufrechte Gang, die Klamotten, die Coolness, all das ist nur Fassade, und dahinter kann sich alles verstecken: ein Homosexueller, ein Träumer, jemand, der sich heimlich den *Pferdeflüsterer* ansieht, oder ein Typ, der koffeinfreien Kaffee mag. Natürlich auch ein Arschloch.

Plötzlich wird mir klar, was Werbung und Machos gemeinsam haben: Es geht ihnen nur um eine schillernde Oberfläche. Koffeinfreier Kaffee ist immer koffeinfreier Kaffee, und koffeinfreier Kaffee ist uncool, daran können weder Wahrsagerinnen noch Silikonimplantate etwas ändern.

Ich wollte immer genauso cool sein wie türkische Machos. Jetzt merke ich, dass ich sie lediglich um eine Maske beneidet habe. Ich habe diese Maske auch getragen, und sie hat mir nicht weitergeholfen. Ich habe kurzzeitig mein Marketingkonzept geändert, aber wer bin ich überhaupt? Bin ich ein netter Kerl, der sich in den letzten Wochen eine Macho-Fassade zugelegt hat, oder war ich tief in mir immer schon ein Macho, der nur die Maske des netten Kumpels getragen hat? Oder bin ich vielleicht am authentischsten, wenn ich Udo Lindenberg imitiere?

Es ist relativ schwierig, zu einer fundamentalen Selbsterkenntnis zu gelangen, während man mit 210 km/h an einer Reihe Lkws vorbeifliegt, von denen jeden Moment einer ausscheren könnte. Cem scheint meine Gedanken gehört zu haben:

»Weißt du, Daniel, Aylin war vor dir mit einem richtigen Arschloch zusammen.«

»Der Typ, dem Emine aus dem Kaffeesatz gelesen hat und der dann vom Auto überfahren wurde?«

»Genau. Er sah gut aus, hatte coole Klamotten, und alle Frauen waren total heiß auf ihn ... Er hat Aylin immer wieder betrogen, und als sie ihn verlassen wollte, hat er sie fast totgeschlagen. Seitdem ist Aylin sehr vorsichtig mit Machos ...«

Ich hätte es spüren müssen: Aylin hat sich in mich verliebt, weil ich eben *kein* Macho war. Und ich Blödmann verwandle mich in ihren schlimmsten Albtraum ...

Um 4 Uhr 45 hält Cem mit quietschenden Reifen vor dem Haupteingang des Hamburger Flughafens. Ich hole meinen Koffer von der Rückbank und verabschiede mich von Cem mit Wangenküsschen. Auf dem Weg zur Tür stoppt er mich noch einmal:

»Du, Daniel?«

»Ja?«

»Auch wenn du für Aylin wieder zum Weichei wirst ... Den aufrechten Gang solltest du trotzdem beibehalten.«

Ich lache, schiebe meine Brust wieder nach vorne und schreite durch die Tür.

32

Gut fünf Stunden später reicht mir der Taxifahrer meinen Koffer an, und ich stehe vor dem Rixa Diva, 11 Uhr 04 Ortszeit. In diesem Moment wird mir klar, dass ich zum ersten Mal in meinem Leben geflogen bin, ohne an mein Asthma-Spray zu denken. Meine Gedanken kreisen allein um Aylin.

Ich kann mich noch genau daran erinnern, wie ich vor gut sechs Wochen zum ersten Mal ankam. Damals war ich völlig ruhig. Ich hatte ja keine Ahnung, dass es in diesem Gebäude eine Aylin gab und dass sie mein Leben durcheinanderwirbeln würde. Jetzt schlägt mein Herz so laut, dass ich es hören kann. Ich habe mich auf der Flugzeugtoilette umgezogen, damit mich Aylin auf keinen Fall im Macho-Outfit sieht. Wer sich noch nie auf einer Flugzeugtoilette umgezogen hat, sollte das unbedingt nachholen. Besonders schön war der Moment, als ich mir gerade die neue Hose anzog und dank eines Luftlochs mit dem rechten Ohr am Seifenspender hängen blieb, während ich mit dem Fuß aus Versehen das Wasser im Waschbecken auslöste, das mir direkt in die Nase gespritzt ist.

Ich weiß noch nicht, was ich ihr sagen werde. Ich weiß nur, dass ich mit ihr reden muss. Ich will in meiner Liebesgeschichte ein Happy End. Ich habe französische Filme immer für ihre depressiven Enden gehasst. Zum Beispiel »Verhängnis« von Louis Malle: da schläft Juliette Binoche mit ihrem eigenen Schwiegervater in spe, und als ihr Verlobter die beiden erwischt, stürzt er vor Schreck über ein Geländer und ist tot. Und dann sitzt man da im Kino und denkt: super. Ganz ganz toll. Vielen lieben Dank, Herr Malle, dass sie mir den Abend versaut haben! Ich gehe doch nicht ins Kino, um mir einen Typen anzusehen, der die Verlobte seines Sohnes vögelt, und dann stirbt nicht dieses Arschloch, sondern der Sohn! Wie krank in der Birne muss man eigentlich sein, um sich so einen Müll auszudenken?

Oder »Der Mann der Friseuse«: eine an und für sich nette Liebesgeschichte über einen älteren Mann, der sein Lebensglück darin findet, eine Friseuse zu heiraten und ihr dann den ganzen Tag lang bei der Arbeit zuzuschauen. Schon ein bisschen schwachsinnig, aber man sitzt im Kino und freut sich irgendwie, dass auch ein nicht ganz zurechnungsfähiger alter Franzose eine hübsche Frau abgekriegt hat. Und was passiert dann? Plötzlich meint die Friseuse, schöner kann's nicht mehr werden, und stürzt sich bei strömendem Regen von der Brücke. Ende. Ich war sicher, die verarschen mich, und bin den ganzen Abspann lang im Kino geblieben, weil ich dachte: okay, nach der Auflistung der Musiktitel taucht sie wieder auf, und dann gibt's noch eine Sex-Szene in nassen Klamotten. Aber nix. Die hat sich einfach aus 'ner Laune heraus umgebracht. Ich weiß noch, wie das Licht im Kino wieder anging und ich ernsthaft überlegt habe, ob ich jetzt nach Frankreich fahren und das gesamte Filmteam erdrosseln soll. Die haben doch wirklich nicht alle Tassen im Schrank, die Franzosen. Wahrscheinlich denken diese depressiven Froschfresser: Wenn *mein* Leben der letzte Dreck ist, warum soll es meinem Publikum dann besser gehen?

Meine Liebesgeschichte mit Aylin wird nicht so enden, und das habe ich selbst in der Hand. Ich gehe zur Rezeption und erfahre, dass mein Zimmer jetzt gut achtmal so teuer ist wie bei den Pauschalangeboten, dabei ist nicht mal mehr Hauptsaison. Aber das ist mir egal. Ich frage die Frau an der Rezeption, ob sie weiß, wo Aylin sich gerade aufhält, und erhalte die Antwort, Aylin sei gerade auf dem Weg zur Hochzeitssuite. Ich fahre leicht irritiert mit dem gläsernen Aufzug nach oben, stürme in mein Zimmer, werfe meinen Koffer aufs Bett und mache mich auf die Suche. Ich laufe durch mehrere Flure und über mehrere Treppen und muss feststellen, dass ich die Hochzeitssuite mit den Konferenzräumen verwechselt habe.

Ich erfahre, dass es sich bei der Hochzeitssuite um einen separaten Bungalow im Palmengarten handelt. Ich laufe an der Poolanlage vorbei und sehe von Weitem ein Brautpaar, das vor dem Bungalow neben einer mit silbernem Tüll geschmückten Palme für Fotos posiert. Die Braut sieht aus wie Aylin. Nein, das kann nicht sein. Ich muss mich getäuscht haben. Wir sind gerade acht Tage getrennt. Gleich werde ich lachen, weil die Braut Aylin von Nahem nicht einmal ähnlich sieht.

Ich schleiche mich näher heran und verstecke mich hinter einer weiteren Palme, die nur wenige Meter von der Hochzeitssuite entfernt steht. Jetzt kann ich das Gesicht der Braut erkennen. Sie sieht Aylin *doch* ähnlich. Sehr ähnlich sogar. Es ist Aylin. Kein Zweifel. Sie hat tatsächlich geheiratet. Sie trägt ein traumhaftes weißes Brautkleid, und jetzt lächelt sie in die Kamera. Als hätte es mich nie gegeben. Ich schließe kurz die Augen. Als ich sie wieder öffne, ist alles noch da. Ich habe nicht geträumt, ich habe Aylin nicht verwechselt. Es ist die Realität. Das kann doch einfach nicht wahr sein! Führt Louis Malle in meinem Leben Regie?

Der Bräutigam hebt Aylin hoch, um sie über die Schwelle zu tragen. Selbst dabei lassen sie sich noch fotografieren und grinsen blöd in die Kamera. Jetzt erkenne ich den Bräutigam. Es ist Mark. Der Boden unter meinen Füßen beginnt zu wanken.

Irgendwie taumle ich zurück in mein Zimmer, werfe mich aufs Bett und habe das Gefühl, verrückt zu werden. Die verdammten Franzosen haben doch recht: Das Leben ist scheiße! Was für eine gute Entscheidung die Friseuse getroffen hat, sich noch rechtzeitig in den Fluss zu stürzen. Würde ich einen Sprung aus dem ersten Stock überleben? Vermutlich ja. Es sei denn, ich lande zufällig auf der dicken Russin, die mich dann vor Wut umbringt. Und wenn ich's überlebe, fehlt mir immer noch die Auslandskrankenversicherung.

Aber der Tod hilft sowieso nicht weiter. Selbst wenn mein Vater nicht recht hat und der Geist den Tod überdauert – was ist, wenn ich zum Beispiel als Sohn von Viviane wiedergeboren werde?! Dann könnte ich schon vor der Entwicklung eines Ich-Bewusstseins Smileys per SMS verschicken. Da erscheint es mir sogar attraktiver, einfach in der Erde zu vermodern.

Ich werde durch ein Klopfen aus meinen morbiden Gedanken

gerissen. Ich habe nicht die Kraft, »Lasst mich in Ruhe« zu sagen. Die Tür öffnet sich. Es ist Mark.

»Dübndüdüüü! Ey, Alter, ich hab gehört, du hast panikmäßig eingecheckt – das ist ja 'ne Don-Plötzlich-mäßige Überraschung!«

Hat der sie noch alle? Heiratet die Frau, mit der ich mein Leben verbringen wollte, und kommt dann mit einer verdammten Udo-Lindenberg-Imitation in mein Zimmer, als wäre nichts gewesen. Mordgedanken schießen durch meinen wummernden Schädel. Ich schaue Mark fassungslos an.

»Äh, Daniel, ist alles in Ordnung? Was, äh ... ist irgendwas?«

»Ist irgendwas? IST IRGENDWAS??? Du hast Nerven!«

»Wieso? Ich verstehe nicht ...«

»Ich hab dich gesehen! Dich und ... Ich hab euch gesehen. Im Palmengarten ... Ich ...«

Ich schnaube vor Wut. Und was macht Mark? Er lacht. Er lacht mich tatsächlich aus. Keine Spur von Reue – im Gegenteil: der blanke Hohn.

»O Mann, Daniel, das ist wieder typisch. Wir haben Fotos für die neue Hotel-Website gemacht.«

»Für die Website?«

»Ja. Die Hochzeitssuite ist neu, und der Hotelbesitzer hat Aylin und mich gefragt, ob wir als Hochzeitspaar posieren können.«

»Das heißt ... Ihr habt nicht ...«

»Du hast wirklich gedacht, wir haben geheiratet??? Daniel, hallo!!! Ich bin dein Freund, schon vergessen?«

Langsam kommt die Botschaft in meinem Gehirn an. Ich springe mit einer Mischung aus Freude und Erleichterung aus dem Bett und falle Mark um den Hals. Ich umarme ihn. Fest. Innig. Tränen der Erleichterung rollen aus meinen Augen. Moment mal – ich umarme gerade meinen besten Freund fest und innig und habe keine homophobe Angstattacke. Ich weine und fühle mich trotzdem nicht als Weichei. Ich bin verwirrt. Vielleicht geht es gar nicht darum, besonders männlich zu sein. Vielleicht geht es im Leben um etwas ganz anderes. Vielleicht geht es um ... Liebe?!

»Dübndüdüüüüü.«

Die Erkenntnis, dass es im Leben um Liebe geht, war in diesem Moment so überwältigend, dass ich sie spontan mit einer Udo-Lindenberg-Imitation kontrastieren musste. Aber jetzt muss ich zu Aylin. Schnell.

»Mark, wo ist Aylin?«

»Beim Kinder-Karaoke.«

Ich laufe die Treppen hinunter, am Pool vorbei, lasse die Hochzeitssuite links liegen und erreiche das Amphitheater, auf dessen Bühne sich Aylin mit gut 20 Kids versammelt hat. Im Publikum sitzen etwa genauso viele Eltern. Gerade singt ein etwa achtjähriges Mädchen so unfassbar schief »Biene Maja«, dass selbst die wohlmeinenden Eltern schmerzvoll die Gesichter verziehen. Ich schleiche mich langsam nach vorne. Als das Lied zu Ende ist, applaudieren die Eltern, und Aylin nimmt das Mädchen an die Hand zum Verbeugen. In diesem Moment husche ich auf die Bühne. Im Menü der Karaoke-Anlage stehen folgende Titel zur Auswahl:

- Biene Maja
- Es tanzt ein Bi-Ba-Butzemann
- Alle Vöglein sind schon da
- Ein Männlein steht im Walde
- Wischi Wischi Waschi
- Das Lied der Schlümpfe
- Winter adé
- Schneeflöckchen Weißröckchen
- Das Lied vom Wackelpudding
- Es klappert die Mühle am rauschenden Bach

Ich entscheide mich spontan für das Lied der Schlümpfe. Als die ersten Klänge ertönen, dreht sich Aylin überrascht um. Wir sehen uns an. Ich kann ihren Blick nicht deuten. Ich kann mich auch nicht auf zwei Dinge gleichzeitig konzentrieren. Jetzt muss ich einen romantischen Text improvisieren. Auf das Lied der Schlümpfe. Vielleicht hätte ich die Aktion doch besser planen sollen. Zu spät. Mein Einsatz kommt.

Sag mal, wo kommst du denn her?
Mit dem Flieger aus Hamburg bitte sehr.

Ich singe die Fragen tief wie Vater Abraham und die Antworten hoch wie die Schlümpfe. Das ist nicht romantisch. Aber es geht bei diesem Lied einfach nicht anders. Als ich auf die Bühne gegangen bin, hatte ich so eine Szene im Kopf wie im Film »Mitten ins Herz«: Hugh Grant sitzt im ausverkauften Madison Square Garden am Flügel und entschuldigt sich mit einer ergreifenden Ballade so herzzerreißend bei Drew Barrymore, dass ihr am Ende die Tränen in die Augen steigen, während das Publikum nach einer pathetischen Pause geschlossen aufsteht und in frenetischen Jubel ausbricht. Diese Szene hatte ich im Kopf, und jetzt stehe ich mit einem Billig-Mikro vor einem alten Fernseher und imitiere kleine blaue Zwerge mit albernen weißen Mützen, während ein hüpfendes Clownsgesicht mir die Noten anzeigt und sich im Publikum knapp 20 Proleten in Badelatschen fragen, was zum Teufel ich da überhaupt will ... Egal. Jetzt hab ich das angefangen, jetzt ziehe ich das durch.

Was willst du in Antalya?
Aylin sagen, dass ich ein Blödmann war.
Was glaubst du, hast du falsch gemacht?
Ich habe einfach nicht nachgedacht.
Tut dir jetzt alles schrecklich leid?
Ja, mir tut alles schrecklich leid.
Dem Flötenschlumpf tut's auch leid.

So ist das halt beim Improvisieren. Es kommen auch mal Sätze raus, die ein bisschen dämlich sind. Aber auf die Originalzeile »Der Flötenschlumpf fängt an« ist mir auf die Schnelle halt nichts Besseres eingefallen. Egal. Weitermachen. Der Refrain kommt.

-'s tut mir lalalalalalalaleid,
tut mir lalalalalalalaleid,
tut mir lalalalalalalaleid,
tut mir leid.

Tut mir lalalalalalalaleid,
tut mir lalalalalalalaleid,
tut mir lalalalalalalaleid,
tut mir leid.

Tja. Das war's wohl. Mein Leben geht den Bach runter, weil ich zu nervös war, um schnell die Kuschel-Karaoke einzulegen, die direkt neben der Kinder-Karaoke-DVD liegt. Warum habe ich das nicht früher gesehen? Jetzt habe ich's verbockt. Aylin schaut mich an. Ich kann ihren Blick immer noch nicht deuten. Dann kommt sie langsam auf mich zu und – küsst mich.

Es ist der schönste Kuss meines Lebens. Er ist voller Wärme und Liebe, und er hört gar nicht mehr auf. Wir sinken langsam zu Boden und bekommen nicht mit, wie schimpfende Eltern ihren Kindern die Augen zuhalten und fluchtartig das Theater verlassen, vermutlich um sich an der Rezeption über die unverschämte Animateurin zu beschweren. Aber das ist Aylin egal. Und mir ist egal, dass es keine Standing Ovations gibt. Als sich zum ersten Mal unsere Lippen voneinander lösen, liegen wir alleine auf der Bühne des leeren Amphitheaters.

»Wow. Ich habe nicht gedacht, dass du kommst. Obwohl Tante Emine es im Kaffeesatz gesehen hat.«

»Sie hat vorhergesagt, dass ich komme?«

»Ja. Und das war so süß, Daniel. Mit dem Lied der Schlümpfe ... das war einfach ... ich habe mich in dem Moment wieder in dich verliebt.«

Plötzlich ist mir alles klar: Eine Frau, die sich in einen Mann verliebt, der mit verheulten Augen das Lied der Schlümpfe singt, das ist von allen Frauen im Universum diejenige, die für Daniel Hagenberger bestimmt ist. Jetzt hole ich einen kleinen Plastik-Butterbrotbeutel aus meiner Hosentasche hervor. Aylin schaut ihn irritiert an.

»Was ist das?«

»Du hast doch auf der Hamburger Hallig gesagt, dass du unseren Kuss nie vergessen wirst ... Und wir hatten doch vorher diesen tollen Apfelkuchen gegessen, weshalb dieser Kuss ein leichtes Apfelkuchenaroma hatte. Und da hab ich, bevor wir gefahren sind, heimlich im Hallig-Krog noch ein Stück gekauft und dann zu Hause eingefroren ... Weißt du, ich hab gedacht, vielleicht kommt irgendwann ein Tag, an dem wir diesen Kuss aus irgendwelchen Gründen vergessen, und dann würde ich das Stück auftauen, und wir könnten uns wieder erinnern ... Tja, jetzt *habe* ich das Stück aufgetaut.«

Aylin lächelt mich mit Tränen in den Augen an. Sie nimmt etwas von dem Apfelkuchen, der in meiner Tasche vollkommen zermatscht ist, und will mich küssen, aber ich halte sie zurück. Ich ziehe mir Aylins Ring vom kleinen Finger, der mir als Aufbewahrungsort am sichersten erschien.

»Aylin, ich bin mir jetzt noch sicherer, dass du die Frau meines Lebens bist. Deshalb frage ich dich noch mal: Benimle evlenmek istiyor musun?«

Aylin kann nur noch nicken. Ich stecke den Ring wieder dahin zurück, wo sein vorbestimmter Platz ist. Aylin sucht nach meinem Ring und findet ihn an meinem Finger. Ich habe ihn nie abgenommen. Ich habe nicht einmal darüber nachgedacht. Jetzt küssen wir uns, und der Kuss schmeckt genauso wie auf der Hamburger Hallig – nur haben wir diesmal statt der Nordsee das Mittelmeer als Kulisse. Wir küssen uns mit einer Leidenschaft, die mir die Sinne raubt. Wir wälzen uns eng umschlungen über den Boden, und ich werde erst aus meiner Trance gerissen, als ich aus Versehen mit der Hand an den DVD-Player komme und dabei das »Lied vom Wackelpudding« starte.

Aylin und ich sehen uns an und müssen grinsen. Dann nimmt Aylin meine Hand und zieht mich aus dem Theater in den Palmengarten. Sie öffnet die Tür zur Hochzeitssuite, die extrem stilvoll eingerichtet ist: An den bordeauxroten Wänden hängen Landschaftsgemälde des 19. Jahrhunderts in altgoldenen Rahmen; die Tür zum Badezimmer gibt den Blick frei auf leicht getönten Marmor und goldene Armaturen; und in der Mitte des Raumes steht ein großes weißes Himmelbett. Aylin zieht mich in den Bungalow hinein, verschließt die Tür und schaut mich mit dem verführerischsten Lächeln an, das ich je gesehen habe.

»Aber, äh ... Aylin, äh, hattest du nicht gesagt, dass wir, äh, bis nach der Hochzeit ...«

»Da hattest du mir noch nicht das Lied der Schlümpfe gesungen.«

»Das macht dich also scharf?!«

»Ja. Und jetzt würde ich sagen: Der Flötenschlumpf fängt an ...«

Wir lachen. Das alberne Kichern geht über in ein lüsternes Lachen. Und schon fliegen Klamotten durch die Gegend. Ich kann Aylins nackten Körper nicht sehen, sondern nur fühlen, weil sich unsere Lippen einfach nicht mehr trennen wollen. Wir verschmelzen vollkommen, und das Erstaunlichste: Ich höre auf zu denken. Vielleicht zum ersten Mal in meinem Leben. Natürlich hatte ich schon Sex, aber ich habe dabei nie aufgehört zu denken. Ich habe immer gedacht: Gefällt ihr das? Kann ich jetzt kommen oder ist sie dann enttäuscht, weil es nicht lange genug gedauert hat? Was hat es zu bedeuten, dass ihre Brustwarzen nicht mehr ganz so hart sind wie eben? Zugegebenermaßen habe ich sogar einmal über das Spiel 1. FC Köln gegen Dynamo Dresden nachgedacht.

Aber jetzt, hier, mit Aylin, gibt es keine Fragen. Alles passiert einfach. Und es ist unglaublich schön. Und geil. Und nicht zu beschreiben.*

Eine halbe Stunde später, oder drei Stunden, oder zehn Minuten, keine Ahnung, liegen Aylin und ich nackt aneinandergekuschelt unter dem Bettlaken, und ich merke, dass sie eingeschlafen ist. Ich höre ihren Atem und bin glücklich. Was unternehmen wir nicht alles, um das Glück zu finden?! Wir kaufen Bücher, besuchen Seminare, versuchen, berühmt und bewundert zu werden, Geld anzuhäufen, cool zu sein; wir versuchen, Texte von Peter Sloterdijk zu verstehen oder beim Gehen die Brust nach vorne zu strecken;

* Liebe Freunde wilder Sex-Szenen, ich weiß, ich habe im ersten Teil versprochen, alles ausführlich zu schildern; da wusste ich aber noch nicht, dass es so unbeschreiblich wird. Abgesehen davon darf ich Marcel Reich-Ranicki zitieren: »Ob einer schreibt ›Ich stecke den Stift in meine Tasche‹ oder ob er schreibt ›Mein Glied glitt in ihre Scheide‹, ist literarisch genau dasselbe.«**

** Liebe Freunde der Stringenz, ich weiß, ich habe geschrieben, dass Fußnoten was für Weicheier sind und dass ich damit aufhöre. Vergesst es einfach. Da war ich nicht ganz zurechnungsfähig.

wir fahren mitten in der Nacht von Köln nach Berlin, reden in Anglizismen oder kaufen Medikamente gegen jede nur denkbare Krankheit; wir ziehen alberne Unterhosen an, flirten mit Bäckereifachverkäuferinnen oder irgendeiner Gaby Haas, in die wir mal verliebt waren und die wir überhaupt nicht kennen.

Wir wissen auch, dass Glück nicht konservierbar ist. Wir wissen, dass wir vielleicht eine Hochzeitsfeier in einem hässlichen Saal in Leverkusen vor uns haben mit mindestens 500 Gästen und Plastikblumen. Wir wissen, dass wir eventuell mit anhören müssen, wie unser intellektueller Vater sich in seiner Festrede nicht nur für die Verbrechen der Nazizeit entschuldigt, sondern auch Aristoteles zitiert und damit unseren Schwiegervater auf die Palme bringt.

Wir wissen, dass wir uns an diesem Abend möglicherweise 276 mehr oder weniger gelungene Scherze über die Tatsache, dass wir nicht beschnitten sind, anhören dürfen und 487-mal den Satz »Vallaha, du siehst nicht aus wie ein Deutscher«. Wir wissen, dass wir mindestens 1000 Euro für mehr oder weniger schrumpelige Oliven ausgeben. Dass unsere Mutter wahrscheinlich einen halbstündigen Monolog darüber halten wird, wie großartig sie die türkische Hochzeitskapelle findet, die mit arabeskem Jammergesang in Metallica-Lautstärke die Betonwände vibrieren lässt.

Dass unsere Frau unter Umständen niemals pünktlich kommen wird und wir bis an unser Lebensende 50 Anrufe pro Tag von Familienmitgliedern bekommen, die uns mitteilen, wo es gerade günstigen Schafskäse gibt. Dass wir uns vermutlich die nächsten 30 Jahre davor fürchten, was Tante Emine aus dem Kaffeesatz herausliest. Und dass ab jetzt wohl immer akute Lebensgefahr besteht, wenn Trabzonspor ein Tor schießt.

Aber am Ende ist Glück ganz einfach: ein leises Atemgeräusch und eine Geruchsmischung, die man alleine nicht nachmachen kann.

ENDE

DANK

Es gibt viele Menschen, denen ich dankbar bin für ihre Liebe, ihre Freundschaft oder ihre Hilfe. Sie waren oder sind in meinem Leben wichtig, aber ich kann ihnen unmöglich in dieser knappen Danksagung gerecht werden. Sie sollen nur wissen, dass sie in meinem Herzen sind. Hier möchte ich mich auf diejenigen beschränken, die mir bei diesem Buch geholfen haben:

Meine Frau Hülya: Ohne sie hätte es dieses Buch nicht gegeben. Ihre Liebe hat mir so vieles ermöglicht ... unter anderem den Zugang zur türkischen Kultur. Sie bekam jeden Text dieses Romans als Erste zu hören und gab mir mit dramaturgischem Fachverstand wichtige Hinweise. Darüber hinaus ertrug sie mit unbändiger Willenskraft viele Stunden Udo-Lindenberg- und Reiner-Calmund-Imitationen.

Meine Eltern: Indem sie mich zur Welt brachten und liebevoll großzogen, sind sie auf entscheidende Weise an der Vorbereitung dieses Buches beteiligt.

Mein Schwager Serhat: Er hat mich in die Welt der türkischen Machos eingeführt. (Und ich habe ihm gezeigt, wie man die Mittelspur blockiert.)

Marc Conrad: Er gab den entscheidenden Anstoß, diese Geschichte zu erzählen.

Thomas Lienenlüke: Er gab mir einen wichtigen dramaturgischen Tipp.

Martin Breitfeld: Er war als Lektor und Motivator sehr wichtig bei der Entstehung dieses Buches; seine Hinweise halfen mir stets weiter, und er hat die perfekte Methode gefunden, Zeitdruck einfühlsam zu vermitteln.

Kiepenheuer & Witsch: Auch den anderen im Team von Kiwi sei herzlich gedankt – sie sind eine extrem sympathische Truppe und machen einen tollen Job. Besonders möchte ich auch der Grafik-Abteilung für das sehr lustige Cover danken.

Ralf Remmel: Er hat mich motiviert, das Buch zu schreiben.

Barbara Schwerfel: Sie hat den Deal mit Kiwi eingetütet.

✂ Rainer Krohn Er hatte zwar nichts mit dem Buch zu tun, aber ich habe ihn bei meiner CD vergessen. Ich möchte alle, die auch meine CD »Multiple Sarkasmen« besitzen, bitten, sich diesen Namen auszuschneiden und in die Danksagung der CD einzukleben. Dann hat alles wieder seine Ordnung.

DER BOSS

ERSTER TEIL

Dezember

1

Noch 6 Wochen, 2 Tage, 1 Stunde, 20 Minuten bis zur Hochzeit.

»Unsere Flitterwochen-Top-3 sind: Seychellen, Malediven und Hawaii.«

Kenan, der smarte Geschäftsführer von *Ünül Tours*, fährt sich durch seine gegelten schwarzen Haare und schaut meine Verlobte Aylin und mich erwartungsvoll an. Kenan trägt ein schwarzes Hemd mit silbernen Applikationen, einen Dreitagebart mit orientalischem Muster – und ist natürlich ein Familienmitglied. Wir Deutschen machen möglichst keine Geschäfte *mit* der Familie. Türken machen möglichst keine Geschäfte *ohne* die Familie.

»Aber auch die Bahamas und Thailand sind sehr beliebt. Oder Barbados, Bali, Mexiko ...«

Aylin lächelt mich an. Eigentlich ist mir völlig egal, *wo* sie mich anlächelt – mit ihr würde ich meine Flitterwochen sogar in der Gartenabteilung der OBI-Filiale Bitterfeld verbringen. Kenan dagegen scheint uns beweisen zu wollen, dass er alle Fernreiseziele des TUI-Katalogs auswendig kennt:

»... Mauritius, Kenia, Jamaika, Kuba, Dominikanische Republik, Südafrika, Australien ...«

Ich hasse diese totale Wahlfreiheit. Immer kriegt man das Gefühl, man verpasst irgendwas. Es fällt mir schon schwer, mich im Restaurant für ein Essen zu entscheiden. Inzwischen habe ich ein System: Ich bestelle beim Italiener immer Pizza Funghi, in Bistros immer Salat mit Putenbrust und beim Chinesen grundsätzlich die M8. Egal, was es ist. Einmal, im China-Restaurant »Goldener Drache« in Bergisch Gladbach, gab es keine M8. Ich habe also gefragt, ob sich der Koch eine M8 für mich ausdenken kann – aber der Chinese an sich ist wenig flexibel, was die freie Interpretation von Speisekarten betrifft.

Aylin legt die Hand auf mein Bein – eine Berührung, die auch fast vier Monate nach unserem ersten Kuss noch dazu führt, dass mein Herz einen Sprung macht.

»Was meinst du denn, Daniel?«

»Hmm ... auf den Seychellen haben wir weißen Sand und türkisblaues Meer. Die Malediven zeichnen sich eher durch türkisblaues Meer und weißen Sand aus, während Mauritius vor allem weißen Sand hat, aber auch türkisblaues Meer.«

»Tja, bei so unterschiedlichen Optionen machen wir am besten eine Pro-und-Kontra-Liste.«

Aylin und ich grinsen uns an und lachen nur deshalb nicht laut los, weil wir merken, dass Ünül-Tours-Kenan sich ein klein wenig verarscht fühlt. Und wir wollen ihn nicht verletzen, schließlich ist er Aylins Cousin. Das hat für Türken eine emotionale Bedeutung, die für Deutsche nur mit der Mutterbindung kurz nach der Geburt vergleichbar ist.

Ich beschließe, Kenan den Schwarzen Peter zuzuschieben:

»Was würdest du uns denn empfehlen?«

Kenan zögert nicht den Bruchteil einer Sekunde:

»Auf jeden Fall Malediven. Kein Zweifel.«

Ich bin mal wieder beeindruckt. Türkische Männer zweifeln einfach nie an irgendetwas. Ich habe die Worte »Kein Zweifel« nur ein einziges Mal in meinem Leben benutzt: als mich meine erste Freundin gefragt hat, ob ich mit 22 Jahren wirklich noch nie Sex hatte.

Eigentlich finde ich Zweifel ganz sympathisch. Ich habe sogar Spaß daran, mir gelegentlich auszumalen, wie mein Leben wohl verlaufen würde, wenn ich beim Chinesen zukünftig statt der M8 die M7 bestelle. Und ich weiß auch: Aylin liebt mich, weil ich eben *kein* Macho bin.

»Also Malediven? Was meinst du, Aylin?«

»Klingt gut. Was meinst du denn?«

»Ich habe zuerst gefragt.«

»Ich habe ja gesagt, es klingt gut.«
»Also Malediven. Oder nicht?«
»Weiß nicht.«
»Wieso, du hast doch gesagt, es klingt gut.«
»Klar. Aber du hast noch gar nichts gesagt, Daniel.«
»Es klingt auf jeden Fall gut. Aber du hast gesagt: weiß nicht.«
»Ja, weil du noch nichts gesagt hast.«
»Jetzt hab ich's ja gesagt.«
»Was?«
»Na, dass ich auch finde, dass es gut klingt.«
»Okay.«
»Also Malediven.«
»Ja.«
»Oder lieber Seychellen?«
»Weiß nicht.«

So was passiert nicht zum ersten Mal. Einmal haben Aylin und ich eine halbe Stunde vor dem Kino gestanden und konnten uns nicht zwischen *Willkommen bei den Sch'tis* und *Kung Fu Panda* entscheiden. Es war vielleicht ein Fehler, dass wir uns dann eine Dokumentation über Leni Riefenstahl reingezogen haben, aber wenigstens war es ein gemeinsamer Fehler.

Doch Ünül-Tours-Kenan scheint wenig Verständnis für die Schwierigkeiten der Entscheidungsfindung in einer gleichberechtigten Partnerschaft zu haben und schaut mich mit einem »Bist-du-sicher-dass-du-nicht-schwul-bist«-Blick an. Als ein türkischer UPS-Mitarbeiter in der typischen braunen Uniform das Reisebüro betritt, nickt Kenan ihm kurz zu und verschwindet im Hinterzimmer.

Seychellen oder Malediven – was für eine absurde Frage! Sein oder Nichtsein, da kann man schon mal eine Weile drüber nachdenken. Aber wenn Hamlet die Frage »Seychellen oder Malediven« innerlich zerrissen hätte – ich weiß nicht, ob Sir Alec Guinness, Gustaf Gründgens oder Kenneth Branagh die Rolle dann gespielt hätten.

Während der UPS-Mitarbeiter vergeblich versucht, Blickkontakt mit meiner Verlobten herzustellen, kommt Ünül-Tours-

Kenan mit einem originalverpackten Kühlschrank aus dem Hinterzimmer zurück.

»Den hab ich heute Morgen an Erol verkauft. Du kommst doch sicher auf deiner Route an seinem Café vorbei?!«

»Klar, kein Problem.«

»Und wegen Geld ...«

»... gibst du mir für den nächsten Antalya-Flug Rabatt.«

»Perfekt.«

Der UPS-Mitarbeiter verschwindet. Ich bin verblüfft:

»Du verkaufst Kühlschränke?«

»Klar. Braucht ihr auch einen?«

»Nein, ich dachte nur, das ist ein Reisebüro.«

Gut, vor drei Monaten war es noch ein Klamottenladen, und ich habe bei Kenan ein türkisches Disco-Outfit gekauft – also warum wundere ich mich?

»Klar ist das ein Reisebüro. Aber wenn ihr Küchengeräte braucht oder Flat-Screens oder Computer, müsst ihr nie zu Saturn – kriegt ihr alles hier.«

»Gut zu wissen. Aber ...«

»Ab nächste Woche mache ich auch Sportwetten. Nur, damit ihr Bescheid wisst.«

»Super. Ich freue mich. Aber jetzt wollen wir erst mal die Frage klären, wohin unsere Hochzeitsreise geht.«

Ich schaue Aylin fragend an. Sie schaut fragend zurück. Ich weiß, sie wird keine Entscheidung treffen. Und noch besser weiß ich, dass *ich* keine Entscheidung treffen werde. Elektrogeräte-Sportwetten-und-Ünül-Tours-Kenan schaut mich jetzt schon ein wenig spöttisch an. Aber das ist mir egal. Ich bin nämlich hier der moralisch Überlegene: kein Macho, sondern ein verlässlicher Partner in einer Beziehung auf Augenhöhe. Ein Mann, der seine Frau ernst nimmt und nicht über sie bestimmt. Und ich weiß: Das ist genau das, was Aylin sich immer gewünscht hat.

»Daniel?«

»Ja, Aylin?«

»Triff einfach die Entscheidung. Du bist der Boss.«

2

Noch 6 Wochen, 2 Tage, 1 Stunde, 16 Minuten bis zur Hochzeit.

Vor etwa fünf Sekunden hat meine Verlobte gesagt: »Du bist der Boss.« Seitdem ist unheimlich viel passiert. Nicht auf der physischen Ebene – ich sitze immer noch auf demselben Stuhl im selben Reisebüro, neben mir sitzt immer noch Aylin, und Ünül-Tours-Kenans Blick stellt weiterhin meine Heterosexualität infrage.

Aber mein Gehirn hat in diesen fünf Sekunden einen Weltrekord im Möglichst-viel-wirres-Zeug-auf-einmal-Denken aufgestellt. Hier die fünf wichtigsten Gedanken:

1. Wie kann man in einer gleichberechtigten Partnerschaft der Boss sein?
2. Wie kann man in einer gleichberechtigten Partnerschaft der Boss sein?
3. Wie kann man in einer gleichberechtigten Partnerschaft der Boss sein?
4. Wie kann man in einer gleichberechtigten Partnerschaft der Boss sein?
5. Warum darf ein Mann mit Glitzerhemd und orientalischem Muster im Dreitagebart *mich* mit einem »Bist-du-sicher-dass-du-nicht-schwul-bist«-Blick angucken?

Plötzlich keimt Hoffnung in mir auf. Vielleicht hat Aylin nur einen Scherz gemacht? Ich lache vorsichtig, um diese Möglichkeit abzuklären. Aber ihr Gesichtsausdruck zeigt: Sie meint es vollkommen ernst. Ich suche schnell nach einem Ausweg aus dem Dilemma:

»Okay, heute bin ich der Boss. Aber wir wechseln uns ab: Morgen bist du der Boss, übermorgen wieder ich. Oder wochenweise.«

Jetzt lacht Aylin, weil sie denkt, *ich* hätte Spaß gemacht. So schnell kann das gehen. Vor inzwischen zwanzig Sekunden war ich ein gleichberechtigter Partner, plötzlich bin ich der Boss. Ich hatte in meinem bisherigen Leben zwar wenig Zeit, Führungsqualitäten zu entwickeln – die einzige Entscheidungsfreiheit in meiner letzten Beziehung lag in der Frage, ob ich das Geschirr vor dem Spülen einweichen soll oder nicht –, dafür bin ich ein absoluter Experte im Verantwortung-schnell-wieder-Loswerden. Im Bruchteil einer Sekunde ziehe ich eine Ein-Euro-Münze aus meinem Portemonnaie:

»Pass auf, Aylin: Zahl ist Malediven. Kopf ist Seychellen. Okay?«

»Okay.«

Ich werfe die Münze und kann dabei Kenans Gedanken lesen: Einer Frau die Entscheidung zu überlassen, ist schwul; einer Münze die Entscheidung zu überlassen, ist *krank*. Der Kopf liegt oben. Ich bin erleichtert:

»Tja, damit ist die Entscheidung gefallen: Seychellen. Das ist doch perfekt – oder was meinst du, Aylin?«

»Ja, gut, perfekt.«

»Oder hat es dich gestört, dass Hawaii nicht dabei war?«

»Tja, eigentlich ...«

»Sag ruhig, wenn du unsicher bist.«

»Ich weiß nicht.«

»Also bist du unsicher.«

»Bist du denn unsicher?«

»Eigentlich nicht. Aber sooo sicher bin ich auch nicht.«

»Ich sag ja, du bist unsicher.«

»Ja, aber nur, weil *du* unsicher bist.«

»Wie gesagt: Du bist der Boss.«

»Stimmt. Hatte ich kurz vergessen. Pass auf: Ich werfe noch mal. Diesmal ist der Kopf Hawaii und die Zahl Seychellen.«

Ich werfe die Münze erneut. Zahl. Ich bin begeistert:

»Die Münze hat sich wieder für die Seychellen entschieden. Also, wenn das kein Zeichen ist!«

Ich weiß, dass Aylin an Zeichen glaubt – und auch wenn ich mir da nicht ganz so sicher bin, kommt es auf jeden Fall gut an, wenn ich so tue. Bei Aylin. Nicht so bei Ünül-Tours-Kenan mit der künstlerisch wertvollen Dreitagebartschnitzerei:

»Natürlich. Die Münze hat zwar keine Ausbildung zum Reisekaufmann. Aber wenn sie sich für die Seychellen entscheidet, dann hat sie sicher sehr gute Gründe.«

»Was? Nein, ich wollte nicht ... Natürlich vertrauen wir deiner Kompetenz, Aylin und ich. Es ist nur ...«

»Ich sage Malediven. Die Münze sagt Seychellen. Ich habe eine Ausbildung. Die Münze ... ist eine Münze. Sie ist nicht mal ein Tier. Sie ist einfach nur Blech.«

In Momenten emotionaler Erregung behandeln Türken einen Gedanken gerne sehr ausführlich. Insofern ist mir klar, dass Kenans Monolog noch nicht zu Ende ist.

»Am besten wäre ich direkt als Münze auf die Welt gekommen, dann hätte ich nicht mal zur Schule gehen müssen. Woher weiß denn die Münze, wie es auf den Seychellen ist? Hä? Woher weiß sie das denn? War sie auf Mauritius? Nein. Sie ist nur eine Münze.«

Das scheint mir ein perfekter Abschluss für Kenans kleine Abhandlung zum Thema »Entlarvung des Münzwurfs als Fehlerquelle bei der Entscheidungsfindung in Reiseangelegenheiten«. Kenan selbst sieht es offensichtlich anders:

»War sie auf den Seychellen? Nein. War sie auf Hawaii? Nein. War sie auf ... war sie irgendwo? Nein, sie war nur hier in Deutschland.«

Das ist ein Elfmeter für mich – schließlich prangt auf der Münze nicht der Bundesadler, sondern der Kopf von König Juan Carlos I.

»Und in Spanien.«

Kenan schaut sich die Münze an und pfeffert sie dann wütend in die Ecke. Aylin und ich tauschen Blicke aus und müssen erneut ein Lachen unterdrücken. Aber Selbstironie scheint nicht *direkt* zu Kenans Stärken zu zählen – was er durch einen finsteren »Wenn-dujetzt-lachst-gibt's-einen-auf-die-Fresse«-Blick unterstreicht. Und eine körperliche Auseinandersetzung wäre insofern problematisch, als ich mindestens drei Jahre intensives Krafttraining brauchte, um ansatzweise Kenans Muskelmasse aufzubauen.

Also schaue ich Kenan lieber mit dem demütigen Bitte-hab-mich-wieder-lieb-Grinsen an, das ich vom gestiefelten Kater aus *Shrek 2* geklaut habe. Jetzt muss Kenan ein Lachen unterdrücken. Perfekt. Seine Wut ist so schnell verschwunden, wie sie gekommen war.

»Also, was soll ich für euch buchen?«

Ich bin in einem Dilemma. Wenn ich mich für die Seychellen entscheide, gebe ich der Münze recht und Kenan ist beleidigt. Wähle ich aber die Malediven, gebe ich Kenan recht. Und das will ich nicht, weil ... weil ... er Aylin zum wiederholten Mal mit dem »Was-macht-eine-Traumfrau-wie-du-eigentlich-mit-so-einem-Durchschnittstyp«-Blick anschaut.

Diesen Blick kenne ich, und er macht mir Angst. Es gibt kaum einen Mann, der nicht auf Aylin abfährt. Es ist, als wäre meine große Liebe ständig in Gefahr. Als hätte Aylin die Weltformel auf den Rücken tätowiert und würde nackt durch ein Atomphysiker-Symposium spazieren.

Ich habe die ganze Zeit diese latente Anspannung in der Magengegend, und dieses Gefühl hat sich verstärkt, seit Tante Emine ein Problem für unsere Hochzeit im Kaffeesatz gesehen hat. Wir waren bei ihr zum Essen eingeladen, und ich hatte mal wieder eine Menge Fleisch zu mir genommen, mit der der Kölner Zoo seinen gesamten Raubtierbestand durch den Winter gebracht hätte, als Emine einen besorgten Blick auf das Muster des Mokkasatzes in meiner Tasse warf:

»Ich sehe Schwierigkeiten für Hochzeit. Kommt nicht von Beziehung. Kommt von außen.«

Ich hatte so was nie für bare Münze genommen. Aber inzwischen fand ich es eigentlich ganz lustig, zumal Emine immer etwas Positives für Aylin und mich gesehen hatte. Umso irritierter war ich jetzt:

»Moment, das kann doch gar nicht sein. Letzte Woche hast du noch gesagt: ›Alles wird gut.‹ Wenn wir also davon ausgehen, dass der Kaffeesatz die Wahrheit sagt, liegt hier ein logischer Fehler.«

»Daniel, geht nicht um Fehler. Kaffeesatz ist einfach Medium.«

»Ja, aber ein fehlerhaftes Medium. Wir haben zwei Aussagen. Erstens: ›Alles wird gut.‹ Zweitens: ›Ich sehe Schwierigkeiten.‹ Diese Aussagen widersprechen sich.«

»Ich sage nur, was ich sehe. Sehe ich Widerspruch, sage ich auch. Ist aber nicht Widerspruch.«

»Und warum nicht?«

»Weil alles ist wahr.«

»Ach so. Das leuchtet natürlich ein.«

Man sollte immer versuchen, die Bereiche Kaffeesatzlesen und logisches Argumentieren voneinander zu trennen. Tante Emine bekam einen mitfühlend lächelnden, weisen Gesichtsausdruck wie Yoda aus *Star Wars*.

»Du musst nicht Angst haben, Daniel.«

Eigentlich hätte sie »Keine Angst haben er muss« sagen sollen. Aber ich war viel zu beunruhigt, um mir über solche sprachlichen Feinheiten Gedanken machen zu können.

Seit dieser Vorhersage sind zwei Wochen vergangen, und es ist noch nichts Schlimmes passiert – abgesehen von einer neuen Staffel *Germany's next Topmodel*. Bis zur Hochzeit sind es noch sechs Wochen, und dann kann mich kein Kaffeesatz der Welt mehr von meiner Lieblingsfrau trennen.

In diesem Moment wird mir schlagartig bewusst, dass mich sowohl Aylin als auch Ünül-Tours-Kenan erwartungsvoll anschauen. Adrenalin schießt durch meinen Körper, und ich höre mich sagen:

»Wir nehmen die Seychellen.«

»Okay. Wie ihr wollt.«

Kenans Unterton war beleidigt, aber auch mit einer winzigen Prise Respekt, dass ich endlich eine Entscheidung getroffen habe. Jawohl, das habe ich. Ich bin jetzt der Boss!

Während Kenan unsere Daten in den Computer eintippt, erscheint Tante Emine im Reisebüro, aber nicht die Kaffeesatzlese-Emine, sondern eine der beiden anderen Emine-Tanten, die nicht mit der Cousine Emine und schon gar nicht mit den vier Emine-Großcousinen verwechselt werden darf. Diese Tante Emine ist auf irgendeine Art auch mit Kenan verwandt, aber da blicke ich nicht mehr durch. Ach ja, sie ist seine Mutter.

Aylin kreischt vor Freude, als sie ihre Tante sieht, umarmt sie und küsst sie auf die Wangen. Das Zur-Begrüßung-vor-Freude-Kreischen hat bei türkischen Frauen keine besondere Bedeutung, vielmehr ist das *Nicht*-vor-Freude-Kreischen eine grobe Respektlosigkeit.

Da Kenan und ich als Männer nicht verpflichtet sind, vor Freude zu kreischen, begrüßen wir Tante Emine mit einfachen Wangenküssen. Kenan geht zu einem Medizinschrank, der direkt neben den TUI-Prospekten steht, und holt seiner Mutter eine Schachtel heraus:

»Hier, deine Tabletten.«

»Oh, danke, du bist eine Engel, vallaha, die habe ich gebraucht. Ich habe Schmerzen überall, vallaha.«

Ich bin erneut perplex:

»Medikamente verkaufst du auch?«

»Nur Schmerzmittel und Schlafmittel.«

Ich schaue auf die Packung.

»Aber das Mittel ist gegen hohen Blutdruck.«

»Ja, manchmal kommen Schmerzen auch von hohem Blutdruck.«

Ich sage lieber nichts. Vielleicht war ja bei der Ausbildung zum Reisekaufmann ein Medizinstudium inklusive, wer weiß. Tante Emine lässt sich sowieso nicht beirren.

»Mittel hat vor zwei Jahren geholfen meiner Schwester. Jetzt hilft mir auch garantiert.«

»Und was hatte deine Schwester?«

»Irgendwelche Schmerzen.«

»Aber, äh, ohne Kenans Fachwissen in Zweifel zu ziehen ... Vielleicht solltest du doch lieber zu einem Arzt ...«

»Ach, Unsinn, Ärzte nehme nur Geld und wisse gar nix. Ich nehme Medizin, und wenn nicht besser wird, nehme ich andere Medizin. Hauptsache, ich nehme Medizin.«

Diese Einstellung der Türken zu Medikamenten ist mir bekannt, seit sich Aylins Onkel Mustafa gegen einen offensichtlich allergischen Hautausschlag insgesamt zehn Aspirin-Tabletten eingeworfen hat. Der Hautausschlag ist irgendwann von alleine verschwunden, und seitdem gilt Aspirin in Aylins Familie als Antiallergikum.

Tante Emine hat sich aus einem Wasserspender am Eingang einen Becher genommen und schluckt jetzt zwei Tabletten – natürlich ohne die Packungsbeilage zu lesen. Dann wendet sie sich an Aylin.

»Und? Was machen hier?«

»Wir buchen unsere Hochzeitsreise.«

»Aha. Und wo geht hin?«

»Auf die Seychellen.«

»Seychellen? Ist viel zu teuer.«

Sie schaut Kenan vorwurfsvoll an. Kenan verteidigt sich:

»Hey, sie kriegen natürlich Familienrabatt.«

»Aber wie viel müsse bezahle?«

»So zweitausendfünfhundert, schätze ich.«

»Kommt gar nicht infrage. Ich gebe euch meine Sommerhaus in Antalya. Ihr kriegt Ehebett, dann übernachte Mustafa und ich auf dem Sofa.«

Ich versuche, so unauffällig wie möglich den Kopf zu schütteln. Aylin versucht, diplomatisch zu sein:

»Das ist sehr nett von dir, Tante, aber ...«

»Keine Widerspruch. Ich sage wirklich von ganze Herz.«

»Das ist wirklich unglaublich großzügig, aber ...«

»Vallaha, ich bin beleidigt, wenn ihr nicht kommt.«

Aylin schaut mich an. Jetzt ist sie es, die das Grinsen des Katers aus *Shrek 2* imitiert, und plötzlich werden mir zwei Dinge klar. Erstens: Ich bin *nicht* der Boss. Zweitens: Wir werden unsere Flitterwochen zusammen mit Aylins Tante verbringen.

3

Noch 5 Wochen, 4 Tage, 13 Stunden, 25 Minuten bis zur Hochzeit.

»Was meinst du? Stört er hier die Wirkung des Uecker-Bildes?«

Meine Mutter hat den Weihnachtsbaum einen halben Meter in Richtung Fenster geschoben und schaut meinen Vater unsicher an. Der tritt einen Schritt zurück und lässt das Gesamtbild auf sich wirken.

»Nun ja, ich finde, dass die abstrakte Sandsteinplastik von Alfons Kunen einen ironischen Kontrast zur Tanne bildet.«

»Aber was ist mit dem Uecker-Bild?«

»Vielleicht sollten wir es gegen das Paul-Klee-Aquarell tauschen. Die Wirkung von Ueckers Nägeln wird durch die Nadeln irgendwie geschwächt, finde ich.«

»Ja, ich hatte auch so ein komisches Gefühl im Bauch.«

Wenn meine Eltern ihren Weihnachtsbaum aufstellen, ist das immer so, als würden sie eine wichtige Ausstellung im Museum of Modern Art vorbereiten. Hauptsache, es sieht nicht so aus, als würden sie Weihnachten feiern. Wenn Intellektuelle »O Tannenbaum« singen, fürchten sie wahrscheinlich, dass Jean-Paul Sartre aus dem Grab steigt und sie als Spießer beschimpft.

Da aber jeder gerne Weihnachten feiert, brauchen Intellektuelle immer eine Rechtfertigung – meine Eltern haben dafür drei Methoden entwickelt:

1. Sie erklären den Weihnachtsbaum zu einem Kunstwerk, indem sie alternativen Schmuck verwenden – in diesem Jahr

hängen leere Joghurtbecher in den Zweigen (laut Aussage meines Vaters eine Anspielung auf den russischen Künstler Ilya Kabakov).

2. Sie ersetzen die traditionellen Rituale durch eigene (zum Beispiel legt mein Vater zur Bescherung immer »Wann ist denn endlich Frieden« von Wolf Biermann auf).
3. Sie tun so, als würden sie Weihnachten nur feiern, um meiner Oma Berta eine Freude zu machen.

Oma Berta, die Mutter meines Vaters, wohnt eine Etage unter meinen Eltern, ist 92, leicht verwirrt und wird dank Pflegestufe 2 professionell betreut. Sie sitzt auf dem Sofa und schaut irritiert auf die geschmückte Tanne.

»Ich verstehe nicht, wozu wir im April einen Weihnachtsbaum brauchen.«

»Berta, heute ist Heiligabend.«

»Was? Das hat mir keiner gesagt.«

»Doch, ich habe dir ... egal. Findest du, der Baum passt zum Uecker?«

»Uecker – ist das nicht der Schwule aus der *Lindenstraße*?«

»Nein, der Künstler.«

»Welcher Künstler?«

»Der diese Bilder macht, die nur aus Nägeln bestehen.«

»Was soll das? Ein Bild aus Nägeln?«

Jetzt kann ich mir eine Bemerkung nicht verkneifen:

»Oma, Nägel haben in der christlichen Kunst eine große Tradition. Du musst dir nur Jesus und das Kreuz dazudenken.«

Meine Oma schaut mich verdutzt an, während die Aufmerksamkeit meines Vaters vom Paul-Klee-Aquarell absorbiert wird, das meine Mutter nun neben den Weihnachtsbaum an die Wand hält.

»Und – was meinst du, Rigobert?«

Mein Vater starrt ins Leere. Sein typischer Ausdruck, wenn er in Gedanken versunken ist.

»Rigobert?«

Jetzt scheint sich mein Vater in seinem Kopf mit jemandem zu unterhalten. Er wird zunächst wütend, dann entspannt er sich und reibt sich schließlich die Hände – als hätte er seinem imaginären Gesprächspartner aber mal so richtig die Meinung gegeigt. Dann kommt er zurück in die Realität und scheint kurz überrascht, dass ich im Raum bin.

»Daniel, wusstest du eigentlich, dass Paul Klee bei den Nazis als ›entartet‹ galt?«

Ich schaue zur Uhr.

»23 Minuten 44 – das ist guter Durchschnitt.«

Ein kleines Spiel von mir: Wenn ich meinen Vater treffe, stoppe ich die Zeit, die er braucht, bis er auf den Nationalsozialismus zu sprechen kommt. Der Rekord liegt bei fünf Sekunden. (Ich hatte mir die Haare sehr kurz schneiden lassen, und mein Vater stellte noch vor der Begrüßung klar, dass ich wie ein Hitlerjunge aussähe.)

Jetzt bedenkt er mich – wie üblich – mit einem kurzen Über-das-Dritte-Reich-macht-man-keine-Witze-Blick und wird nur durch die Türklingel davon abgehalten, mir von der Freundschaft zwischen Paul Klee und Wassily Kandinsky zu erzählen. Eigentlich schade – vielleicht wäre ihm ja irgendein Detail eingefallen, das ich noch nicht kenne.

Meine Eltern eilen zum Eingang und öffnen ihren besten Freunden die Tür, der Schauspielerin Ingeborg Trutz und ihrem Exfreund, dem osteuropäischen Theaterregisseur Dimiter Zilnik. Ingeborg ist die Grande Dame des Kölner Schauspielhauses und nutzt auch ihr Privatleben stets für den großen Auftritt:

»Also, eigentlich ist mir gar nicht nach Feiern zumute. Ich habe gerade einen Bericht über die streunenden Katzen von Fuerteventura gesehen. Ich will ja hier keine schlechte Stimmung verbreiten, aber das hat mir den Appetit verdorben, ganz ehrlich. Na ja, Schwamm drüber! Heute Abend wollen wir einfach Spaß haben. Ich habe eine Migräne, das könnt ihr euch nicht vorstellen, aber das kommt wahrscheinlich vom Elektrosmog – und natürlich von den armen Katzen. Ach, was soll's. Reiß dich zusammen, Ingeborg.«

Unnötig zu erwähnen, dass sich Ingeborg Trutz *nicht* zusammenreißt. Tapfer gegen die Tränen ankämpfend, bringt sie noch hervor:

»Es sind doch nur Katzen.«

Dann versagt ihr die Stimme, und die Tränen vermischen sich mit dem viel zu dick aufgetragenen Mascara zu einem dunkelgrauen Matsch. Ingeborg Trutz atmet fünf Sekunden lang pathetisch mit geschlossenen Augen, bis sie die Traurigkeit abrupt durch positive Energie ersetzt:

»Also, euer Tannenbaum ist ja umwerfend, ist das eine Anspielung an HA Schult?«

»Nein, an Ilya Kabakov.«

»Na, egal. Es ist so schön, dass es euch gibt. Ich glaube, ohne euch würde ich mich Weihnachten umbringen, hahaha ... Also, entweder mich oder Dimiter. Oder uns beide. Hach, ich werde Weihnachten immer sentimental. Ich hasse diesen ganzen Kitsch. Eine verlogene Scheiße ist das, Kapitalismus pur. Und wenn ich Engelschöre sehe, kommt mir das Frühstück hoch, ehrlich. Aber egal, uns geht es doch gut – auf jeden Fall besser als den Katzen auf ... Ach, ich fange nicht schon wieder damit an. Ich liebe euch.«

Ingeborg umarmt meine Eltern mit großer Geste, bis ihr Blick auf mich fällt:

»Daniel – auweia, du bist ja so groß geworden!«

Ich bin zwar seit 13 Jahren nicht einen Zentimeter gewachsen, aber dieser Satz gehört einfach zum Weihnachtsfest dazu.

Dimiter Zilnik hat bis jetzt noch kein Wort gesagt. Er sagt überhaupt selten etwas – was ihn zur idealen Ergänzung von Ingeborg Trutz macht. Erst wenn sein Alkoholpegel die 1,5-Promille-Grenze überschreitet, bringt er Sätze wie »Der osteuropäische Film hat seine Seele verkauft« oder »Wenn Mutter Courage von einer nackten Studentin gespielt wird, ist das ein Verfremdungseffekt, den Brecht geliebt hätte«. Warum er sich von Ingeborg Trutz getrennt hat, ist ebenso ungeklärt wie die Frage, warum sie nach der Trennung weiter zusammenleben. Zumindest ist das einem geistig gesunden Menschen schwer zu erklären.

Jetzt steckt sich Dimiter Zilnik, der wie üblich ganz in Schwarz erschienen ist, eine Zigarre an und hustet dann eine gute Minute lang so blechern, als würde jemand auf eine leere Regentonne einprügeln. Wenn er nicht seit dreißig Jahren exakt so husten würde, müsste man mit seinem baldigen Ableben rechnen. Einmal, in einer Aufführung von Vivaldis *Vier Jahreszeiten*, hat er den kompletten Frühling durchgehustet, bis ein Ordner der Kölner Philharmonie ihn freundlich aufforderte, den Saal zu verlassen. Was für ihn wahrscheinlich eine Erlösung war, denn er findet Vivaldi »grauenhaft kitschig« und war nur Ingeborg Trutz zuliebe mitgegangen, die später vom Winter so gerührt war, dass ihr Schnappatmungs-Schluchzen den Saalordner erneut auf den Plan rief.

Ich bin mit diesen Menschen aufgewachsen, und als Kind findet man ja erst mal alles normal, was man im Elternhaus so vorfindet. Ein Durchschnittsmann war für mich jemand, der bis nachts um vier in abgestandenem Zigarrenqualm stockbesoffen über irgendwelche Theaterinszenierungen debattiert, dann wahllos mit der nächstbesten Frau ins Bett geht, die noch nicht eingeschlafen oder vom Nervenarzt abgeholt worden ist, und sich am nächsten Morgen bei einem zehnfachen Espresso darüber beschwert, dass das Feuilleton der Süddeutschen Zeitung sein Niveau verloren habe. Dass man auch eine monogame Paarbeziehung führen und Dinge wie »Schönes Wetter heute« sagen kann, habe ich erst sehr viel später gelernt.

Ich sehe die Verschrobenheit meiner Eltern und ihrer Freunde inzwischen gerne mit ironischer Distanz und komme auf diese Weise wunderbar damit klar.

Jetzt habe ich allerdings die Sorge, dass meine zukünftigen türkischen Schwiegereltern die Hochzeit abblasen werden, wenn sie meine Eltern zusammen mit Ingeborg Trutz und Dimiter Zilnik erleben. Ich habe versucht, meine Mutter zu stoppen – aber sie hat Aylins Familie tatsächlich eingeladen, um den Heiligabend gemeinsam zu verbringen. Nicht dass ich gegen Integration wäre – ich finde es toll, wenn Türken Weihnachten feiern. Aber bitte nicht mit meinen Eltern!

Ich flehe höhere Mächte an, dass Ingeborg Trutz nicht wieder im besoffenen Kopf das Hemd meines Vaters öffnet und an seiner Brustwarze lutscht wie im letzten Jahr. Ich fühle mich ein bisschen, als sähe ich meiner eigenen Hinrichtung entgegen. Plötzlich fällt mir etwas ein. Ich ziehe meine Mutter beiseite:

»Wo ist der Stoff-Harlekin?«

»In der Kommode.«

»Du musst ihn rausholen. Frau Denizoğlu wird beleidigt sein, wenn du ihr Geschenk nicht würdigst.«

»Tut mir leid, im Wohnzimmer haben wir ausschließlich die klassische Moderne.«

»Dann leg ihn halt in den Flur.«

»Zu den Originalskizzen von A. R. Penck???«

»Ja, ich weiß – ein Stoff-Harlekin gehört weder in die klassische Moderne noch in die Postmoderne, sondern in die Mülltonne. Aber es ist doch nur für heute Abend.«

Widerwillig öffnet meine Mutter die unterste Schublade der Kommode und zieht aus der hintersten Ecke den Harlekin mit einer schwarzen Träne im weißen Porzellangesicht und rosa Pailletten im Kostüm heraus. Dieses »Kunstwerk« ist für sie definitiv schlimmer als streunende Katzen für Ingeborg Trutz.

»Pass auf, ich lege dieses ... also ... das da ... ich lege es auf mein Bett. Und wenn Aylins Mutter mich fragt, dann sage ich, dass ... es ... meinen Schlaf bewacht.«

»Danke, das ist lieb von dir. Ich weiß, wie viel Überwindung dich das kostet.«

»Ich lüge nur für Aylin. Ich mag sie nämlich sehr.«

Jetzt mischt sich mein Vater ein:

»Trotzdem muss die Wahrheit für uns immer das Maß aller Dinge bleiben.«

Ich seufze:

»Rigobert, es geht nur um einen Stoff-Harlekin.«

»Nein, es geht eben *nicht* um einen Stoff-Harlekin. Es geht um einen abendländischen Konsens. Die Akzeptanz der Wahrheit ist die Voraussetzung für Demokratie.«

»O Mann!«

»Mit kleinen Lügen fängt es an. Und wenn es dann irgendwann um die Menschenrechte geht, sitzt man in der Falle.«

Mein Vater ist ein Meister darin, überall eine Entwicklung zum Faschismus auszumachen. Einmal hat er Bruno, dem Besitzer von »Brunos Teestube«, in einer zweiseitigen E-Mail erklärt, dass das bewusste Nichtausschenken von Kaffee ein totalitär-faschistoides Ausgrenzungsprinzip darstelle – und dass sich Teetrinker ebenso wie Nichtraucher und Fahrradfahrer in einer moralischen Überlegenheit wähnten, die mit der Arroganz der Nazis durchaus vergleichbar sei – woraufhin er das Nichtraucherschutzgesetz mit den Nürnberger Rassegesetzen verglich. Als er später erfuhr, dass Bruno eine jüdische Mutter hat, arbeitete mein Vater eine ganze Woche an einem 23-seitigen Entschuldigungsschreiben. Inzwischen gehört Bruno zu seinem engeren Freundeskreis.

Es klingelt: Aylin und ihre Familie. Als sich ihre Schritte der Wohnungstür nähern, drückt mir meine Mutter den Stoff-Harlekin in die Hand. Ich gehe schnell ins Schlafzimmer und platziere ihn liebevoll auf dem Kopfkissen. Als ich den Blick hebe, stelle ich fest, dass ich mir eigentlich keine Sorgen wegen Ingeborg Trutz und Dimiter Zilnik machen muss. Ich sollte mir nämlich besser überlegen, wie ich verhindern kann, dass Aylins Eltern das Ölgemälde neben dem Bett entdecken, auf dem ein befreundeter Künstler mit beeindruckendem Realismus dargestellt hat, wie sich meine splitternackte Mutter an eine griechische Adonis-Statue schmiegt.

4

Noch 15 Minuten weniger bis zur Hochzeit als am Anfang von Kapitel 3.

Ich schließe die Schlafzimmertür und trete in den Flur, wo meine Eltern gerade von Aylin, ihrem Bruder Cem sowie ihren Eltern mit Küsschen auf beide Wangen begrüßt werden. Meine Eltern haben sich inzwischen an das Kuss-Ritual zur Begrüßung gewöhnt – und wenn mein Vater nicht während des Küssens auch noch die Hände schütteln würde, wäre alles perfekt.

Ich sehe Aylin, die mit Stiefeln, schwarzem Minikleid und silbernem Schmuck mal wieder so umwerfend aussieht, dass ich sie am liebsten sofort auffressen würde – wüsste ich nicht inzwischen, dass Türken auf die richtige Reihenfolge Wert legen. Und so begrüße ich

1. Herrn Denizoğlu
2. Frau Denizoğlu
3. Bruder Cem
4. Aylin

Während Cem bereits am Esstisch sitzt und auf seinem iPhone eine türkische Telenovela verfolgt, hat Frau Denizoğlu ein vielfarbig schimmerndes Etwas aus einer Plastiktüte gezogen und meiner Mutter in die Hand gedrückt, das sich bei näherem Hinsehen als die wohl kitschigste Weihnachtskrippe aller Zeiten entpuppt: Ein rosa glitzerndes Christkind mit goldenem Heiligenschein liegt in einer silbernen Krippe – und auch für Josef, Maria, die drei Könige, Kühe, Schafe und Esel wurden sämtliche schillernden

Pastelltöne verwendet, die die Palette hergibt. Während das Dach des Stalls aus blassrosa eingefärbten Muscheln besteht, sind die Wände lückenlos mit goldenen Perlen besetzt. Kurz, eine Krippe, zu der selbst die katholischste Dorf-Mama in Süditalien gesagt hätte: »Nee, das ist echt drüber.«

Schon vor drei Monaten, als sie den Stoff-Harlekin bekam, musste meine Mutter einen Würgereflex bekämpfen. Diesmal ist es schlimmer. Ich glaube, meine Eltern hätten sich sogar über die Reichskriegsflagge mehr gefreut. Frau Denizoğlu hält die Bestürzung in den Augen meiner Eltern für Ehrfurcht und preist ihr Geschenk an:

»Vallaha, ich finde auch unheimlich schön. Das ist schönste Krippe aller Zeiten!«

Meine Mutter ringt immer noch mit der Fassung:

»Also, ich weiß gar nicht, was ich sagen soll. Das ist so ... so ...«

Sie wird kreidebleich. Frau Denizoğlu dagegen kann ihre Begeisterung kaum zügeln:

»Vallaha, ist wirklich wunderschön. Ist doch wunderschön, oder Frau Hageberger?!«

»Tja ...«

»Vallaha, wunderschön. Ich hätte so gerne selbst behalten, aber ...«

Plötzlich wittert meine Mutter eine Chance:

»Sie wollten sie selbst behalten?!«

»Ja, aber habe ich dann gedacht: Nein, für Daniels Eltern kann gar nicht sein schön genug.«

»Ich glaube, ich kann das gar nicht annehmen, wenn Sie es eigentlich selbst behalten wollen.«

»Sie sind zu nett, Frau Hageberger. Aber kommt wirklich von meine ganze Herz.«

»Aber Sie würden mir eine große Freude machen, wenn Sie die Krippe wieder mitnehmen ... Weil sie Ihnen doch so gut gefällt.«

Sie drückt Aylins Mutter die Krippe in die Hand. Die gibt ihr die Krippe wieder zurück.

»Auf gar keine Fall.«

Meine Mutter gibt die Krippe noch einmal Frau Denizoğlu, nur um sie postwendend zurückzubekommen. Ich habe etwas

Ähnliches vor einiger Zeit in Antalya mit einer Rosenverkäuferin erlebt. Deshalb weiß ich: Meine Mutter hat keine Chance. Irgendwie macht es mir Spaß, sie leiden zu sehen. Das sollte ich in meiner nächsten Therapiesitzung erwähnen. Erneut wandert die Krippe zwischen Frau Denizoğlu und meiner Mutter hin und her.

»Ich bitte Sie, Frau Denizoğlu!«

»Kommt gar nicht in die Frage.«

»Es würde mir viel bedeuten. Sie wissen gar nicht, *wie* viel.«

»Sie haben eine große Herz, Frau Hageberger.«

»Genau. Und deshalb möchte ich, dass Sie die Krippe wieder mit nach Hause nehmen.«

»Aber ich habe auch eine große Herz. Deshalb, Krippe bleibt hier.«

»Bitte nicht.«

»Keine Diskussion.«

»Was kann ich tun, damit Sie die Krippe nehmen?«

»Gar nix.«

»Gar nix?«

»Gar nix. Pass auf, ich suche jetzt gute Platz.«

Frau Denizoğlu schnappt sich die Krippe und spaziert mit ihr ins Wohnzimmer. Meine Eltern schauen mit angstgeweiteten Augen hinterher. So ähnlich müssen im 16. Jahrhundert die Serben geguckt haben, als das osmanische Heer Belgrad erstürmt hat.

Aylin lächelt mir entschuldigend zu. Sie kann mit dem Kitsch ihrer Mutter ebenso wenig anfangen wie ich mit modernen Theaterinszenierungen. Herr Denizoğlu hat wahrscheinlich einen inneren Spam-Filter für derartige Objekte, denn einerseits quillt seine Wohnung über von diesem Pastell-Glitzer-Nippes, andererseits kann ein heterosexueller Mann so etwas auf gar keinen Fall schön finden.

Frau Denizoğlu ist im Wohnzimmer so mit der Suche nach einem geeigneten Krippen-Platz beschäftigt, dass sie die ungläubigen Blicke von Ingeborg Trutz und Dimiter Zilnik gar nicht bemerkt. Dimiter Zilnik fragt sich wahrscheinlich gerade, ob er LSD in der Zigarre hat, denn in einem normalen Bewusstseinszustand hat er solche Farben sicher noch nie erlebt. (Die grellste Kulissenfarbe, die ich jemals in einer seiner Theaterinszenierungen gesehen habe, war ein schimmelartiges Graubraun.) Ingeborg Trutz hingegen stellt ihren persönlichen Rekord im Nichtsprechen auf und zündet sich nervös eine Roth-Händle an, die sie stets mit einer schwarzen Zigarettenspitze raucht, wie Audrey Hepburn in *Frühstück bei Tiffany's*. Ich möchte Frau Denizoğlu beglückwünschen: Sie hat Ingeborg Trutz tatsächlich zum Schweigen gebracht – das ist Dimiter Zilnik in über dreißig Jahren nicht gelungen.

Endlich hat Aylins Mutter einen geeigneten Platz gefunden: auf der abstrakten Steinplastik von Alfons Kunen.

»Vallaha, hier sieht super aus.«

Meine Eltern stehen mit immer noch schreckgeweiteten Augen in der Tür. Aber Frau Denizoğlu hat ihren Eingriff in die klassische Moderne noch nicht abgeschlossen:

»Platz ist vallaha sehr gut, nur Stein ist bisschen hässlich. Keine Angst, kaufe ich eine schöne Stoff oder Tüll, dann sieht besser aus.«

Die Stimme meiner Muter nimmt jetzt einen flehenden Tonfall an:

»Das ist wirklich nicht nötig.«

»Keine Widerrede, ich mache gerne.«

Aylin scheint sich noch nicht entschieden zu haben, ob sie sich für ihre Mutter schämen oder vom Kunstgeschmack meiner Eltern befremdet sein soll. Ihr Blick haftet an einem hässlichen rotbraunen Geschmiere (meine Einschätzung) beziehungsweise einem unheimlich intensiven Farberlebnis (Wahrnehmung meiner Eltern). Das Bild dominiert allein schon aufgrund seiner Größe von 2,30 × 3,50 Metern das Wohnzimmer. Herr Denizoğlu scheint von diesem Werk ähnlich erfreut wie von der Idee eines freien Kurdistan – und seine Frau überlegt vermutlich gerade, wie viele Pailletten man braucht, um die gesamte Fläche zuzukleben. Aber ich kenne die türkische Mentalität inzwischen gut genug und kann meiner Familie in spe eine Brücke zur klassischen Moderne bauen:

»Das Bild ist über 10 000 Euro wert.«

Zur Abscheu in den Augen der Denizoğlus gesellt sich jetzt Respekt. Immerhin ein Anfang.

In einer Übersprunghandlung begrüßt Aylins Mutter Ingeborg Trutz und Dimiter Zilnik mit Wangenküsschen, was diese regungslos über sich ergehen lassen.

Als Frau Denizoğlu meine Oma entdeckt, ist sie völlig aus dem Häuschen:

»Aaaaaaah, ist deine Oma?! Vallaha, ist unheimlich süß, Allah, Allah, sehr süß deine Oma, Daniel, guck doch mal, ist soooo süüüüß hahahaha.«

Jetzt gibt sie auch Oma Berta Wangenküsschen, was bei dieser großes Befremden auslöst. Sie ist selbst für eine Westfälin noch überdurchschnittlich distanziert – die zärtlichste Geste, die ich von ihr je erlebt habe, war, als sie meinem Vater zum Abschied kurz auf die Schulter geklopft hat. (Vielleicht hat sie auch nur nach einer Fliege geschlagen.) Auf jeden Fall wird diese Frau, die seit dem Tod meines Opas vor dreißig Jahren bis auf das Schütteln von Händen keinerlei Hautkontakt mit anderen Menschen hatte, jetzt von Frau Denizoğlu in beide Wangen gekniffen, gleichzeitig herzhaft auf die Stirn geküsst und anschließend so fest gedrückt, dass sie nach Luft schnappt.

Aylin lässt sich von der Begeisterung ihrer Mutter anstecken und drückt meine Oma, die sich gerade noch von der ersten Umarmung erholt, ebenfalls an sich und küsst sie zunächst auf die Hand, dann auf beide Wangen. Damit hat sich die körperliche Zuwendung, die meine Oma in den vergangenen dreißig Jahren erhalten hat, innerhalb von 25 Sekunden verhundertfacht. Irritation ist eine extreme Untertreibung für das, was sich jetzt im Gesicht meiner Oma spiegelt.

»Wer sind diese Menschen? Und was wollen sie von uns?«

»Das sind meine Verlobte Aylin und ihre Mutter.«

»Und warum begrabbeln sie mich?«

»Das ist eine türkische Tradition.«

»Was? Das sind Türken?«

»Ja.«

»Und was machen die hier in Deutschland?«

»Na, die leben hier.«

»Wie? Haben die uns etwa besiegt? Das hat mir keiner gesagt.«

Zur Abwechslung ist mir jetzt mal meine Oma peinlich.

»Oma, die Türken sind nicht unsere Feinde.«

»Und warum besetzen sie dann unser Haus?«

»Oma, die ...«

»Und wozu steht im April noch der Weihnachtsbaum im Wohnzimmer? Wir sind doch hier nicht bei den Hottentotten!«

In diesem Moment stellt Frau Denizoğlu unter Beweis, dass Türken die schöne Gabe besitzen, um des lieben Friedens willen die Realität schlicht zu ignorieren:

»Daniel, vallaha, deine Oma ist wirklich unheimlich süß – Allah, Allah ...«

Dieses Ausblenden der Realität praktizieren die Denizoğlus auch bei ihrem eigenen Sohn: Sie wissen eigentlich, dass Cem homosexuell ist, aber weil es ja keine schwulen Türken gibt, kann das gar nicht sein, und dann ist es auch nicht so.

Im selben Moment, als Frau Denizoğlu meiner überforderten Oma erneut in beide Wangen kneift, überreicht Herr Denizoğlu meinem Vater eine verpackte CD. Ich ahne schon, dass es sich eher nicht um die größten Erfolge von Wolf Biermann oder ein Hörbuch von Peter Sloterdijk handeln wird. Als ich Heinos Brille sehe, wird meine Ahnung bestätigt: *Deutsche Weihnacht – Heino und Hannelore singen die schönsten Lieder zum Fest.*

Jetzt sehe ich meine Chance, mich für die vielen Freejazz-Konzerte zu rächen, zu denen mich meine Eltern in meiner Jugend mitgeschleppt haben:

»Also, ich finde, die CD sollten wir sofort auflegen.«

5

Noch zehn Minuten weniger bis zur Hochzeit als eben.

Nachdem Heinos Interpretation von *Kommet ihr Hirten* es geschafft hat, den Nichtsprech-Rekord von Ingeborg Trutz um weitere drei Minuten zu verlängern, platzt es dann doch aus ihr heraus, als Hannelore die ersten Töne von *Lasst uns froh und munter sein* anstimmt:

»Das ist unerträglich. Keiner interessiert sich mehr für Bertolt Brecht, die Erde stirbt, auf Fuerteventura verhungern die Katzen – und wir sollen froh und munter sein. Ich glaube, ich kriege einen Migräneanfall. Hach, da ist er schon.«

Sofort zückt Frau Denizoğlu ihre Aspirinschachtel:

»Hier, nehme Sie. Hilft auch sehr gut gegen Hautproblem.«

»Danke, aber mir würde schon reichen, wenn diese grauenhafte Musik aufhörte.«

Mein Vater stoppt die CD, und auch Familie Denizoğlu scheint erleichtert – so gruselig hatten sie sich deutsche Weihnachtsmusik wahrscheinlich gar nicht vorgestellt. Eine peinliche Pause entsteht. Dann zeigt Oma Berta auf die Denizoğlus:

»Sind das die Russen, die sie bei uns einquartiert haben?«

Eine weitere peinliche Pause entsteht. Dann stupst meine Mutter meinen Vater an, der sich schnell erhebt und einen weißen Zettel aus seiner Hemdtasche holt. Das bedeutet Unheil: Er wird eine seiner gefürchteten Reden halten. Ich suche nach Fluchtgelegenheiten. Aylin seufzt. In einem Wer-schämt-sich-am-meisten-für-seine-Familie-Contest hätten wir jetzt ein enges Kopf-an-Kopf-Rennen. Aber ich fürchte, die Rede meines Vaters wird meinen Sieg bedeuten.

Er räuspert sich. Stille. Er räuspert sich erneut. Stille. Und noch einmal. In diesen Momenten bastelt er sich im Kopf aus den Stichworten den ersten Satz seiner Rede zusammen. Ein erneutes Räuspern, gefolgt von gut zehn Sekunden Pause und einem finalen Start-Räuspern, dann geht es los:

»Liebe Berta, liebe Erika, lieber Daniel, liebe Ingeborg, lieber Dimiter, liebe Aylin, lieber ...«

Ihm fällt der Name von Aylins Bruder Cem nicht ein.

»... lieber ...«

Er räuspert sich. Ich helfe ihm:

»Cem.«

»... lieber Cem. Und äh, liebes Ehepaar Denizoğlu. Dass wir heute gemeinsam Weihnachten feiern, erscheint mir ein wenig surreal, aber ich sehe darin auch eine gewisse Ironie.«

Ich sehe in den Gesichtern von Aylins Eltern, dass sie die Worte »surreal« und »Ironie« zum ersten Mal in ihrem Leben hören.

»... denn schließlich messen weder die Hagenbergers und ihre Freunde als Agnostiker noch die Denizoğlus als Vertreter der muslimischen Glaubensgemeinschaft der Geburt Christi eine größere Bedeutung bei. Und doch haben wir uns heute hier versammelt, um gemeinsam Jesu Geburtstag zu feiern.«

Frau Denizoğlu ist irritiert:

»Wer hat Geburtstag?«

Wie aus der Pistole geschossen antwortet Oma Berta:

»Der Führer.«

»Nein, Mutter. Jesus Christus.«

»Das kann gar nicht sein. Dann wäre ja Weihnachten.«

Frau Denizoğlu hakt noch einmal nach:

»Also Weihnachten ist Geburtstag von Jesus?«

Mein Vater erlebt seine glücklichsten Momente, wenn er Wissen weitergeben kann:

»Exakt. Weihnachten ist im Prinzip nichts anderes als eine Geburtstagsfeier. Mit der kleinen Abweichung, dass das Geburtstagskind schon tot ist.«

Oma Berta ist irritiert.

»Der Führer ist tot?«

»Der auch. Aber ich rede von Jesus Christus.«

»Das stimmt gar nicht. Jesus lebt. Haben neulich erst meine Nachbarn gesagt.«

»Mutter, das waren die Zeugen Jehovas. Ich habe dir doch erklärt: Die sind nicht deine Nachbarn und du sollst sie nicht immer einladen.«

»Aber die sind unheimlich nett. Und sie wissen, wann die Welt untergeht.«

Die Denizoğlus sind jetzt mindestens so verwirrt wie Oma Berta, versuchen aber, sich nichts anmerken zu lassen. Mein Vater räuspert sich dreimal – ein Zeichen dafür, dass er den Faden verloren hat. Er schaut hilflos auf seinen Zettel und räuspert sich noch exakt fünfmal leise und dann einmal laut – zum Zeichen, dass es weitergeht:

»Wir feiern also den Geburtstag eines Mannes, den niemand von uns kennt und auf den sich eine Religion beruft, die in ihrer Geschichte auf Verbrechen zurückblicken kann, die ansonsten in diesem Ausmaß nur von den Nazis begangen wurden.«

Drei Minuten 37 Sekunden – bei Reden stoppe ich ebenfalls die Zeit. Über drei Minuten dauert es selten. Diesmal ist ihm aber seine eigene Mutter mit dem Führergeburtstag in die Quere gekommen, das erklärt vielleicht das mäßige Abschneiden.

»... den Geburtstag eines Mannes, der zwar nicht auf dem Niveau von Sartre oder Kant philosophiert hat, der aber immerhin Wasser in Wein verwandelt haben soll, und allein das ist Grund genug, ihm jetzt gemeinsam ein Ständchen zu bringen. Also, bitte alle zusammen: Happy birthday to you ...«

In den Augen meines Vaters sehe ich, dass sein Stolz, ein originelles Weihnachtsritual entwickelt zu haben, durch die Anwesenheit von Familie Denizoğlu noch gewachsen ist. Zögernd stimmen zunächst meine Mutter und Ingeborg Trutz, dann auch Dimiter Zilnik, ich, Aylin, Cem, Oma Berta und schließlich auch Aylins Eltern in den Gesang ein:

»... happy birthday to you, happy birthday ...«

Jetzt singen ich, meine Mutter und mein Vater:

»... lieber Jesus ...«

Und meine Oma singt:

»... lieber Führer ...«

Und dann wieder alle:

»... happy birthday tooooo youuuuuuu!«

Da mein Vater nichts mehr sagt und sich auch nicht mehr räuspert, begreifen die Anwesenden langsam, dass die Rede wohl zu Ende ist. Ingeborg Trutz will etwas sagen, aber da sie immer gut fünf Sekunden braucht, um vor ihren Monologen pathetisch Rauch in den Raum zu blasen, kommt ihr Frau Denizoğlu zuvor:

»Vallaha, ist unheimlich interessant für uns. Wussten wir gar nicht, dass Deutsche singen zu Weihnachten *Happy Birthday*.«

Endlich kann mein Vater wieder dozieren:

»Nun, es handelt sich nicht um ein allgemeingültiges deutsches Ritual. Wir machen das eigentlich nur, um diesem ganzen albernen Brimborium eine gewisse ironische Note zu verleihen.«

Herr Denizoğlu hat die Worte *Ritual* und *Brimborium* bereits vergessen, als er nachhakt:

»Ironisch? Was bedeute ironisch?«

»Wenn man das Gegenteil von dem sagt, was man eigentlich meint.«

»Aber warum sagt man nicht gleich korrekt?«

»Nun, das, also ...«

Mein Vater räuspert sich viermal. Dann übernimmt meine Mutter:

»Das ist nur ein Spaß.«

»Ach so, hahaha, ich mache auch gerne Spaß. Zum Beispiel: Wie viele Griechen braucht man, um zu drehen eine Glühbirne in Fassung?«

Witze kommen im Universum meines Vaters ebenso wenig vor wie Tennissocken, hautstraffende Lotionen oder die Nintendo Wii. Wenn mein Vater lacht, dann eher über misslungene Metaphern oder falsche Superlative. Herr Denizoğlu klärt ihn auf:

»Egal. Bevor sie sind fertig, ist sowieso schon wieder hell, hahaha.«

Meine Mutter lacht höflichkeitshalber mit, und mein Vater sucht wie üblich nach einem tieferen Sinn – was ihn zum wohl schlechtesten Witzezuhörer aller Zeiten macht. (Einmal hat er es geschafft, mir meinen Lieblingswitz zu zerstören: »Gehen zwei Zahnstocher durch den Wald und sehen einen Igel; sagt der eine: ›Guck mal, da fährt ein Bus!‹« Mein Vater sah in diesem Witz eine Menge verschenktes Potenzial und meinte, es wäre viel geistreicher, wenn die Zahnstocher dann auf den Igel aufsteigen würden und anschließend aus den unterschiedlichen kulturellen Erfahrungen von Zahnstochern und Stacheln eine tragikomisch-poetische Geschichte entstehen würde.)

Herr Denizoğlu kommt jetzt richtig in Fahrt:

»Was macht eine Grieche im Puff?«

Mein Vater verteidigt erfolgreich seinen Weltschlechtester-Witzezuhörer-Titel:

»Nun, ich denke, er hat sich, aus welchen Gründen auch immer, dazu entschlossen, auf eine von beiderseitigem Respekt geprägte erotische Erfahrung zu verzichten, und betrachtet Sex als eine Art Ware.«

»Falsch. Er besucht seine Schwester, hahaha …«

»Ach, er hat eine Schwester? Das hatten Sie vorher gar nicht erwähnt.«

Während mein Vater nun Herrn Denizoğlu darüber aufklärt, was die Weltliteratur an Familientragödien im Rotlichtmilieu anzubieten hat, kommt Frau Denizoğlu mit einem großen, in silbernes Papier verpackten Karton zu mir, auf dem eine gigantische goldene Schleife prangt.

»Hier, Daniel, ist Geschenk für dich von Familie Denizoğlu.«

Augenblicklich verstummen alle Gespräche, und meine Eltern schauen sich irritiert an, weil Frau Denizoğlu eigenmächtig mit der Bescherung angefangen hat. Obwohl doch die Biermann-Platte das Signal für die Bescherung ist. Meine Eltern reden kurz miteinander, dann hastet mein Vater zum Plattenschrank und wühlt so aufgeregt darin, dass eine Live-Aufnahme von Jacques Brel zu Boden fällt. Mein Vater will sie noch in der Luft auffangen und reißt mit einer hektischen Bewegung die kleine Giacometti-Plastik aus dem Regal – das teuerste Stück in der Sammlung meiner Eltern. Mit einer Blitz-Reaktion bringt er seinen Fuß so unter die drei Kilo schwere, massive Eisenskulptur, dass er den Aufprall abfedern kann – auf Kosten der eigenen Unversehrtheit. (Auch wenn mein Vater für diese Entscheidung nicht den Bruchteil einer Sekunde, sondern ein Jahr Zeit gehabt hätte – er hätte sich immer für die Skulptur und gegen seinen Fuß entschieden.)

Mein Vater verzieht kurz vor Schmerz das Gesicht und tut dann so, als sei nichts gewesen. Er hebt die Plastik auf, seufzt erleichtert, dass sie unversehrt ist, und humpelt dann, sich zu einem Lächeln zwingend, aus dem Zimmer, gefolgt von meiner Mutter.

Aus dem Flur höre ich meinen Vater fluchen. Um der Betroffenheit im Wohnzimmer entgegenzuwirken, öffne ich das Paket der Denizoğlus und finde einen schwarzen Glanzanzug. Ich bin verblüfft. Bevor ich weiß, was ich davon halten soll, preist Frau Denizoğlu ihn an:

»Ist Anzug für Hochzeit, vallaha, sieht unheimlich elegant aus, ist vallaha eleganteste Anzug, den ich je gesehen habe. Und ist wunderbare Stoff, ganz elegant, hat Onkel Murat extra mitgebracht aus Istanbul, ist vallaha so elegant wie eleganter geht nix mehr so elegant, vallaha!«

Ich habe das Gefühl, neben mir zu stehen. Wie in Trance küsse ich alle Denizoğlus zum Dank auf die Wangen. Aylin flüstert mir ins Ohr:

»Ich weiß, er ist ziemlich drüber – ich konnte Mama nicht stoppen. Aber glaub mir, er wird gut zu meinem Kleid passen.«

Aylin grinst mich schelmisch an. Dann redet sie wieder laut:

»Und – gefällt er dir?«

»Ja. Er ist unheimlich ...«

Plötzlich scheint die deutsche Sprache nur noch ein Adjektiv zu besitzen.

»... elegant.«

Frau Denizoğlus Stimme überschlägt sich:

»Vallaha, ich bin so froh, dass dir auch gefällt, Daniel, ist vallaha unheimlich elegant. Sehr, sehr elegant, vallaha. Und du machst mich glücklichste Mensch, wenn du jetzt anziehst.«

Ich spüre einen gewissen emotionalen Druck, wenn das Lebensglück meiner Schwiegermutter davon abhängen soll, dass ich diesen Anzug anprobiere. Trotzdem nehme ich den Haufen glänzenden Stoff und gehe ins Badezimmer, um mich umzuziehen. Dort legt meine Mutter meinem Vater gerade einen Fußverband an und schaut besorgt:

»Wenn es heute Nacht anschwillt, fahren wir ins Krankenhaus.«

Mein Vater beschwichtigt:

»Aber davon lassen wir uns nicht den Abend vermiesen. Es ist schließlich nur ein Fuß.«

Mein Vater betrachtet seinen Körper stets als notwendiges Übel, das den einzigen Zweck hat, seinen Geist durch die Gegend zu tragen. Da das Badezimmer besetzt ist, gehe ich ins Schlafzimmer meiner Eltern.

Als ich gerade den letzten Knopf der Weste schließe, höre ich von draußen den tödlichen Satz meiner Mutter:

»Kommen Sie, Herr und Frau Denizoğlu, ich zeige Ihnen, wo ich Ihren Harlekin aufbewahre.«

Adrenalin schießt durch meinen Körper. Ich starre wie versteinert auf Erikas Akt mit Adonis-Statue. Er hängt an der vor Bildern überquellenden Wand direkt unterhalb eines gerahmten Geschmieres, das ich mit fünf Jahren angefertigt habe. (Mir war ein Glas Möhrensaft auf den Malblock gekippt, aber mein Vater hält es noch heute für ein Meisterwerk der Aquarellkunst.)

Die primären und sekundären Geschlechtsmerkmale meiner Mutter befinden sich glücklicherweise in einer Höhe, die ich mit meinem Körper verdecken kann. Ich mache mich so breit, wie das mit einem schmalen Körper möglich ist, und bin spontan gewillt, an die Existenz von Schutzengeln zu glauben, wenn ich dafür die nächsten Minuten überlebe.

6

Kurz vor einer Katastrophe.

Die Schlafzimmertür öffnet sich. Als Frau Denizoğlu mich in meinem Hochzeitsanzug erblickt, klatscht sie begeistert in die Hände und gibt Töne von sich wie eine Dreizehnjährige, die bei Hit-Radio Antenne 1 einen Backstage-Pass fürs Justin-Bieber-Konzert gewonnen hat.

»Aaaaaaahhhhhhhhhhh! Allah Allah! Allah Allah! Hahahaha! Allah Allah! Allah Allah! Allah Allah! Allah Allah! Allah Allah! Hahahahaaa!!!«

Aylin streicht über den Stoff und zwinkert mir zu:

»Eigentlich schon irgendwie sexy.«

Ich fühle mich eher wie ein Zuhälter, aber solange ich Aylin gefalle und meine nackte Mutter verdecke, bin ich zufrieden. Frau Denizoğlu hat sich noch immer nicht beruhigt:

»Allah, Allah! Allah, Allah! Jetzt dreh dich um, Daniel.«

Ich drehe mich um und schaue nun genau auf die Brüste meiner 25-jährigen Mutter. Ich schließe die Augen und würde alles dafür geben, dass diese Situation aufhört. Ich würde mir sogar ein Flippers-Konzert angucken oder zur »Latinoparty mit DJ Klaus« im Bürgerzentrum Köln-Porz gehen. Als ich erneuten Jubel von Frau Denizoğlu vernehme, versuche ich, die Aufmerksamkeit endlich von mir und dem Bild wegzulenken: Ich weise zum Stoff-Harlekin, den ich auf dem Kopfkissen platziert habe:

»Guckt mal, wie süß der aussieht!«

Meine Mutter schaut mich irritiert an, weil ich normalerweise nicht so einen Stuss rede.

Frau Denizoğlu gibt nur einen kurzen, quietschenden Jubellaut beim Anblick des Stoff-Harlekins von sich und wendet sich sofort wieder mir zu:

»Vallaha, unheimlich elegant. Nicht wahr, Frau Hageberger, ist doch unheimlich elegant, oder?!«

Für meine Mutter, die mich zwar in Windeln, Strampelanzügen, Cordhosen, Jeans und Shorts mit lustigen Tiermotiven gesehen hat, aber noch nie in einem schwarzen Glanzanzug, scheint das Wort »elegant« nicht zu 100% auf das zuzutreffen, was da gerade ihr Nackt-Porträt verdeckt. Auch mein Vater, der in diesem Moment ins Zimmer humpelt, schaut mich mit einem beunruhigten Das-ist-nicht-mein-Sohn-Blick an.

Ich versuche, die Szene möglichst schnell zu beenden:

»Puh, ich habe richtig Kohldampf – wollen wir nicht schon mal ins Esszimmer gehen?!«

Meine Mutter sieht mich tadelnd an.

»Daniel, du weißt doch: erst Bescherung, dann essen.«

Da sind meine Eltern spießig. Es hängt zwar Plastikmüll am Baum und zur Bescherung läuft Wolf Biermann, aber das Ritual muss jedes Mal exakt gleich ablaufen. Dass Familie Denizoğlu eigenmächtig die Abfolge geändert hat, war schon schwer zu schlucken. Dann bringt mich meine Mutter in eine schwierige Lage:

»Daniel, hol doch aus dem Keller noch eine Kiste Château Fenouche für Ingeborg und Dimiter.«

»Okay.«

Warum habe ich nur »okay« gesagt? Jetzt warten meine Mutter und Frau Denizoğlu darauf, dass ich gehe – und damit würde der Blick frei. Ich suche fieberhaft nach Argumenten fürs Stehenbleiben und komme nur auf drei jämmerliche Ausreden:

1. Ich täusche einen Wadenkrampf vor (dumm, weil ich mich dann auf den Boden legen müsste).
2. Ich falle in Ohnmacht (nicht ganz so dumm – ich müsste zwar auch zu Boden gehen, könnte aber vielleicht im Fallen das Bild mit runterreißen).
3. Ich erkläre, dass ich vergessen habe, meine Tai-Chi-Übung zu machen, und das an Ort und Stelle nachholen will (ex-

trem dumm, denn ich habe keine Ahnung, wie eine Tai-Chi-Übung aussieht).

Als ich sehe, wie Aylin mich verliebt anlächelt, wähle ich in einem Anfall von Übermut die Flucht nach vorn: Ich gebe die Sicht auf das Bild frei und rede mit der Stimme von Franz Beckenbauer:

»Ja gut äh, sicherlich, der Adonis, er ist in jedem Museum dieser Welt zu Hause, der Adonis, er ist ein Mythos, eine Legende, genau wie der Lothar Matthäus, und, äh, ja gut, meine Mutter ... Der eine schämt sich, nackt zu sein; der andere schämt sich für das Dritte Reich – das ist sicherlich ein kleiner kultureller Unterschied.«

Das Schlimmste an einem Versuch, eine peinliche Situation mit Humor zu überspielen: Durch das Ausbleiben des Lachens wird das Scheitern allzu offensichtlich. Herr und Frau Denizoğlu schauen schockiert zwischen dem Ölgemälde und meiner Mutter hin und her. Ein innerer Zwang lässt mich nun mit der Stimme von Dieter Hallervorden »Uiuiuiuiuiuiui« sagen. Was ebenso wenig zu ausgelassener Heiterkeit führt wie die Beckenbauer-Imitation zuvor.

Ich bin nicht ganz sicher, ob die Empörung in den Gesichtern von Aylins Eltern mehr von der Nacktheit ausgelöst wird oder von der Tatsache, dass sich meine Mutter an einen Griechen lehnt. Aber am Ende ist das auch egal. Meine Eltern schauen sich an. Die Denizoğlus schauen sich an. Eine viel zu lange Pause entsteht. Wenn ich jetzt die Wahl hätte, vom Blitz erschlagen zu werden oder einem Erklärungsversuch meiner Mutter beizuwohnen – ich würde mich für den Blitz entscheiden. Leider meint es das Schicksal nicht gut mit mir. Meine Mutter hat bereits losgelegt:

»Das Bild hat ein Freund von uns gemalt. Er war eigentlich ein Freund von Rigobert, aber dann hatte ich mit ihm eine Affäre. Das war aber nicht so schlimm, haha, denn Rigobert und ich waren ja noch gar nicht verheiratet, und außerdem ist Rigobert danach mit der Freundin des Malers ins Bett gegangen, das war übrigens Ingeborg Trutz, ihr habt sie ja gerade kennengelernt. Aber damals war sie noch nicht mit Dimiter zusammen. Gut, jetzt sind sie auch nicht mehr zusammen, also, in sexueller Hinsicht, aber egal, ich selbst habe jedenfalls mit Dimiter nur ein einziges Mal geschlafen, aber das war betrunken in den Kulissen von Heiner Müllers *Hamlet-Maschine.* Was ich sagen wollte: Seit wir verheiratet sind, führen wir ein ganz normales Leben, wir haben eigentlich nur noch selten außereheliche Beziehungen, sieht man von Rigoberts russischer Schlampe einmal ab.«

Jetzt meint mein Vater, sich einbringen zu müssen:

»Sie hat das beste Buch über Tolstoi geschrieben, das ich je gelesen habe, und damit die russische Sekundärliteratur einen großen Schritt weitergebracht.«

»Jaja, sie ist ganz toll, deine Anuschka. Auf jeden Fall: Wir sind nicht mehr so wie früher. Wenn ich mal keine Lust auf Rigobert habe, lege ich lieber selbst Hand an, das ist auch emotional viel einfacher als eine Affäre, haha.«

Selbst meine Mutter hat inzwischen bemerkt, dass ihre Offenheit bei den Denizoğlus weniger gut ankommt als bei ihren intellektuellen Freunden. Ich spüre, dass mein Leben sich gerade am Scheideweg befindet – und nicht einmal die Doppeldeutigkeit des Wortes »Scheide« im Kontext mit dem Ölgemälde kann mich aufheitern. Sogar Aylin, die deutlich weniger traditionell denkt als ihre Eltern, ringt um Fassung.

Meine Mutter fordert meinen Vater mimisch auf, etwas zu sagen. Mein Vater räuspert sich mehrfach und schaut dann ratlos zu mir, aber ich unterdrücke meine Idee, die Situation mit der Stimme von Udo Lindenberg zu retten. Meine Eltern schauen die Denizoğlus ratlos an. Aylins Mutter murmelt arabische Sätze vor sich hin, in denen verdächtig oft das Wort »Allah« vorkommt. Aylins Vater vergleicht meine nackte Mutter mit meiner angezogenen Mutter und kriegt dafür von seiner Frau einen unmerklichen Stoß in die Rippen.

Als letzter Ausweg fällt mir spontan die türkische Wir-ignorieren-einfach-das-Problem-Taktik ein und ich rufe laut:

»Bescherung!!!«

Erleichtert klatscht Frau Denizoğlu in die Hände:

»Oh, ich freue mich, ich wollte schon immer dabei sein bei eine traditionelle deutsche Bescherung, hahahaha.«

Jetzt lachen alle gemeinsam. Ich lache auch – erstens, weil mir ein Felsbrocken von der Größe eines Jupiter-Mondes vom Herzen fällt; und zweitens, weil die Denizoğlus nach dem heutigen Abend denken werden, dass man in Deutschland traditionell Geschenke mit dem Feuilleton der *Zeit* einpackt und zur Bescherung Wolf Biermann hört. Meine Eltern und die Denizoğlus gehen gut gelaunt zurück in Richtung Wohnzimmer.

Nur Aylin und ich stehen noch vor dem Ölgemälde. Aylin wirkt mitgenommen von den detailreichen Intim-Informationen, die sie gerade von ihren zukünftigen Schwiegereltern erhalten hat. Sie ringt mit sich:

»Daniel ... Ich meine, du ... also, ich war noch nie mit einem Deutschen zusammen. Ich wusste nicht, dass ihr so ... so offen seid.«

»Aylin, du darfst meine Eltern nicht mit den Deutschen verwechseln. Sie sind zwar Deutsche, aber eine Art Mutation. Jeder Franzose ist deutscher als sie.«

»Okay. Und ... du?«

»Ich hasse Fremdgehen. Ich bin spießig und stehe auf Treue.«

Aylin seufzt erleichtert.

»Und du willst auch kein Nacktbild von mir neben das Bett hängen?«

»Nein, Nacktbilder natürlich immer nur ins Wohnzimmer.«

Aylin lacht und funkelt mich dann gespielt böse an:

»Sen var ya sen!!!«

Das heißt so was wie »Du bist ja ein ganz Schlimmer«, und Aylin schafft es regelmäßig, diesen Satz wie ein erotisches Vorspiel klingen zu lassen. Ich ziehe sie zu mir heran:

»Aber jetzt musst du mir auch etwas versprechen.«

»Okay?!«

»Versprich mir, dass wir niemals niemals niemals einen Stoff-Harlekin oder eine glitzernde Pastell-Krippe in unserer Wohnung haben werden!«

»Hmmm ... weiß nicht. Das wäre schon ein herber Verlust. Was krieg ich denn dafür?«

Als Antwort hole ich endlich den Kuss nach, auf den ich seit einer halben Stunde mit Rücksicht auf die Familie verzichtet habe, und erkunde dabei mit meinen Händen Aylins Po, der deutlich schönere Rundungen aufweist als die abstrakte Steinplastik von Alfons Kunen.

7

Noch lange genug bis zur Hochzeit, um weitere peinliche Situationen zu erleben.

Wir sitzen mit vollen Bäuchen am Esstisch, und eine zufriedene Müdigkeit hat sich breitgemacht. Meine Mutter hat natürlich keine Weihnachtsgans gebraten, sondern zu Ehren unserer türkischen Gäste ein Büfett aus mediterranen Speisen vorbereitet. (Obwohl meine Eltern immer noch Anhänger der Frauenbewegung sind, lässt meine Mutter meinen Vater niemals an den Herd, seitdem dieser das angebliche Leibgericht von Hermann Hesse nachkochen wollte und dabei die Küche im Zustand eines explodierten Chemielabors hinterließ.)

Nach der schwierigen Situation im Schlafzimmer sind Bescherung und Essen ohne weitere Zwischenfälle verlaufen, bis auf einen Fauxpas meines Vaters. Er konnte es sich nicht verkneifen, Herrn Denizoğlu darauf hinzuweisen, dass die schwarzen Oliven aus Griechenland stammen, und zwar *nachdem* Aylins Vater sie gegessen und für gut befunden hatte. Hätte sich Oma Berta nicht just in diesem Moment an einem Stück Knoblauchwurst verschluckt und wäre fast gestorben – die Situation hätte brenzlig werden können.

Zur Bescherung haben meine Eltern wieder einmal sensationelle Menschenkenntnis bei ihrer Geschenkauswahl bewiesen:

Person	Geschenk meiner Eltern
Ich	DVD-Box mit Dokumentationen über den Philosophen Hans Magnus Enzensberger
Oma Berta	Buch: *Die Geschichte des Todes* von Philippe Ariès (eine Sammlung von Sterberitualen aus aller Welt)
Herr Denizoğlu	Buch: *Zypern in seinen Beziehungs- und Konfliktverhältnissen zu Türkei und Griechenland*
Frau Denizoğlu	Buch: *Die Kulturgeschichte des Essens und Trinkens* von Paczensky/Dünnebier (576 Seiten)
Aylin	Abstrakte Metallplastik, von einem russischen Gegenwartskünstler gestaltet
Cem	Buch: *Volksgerichtshof – die politische Justiz im 3. Reich* (weil Cem ja Anwalt ist)
Ingeborg Trutz	Eine Stange *Roth-Händle*
Dimiter Zilnik	*Johnnie Walker, Black Label*

Lediglich Ingeborg Trutz und Dimiter Zilnik bekamen Dinge, die sie wirklich gebrauchen können. Aber ich bin sicher, Herr Denizoğlu wird begeistert sein, endlich die Wahrheit über Zypern zu erfahren.

Nachdem mein Vater das obligatorische Wolf-Biermann-Lied ohne weitere Unfälle auf den Plattenteller gebracht hatte (während dieser drei Minuten zeugten die Gesichter der Denizoğlus davon, dass sie im Nachhinein Heino doch nicht *so* schrecklich fanden), wollte Frau Denizoğlu von Ingeborg Trutz wissen, warum sie nicht mehr mit Dimiter Zilnik zusammen ist, obwohl sie sich doch offenbar gut verstehen. Ingeborg antwortete, sie würden sich nicht wirklich gut verstehen, sondern seien einfach zu pazifistisch, um sich die Schädel einzuschlagen – woraufhin Frau Denizoğlu die Gesichtszüge entglitten; was sie allerdings nicht davon abhielt, zehn Sekunden später ihre Cousine Valide anzurufen, um ihr mitzuteilen, sie habe endlich einen Ehemann für sie gefunden.

Valide gab zur Antwort, sie sei in fünf Minuten da, und jetzt, knapp zwei Stunden später, warten wir immer noch auf sie. Meine Eltern finden es zwar ungewöhnlich, dass ihre Weihnachtsgäste an Heiligabend ohne zu fragen eine fremde Frau eingeladen haben; aber die Freude, dass die Türken die traditionelle Weihnachtsroutine durcheinanderwirbeln, überwiegt (zumindest bei meinem Vater).

Dimiter Zilnik und Ingeborg Trutz sind zwar weniger begeistert, haben ihren Alkoholpegel aber inzwischen so weit erhöht, dass ihnen das Leben an sich und auch alles andere egal ist.

Mein Vater erhebt sein Glas:

»So, ich habe für unsere Gäste extra einen türkischen Trinkspruch geübt: ön kolü gunümu böö ... ooolun.«

Er schaut die Denizoğlus an und wartet vergeblich auf Applaus. Sie haben kein Wort verstanden. Als er die fragenden Blicke bemerkt, holt er einen Zettel hervor.

»Ich meinte: ähn kotü güll ... äh günü ... äh ... böhle ohlsohn.«

Erneut allgemeine Ratlosigkeit. Dann übernimmt meine Mutter:

»En kötü günümüz böyle olsun.«

Jetzt haben die Denizoğlus verstanden und applaudieren begeistert. Offenbar hat meine Mutter mehr Talent für die türkische Sprache als mein Vater, der immerhin die deutsche Übersetzung beisteuert:

»Dies soll unser schlechtester Tag sein. Das bedeutet, die Zukunft soll *noch* besser werden.«

Meine Mutter ist vom Erfolg ihres ersten türkischen Satzes so euphorisiert, dass sie ihn wiederholt:

»En kötü günümüz böyle olsun – ein toller Spruch. So optimistisch!«

Endlich ergreift Dimiter Zilnik zum ersten Mal das Wort:

»Optimismus ist nur ein Mangel an Information.«

Eine kurze betroffene Pause entsteht, dann klingelt es. Frau Denizoğlu springt auf und öffnet die Tür. Ihre Cousine Valide betritt ein wenig schüchtern das Wohnzimmer. Sie ist Mitte fünfzig, und es scheint, als habe der Künstler, der die Kitsch-Krippe gestaltet hat, in Valides Gesicht ein neues Betätigungsfeld gefunden. Zusätzlich glitzern in ihrem Pullover bunte Pailletten und Perlen, ihre einfarbig pinke Hose wirkt dagegen regelrecht dezent.

Nach einer Wangenkuss-Orgie, bei der viel Glitzer an allen Beteiligten hängen bleibt, platziert Frau Denizoğlu ihre Cousine neben Dimiter Zilnik.

»Er ist berühmter Filmregisseur.«

Meine Mutter korrigiert:

»Theaterregisseur.«

»Auf jeden Fall hat keine Frau.«

Jetzt greift Ingeborg Trutz ein:

»Aber verheiratet ist er schon. Mit dem Theater.«

Frau Denizoğlu ignoriert das und preist ihre Cousine an wie ein Haushaltsgerät auf Home Order Television:

»Valide kann vallaha sehr gut kochen und ist unheimlich ordentlich und sehr, sehr fleißig. Und hat sogar Führerschein, kann also selber einkaufen fahren.«

Dimiter Zilnik schaut Valide mit glasigem Blick an. Frau Denizoğlu klopft ihm auf die Schulter.

»Aber lerne euch erst mal kennen.«

Damit überlässt sie die beiden sich selbst. Nachdem er ein weiteres Glas Château Fenouche auf ex geleert hat, findet Dimiter ein geeignetes Gesprächsthema:

»Haben Sie die letzte Castorf-Inszenierung an der Berliner Volksbühne gesehen?«

Obwohl man durch mehrere Zentimeter Spachtel- und Glitzermasse schwer einen Gesichtsausdruck ausmachen kann, ist doch zu erahnen, dass Castorf-Inszenierungen auf Valides Small-Talk-Themenliste relativ weit unten rangieren. Immerhin will sie sich auf ein Gespräch einlassen:

»Was ist Castorf?«

Dimiter Zilnik sackt augenblicklich in sich zusammen und schafft es, innerhalb von weniger als fünf Sekunden nicht nur einzuschlafen, sondern auch laut zu schnarchen. Ingeborg Trutz tröstet die enttäuschte Valide:

»Seien Sie froh. Dimiter grunzt beim Sex wie eine englische Bulldogge – nicht auszuhalten.«

In die folgende Gesprächspause dringt die Stimme von Frau Denizoğlu, die gerade mit Oma Berta spricht:

»Wirklich? Wusste ich ja gar nicht, dass Jesus kam aus Österreich.«

8

Noch 4 Wochen, 4 Tage, 16 Stunden, 44 Minuten bis zur Hochzeit.

»Hi, I'm Jamil, wanna see *Phantom of di Opera* tonight? Only 100 Quid, man.«

Aylin steht in ihrem atemberaubenden roten Silvesterkleid aus Samt in der Shaftsbury Avenue und schaut zwischen mir und einem afrikanischen Schwarzmarkthändler hin und her. Dabei spiegelt sich die Leuchtreklame des *Lyric Theatre* in ihren Augen.

»100 Pfund pro Karte – das ist echt zu teuer, Daniel.«

»Aber ich will, dass unser erstes gemeinsames Silvester perfekt wird: Candlelight-Dinner, *Phantom der Oper*, und dann das Feuerwerk auf der Themse. Verstehst du? Es muss einzigartig werden – ein Abend, von dem wir noch unseren Enkelkindern erzählen.«

»Du bist verrückt.«

Aylin schaut mich verliebt an. Jamil schaut mich genervt an.

»So you wanna buy ticket or no buy ticket?«

Ich freue mich, dass Jamil schlechter Englisch spricht als ich – das gleicht irgendwie meine fehlende Muskelmasse aus. Plötzlich kommen mir Zweifel an seiner Seriosität:

»Und was, wenn die Tickets gar nicht echt sind? Ich meine, warum verkauft er Karten für *Phantom der Oper* vor einem Theater, in dem *Cabaret* läuft?«

»*Cabaret* sold out. Is New Year's Eve. Only *Phantom of di Opera*. 100 Quid. Is special price.«

Dass der Preis speziell ist, habe ich auch schon gemerkt. Aber um Aylin glücklich zu machen, ist mir nichts zu teuer. Ich will nur nicht verarscht werden – und Jamils prall gefülltes Lederportemonnaie, das vorne in seinem Gürtel steckt und aus dem mindestens zehn Hundert-Pfund-Noten hervorquellen, lässt ihn nicht unbedingt seriös erscheinen.

»Was meinst du, Aylin? Verarscht er uns?«

»Kann sein. Das wäre dann Schicksal. Wenn der Beduine Pech hat, fickt ihn in der Wüste ein Polarbär.«

»Was???«

»Wenn der Beduine Pech hat, fickt ihn in der Wüste ein Polarbär. Kennst du das nicht?«

»Nein.«

»Ist eine türkische Redensart.«

»Wow! Deine Kultur fasziniert mich immer wieder.«

Statt orientalischer Bildsprache bevorzugt Jamil eine eher nüchterne Kommunikation:

»Buy or no buy?«

Vor zwei Wochen ›Malediven oder Seychellen‹, und jetzt ›Buy or no buy‹. Ich schaue Aylin prüfend an und versuche herauszufinden, ob sie mich immer noch für den Boss hält. Wenn ja, sollte ich jetzt eine Entscheidung treffen. Ich sollte mit großer Geste zweihundert Pfund hervorholen und Aylin generös zunicken. Das wäre souverän und männlich. Ich höre mich sagen:

»Was meinst du denn, Aylin?«

Es ist einfach ein Reflex.

»Tja, ich find's zu teuer. Aber entscheide du. Du bist der Boss.«

Also doch. Ich dachte, mit meiner Boss-Rolle hätte es sich spätestens auf dem Hinflug nach London-Stansted erledigt, als ich mich drei geschlagene Minuten lang nicht entscheiden konnte, ob ich mein Happy Snack Menü mit Puten- oder Käsesandwich wollte.

Jetzt überlege ich fieberhaft, ob Aylin

a) *Phantom der Oper* eigentlich unbedingt sehen will und nur abwiegelt, damit ich nicht so viel Geld ausgebe, oder

b) alles hasst, was Andrew Lloyd Webber jemals komponiert hat, und das Geld nur als Vorwand benutzt, um sich ein Martyrium zu ersparen.

Eigentlich der perfekte Plan: Ich finde Aylins Wünsche heraus, und dann entscheide *ich*, dass wir das tun, was *sie* will. Vielleicht lautet so das Rezept für eine glückliche Ehe. Leider kann ich unter Druck schwer denken und habe keinen blassen Schimmer, was in Aylin vorgeht. Jamil wird langsam unruhig:

»Hey man, I no got time da whole evening.«

»Okay, I buy.«

Zwischen »I no got time« und »Okay, I buy« lagen höchstens ein paar Hundertstelsekunden. Es war dieser drohende Blick. Mein Vater würde jetzt sagen, dass meine Angst vor diesem Rasta-Mann eine passive Form von Rassismus ist. Ich persönlich finde eher, der Ticketpreis ist eine passive Form von Straßenraub – aber darüber ließe sich streiten.

Aylin fällt mir vor Freude um den Hals.

»Danke! Du bist mein Traumprinz.«

Yes!!! Ich habe mich zwar unter Druck und aus Angst entschieden, aber wie unser Exkanzler so schön sagte: »Wichtig ist, was hinten rauskommt.«

Ich zücke vier Fünfzig-Pfund-Scheine und will sie unserem ungeduldigen neuen Freund überreichen, doch Aylin hindert mich daran und baut sich mit untrüglichem Instinkt für die Wirkung des eigenen Körpers vor Jamil auf:

»100 for both!«

Sie hat recht – es heißt ja Schwarzmarkt*handel* und nicht Schwarzmarktfestpreis.

»Hey, you beautiful Lady. But price is 100 each.«

Jetzt setzt Aylin ihre zweitschrecklichste Waffe ein: ihr Lächeln. Jamil hat einen Wirkungstreffer abbekommen:

»Okay. 180 for both.«

Nun setzt Aylin ihre schrecklichste Waffe ein: ihren Schmollmund.

»Hey you wanna kill me? Okay, 150 for both.«

Lächeln.

»140. Last offer.«

Schmollmund.

»130. Very last offer.«

Schmollmund in Kombination mit hochgezogenen Augenbrauen.

»120. Dat's di end, Lady.«

Kurze Abfolge von Schmollmund, Lächeln und wieder Schmollmund.

»Okay, you bitch. 100.«

Aylin ist einfach unschlagbar. Sie zwinkert mir zu, nimmt zwei Fünfziger aus meiner Hand und zahlt. Unser Musical-Experte hält die Karten zurück und gibt sie Aylin erst, als sie erneut ihren Schmollmund präsentiert. Dabei lässt er eine Lache vernehmen, mit der er Eddie-Murphy-Filme synchronisieren könnte. Während das passiert, stehe ich, also der Boss, als interessierter Beobachter daneben und überlege, ob ich etwas dazu sagen sollte, dass ein schwarzer Schwarzmarkthändler meine Verlobte gerade auf Englisch als Hure bezeichnet hat.

Allerdings fordert meine Erziehung, dass ich jetzt erst mal nachprüfe, ob das Wort »bitch« nicht eventuell eine umgangssprachliche Bedeutungsverschiebung hin zum Liebevoll-Kumpelhaften erfährt, wenn es in diesem Kontext verwendet wird. (Als Kind eines Germanistikprofessors mit Nazi-Komplex trägt man schwere seelische Schäden davon.)

Ich verzichte also darauf, mit Jamil über das Wort »bitch« zu diskutieren; Aylin und ich wenden uns zum Gehen. Dabei merke ich, dass Jamil ihr so intensiv auf den Hintern starrt, als gäbe es dort die neue Staffel *Dr. House* zu sehen. Ich ignoriere auch das und winke ihm zum Abschied zu. Was Jamil offenbar als Einladung missversteht:

»Hey Folks, where you go? I know good place.«

Ich weise ihn mit unerbittlicher Härte ab.

»That's very kind of you – but no, thank you so much.«

Jamil lässt wieder seine Eddie-Murphy-Lache hören.

»Hey, you're a funny man. And your girl is gorgeous. Why don't we spend da night together. We could do a sandwich, hahaha ...«

So. Jetzt brauche ich etwas Zeit zum Nachdenken:

1. Ich habe das latente Bauchgefühl, dass mich Jamil als Mann nicht zu 100 % ernst nimmt.
2. Mir fällt die exakte Bedeutung des Wortes »gorgeous« nicht ein. Ich meine, es bezieht sich auf die Attraktivität einer Frau, hat aber auch einen sexuellen Unterton.

3. Sehr viel wichtiger als die Bedeutung von »gorgeous« ist, wie der Satz »We could do a sandwich« zu verstehen ist. Ganz langsam gelange ich zu der Schlussfolgerung, dass Jamil mit uns keine Stullen schmieren will. Offensichtlich ist er extrem dreist (oder wie mein Vater sagen würde: aus kulturellen Gründen mit der Kunst der vorsichtigen Annäherung nicht vertraut).
4. Äh ...

Aylin guckt mich auffordernd an. Verdammt, in jedem Scheiß-Handballspiel darf der Trainer eine Auszeit nehmen. Aber für wirklich wichtige Momente gibt es so was nicht. Es geht einfach weiter. Mir bricht der Schweiß aus. Ich muss ihm jetzt so knallhart die Meinung sagen, dass unmissverständlich klar wird: Hier läuft nix. Nada. Niente. Nothing.

In meinem Kopf formt sich der Satz »I'd appreciate if you were so kind to spend the night with someone else«, aber irgendwie habe ich das Gefühl, dass ich mit meinem Streber-Schulenglisch nicht weiterkomme. Selbst wenn ich sagen würde: »I'd fuckin' appreciate ...« – mir fehlt einfach die »Street Credibility«. O Mann, warum habe ich nie eine Eminem-CD gehört?

Die Sekunden dehnen sich. Aylin hat den berechtigten Anspruch auf einen Beschützer, und ich fühle mich wie ein Zwerghamster, der eine Rennmaus gegen Godzilla verteidigen soll. Jamil schaut mich mitleidig an:

»Hey, what's wrong with you, man?«

Meine Therapeutin hat mir geraten: Wenn ich vor Angst gelähmt bin, soll ich mir das Schlimmste ausmalen, was passieren könnte, dann würde sich die Blockade lösen.

Also, mal überlegen: Aylin stellt fest, dass ich sie niemals beschützen kann, sagt die Hochzeit ab, verbringt die Silvesternacht mit Jamil, der sie erst schwängert und dann bis an sein Lebensende glücklich mit ihr auf Barbados lebt, während ich meinen Kummer in Alkohol ertränke und kurz vor dem Delirium von einer russischen Bande auf ein Schiff verschleppt werde, auf dem man mich drei Jahre lang zu schwerer körperlicher Arbeit zwingt, bis ich schließlich bei einem Fluchtversuch vor der Küste Lettlands von einem Atom-U-Boot gerammt und anschließend von einem Riesenkraken verspeist werde. Ich glaube, die Methode meiner Therapeutin funktioniert nur bei weniger phantasiebegabten Menschen.

Plötzlich erinnere ich mich daran, wie mir Aylin bei unserem ersten Rendezvous an einem Strand bei Antalya einen Blick gezeigt hat, mit dem man männliche Konkurrenten vertreiben kann. Damals waren es sogar mehrere Soldaten – dann wird es doch wohl für einen Schwarzmarkthändler reichen. Ich sammle meine mentalen Kräfte, ziehe meine Augenbrauen hoch und versuche, Jamil drohend anzugucken. Jamil ist tatsächlich irritiert:

»Hey, you okay?!«

Er lacht wieder, aber immerhin etwas verunsichert. Leider geht er noch nicht. Wahrscheinlich steckt in meinem Blick immer noch eine Spur Scham wegen der Kolonialverbrechen unter Wilhelm II.

Ich intensiviere den Blick. Jamils Lache stoppt so abrupt, als hätte ich bei der Eddie-Murphy-DVD die Pausetaste gedrückt. Dann hebt er theatralisch entschuldigend die Arme.

»Hey, be cool, man. I only make joke. Have fun. See you.«

Damit dreht er sich um und fragt die nächsten Passanten, ob sie *Phantom of di Opera* sehen wollen. Die letzte Minute kam mir zwar länger vor als 10 000 Folgen *Lindenstraße*, aber ich habe mich tapfer geschlagen. Aylin zollt mir mimisch Respekt, dann küsst sie mich auf den Mund.

»Danke, Daniel. Du bist mein Held.«

Na also. Ich bin der Boss. Und ich bin ein Held. Wenn jetzt noch klebrige Fäden aus meinen Händen kämen, mit denen ich mich von Haus zu Haus schwingen könnte, würde ich vielleicht die Welt retten. Und das, obwohl ich von einem Mann abstamme, dessen einzige Heldentat in seinem Leben darin besteht, dass er eine Giacometti-Statue auf Kosten eines Mittelfußbruchs gerettet hat (ja, der Fuß ist in der Nacht *doch* angeschwollen).

Ich zünde die nächste Stufe meines perfekten Abends:

»Sollen wir uns vor dem Candlelight-Dinner noch Big Ben angucken?«

»Ja. Nachdem wir die Geschenke besorgt haben.«

»Welche Geschenke?«

»Wir können doch nicht nach London fahren, ohne unseren Eltern was mitzubringen.«

»Also, das gehört zu den wenigen Dingen, die ich wirklich hervorragend beherrsche: Ich kann meinen Eltern von fast überall nix mitbringen. Einmal hab ich ihnen aus Paris nichts mitgebracht – da haben sie sich besonders gefreut.«

Aylin lacht.

»Das ist nicht dein Ernst, oder?!«

»Doch. Wieso?«

»Du bringst deinen Eltern wirklich nie was mit?«

»Nein.«

»Aber sie würden sich doch sicher freuen.«

»Klar. Meine Eltern würden sich auch freuen, wenn ich wieder bei ihnen einziehe und den Rest meines Lebens in schwarzen Rollkragenpullis am Schreibtisch meines Vaters existenzialistische Lyrik produziere.«

Aylin schüttelt lachend den Kopf und schaut mich verliebt an.

»Ab jetzt bringen wir deinen Eltern *immer* etwas mit. Okay?«

»Okay.«

Warum habe ich nur ›okay‹ gesagt? Bei Aylins Mutter löst schon eine rosa Plastiktulpe aus dem Eineuroshop eine Freude aus, als hätte sie bei Günther Jauch die Millionenfrage richtig beantwortet. Aber meine Eltern haben einen komplizierten Geschmack. Klar, ich könnte einfach irgendwas aus der Mülltonne fischen und behaupten, das sei englische Postmoderne. Aber das Lügen ist nicht so mein Ding.

Aylin bleibt abrupt stehen, als sie in einem Schaufenster Kerzen in Form diverser Tierarten erblickt.

»Ooooh, wie süß! Davon kaufen wir fünfzig Stück als Tischdeko für die Hochzeitsfeier.«

»Fünfzig Stück???«

»Stimmt, mit hundert sind wir auf der sicheren Seite. Also, ich würde sagen: je zwanzig Kühe, Löwen, Elefanten, Hunde und Katzen. Was meinst du?«

»Und wenn ich ›Nein‹ sage?«

»Das machst du nicht.«

»Nein?«
»Nein.«
»Okay, dann find' ich's gut.«
»Du bist der Beste!«
Meine Zeit als Boss ist offenbar wieder vorbei. Man kann halt nicht gleichzeitig der Boss und der Beste sein.

Wenige Minuten später stehen wir in einem Souvenir-Shop in der Coventry Street vor einem Meer von Royal-Family-Tassen.
»Tante Hatice will unbedingt eine Tasse mit der Queen drauf.«
»Sicher.«
»Obwohl – wenn wir Hatice etwas mitbringen, müssen natürlich auch meine anderen Tanten was kriegen.«
»Klingt logisch.«
»Also Emine, Valide, Jale, die beiden anderen Emines, Nursel, Nihal, Özlem, Ayşe, Ayşe und Nilüfer.«
»Dann kaufen wir Hatice vielleicht lieber nichts, damit nicht alle beleidigt sind.«
»Ja. Oder – wir kaufen einfach allen was.«
»Oder so.«
»Meinst du, Onkel Mustafa wäre traurig, wenn wir ihm nichts mitbringen?«
»Ich denke, er würde es verkraften.«
»Ich hab's: Er kriegt englischen Tee!«
»Okay.«
»Aber was mach ich dann mit den anderen Onkeln?«
»Keine Ahnung.«
»Wir kaufen einfach 15 von diesen schönen bunten Dosen, dann haben wir auf jeden Fall genug.«
»Ja, aber vergiss deine 38 Cousins und Cousinen nicht.«
Den Satz hatte ich eigentlich ironisch gemeint, aber leider ist Aylins Ironieverständnis im Bezug auf ihre Familie außer Kraft gesetzt:
»Oje, daran hab ich gar nicht gedacht.«
»Aylin, das war eigentlich ...«
»Pass auf: Für die nehmen wir einfach T-Shirts. Wir sollten's nicht übertreiben.«

Aylin hat offenbar eine ganz andere Vorstellung von der Bedeutung des Wortes »übertreiben«. Aber sie stammt auch aus einem Haushalt, der bei einem einzigen Abendessen das komplette Bruttosozialprodukt von Luxemburg auf den Tisch stellt.

Zwei Stunden, achtzehn Souvenir-Shops und 642 englische Pfund später haben wir über fünfzig Geschenke gekauft – und ich stelle verblüfft fest: Ich bin nicht etwa genervt wie die Comedians, die aus der Aversion gegen die Shopping-Sucht ihrer Partnerin ganze Abendprogramme gestalten. Nein, ganz im Gegenteil: Ich schwelge in einem nie gekannten Glücksgefühl. Das Einzelkind Daniel Hagenberger, das seine wenigen Verwandten seltener sah als den Zahnarzt und für das der Begriff ›Familie‹ auf einer Stufe mit ansteckenden Krankheiten stand, dieser Daniel Hagenberger hat gerade über fünfzig Geschenke für seine Verwandtschaft gekauft! Ich bin jetzt Mitglied einer großen Gemeinschaft, eines Clans, eines Kollektivs, das gemeinsam durch dick und dünn geht und sich gegenseitig mit Präsenten seine Liebe demonstriert. Ich bin endlich geborgen im Schutz einer Herde – *meiner* Herde. Ich werde nie wieder allein und einsam sein.

Während sich eine ungewohnte Wärme in meinem Herzen ausbreitet, stehe ich mit meiner Traumfrau am Piccadilly Circus und bin bereit, den Beweis anzutreten, dass man mit 27 prall gefüllten Plastiktüten im Gepäck zusammen mit ein paar Millionen Touristen im Zentrum von London das romantischste Silvester aller Zeiten erleben kann.

9

Noch 4 Wochen, 4 Tage, 13 Stunden, 27 Minuten bis zum endgültigen Ende meines Einzelkindschicksals.

Ich sitze mit Aylin im *Her Majesty's Theatre*, während das Phantom der Oper gerade der schönen Christine in ihrem Garderobenspiegel erscheint. Dass es sich tatsächlich um das Phantom der Oper handelt, habe ich nur geraten – wir sitzen nämlich direkt unter der Decke im gefühlten dreißigsten Stock, und ich kann nicht mal unterscheiden, ob der Hauptdarsteller eine Maske oder einen Eiterpickel im Gesicht hat. Die Bühne sieht von hier oben wie eine winzige Puppenstube aus – jedenfalls der Teil, der nicht von der großen Säule direkt vor uns verdeckt wird. Immerhin hat sich meine Sorge, unsere Tickets könnten gefälscht sein, als unbegründet erwiesen.

Um uns herum sitzen etwa dreißig japanische Touristen, von denen mindestens 25 friedlich vor sich hin schlummern. Die wenigen, die noch wach sind, betätigen mit letzter Kraft den Mega-Zoom ihrer Digitalkameras, damit sie wenigstens zu Hause etwas von der Aufführung sehen können.

Mein Sitznachbar hat mir erzählt, dass Silvester in London der Höhepunkt ihres Europa-Urlaubs »Dreißig Städte in zehn Tagen« ist, bei dem sie auch eine halbe Stunde in Köln waren. (Am Dom sind sie sogar kurz aus dem Bus ausgestiegen!) Heute standen schon die Kronjuwelen, London Eye, Buckingham Palace, British Museum, Westminster Abbey, Nationalgalerie, Imperial War Museum und Hyde Park auf dem Programm, sowie ein Konzert in der Albert Hall und ein Ausflug nach Oxford. Zwischendurch hatten sie immerhin fünfzehn Minuten frei, um die Stadt auf eigene Faust zu erkunden – dieser Urlaub kann vom Erholungsfaktor her problemlos mit den Balkankriegen mithalten.

Die wohl miesesten Musicalplätze aller Zeiten – jeder normale Deutsche hätte jetzt extrem schlechte Laune bekommen. Nicht so meine Verlobte mit Migrationshintergrund. Sie hat sich erst minutenlang über die Schönheit des Theaters gefreut und ist seit dem Aufführungsbeginn vor einer halben Stunde vom Bühnengeschehen hingerissen. Offenbar besitzt sie einen eingebauten Spam-Filter für Säulen und schnarchende Japaner.

Überhaupt kann Aylin störende Elemente hervorragend aus einer Situation ausblenden: Als wir wegen des langen Einkaufs unser romantisches Candlelight-Dinner spontan bei *Kentucky Fried Chicken* am Leicester Square abhielten und ich ihr das »Colonel's Burger Menü« mit einer brennenden Kerze im Krautsalat servierte, die ich im Souvenir-Shop hinter ihrem Rücken gekauft hatte, bezeichnete sie das mit Tränen in den Augen als »das romantischste Abendessen meines Lebens«.

Diese Äußerung würden sicher nicht viele Frauen machen, die bei *Kentucky Fried Chicken* in einen lauwarmen Burger beißen, aus dem an allen Seiten Mayonnaise heraustropft, während sich das Wachs einer rosafarbenen Big-Ben-Miniatur in den Krautsalat ergießt und ein bierbäuchiger Alt-Punk mit Sex-Pistols-Tattoo über eine Souvenir-Tüte mit Queen-Mum-Gedächtnis-Tassen stolpert, wobei er einen Eimer mit dreißig Chicken Wings auf dem Boden verteilt und anschließend einen neuen Rekord im So-oft-wie-möglich-Fuck-Sagen aufstellt.

Deutlich gesitteter verhält sich gerade das Phantom der Oper nach dem Scheitern seines Werbens um die schöne Christine: Es schmettert seinen Liebesschmerz mit einem herzzerreißenden finalen Stoßseufzer quer durch die Kulissen – ein magischer Theatermoment. Der sicher noch besser wirkt, wenn man ihn sehen kann. Jetzt erheben sich alle Zuschauer zu Standing Ovations. Alle Zuschauer? Nein! Eine von unbeugsamen Japanern bevölkerte Sitzreihe hört nicht auf, dem Wachsein Widerstand zu leisten.

Kurz darauf stehen wir an der Garderobe und holen unsere 27 Tüten wieder, für die wir insgesamt 19 Pfund Gebühr zahlen mussten. Ein Pfund pro Tüte – aber nachdem Aylin es nicht geschafft hatte, die etwa 150-jährige Garderobiere runterzuhandeln, konnte sie durch geschicktes Umpacken immerhin die Tütenzahl reduzieren. Was gut zehn Minuten dauerte und den Unmut der Schlange hinter uns auf sich zog (während die vergreiste Garderobiere das Ganze in einer Art Wachkoma teilnahmslos zur Kenntnis nahm).

Es ist kurz nach halb elf, als wir *Her Majesty's Theatre* verlassen und den Weg in Richtung Themse einschlagen. Völlig überraschend sind wir nicht die Einzigen, die auf die Idee gekommen sind, sich das Feuerwerk am Fluss anzugucken. Eine zähe Masse schiebt sich den Haymarket runter in Richtung Trafalgar Square, den wir überqueren müssen, um zum Victoria Embankment zu gelangen. Nach gut fünfzig Metern auf dem größten Platz Londons geht es nicht weiter. Wir stehen mit 19 Tüten im Gewühl und schauen auf die gigantische Säule, die Admiral Nelson für seinen Sieg gegen die Franzosen gewidmet wurde. (Beeindruckend – so was hat Horst Hrubesch für den entscheidenden Elfer im Halbfinale der WM 1982 nicht gekriegt.)

Inzwischen ist mir klar geworden, dass wir uns auf einer Mega-Party befinden – Lady Gaga dröhnt aus riesigen Lautsprecherboxen, und Besoffene aus aller Welt tun so, als könne man auf einem halben Quadratmeter pro Person locker abtanzen. Eine riesige Leinwand wird später das Feuerwerk zeigen, das nur 500 Meter weiter in echt stattfindet.

Hinter uns versucht jetzt eine Gruppe meiner Landsleute, das Lied »Paparazzi« mit »Hey, was geht ab?!« von der sympathischen Kombo »Frauenarzt« zu übergrölen – eine Kakofonie, die akustisch durch einen sächsischen Akzent und optisch durch über die Winterjacken gezogene T-Shirts mit lustigen Sprüchen abgerundet wird, von denen »Lieber von Picasso gemalt als vom Schicksal gezeichnet« noch der originellste ist. Genau deshalb will man Silvester in einer Weltstadt verbringen: besoffene Ossis, das Feuerwerk auf der Leinwand und der SAT.1-Fun-Freitag auf T-Shirts gedruckt. Ich verabschiede mich von dem Plan, das beeindruckendste Feuerwerk Europas zu sehen. Plötzlich habe ich eine viel bessere Idee ...

10

Noch 54 Sekunden bis zum neuen Jahr.

Ich öffne die Flasche Bloomsbury-Champagner, die ich zusammen mit zwei Plastik-Sektkelchen in einem Kiosk am Notting Hill Gate erstanden habe, und verschütte beim Eingießen die Hälfte, weil meine Augen sich einfach nicht von meiner Verlobten lösen wollen. Nur mit allergrößter Konzentration schaffe ich es, zumindest einen Teil des Flascheninhalts nicht danebenzugießen. Ich schaue zur Uhr. Noch zwölf Sekunden. Wir zählen:

»Zehn - neun - acht - sieben ...«

Aylins roter BH hängt über der Energiesparlampe und sorgt zwar für romantische Stimmung, schränkt aber gleichzeitig die Sicht ein, sodass ich auf dem Weg zum Hotelbett über meine eigenen Schuhe stolpere. Immerhin bleibt fast die Hälfte des Champagners in den Kelchen.

»Sechs - fünf - vier ...«

Ich reiche Aylin einen Kelch und schmiege mich an sie.

»Drei - zwei - eins ...«

Durch das Fenster ertönen Glocken und Silvesterknaller. Wir trinken den Champagner auf ex und werfen die Kelche weg. Zur Krönung ertönt auch noch die Filmmusik von *Notting Hill* im Zimmer. Ich bin zu sehr im Rausch, um mich daran zu erinnern, dass Aylin sich diese Musik extra für unseren Silvester-Trip als Klingelton runtergeladen hatte. Plötzlich löst sich Aylin von mir und stößt einen Freudenschrei aus:

»Aaaaaaaaaaaaaaaaahhhh - Anneeeee!!!!«

»Anne« heißt auf Türkisch Mutter. Und ich bin erstaunt: Ich habe noch nicht ein einziges Mal erlebt, dass Frau Denizoğlu pünktlich war. Und jetzt hat sie nicht nur exakt um Mitternacht angerufen, sondern sogar die eine Stunde Zeitverschiebung korrekt berücksichtigt. Das passt gar nicht zu ihr.

Ich küsse sanft Aylins Rücken, während sie aufgeregt mit ihrer Mutter spricht – im Vergleich zu einem deutschen Neujahrstelefonat mit der etwa dreihundertfachen emotionalen Intensität. Da meine Schwiegermutter in spe wie üblich die große Entfernung durch Lautstärke ausgleichen will, ist der historische Moment gekommen, in dem ich zum ersten Mal einen türkischen Dialog verstehe:

»Seni çok seviyorum, kızım!« (Ich liebe dich sehr, meine Tochter.)

»Ben de seni çok seviyorum, Anne!« (Ich liebe dich auch sehr, Mutter.)

Mit diesem Satz kommt man in einer türkischen Familie schon sehr weit – vor allem, wenn man ihn mit dem nötigen Pathos aussprechen kann.

Als die Sprache für mich wieder unverständlich wird, zieht Aylins Po meine Aufmerksamkeit magisch auf sich. Ich lasse meine Hände sanft darauf kreisen und versuche, das Telefonat möglichst schnell einem Ende zuzuführen:

»Grüß deine Mutter schön von mir, ja?«

Endlich vernehme ich die mir bekannten türkischen Abschiedsfloskeln. Während Aylin das Handygespräch beendet, arbeite ich mich mit sanften Küssen von ihrem Bauchnabel weiter nach oben. Plötzlich spüre ich etwas an meinem Ohr. Aylins Zunge? Nein, das ist anatomisch unmöglich. Es ist ... Aylins Handy.

»Daniel?«

Es ist ein eigenartiges Gefühl, die Brustwarze seiner Verlobten im Mund zu haben und dabei die Stimme seiner Schwiegermutter zu hören.

»Daniel, ich wünsche wunderschönes neues Jahr und alles alles alles Gute!«

Ich muss mich erst mal sammeln. Mein Sprachzentrum schaltet auf Autopilot, und ich höre mich sagen:

»Ihnen auch ein frohes neues Jahr, Frau Denizoğlu.«

»Allah, Allah! Du sollst sagen *Anne.*«

»O natürlich, tut mir leid, Anne ... Ich ... also ...«

»Weißt du, Daniel, ist erstes Silvester für mich ohne Aylin. Wollte ich nur sagen: Pass gut auf mein Tochter auf.«

Jetzt höre ich ein Schluchzen. Ich schaue Aylin verwirrt an. Weinende Frauen machen mich völlig hilflos. Ich spüre Panik in mir hochsteigen. Aylin hält die Hand über das Handy und flüstert:

»Das ist ganz normal. Mama wird schnell sentimental, wenn es um mich geht.«

Aylin lässt das Handy wieder los und nickt mir aufmunternd zu. Mir ist klar, dass es wahrscheinlich als unhöflich empfunden würde, wenn ich jetzt sagen würde: »Sorry, wir reden später, ich schlafe gerade mit Ihrer Tochter.« Also improvisiere ich:

»Machen Sie sich keine Sorgen, Frau Denizoğlu ...«

»Anne.«

»... äh, Anne, ... ich liebe Ihre Tochter, und ich werde immer auf sie aufpassen. Solange sie das will.«

Aylin lächelt mich zufrieden an, und im Handy höre ich wieder ein lautes Schluchzen, gefolgt von einem Schnäuzen und erneutem Schluchzen. Dann fängt sich Frau Denizoğlu und erhöht das Pathos in ihrer Stimme um weitere fünfzig Prozent:

»Ich liebe dich sehr, Daniel. Du bist für mich Beste. Ich liebe dich unglaublich. Du bist ganz besonderes Mensch, ehrlich. Du hast vallaha sehr großes Herz. Allah soll dich beschützen für immer!«

Jetzt schluchzt Frau Denizoğlu wieder herzzerreißend, bis plötzlich eine herbe Männerstimme ins Telefon krächzt:

»Daniel?«

»Oh, Herr Deniz ... Baba.«

»Ich wünsche frohes neues Jahr und alles Gute ...«

»Ja, dir auch, also mu ... äh ...«

Aylin flüstert mir den Rest ins Ohr, und ich schicke zum ersten Mal türkische Neujahrsgrüße:

»Mutlu yıllar.«

Jetzt lacht Aylins Vater aus voller Kehle:

»Hahahaaa ... du sprichst Türkisch.«

Ich muss grinsen, weil er nicht »sprichst«, sondern »schiprichst« gesagt hat – ein Trick vieler Türken, um das schwierige »sp« zu umgehen.* Dann stockt Herrn Denizoğlus Lache und geht fast unmerklich in ein Schluchzen über. Aylin nimmt mir das Handy aus der Hand:

»Baba wird *auch* schnell sentimental, wenn es um mich geht.«

Jetzt redet Aylin so schnell mit ihrem Vater, dass ich nicht mehr nachvollziehen kann, worum es geht. Ich zähle fünfmal den Satz »Ich liebe dich«, dann reißt Frau Denizoğlu das Gespräch wieder an sich, woraufhin sich die beiden noch je dreimal »Ich liebe dich« sagen, bis schließlich Bruder Cem an der Reihe ist und ich aufhöre zu zählen.

Mein Kopf dreht sich. Einerseits habe ich Alkohol im Blut, andererseits wurde gerade mein Weltbild erschüttert: Mein Schwiegervater – dieser Inbegriff eines stolzen Osmanen, diese letzte Bastion des wahren Machismo – hat gerade *geweint*. Und zwar nicht aus einem wirklich wichtigen Grund (also z. B. weil Trabzonspor verloren hat), sondern weil seine Tochter an Silvester nicht da ist. Mir dämmert langsam, dass Aylin die Trennung von der Familie eventuell nicht ganz so spektakulär geglückt ist, wie ich das als Mitteleuropäer erwartet habe.

Ich schaue auf die Uhr: 0 Uhr 18. Zwar hat das Zeitalter der Kommunikation dafür gesorgt, dass ein irritierendes Gemisch aus Emotion und Pathos in unser Portobello-Road-Liebesnest gedrungen ist, aber vor mir sitzt immer noch die schönste Frau der Welt. Ich knabbere sanft an Aylins Nacken – mit Erfolg: Nach zwei weiteren Liebesbekundungen drückt Aylin die Gesprächbeenden-Taste. Ich kann mein Glück kaum fassen: Die erotische Warteschleife ist tatsächlich vorbei!

Aylin wirft das Handy aus dem Bett und schaut mir tief in die Augen. Dann ertönt die Filmmusik von *Notting Hill.* Diesmal ist es Tante Emine.

* Auch »kn« und »schn« sind für Türken problematische Konsonantenfolgen, sodass sie zum Knobeln »Kunobeln« sagen – oder auch »schinick, schanack, schunuck«.

11

4 Stunden, 27 Minuten im neuen Jahr.

Ein Silvesterböller, der direkt vor unserem Hotel explodierte, hat mich vor einer Stunde aus dem Schlaf schrecken lassen. Während Aylin friedlich vor sich hin schlummert, muss ich mir seit 45 Minuten aus dem Nachbarzimmer weibliches Stöhnen anhören, das sich wellenförmig auf den Höhepunkt zubewegt. So was ist ein bisschen demütigend, wenn man selbst auf Sex verzichten musste. Nachdem Tante Emine mit Onkel Mustafa, zwei Cousins sowie drei Cousinen und schließlich auch noch Tante Ayşe mit Anhang zum neuen Jahr gratuliert hatten, war es schon fast ein Uhr. Wir nahmen trotzdem noch einen vielversprechenden Anlauf, der jedoch um kurz nach eins von der anderen Tante Emine gestoppt wurde, die leider nicht im Kaffeesatz gesehen hatte, dass Aylin gerade anderweitig beschäftigt war.

Als Kaffeesatzlese-Emine ihre Jahresprognose abgegeben hatte, reichte sie ihr Handy an drei weitere Tanten sowie zwei Onkels und insgesamt fünf Cousins und Cousinen weiter, die unbedingt noch loswerden mussten, dass sie Aylin lieben.

Nach dem Ende dieser Gesprächsfolge gegen zwei Uhr war mein Bemühen um prickelnde Erotik von einer bleiernen Müdigkeit überschattet: Mir fielen beim Sekt-aus-dem-Bauchnabel-Schlürfen die Augenlider zu – bis ich vom erneuten Erklingen der *Notting Hill*-Musik aus meinem Sekundenschlaf gerissen wurde. Diesmal war es Aylins angetrunkene Cousine Emine, die von unserer Londonreise nichts wusste. Im Halbschlaf bekam ich noch mit, dass sie uns zu einer Party in Köln-Kalk lotsen wollte, wo der Zweitplatzierte einer Castingshow des türkischen Fernsehens angeblich gerade mit ihrer Schwester Yasemin knutschen würde. Dann hatte ich einen verstörenden Traum, in dem Aylin mit ihrer Familie hinter einer riesigen Glaswand lebte und ich nicht an sie herankam. Als ich wie wild mit den Fäusten gegen die Scheibe hämmerte, ohne dass Aylin mich hörte, hat mich der Silvesterkracher gnädigerweise erlöst.

Ich schaue auf Aylin: Sie atmet ruhig und sieht im Schlaf fast noch begehrenswerter aus. Ich lege sanft meinen Arm um sie und bin ein winziges bisschen enttäuscht, dass der Abend wohl nicht als der romantischste aller Zeiten in die Geschichtsbücher eingehen wird. Und irgendwo in meinem Bauch spüre ich: Ich sollte keine Angst vor Aylins zahlreichen männlichen Verehrern haben. Ich sollte Angst vor Aylins *Familie* haben. Und zwar nicht, weil man mich umbringen will. Sondern, weil man mich integrieren will.

ZWEITER TEIL

Januar

12

Noch 3 Wochen, 5 Tage, 14 Stunden, 23 Minuten bis zur Hochzeit.

Ich sitze mit meinen Eltern am Esstisch von Familie Denizoğlu, auf dem sich mal wieder so viel Fleisch türmt, dass man aus Sicht der Tiere von einem Massenmord sprechen kann.

Aylins Bruder Cem fährt auf seinem iPhone ein Autorennen, verfolgt dabei mit einem Auge das laufende Fernsehprogramm und führt sich gleichzeitig in enormem Tempo Nahrung zu – da soll noch mal einer sagen, Männer seien nicht multitaskingfähig.

Aylin sitzt mir gegenüber und kommuniziert nur über die Augen mit ihrer Mutter: Frau Denizoğlu deutet mit dem Blick zunächst auf die Frikadellen und dann auf meine Mutter. Aylins Augen ziehen den Blick ihrer Mutter auf den Teller meiner Mutter, auf dem sich noch eine halbe Frikadelle befindet, woraufhin Frau Denizoğlu ihren Blick mit Nachdruck wiederholt – was Aylin mit einem genervten Augenrollen beantwortet. Dieses wird von Frau Denizoğlu mit einem strafend-vorwurfsvollen Blick quittiert, woraufhin Aylin ihr genervtes Augenrollen wiederholt, dann aber seufzend meiner Mutter eine weitere Frikadelle auf den Teller gibt und dafür von ihrer Mutter ein wohlwollendes Augenschließen erntet.

Ich bin mal wieder beeindruckt: Aylin kann mit ihrer Mutter minutenlang nur mit den Augen kommunizieren. In den vergangenen Monaten habe ich die Bedeutung zumindest teilweise entschlüsselt:

Blick	Bedeutung
Mutter guckt von einem Gegenstand zu Aylin.	Nimm diesen Gegenstand.
Mutter guckt von einem Gegenstand zu einer dritten Person und dann zu Aylin.	Gib dieser Person den Gegenstand.
Aylin schließt die Augenlider kurz.	Okay, ich mach's.
Aylin guckt vorwurfsvoll zurück.	Mach's doch selbst.
Aylin rollt genervt mit den Augen und schaut dann vorwurfsvoll zurück.	Ich habe dir schon tausendmal gesagt: mach's doch selbst.
Mutter guckt zum Vater, dann mit hochgezogenen Augenbrauen zu Aylin.	Dein Vater darf das nie erfahren.
Mutter guckt zum Vater, dann mit genervtem Blick zu Aylin.	Dein Vater geht mir auf die Nerven.
Mutter guckt zum Vater, rollt mit den Augen und schaut dann mit genervtem Blick zu Aylin.	Ich könnte deinen Vater umbringen.
Aylin schaut zum Vater und dann mitleidig zu ihrer Mutter.	Er kann doch nichts dafür.
Aylin schaut zum Vater und dann mit hochgezogenen Augenbrauen zur Mutter.	Lass meinen Vater in Ruhe.
Aylin schaut zu mir und dann mit fragendem Blick zur Mutter.	Können wir uns jetzt zurückziehen?
Mutter schließt kurz die Augen.	Ja.
Mutter guckt zu mir, dann auf die Frikadellen, daraufhin schließt sie kurz die Augen.	Ihr könnt euch zurückziehen, wenn Daniel vorher noch Frikadellen isst.
Mutter guckt zu mir, dann zu Baba, dann zum Trabzonspor-Wimpel an der Wand, danach zur Tür und schließlich mit hochgezogenen Augenbrauen zu Aylin.	Daniel soll heute mit deinem Vater ins Männercafé gehen und das Spiel von Trabzonspor gucken.

Die Augensprache zwischen Aylin und ihrer Mutter ist noch wesentlich komplexer – aber ich habe hoffentlich noch viele Jahre Zeit, die verbliebenen Rätsel zu lösen. In diesem Moment schnellen Frau Denizoğlus Blicke in einem solchen Tempo hin und her, dass mir der Sinnzusammenhang verloren geht. Ich kann nur vermuten, dass es etwas mit der nahenden Vermählung zu tun hat.

Aylins Eltern haben die Planung der Hochzeitsfeier übernommen – auf dem Gebiet kennen sich Türken nun mal besser aus. Dafür haben wir Deutschen mehr Erfahrung mit Eheverträgen.

Mein Vater hat sich bereits mehrfach geräuspert. Sein übliches Ich-werde-gleich-etwas-Bedeutendes-sagen-Räuspern – aber Frau Denizoğlu denkt, dass ihm ein Krümel im Hals steckt, und reicht ihm ein Glas Wasser:

»Hier, Herr Hageberger, Sie müssen trinken, dann rutscht runter.«

Höflichkeitshalber nimmt mein Vater das Wasser, trinkt einen Schluck und lächelt.

»Sehe Sie, Herr Hageberger, so geht besser. Und jetzt noch eine Lammkotelett.«

»Nein danke. Ich bin wirklich satt.«

»Okay, ich gebe drei. Wenn ist zu viel, lassen Sie einfach liegen.«

Jetzt häuft sie auf den Teller meines Vaters drei Lammkoteletts, vier türkische Frikadellen, ein paar Kartoffeln und jede Menge Reis. Ich habe wohlweislich ein Kotelett und zwei Frikadellen übrig gelassen. Das bedeutet in der türkischen Kultur: »Ich bin satt.« Und nicht: »Es hat mir nicht geschmeckt.« Trotzdem bin ich damit noch nicht am Ziel:

»Daniel, was ist los? Komm, iss noch mehr!«

»Nein danke. Vallaha, ich bin satt! Es war unglaublich lecker, ich habe noch nie so gut gegessen, aber noch ein Bissen, und ich platze, vallaha!«

Jetzt kneift mich Frau Denizoğlu liebevoll in die Wange und räumt meinen Teller ab.

»Aferin, oğulum – vallaha seni çok seviyorum!«*

»Elerine sağlık Anne – ben de seni çok seviyorum!«**

Meine Eltern reiben sich verwundert die Augen, dass ich mich

* Bravo, mein Sohn – bei Gott, ich liebe dich sehr!

** Gesundheit für deine Hände, Mutter, ich liebe dich auch sehr!

schon so gut in die türkische Kultur integriert habe. Unterdessen hat Herr Denizoğlu zwei Aspirin in Wasser aufgelöst und kippt sich das Glas auf ex in den Rachen. Meine Mutter ist besorgt:

»Oh, haben Sie Kopfschmerzen?«

»Nein, mein Verdauung ist letzte drei Tage nicht in Ordnung.«

»Aber Aspirin ist ein Schmerzmittel.«

»Ja. Aber hilft auch gegen Verdauung.«

»Seit wann nehmen Sie es denn?«

»Seit drei Tage.«

»Ist es denn besser geworden?«

»Nein.«

»Dann hilft es also nicht.«

»Muss man immer bisschen Geduld haben.«

»Aber warum nehmen Sie denn kein Mittel gegen Verdauungsprobleme?«

»Aspirin ist Beste. Gibt nix Besseres.«

»Ja, bei Kopfschmerzen. Aber nicht bei Verdauungsproblemen.«

»Wer sagt das?«

»Na ja, es ist doch logisch, dass ...«

»Ach, Deutsche immer kommen mit Logik. Aber zum Beispiel Mustafa hatte Hautausschlag. Dann hat er genommen Aspirin, und drei Tage später war weg.«

Ich habe längst gelernt, dass es zwecklos ist, meiner zukünftigen türkischen Familie die Allheilkraft von Aspirin ausreden zu wollen. Genauso gut könnte man versuchen, Benedikt XVI. vom Polytheismus zu überzeugen. Aber meine Mutter glaubt in diesem Punkt naiverweise noch an eine mögliche rationale Einsicht:

»Aber das Verschwinden des Hautausschlags hatte garantiert nichts mit dem Aspirin zu tun.«

»Woher wollen Sie wissen?«

»Weil Aspirin ein Schmerzmittel ist.«

»Ja, und?«

»Schmerzmittel haben keine Auswirkungen auf die Haut.«

»Aber Ausschlag war weg.«

»Das ist kein Beweis.«

»Wozu brauche ich Beweis? Beweis nutzen überhaupt nix. Neulich hat Trabzonspor Tor geschossen, hat Schiedsrichter nicht gegeben, aber war keine Abseits, habe ich gesehen in Fernsehen ganz eindeutige Beweis, aber diese Penner kriegt auf jeden Fall Geld von Zuhälter Fenerbahçe.«

»Äh, mit Verlaub, aber ich verstehe den Zusammenhang nicht.«

»Ich auch nicht. Aber jetzt, ich bin wütend.«

»Entschuldigung, ich wollte Sie nicht ...«

»Nein, nicht wegen Sie, wegen Penner Vollidiot Schiedsrichter.«

»Ah. Aber um noch mal auf das Aspirin zu sprechen zu kommen ...«

Jetzt gibt Aylins Mutter meiner Mutter mimisch zu verstehen, dass sie besser nicht weiter diskutieren soll. Doch Aylins Vater ist ohnehin nicht mehr zu stoppen:

»Und gegen Antalyaspor, Ball war eindeutig hinter die Linie. Aber gibt Schiedsrichter Tor? Nein, gibt kein Tor. Vallaha was für ein Arschloch! Ich möchte ihn einfach umbringen. Waren 30 000 Menschen da, hat jeder gesehen: Ball war in Tor, aber diese große Schwein Penner Zuhälter Arschloch ist Einzige im Stadion, der hat gar nix gesehen. Was bedeutet Beweis, hä? Was bedeutet Beweis?«

Herr Denizoğlu funkelt meine Mutter wütend an, deren rationaler Diskussionsansatz weder der Emotion noch dem Themenwechsel standhalten kann. Sie schaut hilflos zu meinem Vater, in der Hoffnung auf argumentative Unterstützung, aber der schiebt gerade unter Schweißausbrüchen die letzte Frikadelle in sich rein. Ich sitze zu weit weg, um ihn aufklären zu können, dass Türken das Leeressen des Tellers nicht als höflich, sondern eher als gierig empfinden. Aber warum sollte er es auch besser haben als ich bei meinen ersten Besuchen?

Herr Denizoğlu ist nun bereit, seine rhetorische Frage, die seit 45 Sekunden im Raum wabert, selbst zu beantworten:

»Beweis bedeutet eine Scheise.«*

* Herr Denizoğlu spricht »Scheiße« zumeist mit stimmhaftem s aus – was dem Wort irgendwie die Schärfe nimmt. Nach einer Niederlage des 1. FC Köln hat er mir das Wort einmal so gesimst: »Şeyze«.

Endlich ist mein Vater bereit, sich ins Gespräch einzubringen:

»Das sehe ich anders. Ein Beweis ist im kritischen Dialog eine unverzichtbare ...«

Bevor es zu einer emotionalen Katastrophe kommt, versuche ich, meinen Vater in die richtige Spur zu bringen:

»Rigobert, vor den drei Koteletts und den fünf Frikadellen wolltest du doch etwas sagen ...«

»Ah ja, richtig. Tja, also, äh, was die Planung der ... des ... äh ...«

Mein Vater versucht krampfhaft, das Wort »Hochzeit« zu vermeiden, damit es weniger spießig klingt.

»Also was die Planung des ... Treueschwurzeremoniells betrifft ... Die Familien sind ja bereits informiert. Aber, äh, ich denke, wir sollten jetzt die exakte Anzahl der Gäste festlegen. Damit wir wissen, wie viele Einladungen wir drucken müssen.«

Frau Denizoğlu strahlt:

»Keine Sorge – wir habe schon gedruckt.«

Jetzt bin ich verblüfft:

»Schon gedruckt???«

Ich durchforste schnell meine Erinnerungen. Wenn ich nicht unter einem spontanen Anfall von Amnesie leide, habe ich noch nicht mal einen Entwurf gesehen. Frau Denizoğlu lächelt stolz.

»Ja, schon gedruckt. Ist unsere Überraschung für heute.«

Sie greift in eine Schublade und überreicht meinem Vater eine mit geschwungenem Goldrahmen versehene Einladungskarte, in deren Mitte zwei große goldene Herzen prangen, das eine mit einem geschnörkelten A, das andere mit D. Der Raum zwischen Herzen und Rahmen wird von roten, rosafarbenen und weißen Rosen ausgefüllt. Alle grafischen Elemente kommen dem Betrachter reliefartig aus dem Karton entgegen. Die stufenweise Desensibilisierung meiner Eltern gegen Extremkitsch zeigt erste Erfolge: In ihren Gesichtern ist zwar noch Abneigung zu erkennen, aber kein Ekel mehr.

Ich spüre, dass ich ein wenig enttäuscht bin. Ich wollte als Einladung vier Versionen eines Fotos von Aylin und mir in Antalya anfertigen lassen, im Stil von Picasso, Monet, van Gogh und Warhol. Aber gut, goldene Herzen mit geschnörkelten Buchstaben sind natürlich auch ... äh ... also, wenn man es mit einem ironischen Augenzwinkern sieht ... tja.

Ich schaue Aylin an, die entschuldigend mit den Schultern zuckt und mich dann so lange lieb anlächelt, bis mir egal ist, dass sich meine Hochzeitseinladung auf dem gleichen ästhetischen Level befindet wie das Kostüm von Florian Silbereisen beim Winterfest der Volksmusik.

Mein Vater klappt die Karte auf. Die goldene Schnörkelschrift ist in eine gemalte Papierrolle gedruckt, die von zwei weiß-goldenen Tauben getragen wird:

Aylin'in ve Daniel'in düğününe davet ediyoruz:
31. Ocak
Rathaus Köln, Saat 10:00
Serkan Düğün Salonu, Industriestraße 23
50137 Leverkusen, Saat: 18:00

Ich muss kurz schlucken. Obwohl ich wusste, dass wir im Hochzeitssalon von Aylins Onkel Serkan heiraten, erschreckt mich plötzlich das Wort »Leverkusen«. Das hat auf einer Hochzeitseinladung eigentlich nichts zu suchen. Ein Ereignis kann entweder romantisch sein *oder* in Leverkusen stattfinden. Außerdem: Ich bin Kölner. Da könnte ich einen Mann heiraten – das wäre ganz normal. Aber eine Party in Leverkusen, das geht gar nicht.

Mein Vater wendet die Karte: Die Rückseite ist leer. Er ist verblüfft:

»Das ist auf Türkisch.«

Herr Denizoğlu schmeißt gerade ein weiteres Aspirin in sein Wasserglas:

»Ja, weil kommen viele Gäste und Verwandte auch aus Türkei und sprechen keine Deutsch.«

»Aber die deutschen Gäste sprechen auch kein Türkisch.«

»Ja. Aber ist nicht so kompliziert.«

»Ocak heißt Januar?«

»Ja.«

»Und woher sollen unsere Gäste wissen, dass es nicht Oktober heißt?«

»Hmmm ...«

»Oder Februar oder März ...«

Aylin zuckt wieder entschuldigend mit den Schultern, lächelt mich an und massiert mit ihrem Fuß meine Wade.

»... oder April oder Mai oder ...«

Ich habe das Gefühl, meinen Vater aus seiner rhetorischen Schleife befreien zu müssen:

»Rigobert, ich glaube, der Punkt, dass wir Deutschen die Bedeutung von ›Ocak‹ nicht kennen, ist so weit klar geworden.«

Mein Vater schaut hilflos zwischen mir, meiner Mutter und Herrn Denizoğlu hin und her. Herr Denizoğlu kratzt sich am Kopf:

»Vielleicht, man kann schreiben ›Januar‹ daneben.«

Mein Vater ist erleichtert:

»Ah, sehr gut. Das ist also nur ein Probedruck, den man noch ändern kann.«

»Nein, ich meine: schreiben mit Hand. Weil ist schon alles fertig gedruckt.«

In diesem Moment trägt Aylins Bruder Cem einen riesigen Karton ins Zimmer. Mein Vater ist überrascht:

»Das ... scheint ja eine ganze Menge zu sein.«

Frau Denizoğlu öffnet stolz den Karton:

»500 Stück.«

Meinem Vater fällt die Kinnlade nach unten:

»500 Stück?«

»Keine Sorge, 500 Stück ist nur diese Karton. Aber sind noch drei andere Kartons in Flur.«

»Aber ... wie viele Menschen wollen Sie denn einladen?«

»Weiß nicht. Jeder von unsere Bekannte und Familie kriegt Einladung, und wer will, kriegt auch zehn oder zwanzig und kann einladen seine Freunde und Familie.«

Jetzt mischt Cem sich ein:

»2000 kosten nur 100 Euro mehr als 1500, dann kriegen wir also 500 Karten für 100 Euro. Wenn wir 500 Karten nachdrucken lassen, kostet das aber doppelt so viel, dann hätten wir 100 Euro zum Fenster rausgeschmissen.«

Dass sie jetzt wahrscheinlich auch 100 Euro zum Fenster rausgeschmissen haben, sage ich lieber nicht. Aber Cem ist sowieso noch nicht fertig:

»Außerdem gehört die Druckerei dem Mann unserer Cousine Orkide – Harun. Und der hat mir im letzten Jahr zwei Mandanten geschickt. So konnte ich mich revanchieren.«

Frau Denizoğlu überreicht meiner Mutter den Karton:

»Hier, diese Einladungen ist für Sie. Wir haben gedacht, deutsche Familie ist nie so groß wie türkische. Oder brauche Sie mehr als 500?«

Jetzt räuspert sich mein Vater wieder – und fängt diesmal an zu reden, bevor Aylins Mutter ihm ein Wasserglas reichen kann:

»Nun, wir haben gemeinsam mit Daniel eine Liste erstellt mit den Menschen, die wir gerne ... äh, ja, also, die uns so nahestehen, dass wir ... tja ... die wir dabeihaben wollen.«

Mein Vater holt nun ein DIN-A4-Blatt hervor, auf das er fein säuberlich exakt 27 Namen und Adressen geschrieben hat, und überreicht den Zettel Herrn Denizoğlu. Dieser nimmt den Zettel an und stellt zu seiner Überraschung fest, dass die Rückseite leer ist. Die Denizoğlus tauschen ratlose Blicke aus, bis Frau Denizoğlu es als Erste schafft, ihr Erstaunen in Worte zu fassen.

»Das ... ist ... alles?«

Mein Vater windet sich:

»Nun ja, wir haben uns lange und intensiv mit der Frage beschäftigt, wer in Daniels Leben wirklich wichtig war oder ist.«

»Aber ist doch egal, wer wichtig ist. Muss man einfach alle einladen, damit niemand ist beleidigt.«

»Tja, das ist eine, äh, etwas andere Einstellung. Sicherlich kulturell bedingt. Wobei ich Ihnen natürlich ihre eigenständige, individuelle Entscheidungsfähigkeit nicht absprechen will. Ich meine nur, dass die Tendenz, die Gästefrage so zu betrachten, in der osmanischen Tradition ... äh ... Wobei ich das natürlich noch einmal recherchieren muss, um es faktisch zu untermauern.«

Wie immer, wenn mein Vater sich in seinen Gedanken verstrickt, springt ihm meine Mutter helfend zur Seite:

»Außerdem ist die Liste noch gar nicht vollständig. Ingeborg Trutz und Dimiter Zilnik wollen einen Lyriker aus Kasachstan mitbringen, der zurzeit bei ihnen wohnt …«

Frau Denizoğlu hat keine Scheu, ihre Wissenslücken zu offenbaren:

»Was ist Lyriker?«

Bei solchen Fragen kann mein Vater nicht verbergen, dass er Germanistikprofessor ist:

»Die Lyrik ist neben der Epik und der Dramatik die dritte literarische Gattung. Das Wort stammt aus dem Griechischen und …«

Obwohl Herr Denizoğlu gerade nicht zuhört, weil er wahrscheinlich zum ersten Mal in seinem Leben die Packungsbeilage der Aspirinschachtel liest, lenkt meine Mutter das Gespräch sicherheitshalber am Thema ›Griechenland‹ vorbei, um einem unangenehmen Gesprächsverlauf vorzubeugen:

»Ein Lyriker ist jemand, der Gedichte schreibt …«

Mit der Erklärung scheint Frau Denizoğlu zufrieden. Mein Vater schafft es jedoch elegant, den unangenehmen Gesprächsverlauf auf andere Weise herbeizuführen:

»Ich hoffe, es stört Sie nicht, dass unser kasachischer Freund Einreiseverbot in die Türkei hat.«

Plötzlich schaut Herr Denizoğlu von der Packungsbeilage auf:

»Einreiseverbot? Warum?«

»Na ja, er hat in einem seiner Verse den Völkermord an den Armeniern erwähnt. Aber das heißt nicht, dass er etwas gegen die Türkei an sich hat – im Gegenteil: Es geht ihm nur darum, eine historische Lüge zu korrigieren.«

»Was für eine historische Lüge?«

»Ich meine die Leugnung des Völkermords.«

»Welcher Völkermord?«

»Der an den Armeniern.«

»Das stimmt. Das ist eine Lüge.«

»Nein. Die Leugnung ist die Lüge.«

»Ich nicht weiß etwas von Leugnung. Aber wenn sie auch eine Lüge ist, bin ich dagegen.«

»Sie sind also gegen die Lüge.«

»Ja.«

»Das heißt, Sie sind auch der Meinung, dass die Türkei sich der historischen Wahrheit stellen muss.«

»Türkei hat eine große Geschichte. Ist eine stolze Nation.«

»Abgesehen vom Völkermord.«

»Natürlich. Mord ist eine Scheise. Darf nicht geben so was ...«

Mein Vater ist zufrieden. Für zwei Sekunden.

»... und *hat* auch nicht gegeben.«

»Also leugnen Sie den Völkermord doch?!«

»Nein, wie ich gesagt, ich bin gegen.«

»Wogegen?«

»Egal. Auf jeden Fall: Völkermord ist eine Scheise, Leugnen ist auch eine Scheise, aber wir Türken haben alle gar nix gemacht. Wenn einer hat gemacht Scheise, waren immer die Griechen.«

Mein Vater hat keine Ahnung, was Herr Denizoğlu meint, und ich vermute, Herr Denizoğlu selbst auch nicht. Das Gespräch stockt kurz, bis mein Vater den Faden wieder aufgreift:

»Ich halte es für ausgesprochen wichtig, die historischen Tatsachen anzuerkennen. Als zum Beispiel in den Nürnberger Prozessen die Verbrechen der Nazizeit aufgearbeitet wurden ...«

Ich schaue zur Uhr:

»72 Minuten 17 Sekunden – ganz schwach!«

Herr Denizoğlu weiß natürlich nicht, worum es geht, und es ist ihm wohl auch egal:

»Griechen und Schiedsrichter sind schlimmste Menschen auf diese Planet.«

Da meine Mutter weiß, dass mein Vater gerade im Kopf an einer rhetorisch anspruchsvollen Erwiderung auf diese Äußerung bastelt, kommt sie ihm mit einem ihrer gefürchteten Monologe zur Überbrückung angespannter Situationen zuvor:

»Also, ich muss sagen: Ich finde diese Einladungskarten toll. Man merkt sofort, dass man es mit einer fremden Kultur zu tun hat. Und was für den einen geschmacklos ist, findet der andere schön. Wäre doch langweilig, wenn wir alle gleich wären, nicht wahr?! Und diese goldenen Herzen und die ganzen Blumen – das ist wie trivialisierter Barock, das ist gar nicht so schlimm, wie es auf den ersten Blick aussieht. Und es erinnert mich an die Cocktail-Karte in dieser Schwulenbar, in die wir damals aus Versehen reingeraten sind, wo Dimiter Zilnik im Suff mit der blonden Frau rumgeknutscht hat, die sich dann als transsexuell herausgestellt hat – na, das war vielleicht ein Abend, aber Schwamm drüber. Und warum sollen wir ›Januar‹ danebenschreiben? Unsere Freunde können sich ruhig mal mit der türkischen Sprache auseinandersetzen – das kann man doch sicher im Internet recherchieren. ›Ocak‹ ist sowieso ein viel schöneres Wort als ›Januar‹. ›Januar‹, das ist in meinem Kopf immer mit dieser miesen Absteige in Paris verknüpft, in der ein zweitklassiger Touristenmaler mir mit Ölfarbe ein Bild von Georges Braque auf den Rücken gemalt hat und dann zu besoffen war, um mit mir zu schlafen – furchtbar. Aber ›Ocak‹ – das könnte auch ein Tanzstil sein oder ein Filmtitel von Luis Buñuel. Ach, ich liebe die türkische Sprache: ›En kötü günümüz böyle olsun!‹«

Frau Denizoğlu bricht in hysterischen Jubel darüber aus, dass meine Mutter sich den Satz, der ihr zu Weihnachten schon so gut über die Lippen kam, tatsächlich gemerkt hat. Vielleicht ist sie auch nur erleichtert, dass der Monolog zu Ende ist. Und ich stelle mal wieder fest: Meine Eltern sind so ausländerfreundlich – wenn sie auf der Straße von einem Araber verprügelt würden, wäre das für sie eine interessante kulturelle Erfahrung.

Dreißig Minuten und eine Dreiviertelflasche Raki später haben wir alle relevanten Themen durchgesprochen. Es wird türkisches Essen und türkische Getränke geben, die von türkischen Kellnern serviert werden, bevor dann eine türkische Band türkische Lieder spielen wird. Genauso stellt man sich eine Multikulti-Hochzeit vor. Immerhin hat die Band nach Auskunft von Frau Denizoğlu auch zwei deutsche Songs im Repertoire: »Ein Prosit der Gemütlichkeit« und »Volare«.

Ehrlich gesagt bin ich heilfroh, dass nicht *meine* Eltern die Hochzeit planen, denn

a) jetzt muss sich Aylin für ihre Eltern schämen und nicht ich,

b) es ist im Freundeskreis meiner Eltern Tradition, dass jeder Gast eine lustige Geschichte über das Brautpaar erzählt – das könnte bei über 1000 Gästen ganz schön dauern; und

c) mein Vater hätte ohnehin keinen Alleinunterhalter gefunden, der das Gesamtwerk von Wolf Biermann beherrscht.

Als Herr Denizoğlu den letzten Tropfen Raki ins Glas meines Vaters schüttet, lässt sich dieser zu einem leichtsinnigen Versprechen hinreißen:

»... und weil so viele türkische Hochzeitsgäste da sein werden, werde ich meine Rede nicht nur auf Deutsch, sondern auch auf Türkisch halten!«

Nach ein paar Sekunden Überraschung branden tosender Applaus und Jubel von Familie Denizoğlu auf, und ich grinse in mich hinein. Rigobert Hagenberger im Türkischkurs – das könnte vom Unterhaltungswert sogar den Besuch im Restaurant »Le Moissonnier« toppen, als mein Vater beim Versuch, auf Französisch zu bestellen, eine unverständliche Mischung aus Latein und Portugiesisch von sich gab und schließlich dem Kellner vorwarf, sein bretonischer Akzent mache die Kommunikation unmöglich.

13

Noch 2 Wochen, 4 Tage, 15 Stunden, 37 Minuten bis zur ersten türkischen Rede meines Vaters.

Ich sitze neben meinem Vater in einem Klassenraum mit Neonbeleuchtung und fühle mich spontan wie 15, als unser Lehrer seinen Namen »Celal Yilmaz« an die Tafel schreibt. Heute startet der Kurs »Türkisch I« an der Volkshochschule, für den mein Vater sich selbst und mich angemeldet hat. Ich hätte sehr gerne ohne meinen Vater Türkisch gelernt, aber die Begründung »du nervst« ist auch bei einer ausgeprägten Begabung für euphemistische Formulierungen diplomatisch schwer rüberzubringen. Immerhin bin ich dankbar für ein wenig Abwechslung, denn Aylin hat im Moment kaum Zeit für mich – seit wir aus London zurück sind, verbringt sie täglich gut sechs bis acht Stunden mit Hochzeitsvorbereitungen, an denen ich mich nicht beteiligen darf, weil es Überraschungen sein sollen. In diesem Moment bekomme ich eine SMS von Aylin:

»Hochzeitstorte sechs oder acht Stöcke?«

Da ich weiterhin der Boss bin, darf ich immerhin entscheiden, ob ich mich von einer sechs- oder achtstöckigen Torte überraschen lassen darf. Ich will Aylin eine »8« zurücksimsen, drücke aber einmal zu oft auf die Taste, sodass Aylin jetzt ein »Ü« bekommt und ich noch ein »Sorry, versimst, meinte 8« hinterherschicke. Gut, dass mein Vater das Wort »versimst« nicht mitbekommen hat. Einmal hat er mir einen fünfminütigen Vortrag darüber gehalten, wie schrecklich er meinen Satz »Ich habe mir den Wolf gegoogelt« fand.

Herr Yilmaz startet jetzt den Unterricht mit einer Vorstellrunde. Unter den 13 Kursteilnehmern gibt es sieben Frauen zwischen 16 und 25 mit türkischen Freunden, einen 28-jährigen Mann mit türkischer Freundin sowie zwei deutsche Lehrer, die endlich ihre Schüler verstehen wollen, und einen Polizisten, der genervt ist, weil er sich nicht mit den Verdächtigen unterhalten kann. Dazu ich und mein Vater, der als einziger Kursteilnehmer eine Hochzeitsrede auf Türkisch halten will.

Eine der Frauen mit türkischem Freund kenne ich: Es ist Viviane, eine Blondine mit Lipgloss, Zungenpiercing und rosa-silbernem Bustier. Sie hat mal im Flugzeug neben mir gesessen und mit mir geflirtet. Ich war scharf auf sie – aber heute wirkt sie mit der Kombination aus rosa Pumps und silbernen Glanzleggings eher wie die Silvester-Dekoration einer Beate-Uhse-Filiale. Und ich habe mich offenbar weiterentwickelt, denn obwohl sie mir zuzwinkert, spüre ich eher Mitleid als Erregung: Wenn eine Frau im Januar bei minus sechs Grad in rosa Pumps durch die Gegend spaziert und dann auch noch auf Socken verzichtet, um die rosafarbenen Fußnägel mit den aufgeklebten Mini-Brillanten nicht zu verdecken, dann kann es um die geistige Gesundheit nicht allzu gut bestellt sein. Obwohl Viviane alles tut, um die Aufmerksamkeit des attraktiven Lehrers zu erregen, wird sie von diesem schlicht ignoriert.

Stattdessen greift er sich spontan meinen Vater als »Alterspräsidenten« der Gruppe heraus und hält ihm die Hand hin:

»Merhaba. Nasilsin?«

Mein Vater ergreift die Hand und versucht zu glänzen:

»Äh, mer ... äh ... merha ... bobababa. Äh ... wie war das?«

»Merhaba. Nasilsin? Das heißt ›Guten Tag. Wie geht's?‹«

»Ah ja. Merha ... äh ... bebaba, nein, das war ein ba zu viel. Mer ... äh ...«

»Merhaba.«

»Merhaba.«

»Gut. Merhaba. Nasilsin?«

»Merhaba. Nasil ... äh ...«

»... sin?«

»... sin?«

»Sehr gut. Und darauf antworten wir: ›iyiyim‹.«

»Und das heißt ...?«

»Mir geht es gut.«

»Ah ja. Aber ich würde lieber eine gewisse Ambivalenz zum Ausdruck bringen.«

»Dann können Sie ›Şöyle böyle‹ sagen. Das heißt ›so lala‹.«

»So lala?!«

»Ja.«

»Nein, das würde ich eigentlich auch nicht sagen wollen.«

»Was wollen Sie denn sagen?«

»Tja, so etwas in der Art: ›Mir geht es verhältnismäßig gut. Also in Anbetracht der globalen Probleme.‹«

»Das ist natürlich schwierig, wenn man gerade sein erstes Wort lernt.«

»Natürlich. Mir ist die Problematik schon bewusst ...«

Lipgloss-und-rosa-Pumps-Viviane schaut meinen Vater an, als wolle sie ihn umbringen. Auch die anderen Kursteilnehmer haben sich den Einstieg in die türkische Sprache mit Sicherheit anders vorgestellt.

In diesem Moment erreicht mich per SMS von Aylin das Foto eines Porzellan-Brautpaares: Der stolze Bräutigam trägt seine Braut sicher in seinen starken Armen, während die Braut ihre Stirn an seinen Hals schmiegt. Als Text hat Aylin nur zwanzig Fragezeichen angefügt. Offenbar soll dieses Kunstwerk den achten Stock unserer Hochzeitstorte verschönern. Da es stilistisch perfekt zu unserer Einladungskarte passt, schicke ich ein »Ja« mit fünf Ausrufezeichen zurück.

Derweil zeigt unser 35-jähriger Lehrer Yilmaz offenbar Respekt vor der professoralen Ausstrahlung meines Vaters und will ihn weder zu einem ›Mir geht es gut‹ noch zu einem ›So lala‹ nötigen:

»Vielleicht stellen wir uns erst einmal vor und reden später über unsere Befindlichkeiten.«

»Gut. Wie Sie meinen.«

»Also, wenn Sie sich vorstellen wollen, sagen Sie: Merhaba, benim adim Rigobert.«

»Und das heißt?«

»Hallo. Mein Name ist Rigobert.«

»Hmmmm ...«

»Also: Merhaba …«

Herr Yilmaz fordert meinen Vater mimisch auf, ihm nachzusprechen. Mein Vater windet sich. Nach einer Weile räuspert er sich mehrfach. Ich ahne Schlimmes.

»Also … ›Mein Name ist Rigobert‹ – das gefällt mir nicht. Das würde ich nicht sagen. Erinnern Sie sich, wie Mephisto sich Doktor Faust vorstellt: ›Ich bin ein Teil des Teils, der anfangs alles war. Ein Teil der Finsternis, die sich das Licht gebar.‹ *Das* ist ein guter Gesprächsbeginn. Denken Sie, *Faust* wäre ein Klassiker geworden, wenn Goethe geschrieben hätte: ›Guten Tag, mein Name ist Mephisto?‹«

»Goethe konnte zu dem Zeitpunkt aber auch mehr als zwei Worte.«

Mein Vater feilt ein paar Sekunden an einer passenden Erwiderung, dann gesteht er seine Niederlage mannhaft ein:

»Touché. Natürlich. Mein Fehler.«

»Also sprechen Sie mir einfach nach: Merhaba …«

»Wissen Sie, ich möchte von meinem türkischen Gesprächspartner lediglich nicht als plump wahrgenommen werden.«

»Glauben Sie mir, wir Türken freuen uns schon, wenn ein Deutscher überhaupt ein paar Worte Türkisch kann.«

»Natürlich … Aber wie kann man sich über einen Satz freuen wie ›Mein Name ist Rigobert‹? Sprache ist dazu da, damit man seine Persönlichkeit ausdrücken kann. ›Mein Name ist Rigobert‹ ist eine billige Floskel, die können Sie von mir aus Ihren Schülern beibringen.«

»Sie *sind* mein Schüler.«

Völlige Leere tritt in das Gesicht meines Vaters. Die banale Richtigkeit dieser Aussage ist für eine Sekunde auf seiner Großhirnrinde angekommen – nur um jetzt von Neuem verdrängt zu werden:

»Darum geht es hier ja gar nicht. Es geht darum, dass …«

»O Mann, es reicht, Opa! Ich will hier Türkisch lernen – wenn ich dummes Gelaber brauche, guck ich Barbara Salesch.«

Lipgloss-Viviane hat endlich ihrem Ärger Luft gemacht und erntet dafür Applaus von der gesamten Klasse. Mein Vater ist empört:

»Bitte. Aber wenn Sie dann von Ihrem türkischen Freund als plump wahrgenommen werden, ist das Kind in den Brunnen gefallen.«

Mein Vater verschränkt nun die Arme und schmollt. Dafür darf Viviane unter Beweis stellen, dass die türkische Sprache durch einen kölschen Akzent interessante Nuancierungen erfährt.

Nach einer Stunde voller Begrüßungsfloskeln, zu denen sich schließlich auch mein Vater widerwillig bereit erklärt hat, verlassen die Schüler den Raum. Bis auf mich, meinen Vater und Lipgloss-Viviane, die Herrn Yilmaz als Erste anspricht:

»Herr Yilmaz, darf ich Celal zu dir sagen?«

»Okay.«

»Celal?«

»Ja?!«

»Gehen wir 'nen Kaffee trinken?«

»Nein.«

»Nein???«

»Nein. Du hast einen türkischen Freund. Und ich bin nicht lebensmüde.«

»Ehrlich gesagt hab ich irgendwie voll gelogen. Ich hab gar keinen türkischen Freund. Aber die Melody, die war bei dir im letzten Kurs ...«

»Ja?!«

»Und die hat irgendwie gesagt, dass du voll süß bist, und die hat voll recht, irgendwie. Und als wir gerade sagen sollten, warum wir Türkisch lernen, da war mir das voll peinlich irgendwie, weil, ich kann ja irgendwie schlecht sagen, ich bin nur hier, weil die Melody gesagt hat, dass du voll süß bist ...«

Von einer Sekunde auf die andere ändert sich das Verhalten unseres Lehrers: Vor zehn Sekunden war er Viviane gegenüber noch eiskalt – jetzt guckt er wie das Krümelmonster in einer Keksfabrik.

»... tja, na ja, und da hab ich halt irgendwie gesagt, ich hab einen türkischen Freund, weil das haben ja irgendwie alle voll so gesagt und so. Dabei bin ich im Moment voll solo irgendwie, aber ich musste ja irgendwie voll was sagen. Na ja, und irgendwie ...«

Jetzt platzt es aus meinem Vater heraus:

»Mit Verlaub, der inflationäre Gebrauch des Wortes ›irgendwie‹ raubt Ihren Äußerungen jegliche Prägnanz, und die adverbiale Verwendung des Attributs ›voll‹ ist umgangssprachlich und hat an einer Hochschule nichts verloren.«

»Ey, du bist voll peinlich, Opa.«

»Genau das meine ich. Besser wäre: ›überaus peinlich‹ oder ›extrem peinlich‹.«

»Ey, Mann, ey …«

»Und anstelle von ›ey‹ könnten Sie ›mit Verlaub‹ sagen. Das hätte in diesem Kontext etwas Sarkastisches und würde mich viel treffender beleidigen.«

Lipgloss-Silberleggings-und-rosa-Pumps-Viviane rollt mit den Augen und wendet sich dann wieder unserem Lehrer zu:

»Also, ich setz mich jetzt rüber ins Starbucks und warte auf dich …«

Sie zwinkert Herrn Yilmaz zu, der sich ein Grinsen nicht verkneifen kann, während sein Blick an Vivianes üppigem Dekolleté haften bleibt. Dann wendet sich Viviane an mich:

»Du bist übrigens auch immer noch voll süß irgendwie. Aber du heiratest ja in zwei Wochen, damit bist du irgendwie voll aus dem Rennen.«

Viviane verschwindet, aber der Gedanke, dass ich irgendwie voll aus dem Rennen bin, bleibt bei mir. Was heißt hier ›aus dem Rennen‹? War das ein Rennen? Und wenn ja, warum bin ich draußen? Wenn das ein Rennen war, dann habe ich Aylin bekommen und damit das Rennen gewonnen. Das Rennen kann doch jetzt unmöglich weitergehen, also kann ich auch unmöglich draußen sein, nur weil dieses rosa-silberne Farbphänomen sich gleich bei Starbucks mit meinem Türkischlehrer trifft.

Herr Yilmaz ist ebenso in Gedanken wie ich und merkt nach einigen Sekunden zu seinem Erstaunen, dass mein Vater neben ihm steht:

»Oh, äh … haben Sie auch noch eine Frage?«

»Ja. Wenn man sagen möchte, dass man die Ehe als Ausdruck des freien Willens zweier eigenständiger Individuen betrachtet, die sich entschieden haben, ihr Leben unabhängig von kulturell-sozialen Zwängen miteinander zu teilen, und man gleichzeitig betonen will, dass man die Endgültigkeit dieser Entscheidung nur deshalb anzweifelt, weil die Liebe als vergängliches Phänomen in einem zu engen Korsett ersticken kann – dass dieser Zweifel aber keinesfalls eine Negierung der Ehe an sich und schon gar nicht eine Abwertung des Entschlusses von Daniel und Aylin im Besonderen darstellt ... wie kann man diesen Gedanken in wenigen einfachen Worten auf Türkisch formulieren?«

Jetzt zeigt sich eine völlige Leere im Gesicht von Herrn Yilmaz. In seinen Augen erkenne ich nur einen einzigen Gedanken: »Ich will jetzt zu Starbucks.«

14

Noch 17 Stunden, 45 Minuten bis zur Hochzeit.

Ich sitze an einer Café-Bar im Ankunftsbereich des Köln/Bonner Flughafens. Vor mir liegt ein Pappschild, auf dem »Abdullah Denizoğlu« steht. Ich wurde von der Familie eingeteilt, ihn abzuholen, weil er früher in Köln bei Ford gearbeitet hat und Deutsch spricht – im Gegensatz zu Tante Hatice und ihrem Mann, die zeitgleich von Aylins Bruder Cem in Düsseldorf aufgelesen werden, sowie Onkel Mehmet und Tante Nihal, für die Herr Denizoğlu vor zwei Stunden zum Frankfurter Flughafen aufgebrochen ist.

Aylin versucht seit zwei Tagen gemeinsam mit ihrer Mutter und diversen Cousinen, die Hässlichkeit von Onkel Serkans Hochzeitssalon in Leverkusen hinter einer Mauer aus Deko-Kitsch verschwinden zu lassen. Seitdem wurde ich ohne Unterbrechung als Kurierfahrer eingespannt und habe unter anderem fünfzig Meter roten Samt aus einem Industriegebiet in der Nähe von Bielefeld und 150 silberne Tisch-Vasen mit integrierten rosa Stoffblumenarrangements aus einem türkischen Teppichgeschäft in Mönchengladbach abgeholt (es passten nur fünfzig in meinen Ford Ka, deshalb musste ich dreimal fahren). Da ist es eine schöne Abwechslung, dass ich heute mal einen Menschen transportieren darf.

Meine Vorfreude auf Onkel Abdullah wäre sicherlich noch größer, wenn ich nicht so angespannt wäre. Einerseits heirate ich morgen zum ersten Mal in meinem Leben und habe angemessenes Lampenfieber, andererseits bin ich mir nicht sicher, ob das gut geht mit mir und Onkel Abdullah. Als ich gestern mit der letzten Fuhre silberner Tisch-Vasen im Hochzeitssalon eintraf, hat mich Aylin auf die Begegnung vorbereitet:

»Mach dir keine Sorgen, Daniel – Abdullah Amca ist wirklich sehr nett.«

»Amca? Ich dachte, sein Nachname ist auch Denizoğlu?!«

»Ist er auch. Amca heißt Onkel.«

»Ich dachte, Onkel heißt *dayı*.«

»Dayı ist der Onkel mütterlicherseits.«

»Und warum sagst du zu Onkel Serkan immer *Enişte*?«

»Weil er angeheiratet ist.«

»Verstehe. Onkel Abdullah ist also nett.«

»Genau. Er ist nur ...«

Aylin stockte und lächelte mich mit ihrem zauberhaften Bitte-übe-Nachsicht-mit-meiner-Familie-Blick an.

»Er ist nur ... also, was Religion betrifft ...«

»Ja?«

»Na ja, er ist nicht ganz so tolerant wie die meisten anderen in der Familie.«

»Was soll das heißen? Ist er ein Fundamentalist?«

»Nein, das wäre übertrieben. Obwohl ... Egal, er wird dich auf jeden Fall mögen. Das weiß ich.«

»Weil ich so einen guten Charakter habe?«

»Nein. Weil ich gesagt habe, du bist Moslem.«

»Was???«

»Das ist kein Problem. Echt nicht.«

»Aber ... du willst, dass ich ihn anlüge.«

»Nein. Du sollst nur akzeptieren, dass *ich* ihn anlüge.«

»Aber ...«

»Sag einfach nicht, dass du *kein* Moslem bist.«

»Schon klar. Und wenn wir gemeinsam aufs Klo gehen, nehme ich nicht das Urinal direkt neben ihm.«

»Siehst du? Du hast verstanden.«

»Trotzdem. Unser Verhältnis basiert dann auf einer Lüge.«

»Na und? Dafür mag er dich.«

»Aber nur, weil er die Wahrheit nicht kennt.«

»Die Wahrheit wird überschätzt. Hauptsache, man versteht sich.«

»Aber ich mag die Wahrheit. Neben Sitcoms und dem Regelwerk des Deutschen Fußball-Bundes ist sie eine der wichtigsten Errungenschaften unserer Zivilisation.«

»Genau. Redet über Fußball. Abdullah Amca liebt Trabzonspor – sogar mehr als Baba.«

»*Noch* mehr?«

»Einmal hat er nach einem nicht gegebenen Elfmeter gegen Fenerbahçe den Fernseher eingetreten und ist dabei mit dem Fuß im Bildschirm stecken geblieben.«

»Und wenn er herausfindet, dass ich kein Moslem bin? Schlägt er mich dann bewusstlos und führt einen Exorzismus durch?«

»Ihr werdet euch verstehen, glaub mir.«

»Dein Wort in Gottes Ohr.«

»Ach ja, Gott solltest du vielleicht besser nicht erwähnen.«

Daraufhin küsste mich Aylin und beklebte die Wände weiter mit den 1000 Plastikrosen, die ich drei Tage zuvor aus dem Keller eines türkischen Restaurants in Duisburg abgeholt hatte.

An der Anzeigetafel leuchtet hinter Flug Nr. 2451 aus Istanbul »30 Minuten Verspätung« (Abdullah kommt aus Trabzon, muss aber in Istanbul umsteigen), deshalb kann ich mich meinem Handy zuwenden, das mir gerade netterweise meldet, mein Mitteilungs-Speicher sei voll. Aylin hat mir allein in den vergangenen drei Tagen über 200 SMS geschickt. Hier die von heute Vormittag:

8 Uhr 44: Kleid ist fertig – jaaaaaaaaaaaaaaaaaaaaaaaaaaaaaaaaaaaaaaaaaaaaaaaaaaaaaaaaaaaaa!!!

8 Uhr 46: Kleid passt nicht – neeeeeeeeeiiiiiiiiiiiiiiiiiiiiiiiiiiiiiiiiiiiiiiiiiiiiiiiiiiinnnnnnnnnnnnnn!!!!

9 Uhr 03: Liebst du mich auch, wenn das Kleid nicht 100% perfekt ist?

9 Uhr 11: Problem wegen Sitzordnung: Tante Emine hat sich mit Tante Ayşe verkracht. Wenn Emine am Familientisch sitzt, ist Ayşe beleidigt und umgekehrt.

9 Uhr 25: Kurze Frage zum Büfett: Soll auch was ohne Knoblauch dabei sein?

9 Uhr 33: Kenan (vom Reisebüro) will Fotos auf Feier sofort ausdrucken und für 8 € verkaufen. OK?

9 Uhr 37: Ich bin so unglücklich wg. Kleid.

9 Uhr 45: Mein Friseur ist krank. Ich krieg die Kriiiiiiiiiiiiiiiiseeeeeeeeeeeee!!!

9 Uhr 46: Sorry, wollte dich nicht belasten. Alles ist super.

9 Uhr 58: Kaufe gerade Unterwäsche für die Hochzeitsnacht – wird dir gefallen!!!!!!!!!!

10 Uhr 07: Lösung Tischproblem: zwei Familientische, und wir sitzen nur mit den Eltern.

10 Uhr 31: Arzt hat Papa Magenmittel verschrieben. Er nimmt trotzdem weiter Aspirin. O Mann!

10 Uhr 54: Ich HASSE meine Cousine!!! So. Das musste raus.

11 Uhr 07: Ich liebe dich über alles. Weißt du das eigentlich? Sen benim hayatımsın.*

11 Uhr 13: Kleid wurde geändert – es passt!!!! Jaaaaaaaaaaaaaaaaaaaaaaaaaaaaaaaaaaaaaaaaaaaaaaaaaaaaaaaaaaaaaaaaaaaaaaaaaaaaaaaaaaaaaaaaaaaaaaaaaaaaaaaaaaaaaaaaaaaaaaaaaa!

Auch wenn ich zum Beispiel keine Ahnung habe, welche ihrer 21 Cousinen Aylin hasst, schaffe ich es nicht, auch nur eine einzige SMS zu löschen. Ich will sie als historische Hochzeitssouvenirs bewahren. Beim Durchforsten meines Posteingangs finde ich eine vier Tage alte Nachricht von meinem Vater:

»23 Uhr 15 auf 3sat: Dokumentation über Hermann Hesse im Ersten Weltkrieg – ein Muss!«

Ich drücke auf Löschen und verspüre ein schlechtes Gewissen, weil ich mir die Dokumentation nicht angesehen habe. Jetzt werde ich vielleicht nie erfahren, was Hermann Hesse im Ersten Weltkrieg überhaupt gemacht hat.

Eine hübsche Flughafen-Café-Bar-Mitarbeiterin, deren Namensschild sie als »Mona« ausweist, serviert mir mit einem flirtenden Augenzwinkern eine weitere Cola, und es ist mir egal, dass ich

* Du bist mein Leben.

als verheirateter Mann weder mit ihr noch mit irgendeiner anderen schönen Frau jemals wieder etwas anfangen darf, denn in 17 Stunden und drei Minuten bin ich aus dem Rennen. Freiwillig und mit Freude! Dann bin ich mit der Frau verheiratet, die in der Damenwelt dasselbe ist wie Lionel Messi im Fußball: das Nonplusultra.

Wobei Fußball vielleicht das falsche Bild ist, weil man da zum Erfolg noch zehn andere Spieler braucht, und ich will ja nur Messi und nicht noch Carles Puyol, Dani Alves oder Xavi Hernandez. Abgesehen davon bin ich Fan vom 1. FC Köln, und deshalb ist für mich sowieso nicht Messi das Maß aller Dinge, sondern der Geißbock.

Genau, das Bild ist viel besser: Der 1. FC Köln wird immer nur *ein* Maskottchen haben. Und auch wenn Hennes VIII. kastriert ist und die Gegner in keinster Weise einschüchtert, wäre man als echter Fan doch immun gegen andere Maskottchen.

Wenn jetzt zum Beispiel ein Berggorilla ankäme, mit den Augen zwinkern und säuseln würde: »Hey, vergiss doch den Geißbock – ich habe mehr Muskeln, ich habe noch meine Eier, und ich würde auch nicht ängstlich zur Seite springen, wenn der Ball mal auf mich zurollt ...« Dann würde man als echter FC-Fan sagen: »Das mag sein, aber ich liebe nun mal den Geißbock – in guten wie in schlechten Zeiten! Er mag seine Fehler haben, und laut Wikipedia wäre die biologisch korrekte Bezeichnung für einen kastrierten Bock ›Mönch‹, aber ich habe beschlossen, den Rest meines Lebens mit ihm zu verbringen. Such dir doch einen Retorten-Club wie Hoffenheim – die haben zwar den albernen Stoffelch ›Hoffi‹, diesen Nebengewinn einer Kirmeslosbude, der bei jedem Tor einen Tanz hinlegt wie eine hüftkranke Background-Sängerin beim ZDF-Fernsehgarten – aber ich bin sicher: Wenn der Preis stimmt, tauschen sie den sofort aus.«

So ist es: Aylin ist mein Geißbock – unendliche Liebe bis in den Tod. Vielleicht sollte ich das ihr gegenüber so nicht formulieren, denn eventuell würde sie es für Sarkasmus halten – Frauen fehlt oft der Sinn für die ehrlichen Gefühle eines Mannes in Bezug auf das Maskottchen seines Fußballvereins.

Ich schaue zur Anzeigetafel. Endlich ist hinter Onkel Abdullahs Flug das Wort »gelandet« erschienen. Flughafen-Café-Bar-Servicekraft Mona zwinkert mir noch einmal zu. In meiner Hose tut sich etwas. O nein! Ich habe mich doch gerade erst für die Monogamie entschieden. Da merke ich: Es ist mein Handy, das vibriert. Ich bin erleichtert.

Es ist die nächste SMS von Aylin:

»Bitte auf Rückweg in Weidengasse vorbeifahren und im Reisebüro drei Ballen rosa Tüll, vier silbernen Tüll, drei goldenen Tüll und zwei roten Tüll abholen! Ist bezahlt. Liebe dich.«

Ich simse zurück:

»Natüllich.«

Zugegeben ein eher billiges Wortspiel, aber ich bin nun mal im Hochzeitsstress, da kann Aylin kein Loriot-Niveau von mir erwarten. Ich kriege wieder die Speicher-voll-Meldung und durchforste meine SMS-Sammlung. Diesmal finde ich eine fünf Tage alte Nachricht meiner Mutter:

»Habe dir Sonnencreme für die Flitterwochen gekauft.«

In der permanenten Sorge, ich könne Hautkrebs bekommen, versorgt sie mich seit der Erfindung von Lichtschutzfaktor 50 mit ebendiesem. Außerdem ignoriert sie die Tatsache, dass Aylin und ich die Hochzeitsreise auf Mai verschoben haben, weil es in Tante Emines Sommerhaus im Februar noch zu kalt ist. (Gut – das hätte ich meiner Mutter natürlich auch sagen müssen.)

Ich habe die SMS gerade gelöscht, als das Handy erneut vibriert. Das Display zeigt den Namen Rüdiger Kleinmüller – mein ehemaliger Chef und Leiter der Werbeagentur *Creative Brains Unit.* Ich habe vor vier Monaten gekündigt und lebe seitdem von meinen Ersparnissen. Die Werbebranche ist eine kranke, zynische Welt voller Arschlöcher, für die das Anhäufen von Geld auf Kosten der Menschenwürde zum Lebenszweck geworden ist, und ich will damit nichts mehr zu tun haben. Trotzdem gehe ich natürlich ran. Nur aus Neugier.

»Ja?!«

»Hey, Daniel, lange nichts gehört! Du, ich spar mir jetzt das ganze Wie-geht's-dir-und-was-machst-du-so-Gequatsche und komme directly to the point: Hast du morgen Zeit?«

»Nein, ich heirate morgen.«

»Oh, okay. Und wann?«
»Um zehn.«
»Perfekt. Die Besprechung ist nämlich um zwölf.«
»Welche Besprechung?«
»Mit Süffels Kölsch. Soll eine Mega-Campaign werden.«
»Interessant. Aber wie gesagt, ich heirate morgen.«
»Kein Problem. Dauert bestimmt nicht lange, vielleicht so ein bis zwei Stunden. Höchstens drei. Ich will dich unbedingt wieder into the boat holen.«
»Herr Kleinmüller, ich werde ganz bestimmt nicht am Tag meiner Hochzeit mit Ihnen und irgendeinem Typ von Süffels Kölsch darüber diskutieren, ob man lieber ›echt kölsch‹, ›typisch kölsch‹ oder ›echt typisch kölsch‹ aufs Plakat schreibt.«
»Echt typisch kölsch – das ist gut. Den hatten wir noch nicht. Siehst du, das ist genau der Brain-Input, den ich brauche. Du bist einfach ein Creative Genius, Daniel.«
Ich hasse schleimige englische Werbefuzzi-Schmeicheleien. Und noch mehr hasse ich, dass ich mich durch schleimige englische Werbefuzzi-Schmeicheleien gebauchpinselt fühle.
Aus dem Sicherheitsbereich kommt jetzt ein älterer Türke, zu dem die Beschreibung von Onkel Abdullah passt, aber der wird von einer gut zehnköpfigen Familie mit lautem Gejohle und Kreischen in Empfang genommen.
»Herr ... äh ... Kleinmüller. Das freut mich ehrlich, dass Sie mich zu schätzen wissen. Aber ich möchte mit der Werbebranche nichts mehr zu tun haben. Ich passe da nicht rein.«
»Du, ich verstehe das total gut, honestly. Die Werbebranche geht mir auch total auf den Zeiger.«
»Wirklich?«
»Ja, ich hatte ein Burn-out im November – ohne Koks hätte ich sogar den Dr.-Oetker-Deal verloren. Als die Scheiße gerockt war, musste ich zwei Wochen in Kur, und da ist mir klar geworden, dass im Leben eigentlich nur eins zählt: die Liebe.«
Ich lache kurz, weil sich dieser Satz etwas seltsam anhört aus dem Mund eines skrupellosen Turbo-Kapitalisten:
»Die Liebe?!«
»Ja, Daniel, die Liebe. Ich habe in der Kur ein Buch vom Dalai

Lama gelesen, du, ich habe Rotz und Wasser geheult, und jetzt lebe ich quasi nur noch für meine seelische Entwicklung. Also zumindest privat. Die Berufswelt ist voller Arschlöcher, die jede Schwäche von dir gnadenlos ausnutzen.«

Jetzt kommen zwei ältere Türken aus dem Sicherheitsbereich. Der eine hat eine Frau dabei, der zweite ist zu dunkel für einen Schwarzmeer-Türken, also kann keiner Onkel Abdullah sein. Die automatische Tür öffnet sich erneut, und ein älterer Herr schiebt einen Wagen mit sechs großen Koffern nach draußen. Er trägt nur einen Kinnbart, aber keinen Schnäuzer; dafür sprießen die Haare so üppig aus seinen Nasenlöchern, dass man Zöpfchen daraus flechten könnte. Ist er Onkel Abdullah? Nein, er trägt einen Fenerbahçe-Trainingsanzug. Ich erschrecke leicht, als ich wieder Rüdiger Kleinmüllers Stimme höre:

»Und wenn ich sage: Ich begrenze die Besprechung auf eine Stunde ...?!«

»Herr Kleinmüller ...«

»Sag Rüdiger. Wir sind jetzt ein Team auf Augenhöhe.«

»Rüdiger, ich werde nicht kommen. Nicht morgen und auch an keinem anderen Tag.«

Ich bin von mir selbst begeistert. Selten habe ich meine Position so klar und kompromisslos vertreten. Und es gibt nichts, das er sagen kann, um mich zu erweichen.

»Okay, Daniel. Morgen heiratest du. Kein Problem. Aber danach ... ich wollte dich eigentlich zum Chef der Kreativabteilung machen.«

»Chef?«

»Chef.«

»Also, äh, Chef im Sinne von ...«

»Chef.«

»Oh. Okay ...«

»Mit eigener Praktikantin.«

»Oh. Okay.«

»Und Chefgehalt.«

»Oh. Okay ...«

»Deal?«

»Deal.«

»Also kommst du morgen?!«

»Ich heirate morgen.«

»War nur ein Versuch. See you on Monday.«

Rüdiger Kleinmüller legt auf. Mir dröhnt der Kopf. Ich habe gerade meiner Rückkehr in die Werbebranche zugestimmt. Ist ein Chefposten wirklich wert, dass man sich dafür in ein Milieu begibt, das man in seinem tiefsten Inneren verachtet? Ich gehe in mein tiefstes Inneres und finde eine Antwort, die mich selbst überrascht: ja.

Ja?

Ja.

Mein ganzes Leben lang haben andere über mich bestimmt: Meine Mutter hat mich gezwungen, Lichtschutzfaktor 50 zu benutzen. Mein Vater hat mich genötigt, das Gesamtwerk von Stockhausen anzuhören. Den Mädchen und später den Frauen musste ich zuhören, durfte aber nicht mit ihnen schlafen. Und als ich beim Einparken die Stoßstange eines Golf GTI nur ganz leicht touchiert habe, musste ich dem Besitzer 250 Euro geben, obwohl nicht die geringste Delle zu erkennen war. (Okay, ich *musste* natürlich nicht, aber wenn ein Zweimeterprolet mit der Muskelmasse eines Amazonaskrokodils einem die Neuausrichtung der Nasenscheidewand androht, ist man in einer schlechten Verhandlungsposition.)

Jetzt bin ich für Aylin der Boss und für Rüdiger Kleinmüller der Chef. Vielleicht will mir das Schicksal zeigen, dass ich in meinem Leben den nächsten Level erreicht habe. Vielleicht ist es an der Zeit, erwachsen zu werden. Vielleicht sollte ich bei der nächsten Fußball-WM keine Panini-Bildchen mehr sammeln und aufhören, mit albernen Stimmen zu sprechen, wenn ich meine Freunde treffe.

Der Anblick von Onkel Abdullah reißt mich aus meinen Gedanken. Ich hätte das Schild nicht gebraucht. Er ist Aylins Vater wie aus dem Gesicht geschnitten – mit dem Unterschied, dass sein Schnäuzer nach unten abknickt, so wie der von Wolf Biermann. Auf dem Kopf trägt er eine kleine gehäkelte Kappe. Sein kariertes kurzärmeliges Hemd und seine graue Hose sind so weit, dass Abdullah, dessen Körperform einem Gartenzwerg ähnelt, locker zweimal reinpassen würde. Ich winke ihm zu und erinnere mich im selben Moment daran, dass das Winken an sich von Männern des osmanischen Kulturkreises eher selten praktiziert wird.

Onkel Abdullah schiebt seinen Wagen mit zwei gigantischen Koffern durch die Sicherheitsschleuse und umarmt mich so herzlich, als würden wir uns schon immer kennen. Dann malträtiert er meine Schultern mit harten Schlägen, was im Gegensatz zum Winken unter die akzeptierten Begrüßungsrituale fällt. Ich platziere gekonnt meinen auswendig gelernten Begrüßungssatz:

»Almanya'ya hoş geldiniz Amca.«*

Onkel Abdullah scheint gar nicht aufzufallen, dass es für mich eine kleine Sensation ist, diesen Satz ohne Versprecher über die Lippen gebracht zu haben. Er schaut hektisch zum Ausgang.

»Schnell, Daniel, wir müssen um sechs sein in Schwarzmeer-Café in Weidengasse. Spielt Trabzonspor heute in Ankaragüçü.«

Ich schaue auf die Uhr. Halb sechs. Eine halbe Stunde bis zur Weidengasse. Das könnte klappen. Wenn ich mich beeile.

Siebeneinhalb Minuten später habe ich es irgendwie geschafft, die beiden Koffer in den Ford Ka zu quetschen, und verlasse das Flughafen-Parkhaus. Die Ankunftszeitanzeige des Navigationsgerätes behauptet, dass wir um 17 Uhr 58 in der Weidengasse eintreffen werden. Onkel Abdullah nimmt das mit einem zufriedenen Seufzer zur Kenntnis und klopft mir wohlwollend auf den Oberschenkel.

»Bist guter Junge, Daniel. Eine ganz besondere Mensch.«

»Danke.«

»Ist nicht normal, dass eine Deutsche wird Moslem.«

»Stimmt, das ist nicht normal.«

»Aber du hast gemacht.«

»Tja.«

»Das zeigt, du hast Charakter.«

»Tja.«

»Sag mal, Daniel ...«

»Ja?«

»Warum bist du geworden Moslem?«

* Willkommen in Deutschland, Onkel (väterlicherseits).

15

Noch 16 Stunden, 25 Minuten bis zur Hochzeit.

Vor einer halben Minute hat mich Onkel Abdullah gefragt, warum ich Moslem geworden bin. Danach war ich gut 15 Sekunden in einer Schockstarre, aus der mich mein Navigationsgerät befreit hat:

»Nach 300 Metern rechts abbiegen.«

Die Zeit dehnt sich. Jetzt bräuchte ich ein Konversations-Navi: »Noch zehn Sekunden dem Gesprächsverlauf folgen, dann in Richtung Fußball abbiegen.« Los, denk nach, Daniel! Vielleicht sollte ich ihm einfach die Wahrheit sagen? Aber wird er immer noch denken, dass ich ein besonderer Mensch bin, wenn ich sage, dass ich atheistisch erzogen wurde, jedoch nach dem Ende meiner ersten Beziehung das Buch *Klassiker der Spiritualität* gelesen habe und seitdem denke, dass es irgendwo im Universum doch eine Instanz geben muss, die noch besser Bescheid weiß als Frank Plasberg?!

Vielleicht hat Aylin recht, und die Wahrheit wäre in diesem Fall kontraproduktiv. Jetzt fließen irgendwelche Buchstaben aus meinem Mund:

»Tja, also, äh, das war, äh, also äh ...«

»Ich weiß, warum du Moslem geworden bist.«

»Was? Woher? Ich meine, ich ... Ich kann das erklären ...«

»Ganz einfach. Du bist Moslem geworden, weil Allah hat zu dir gesprochen.«

»Oh. Das ... das hab ich gar nicht gemerkt.«

»Genau. Wir merken nicht. Aber Allah weiß genau.«

»Wirklich? Tja, wenn du meinst ...«

»Ich meine nicht. Ich weiß. Aber deine Eltern, die sicher sind keine Moslems.«

»Die ... na ja, also die ... äh ...«

»Keine Angst, Daniel. Jede Kultur hat eigenes Religion. Muss man immer haben Toleranz.«

»Oh, gut. Für mich ist Toleranz auch sehr wichtig.«

»Außer natürlich für Griechen, haha.«

»Ja. Haha.«

»Aber für Christe, Jude, Hinduiste, Buddhiste, ich habe immer Toleranz.«

»Das ist toll. Und was ist mit Atheisten?«

»Was ist das?«

»Leute, die nicht an ... eine höhere Macht glauben.«

»Habe ich auch Toleranz.«

»Oh. Gut.«

»Sind nämlich geisteskrank und brauchen Behandlung.«

»Tja.«

»Habe ich Mitleid.«

»Immerhin.«

»Vielleicht muss man auch erschießen. Aber nur wenn nicht anders geht.«

Ich bin überrascht, dass mir jemand, der indirekt den Tod meiner Eltern fordert, trotzdem sympathisch ist. Vielleicht will mein Unterbewusstsein Rache, weil mein Vater mir schon als Vierjährigem erklärt hat, dass man nach dem Tod nicht mit Engeln, sondern mit Würmern in Kontakt kommt.

Außerdem hat Onkel Abdullah eine absolut liebenswürdige Ausstrahlung. Und dann der Nachsatz »Aber nur wenn nicht anders geht« – das bedeutet ja, dass er sich um einen renitenten Atheisten wahrscheinlich erst jahrelang liebevoll kümmern und mit Engelszungen auf ihn einreden würde, bevor er ihm eine Kugel in den Kopf jagt.

Trotzdem kann ich mir einen kleinen Sarkasmus nicht verkneifen:

»Das ist in der Tat sehr tolerant und demokratisch.«

Zum Glück hat Onkel Abdullah kein Gespür für Ironie.

»Also, deine Eltern sind Christe?«

»Sie sind als Christen geboren.«

Ich kann einfach nicht lügen. Aber meine Eltern sind tatsächlich erst Ende der Sechzigerjahre aus der Kirche ausgetreten. Und ich muss Onkel Abdullah ja nicht unter die Nase reiben, dass ihr Traumpaar nicht Jesus und die heilige Maria sind, sondern Jean-Paul Sartre und Simone de Beauvoir.

Ich biege auf die A 559 und stehe im Stau. Das lenkt Onkel Abdullahs Gedanken schnell von der jenseitigen auf die diesseitige Welt. Er schaut nervös zur Ankunftszeitanzeige des Navigationsgerätes, die aufgrund des Staus auf 18 Uhr 20 springt.

»Daniel?«

»Ja?«

»Fahr Seitenstreifen.«

»Tut mir leid, aber das geht nicht.«

»Warum?«

»Weil es verboten ist.«

»Stimmt. Habe ich vergessen, dass du bist Deutscher ... Also, wir tauschen Plätze.«

Onkel Abdullah steigt aus und kommt zur Fahrertür. Ich bin perplex. Seine autoritäre Geste, die mich zum Aussteigen auffordert, duldet keinen Widerspruch. Ich werde ja bald in der Firma Chef sein – hier überlasse ich das Kommando Onkel Abdullah und gehe mit mulmigem Gefühl im Magen zum Beifahrersitz. Ich bin noch nicht mal angeschnallt, als Onkel Abdullah mit quietschenden Reifen auf den Seitenstreifen fährt und kurz darauf mit 165 km/h rechts am Stau vorbeibrettert – erstaunlich, denn die maximale Geschwindigkeit des Ford Ka liegt bei 159 km/h. Die Ankunftszeit geht ziemlich schnell auf 18 Uhr 15 zurück, und Onkel Abdullah lacht aus tiefstem Herzen:

»Haha, werden wir sehen, ob ich verpasse Anpfiff!«

Dieser Mann riskiert gerade unser Leben für ein paar Minuten der Begegnung Ankaragüçü gegen Trabzonspor. Heldentod ist etwas anderes. Aber vielleicht sieht man das auch lockerer, wenn man einen so direkten Draht zu Allah hat.

Ich versuche, ruhig zu atmen, und bin kurz davor, tatsächlich religiös zu werden. Als ich gerade sehe, dass sich die Ankunftszeit auf 18 Uhr 09 reduziert hat, schert kurz vor uns ein BMW aus, und ich habe das Gefühl, dass ich in wenigen Sekunden die Wahrheit über das Jenseits herausfinden werde.

Abdullah legt eine Vollbremsung hin, die meine Winterreifen in nur einer Sekunde in Sommerreifen verwandelt, und vermeidet so um wenige Zentimeter einen Frontalzusammenstoß. Als mein Ford Ka endlich steht, ist Onkel Abdullah der Ohnmacht nahe, springt aber nur zwei Sekunden später wie aus dem Nichts mit einer unglaublichen Energie aus dem Wagen und läuft dem wegfahrenden BMW ein paar Meter fluchend hinterher. Dann kommt er schnaubend zurück. Hinter uns stehen mittlerweile drei Autos, die ebenfalls die Standspur nutzen wollen, und hupen. Onkel Abdullah brüllt sie an:

»Ist verboten hier, ihr Penner! Nix hupen!«

Es folgen einige türkische Flüche, die ich nicht verstehe, dann reduziert Aylins Onkel erneut die Gummimasse der Ford-Ka-Bereifung und erreicht diesmal nicht die 165 km/h, weil der BMW vor uns konstant 120 fährt und sich nicht davon beirren lässt, dass Onkel Abdullah sowohl die akustische als auch die Lichthupe ausgiebig einsetzt.

Immerhin reduziert sich die Ankunftszeit, die nach der Vollbremsung wieder bei 18 Uhr 10 lag, nach und nach auf 18 Uhr 03. Dann ist der Stau zu Ende und Abdullah holt zwei weitere Minuten auf, weil er auf dem Zubringer nach Köln-Deutz, auf dem 70 erlaubt sind, 140 fährt. Da meldet sich die sachlich-weibliche Stimme des Navigationsgeräts.

»In 100 Metern links abbiegen.«

Onkel Abdullah reagiert nicht, weil er gerade eine SMS auf seinem Handy liest.

»Jetzt links abbiegen.«

Onkel Abdullah versucht eine weitere Vollbremsung, aber er ist zu schnell und rauscht an der Abbiegung vorbei.

»Neuberechnung ... In 200 Metern links abbiegen.«

Jetzt erscheint die Ankunftszeit 18 Uhr 06 auf dem Display. Onkel Abdullah schimpft mit der Frau im Navi:

»Was soll das? Du hast viel zu spät gesagt! Du bist schuld!«

Onkel Abdullah muss bremsen: Wegen eines Tokio-Hotel-Konzerts staut es sich vor der KölnArena. Und es gibt keinen Seitenstreifen. Mit Panik in den Augen starrt Onkel Abdullah auf das Navigationsgerät und muss mit ansehen, wie die Ankunftszeitanzeige von 18 Uhr 06 auf 18 Uhr 07 umspringt. Im selben Moment meldet sich die weibliche Stimme:

»Jetzt links abbiegen.«

»Du blöde Kuh! Hier ist Scheiße-Autos vor mir, ich kann nicht fahren eine verdammte Meter – also, wie soll ich jetzt links abbiegen???«

»Jetzt links abbiegen.«

»Du willst mich kaputt machen, ja? Erst sagst du viel zu spät, und jetzt redest du eine verdammte Dreckmist, obwohl du hast keine Ahnung! Wenn du noch *einmal* Scheißedreckmist erzählst, fliegst du raus.«

Onkel Abdullah und die Navi-Stimme streiten sich wie ein altes Ehepaar. Irgendwie habe ich Mitleid mit der Navi-Frau, weil sie zu Unrecht beschuldigt wird, und springe ihr zur Seite:

»Äh, Onkel Abdullah, es tut mir leid, aber das Navi hat dich rechtzeitig gewarnt. Du warst nur mit dem Handy beschäftigt.«

»Nein, Navi redet Blödsinn.«

Offensichtlich ist Aylins Onkel nicht an einer sachlichen Aufarbeitung des Fehlers interessiert. Warum sollte man sich auch von etwas so Unbedeutendem wie der Realität von seinen Emotionen ablenken lassen? Bei der nächsten Ampelphase geht es nur wenige Meter voran. Die Ankunftszeit springt auf 18 Uhr 08.

»Jetzt links abbiegen.«

Onkel Abdullah schnaubt vor Wut:

»Gut. Ich habe gewarnt dich.«

Jetzt reißt er das Navi von der Scheibe, steigt aus und pfeffert es auf den bepflanzten Mittelstreifen.

»Bist du zufrieden jetzt? Das hast du davon!«

Es folgen noch ein paar türkische Flüche, dann will er das Navi treten, erwischt aber mit dem Schienbein die Leitplanke und stürzt zu Boden – nur um den Bruchteil einer Sekunde später wie ein Stehaufmännchen wieder auf den Beinen zu stehen und so zu tun, als wäre nichts passiert. Er kommt stolz zum Auto zurück – als hätte er gerade Darth Vader besiegt und sich nicht beim

Versuch, ein Navigationsgerät zu treten, auf die Fresse gelegt. Ich bewundere türkische Männer dafür, wie sie es schaffen, auch in extrem peinlichen Situationen ihren Stolz zu bewahren. Mein Stolz wurde mir abgewöhnt, als ich elf war und meine Mutter mich mit einer hellblauen Strickstrumpfhose in den Sportunterricht schickte, die mich vor Schürfwunden schützen sollte. Endgültig auf null war er dann wohl, als meine Mutter auf der Geburtstagsfeier meiner heimlichen Flamme Gaby Haas auftauchte, um Gabys Eltern eine Liste meiner Lebensmittelallergien zu überreichen.

Onkel Abdullah setzt sich wieder ans Steuer, fährt die zehn Meter bis zur nächsten Rotphase und trottet dann, arabische Verse murmelnd, über den Mittelstreifen, um das Navi zurückzuholen. Er wischt es sorgfältig mit einem Taschentuch trocken, schließt es wieder an und seufzt tief:

»Weißt du, Daniel ... Wichtigste im Leben ... ist Vergebung.«

16

Noch 15 Stunden, 30 Minuten bis zur Hochzeit.

Ich befinde mich auf dem Weg zur Wohnung der Denizoğlus, wo ich Onkel Abdullahs Koffer abliefern werde, bevor ich die zwölf Rollen Tüll nach Leverkusen kutschiere. Onkel Abdullah kam um exakt 18 Uhr 21 im Café an und musste zu seinem Entsetzen feststellen, dass er nicht nur 21, sondern 81 Minuten verpasst hatte (also abzüglich der Pause 66 Minuten Nettospielzeit). Das Spiel begann nämlich um 18 Uhr *türkischer* Zeit. Abdullahs Ärger verflog jedoch schnell, als er feststellte, dass Trabzonspor mit 1:0 in Führung lag.

Aber Onkel Abdullah ist nicht der Einzige, der heute noch pünktlich zum Fußball muss. Am letzten Abend vor meiner Hochzeit zieht es mich nicht etwa in Nachtbars und Strip-Shows, sondern ins RheinEnergieStadion. Das Schicksal und der Deutsche Fußball-Bund haben durch die Ansetzung des Spiels 1. FC Köln gegen VfL Wolfsburg um 20 Uhr 30 dafür gesorgt, dass ich den Junggesellenabschied gemeinsam mit meinem besten Freund Mark, dem Geißbock und Lukas Podolski erleben darf. Das ist auf jeden Fall stilvoller, als mich in einem albernen Kostüm und zehn Flaschen »Kleiner Feigling« um den Hals durch die Kölner Altstadt zu saufen und irgendwelche Aufgaben zu lösen, in der Art von »Bring eine Blondine dazu, dir Nutella von den Brustwarzen zu lecken«.

Die einzigen leicht bekleideten Tänzerinnen, die ich heute Abend zu Gesicht bekommen werde, sind die Cheerleader des 1. FC Köln. Und selbst Jennifer Lopez wirkt nicht mehr erotisch, wenn sie zur Musik der Höhner tanzt.

Als ich um 19 Uhr 04 bei den Denizoğlus klingele, denke ich darüber nach, ob ich die Tüll-Ballen nicht besser per Kurierdienst nach Leverkusen schicke, damit ich im Gegensatz zu Onkel Abdullah den Anstoß erleben kann. Dann würde ich zwar Aylin heute Abend nicht mehr sehen – aber da sie nach der Hochzeit bei mir einzieht, werden wir das mehr als kompensieren können. Ich schleppe die unglaublich schweren Koffer, aus denen eine nach Essig und Knoblauch riechende Flüssigkeit tropft, die Treppen hoch. An der Tür steht Aylin. Ihre Augen sind rot geweint.

»Aylin! Ich dachte, du bist in Leverkusen ... Was ... was ist los?«

»Es tut mir leid, Daniel ... Wir können morgen nicht heiraten.«

Dann fällt sie mir schluchzend um den Hals.

DRITTER TEIL

30. Januar – 2. Februar

17

Eine Sekunde nach dem Schock.

Vor mir ist eine weiße Wand. Ich umarme eine weinende Frau und habe keine Ahnung, wer sie ist und wer ich bin.

18

Zwanzig Sekunden nach dem Schock.

Der Nebel lichtet sich. Die Frau ist meine Verlobte. Sie heißt Aylin und hat gerade gesagt, dass wir nicht heiraten können.

Solche Momente kenne ich nur aus Seifenopern: Ein folgenschwerer Satz wird ausgesprochen, das Bild friert ein – in der *Lindenstraße* kommt dann immer noch dieser Geigen-Spannungsakkord, der klingt wie ein Bienenschwarm –, und dann muss man eine Woche warten, bis es weitergeht. Aber ich will *jetzt* wissen, was los ist!

Mein Magen krampft sich zusammen. Hat Aylin in letzter Sekunde gemerkt, dass ich doch nicht gut genug für sie bin? Eigentlich war es auch zu perfekt, um wahr zu sein. Ich, Daniel Hagenberger, und eine Traumfrau. Irgendwas in mir hat schon immer gewusst: Das ist zu perfekt. So viel Glück kann nicht von Dauer sein.

Warum mache ich mir eigentlich Gedanken und frage sie nicht einfach? Es gibt überhaupt keinen Grund, die Ungewissheit mit unnötigen Überlegungen zu verlängern.

Ich könnte jetzt einfach fragen: »Was ist denn passiert, Aylin?«, dann würde sie sagen: »Brad Pitt hat um meine Hand angehalten«, und der Fall wäre erledigt. Es würde wehtun, aber die Angst hätte wenigstens ein Ende. Wobei Brad Pitt doch mit Angelina Jolie zusammen ist, also kann ich das schon mal ausschließen. Brad Pitt könnte sich natürlich von ihr getrennt haben und dann um Aylins Hand ... AAAAAAAAAAHHHHH!!!

Ich werde um Aylin kämpfen. Egal, warum sie mich nicht heiraten will, ich werde alles tun, um sie zurückzugewinnen. O Mann, jetzt frag sie endlich, Daniel!!! Das ist ja schlimmer als damals die Angst vor dem Hirntumor. Da hatte ich mich schon vorsorglich nach OP-Terminen bei den Neuro-Spezialisten des Union Memorial Hospital in Baltimore erkundigt, bevor mein Arzt feststellte, dass es nur eine harmlose Verspannung ... AAAAAAAAAAAAAAAAAAAAAAAAAH!!!

So, Schluss mit der sinnlosen Amok-Denkerei. Ich werde mich der Wahrheit stellen und Aylin fragen. Jetzt.

Jetzt.

Jetzt.

Jetzt.

Jetzt.

Jetzt.

Jetzt.

Jetzt.

19

Vierzig Sekunden nach dem Schock.

Vielleicht sollte ich Aylin erst mal ausweinen lassen.

20

Fünfundfünfzig Sekunden nach dem Schock.

So, es reicht jetzt. Ich habe das Gefühl, dass ich die Spannung künstlich in die Länge ziehe. Irgendwann ist es aber auch mal gut. So.

Aylin weint immer noch.

Langsam wird ihr Schluchzen weniger. Noch weniger. Es hört auf. Aylin schaut mich an. Der Moment ist gekommen, in dem ich die Wahrheit erfahre. Einmal habe ich das bei meinem Hausarzt erlebt, der auf meine Blutwerte schaute und nur »Oioioioioioioioi« sagte. In dem Moment zog mein Leben schon an mir vorbei. Dann machte er eine Pause und sagte noch einmal »Oioioioioioioi«, nur um mir dann mitzuteilen, dass mein Allergiewert extrem hoch war – was bei mir *immer* der Fall ist. AAAAAAAAAAAAAAHHHH … Ich lenke mich schon wieder ab. Ich habe Angst. Aylin öffnet ihren Mund.

Das ist wie in diesen ganzen Gerichts-Serien, wo es um Todesstrafe oder Freispruch geht und der Richter fragt: »Ist die Jury zu einem einstimmigen Urteil gekommen?« Und man sitzt da und denkt: »Ja, du Idiot, du hast doch gerade den Scheiß-Zettel gelesen, jetzt macht hinne!« AAAAAAAAAAAAAAAAAAAAAAAAAAAAAAAAHHHHH …

So. Ich kann nicht mehr. Ich muss da jetzt durch:

»Aylin, was ist passiert???«

Die Zeit dehnt sich. Ich halte es nicht mehr aus. Irgendwie absurd, dass meine Zukunft von den Worten abhängt, die jetzt aus ihrem Mund kommen – beziehungsweise noch nicht kommen. AAAAAAAAAH!

Aylin muss sich erst sammeln. Sie macht das nicht absichtlich, aber trotzdem muss ich unwillkürlich an diese ganzen Castingshows denken, wo die Moderatoren die Ergebnisverkündung so grotesk hinauszögern, dass man selbst mit den idiotischsten Kandidaten Mitleid bekommt. Aber hier geht es gerade nicht darum, ob irgendwelche pubertierenden Dumpfbacken zum Superstar, Topmodel oder irgendeiner anderen Marionette der Unterhaltungsindustrie werden – hier geht es um mein *Lebensglück*!!!

Plötzlich wünsche ich mir einen Werbebreak. Ich will die Wahrheit nicht wissen. Ich will lieber in einem schönen Traum leben als in einer unschönen Realität. Aber Aylins Lippen bewegen sich:

»Daniel ... Tante Emine hatte einen Herzinfarkt.«

Mein Herz setzt kurz aus und dann wieder ein. Tante Emine hatte einen Herzinfarkt. *Deshalb* können wir nicht heiraten. Ich bin unglaublich erleichtert, dass Aylin mich nicht verlassen will! Was bin ich nur für ein Mensch? Aylin sagt mir, dass ihre Tante einen Herzinfarkt hat, und was fühle ich? Die pure Freude! Was sagt das bitte über meinen Charakter aus? Ich habe keine Zeit, darüber nachzudenken.

»O nein! Hat sie ... überlebt?«

»Sie wird gleich operiert. Ich wollte mit Mama gerade zum Krankenhaus fahren.«

»Oje ... die arme Tante ... Welche Emine eigentlich?«

»Die Mutter von Gül, Orkide und Kenan.«

»Also nicht die Kaffeesatz-Emine?!«

»Nein. Die, die uns in ihr Sommerhaus eingeladen hat.«

»*Alle* deine Tanten haben uns in ihr Sommerhaus eingeladen.«

»Die wir im Reisebüro getroffen haben.«

»Oh. Die Arme. Es tut mir so leid.«

Wir umarmen uns lange. Ich spüre zwar immer noch mehr Erleichterung als Mitgefühl, aber langsam vermischt sich die Freude, dass Aylin mich nicht verlässt, mit der Enttäuschung, dass die Hochzeit verschoben werden muss. Ich versuche, mich zu Mitgefühl für Tante Emine zu zwingen, aber ich habe sie nur zweimal kurz getroffen und vergessen, wie sie aussieht. Mir kommt immer das Gesicht der Kaffeesatzlese-Emine in den Kopf. Erstaunlich –

sie sah Schwierigkeiten für die Hochzeit, die nicht aus der Beziehung, sondern von außen kommen. Wie zum Teufel hat sie das in nassem Kaffeepulver gelesen?!

Frau Denizoğlu kommt in den Flur. Als sie meine Tränen sieht, drückt sie mich an sich:

»Du bist guter Junge ... bist guter Junge ... Allah, Allah ...«

Sie schluchzt und drückt mich nun so fest, dass ich neben Liebe und Mitgefühl auch Atemnot verspüre. Es klopft, und kurz darauf steht Tante Emines Sohn, Reisebüro-Kenan, in der Tür. Nachdem Aylins Mutter auch ihm eine Weile die Luftzufuhr abgeschnitten hat, klatscht er in die Hände – und ich nehme einen gewissen Widerspruch zwischen der Panik in seinen Augen und seiner oberflächlichen Besonnenheit wahr:

»So, dann lasst uns zur Uniklinik fahren.«

Ich hatte vor nicht einmal einer Stunde ein Nahtoderlebnis und versuche, während wir zu viert die Treppe hinunterhasten, einem weiteren vorzubeugen:

»Vielleicht sollte lieber *ich* ans Steuer – Kenans Mutter hatte einen Herzinfarkt – da sollte er besser nicht Auto fahren.«

»Meine Mutter hat einen Herzinfarkt. Das ist scheiße, okay. Aber warum soll ich deshalb nicht Auto fahren?«

»Weil du emotional belastet bist. Das schränkt die Wahrnehmung ein, und ...«

»Kein Problem. Ich habe alles unter Kontrolle.«

Seine zitternden Finger beim Drücken des automatischen Türöffners zeugen vom Gegenteil. Ich atme tief durch. Ich verdränge die Erinnerung an blaue Strickstrumpfhosen im Sportunterricht und Lebensmittelallergielisten. Du bist der Boss, Daniel! Ich versuche, alle Autorität aufzubringen, die ich habe:

»Okay. Gib mir den Schlüssel, Kenan.«

Anstelle einer Antwort setzt sich Kenan auf den Fahrersitz und schließt die Tür. Frau Denizoğlu hat bereits neben ihm Platz genommen; Aylin sitzt hinten und winkt mich zu sich:

»Komm, steig ein, Daniel.«

»Ich meine es ernst: Er darf nicht fahren.«

Meine Verlobte will gerade antworten, als Kenan mit quietschenden Reifen anfährt. Die geöffnete Tür schließt sich nach dem Zusammenprall mit einem Halteverbotsschild automatisch, und Kenans Mercedes braust mit doppelter Warp-Geschwindigkeit davon, nur um nach rund 200 Metern eine Vollbremsung zu machen und mit mindestens 50 km/h rückwärts zurückzukommen. Vor mir hält er mit quietschenden Reifen. Aylin öffnet die verbeulte Tür, und während eine Stimme in meinem Kopf sehr laut »TU DAS NICHT!!!!« ruft, steige ich ein. Nach spätestens einer Sekunde weiß ich, dass es ein Fehler war.

21

5 Minuten, 21 Sekunden nach dem Schock.

Kenans Fahrstil zeichnet sich durch das gleiche Feingefühl aus wie der von Onkel Abdullah - mit dem Unterschied, dass Kenan zum Brechen der Verkehrsregeln rund fünfmal so viel PS zur Verfügung stehen. Es liegt mir fern, mich an rassistischen Gentheorien zu beteiligen, aber wenn es in der DNA irgendeine spezielle Mutation gegeben hat, die zu unzivilisiertem Verhalten im Straßenverkehr führt, dann muss diese irgendwann während des Osmanischen Reiches passiert sein.

Als Kenan mit 80 km/h gegen die Fahrtrichtung einer Einbahnstraße düst und sich ein entgegenkommender Fiat in allerletzter Sekunde in eine Parklücke rettet, erfasst mich urplötzlich eine unerklärliche innere Ruhe. Vielleicht hat mein Kleinhirn gemeldet, dass ich schon tot bin. Ich schaue Aylin tief in die Augen. Wenn wir jetzt gemeinsam sterben, hätte es etwas Romantisches, wie bei Romeo und Julia - eine junge tragische Liebe, die gerade durch den Tod unsterblich wird. (Shakespeare ließ allerdings, dank seines dramaturgischen Scharfsinns, die Schwiegermutter nicht mitsterben.)

Nachdem Kenan die Stürze zweier Radfahrer provoziert, Schockzustände bei einem guten Dutzend Fußgänger verursacht und dem Leben dreier Tauben, einer Ratte sowie mehrerer Hundert Insekten ein Ende gesetzt hat, kommen wir zu meinem Erstaunen unverletzt an der Uniklinik an.

Wir hasten zum Info-Schalter des Herzzentrums. Dort sitzt ein rundlicher Mann um die sechzig, der laut Namensschild Hermann Töller heißt und eine so selbstzufrieden-gemütliche rheinische Gelassenheit ausstrahlt, dass ich ihn mir als Fotomodell für die Süffels-Kölsch-Kampagne vormerke und mich gleichzeitig darüber ärgere, dass sich die verdammte Werbebranche schon wieder in meinem Kopf eingenistet hat.

Der Portier schaut die Sendung *Rheinsport* auf dem Kölner Heimatkanal *Center TV*, wo gerade über die Vorfreude einiger Kneipenbesucher auf die Fernsehübertragung des Spiels Köln – Wolfsburg berichtet wird. (*Vor* dem Spiel ist die Stimmung in Köln ja immer prächtig.) Schlagartig wird mir klar, dass ich Mark noch nicht abgesagt habe. Während ich hastig eine SMS mit den Worten »Tante Herzinfarkt. Hochzeit fällt flach. Erklärung später. Dein Votan Wahnwitz« ins Handy hacke, braucht Aylin einige Anläufe, um die Aufmerksamkeit von Hermann Töller auf sich zu lenken:

»Hallo? Entschuldigung? HAAALLLOOO!«

Der Portier lässt sich von Aylins Nervosität und Ungeduld nicht im Geringsten aus der Ruhe bringen.

»Moment … Isch bin gleisch bei dir, Mädche.«

Er wartet noch in aller Seelenruhe einen unglaublich spannenden Dialog des Reporters mit einem betrunkenen Proleten im FC-Trikot ab, der auf die Frage nach dem Spielausgang völlig überraschend einen Sieg des 1. FC Köln voraussagt. Kenan reißt der Geduldsfaden – er schlägt mit der Faust auf den Tresen.

»Hey, jetzt sag uns endlich, wo meine Mutter ist!«

Auch von Kenans Aggression lässt sich unser Portier nicht irritieren und antwortet mit fröhlich-rheinischem Singsang:

»Jung, woher soll isch wissen, wer deine Mutter ist?«

Jetzt bringt sich Aylin ins Gespräch ein:

»Sie ist meine Tante.«

»Jut, dat wir dat jeklärt haben … Jetzt hammer natürlisch ein Problem.«

Kenan wird bleich:

»Ein Problem?«

»Ja. Jetzt weiß isch nit, ob isch Sie in die Tanten-Abteilung oder in die Mütter-Etage schicken soll.«

Kenan, Aylin und Frau Denizoğlu schauen ihn verdutzt an.

»Haha, kleiner Spaß. Muss auch mal sein. Dat Leben is ja ernst jenug, nischt wahr?!«

Die Mienen meiner türkischen Verwandten verraten, dass rheinischer Humor im Moment nicht die allererste Option für sie ist. Hermann Töller lässt dann auch von weiteren Frohsinnverbreitungsversuchen ab:

»Nä, im Ernst, isch brauche den Namen.«

»Emine Kılıçdaroğlu.«

»Oh, jetzt haben wir ein Problem.«

Kenan wird wieder bleich.

»Ein Problem?«

»Ja.«

»Was für ein ... ich meine, ist sie ... tot?«

»Nein. Isch meine, isch habe keine Ahnung, wie dat jeschrieben wird.«

Aylin, Kenan und Frau Denizoğlu seufzen erleichtert, sind aber mit den Nerven am Ende. Aylin holt eine Flasche *Kolonya* aus der Tasche – die türkische, nach Urinalsteinen riechende Version von Kölnisch Wasser – und schüttet mindestens fünfzig Milliliter in die geöffneten Hände ihrer Mutter, die sich die anatolische Antwort auf die Stinkbombe nun mit einem lauten Stoßseufzer ins Gesicht klatscht. Kenan erklärt:

»Kılıçdaroğlu. Wie der Vorsitzende der CHP*.«

»CHP?«

»Egal. Ich buchstabiere: »*Ka. Ih. El. Ih. Ce* ...«

»Moment, nit so schnell. *Ka. Ih. El* ...«

»*Ih. Ce.*«

»Ach, isch dachte: *Ih. El.*«

»Ja. Aber danach *Ih. Ce.*«

»Also, *Ka. Ih. El. Ih. Ce.*«

»Genau. *De. Ah. Er.*«

»*De. Ah. Er.*«

»*Oh. Ge. El. Uh.*«

»*Oh. Je* ...«

»Nein, *Ge.*«

»Sag isch doch: *Je.* Hier in Köln sagen wir nit *Je*, sondern *Je.* Aber jeschrieben wird et *Je*, wie Justav.«

* Die Atatürk-Partei

Kenan ist kurz vor einem Wutanfall. Aylin zieht ihn sicherheitshalber zur Seite und buchstabiert weiter:

»*Ge. El. Uh.*«

»*Je* ... Wissense, dat *Je* wird in Köln immer jerne mit dem *Jott* verwechselt. Also mit dem Buchstaben *Jott* – nit mit dem lieben Jott. Kleiner Spaß, haha ...«

»*El. Uh.*«

»*El. Uh* ... Ist Ihnen schon mal aufjefallen, dat der liebe Jott jar nit mit *Jott* jeschrieben wird, sondern mit *Je*?«

»Nein, das ist mir noch nicht aufgefallen.«

»Da könnte isch misch stundenlang drüber beömmeln, haha.«

Jetzt nähert sich auch Aylin einem Wutanfall.

»Würden Sie mir jetzt *bitte* sagen, wo meine Tante liegt!«

»Natürlisch. Haben wir denn alle Buchstaben?«

»Ja.«

»Also Kilitz-dar-ocklu.«

»Genau.«

»Zweiter Stock, Zimmer 245. Hier vorne ist der Aufzug für Nichten, und dahinten der für Söhne.«

Aylin schaut ihn kurz irritiert an.

»Haha, kleiner Spaß. Nix für unjut.«

Als wir im zweiten Stock ankommen, wird Tante Emines Bett gerade über den Gang in Richtung OP geschoben. Kaffeesatzlese-Emine geht nebenher und platziert diverse Glücksbringer auf der Matratze – vom blauen Auge, das angeblich den »bösen Blick« abwehrt, über den Koran bis hin zu einer kleinen Marienstatue (ja, auch die Türken verehren sie) und irgendwelchen Kräutern.

Kenan, Aylin und Frau Denizoğlu hasten hinzu und reden auf Türkisch synchron auf die kranke Emine ein. Ich persönlich hätte vor einer OP ein besonnenes »Mach dir keine Sorgen, die Ärzte hier sind hervorragend« bevorzugt, aber Türken halten offenbar hysterisches Schluchzen, Wimmern und Brüllen für angemessen.

Das Bett wird nun durch eine Tür geschoben, auf der in großen Buchstaben »Für Unbefugte verboten« steht – und trotzdem müssen die zwei Pfleger, die das Bett schieben, meine türkischen

Verwandten mit körperlicher Gewalt vom Betreten des OP-Bereichs abhalten. Aylin kommt zu mir und fällt mir in die Arme – erschöpft von zu vielen Emotionen. Ich will ihr helfen:

»Aylin, das Beste ist, wenn wir uns jetzt ablenken. Wie wär's, wenn wir was essen gehen?«

»Wir können doch nicht essen gehen, während Tante Emine operiert wird.«

»Äh, und warum nicht?«

»Wir müssen doch bei ihr sein.«

»Dir ist schon klar, dass sie betäubt wird?!«

»Ja.«

»Und dass sie nicht merkt, ob wir da sind oder nicht.«

»Ja.«

»Und?«

»Ich will einfach dableiben.«

»Aber das kann Stunden dauern.«

»Daniel, die ganze Familie bleibt da.«

In diesem Moment kommt Kenans Schwester Orkide im Krankenhaus an und fällt so zielsicher in Ohnmacht, dass ihr Bruder sie gerade noch auffangen kann, bevor Aylin sie mit gut 100 ml *Kolonya* ins Leben zurückholt. Die Kaffeesatzlese-Emine klärt uns über den Stand der Dinge auf:

»Arzt hat gesagt, war früh genug, çok şükür.«

Jetzt murmeln Aylin, Kenan, Frau Denizoğlu und Orkide gleichzeitig »çok şükür« (Gott sei Dank).

»Wird werden wieder gesund inşallah.«

Jetzt murmeln alle gleichzeitig »inşallah« (Allah soll es erlauben) und blicken sich um, als würden sie etwas suchen. Ein paar Sekunden lang bin ich verwirrt. Dann findet Aylin ein Holzgeländer, zu dem sich nun alle schnell begeben, um eilig draufzuklopfen, wobei sie erneut mehrfach »inşallah« sagen. Anschließend beißt sich jeder auf die Zunge und zieht sich am rechten Ohrläppchen. Diese Menschen scheinen weder Allah noch den Ärzten wirklich zu vertrauen.

Ich wage noch einen Versuch:

»Wir könnten auch *alle zusammen* essen gehen.«

Aylin schüttelt nur den Kopf und schließt dabei die Augen.

Die Diskussion ist beendet. Ich lösche eine weitere SMS meines Vaters, in der er mich vor einer Woche auf eine Impressionisten-Ausstellung im Museum Ludwig aufmerksam gemacht hat, und mache so meinen Speicher für Marks Antwort frei. Die nicht lange auf sich warten lässt:

»O nein! Tut mir total leid. Wenn du reden willst, melde dich. Brülle auf der Südtribüne für dich mit. Dein Jacques Gelee.«

Mich erfasst ein kurzer Moment der Traurigkeit - weniger wegen des verpassten Fußballspiels als wegen der abgesagten Hochzeit. Dann wird meine Aufmerksamkeit von Aylins Cousine Orkide auf sich gezogen, die jetzt tränenüberströmt in den OP-Bereich stürmt, gefolgt von Kenan. Die beiden sind dabei, völlig ihre Fassung zu verlieren. Vielleicht kann ich ja durch meine Anwesenheit dazu beitragen, dass Aylins Familie die Operation mit etwas mehr Distanz und Gelassenheit verfolgt.

Oma Berta hatte vor neun Jahren auch eine Bypass-OP. Dadurch bin ich mit dem Ablauf vertraut und werde meine aufgeregten türkischen Verwandten mit Nüchternheit und der Evidenz der Fakten beruhigen können. Dann werden sie mich noch mehr respektieren und feststellen, dass ich etwas Wertvolles in die Familie einbringen kann. Dass nicht nur die deutsche Kultur von der türkischen Lebendigkeit profitieren kann, sondern auch die türkische Kultur von der deutschen Sachlichkeit.

Kenan und Orkide werden von einem kräftigen Krankenpfleger zurück in den Flur geschoben. Ich sehe Angst in ihren Augen und gehe zu ihnen:

»Macht euch keine Sorgen. Eure Mutter wird es überleben. Solche OPs sind heute reine Routine.«

Kenan nickt und klopft mir abwesend auf die Schulter.

»Danke. Du hast recht.«

Im selben Moment bewirkt ein Windstoß, dass mehrere Blütenblätter einer Geranie zu Boden fallen. Kaffeesatzlese-Emine schreckt hoch:

»O nein! Das ist ein Zeichen!«

Kenan wird bleich, dann pfeffert er sein iPhone auf den Boden und tritt es kaputt, woraufhin Orkide einen hysterischen Heulkrampf bekommt, gefolgt von einem noch hysterischeren Tröstungsversuch von Kenan. Ich verkneife mir den Satz »Ja, das ist ein Zeichen. Und zwar dafür, dass man die Blume gießen sollte.«

Vielleicht sollte ich noch ein paar Minuten warten, bevor ich die deutsche Sachlichkeit erneut einbringe.

22

Zwei Stunden nach Beginn der OP.

Wir sitzen mit zwanzig Familienmitgliedern im Wartebereich des Herzzentrums. Onkel Abdullah hat das Schwarzmeer-Café noch vor Spielende beim Stand von 1:1 verlassen und muss seine Schwester wirklich sehr lieben, wenn er für sie den 2:1-Siegtreffer für Trabzonspor verpasst hat (er hat sich im Taxi zum Krankenhaus das Spielende via Handy von einem Mann im Café live schildern lassen).

Nach Oma Bertas Herzinfarkt beschloss mein Vater, den Rest der Familie erst dann zu informieren, wenn sich die Lage stabilisiert hat. Die Einstellung der Türken scheint in diesem Punkt geringfügig abzuweichen. Offenbar gehört es zu den familiären Pflichten, die gesamte Verwandtschaft möglichst unverzüglich in Panik zu versetzen. Besonders erstaunt hat mich die Reihenfolge der Informationsweitergabe. Wenn ein neues Familienmitglied eintrifft, läuft das Briefing wie folgt ab:

1. O Gott, sie stirbt, wir werden sie nie mehr wiedersehen, sie verlässt uns, Allah soll ihrer Seele gnädig sein, ich kann nicht mehr, auch ich will sterben.
2. Weinen. Schluchzen. Wimmern.

Erst wenn das neu eingetroffene Familienmitglied kalkweiß im Gesicht und mit den Nerven am Ende ist, folgt die nächste Information:

3. Die Ärzte haben gesagt, es wird alles gut.

Das ist dramaturgisch gesehen hervorragend. Denn wenn man direkt sagen würde, dass alles gut wird, wäre ja die Überraschung weg. Und ich würde niemals Szenen erleben, gegen die *Jenseits von Afrika* wie ein gefühlskalter Autorenfilm anmutet.

Als ich einmal eigenmächtig die Reihenfolge änderte und Herrn Denizoğlu unmittelbar nach seinem Eintreffen darüber informierte, dass es gut aussehe, fing ich mir sogar einige böse Blicke ein. Seitdem überlasse ich die Ereignisse lieber ihrem natürlichen Lauf und lenke mich von der andauernden Hysterie ab, indem ich die Partie Köln – Wolfsburg auf dem Live-Ticker meines Handys verfolge.

Der Einzige, der außer mir bisher versucht hat, die Gemüter zu beruhigen, ist Onkel Abdullah. Als Emines Tochter Orkide zum geschätzt zwanzigsten Mal nachfragte, warum die OP so lange dauere, und sicher war, dass das auf jeden Fall ein schlechtes Zeichen sei, beruhigte sie Abdullah mit den Worten:

»Keine Angst, dauert immer zwei Stunden so eine OP.«

Das hat er vor einer Stunde gesagt, und die zwei Stunden sind um – was in diesem Moment von Orkide bemerkt wird:

»O nein! Es gibt Komplikationen!«

Sie fängt an zu schluchzen und muss vom leichenblassen Kenan gestützt werden. Alle reden aufgeregt durcheinander. Mindestens vier Frauen fangen an zu weinen. Mein Moment ist gekommen.

»Entschuldigung?!«

Niemand reagiert auf mich. Ich werde lauter:

»ENTSCHULDIGUNG?!«

Das Chaos um mich herum ist einfach zu groß. Ich nehme allen Mut zusammen und brülle so laut ich kann:

»RRRRUUUUUUUUHHHEEEEEE!!!!!!!!!«

Alle schauen mich überrascht an. Ich bin selbst erstaunt von mir. Aber ich habe die Aufmerksamkeit, die ich brauche:

»Entschuldigung. Aber bei meiner Oma Berta wurde exakt die gleiche Operation durchgeführt. Und es hat dreieinhalb Stunden gedauert. Die Ärzte haben uns erklärt, dass das ganz normal ist. Es kann sogar länger als vier Stunden dauern. Es besteht also kein Grund zur Sorge.«

Ich habe es geschafft. Die Gemüter beruhigen sich. Während meine Informationen gerade für die nicht der deutschen Sprache mächtigen Verwandten ins Türkische übersetzt werden, nehmen langsam alle wieder ihre Plätze ein. Ich bin stolz auf mich. Nach einer Weile wendet sich Orkide an Onkel Abdullah:

»Und warum hast du gesagt, es dauert zwei Stunden?«

»Ich habe gehört.«

»Von wem?«

»Weiß nicht. Aber ist allgemein bekannt, dass dauert zwei Stunden.«

Ich sehe, dass erneut Panik in Orkide hochsteigt. Ich versuche gegenzusteuern.

»Aber wie gesagt, im Falle von Oma Berta ...«

Onkel Abdullah unterbricht mich.

»Normal ist zwei Stunden. Vielleicht, bei Oma gab auch Komplikationen.«

»Nein, wie schon gesagt ...«

»Wie alt war deine Oma bei Operation?«

»Dreiundachtzig.«

»Siehst du. Bei ältere Mensche dauert immer länger.«

Ich finde es ein klein wenig egoistisch von Onkel Abdullah, dass er die gesamte Familie weiter in Panik hält, nur um seine Wissenslücke nicht zugeben zu müssen.

»Ich bitte dich, Onkel Abdullah, sag doch einfach, du bist dir nicht sicher.«

Jetzt fange ich mir von Onkel Abdullah einen Blick ein, der selbst Reiner Calmund zum Schweigen gebracht hätte, und gebe auf. Die Panik ist ohnehin schon im Zimmer zurück. Frau Denizoğlu bricht in Tränen aus:

»Bei Allah, sie wird sterben!«

In diesem Moment meldet sich mein Live-Ticker: 1:0 für Köln! Ich kann den Jubelschrei nicht zu 100 % unterdrücken – und habe Glück, dass Frau Denizoğlu so laut getröstet wird, dass nur zwei oder drei Familienmitglieder das schlechte Timing meiner Freude bemerken.

In den folgenden Minuten wird jeder, der aus dem OP-Bereich kommt, von der Familie mit Fragen bombardiert, selbst die Putzfrau, die aber als Türkin mit Hysteriekompetenz ausgestattet ist: Durch ihre sicherlich erfundene Behauptung, dass die OP später angefangen hat, kann sie die Familie über sechzig Sekunden lang ruhigstellen – immerhin länger als der Assistenzarzt, der zuvor versicherte, dass alles normal verläuft. (Frau Denizoğlu: »Wenn alles verläuft normal, warum ist nicht vorbei?«)

Langsam bekomme auch ich Probleme, mich nicht von der allgemeinen Hysterie anstecken zu lassen – vor allem, seit der VfL Wolfsburg das 1:1 geschossen hat. Da verstummen plötzlich alle. Kaffeesatzlese-Emines Tochter Emine betritt das Wartezimmer. Da sie offensichtlich eine ganze Flasche *Poison* über sich ausgekippt hat, übertüncht sie kurzfristig den penetranten *Kolonya*-Gestank im Raum. In ihrem ultraknappen Rock und den hohen Stiefeln könnte sie sofort bei den *Pussycat Dolls* einsteigen – die Herzinfarkt-Nachricht hat sie wohl auf dem Weg zur Disco erwischt. Normalerweise würde sie niemals mit so wenig Stoff und so viel Haut der Familie gegenübertreten, aber die Schocknachricht hat den normalen Verhaltenskodex über den Haufen geworfen. Sie überreicht ihrer Mutter eine Mokkatasse.

»Hier, hab ich schnell in Murats Dönerladen geholt.«

Das kurze Entsetzen der Familie über Emines allzu freizügiges Outfit weicht nur Sekunden später einer ängstlichen Neugier. Mustafa, der Mann der Herzinfarkt-Tante-Emine, trinkt hastig den Mokka und dreht die Tasse um. Offenbar soll der Kaffeesatz für Klarheit sorgen.

Angespannte Stille. Nach dem Umdrehen der Tasse müssen ein paar Minuten vergehen, bis sich das erforderliche Muster an der Tassenwand bildet, und die Familie wartet gebannt.

Als mir Emines Tochter Emine, die jetzt neben mir steht, vor Aufregung die falschen Fingernägel in den Unterarm bohrt, muss ich kurz daran zurückdenken, wie ich mit ihr vor einigen Monaten in einer türkischen Disco geflirtet und dabei meine Beziehung mit Aylin aufs Spiel gesetzt habe. Inzwischen weiß ich, dass Anbaggern ebenso ihr Hobby ist wie falsche Fingernägel und das Jede-Woche-die-Haare-neu-Färben. Ich werde nicht mehr in diese Falle tappen.

Eine kleine Ewigkeit später dreht Tante Emine die Tasse wieder um. Sie murmelt irgendwas Türkisches, auf das die Familie mit aufgeregten Nachfragen reagiert. Aylin wird leichenblass:

»Es gibt ein Problem.«

Die meisten Frauen fangen an zu weinen und müssen von ihren Männern getröstet werden. In der allgemeinen Aufregung bemerke ich als Einziger den Chefarzt, der in diesem Moment aus der Tür des OP-Bereichs tritt. Ich versuche, die Aufmerksamkeit der Familie auf ihn zu lenken. Vergebens. Alle bestürmen aufgeregt die Kaffeesatzlese-Emine mit Fragen, worin denn das Problem bestehe.

Der Chefarzt, Prof. Dr. Meyer, räuspert sich laut.

»Darf ich um Ihre Aufmerksamkeit bitten?«

Niemand außer mir beachtet ihn. Wir tauschen ratlose Blicke aus, dann gelingt es mir immerhin, Aylin von seiner Anwesenheit zu überzeugen. Aylin nimmt den verdutzten Chefarzt kurz entschlossen an der Hand, zieht ihn zur Familie und sorgt für Aufmerksamkeit. Prof. Dr. Meyer lächelt generös:

»Ich habe gute Neuigkeiten. Wir haben die Maschinen abgeschaltet. Das Herz schlägt wieder.«

Diese Nachricht wird jetzt von Frau Denizoğlu ins Türkische übersetzt, woraufhin Tante Nihal und Tante Hatice von Heulkrämpfen geschüttelt zusammenbrechen. Prof. Dr. Meyer ist genauso irritiert wie ich. Jetzt brüllt Frau Denizoğlu die beiden an, die sich daraufhin langsam wieder beruhigen. Herr Denizoğlu klärt auf:

»*Herz schlägt* heißt auf Türkisch: *Kalp atıyor*. Aber Nihal und Hatice haben verstanden *atmıyor*. Heißt: *Herz schlägt nicht*. Ist nur ein Buchstabe Unterschied. Haben gedacht, Emine ist gestorben.«

Prof. Dr. Meyer spricht jetzt, als hätte er geistig Minderbemittelte vor sich:

»ALLES – IST – GUT. FRAU – KILIC... ÄH ... SIE – LEBT. VERSTANDEN?«

Prof. Dr. Meyer wartet ein paar Sekunden vergebens auf Dankbarkeit und Erleichterung. Dann meldet sich Kaffeesatzlese-Emine zu Wort:

»Aber wo ist Problem?«

Prof. Dr. Meyer überspielt seine aufkeimende Wut:

»Es gab kein Problem. Alles ist optimal verlaufen.«

Nun ist Onkel Abdullahs Einsatz gekommen:

»Aber wenn es gibt kein Problem, darf nicht länger dauern als zwei Stunden.«

»Wer sagt das?«

»Ich habe gehört.«

»Dann haben Sie es falsch gehört.«

»Wollen Sie sagen, ich erzähle Unwahrheit?«

»Ja. Exakt das will ich sagen.«

Onkel Abdullah möchte Prof. Dr. Meyer am liebsten eine Ohrfeige verpassen und wird nun vorsorglich von Kenan nach hinten gezogen. Kaffeesatzlese-Emine übernimmt wieder die Gesprächsführung.

»Aber in Kaffeesatz, ich habe gesehen Problem.«

»Was?«

Jetzt hält Emine dem verdutzten Chefarzt die Tasse unter die Nase.

»Hier, sehen Sie diese Linie? Bedeutet Komplikation. Sie haben übersehen etwas, ganz bestimmt.«

Vom Rest der Familie kommt nun beistimmendes Gemurmel.

Jetzt kann Prof. Dr. Meyer seine Wut kaum noch kontrollieren:

»Lassen Sie mich überlegen: Wir haben auf der einen Seite mich, den Chefarzt des Herzzentrums, mit dreißig Jahren Berufserfahrung, einem Team aus Spezialisten, Computertomografie, Blutanalyse sowie anderen Hilfsmitteln modernster Diagnostik – und auf der anderen Seite eine Hausfrau mit einer ungespülten Tasse. Wessen Diagnose sollte man wohl vertrauen?!«

Er funkelt die Familie wütend an. Nach ein paar Sekunden findet Frau Denizoğlu als Erste die Sprache wieder:

»Also moderne Geräte sind gut, vallaha. Aber kann auch passieren Fehler. Kaffeesatz habe ich noch nie erlebt, dass Vorhersage war falsch.«

Als erneut zustimmendes Gemurmel ertönt, winkt Prof. Dr. Meyer kopfschüttelnd ab und geht zurück in Richtung OP-Bereich. Ich laufe ihm nach.

»Äh, Professor Meyer?«

»Ja?«

»Vielleicht wäre es ganz gut, wenn Sie die anderen darauf hinweisen, dass Tante Emine ... also Frau Kılıçdaroğlu ... keine Tabletten einnehmen sollte, die zufällig irgendwem irgendwann mal wegen irgendwas geholfen haben.«

»Gehören Sie zur Familie?«

Ich muss kurz innehalten. Ja, ich will dazugehören. Ja, ich will ein Teil der Herde sein, behütet und beschützt. Das warme Gefühl, das ich beim Geschenkekauf in London hatte, kehrt für kurze Zeit zurück. Aber da ist auch etwas in mir, das sagt: Pass auf, Daniel! Sie denken anders als du. Sie fühlen anders als du. Sie haben andere Werte als du. Und sie werden deine Heterosexualität infrage stellen, wenn sie das Ölbild der Barbapapa-Familie in deinem Wohnzimmer sehen.

Prof. Dr. Meyer wird ungeduldig:

»Also was jetzt – gehören Sie zur Familie oder nicht?«

In diesem Moment kriegt Kenan von einem seiner Cousins eine kräftige Ohrfeige, die ihn viel besser aus seiner Hysterie befreit als meine rationalen Argumente. Plötzlich wirkt diese Kultur irgendwie fremd auf mich und macht mir ein kleines bisschen Angst. Werden sie mich so akzeptieren, wie ich bin? Oder muss ich mich anpassen? Und wenn ja – welche Drogen muss ich nehmen, um *so* draufzukommen?

Prof. Dr. Meyers Geduld ist erschöpft. Er will sich gerade von mir abwenden, als ich ihn stoppe:

»Professor Dr. Meyer?«

»Ja?!«

»Die ehrliche Antwort ist: Ich habe nicht die geringste Ahnung, ob ich dazugehöre.«

23

20 Minuten vor dem geplatzten Hochzeitstermin.

Nach einer unruhigen Nacht betrete ich mit einem Strauß Sonnenblumen das Herzzentrum der Kölner Uniklinik. Am Info-Schalter sitzt schon wieder – oder noch immer – Hermann Töller:

»Juten Tach. Hamse auch dat Spiel jesehen? 1:1, dat war für misch verschenkt.«

»Tja, mit der Champions League wird's knapp in dieser Saison. Haha, kleiner Spaß. Nicht wahr, das Leben ist ja ernst genug.«

Hermann Töllers Miene verfinstert sich zum ersten Mal.

»Dat is nit lustisch. Dat is tragisch.«

»So gesehen ja. Also, ich möchte zu Frau Kılıçdaroğlu.«

»Ach zu den Türken? Dritter Stock, dann immer dem Jeschrei nach bis zu dem Flur, wo vor lauter Besucher kein Arzt mehr reinpasst.«

Als ich in den Aufzug steige, gesellen sich rund zehn Türken zu mir, die höchstwahrscheinlich auch Familienmitglieder sind.

Wie sich herausstellt, haben viele Hochzeitsgäste den Rathausbesuch durch eine Visite bei Tante Emine ersetzt. Bei einer deutschen Hochzeit wäre das nicht so gravierend gewesen. Aber wir reden von einer *türkischen* Hochzeit. Das bedeutet, dass gerade mehrere Sicherheitskräfte dabei sind, zwischen 200 und 300 Türken aus dem Herzzentrum zu schleusen, das für solche Besucheranstürme nicht ausgerichtet ist. Wenn Tante Emine noch mal operiert werden muss, wird Prof. Dr. Meyer wahrscheinlich die KölnArena reservieren. Während die Sicherheitskräfte gegen zum Teil massiven Widerstand eine große Gruppe ins Treppenhaus zurückdrängen, stürmt auf der anderen Seite eine ebenso große

Gruppe mit kreischenden Kindern an ihnen vorbei in Richtung Krankenzimmer. Es ist ein einziges Chaos und erinnert mich an die Untergangsszene in *Titanic*, als kein Matrose mehr die in Panik geratenen Dritte-Klasse-Passagiere vom Oberdeck fernhalten kann.

Nach gut fünf Minuten nutze ich den Moment, in dem die Sicherheitskräfte eine gut zehnköpfige Gruppe aus Tante Emines Zimmer nach draußen führen, und schlüpfe hinein.

Ich schaue in viele betroffene Gesichter und höre, wie einige »der Bräutigam« flüstern. Aylin, die nicht viel geschlafen haben kann, umarmt mich und küsst mich – wie immer in Gegenwart der Familie – nur auf die Wangen. Tante Emine, die als Einzige im Raum gut gelaunt zu sein scheint, winkt mich zu sich.

»O Thomas ...«

»Daniel.«

Ich reiche ihr die Blumen.

»Das ist so lieb von dir. Unglaublich lieb, vallaha, du bist wirklich unglaublich lieb, und bitte glaub mir von meine ganze Herz: Tut mir so leid, wegen Hochzeit.«

»O nein, ich bitte Sie. *Mir* tut es leid.«

Jetzt überkommt Tante Emine ein Pathos, mit dem sie problemlos in jedem Bollywood-Film mitspielen könnte.

»Nein. Ich habe zerstört eure Hochzeit. Ich werde mir niemals verzeihen ... Niemals ... Niemals ...«

Damit wird ihre Stimme schwächer und sie fasst sich ans Herz. Für fünf Sekunden herrschen um mich herum Panik und Hysterie. Dann hebt Emine die Hand – was alle anderen verstummen lässt:

»Korkmayın.«

»Bitte?«

»Macht euch keine Sorgen.«

»Ah.«

Tante Emine lächelt kurz pathetisch. Danach verwandelt sich ihr Gesichtsausdruck in wenigen Sekunden von »Macht euch keine Sorgen« zu »Macht euch Sorgen« – und die Botschaft kommt bei der Familie an: In Panik drückt Frau Denizoğlu die Fernbedienung am Bett und hebt so ihre Schwägerin in eine aufrechte

Position, woraufhin Tante Ayşe sich unter wilden Flüchen die Fernbedienung schnappt und das Bett wieder in die Waagerechte steuert. Als die frisch operierte Emine laut aufstöhnt, machen sich Frau Denizoğlu und Tante Ayşe hysterisch Vorwürfe, was Sekunden später dazu führt, dass sich der gesamte Raum in zwei Lager spaltet und sich nun alle gegenseitig anbrüllen. Wenn Tante Emine nicht schon einen Herzinfarkt gehabt hätte – spätestens jetzt würde sie einen bekommen.

Ich erinnere mich an den Besuch mit meinen Eltern am Krankenbett von Oma Berta nach deren Herzinfarkt vor neun Jahren. Damals war sie geistig noch völlig klar. Als wir uns besorgt nach ihrem Befinden erkundigten, meinte sie nur, wir sollten nicht so betroffen gucken, als läge sie schon unter der Erde. Daraufhin schilderte ihr mein Vater, wie der Schriftsteller Peter Härtling in seiner Erzählung *Die Lebenslinie* seinen eigenen Herzinfarkt mit trockener Sprache beschreibt und so eine heilsame Distanz zwischen sich selbst und seinem Körper aufbaut. Nach zwanzig Minuten schlief Oma Berta ein.

Mein Vater legte Oma Berta einen Zettel auf den Nachttisch: »Der Tod lächelt uns alle an. Das Einzige, was man tun kann, ist zurücklächeln (Marcus Aurelius)«. Meine Mutter schrieb noch »Gute Besserung« drunter, und ich malte ein Herz – wozu mein Vater mit ehrlicher Enttäuschung anmerkte, in gemalten Herzen drücke sich die Unfähigkeit der jungen Generation im Umgang mit Sprache aus. Danach lehnte Oma Berta telefonisch weitere Krankenbesuche mit den Worten ab: »Nutzlos rumliegen kann ich auch alleine.«

Die Einstellung der Herzinfarkt-Tante-Emine zeigt hierzu geringfügige Abweichungen. Erstens erkundigt sie sich ständig mit vorwurfsvollem Unterton nach nicht anwesenden Familienmitgliedern, und zweitens stöhnt sie immer dann gequält auf, wenn sich die allgemeine Anspannung zu sehr gelockert hat. So hält sie das Zimmer auf einem konstanten Hysterie-Level, der allerdings nicht den Höchststand während der OP erreicht; er hat sich etwa auf dem Niveau von Jodie Foster in *Panic Room* eingependelt.

Solange alle besorgt sind, nehmen Tante Emines Gesichtszüge

den Ausdruck tiefster Zufriedenheit an. Bis sich die Familie entspannt und das Spiel von vorne losgeht.

Als gerade eine Frau, die ich nicht kenne, der kranken Emine unter Tränen und sehr, sehr laut versichert, dass sie sie unendlich liebt, bemerkt niemand außer mir die zierliche Krankenschwester, die sich mühsam den Weg durch die Menge bahnt. Sie versucht zweimal vergeblich, gegen den Lärmpegel anzureden, dann brüllt sie:

»Bitte alle den Raum verlassen! Ich muss eine Spritze setzen.«

Offensichtlich ist sie es nicht gewohnt, ihre Stimme zu erheben, weshalb sie sich überschlägt. Es folgt eine kurze Stille, in der alle Anwesenden die Krankenschwester verblüfft angucken, bis Tante Emine abwiegelt:

»Ist kein Problem. Ist Familie. Kann ruhig sein dabei.«

»Gut. Wie Sie meinen.«

Damit lüftet die Krankenschwester zunächst die Decke, dann dreht sie Tante Emine auf die Seite. Kurz darauf sehe ich für eine Sekunde Tante Emines entblößtes Hinterteil, das sofort von einem etwa zehnjährigen Jungen mit dem iPhone fotografiert wird, der dafür von seiner Mutter Ayşe einen Schlag an den Hinterkopf erhält:

»Wenn ich das bei Facebook sehe, kannst du die PlayStation vergessen, Tarkan!«

In diesem Moment klingelt mein Handy, und *ich* kriege fast einen Herzinfarkt: Es ist meine Mutter. Ich verlasse blitzartig das Zimmer:

»Erika, du, also, es ist so ...«

»Wo seid ihr? Wir stehen am Rathaus und finden euch nicht.«

»Du, das tut mir echt leid, aber ich bin irgendwie total daneben seit gestern, deshalb hab ich vergessen, es euch zu sagen.«

»Uns *was* zu sagen?«

»Aylins Tante hatte gestern einen Herzinfarkt. Deshalb können wir heute nicht heiraten.«

Stille am anderen Ende der Leitung.

»Erika?«

»Ja.«

»Ich wollte euch anrufen, nach der Operation, aber ich bin bis nach Mitternacht im Krankenhaus geblieben, und danach musste ich mit dem Taxi nach Ehrenfeld, weil mein Auto da noch stand. Zu Hause wollte ich eine SMS schreiben, aber ich musste erst mal drei Gläser Rotwein trinken, um irgendwie runterzukommen. Dann bin ich neben dem Handy eingeschlafen, und heute Morgen war ich einfach nur traurig, weil ich doch eigentlich jetzt heiraten sollte, da bin ich sofort nach dem Aufwachen zur Uniklinik, und ...«

»Schon gut, Daniel. Schon gut. Es ... es tut mir leid.«

Ich höre meine Mutter weinen. Da das höchstens alle zehn Jahre passiert, ist es ein seltenes Naturereignis wie eine totale Sonnenfinsternis. Ich kann mich überhaupt nur an drei Situationen erinnern:

1. Als ihre Mutter gestorben ist.
2. Als Willy Brandt gestorben ist.
3. Als ich gesagt habe, ich ziehe aus.

Nach meinen Erlebnissen während der OP habe ich vergessen, dass man auch leise und kurz weinen kann; schon nach wenigen Sekunden stoppt sich meine Mutter:

»Entschuldigung, ich wollte nicht sentimental werden.«

»Erika, das Wort *sentimental* hat für mich inzwischen eine extreme Bedeutungsverschiebung erfahren. Also mach dir keine Gedanken.«

»Okay.«

Meine Mutter weint noch einmal für höchstens zwei Sekunden, dann reißt sie sich erneut zusammen, und ich höre, wie sie meinem Vater die Geschehnisse berichtet, bevor der das Gespräch übernimmt:

»Daniel? Hier ist Rigobert. Ich wollte nur sagen, äh ... Es tut mir auch ... also, ich weiß nicht, was ich jetzt ... Es ... äh ... gibt einen hervorragenden Satz von Hans Magnus Enzensberger, in dem er das Auf und Ab in der Liebe in wenigen Worten ironisch auf den Punkt ... Halt, Moment! Die Zeile stammt aus einem Lied von Wolf Biermann. Nein, aus den *Jahrestagen* von Uwe Johnson. Ja. Da steht er drin ...«

»Danke, Rigobert. Es ist wirklich nett, dass du mich aufbauen willst, aber …«

»Also, der Satz … ich hoffe, ich zitiere ihn korrekt … äh … So ein Mist, jetzt fällt er mir nicht ein … Das ist ja blöd. Eben hatte ich ihn noch.«

»Egal. Der gute Wille zählt.«

»Der Satz drückt im Prinzip aus – natürlich viel eleganter als mir das jetzt möglich ist –, dass das Gefühl der Enttäuschung … Also im Vergleich zu anderen negativen, äh … Ich denke da zum Beispiel an die politische Situation im Nahen Osten. Die natürlich objektiv betrachtet schwerer wiegt als eine abgesagte Hochzeit …«

»Wie gesagt, es ist wirklich nett …«

»Oder die Verbrechen der Nazizeit.«

Ich habe vergessen, auf die Uhr zu schauen. Ich bin wirklich erledigt.

»Danke für die aufbauenden Worte, Rigobert. Ich muss jetzt auflegen. Ich melde mich!«

Als ich wieder ins Zimmer will, kommen mir mindestens 15 Verwandte entgegen. Ich erfahre, dass Tante Emine aufgrund des Besucheransturms in ein größeres Zimmer verlegt wird. In der Tür kommt es zu einem Stau, weil jetzt alle Familienmitglieder gleichzeitig in den Flur strömen, sodass die Schwester gut zwei Minuten braucht, um das Bett durch den Türrahmen zu bugsieren. Erst jetzt sehe ich, dass noch ein zweites Bett im Zimmer steht, das vorher von der Familienmasse verdeckt war. Darin liegt eine Frau mit weißen Haaren. Als ich sie überrascht ansehe, lächelt sie und redet mit einer belegten, brüchigen Stimme:

»Gott sei Dank bin ich nicht privat versichert – so eine Show kriegst du im Einzelzimmer nicht geboten.«

Daraufhin lässt sie eine heisere Lache vernehmen, die mich an einen Comic-Hund aus meiner Kindheit erinnert. Da spüre ich eine Hand auf meiner Schulter. Es ist Aylin. Sie schaut mich mit feuchten Augen an:

»Daniel, gleich hätten wir uns das Jawort gegeben.«

Ich schaue zur Uhr. Fünf nach zehn. Wenige Sekunden später

werde ich genauso kurz und dezent »sentimental« wie meine Mutter. (Darüber sollte ich mal mit meiner Therapeutin sprechen.)

Ich nehme meine Verlobte an beiden Händen:

»Aylin Denizoğlu, wollen Sie mit dem hier anwesenden Daniel Hagenberger einen neuen Hochzeitstermin finden, ihn in den Kalender eintragen und einhalten, bei gutem wie bei schlechtem Wetter, wenn keine ernste Krankheit einer Ihrer 2000 Blutsverwandten dazwischenkommt, dann antworten Sie jetzt mit *Ja.*«

»Ja. Ja, ich will.«

Aylin lächelt mich liebevoll an und flüstert:

»Sie dürfen die Braut jetzt küssen.«

24

Eine Stunde, 47 Minuten nach der geplatzten Hochzeit.

Es ist 11 Uhr 47. Eigentlich sollte ich jetzt verheiratet sein. Ich sollte mit Aylin und der Familie im Restaurant *Alter Wartesaal* sitzen, Glückwünsche entgegennehmen und Geschenke auspacken. Stattdessen betrete ich zum ersten Mal seit meiner Kündigung die Geschäftsräume der *Creative Brains Unit.*

Zugegeben, ich nehme nur aus einem einzigen Grund an der Süffels-Kölsch-Besprechung teil: Reisebüro-Kenan hat mich gefragt, ob ich 15 Teppiche vom Flughafen-Zoll abholen und zum Reisebüro fahren könne, weil er seine Mutter in dieser schweren Zeit nicht allein lassen wolle. Ich war erstaunt über die Formulierung *allein lassen* – wenn rund zwanzig Familienmitglieder im Zimmer sitzen und draußen noch mehrere Dutzend auf Einlass warten. Aber ich weiß inzwischen, dass sich auch die klarsten Fakten keinesfalls auf das emotionale Empfinden eines Orientalen auswirken.

Ich hatte keine Lust, irgendwelche Teppiche am Flughafen abzuholen - zumal ich die Beamten auch noch anlügen sollte, die nagelneuen Perserteppiche seien Erbstücke und würden rein privat verwendet. Aber Kenan war emotional so aufgeladen, dass ich mich in die Behauptung flüchtete, ich hätte gerade einen Anruf erhalten und müsse um zwölf Uhr zu einer Besprechung. Anschließend meldete sich mein schlechtes Gewissen - da rief ich Rüdiger Kleinmüller an und ließ die Lüge wahr werden.

Als ich mich dem Kreativbüro nähere, wird mir plötzlich bewusst, dass ich meinen alten Kollegen Karl, Ulli und Lysa zum ersten Mal als Chef gegenüberstehen werde. Werden sie mich als Vorgesetzten akzeptieren? Habe ich genügend Autorität für diese Rolle? Vor der Tür halte ich kurz inne und atme tief ein und aus. Was ist das Schlimmste, was jetzt passieren kann? Ich versage als Chef, verliere den Job, werde depressiv, gerate in die Drogenszene, werde im Heroinrausch von einem streunenden Rottweiler-Mischling angefallen und kriege eine Blutvergiftung, weil ich die Tetanus-Impfung nicht rechtzeitig aufgefrischt habe, woraufhin ich mich voller Verzweiflung von der Hohenzollernbrücke stürze und dummerweise auf einem Partyschiff aufpralle, sodass das Letzte, was ich auf dieser Welt wahrnehme, das Lied »Fantasie braucht Flügel« von Helene Fischer ist. Warum mache ich eigentlich diese Übung, obwohl sie nie funktioniert?

Ich öffne die Tür und trete ein. Ulli, der seit seinem ersten Arbeitstag eine halbe Apotheke vor sich auf dem Schreibtisch stehen hat, sieht mich als Erster:

»Daniel!«

Jubel bricht aus. Karl, wie üblich mit einem Heavy-Metal-T-Shirt bekleidet (heute ein extrem ausgewaschenes *Iron-Maiden*-Motiv aus den Neunzigerjahren), klatscht mich mit einem »Heeeeeey!« ab, und Lysa, die immer noch aussieht wie Scarlett Johansson, umarmt mich:

»Schön, dich zu sehen – wir haben dich vermisst!«

»Hey, ich hab euch auch vermisst. Ehrlich. Und ich find's toll, dass ihr kein Problem damit habt.«

Ulli wirft sich gerade eine Fischöl-Kapsel mit hoch konzentrierten Omega-3-Fettsäuren ein:

»Problem – womit?«

»Na, dass ich euer Chef bin.«

Jetzt schauen mich alle drei sprachlos an.

»Ach, hat der Kleinmüller euch nicht gesagt, dass ...«

Es ist überflüssig, weiterzureden. Sie wissen von nichts.

»Oh, ja dann, also, äh ... Man hat mich gefragt, ob ich Chef der Kreativabteilung ... äh ... sein will. Aber ... äh ... also zwischen uns ... äh ... da, da, da ändert sich natürlich nichts ... außer natürlich die Rangordnung. So ein bisschen.«

Ich halte es für möglich, dass ich gerade nicht ganz so souverän rüberkomme wie geplant.

»Äh, vielleicht kriege ich ja einen Mitleidsbonus, denn eigentlich sollte ich heute Morgen heiraten, aber Tante Emine hatte einen Herzinfarkt und ...«

Lysa fällt mir ins Wort:

»Du wolltest heiraten? Warum hast du uns nicht eingeladen?«

»Was? Ach so, äh, also ... Ich hab nur die engsten ... wobei ihr schon zu meinen engsten ... äh, aber eingeladen habe ich nur die *aller-aller-aller*-engsten ... äh ...«

Plötzlich wird mir der Vorteil der 2000-Leute-Hochzeiten klar: Wenn man einfach *alle* einlädt, kommt man nie in Erklärungsnot. In diesem Moment öffnet sich die Tür, und Rüdiger Kleinmüller tritt ein.

»Hey, Daniel! Willkommen zurück bei *Creative Brains*!«

Jetzt legt mir Rüdiger Kleinmüller den Arm um die Schulter und präsentiert mich der Truppe, als wäre ich sein bester Freund:

»Daniel ist jetzt euer Chef, okay? Please treat him with love and respect. So, Daniel, und jetzt schieb deinen Arsch in den Konferenzraum – Jupp und Ralf Süffels sind da.«

Damit verschwindet er. Meine erste Minute als Chef hatte den Wohlfühlfaktor einer Atomkatastrophe. Wenn Rüdiger Kleinmüller den Arm um einen legt, ist das, als würde man zum Arschloch geadelt. Ich lache gequält:

»*Please treat him with love and respect* ... Auweia!«

Als mein Team nicht mitlacht, versuche ich, mit der Stimme von Udo Lindenberg zu punkten.

»Ja, das war ne panikmäßige Überraschung, aber jetzt geh' ich erst mal el-schnello-mäßig in den Konfi, dübndüdüüüüü ...«

In diesem Moment kommt mir der Gedanke, dass die Stimme von Udo Lindenberg vielleicht nicht die allererste Wahl ist, wenn man sich als neuer Chef Respekt verschaffen will. Mit traumwandlerischer Sicherheit scheine ich die gesamte Verhaltensklaviatur zu beherrschen, die zur Untergrabung der eigenen Autorität nötig ist. Lysa, Karl und Ulli schauen mich erwartungsvoll an. Ich muss jetzt irgendwas sagen, sonst werde ich hier in den nächsten Wochen keinen Spaß haben. Ich improvisiere:

»Also ... passt auf: Ihr kennt mich. Ich rede gerne mit albernen Stimmen. Ich mache Comic-Geräusche. Wenn ich in Gedanken bin, schütte ich Milch in die Cola und Zitrone in den Kaffee. Und wie es aussieht, wird sich das auch nicht ändern, wenn ich Chef bin. Aber ich denke schon, dass ich beurteilen kann, ob eine Idee gut ist oder nicht. Insofern gebt mir bitte eine Chance, denn ich habe keine Lust, den Wochenend-Kurs *Arschloch in 48 Stunden* zu besuchen. Okay?«

Mit diesen Sätzen lasse ich Karl, Lysa und Ulli allein und schließe die Tür. Autoritätspersonen tun das: Sie machen eine klare Ansage und verlassen dann den Raum. Ein schlechter Chef würde jetzt ängstlich dableiben und die Reaktionen abwarten – aber *ich* bin cool. Mal abgesehen davon, dass ich an der Tür lausche. Die sich jetzt öffnet. Ich tue spontan so, als hätte ich Schmutz von der Tür entfernt – aber eigentlich nur, weil ich in diversen Sitcoms gesehen habe, dass man so reagiert, wenn man beim Lauschen erwischt wird. Lysa schaut mich an und muss kichern. Ich rede spontan mit der Stimme von Martin Semmelrogge:

»Wenn ihr meine Autorität nicht akzeptiert, werde ich euch zerquetschen wie eine Nussschale ...«

Dann schiebe ich noch ein Dieter-Hallervorden-Kichern (»Hü, hü, hü«) hinterher. Die drei lachen. Karl zündet sich eine selbst gedrehte Zigarette an:

»Mach dir keine Sorgen, Daniel. Du hast zwar die Autorität eines kastrierten Erdmännchens, aber du bist immer noch die genialste Ideenschleuder, die in der Werbebranche rumläuft. Also – verlass dich auf uns!«

Lysa und Ulli nicken. Ich bin gerührt und verspüre den Drang, eine emotionale Rede über Loyalität und Freundschaft zu halten, kenne mich aber gut genug, um freiwillig darauf zu verzichten.

So gehe ich in den Konferenzraum, wo Kölsch und Mettbrötchen bereitstehen. Wenn sich Rüdiger Kleinmüller, der sonst auf Prosecco und Sushi steht, derart anbiedert, muss es um viel Geld gehen. Er erhebt sein Glas:

»Also, lieber Jupp, lieber Ralf, auf den Dom, auf Süffels Kölsch und auf den FC – Prösterchen!«

Prösterchen statt *Cheers* – es muss um *sehr* viel Geld gehen. Jupp

Süffels trinkt sein Kölsch auf ex und lässt einen langen Genuss-Seufzer hören. Er sieht mit seinem imposanten Schnäuzer und den vielen Lachfalten aus wie Henning Krautmacher, der Sänger der Höhner - bei etwa dreifacher Körperfülle. Sein Sohn Ralf Süffels ist die exakte Kopie seines Vaters - in jünger und ohne Schnäuzer. Auch er kippt das Kölsch auf ex und schenkt sich nach, während sein Vater sich für sein eigenes Produkt begeistert:

»Herrlich - et schmeckt schon wieder! Isch meine, wat jibbet Schöneres, als wemmer sein Hobby zum Beruf macht?!«

»Genau. Also, lieber Jupp Süffels, lieber Ralf Süffels, ich darf Ihnen meinen besten Mitarbeiter vorstellen: Daniel Hagenberger, der Head of Creativity - ein echtes Wording-Genie.«

»*Wording*? Wat soll dat denn sein?«

»Er, äh, textet sehr gut.«

»Und warum sagen Sie dann *Wording*?«

»Na ja, *Texten* ist irgendwie old-fashioned. Wenn ich *Wording* sage, ist das halt modernes ... äh ... Wording.«

»Herr Kleinmüller, wenn dat mit uns funktionieren soll, dann hab isch eine Bitte ...«

»Ja?!«

»Hören Sie mit diesem Werbefuzzi-Geschleime auf. Man kann sein Klo auch *Shit Department* nennen - am Ende jeht et doch nur um Scheiße.«

Rüdiger Kleinmüller muss schlucken, und ich möchte Jupp Süffels einfach nur abknutschen. Jupp Süffels kippt - ebenso wie sein Sohn - ein weiteres Süffels Kölsch auf ex:

»Aaaaaah - herrlisch ... Wissense, Herr Kleinmüller, wir sind Kölsche, und für uns zählt nur eins ...«

»Kölsch?«

»Dat Herz.«

Nach ein paar Sekunden hat sich Rüdiger Kleinmüller gefangen:

»Genau. Absolut. Für mich auch. Love and ... äh, Liebe und Respekt. Das ist das Wichtigste. Und der Daniel ist übrigens ein echter Kölner. Er hat es also auch - the cologne heart ... Äh, et kölsche Herz.«

»Freut misch, Daniel. Und Herr Kleinmüller, wemmer kein Kölsch kann, soll man et lassen.«

»Tut mir leid, ich wollte ...«

»Ejal. Isch sag ja nur.«

»Gut, dann will ich mal zur Sache kommen. Ich habe mir schon einige Gedanken gemacht: Das Wording ... beziehungsweise die Werbetexte von Süffels Kölsch der vergangenen dreißig Jahre ...«

Rüdiger Kleinmüller geht zu einem Flipchart und reißt das Deckblatt ab. Darunter steht professionell gedruckt:

81-82: Kölsch und lecker.
82-84: Leicht, lecker, kölsch.
84-85: Kölsch, kölsch und noch mal kölsch.
85-87: Lecker. Kölsch.
87-88: Herrlich kölsch.
88-90: Unverwechselbar kölsch.
90-91: Einmalig kölsch.
91-93: Das Kölsch der Kölschen.
93-96: Typisch kölsch.
96-97: Kölscher geht's nicht.
97-00: Kölsch - kölscher - Süffels Kölsch.
00-02: Echt kölsch.
02-03: Kölsch wie der Dom.
03-05: Kölsch wie der FC.
05-06: Kölsch wie der Geißbock.
06-08: Ein kölsches Original.
08-jetzt: Original kölsch.

Rüdiger Kleinmüller lässt den Eindruck einen Moment wirken und klappt dann das Flipchart um. Jetzt erscheint groß das Wort *kölsch*.

»Die bisherige Strategie von Süffels Kölsch zielte besonders auf das Wording, äh das Wort *kölsch* als Eigenschaftswort ab und wollte damit zum Ausdruck bringen, dass Süffels Kölsch eben nicht nur für das obergärige Bier Kölsch steht, sondern auch für die kölsche Lebensart ...«

»Dat haben Se aber schön jesagt.«

»Danke. Nun haben wir ja die Herausforderung, dass es noch 27 weitere Kölschsorten gibt, die ebenfalls für die kölsche Lebensart stehen. Insofern besteht unsere Aufgabe darin, zu zeigen, dass Süffels Kölsch anders ist. Etwas Besonderes. Etwas Einzigartiges.«

Jupp Süffels ist leicht irritiert:

»Ja, dat Besondere ist ja, dat Süffels Kölsch besonders kölsch ist.«

»Genau. Sehr richtig. Aber ...«

»Isch meine nur, wenn wir jetzt sagen, Süffels Kölsch ist anders, dann fragen sich die Leute doch: ›Wie, wieso dat denn? Dat hat doch bisher immer jeschmeckt. Wieso is dat denn plötzlisch anders?‹«

»Na ja ...«

»Süffels Kölsch is ein typisches Kölsch und kein untypisches Kölsch – dat is sehr wischtisch.«

»Natürlich. Aber unter den 28 Kölschsorten, die alle typisch kölsch sind ...«

»Moment, et sind ja nit *alle* Sorten typisch kölsch. Isch finde zum Beispiel Küppers Kölsch und Peters Kölsch nicht typisch kölsch.«

»Okay, aber ...«

»Oder Richmodis Kölsch. Das schmeckt für misch wie ein janz normales obergäriges Bier. Aber nicht typisch kölsch.«

»Ja.«

»Oder Gilden Kölsch. Wo is da bitte dat Typische?«

»Ich weiß nicht, aber ...«

»Oder Zunft Kölsch.«

»Tja ...«

»Aber wenn du Süffels trinkst, da wirst du immer sagen: Dat is typisch kölsch.«

»Natürlich.«

»Weil dat halt dat Typische hat, wat ein Kölsch haben muss.«

»Ja.«

»Und jenau dat muss in der Werbung rauskommen.«

Rüdiger Kleinmüller seufzt und ändert seine Strategie:

»Gut. Vorschlag. Wir fahren zweigleisig: Für die traditionelle

Zielgruppe von Süffels Kölsch machen wir weiter wie bisher – so was wie *Echt typisch kölsch* ...«

»*Echt typisch kölsch* ... Dat is jut. Und dat hatten wir noch nit. Da is dat Echte drin, aber auch das Typische. Und dat is ja beides wischtisch.«

»Genau. Und für die neue Zielgruppe gehen wir Wege, mit denen wir uns von den anderen 27 Kölschsorten radikal absetzen ...«

Rüdiger Kleinmüller reißt das nächste Blatt ab. Jetzt erscheint der Slogan: *Süffels Kölsch – a new dimension of beer*. Während sich Ralf Süffels gelangweilt sein mittlerweile drittes Kölsch einschenkt, runzelt sein Vater ratlos die Stirn:

»Dat is ja englisch.«

»Genau. Cool. Jugendlich. Frisch. Ein Trend-Bier, das man auch in der Disco trinkt.«

»Nä. Dat is Driss.«

»Lassen Sie es doch einen Moment auf sich wirken.«

»Nä.«

»Aber ...«

»*Echt typisch kölsch*. Dat jefällt mir.«

Rüdiger Kleinmüller blättert ratlos weitere Seiten seines Flipcharts um. Es erscheinen die Slogans: »The Spirit of Süffels«, »Süffels – be a part of Cologne« und »The Süffels-Adventure«.

»Aber schauen Sie sich doch erst mal meine anderen Ideen an!«

»Nä. Alles Driss.«

»Aber ich dachte, Sie wollen neue Wege gehen?«

»Dat *is* ja ein neuer Weg. Bisher hatten wir *typisch kölsch* und *echt kölsch*. Aber die Kombination, dat is ein neuer Weg. Oder sind Sie anderer Meinung, Herr Kleinmüller?«

»Nein. Das ist in der Tat ein ... ganz neuer Weg. *Echt typisch kölsch* gefällt mir eigentlich auch am besten. War ja auch meine Idee.«

Früher hätte ich ihm das durchgehen lassen. Aber durch den Kontakt mit der türkischen Kultur habe auch ich etwas von dem entwickelt, das allgemein als »Stolz« bezeichnet wird:

»Wenn ich Sie korrigieren dürfte ... Ach nee, wir duzen uns ja inzwischen. Wenn ich *dich* korrigieren dürfte, Rüdiger: Das war *meine* Idee. Nicht, dass das wichtig wäre – nur fürs Protokoll.«

Rüdiger Kleinmüller schaut mich vorwurfsvoll an. Ich wende mich an Jupp Süffels:

»Entschuldigung, ich bin nicht immer so ein Korinthenkacker ... Beziehungsweise *Currant-Shitter.*«

Als Jupp Süffels lacht, stimmt Rüdiger Kleinmüller mit ein – straft mich aber gleichzeitig mit einem Blick. Jupp Süffels setzt zu reden an, hält aber kurz inne, um sich ein halbes Mettbrötchen in den Mund zu schieben. Dann braucht er eine gute halbe Minute, bis er sprechen kann:

»Jut, dat is entschieden. Der neue Slogan lautet *Süffels Kölsch – echt typisch kölsch.* Aber wat mir eigentlich am Herzen liegt, dat is mein Sohn, der Ralf.«

Jetzt schaut Ralf, schon leicht angeheitert, zum ersten Mal ein kleines bisschen weniger desinteressiert.

»Wie Sie ja wissen, tritt der Ralf sehr erfolgreich im Kölner Karneval auf.«

»Klar. Wusste ich.«

Das war gelogen – Rüdiger Kleinmüller hasst den Karneval wie die Pest und fliegt jedes Jahr über die tollen Tage nach Mauritius. Ich dagegen habe Ralf Süffels bei der bisher einzigen Karnevalssitzung erlebt, die ich in meinem Leben besucht habe: Mein bester Freund Mark und ich hatten Karten für das *Kölschfest* im großen Zelt hinter dem Südstadion ergattert – eigentlich nur, um uns über die Veranstaltung lustig zu machen. Der absolute Tiefpunkt des Abends war der Auftritt von Ralf Süffels alias *Bernd Banane.* Vor ihm hatte die Kölschrock-Band Brings den Saal zum Kochen gebracht, und dann versuchte Ralf in einem gelben Glitzeranzug, mit einer kölschen Cover-Version von *Ein Stern, der deinen Namen trägt* Werbung für Süffels Kölsch zu machen: *Ein Kölsch, das meinen Namen trägt.* Der einzige Grund, dass er überhaupt bei dieser Veranstaltung mitwirken durfte: Süffels Kölsch war der Hauptsponsor. Ralfs Auftritt wurde von den meisten Besuchern als willkommene Gelegenheit genutzt, die Toilettenräume aufzusuchen.

»Also bisher ist der Ralf ja vom Image her sehr an den Kölner Karneval angebunden. Aber dat wollen wir jetzt ändern, damit der Ralf mal so richtig durchstarten kann.«

Rüdiger Kleinmüller schaut verwundert und fragt sich wohl genauso wie ich, was Jupp Süffels mit »richtig durchstarten« meint.

»Verstehense, Herr Kleinmüller, mir wurde von verschiedenen Seiten zujerufen, dat Bernd Banane dat Potenzial zum Superstar hat. Und dat wollen wir jetzt auch nutzen.«

Ich schaue auf den bierbäuchigen Mann um die dreißig mit dem Charisma eines eingeschläferten Rauhaardackels und suche vergeblich nach irgendeiner Verbindung dieser Erscheinung zum Begriff *Superstar*. Allerdings werden bei RTL ja auch fortwährend irgendwelche stinknormalen Teenager mit diesem Begriff versehen.

Rüdiger Kleinmüller geht erst mal konstruktiv an die Geschichte ran:

»Ich nehme an, er soll auf der Mallorca-Welle mitschwimmen?«

»Nein, dat is unter Niveau. Dat würde der Ralf nit machen.«

»Aber Papa, wieso denn nit?«

»Die besaufen sisch doch nur und singen obszönes Zeug.«

»Ja und? Dat ist doch datselbe wie im Karneval.«

»Ralf, du kannst doch nit den Ballermann mit Karneval vergleichen.«

»Und wat soll der Unterschied sein?«

»Karneval ist Tradition. Isch meine, wat du machst, dat muss auf der Höhe der Zeit sein. So wat wie Hip-Hop.«

Rüdiger Kleinmüller fühlt vorsichtig vor:

»Also was schwebt Ihnen vor? Dass aus Ralf der deutsche Eminem wird?«

Jupp Süffels stutzt:

»Eminem? Wer soll dat denn sein?«

»Der erfolgreichste weiße Rapper aller Zeiten.«

»Ach, isch dachte, dat ist Howard Carpendale.«

»Mensch Papa, lebst du hinter dem Mond oder wat? Howard Carpendale is doch kein Rapper.«

»Aber er kommt aus Südafrika, und seine neue CD jeht über die Grenzen des Schlagers weit hinaus. Sogar sehr weit hinaus. O ja.«

Während ich ein Lachen unterdrücken muss, sehe ich in den

Augen von Rüdiger Kleinmüller Panik. Ich überlasse meinem Chef das Reden:

»Hip-Hop. Warum nicht. Willst du die Texte selbst schreiben, Ralf?«

Erneut spricht Jupp Süffels für seinen Sohn:

»Nein, wir wollen dat zu 100 % professionell angehen. Deshalb hab isch Horst Zick engagiert.«

»Sehr gut, sehr gut. Äh, ich kenne den Namen, aber, äh ...«

»Der schreibt auch für *Quark und Stulle*.«

»Quark und Stulle.«

»Jenau. 2007, der Riesenhit *Meine Leber tanzt Sirtaki*, der war von Horst Zick.«

»Das war ein ... Riesenhit?«

»Ja, also, et kam jedenfalls in den Sälen jut an. Und et landete sogar auf der Sammel-CD *Copa Colonia*.«

»Oh. Ja dann ...«

»Der Horst ist zwar jetzt 76, aber der trifft immer noch zu 100 % den Geschmack der Jugend.«

Die Panik in den Augen von Rüdiger Kleinmüller wird größer.

»76?!«

»Keine Sorje, der Ralf und der Horst, die werden sich verstehen. Isch spüre so wat. Dat wird ein kreatives Dream-Team wie Rudolf Schluppes und dat *Lappenclown-Trio*.«

Rüdiger Kleinmüller wischt sich Schweißperlen von der Stirn.

»Und, äh ... was soll unsere Aufgabe dabei sein?«

»Na ja, die janze Karriereplanung. Damit er halt ein Superstar wird.«

»Okay.«

»Wissense, deshalb bin isch zu nem Werbefuzzi wie Ihnen jekommen. Isch mag Sie zwar nit, aber Sie können meinen Sohn zum Superstar machen. Und wennse dat schaffen, kriejense die komplette Werbung von Süffels Kölsch für zehn Jahre. Und wennse dat nit schaffen, dann kriejense jar nix und isch geb die komplette Werbung zum Dieter Pütz. Hammer uns verstanden?«

»Natürlich. Daniel Hagenberger wird sich ab sofort mit seiner ganzen Kraft ausschließlich um die Karriere Ihres Sohnes kümmern.«

Bis jetzt war ich amüsiert. Aber das geht nun wirklich zu weit! Soll ich etwa die nächsten Monate meines Lebens damit vergeuden, aus Bernd Banane einen Superstar machen zu wollen – ein Unterfangen, das in etwa so viel Erfolg verspricht wie ein Erotikfilm mit Johannes B. Kerner in der Hauptrolle?

»Das ist doch kein Problem für dich, Daniel?!«

»Nein. Natürlich nicht.«

Ich stehe neben mir, zeige mir selbst den Vogel, brülle mich an und gebe mir eine Ohrfeige, während Jupp Süffels mir auf die Schulter klopft.

»Dat freut misch. Du bist en juter Junge, glaub isch. Wobei, ob einer ein Arschloch is, dat steht ihm ja auch nit ins Jesicht jeschrieben. Also dann …«

Jupp und Ralf Süffels trinken je ein weiteres Kölsch auf ex, verabschieden sich und verlassen die Firmenräume. Als wir alleine sind, stelle ich meinen Chef zur Rede:

»Was soll das? Ich bin Werbetexter. Diese Firma hat nicht die geringste Verbindung zur Musikbranche. Und Ralf Süffels ist ein lethargischer, übergewichtiger Sesselpupser, dessen einziges Bühnentalent darin besteht, den Gegenständen geschickt auszuweichen, die nach ihm geworfen werden. Wie soll ich daraus bitte einen Superstar machen?«

Rüdiger Kleinmüller klopft mir auf die Schulter.

»Denk an Buddha! Der hatte auch einen dicken Bauch und saß einfach nur unter einem Baum. Und guck, was aus ihm geworden ist. Im Universum ist immer alles möglich. Du hast ein eingespieltes Team. Ihr schafft das schon. Good luck!«

Damit verlässt er den Raum. Anstelle einer rauschenden Hochzeitsnacht mit Aylin erwarten mich quälende Gedanken über den nächsten Karriereschritt von Bernd Banane. Das Leben kann so ungerecht sein!

25

7 Stunden, 23 Minuten nach der geplatzten Hochzeit.

»Daniel, hast du einen Nagel, damit wir das Mekka-Bild hier hinhängen können?«

Aylin hat das Kermit-und-Miss-Piggy-Poster über meinem Schreibtisch entfernt und will es durch ein goldgerahmtes dreidimensionales Mekka-Bild mit Uhr ersetzen, das sogar zum Gebet rufen kann.

»Warum hängst du das Kermit-und-Miss-Piggy-Poster ab?«

»Für Onkel Abdullah sind Schweine unsauber.«

»Aber das ist Miss Piggy. Die ist top gepflegt.«

»Wenn Onkel Abdullah weg ist, kannst du es sofort wieder hinhängen.«

Dass Onkel Abdullah für die nächsten Tage bei mir wohnt, war angeblich seine eigene Idee. Bei den Denizoğlus sind inzwischen alle Betten, Sofas, Matratzen, Futons, Luftmatratzen und Isomatten von diversen Hochzeitsgästen belegt – die Wohnung sieht aus wie ein Flüchtlingslager.

»Daniel, ich nehme auch den Schinken und die Wiener Würstchen mit, okay?«

»Okay.«

»Meine Mutter wird sich freuen.«

Für Abdullah war heute Nacht eigentlich Aylins Zimmer vorgesehen, weil sie nach der Hochzeit zu mir ziehen wollte. Jetzt ist alles anders, und als ich das Thema vor einer knappen Stunde mit Frau Denizoğlu diskutieren wollte, gab es wenig Verhandlungsspielraum:

»Kann Aylin nicht trotzdem heute Abend zu mir kommen?«

»Auf keine Fall. Seid ihr nicht verheiratet.«

»Aber Aylin hat doch schon oft bei mir …«

Ein warnender Blick von Aylin stoppte mich. Offiziell hat Aylin immer bei einer Freundin übernachtet, wenn sie bei mir war. Ich weiß zwar, dass Frau Denizoğlu Bescheid weiß. Aber aus irgendeinem Grund dürfen manche Sachen nur passieren, solange sie niemand ausspricht. Frau Denizoğlu tätschelte meine Wange.

»Daniel, glaub mir, Onkel Abdullah hat dich genommen tief in seine Herz. Hat mir gesagt, macht ihn unglaublich froh, dass du machst seine Lieblingsnichte so glücklich. Normalerweise, Abdullah akzeptiert niemand – ist große Ehre für dich, dass er will übernachten in deine Wohnung.«

»Wow, ich fühle mich geschmeichelt. Aber …«

»Vallaha, sehr, sehr große Ehre.«

Ich wusste, dass Frau Denizoğlu Onkel Abdullah einfach nur loswerden wollte. Sie trinkt Alkohol, isst Schweinefleisch und betet eher selten. Jetzt soll *ich* so tun, als wäre ich ein guter Moslem, damit die echten Moslems sämtliche Gebote des Korans ignorieren können.

Aylin kommt mit zwei gerahmten *Titanic*-Titelseiten, die sie aus der Küche entfernt hat, zu mir: Ein großes Foto von Adolf Hitler, dazu der Titel *Depression – wenn Promis am Leistungsdruck zerbrechen*. Außerdem ein Foto einmarschierender Wehrmachtstruppen mit der Überschrift *So wird Deutschland Europameister*.

»Ich habe die mal abgehängt – ich glaube, das könnte Onkel Abdullah falsch verstehen.«

»Meinst du, er würde mich für einen Nazi halten?«

»Nein, das wäre kein Problem für ihn. Aber der Satz *So wird Deutschland Europameister* … Weißt du, er hasst die Deutschen seit dem EM-Halbfinale 2008.«

»Hey, ich bin auch Deutscher.«

»Für dich macht er eine Ausnahme, weil ich seine Lieblingsnichte bin.«

»Und meine Familie?«

»Für die auch. Es geht eigentlich nur um die anderen 80 Millionen.«

»Ach so. Na dann ...«

Aylin schaut auf die gerahmte Collage, die mir meine *Creative-Brains*-Kollegen im letzten Jahr geschenkt haben, nachdem ich in der Besprechung für einen Koffeinfreien-Kaffee-Werbespot meinem Chef mutig die Stirn geboten habe. Sie haben mich per Fotomontage in eine Soldatenuniform gesteckt, mit dem Fuß auf Rüdiger Kleinmüller, der erschossen am Boden liegt. Über dem Bild steht in Runen: »Held der Schlacht von Brüssel (weil unser Büro in der Brüsseler Straße liegt): Daniel Hagenberger«. Daneben hat Karl eine Held-der-Arbeit-Medaille aus der ehemaligen DDR geklebt, die er mal in Berlin gekauft hat. Aylin lacht:

»Das wird Abdullah gefallen ... *Das* aber nicht.«

Aylin tauscht jetzt das Ölbild der Barbapapa-Familie gegen ein beleuchtetes rotierendes Wasserfall-Motiv, das sie aus dem Wohnzimmer ihrer Mutter mitgebracht hat. Ich seufze:

»Aylin, was ist falsch an der Barbapapa-Familie?«

»Ich finde es ja total süß, dass du so was aufhängst. Aber Onkel Abdullah würde sich fragen, ob du psychische Probleme hast.«

»Du meinst, er würde mich für schwul halten.«

»Exakt.«

Das leuchtet mir ein. Aber ist es wirklich okay, alles aus meiner Wohnung zu entfernen, was etwas mit meinem Charakter zu tun hat, nur um irgendeinen Onkel nicht zu irritieren? Erwartet Aylin, dass ich für die Familienharmonie auf meine Persönlichkeit verzichte? Irgendwo ist aber auch mal die Grenze erreicht. So. Das muss ich jetzt sofort unmissverständlich klarstellen. Obwohl es natürlich ein Konflikt ist – und Konflikte mit Aylin stehen auf meiner Was-ich-in-meinem-Leben-um-jeden-Preis-vermeiden-muss-Liste noch vor ›Geschlechtskrankheiten‹ und ›André Rieu live erleben‹. Ich atme tief durch. Daniel, das ist wichtig. Da musst du durch. Okay. Ich sag's. Jetzt.

»Aylin, ich finde es nicht richtig, dass du das Barbapapa-Familienbild abhängst.«

»Warum nicht?«

»Weil, äh ... also ... na ja, Barbapapa ist rosa – das wirkt erst mal schwul, okay. Aber guck mal, wie verliebt er Barbamama anschaut. Und außerdem: Welcher Schwule hat *sieben* Kinder? Da:

Barbabo, Barbakus, Barbabella, Barbalala, Barbawum, Barbarix und ... Mist, wie heißt noch die Orangefarbene? Egal, das ist eine absolut intakte klassische Familienstruktur.«

»Du hast recht. Ich hänge es trotzdem ab.«

»Okay, kein Problem.«

Herzlichen Glückwunsch, Daniel – du hast deinen Standpunkt tapferer verteidigt als Frodo den Ring der Macht gegen die Truppen von Mordor! Dieser Dialog kommt bestimmt als leuchtendes Beispiel eines brillanten rhetorischen Kunstgriffes in die Ruhmeshalle der Konfliktlösungsstrategien.

Ich werde aus meinen Gedanken gerissen, als Aylin mit meinen Bildern in Richtung Schlafzimmer geht.

»Ich verstecke deine Bilder unter dem Bett.«

»Nein, bitte nicht ...«

»Nur zur Sicherheit.«

»Bitte geh da nicht rein.«

»Wieso nicht? Was ist denn?«

»Kann ich nicht sagen.«

»Und warum nicht?«

»Weil ... ich es nicht sagen kann.«

»Weil du es nicht sagen *willst*.«

»Okay. Ich *will* es nicht sagen.«

»Und *warum* willst du es nicht sagen?«

»Das kann ich auch nicht sagen.«

»Nein, du *willst* es auch nicht sagen.«

»Okay.«

»Und warum willst du nicht sagen, warum du's nicht sagen willst?«

»Wenn ich sage, warum ich's nicht sagen will, kann ich's auch gleich sagen.«

»Das überzeugt mich nicht.«

»Geh einfach nicht rein. Okay?«

»Tut mir leid, jetzt bin ich neugierig.«

Aylin öffnet die Tür und ist sprachlos. Ich seufze:

»Es sollte eigentlich meine Hochzeitsüberraschung sein.«

Ich habe das Schlafzimmer für die Hochzeitsnacht vorbereitet: Über dem nagelneuen Doppelbett hängt ein auf Leinwand gedrucktes Panoramabild der Hamburger Hallig (der Ort, an dem wir uns verlobt haben); an der gegenüberliegenden Wand hängen dreißig kleine Rähmchen mit Fotos aus Antalya – die Tage, in denen Aylin und ich uns ineinander verliebt haben; die Bettwäsche habe ich mit den Worten »Aylin & Daniel« sowie einem Foto des Porzellan-Pärchens von unserer Hochzeitstorte bedrucken lassen; die Hälfte des Kleiderschranks habe ich für Aylin leer geräumt, versehen mit einem Schild »Herzlich Willkommen, Aylins Klamotten«; auf Aylins Nachttisch stehen mehrere Wecker – weil Aylin gerne einen ausschaltet und dann weiterschläft – sowie ein Foto von uns vor dem *Her Majesty's Theatre* mit dem *Phantom-der-Oper*-Plakat im Hintergrund (das Foto hat einer der Japaner gemacht, nachdem er wieder aufgewacht war). Außerdem *Der Schatten des Windes*, weil das Aylins Lieblingsbuch ist, eine Flasche *Rescue*-Tropfen, weil Aylin die nimmt, wenn sie nicht einschlafen kann, und ein Notizbuch mit teurem Einband und goldenem Füller, weil Aylin schon immer ihre Träume aufschreiben wollte.

Aylin sieht sich mit Tränen in den Augen im Zimmer um. Lange bleibt sie vor den Antalya-Fotos stehen und muss plötzlich lachen:

»Guck mal, da im Hintergrund ist die Russin, auf die du im Whirlpool gefallen bist.«

»Ja. Und da am Nachbartisch steht die Rosenverkäuferin, die ich nicht vertreiben konnte.«

Aylin umarmt mich fest.

»Danke, Daniel. Das ist unglaublich toll und süß. Ob wir nun verheiratet sind oder nicht – du bist mein Mann.«

Wir küssen uns. Dann fällt mein Blick auf das Bild der Hamburger Hallig, und ich habe eine Eingebung.

»Aylin, wie wär's, wenn wir da heiraten?«

»Auf der Hamburger Hallig?«

»Ja. Ganz klein. Ganz intim. Ohne Familie. Nur du, ich und ein Standesbeamter.«

»Das wäre sehr romantisch.«

»Nicht wahr?! Vielleicht wollte uns das Schicksal sagen: Macht einfach euer Ding. Ohne die Familie.«

»Ja, das wäre toll ... Aber es geht natürlich nicht.«

»Warum nicht?«

»Weil es nicht geht.«

»Natürlich geht das.«

»Nein, das geht nicht.«

»Doch. Man macht einen Termin, man sagt *Ja* – das war's.«

»Das geht nicht. Heiraten ohne Familie, das ist wie Schafskäse-Rührei ohne Schafskäse, das ist wie Raki ohne Eiswürfel, das ist wie der Mond ohne Yakamoz.* Das geht vielleicht für Deutsche. Aber für Türken auf gar keinen Fall.«

Ich seufze. Da klingelt es. Ich drücke auf und höre, wie sich Onkel Abdullah unter arabischen Flüchen die vier Stockwerke des Altbaus in der Kölner Südstadt hochquält. Als er einige Minuten später keuchend oben angekommen ist, bemühe ich mich, den Platz tief in seinem Herzen zu behalten, und empfange ihn mit einem strahlenden Lächeln:

»Onkel Abdullah, es ist mir eine Ehre, dich bei mir zu haben.«

»Kriegst du Lig TV?«

»Äh, nein. Ich habe Kabelfernsehen, da sind keine türkischen Sender dabei. Wieso?«

»Gleich kommt Büyükşehir gegen Fenerbahçe. Will nicht verpassen – hoffe, diese Zuhälter kriegen eine auf die Fresse.«

»Willst du zum Männercafé fahren?«

»Nein, ich nicht noch mal gehe diese verdammte Treppe. Aylin?«

»Ja, Abdullah Amca?«

»Ruf Kenan an – er soll holen Schüssel.«

Exakt 47 Minuten und 23 Sekunden später hat Reisebüro-Kenan eine Satellitenschüssel in die Außenwand neben meinem Badezimmerfenster gedübelt, sechs Meter Kabel mit Kabelhaltern ins Wohnzimmer geführt und die Sender programmiert:

»Lig TV musst du eigentlich bezahlen, aber ich hab den Code geknackt, das ist kein Problem. Soll ich dir auch noch Sky knacken, für die Bundesliga? Dann hast du zwei Vögel mit einem Stein erschlagen.«

»Zwei Vögel mit einem Stein?«

* Türkisch für die Spiegelung des Mondlichts im Meer.

»Genau.«

»Lustig. Wir sagen ›Zwei Fliegen mit einer Klappe‹ ... Aber ›Zwei Vögel mit einem Stein‹ ist als Bild irgendwie kräftiger.«

Kenan hört nicht mehr zu, weil er gerade den Sky-Code knackt. Ich versuche einen Gag:

»Was sagen wohl die Araber – ›Zwei Hochhäuser mit einem Flugzeug‹?!«

Aylin schaut mich vorwurfsvoll an und deutet dann mit dem Blick auf ihren Onkel. Der überlegt kurz und lacht dann.

»Hahaha, der war gut. Deine Mann hat Humor, Aylin. Und ist Moslem. Und für Trabzonspor. Besser geht nicht.«

Abdullah lacht wieder und haut mir etwas zu kräftig auf die Schulter. Aylin lächelt:

»So, dann viel Spaß, ihr Fußballverrückten, ich fahre jetzt mit Kenan zurück zu Tante Emine.«

Ich bin irritiert:

»Du willst zurück ins Krankenhaus?«

»Natürlich. Sie hatte einen Herzinfarkt. Da kann ich sie doch nicht alleine lassen.«

Ich verzichte auf eine Diskussion über die wahre Bedeutung von *alleine lassen* und verabschiede mich mit Wangenküsschen von Aylin sowie mit einem kräftigen Schulterklopfen von Kenan, der mir noch eine Fernbedienung in die Hand drückt:

»Mach dir keine Sorgen, die Fernbedienung ist von einer anderen Firma als der Receiver, aber das funktioniert trotzdem. Macht normal 500 Euro, aber wenn du willst, können wir das ohne Rechnung machen, dann nur 400. Und du kriegst natürlich Familienrabatt, also gib mir einfach 200 Euro und wir sind quitt.«

»Was? Hey, ich wollte gar keine Schüssel, das war ...«

Aylin stoppt mich mimisch und flüstert mir dann ins Ohr:

»Seine Mutter hatte gerade einen Herzinfarkt. Er ist mit den Nerven am Ende. Wenn er ein bisschen Geld verdient, baut ihn das wieder auf. Gib ihm einfach 200 Euro, ich geb's dir morgen wieder.«

Ich seufze und hole 200 Euro aus meiner Krümelmonster-Spardose. Kenan überprüft das Wasserzeichen und steckt sich das Geld in die Hosentasche.

»Danke, Schwager. Und wenn jemand von Sky oder Lig TV klingelt, denk dran: Ohne Durchsuchungsbefehl darf keiner rein.«

Damit hasten Aylin und Kenan die Treppen hinunter – und ich stelle mich darauf ein, die »Hochzeitsnacht« mit Onkel Abdullah zu verbringen.

26

11 Stunden, 40 Minuten nach der geplatzten Hochzeit.

Es ist 21 Uhr 40, und ich glaube, gerade ist mein Trommelfell gerissen. Und zwar, weil Büyükşehir in der achtzigsten Minute das 2:0 gegen Fenerbahçe geschossen hat. Wie sich herausstellte, gibt es bei Onkel Abdullah nur eine Emotion, die noch intensiver ist als seine Liebe zu Trabzonspor: sein Hass auf Fenerbahçe. Er läuft brüllend und laut lachend durch meine Wohnung, wobei sich seine Stimme überschlägt und er völlig die Fassung verliert.

Ich war in der siebzigsten Minute im Sitzen eingenickt und hatte deshalb den Schock meines Lebens, als ich von einem brüllenden Lebewesen mit Wolf-Biermann-Schnäuzer an beiden Schultern gepackt und aus dem Schlaf geschüttelt wurde. Für eine Sekunde dachte ich, es ist tatsächlich Wolf Biermann, der sich dafür rächen will, dass ich seine Platten nie freiwillig gehört habe.

Jetzt steht Onkel Abdullah gut dreißig Zentimeter vor dem Fernseher und verspottet höhnisch den Fenerbahçe-Trainer, dessen Verzweiflung beim Einschlagen des Balles im Netz gerade zum fünften Mal in Zeitlupe wiederholt wird. Ich verstehe jedes Wort – während dieses Spiels hat sich mein türkisches Schimpfwort-Repertoire um die Worte Hayvan (Tier), Öküs (Ochse) und Orospu Çocuğu (Hurensohn) erweitert. Außerdem kenne ich jetzt die liebevolle türkische Redensart »Ananın 'mında çin ordusu manevra yapsın« (In der Mumu deiner Mutter soll das chinesische Militär ein Manöver durchführen).

Als zehn Minuten später der Schlusspfiff ertönt, nimmt Onkel Abdullah meinen Kopf so fest in seine Hände, dass ich eine Quetschung befürchte, und drückt mir einen dicken Schmatzer auf die Stirn, wobei sein Schnäuzer wie ein Extrem-Peeling mehrere Hautschichten entfernt. Ich gehe schnell ins Bad, um etwas homöopathische Wundsalbe aufzutragen. Als ich ins Wohnzimmer zurückkomme, diskutiert Onkel Abdullah auf Türkisch mit Volkan Demirel, dem Fenerbahçe-Torwart, der gerade interviewt wird. Als er mich sieht, grinst er so breit, dass die nach unten weisenden Schnurrbart-Enden fast waagerecht stehen:

»Siehst du, Daniel – wenn du immer betest, wirst du von Allah belohnt. Komm, wir beten zusammen.«

»Tolle Idee. Äh, aber ... wie wär's, wenn wir vorher auf die Niederlage von Fenerbahçe anstoßen?!«

»Na gut.«

Ich gehe in die Küche und komme mit einer Flasche Sekt wieder – woraufhin sich Onkel Abdullahs Miene verfinstert:

»Du trinkst Alkohol? Was bist du nur für ein Moslem?«

»Oh, tut mir leid, das ... äh ... tja.«

Ich bin einfach nicht zum Lügen geboren. Das war so ziemlich der dümmste Fehler, der einem passieren kann, wenn man einen Moslem spielt. Onkel Abdullah mustert mich lange kritisch. Dann lässt er ein lautes Brummen hören, das sich wie ein elektrischer Rasierapparat anhört.

»Alkohol ist verboten. Ich muss schimpfen mit Aylin. Sie hat dir falsch beigebracht.«

Irgendwie praktisch, wenn immer die Frauen schuld sind.

»Dafür, wir beten einfach bisschen länger. Also – wo ist Mekka?«

»Im westlichen Saudi-Arabien.«

»Nein, ich meine: Welche Richtung müssen wir beten?«

»Ach so. Tja, also, äh Moment ... Hier ist die Südstadt, im Osten sind die Poller Wiesen, da muss man links in die Alteburger und dann immer geradeaus, also ich würde sagen: genau da, wo das Plakat von *Ein Fisch namens Wanda* hängt.«

Onkel Abdullah schaut mich durchdringend an.

»Du hast hier noch nie gebetet.«

»Tja, also, äh ... nein.«

»Ich muss wirklich schimpfen mit Aylin. Sie nimmt Religion viel zu locker.«

»Tja. Also ...«

»Ich hole Gebetsteppich.«

Onkel Abdullah kramt einen kleinen Teppich aus einem seiner beiden Koffer, die ich mit Aylin unter Aufbietung meiner allerletzten Kräfte in den vierten Stock geschafft habe. Der Teppich riecht, ebenso wie die Koffer, penetrant nach Essig und Knoblauch.

»Habe ich eingelegte Gemüse für euch mitgebracht. War leider Deckel nicht dicht, und diese Hurensöhne in Flughafen immer werfen Koffer ohne Rücksicht.«

Onkel Abdullah legt den Gebetsteppich auf den Boden:

»Los, Daniel.«

Ich knie mich hinter Onkel Abdullah, der daraufhin seinen Oberkörper dem Boden zuneigt. Onkel Abdullah denkt, ich bete, obwohl ich nur Rückenübungen mache. Jetzt habe ich definitiv das Gefühl, ich gehe zu weit. Nicht zu erwähnen, dass ich kein Moslem bin, ist eine Sache. Aber das hier ist eine bewusste Täuschung! Wenn es Allah tatsächlich gibt, ist er jetzt bestimmt ganz schön wütend auf mich. Und der sieht das sicher weniger entspannt als Buddha, so: »Okay, in diesem Leben hast du's gerade vermasselt, dann versuch's halt mal im nächsten.«

Plötzlich erinnere ich mich an meinen 18. Geburtstag. Ich hatte nur Mark und Gaby Haas eingeladen. Mark ist auch gekommen. Vielleicht hätte ich die Einladung für Gaby Haas etwas offensiver formulieren sollen als: »Wenn du nichts anderes vorhast, kannst du ruhig vorbeikommen, das würde mir nichts ausmachen. Nein, ich würde mich sogar ... ja, freuen wäre jetzt vielleicht übertrieben, aber, äh ... na ja, guck mal in deinen Terminkalender. Also wenn du dran denkst. Wenn nicht, ist auch nicht schlimm.« Aber sie hätte trotzdem spüren können, dass ich sie unbedingt dahaben wollte.

Auf jeden Fall hatte mir Mark – damals noch mit der Stimme von Otto Waalkes – ein Geburtstagsständchen gebracht, danach habe ich erst Marks Geschenk ausgepackt – das Video *Das Leben des Brian* – sowie die Geschenke meiner Eltern: fünf LPs von Wolf Biermann, das Gesamtwerk von Thomas Mann sowie der Frankreich-Reiseführer *Auf den Spuren der Existenzialisten.* Als mein Vater sich dann eine Minute lang räusperte, spürte ich sofort, dass er mal wieder etwas Bedeutendes sagen will:

»Mein Sohn, du bist nun alt genug, dass ich dir ein Geständnis mache ... Dein Lieblingsreh im Kölner Stadtwald ...«

»Tina?«

»Genau. Tina. Also, es ist folgendermaßen: Als wir dir damals erzählt haben, dass man sie in den Bayrischen Nationalpark gebracht hat, weil sie dort viel mehr Auslauf hat ... Diese Geschichte ... Tja, ich muss es so hart formulieren: Es war eine Lüge.«

Ich hatte seit mindestens zehn Jahren nicht mehr an mein Lieblingsreh gedacht, das ich bei jedem Stadtwald-Besuch gefüttert hatte und das dann von einem Tag auf den anderen plötzlich nicht mehr da gewesen war. Ich hatte die Geschichte mit dem Bayrischen Nationalpark ebenso geschluckt wie die Tatsache, dass wir es nicht besuchen konnten, weil in Bayern die CSU regiert. Mein Vater wiederholte sein Räusperritual und fuhr fort:

»Mir war die ganze Zeit nicht wohl bei dem Gedanken, meinen eigenen Sohn zu belügen, aber ich habe mich der Meinung deiner Mutter gebeugt, dass die Wahrheit zu hart für ein siebenjähriges Kind wäre. Obwohl ich dir bereits als Sechsjährigem von Sartre erzählt habe und du insofern schon von der Sinnlosigkeit der Existenz wusstest. Wie dem auch sei, ich habe lange Zeit mit mir gehadert und schließlich mein Gewissen beruhigt, indem ich mir geschworen habe, dir am 18. Geburtstag alles zu sagen. So, jetzt ist es raus. Ich hoffe, du verzeihst mir.«

Mein Vater tupfte sich den Schweiß von der Stirn und lächelte meine Mutter an, als wäre ihm eine große Last vom Herzen gefallen. Das Geständnis hat ihn so mitgenommen, dass er sogar vergessen hat, die Nazizeit zu erwähnen.

So viel zu meiner Sozialisation in Bezug auf Lügen. Und jetzt knie ich hinter einem alten Türken und tue so, als würde ich beten. Und es passiert ... nichts. Kein Donnergrollen, kein Blitz, der auf mich niederfährt. Nicht einmal Ulrich Wickert erscheint, um mich moralisch zu maßregeln. Plötzlich verspüre ich ein positives Kribbeln in der Magengrube, das mich überrascht. Es ist der Reiz des Verbotenen. Ich bin ein Held, der gerade das vertraute Terrain der deutschen Überkorrektheit verlassen hat und zu einem Abenteuer in das Land der Lügen aufgebrochen ist. Vielleicht gibt es in diesem Land für mich ja noch mehr zu entdecken?

27

21 Stunden, 56 Minuten nach der geplatzten Hochzeit.

Es ist Sonntagmorgen und ich stehe völlig gerädert mit Onkel Abdullah am Info-Schalter des Kölner Herzzentrums. Unter Schlafentzug wirkt die rheinische Fröhlichkeit von Hermann Töller irgendwie penetrant:

»Hör mal, wat is los mit euch Türken? Et is schon fast acht, und et sind noch nit mal zehn Besucher jekommen - ihr lasst nach.«

»Also, wo müssen wir heute hin?«

»Auf jeden Fall zur Prunksitzung der Blauen Funken im Sartory-Saal - um 19 Uhr 30. Ist ausverkauft, aber isch kann da Karten besorgen, weil mein Schwager, der Willibert, der arbeitet mit dem Rolf bei Festartikel Klütsch, und der Rolf sitzt ja im Orjanisationskomitee ...«

Trotz meiner bleiernen Müdigkeit bemerke ich eine gewisse Parallele zwischen kölschem und türkischem Klüngel.

»Nein, ich meine, in welchem Zimmer liegt Frau Kılıçdaroğlu?«

»Ach so. Heute lautet die Jewinnziffer ... 341. Also Zimmernummer, ne, is klar, haha, Jewinnziffer is natürlich Quatsch, aber dat Leben is ja ernst jenug, haha.«

Mit letzter Kraft schleppe ich mich in den Aufzug und falle zwischen dem zweiten und dem dritten Stock in einen Sekundenschlaf. Mein Defizit rührt daher, dass Onkel Abdullah heute Nacht versucht hat, einen neuen Guinnessrekord im Lautschnarchen aufzustellen. Es hörte sich an, als würde direkt neben meinem Ohr alle sieben Sekunden eine Harley Davidson gestartet. Nachdem diverse Versuche mit zusammengeknüllten Taschentuchschnipseln gescheitert waren, habe ich mir um halb fünf in der Notapotheke Ohrstöpsel besorgt und bin wohl so um halb sieben eingeschlafen. Um sieben weckte mich dann Onkel Abdullah mit dem Hinweis, dass wir jetzt zum gemeinsamen Frühstück ins Krankenhaus fahren.

Als wir Herzinfarkt-Emines Zimmer betreten, sitzen Aylin, Emines Mann Mustafa sowie Emines Kinder Orkide, Gül und Kenan vor einer extrem reduzierten Version der türkischen Frühstückskultur – also nur gut drei Kilo Schafskäse, 15 Knoblauchwürste, zehn Sesamkringel und lediglich vier verschiedene Sorten Oliven.

Kaffeesatzlese-Emine bedient den Samowar auf der Fensterbank, den Kenan gestern noch geliefert hat. Herzinfarkt-Emine schläft – im Gegensatz zu der Mitpatientin mit den weißen Haaren, die der Familie auf eigenen Wunsch ins neue Zimmer gefolgt ist und das Treiben amüsiert beobachtet. Als Aylin mich sieht, springt sie auf und umarmt mich. Auch sie sieht übernächtigt aus.

»Hast du im Krankenhaus übernachtet?«

»Ja, ich bin auf dem Stuhl eingeschlafen, und als ich aufgewacht bin, war es schon fünf. Da bin ich gleich da geblieben.«

»Ich dachte, die Besuchszeit geht nur bis 18 Uhr?!«

»Ja, aber die Nachtschwester war mal mit Nurcan zusammen.«

»Nurcan?«

»Der Sohn von Şükriye.«

Ich verzichte darauf zu fragen, wer Şükriye ist, und stelle lieber fest: Aylins Familie hat mehr Beziehungen als die Russen-Mafia.

Außerdem habe ich inzwischen gelernt, dass es für Türken im Umgang mit einer kranken Tante vier goldene Regeln gibt:

1. Wer die Tante liebt, ist die ganze Zeit da.
2. Wer die Tante liebt, wird vor Sorge hysterisch.
3. Wer die Tante liebt, der tut alles, was sie verlangt.
4. Wer am längsten da ist, am hysterischsten wird und am meisten tut, hat gewonnen.

Als Aylin keine Anstalten macht, das Krankenhaus zu verlassen, akzeptiere ich das Schicksal, nehme mir einen Stuhl und fange an, ein Tagebuch zu schreiben.

8 Uhr 31:
Herzinfarkt-Emine braucht dringend frisches Gebäck. Onkel Mustafa fährt in die Weidengasse, um welches zu besorgen.

9 Uhr 15:
Prof. Dr. Meyer erwischt Herzinfarkt-Emine dabei, dass sie heimlich Aspirin nimmt. Er erklärt, dass sie nicht in Eigenregie Medizin schlucken darf. Sie glaubt ihm nicht.

9 Uhr 21:
Großer Familienstreit auf Türkisch. Hysterische Emotionen. Verstehe nur ein einziges Wort: »Aspirin«.

9 Uhr 32:
Mustafa kommt mit Gebäck, aber Tante Emine will jetzt lieber frischen Orangensaft. Mustafa geht wieder.

10 Uhr 21:
Onkel Mustafa kommt mit frischem Orangensaft, aber Tante Emine will jetzt doch lieber Wasser trinken.

11 Uhr 25:
Kaffeesatzlese-Emine bekommt einen Schwächeanfall. Herzinfarkt-Emine ist sauer.

11 Uhr 29:
Großer hysterischer Familienstreit auf Türkisch. Diesmal verstehe ich kein Wort. Tante Emines Puls geht auf 187. Prof. Dr. Meyer schmeißt alle raus.

11 Uhr 32:
Alle sind wieder drin. Puls 124. Kenan verkauft Tante Emines Bettnachbarin zehn Packungen *Hugo Woman* zum Preis von neun.

11 Uhr 37:
Frau Denizoğlu versucht, ihren Neffen Harun mit der Krankenschwester zu verkuppeln. Beide sind genervt.

11 Uhr 44:
Herzinfarkt-Emine droht erneut mit ihrem baldigen Ableben, wenn sie im Zimmer-TV keine türkischen Sender bekommt. Onkel Mustafa springt auf, um eine Satellitenschüssel zu besorgen.

13 Uhr 08:
Onkel Mustafa kommt mit Satellitenschüssel und montiert sie auf dem Nachttisch.

13 Uhr 22:
Jetzt läuft türkisches Fernsehen. Herzinfarkt-Emine schaut nicht hin.

13 Uhr 40:
Seit der Fernseher läuft, reden alle noch lauter. Habe Kopfschmerzen.

Ich stecke das Tagebuch ein und gehe den Flur im dritten Stock der Herzklinik in Richtung Fahrstuhl. Unfassbar – ich habe ein schlechtes Gewissen, obwohl ich jetzt in drei Tagen mehr Zeit mit Tante Emine verbracht habe als in den vergangenen zehn Jahren mit meinen Eltern. Irgendwie habe ich das Gefühl, dass in Aylins Familie Liebe mit Anwesenheit verwechselt wird.

Diese Türken haben das Prinzip des emotionalen Drucks perfektioniert. Kenan hat sogar sein Reisebüro geschlossen, um bei seiner Mutter zu sein; zwei Schwestern sowie diverse Nichten und Neffen haben sich beurlauben lassen; da komme ich mir irgendwie schäbig vor, weil ich morgen zur Arbeit will.

Aber der Satz »Die Tante meiner Verlobten liegt im Krankenhaus« gilt in der Werbebranche nicht unbedingt als gute Entschuldigung. Selbst »*Ich* liege im Krankenhaus« ist keine hinreichende Begründung, einer Besprechung fernzubleiben. Rüdiger Kleinmüller hat einmal per Skype an einer Konferenz teilgenommen, bis sein Bett in den OP geschoben wurde. Und selbst da musste der Arzt sehr eindringlich darauf hinweisen, dass er den Laptop jetzt ausschalten müsse. »Ich bin tot« ist eigentlich die einzige Ausrede, die Rüdiger Kleinmüller gelten lassen würde.

Und selbst da würde er auf jeden Fall den Totenschein sehen wollen.

Als ich gerade in den Aufzug gehen will, spüre ich jemanden hinter mir. Es ist Aylin.

»Daniel, ich wollte mich bei dir bedanken.«

»Wofür?«

»Für alles. Ich meine, wir wollten heiraten. Und jetzt ... Aber du bist für mich da. Und für meine Familie.«

»Ich liebe dich. Vergiss das nicht.«

»Ich liebe dich auch.«

Wir küssen uns zärtlich.

»Aylin, wie lange wird das noch dauern?«

»Was?«

»Na das hier. Dass die ganze Familie ihre Zeit im Krankenhaus verbringt.«

»Weiß nicht. Bis Tante Emine über den Berg ist.«

»Aylin?«

»Ja?«

»Sie *ist* über den Berg.«

»Tante Emine entscheidet das selbst. Solange sie sich schlecht fühlt, ist sie nicht offiziell über den Berg.«

»Und bis dahin können wir auch keinen neuen Hochzeitstermin festlegen.«

»Ja. Leider. Im Mondlicht wird der Walnussbaum nicht geschüttelt.«

Ich schaue Aylin irritiert an. Sie lächelt.

»Türkische Redensart. Will sagen: Man muss warten, bis die Rahmenbedingungen stimmen.«

»Verstehe. Weißt du, Aylin ... Ich habe das Gefühl, Tante Emine nutzt es irgendwie aus, dass sie krank ist, und tyrannisiert jetzt die Familie.«

»Stimmt. Das denken wir alle.«

»Das denkt ihr alle?!«

»Klar. Das ist ja auch ziemlich offensichtlich.«

»Aber ... Warum macht ihr das Spiel dann mit?«

»Keine Ahnung. Das muss man halt.«

»Sagt wer?«

»Tja ...«

»Dir ist klar, dass das bescheuert ist.«

»Irgendwie schon. Aber so funktioniert unsere Kultur nun mal.«

»O Mann.«

»Tut mir leid, dass du da mit reingezogen wirst. Pass auf: Wie wär's, wenn wir morgen Abend mal was anderes machen? Ohne meine Familie.«

»Aylin, versteh mich jetzt bitte nicht falsch – ich liebe deine Familie wirklich sehr. Aber ... eine Auszeit wäre toll!«

»Okay, worauf hast du Lust?«

»Mit Mark und Tanja ins Kino?!«

»Perfekt. 19 Uhr am *Cinedom*?«

»Jep.«

»Und dafür bleibst du heute noch ein bisschen hier ...?«

Aylin kann einfach zu süß lächeln. Seufz!

14 Uhr 18:
Kaffeesatzlese-Emine hat sich mit irgendwem versöhnt und dafür Streit mit irgendjemand anderem angefangen. Bin zu müde, um mich an alle Namen zu erinnern.

14 Uhr 23:
Ich soll für Herzinfarkt-Emine frischen Ayran besorgen, weil Onkel Mustafa schon unterwegs ist, um ein besseres Kissen zu holen.

14 Uhr 45:
Dönerladen gefunden und Ayran gekauft. Emine hat keinen Durst mehr.

15 Uhr 01:
Kenan verkauft Tante Emines Bettnachbarin eine Nilkreuzfahrt für zwei Personen mit Frühbucherrabatt.

15 Uhr 12:
Irgendeine Cousine irgendeines Grades kommt mit ihrem fünfjährigen Sohn Taifun. Dieser wird von Kaffeesatzlese-Emine dazu

aufgefordert, der kranken Tante eine Freude zu machen und seinen Penis zu zeigen.

Mir fällt vor Schreck der Stift auf den Boden – ich kann unmöglich weiterschreiben. Meine türkischen Verwandten haben mich ja schon oft überrascht, aber jetzt muss ich mich mehrfach kneifen, um zu glauben, dass es wirklich passiert:

Der fünfjährige Taifun lässt, leicht widerwillig, seine Jeans runter und holt dann sein bestes Stück aus der Unterhose, woraufhin alle Anwesenden begeistert klatschen und Laute der Bewunderung von sich geben. Taifun lächelt stolz und beendet die Vorführung, indem er die Hose wieder hochzieht. Ich nehme Aylin zur Seite:

»Was – war – das?«

»Was?«

»Der Junge hat seinen Penis gezeigt und alle haben geklatscht.«

»Ja. Und?«

»Na ja, ich ... also, äh ... ist das normal?«

»Klar.«

»Okay, ich äh ... ich wollte nur sichergehen.«

Ich bin beeindruckt. Wahrscheinlich liegt hier die tiefenpsychologische Wurzel für das große Selbstvertrauen türkischer Männer! Wie viele Therapiesitzungen würden wir Deutschen uns ersparen, wenn die Familie einfach mal unsere Penisse bestaunen würde. Wenn mein Vater mir nicht Sartre vorgelesen, sondern meinen Schniedel bejubelt hätte – vielleicht hätte ich dann nicht meinen Jeder-soll-mich-lieb-haben-Komplex. Kann man das eigentlich nachholen? Vielleicht sollte ich eine Männer-Selbsthilfegruppe gründen, in der nacheinander jeder Penis beklatscht wird. Das wäre wahrscheinlich auch das beste Mittel gegen Exhibitionisten: Anstatt die Polizei zu rufen, sollte man einfach applaudieren. Ich bin immer noch begeistert, als ich einen Small Talk mit dem kleinen Taifun versuche:

»Du musst jetzt mächtig stolz sein. Weißt du, mein bestes Stück wurde nie beklatscht.«

Taifun schaut mich nachdenklich an:

»Wieso denn nicht?«

»Na ja, ich bin Deutscher.«

»Also wurdest du gar nicht beschnitten?«

»Äh ...«

Blut schießt in meinen Kopf. Hat Onkel Abdullah das gehört? Er hat es gehört. Was soll ich nur tun? Die Lüge aufdecken? Aber was passiert dann? Alle schauen mich an. Zu spät. Ich muss handeln. Ich höre mich sagen:

»Doch. Vor drei Jahren.«

O nein, was habe ich getan? Bisher war ich nur für Onkel Abdullah Moslem. Jetzt haben beide Emine-Tanten, Onkel Mustafa, Kenan und noch drei Verwandte mitgehört, deren Namen ich vergessen habe. Wissen sie, dass ich lüge? Und wenn nicht, wird mir die Antwort in Zukunft Probleme bereiten? Keine Ahnung. Ich bin das Lügen nicht gewohnt. Lügen ist kompliziert. Taifun lässt nicht locker:

»Hat das wehgetan?«

»Äh, na ja, also ... Es war so ... also, da war eine Spritze, und ... na ja ...«

Ich räuspere mich mehrfach und komme mir vor wie mein Vater. Taifuns Mutter rettet mich:

»Taifun, er will nicht drüber reden, also lass ihn.«

Plötzlich merke ich, dass mich die Herzinfarkt-Emine anders anguckt. Liebevoller. Sie klopft neben sich:

»Komm, Daniel, setz dich zu mir.«

Ich setze mich neben die kranke Tante aufs Bett. Sie strahlt mich an und tätschelt meine Wange.

»Habe ich gar nicht gewusst, dass du bist Moslem.«

»Tja ...«

»Ist nicht wichtig. Aber ist trotzdem schön. Meine Herz ist sehr froh, passt du noch besser in Familie. Komm her, meine Junge!«

Tante Emine umarmt mich so liebevoll, dass mir ganz warm ums Herz wird. Ich kann ihr jetzt unmöglich die Wahrheit sagen. Sie hat gerade eine Bypass-OP überstanden. Die Wahrheit würde sie wahrscheinlich nur aufregen. Vielleicht sogar umbringen. Nein, diese Lüge ist gut für ihr Herz.

Emine tätschelt jetzt meine linke Wange, und zwar exakt die Stelle, die auch Frau Denizoğlu bevorzugt. Nach ein paar Jahren in dieser Familie wird sich dort eine Hornhaut gebildet haben. Emine seufzt einmal theatralisch, dann redet sie mit so pathetischer Stimme, dass der Jesus-Darsteller bei den Passionsspielen in Oberammergau vor Neid erblassen würde:

»Daniel, du bist für mich beste deutsche Mensch aller Zeiten.«

Ich lächele gerührt, weil ich immerhin Martin Luther, den Papst und Jürgen Fliege hinter mir gelassen habe. Dass diese Einschätzung auf einer Lüge basiert, stört mich zu meinem eigenen Erstaunen überhaupt nicht mehr. Das verzweifelte Klammern an die Wahrheit hatte etwas mit meiner deutschen Verkrampfung zu tun – es ist genauso sinnlos wie das Warten an einer roten Ampel, wenn weit und breit kein Auto kommt. Oder das Entwerten eines Fahrscheins am Rosenmontag um Mitternacht in einer Straßenbahn voller schunkelnder Lappenclowns (ich habe mich zum Entwerter durchgequetscht und musste einen stockbesoffenen Pinguin zur Seite schieben, der mir anschließend auf die Füße gekotzt hat).

Jetzt fühle ich mich, als hätte ich plötzlich einen Schlüssel für mein Leben gefunden, der alles einfacher macht, der alle Probleme beseitigen kann: Ich lasse die Überkorrektheit und den Wahrheitsfanatismus los und gewinne nichts weniger als die Freiheit!

28

Exakt zwei Tage nach der geplatzten Hochzeit.

Karls bellendes Lachen geht nahtlos in einen Hustenanfall über. Dabei fällt ihm beim Einlegen des Filters der Tabak vom Zigarettenpapier.

»Bernd Banane will der deutsche Eminem werden? Das ist wirklich krank.«

Ulli wischt sich die Lachtränen aus den Augen, bis das Wort »krank« in seiner Großhirnrinde angekommen ist und er reflexartig seine Lymphknoten abtastet. In dem Moment kommt Lysa rein.

»Sorry, die Bahn kam zu spät.«

Früher war es mir egal, wer wann kommt. Aber jetzt als Boss? Muss ich da nicht für Disziplin sorgen? Nur, wenn ich jetzt sage: ›Ab sofort lege ich Wert auf pünktliches Erscheinen‹ – das passt doch nicht zu mir. Und es wäre auch nicht echt. Nein, Künstler muss man ein bisschen an der langen Leine lassen und sie für die *Sache* begeistern. Mein Problem: Die Sache heißt Bernd Banane.

Nachdem sich Lysa vom obligatorischen Bernd-Banane-will-der-deutsche-Eminem-werden-Lachkoller erholt hat, wird Ulli plötzlich ganz ernst:

»Ich habe erhöhten Augeninnendruck.«

Karl nimmt einen Zug aus seiner selbst gedrehten Zigarette.

»Hat das der Augenarzt gemessen?«

»Nein, ich spüre das.«

Da ich aus Erfahrung weiß, dass Ullis Symptome bei Ablenkung schnell verschwinden, eröffne ich einfach das Brainstorming:

»Leute, Ralf Süffels ist kein Musiker. Er hat keine Ausstrahlung und kein Talent. Andererseits: Wer wird schon Popstar, weil er so ein toller Musiker ist oder Ausstrahlung hat oder Talent?«

Ich habe die Aufmerksamkeit meines Teams und fahre fort:

»Nein, ein Star wird man heute, wenn man ein gutes Marketing-Konzept hat. Und wer sind die besten Profis für gute Marketing-Konzepte? Wir!«

Ich habe diese kleine Rede heute Nacht im Kopf vorbereitet, als im Nebenzimmer alle sieben Sekunden eine Harley Davidson gestartet wurde. Und es hat sich gelohnt: Meine Mitarbeiter hängen mir an den Lippen.

»Versteht ihr? Es kommt überhaupt nicht darauf an, *wen* wir zum Star machen – es zählt nur eins: *wie* wir ihn zum Star machen. Wir haben im letzten Jahr sogar koffeinfreien Kaffee wie ein cooles Produkt aussehen lassen. Und wenn das möglich ist, dann ist *alles* möglich. Dann können wir auch aus Bernd Banane ...«

Leider kann ich den Satz *›Dann können wir auch aus Bernd Banane den deutschen Eminem machen‹* nicht zu Ende sprechen. Schon bei dem Wort *Banane* fange ich an zu glucksen, danach bekomme ich einen Lachanfall, der beim Versuch, die Worte *den deutschen Eminem* auszusprechen, regelrecht hysterisch wird. Die Anspannung der letzten Tage löst sich, und mindestens zwei Minuten lang kann ich nicht verhindern, dass ich völlig wehrlos von Lachkrämpfen geschüttelt werde und mir Flüssigkeit aus Augen, Nase und Mund läuft. Als ich mich langsam beruhige, verbrauche ich noch eine halbe Packung Taschentücher, bis meine Augen wieder so klar sind, dass ich in die grinsenden Gesichter meiner Mitarbeiter sehen kann. Ich atme noch einmal tief durch und rede dann mit einer Lifestyle-Reporter-Stimme:

»Meine Damen und Herren, das war die historische Rede, mit der Daniel Hagenberger seine Mitarbeiter so sensationell motivieren konnte, dass an diesem Tag die größte Hip-Hop-Legende aller Zeiten geboren wurde: Bernd Banane!«

Alle lachen noch mal. Dann kriegt Lysa ihren Ich-sage-jetzt-mal-ganz-im-Ernst-was-Kluges-Gesichtsausdruck:

»Es ist eigentlich traurig, aber Daniel hat recht. Jeder Honk wird heute Star. Wir können es versuchen.«

Karl nimmt einen so tiefen Zug aus seiner Zigarette, dass die Glut ihm fast die Fingernägel ansengt:

»Das wäre unser absolutes Meisterstück.«

Ulli hat seinen Augeninnendruck vergessen und klatscht begeistert in die Hände:

»Gerade, weil es eigentlich nicht geht.«

Lysa wird euphorisch:

»O ja! Wir spielen Gott. Wir erschaffen aus einem Klumpen Lehm einen Superstar.«

Ich sehe das Glitzern in den Augen meiner Mitarbeiter. Sie sind topmotiviert. Es läuft noch besser, als ich gedacht hatte. In dem Moment öffnet sich die Tür und Kleinmüllers Sekretärin kommt herein.

»Daniel? Kleinmüller will dich sprechen. Die erste Bewerberin für deine Praktikantenstelle ist da.«

»Was? Die Anzeige sollte doch erst morgen raus?!«

Als ich die Tür zu Kleinmüllers Büro öffne, trifft mich fast der Schlag. Auf Kleinmüllers Sofa sitzt eine junge Brünette mit blonden Strähnen und künstlichen Fingernägeln. Es ist Aylins 18-jährige Cousine, Tante Emines Tochter Emine.

»Emine! Was machst du hier?«

»Keine Ahnung.«

Auch wenn sie im Vergleich zu ihrem Disco-Outfit in Jeans und silbernen Turnschuhen fast einen züchtigen Eindruck macht, ist ihr Dekolleté boulevardzeitungstitelseitentauglich.

»Daniel, vallaha, ist unheimlich schöne Firma hier.«

Erst jetzt merke ich, dass auf einem Stuhl in der anderen Ecke Emines Mutter sitzt, die Kaffeesatzlese-Emine. Leicht abwesend begrüße ich sie mit Wangenküsschen.

»Daniel, du hast Aylin erzählt, dass du kriegst eigene Praktikantin, und da hab ich gedacht, ist perfekt für Emine, weil Emine hat großes Begabung in Filmbranche.«

»Äh, Tante Emine, das hier ist nicht die Filmbranche, das ist die Werbebranche.«

»Egal, auf jeden Fall, Emine will unbedingt hier arbeiten.«

»Stimmt das, Emine?«

»Kann schon sein.«

Jetzt meldet sich Kleinmüller zu Wort, der seinen Blick kaum von Emines Dekolleté lösen kann:

»Interessante Family, in die du da einheiratest, Daniel. Ich denke, Emine ist the perfect choice als Praktikantin – was meinst du?«

»Tja ...«

»Egal, ist schon gegreenlighted. Ich habe einfach ein zu weiches Herz im Moment. Ist der Dalai Lama schuld.«

»Das heißt, Emine ist jetzt meine Praktikantin?«

»Exactly. Also zeig Emine schon mal die Firma, dann kann sie morgen anfangen.«

Tante Emine zwinkert mir zu. Dann wendet sie sich an Kleinmüller.

»So, und jetzt, wir müssen sprechen über Geld.«

»Praktikanten kriegen bei uns kein Geld.«

»Gucken wir später. Trinken wir erst mal Tee.«

Völlig verdattert gehe ich mit Emine in den Flur.

»Emine, du hast mir doch mal gesagt, die Werbebranche interessiert dich einen Scheiß.«

»Kann schon sein.«

»Aber du willst trotzdem hier arbeiten?«

»Irgendwie schon.«

»Oder machst du das nur, um dem Konflikt mit deiner Mutter aus dem Weg zu gehen?«

»Wäre möglich.«

»Denkst du nicht, es wäre besser, wenn du offen mit deiner Mutter redest?«

»Wozu?«

»Na, damit du einen Job machen kannst, der dir besser gefällt.«

»Welchen denn?«

»Na, einen, der dich interessiert.«

»Hmmm.«

»Was interessiert dich denn überhaupt?«

»Keine Ahnung.«

»Vielleicht würdest du gerne Haare schneiden?«

»Geht nicht ohne Ausbildung.«

»Dann machst du halt die Ausbildung.«

»Dauert zu lange.«

»Oder du könntest kellnern?«

»Zu stressig.«

»Oder willst du vielleicht studieren?«

»Guter Witz.«

»Aber du musst doch irgendwelche Interessen haben?«

»Weiß nicht. Tanzen.«

»Dann werde doch Tänzerin.«

»Hmmm.«

»Da gibt es viele Möglichkeiten – im Musical, Ballett ...«

»Darf man dann noch rauchen?«

»Wahrscheinlich eher nicht.«

»Dann nicht.«

»Na gut. War ein Versuch. Du fängst also hier an. Willkommen bei *Creative Brains*.«

»Okay.«

»Wie wär's, wenn ich dir zuerst mal unser Studio zeige?«

Zum ersten Mal sehe ich so etwas wie Wissensdurst in Emines Augen:

»Ihr habt ein eigenes Studio?«

»Ja. Rüdiger Kleinmüller hat vor drei Jahren die Nachbarwohnung gekauft und zum Studio umfunktioniert. Interessiert dich das?«

»Ja. Das Studio bei uns um die Ecke hat jetzt neu die Beauty Angel C 46 von Ergoline. Und was für Bänke habt ihr?«

Ich seufze:

»Das ist kein Sonnenstudio. Das ist ein Foto- und Filmstudio. Für Werbeaufnahmen.«

»Ach so.«

»Willst du es trotzdem sehen?«

»Irgendwie nicht.«

In diesem Moment kommt Tante Emine aus Rüdiger Kleinmüllers Büro.

»Ayda beş yüz Euro alacaksın.«

Plötzlich hellt sich Emines gelangweilte Miene auf, und sie antwortet ihrer Mutter in bühnenreifer Lautstärke:

»500 Euro im Monat? Super!«

Offenbar ist es eine alte osmanische Tradition, seinen Brutto-Verdienst sofort nach der Einstellung durch die Firma zu brüllen. Vor allem die beiden anderen Praktikanten, die umsonst bei *Creative Brains* arbeiten, zeigen spontanes Interesse. Aber das ist Kleinmüllers Problem. *Mein* Problem könnte sich noch als wesentlich schwerwiegender erweisen: Aylins Cousine ist ab morgen meine Praktikantin. Im Moment kann ich nur ahnen, was das für mich bedeutet. Emine und ihre Mutter verabschieden sich mit Wangenküsschen von mir, und ich habe das dumpfe Gefühl, dass gerade irgendetwas in meinem Leben dramatisch schiefläuft.

29

Zwei Tage und 41 Minuten nach der geplatzten Hochzeit.

Ich sitze im Kreativbüro, öffne eine Mail von Jupp Süffels und freue mich wie immer, wenn ein Kölscher sich um besonders korrektes Hochdeutsch bemüht:

> Sehr geehrter Herr Hagenberger,
> noch einmal herzlichen Dank für Ihren innovativen Werbe-Slogan *Echt typisch kölsch*, der auch von meiner Belegschaft durch die Bank bezüglich einer Meinung mit positivem Befund aufgenommen zu werden konnte.
> Anbei schicke ich Ihnen sowohl das musikalische Playback als auch den textlichen Schriftbeitrag für das Lied, mit dem der Ralf in die Position eines Superstars befindlich zu machen angedacht wird.
> Ich hoffe, Sie stimmen mir zu, dass Horst Zick sich mit dem schriftlichen Arrangement ebenso selbst übertroffen hat wie mit der musikalischen Kompensation.
> Ich wünsche Ihnen von meiner Seite her ein gutes Gelingen und freue mich, demnächst von Ihnen hören dürfen zu können.
> Mit fröhlichen Grüßen,
> Jupp Süffels.

Zuerst klicke ich auf das Word-Dokument mit dem Titel *Text für Ralf Süffels* und lese Lysa, Karl und Ulli vor:

GANZ SCHÖN BRUTAL

Ein Hip-Hop-Song für Bernd Banane

von Horst Zick

Strophe 1

So manchen Streit hab ich schon angefacht.
Ich bin bedrohlich, nehmt euch in Acht.
Meine Geduld ist knapp bemessen –
mit mir ist nicht gut Kirschen essen.

Bridge

Hey, du Doofmann, schreib dir auf die Fahne:
Keiner ist so stark wie Bernd Banane!

Refrain

Bernd Banane – er ist cool.
Bernd Banane – er ist nicht schwul.
Bernd Banane – ist ganz schön brutal.
Bernd Banane – er tankt Aral.

Strophe 2

Ich ziehe durch die Straßen ohne Bammel,
und wer mir blöd kommt, dem zieh ich die Hammel-
beine aber mal so richtig lang.
Ja, da bin ich überhaupt nicht bang.

Repeat Bridge

Repeat Refrain

Anmerkung des Autors: Durch die Erwähnung im Refrain können wir vielleicht die Firma Aral als Karriere-Sponsor für Ralf gewinnen. Alternativ wäre auch der Vers denkbar:

Bernd Banane – ist der Knüller.
Bernd Banane – trinkt Milch von Müller.

Ich schließe das Dokument, und keiner von uns weiß, ob er lachen oder weinen soll. Ich schaue betroffen in die Runde:

»Tja, ich sag mal: Man merkt, dass der Autor jetzt nicht *direkten* Zugang zum Hip-Hop-Milieu hat.«

Lysa lacht:

»*Mit mir ist nicht gut Kirschen essen* – also, wenn es im 19. Jahrhundert Hip-Hop gegeben hätte, wäre das ziemlich innovativ gewesen.«

Ulli schwelgt in Erinnerungen:

»*Ich zieh dir die Hammelbeine lang* – das erinnert mich an die Besuche bei meinem Urgroßvater in der Eifel.«

Karls Augen funkeln:

»Kein Problem: Wenn um Bernd Banane zehn fast nackte Mädels in High Heels und Netzstrümpfen mit ihren Ärschen wackeln, dann achtet sowieso kein Schwein mehr auf den Text.«

Lysa schaut ihn mit gespielt genervtem Blick an:

»Lass mich raten: Du machst das Casting und führst beim Videodreh Regie.«

Karl schließt jetzt die Augen und scheint ein sehr konkretes Bild im Kopf zu haben:

»Jaaaa ... Das könnte ich mir vorstellen, Lysa. Wenn du mittanzt, wird es noch besser.«

»Kann es sein, dass du auf dem hormonellen Status eines 15-Jährigen stehen geblieben bist?«

»Ja. Und es ist toll.«

Karl lehnt sich selbstzufrieden in seinem Stuhl zurück, und Ulli beweist, dass er gleichzeitig seinen Puls messen und brainstormen kann:

»Wenn man die Bässe sehr hart macht und Ralf Süffels etwas undeutlich singt, wird der Text unverständlich. Das könnte klappen.«

»Apropos – lasst uns mal das Playback anhören ...«

Ich klicke auf das MP3, und kurz darauf erklingt etwas, das sich anhört, als hätte man einen achtzigjährigen Alleinunterhalter auf einer goldenen Hochzeit gebeten, mit seiner Heimorgel doch auch mal *was Flottes* zu spielen. Mit Hip-Hop hat es so viel zu tun wie ein Gitarrensolo von Matthias Reim mit Heavy Metal.

Nach vierzig Sekunden platzt es aus Karl heraus:
»Mach das aus. Bitte!«
Ich drücke auf Pause und spüre Erleichterung im Raum. Es folgt ein langes betroffenes Schweigen. Karl dreht sich eine neue Zigarette und fügt diesmal eine beträchtliche Portion Hanf hinzu – wohl um vor der bitteren Realität zu fliehen. Ulli seufzt:
»Mein Puls ist 95, und das ist totaler Müll.«
Karl lacht höhnisch:
»Müll ist ein Euphemismus.«
Lysa schaut angeekelt:
»Da klingt selbst ein Tinnitus angenehmer.«
Ulli hält sich kurz die Ohren zu:
»Nein, mein Tinnitus klingt schlimmer. Aber es ist das schlechteste Stück Musik, das ich je gehört habe.«
Ich merke auf:
»Schlimmer als damals der Grand-Prix-Beitrag von Rudolf Mooshammer?«
Alle nicken.
»Und schlimmer als der Grand-Prix-Beitrag von Zlatko?«
Alle nicken betroffen. Ich stocke.
»Wisst ihr, was das bedeutet? Wenn es noch peinlicher als Zlatko ist, dann ist es das Erste, das auf der nach oben offenen Zlatko-Skala den Wert von 1 Zlatko übersteigt.«
Karl nickt:
»Dann muss es ab heute Bernd-Banane-Skala heißen. Und der Bernd-Banane-Song hat den Wert von 1 Banane.«
Ich protestiere:
»Wieso? Die Zlatko-Skala ist doch nach oben offen. Also gebe ich dem Bernd-Banane-Song 1,05 Zlatko.«
»Ja. Oder Zlatkos Grand-Prix-Song 0,95 Banane auf der Bernd-Banane-Skala.«
»Aber das ist *meine* Skala, und ich habe mich daran gewöhnt. Außerdem will ich nicht alles umrechnen.«
»Das wäre überhaupt kein Problem. Was war bisher auf dem 2. Platz?«
»Die Panflöten-Version von *Wind of Change* mit 0,97 Zlatko.«
Karl tippt in den Rechner seines iPhones.

»Das macht ... 0,9215 Banane.«

»Nein, wir behalten die Maßeinheit Zlatko.«

Nun mischt sich Lysa in die Diskussion ein:

»Warum messen wir nicht in Silbereisen? Für mich hat der mindestens 1,1 Zlatko.«

Karl protestiert:

»Moment, das wäre ja über einer Banane.«

Jetzt ist meine Autorität als Chef gefragt:

»Nein. Ich habe Silbereisen bei 0,85 Zlatko eingeordnet. Und dabei bleibt es auch.«

Lysa schaut mich empört an:

»Silbereisen ist definitiv peinlicher als Zlatko. Hast du mal sein Lied *Ich glaube an Gott* gehört?«

»Das ist peinlich, keine Frage. Aber nur 0,85 Zlatko. Weil er die Töne trifft.«

Ulli sprüht sich einen Stoß Meerwasser-Spray in die Nase:

»Ich bin beeindruckt, mit welcher Weitsicht ihr die elementaren Probleme unseres Planeten analysiert.«

Einige Sekunden schweigen wir ertappt. Plötzlich kommt mir eine Idee:

»Das ist es! Wir haben zwar nicht Deutschlands *besten* Hip-Hopper, aber wir haben Deutschlands *schlechtesten.* 1,05 Zlatko sind etwas Besonderes. Darauf kann man aufbauen.«

Karl zündet seinen Joint an.

»Hä?«

»Wenn etwas so außergewöhnlich schlecht ist, kann man damit Aufmerksamkeit erregen: Wir überreden Ralf, dass er dieses hässliche gelbe Glitzerkostüm anzieht, und dann ... Lysa, du kennst doch den Typ vom SAT.1-Frühstücksfernsehen?!«

»Den Thorsten. Klar.«

»Die müssen doch ihre blöde Sendung vollkriegen, die sowieso kein Schwein guckt. Sieh zu, dass Bernd Banane da reinkommt.«

»Dürfte kein Problem sein.«

»Okay. Karl, der Ingo ist doch noch im Team von *TV Total*, oder?!«

»Klar.«

»Dann gibst du ihm eine DVD mit dem Bernd-Banane-Auftritt bei SAT.1 in die Hand. Ich gehe jede Wette ein: Stefan Raab zeigt das – und dann kriegen wir mindestens eine Million Klicks auf YouTube … Ich meine, das hat echtes Kult-Potenzial.«

Karl hat inzwischen mehrfach tief inhaliert und schaut mich mit glasigem Blick an:

»Daniel … du bist ein verdammtes Genie.«

30

2 Tage, 9 Stunden und 15 Minuten nach der geplatzten Hochzeit.

Ich habe bei den Denizoğlus geklingelt und warte vor der Haustür auf Aylin. Erst die verpatzte Silvesternacht, danach der Hochzeitsstress, anschließend das Hysteriefestival in der Uniklinik – jetzt freue ich mich auf unseren ersten entspannten Abend seit Wochen. Wir haben sogar sturmfreie Bude, denn ich habe Onkel Abdullah erzählt, sein Cousin in Düsseldorf sei beleidigt, weil Abdullah noch nicht bei ihm übernachtet hat. Das habe ich mir zwar ausgedacht, aber ich hatte Erfolg damit: Onkel Abdullah hat angebissen und verbringt die Nacht in Düsseldorf. Lügen macht Freude.

Als Aylin aus der Tür tritt, sieht sie einfach zum Anbeißen aus: Die offenen Haare fallen über den Fellkragen ihrer Wildlederjacke, und ihre wohlgeformten Beine leuchten dank einer weißen Wollstrumpfhose zwischen dem Jeans-Minirock und zur Jacke passenden Stiefeln hervor. Ich trage zum ersten Mal den Stoffmantel, den ich mir auf Aylins nachdrücklichen Rat anstelle meiner zehn Jahre alten Daunenjacke zugelegt habe. Aylin nickt anerkennend:

»Wow! Du siehst aus wie ein Stück neugeborener Mond.«

»Wie ein Stück neugeborener Mond?«

»Das sagen wir, wenn jemand gut aussieht.«

»Oh, danke. Du siehst besser aus als alle Stücke des neugeborenen Mondes zusammen.«

Aylin lächelt.

»Fahren wir mit dem Auto, Daniel?«

»Nee, ich bin mit der Bahn hier.«

Aylin grinst, schließt den Ford Focus ihres Vaters auf und setzt sich ans Steuer. Ich bin überrascht:

»Aber ... Wann hast du denn den Führerschein gemacht?«

»Überraschung!«

Aylin gibt mir eine kleine Karte – tatsächlich. Da steht Aylin Denizoğlu.

»Wow! Ja, herzlichen Glückwunsch! Super! Ich bin begeistert.«

Ich setze mich auf den Beifahrersitz, umarme Aylin und wundere mich: Sie hat den kompletten Theorieunterricht, alle Fahrstunden und die Prüfung absolviert, ohne dass ich auch nur den Hauch von einer Ahnung davon hatte. Unwillkürlich frage ich mich, ob es noch andere Dinge gibt, die sie mir verheimlicht.

Aylin startet den Motor im dritten Versuch erfolgreich und fährt sanft aus der Parklücke. Dann lässt sie die Kupplung zu schnell kommen und würgt den Motor ab – der Wagen macht einen Satz und bleibt quer auf der Straße stehen. Wobei das eigentliche Problem der Radfahrer war, dem Aylin die Vorfahrt genommen hat. Und der sich jetzt aufregt wie Jürgen Klopp nach einer falschen Schiedsrichterentscheidung. Aylin lässt das Fenster herunter und brüllt zurück:

»Siktir!«

»Äh, Aylin, ich bin noch nicht so sicher in der türkischen Sprache, aber heißt das nicht ›fick dich‹?«

»Ja, aber auf Deutsch klingt das irgendwie brutaler. Auf Türkisch ist das ganz normal.«

Ich schaue Aylin entsetzt an – Aylin lächelt auf die süßest denkbare Weise zurück:

»Ich hasse alle Radfahrer.«

»Entschuldigung, aber ich fahre auch gerne Rad.«

»Okay, ich hasse alle Radfahrer bis auf einen.«

Aylin startet den Motor diesmal schon im zweiten Versuch und lässt jetzt die Kupplung mit mehr Gas kommen – was dazu führt, dass sie zwar nicht den Motor abwürgt, aber auch beim Hochschalten in den zweiten Gang Vollgas gibt und mit gut 50 km/h eine rote Ampel überfährt. Was nicht so schlimm ist, weil der BMW-Fahrer, der jetzt von rechts auf uns zurast und uns um ein Haar von der Venloer Straße ins Jenseits befördert, sowohl ein gutes Reaktionsvermögen als auch Bremskraftverstärker besitzt. Für sein Hupen wird er von Aylin mit dem Attribut »Göt Lalesi« versehen, das Aylin auf meine Nachfrage mit »Arschtulpe« übersetzt, erneut begleitet von einem süßen Entschuldigungslächeln.

»Tut mir leid, ich bin ein bisschen nervös – ich will dir unbedingt zeigen, wie gut ich schon fahren kann.«

Da ich inzwischen jede Menge Praxis im Nahtoderlebnisse-Verdrängen habe, atme ich nur tief durch und versuche, positiv einzuwirken.

»Schon okay. Denk einfach dran – du hast die Prüfung bestanden. Das heißt, du kannst es.«

»Wieso Prüfung? Kenan hat den Führerschein gekauft.«

»Was???«

Aylin rast auf die Kreuzung Venloer Straße/Innere Kanalstraße zu, beschleunigt kurz auf 90 km/h, legt dann eine Vollbremsung hin und kommt schließlich etwa zwölf Zentimeter vor einem Ford Transit zum Stehen. Mein Herz setzt drei Schläge aus und wummert dann zehnmal kräftiger als der Bass im Bernd-Banane-Playback.

Aylin reagiert etwa so, als hätte sie beim Eingießen ein paar Tropfen Tee verschüttet:

»Sorry, Daniel, ich habe kurz Gas und Bremse verwechselt, hihi.«

Selbst das süßeste Entschuldigungslächeln, das ich je bei Aylin gesehen habe, kann nicht verhindern, dass ich um mein Leben fürchte. Ich ziehe den Schlüssel aus dem Zündschloss. Aylin protestiert:

»Hey, was soll das?«

»Kenan hat den Führerschein ... *gekauft*?«

»Klar.«

»Klar???«

»Klar.«

Die Ampel ist mittlerweile grün. Hinter uns stehen mehrere hupende Autos. Das ist mir egal.

»Aber das ... das ist illegal.«

»Tante Emine wollte ihn mir eigentlich zur Hochzeit schenken, aber dann hat sie ihn mir schon vorher gegeben, damit ich ihr eine neue Bettdecke besorgen kann. Wie hätte ich das ablehnen können?!«

»Aber wo hast du fahren gelernt?«

»Kenan war mit mir auf dem Verkehrsübungsplatz.«

»Wie lange?«

»Zweimal zwei Stunden.«

»Du hast gerade mal vier Stunden Fahrpraxis!«

»Und dann sind wir auch noch eine Stunde zusammen durch die Stadt gefahren. Kenan meinte, ich habe Talent.«

»Ja. Für fünf Stunden fährst du sensationell. Aber man braucht mindestens zwanzig!!!«

»Es sind sechs Stunden. Ich habe die neue Bettdecke in Bergisch Gladbach besorgt.«

Das Hupkonzert hinter uns wird lauter. Es kümmert mich nicht.

»Sag mal, bist du eigentlich lebensmüde?!«

»Gestern bin ich besser gefahren – ehrlich.«

»Aylin, du *musst* eine Fahrschule besuchen und ...«

»... und dann kommt raus, dass ich den Führerschein schon habe, und Kenan kriegt einen Riesenärger.«

»Aber ...«

»Außerdem muss man da völlig überflüssige Verkehrsregeln auswendig lernen – wer hat da schon Lust drauf?!«

»Okay. Frage: Du kommst an eine Kreuzung ohne Verkehrsschild. Von rechts kommt ein Auto. Wer hat die Vorfahrt?«

»Hmmm ... Das mach ich spontan, nach Gefühl.«

»Aylin, jetzt mal ganz im Ernst: Wir Deutschen sind pedantisch und weltberühmt für unsinnige Verbote. Aber zwei Dinge sind nicht verhandelbar: die Menschenrechte und die Verkehrsregeln.«

»Menschenrechte – okay. Aber Verkehrsregeln?«

Die Autos hinter uns fahren jetzt auf der Rechtsabbiegespur an uns vorbei und zeigen uns den Vogel. Auch das ist mir egal. Da sehe ich im Rückspiegel den BMW, dem Aylin die Vorfahrt genommen hat. Er hält direkt hinter uns, der Fahrer steigt aus und kommt auf uns zu. Das ist mir nicht mehr egal.

»Aylin – die Türen verriegeln – schnell!«

Zu spät. Der BMW-Fahrer reißt die Fahrertür auf.

»Heeeeeey! Aylincim!!!«

Es ist Aylins Bruder Cem, der einzige rothaarige schwule türkische Anwalt, den ich kenne. Aylin kreischt vor Freude, springt aus dem Auto und umarmt ihn. Ich winke durch die geöffnete Tür. Cem tadelt seine Schwester:

»Das war echt knapp eben, Aylincim! Ich hab dir doch gesagt: Die ersten drei, vier Wochen nicht bei Rot – dafür brauchst du mehr Praxis.«

»Bin ich bei Rot gefahren?«

»Allerdings. Und sogar *ich* fahre bei Rot höchstens zwanzig oder dreißig. Auf der Landstraße ist es was anderes, da siehst du ja, ob einer kommt.«

Seltsam – diese Frage wurde in meiner Fahrschule gar nicht thematisiert: »Was ist die empfohlene Richtgeschwindigkeit beim Überfahren einer roten Ampel innerhalb einer geschlossenen Ortschaft?« Ich kann es nicht fassen, was ich höre, und springe auch aus dem Auto. Mein Mantel nötigt Cem Respekt ab:

»Heey Schwager, du siehst ja aus wie ein Stück neugeborener Mond.«

»Danke. Aber wie kannst du es zulassen, dass deine Schwester mit einem gekauften Führerschein Auto fährt? Du bist Anwalt!«

»Genau. Deshalb kann ich auch einschätzen, welcher Gesetzesverstoß gefährlich ist und welcher nicht. Dieser ist es nicht.«

»Aylin kann überhaupt nicht fahren.«

»Wieso? Sie hat doch auf dem Übungsplatz gelernt.«

»Vier Stunden!«

»Aylin lernt schnell. Im Sport war sie auch immer Klassenbeste.«

»Aber das ist lebensgefährlich. Ich fahre keinen Meter mehr mit ihr. Hast du verstanden, Aylin?«

Während rechts und links genervte Autofahrer an uns vorbeibrausen, setzt Aylin ihren Schmollmund gegen mich ein. Das ist unfair. Ich weiß, dass ich recht habe. Aber wenn Aylin auf den Schmollmund zurückgreift, würde ich sogar glauben, dass die Erde eine Scheibe ist oder dass Heidi Klum das Selbstbewusstsein junger Mädchen fördert.

Ich bin kurz davor, mich kleinlaut wieder auf den Beifahrersitz zu setzen. Na toll – mein Verstand läuft auf Hochtouren, wenn es um die Karriere von Bernd Banane geht, aber in Überlebensfragen verhalten sich selbst Mikroorganismen intelligenter als ich. Ich glaube, mein Gehirn ist eine evolutionäre Sackgasse.

Einige Sekunden lang kämpft mein Überlebenswille gegen die Wirkung von Aylins Schmollmund. Cem lacht:

»Haha, gegen Aylins Schmollmund gibt es bis heute kein Rezept.«

Das war der entscheidende Impuls, der mir gefehlt hat. Wenn der Überlebenswille nicht ausreicht, hilft mir wenigstens mein Stolz. Ich setze mich auf den Fahrersitz.

»Okay. *Ich* fahre. Und das ist nicht verhandelbar.«

Cem nickt anerkennend:

»Respekt, Schwager. Jetzt unterscheidet dich nur noch eins von einem richtigen Türken ...«

»... und das wäre?«

»Ein echter Türke hätte von Anfang an am Steuer gesessen – selbst wenn seine Frau besser fährt als er.«

Nachdem Cem mit quietschenden Reifen einen U-Turn gemacht hat, starte ich den Motor und merke zum ersten Mal, dass Aylin nicht nur verführerisch, sondern auch beleidigt schmollen kann. Aus einem intellektuell nicht nachvollziehbaren Grund habe ich das Gefühl, dass Aylin sofort und ohne zu zögern unsere Beziehung beenden wird, wenn ich sie nicht innerhalb der nächsten fünf Sekunden wieder zum Lächeln bringe – und dabei ist es völlig egal, dass ich recht hatte und Aylin zu Unrecht schmollt. Schon startet in meinem Schädel ein Aylin-schnell-wieder-zum-Lächeln-bringen-Methoden-Contest, bei dem es drei Ideen ins Finale schaffen:

1. Ich sage: »Bitte verlass mich nicht – ich liebe dich doch über alles!« (übertrieben)
2. Ich würge absichtlich den Motor ab und mache dazu eine lustige Bemerkung in der Art: »Merkst du, dass ich den Motor viel eleganter abwürge als du?« (Ich mache mich schon oft genug *un*absichtlich zum Deppen.)

3. Ich zitiere mit der Stimme von Helge Schneider den Vers: »Der Führer war ein armes Schwein – er hatte keinen Führerschein.« (kontraproduktiv)

Fünf Sekunden sind vergangen. Die schlechte Nachricht: Aylin schmollt immer noch. Die gute Nachricht: Sie hat mich noch nicht verlassen. Als wir am Fernsehturm vorbeifahren, beruhige ich mich langsam: Es ist mein gutes Recht, für meine Überzeugungen einzutreten. Eine gute Beziehung zeichnet sich nicht dadurch aus, dass es keine Konflikte gibt. Sondern dadurch, dass man Konflikte überwindet. Zitat aus irgendeinem Beziehungsratgeber, den ich mal gelesen habe. Klingt toll, aber vielleicht war der Autor irgendein Idiot, der das Buch nur geschrieben hat, um vom Honorar seine Scheidung zu finanzieren, nachdem seine Frau ihn verlassen hat, weil er es nicht geschafft hat, in fünf Sekunden ihr Schmollen zu stoppen.

Ich fahre mit miesem Gefühl in der Magengrube ins *Cinedom*-Parkhaus und muss eine Ehrenrunde drehen, weil alles besetzt ist. Als wir zum zweiten Mal an einem freien Frauenparkplatz vorbeikommen, hört Aylin auf zu schmollen:

»Nimm doch den – ich bin ja eine Frau.«

»Das gilt nur ohne männliche Begleitung.«

»Komm schon, Daniel, jetzt sei doch nicht so spießig.«

»Das ist nun mal die Regel.«

Und schon schmollt Aylin wieder. Und schon stehe ich auf dem Frauenparkplatz. Es war einfach ein Reflex. Und es hat funktioniert: Aylin schenkt mir ihr süßestes Lächeln, küsst mich auf den Mund und öffnet die Tür. Na bitte. Das aufregende Gefühl, das ich bei meiner ersten Lüge hatte, durchströmt mich erneut. Ich habe eine Regel gebrochen, und was passiert? Nichts. Hihi.

Als ich aussteige, werde ich von einem etwa sechzigjährigen Mann im karierten Filzmantel angesprochen:

»Frauenparkplätze sind nur für Frauen ohne männliche Begleitung.«

»Okay. Wenn Sie mit ›männlich‹ meinen: Ein X- und ein Y-Chromosom – schuldig im Sinne der Anklage. Wenn Sie sich aber auf den Testosteronwert beziehen, dann kenne ich einige Frauen, die hier weniger parken dürften als ich.«

»Wollen Sie mich verarschen?«

»Lassen Sie mich kurz überlegen ... Ja, das war mein Plan.«

»Und was soll das?«

»Es hat mir Spaß gemacht. Genau wie das Parken auf einem Frauenparkplatz. Sollten Sie auch mal probieren. Sie werden sehen: Das befreit.«

Der Mann winkt ab und geht. Aylin nimmt mich grinsend an der Hand und zieht mich ins Treppenhaus, das direkt in die gigantische gläserne Innenhalle des Multiplex-Kinos im Kölner ›Mediapark‹ führt.

»Daniel, du wartest draußen auf Mark und Tanja – ich hole die Karten. Okay?«

»Okay. Oder *ich* hole die Karten und *du* wartest draußen auf Mark und Tanja.«

Aylin schaut mich irritiert an. Ich habe kurz vergessen, dass ich der Boss bin. Also entscheide *ich*, dass wir das tun, was Aylin gesagt hat:

»Gut. Ich gehe dann mal raus.«

Ich trete aus der großen Drehtür. Einige Meter entfernt, vor einem Harry-Potter-Plakat, knutschen Mark und Tanja. Als Mark mich sieht, löst er sich von seiner neuen Freundin und überlegt ein paar Sekunden lang, ob wir uns in Tanjas Gegenwart mit der Stimme von Udo Lindenberg begrüßen sollen oder nicht. Ich nehme ihm die Entscheidung ab:

»Dübndüdüüüüü! Eeeeey, Mark, was geht bräutetechnisch ab?«

Mark guckt kurz entschuldigend zu Tanja, dann verfällt auch er in unser altes Begrüßungsritual:

»Dübndüdüüüüü ... ja voll die panikmäßige Halligalli-Zeit ...«

Irgendwie fühlen sich alberne Männer-Rituale seltsam an, wenn eine Frau dabei ist. Vielleicht liegt es auch daran, dass Tanja mit den Augen rollt und ironisch wird:

»O wow! Ihr könnt Udo Lindenberg imitieren! Wie geil ist das denn?!«

In dem Moment kommt Aylin aus der Drehtür:

»Ich hab die Karten. *Ice Age 3* – Mitte/Mitte. Perfekt.«

Diverse Wangenküsschen werden ausgetauscht. Mark und ich mutieren bei der Aussicht, einen guten Animationsfilm zu sehen, regelmäßig zu achtjährigen Jungen. Sogar in Aylins und Tanjas Gegenwart gestehen wir uns noch gut 25–30 % unserer normalen Albernheit zu:

»Weißt du noch, wie Scrat im letzten Teil mit der Zunge an der Eisdecke kleben bleibt?!«

»Ja, haha, und dann schwingt er hin und her, um trotzdem an die Nuss zu kommen …«

»… dann ist er unter Wasser und schneidet mit den Zähnen die Eisscholle frei …«

»… und die dreht sich, aber die Nuss ist immer auf der anderen Seite …«

Mark und mir verursacht die Erinnerung an die beste Slapstick-Szene von *Ice Age 2* Lachtränen, während sich Aylin und Tanja schulterzuckend mit einem So-sind-Männer-nun-mal-Blick anschauen. Wenn sie wüssten, dass wir mit Rücksicht auf sie darauf verzichtet haben, lustige Comic-Geräusche in unser Gespräch einzubauen, wären sie uns jetzt dankbar. Ich nehme Aylin in den Arm.

»So, lasst uns reingehen – dann können wir noch Käse-Nachos besorgen.«

Wir gehen durch die große Drehtür und wollen zum Popcorn-Stand, aber Aylin stoppt mich und winkt jemandem. Kurz darauf kommen meine Eltern auf uns zu. Meine Eltern! Im *Cinedom*! Einem kommerziellen Kino!

Ich schaue ebenso verblüfft wie Mark und Tanja. Aylin strahlt über das ganze Gesicht:

»Überraschung!«

Angeblich benötigt man für ein Lächeln nur siebzehn Muskeln, aber keiner von ihnen erhält gerade einen Impuls aus meinem Großhirn. Aylin fragt sicherheitshalber nach:

»Na, freust du dich?«

Es ist vielleicht nicht der richtige Zeitpunkt, um Aylin darüber aufzuklären, dass wir Deutschen es strikt vermeiden, Eltern und Freunde zusammenzubringen.

»Ja, das ist in der Tat eine … Überraschung.«

31

2 Tage, 9 Stunden und 46 Minuten nach der geplatzten Hochzeit.

Meine Eltern begrüßen Aylin und mich mit Wangenküsschen und reichen Mark und Tanja die Hand. Sie strahlen übers ganze Gesicht. Meine Mutter jauchzt vor Freude:

»Das ist ja so schön, dass wir mit euch ins Kino gehen. Ich bin ganz aufgeregt. Wir haben so lange nichts mehr zusammen unternommen.«

Mein Vater ergänzt:

»Das war wirklich eine ausgezeichnete Idee von dir, Aylin.«

»Wisst ihr, Daniel hat jetzt so viel Zeit mit meiner Familie verbracht. Da habe ich gedacht: Bestimmt hat er *seine* Familie vermisst.«

Es ist zwar lieb gemeint von Aylin, aber offenbar ist ihr nicht klar, dass ein Deutscher seine Familie frühestens nach ein bis zwei Jahren vermisst. Außerdem: Meine Eltern in einem Animationsfilm – das ist etwa so, als hätte sich Karlheinz Stockhausen ein Roland-Kaiser-Konzert angesehen. Ich versuche, das Unheil noch abzuwenden:

»Äh, seid ihr wirklich sicher, dass ihr *Ice Age 3* gucken wollt?«

Mein Vater zögert keine Sekunde:

»Natürlich. Die Eiszeit war eine naturhistorisch hochinteressante Epoche.«

Ich seufze – und mein Vater ergänzt:

»Obwohl *Eiszeit* natürlich ein viel zu schwammiger Begriff ist. In der Regel meint man die Weichselkaltzeit – beziehungsweise das Quartär – in der Endphase des Pleistozän.«

Meine Mutter wendet sich an Tanja:

»Ich finde das toll, dass du mit Mark zusammen bist. Mark hatte ja immer dieselben Probleme mit Frauen wie Daniel. Ich meine, es kann nun mal nicht jeder Mann wie Brad Pitt aussehen, aber die beiden sind unglaublich lieb, und sie brauchen Frauen, die das zu schätzen wissen.«

Jetzt weiß ich auch wieder, *warum* wir Deutschen es strikt vermeiden, Eltern und Freunde zusammenzubringen. Nach ein paar Sekunden betroffener Stille, in denen mich Mark und Tanja hilflos anschauen, liefert meine Mutter einen weiteren Grund:

»Tanja, wusstest du, dass Mark und Daniel beide perfekt Udo Lindenberg imitieren können? Das ist sooo lustig.«

»Erika, bitte!«

»Was hast du denn, Daniel?! Kommt, macht doch einmal vor, wie ihr euch immer begrüßt! Nur ganz kurz!«

Mein Vater schaut zur Uhr.

»Nur noch eine knappe Viertelstunde! Es wird Zeit, Daniel ...«

»O ja, wir müssen zum Popcorn-Stand!«

Schnell flüchte ich in die Schlange – Aylin, Mark, Tanja und meine Eltern folgen mir. Mein Vater räuspert sich:

»Äh, ich meinte eigentlich: Es wird Zeit, um deiner Mutter und mir eine kurze Synopsis der ersten beiden Teile vorzutragen. Damit wir nichts fehlinterpretieren.«

»Also gut. Im ersten Teil haben das Mammut Manfred und das Faultier Sid ein Menschenkind gefunden, und ...«

»Tut mir leid, dass ich gleich einhaken muss. Das Tempus in der Synopsis ist immer das Präsens. Also: Das Mammut Manfred und das Faultier Sid *finden* ein Menschenkind ...«

Nach gut acht Minuten sind wir fast am Anfang der Schlange, und ich bin am Ende von Teil 2 angelangt. Meine Mutter wendet sich an Tanja:

»Wusstest du, dass Mark sich *Jacques Gelee* nennt, wenn er Daniel eine SMS schreibt? Das ist ein Udo-Lindenberg-Song ...«

Ich bin entsetzt:

»Woher weißt du das?«

»Du hast doch mal dein Handy bei uns vergessen, und als die

SMS kam, habe ich sie gelesen, weil ich dachte, es könnte was Wichtiges sein.«

»O Mann, ich fasse es nicht!«

Meiner Mutter ist der Vorfall nicht im Geringsten peinlich:

»Und Daniel nennt sich *Votan Wahnwitz*. Das ist auch ein Lied von ...«

»Erika, es reicht jetzt.«

»Ach komm, jetzt macht wenigstens *einmal* Dübndüdüüü.«

»Ganz bestimmt nicht.«

»Aber wieso denn nicht? Das macht ihr doch sonst immer.«

»Ja. Aber nicht, wenn man uns zwingt.«

»Na gut. Ich sag nichts mehr. Und wenn ihr gleich spontan Lust habt, Udo Lindenberg zu imitieren, dann macht ihr's einfach. Ganz ungezwungen.«

Mein Vater ist seit gut einer Minute in Gedanken versunken und macht einen leicht verwirrten Eindruck. Aylin schaut ihn besorgt an:

»Ist alles in Ordnung?«

»Fast. Es ist nur ...«

»Ja?«

»Wenn am Ende von Teil 2 alles auftaut, deutet das darauf hin, dass es sich um das Ende der Tundrenzeit so ungefähr 9640 vor Christus handelt. Da erwärmte sich das Klima extrem schnell zum Präboreal, dem ersten Abschnitt des Holozäns ...«

»Rigobert, du hast wirklich genau verstanden, worum es in *Ice Age* geht.«

»... und insofern sollte die Fortsetzung nicht *Ice Age 3* heißen, sondern *Präborealzeit I*.«

Ich klopfe meinem Vater auf die Schulter.

»Tolle Idee. Ich bin sicher, damit wäre der Film viel erfolgreicher.«

»Wobei man auch die ersten beiden Teile korrekterweise *Jungpleistozän I* und *II* hätte nennen müssen.«

Die etwa zwanzigjährige blonde Servicekraft schaut meinen Vater mit einem Normalerweise-rede-ich-ja-nicht-mit-Freaks-aber-das-ist-nun-mal-mein-Job-Blick an:

»Was darf's sein?«

Bevor ich Käse-Nachos und Cola bestellen kann, funkt meine Mutter dazwischen:

»Haben Sie irgendetwas Vitaminreiches ohne Nüsse, ohne Tomaten und ohne lang gereiften Käse? Wissen Sie, mein Sohn ist nämlich Allergiker.«

Nachdem Mark und ich uns mit Cola und Tortilla-Chips eingedeckt haben – trotz zahlreicher Hinweise meiner Mutter bezüglich künstlicher Zusatzstoffe in Käsedips sowie versteckter Zuckermassen in Erfrischungsgetränken –, stehen wir gerade am Einlass von Kino 4, als ich eine sehr laute Stimme deklamieren höre:

»Halt! Wartet auf uns!«

Ingeborg Trutz kommt in einem schwarzen Fellmantel gespielt atemlos auf uns zugelaufen, während Dimiter Zilnik, gemächlichen Schrittes eine Zigarre paffend, hinter ihr hertrottet. Meine Mutter jubelt:

»Ingeborg! Dimiter! Wir dachten, ihr wollt nicht kommen?!«

Ingeborg legt die Hand auf ihr Herz und redet in Auch-die-letzte-Reihe-muss-mich-verstehen-können-Lautstärke auf uns ein:

»Wir hatten gerade eine Probe, so intensiv, sooo innntennnsiiiiiiiv! Du kannst dir gar nicht vorstellen, wie intensiv. Du, ich zittere immer noch. Dimiter hat mich in *Romeo und Julia* als gealterte Prostituierte besetzt, und ich sollte meine Trauer über die brutale Sowjet-Herrschaft im ehemaligen Jugoslawien in einen Wutanfall packen – du, es hat mich geschüttelt. Ge-schüt-telt, sag ich dir!«

Ich bin irritiert:

»Äh, wo kommt denn in *Romeo und Julia* eine gealterte Prostituierte vor?«

»Na, die gealterte Prostituierte ist natürlich Julia.«

»Natürlich.«

»Dimiter hat das Stück umgeschrieben.«

Dimiter Zilnik drückt gerade auf Anweisung der Kartenabreißerin seine Zigarre aus, zelebriert einen knapp dreißigsekündigen Hustenanfall und nuschelt dann in gedämpfter Lautstärke vor sich hin (deutlich redet er erst ab 1,5 Promille).

»Ich habe mich auf den Hass zwischen den Familien konzentriert und das Ganze ins serbische Knin des Jahres 1991 versetzt. Den ganzen romantischen Kitsch habe ich eliminiert.«

So und nicht anders kenne ich Dimiter Zilnik. Deshalb erstaunt es mich umso mehr, dass er sich *Ice Age 3* angucken will:

»Dimiter, äh ... bist du sicher, dass du einen Hollywood-Mainstream-Animationsfilm ansehen willst?!«

Ingeborg Trutz antwortet für ihn:

»Natürlich. Dimiter ist offen für die Populärkultur.«

Dimiter Zilnik zuckt mit den Schultern.

»Eigentlich wollte ich während des Films schlafen und anschließend im ›Le Moissonnier‹ einen Cognac aus dem Jahr 1848 trinken ...«

Ingeborg Trutz ergänzt:

»... Schlechter Jahrgang für Revolutionen, aber ausgezeichnet für Weinbrände.«

Kurz darauf sitze ich mit dem Arm um Aylin in Reihe 8. Als das Licht ausgeht und der erste Werbespot erscheint, wird mein Vater unruhig. Nach einer halben Minute brüllt er nach hinten:

»Schärfer! SCHÄRFER!«

Meine Mutter öffnet ihre Handtasche und reicht ihm eine Brille, dank der er jetzt verblüfft feststellt, dass das Bild bereits scharf *ist.* Der Saal lacht – und ich bin froh, dass Dimiter Zilnik und Ingeborg Trutz ein paar Reihen hinter uns sitzen, sodass der Schall von Dimiters blechernem Husten vom Schmatzen zweier übergewichtiger Nerds in Spongebob-T-Shirts übertönt wird, die sich eine Giga-Packung Popcorn und vier Portionen Käse-Nachos teilen. In einer kurzen Schmatzpause kriege ich mit, dass Dimiter Zilnik bereits während eines Trailers für *Harry Potter und der Halbblutprinz* in die erste REM-Tiefschlafphase geraten ist und irgendwelche unverständlichen Brocken vor sich hin murmelt. Mein Vater beugt sich zu mir:

»Basiert *Harry Potter* eigentlich auf der Idee von Goethes *Zauberlehrling*?«

»Keine Ahnung. Aber ich bin froh, dass Dimiter Zilnik nicht Regie geführt hat – sonst wäre Lord Voldemort wahrscheinlich ein serbischer Kriegsverbrecher und Dumbledore eine Prostituierte.«

»Aber klingt doch unheimlich interessant, was Dimiter aus *Romeo und Julia* macht. Ich bin schon gespannt auf die Premiere.«

Meine Mutter wendet sich an Aylin:

»Deine Eltern müssen unbedingt kommen – sie kennen Ingeborg ja jetzt auch, und sie haben sie noch nie auf der Bühne gesehen.«

Das letzte Mal, als ich Ingeborg Trutz auf der Bühne gesehen habe, hat sie sich als Gretchen mit Theaterblut das Wort »Gott« auf die nackten Brüste geschrieben – eine typische Dimiter-Zilnik-Inszenierung. Ich bin sicher, dass wir derartige kulturelle Erfahrungen nicht mit Familie Denizoğlu teilen sollten, und versuche deshalb, Aylin mit panischem Blick und heftigem Kopfschütteln zu stoppen. Vergeblich.

»Au ja – ich sage Anne und Baba Bescheid. Sie freuen sich bestimmt.«

Hervorragend. Jetzt darf der neue Hochzeitstermin auf gar keinen Fall nach der Premiere liegen. Denn auch wenn Türken vieles ignorieren können – eine Dimiter-Zilnik-Premiere garantiert nicht.

32

11 000 Jahre nach der Präborealzeit.

Wir gehen vom *Cinedom* in Richtung Friesenplatz. Aylin hat sich bei meiner Mutter untergehakt und unterhält sich so gut mit ihr, dass sie ständig kichern und sich alle zwanzig Meter umarmen. Einerseits finde ich es toll, dass meine zukünftige Frau und meine Mutter sich verstehen. Andererseits höre ich, dass des Öfteren mein Name fällt, und das macht mir irgendwie Angst.

Vor dem »Cap Royal« am Hohenzollernring bleiben wir stehen. Drinnen hippes Volk. Wenn ich mit Aylin, Mark und Tanja da reingehe, werden meine Eltern bestimmt mit Ingeborg Trutz und Dimiter Zilnik zum »Le Moissonnier« weiterziehen. Ich versuche, eine Verabschiedung einzuleiten:

»Tja, also dann ...«

Mein Vater hat genau verstanden, was ich will:

»... wollen wir mal reingehen.«

Mark und ich gehören schon zu den Älteren im »Cap Royal«, aber meine Eltern, Dimiter Zilnik und Ingeborg Trutz sorgen hier für eine ebenso große Überraschung wie die Dinosaurier in *Ice Age 3*.

Die Filmvorführung verlief ohne größere Zwischenfälle – abgesehen vom Zigarrenduft, der nach einer halben Stunde darauf hindeutete, dass Dimiter Zilnik wieder aufgewacht war; und abgesehen von Ingeborg Trutz' theatralischer Heulattacke bei der Szene, als bei Säbelzahntiger Diego die Kräfte schwinden.

Jetzt trinkt mein Vater zum ersten Mal in seinem Leben einen Mai Tai und räuspert sich. Das hat nichts Gutes zu bedeuten.

»Also, es war relativ schnell klar, dass der Film bewusst auf die korrekte Abbildung der Präborealzeit verzichtet – zugunsten einer wirren Ansammlung zum Teil erfundener sprechender Lebensformen, die nach dem Zufallsprinzip ständig in irgendwelche sinnlosen Kämpfe geraten und diese aus unerklärlichen Gründen nur deshalb überleben, weil sämtliche physikalischen und biologischen Naturgesetze nicht existieren.«

Dimiter Zilnik hat in knapp fünf Minuten zwei doppelte Johnnie Walker auf ex getrunken, sodass seine Zunge sich löst:

»Also, ich fand den Film hervorragend.«

Mein Vater schaut ihn entsetzt an. Genau diesen Effekt wollte Dimiter Zilnik erreichen. Ich habe schon oft erlebt, dass er eine Meinung nur für den dramaturgischen Effekt vertritt. So bezeichnete er die Abholzung der Regenwälder als ›interessantes naturwissenschaftliches Experiment‹, hielt die RTL-Sendung *Frauentausch* für einen ›grandiosen Abschluss der Postmoderne‹ und sah in einem Drohvideo der El Kaida ›die intensivste Inszenierung seit Castorfs *Nibelungen*-Adaption an der Berliner Volksbühne‹.

Mein Vater ist mal wieder vor den Kopf gestoßen:

»Hervorragend – inwiefern? Ich meine, was …«

»Für mich ist dieser Film eine surreale Fabel, die das Drama der Balkankriege beleuchtet.«

»Was?«

»Die Dinosaurier leben unter der Erde weiter. Das ist natürlich eine Metapher.«

»Für die Russen?«

»Selbstverständlich. Besonders deutlich wird das Drama an der Figur des Faultiers Sid, der die Saurierjungen aufzieht, also das russische Erbe symbolisch adoptiert. Und dann Angst hat, von der Sauriermutter, also von der Vergangenheit, aufgefressen zu werden.«

Dimiter Zilnik lächelt, und mein Vater muss nachdenken. Ich bin nicht sicher, ob Dimiter Zilnik es wirklich ernst meint oder meinen Vater nur provozieren will. Ich versuche, das Gespräch umzulenken.

»Sid wurde übrigens von Otto Waalkes synchronisiert.«

Dimiter Zilnik trinkt einen weiteren Whisky auf ex.

»Tja, Bruno Ganz hätte die seelischen Abgründe sicher besser verkörpert. Dafür bildet Ottos Stimme einen ironischen Kontrast zur Komplexität des Themas. Also schon fast wieder ein Verfremdungseffekt im Brecht'schen Sinne. Schwierige Frage, ob es eine Fehlbesetzung ist. Wahrscheinlich schon.«

Mark und ich tauschen betroffene Blicke aus. So macht es keinen Spaß. Nach einem Animationsfilm muss man sich die besten Szenen erzählen und mit lustigen Geräuschen nachspielen, damit man sich noch mal kaputtlachen kann. Das ist wie Wiederkäuen und gehört zum Filmvergnügen unbedingt dazu. Eine intellektuelle Analyse macht alles kaputt. Aber Gott sei Dank sitzt ja auch noch meine Mutter am Tisch:

»Daniel?«

»Ja?«

»Otto Waalkes kannst du doch auch so toll imitieren.«

»Ja. Aber nicht jetzt.«

»Ich weiß. Das muss spontan kommen.«

»Super. Du hast es verstanden, Erika.«

»Vielleicht sagst du nur einmal kurz *Palim Palim.*«

»Das war nicht Otto Waalkes, sondern Dieter Hallervorden.«

»Stimmt, den kannst du ja auch!«

Ich seufze. Plötzlich und unerwartet kommt mir Dimiter Zilnik zu Hilfe:

»Erika, was soll das? Imitieren ist ein Handwerk, keine Kunst. Der Junge muss seinen eigenen Ausdruck finden.«

Wenn er mit eigenem Ausdruck die Karriere von Bernd Banane meint, hat er auf jeden Fall recht. Bei meinem Vater, der in Gedanken war und seinen Mai Tai schon ausgetrunken hat, scheint ein Groschen gefallen zu sein:

»Du hast recht, Dimiter! Es könnte tatsächlich eine Metapher sein. Der Säbelzahntiger zum Beispiel ...«

Ingeborg Trutz, die schon die ganze Zeit feuchte Augen hatte, bricht jetzt in Tränen aus:

»Das ist so traurig, dass diese stolzen Tiere ausgestorben sind. Als meine Katze Lysistrata mit 13 Jahren so schwach wurde, dass sie nicht mehr auf ihren Kratzbaum klettern konnte ... O Gott, Lysistrata ...«

Die coolen jugendlichen Gäste schauen Ingeborg Trutz, die nun hemmungslos schluchzt, irritiert an, während der Cocktailkellner darüber nachdenkt, wie er uns am besten hinauskomplimentiert. Eigentlich wäre Ingeborg Trutz der optimale Besuch für die kranke Tante Emine – von ihrer emotionalen Intensität wären sogar die Türken beeindruckt. Mein Vater räuspert sich erneut:

»Um auf den Film zurückzukommen: Du hast vielleicht recht, Dimiter, dass er doch tiefgründiger ist, als es zunächst den Anschein hat.«

Dimiter Zilnik mag es überhaupt nicht, wenn jemand ihm recht gibt – schließlich steht er dann nicht mehr allein mit seiner Meinung, ist also nichts Besonderes mehr:

»Eigentlich fand ich den Film albern.«

»Und die Metapher?«

»Ich bezweifle, dass die Filmemacher überhaupt vom Balkan-Konflikt wissen.«

Derweil hat Ingeborg Trutz das Drama ihrer Katze noch nicht zu Ende verarbeitet:

»Ich habe ihr jeden Morgen drei *Brekkies* oben auf den Kratzbaum gelegt. Und wenn ich wiederkam, waren sie weg. Aber an diesem Abend ...«

Sie wimmert und schnäuzt in ein Taschentuch. Dimiter Zilnik schaut sie mit einem leidenden Schauspieler-sind-eine-hirnlose-Masse-die-man-kneten-muss-Blick an:

»Herrgott, sie lag auf dem Sofa.«

»Ja, aber ich dachte, sie war tot.«

»Ingeborg, das ist drei Jahre her und sie lebt noch. Lysistrata kommt nur deshalb nicht mehr auf den Kratzbaum, weil du sie so gemästet hast, dass sie vor lauter Fett nicht mehr klettern kann.«

Ingeborg Trutz hält kurz inne. Dann schaut sie in namenlose Fernen und haucht:

»Trotzdem. Irgendwann ... wird sie sterben.«

Ingeborg Trutz kämpft tapfer gegen ihre Tränen. Plötzlich funkeln Dimiter Zilniks Augen:

»Das ist es! Halt das! Genau dieses Gefühl habe ich gemeint!«

»Welches Gefühl?«

»Julias Erschrecken, als ihr bewusst wird, dass Romeo zehntausend Kroaten brutal abgeschlachtet hat.«

Während Mark mitleidig seufzt und Tanja unwillkürlich zum Notausgangsschild rüberschielt, schauen meine Mutter und Aylin mich liebevoll lächelnd an. Ich ahne Schlimmes. Dann sagt Aylin einen folgenschweren Satz:

»Das war ein unheimlich toller Abend! Das müssen wir jetzt öfter machen.«

Ich gebe meiner Gesichtsmuskulatur den Auftrag, ein Lächeln darzustellen. Sie verweigert mir den Gehorsam. Mir wird klar: Aylin und ich – wir müssen reden.

33

11 000 Jahre und zwei Stunden nach der Präborealzeit.

Als wir wieder das *Cinedom*-Parkhaus betreten und uns dem Ford Focus nähern, erinnere ich mich: Ich habe auf einem Frauenparkplatz geparkt. Noch vor ein paar Tagen hätte ich deshalb das Gefühl gehabt, ich müsste zur Wiedergutmachung dieser Schande mindestens ein Jahr lang die *Emma*-Redaktion putzen. Aber jetzt verspüre ich sogar Lust, mir eine Zigarette anzuzünden, nur weil an der Wand ein Rauchverbotsschild hängt. Lediglich zwei Dinge halten mich davon ab: Erstens bin ich Nichtraucher, und zweitens habe ich keine Zigaretten dabei.

Während wir aus dem Parkhaus fahren, überlege ich, wie ich Aylin die goldene Regel der strikten Eltern-Freunde-Trennung schonend beibringen kann. Sie scheint meine Gedanken zu erraten:

»Worüber grübelst du nach?«

»Na ja ...«

»Was?«

»Also, es ist so ... Nein, es ist spät. Lass uns morgen reden.«

»Daniel, ich will wissen, was los ist.«

»Du darfst das jetzt nicht falsch verstehen ... Aber ... also ...«

»Na los, spuck die dicke Bohne aus dem Mund!«

»Türkische Redensart?«

»Ja.«

»Gut, dann werde ich die dicke Bohne mal ... Also, ich fand es wirklich lieb von dir, aber ... in Deutschland geht man nicht zusammen mit Freunden und Eltern ins Kino.«

»Aber ich dachte, du liebst deine Eltern.«

»Ja, sicher. Und meine Freunde liebe ich auch. Aber gerne an verschiedenen Orten.«

»Warum?«

»Du hast doch gesehen, was passiert ist.«

»Ja. Deine Eltern hatten unheimlich viel Spaß.«

»Exakt das ist der Punkt. *Meine Eltern* hatten Spaß. Und ich glaube, Ingeborg und Dimiter haben sich auch ganz gut amüsiert.«

»Ja. Obwohl Dimiter in die Nase trinkt und nicht in den Mund.«

»Wie, in die Nase?!«

»Sagt man doch, wenn jemand zu viel trinkt: Er trinkt in die Nase und nicht in den Mund.«

»Ach so. Nein, wir sagen: Er hat über den Durst getrunken ... Kann es sein, dass du türkische Redensarten benutzt, um mich vom Thema abzulenken?«

Aylin grinst.

»Aylin, weißt du, ich habe es gerade mithilfe meiner Therapeutin geschafft, meinen Eltern Grenzen zu setzen ...«

»Grenzen? Wofür?«

»Na ja, man muss seinen Eltern doch Grenzen setzen.«

»Aber wozu soll das gut sein?«

»Na ja, damit sie sich nicht einmischen.«

»Worein?«

»In mein Leben.«

»Aber sie sind deine Eltern.«

»Ja und?«

»Eltern mischen sich immer ein.«

»Es sei denn, man setzt Grenzen.«

»Das hört sich irgendwie sehr deutsch an. Grenzen setzen.«

»Das sind die beiden Vorteile der deutschen Kultur: Du fährst nicht über Rot, und du setzt deinen Eltern Grenzen. Beides kann dein Leben retten.«

Aylin sagt nichts mehr, sondern schaut stumm aus dem Fenster. Sie ist enttäuscht. Das geht natürlich nicht. Diesen Zustand muss ich aber mal ganz schnell beenden.

»Äh, Aylin, ich habe gerade noch mal drüber nachgedacht, und dabei ist mir die Erkenntnis gekommen, dass der Abend in Wirklichkeit *doch* unheimlich toll war. Ich war seit über zehn Jahren nicht mehr mit meinen Eltern im Kino, und irgendwie hat es was. Und du hast recht, sie haben sich unheimlich gefreut.«

»Daniel, du bist soooooo süß.«

»Bin ich?«

»Ja. Das ist so lieb von dir, dass du mich anlügst.«

Ich habe immer noch Probleme, die orientalische Logik zu verstehen. Eine Lüge scheint selbst dann noch okay zu sein, wenn sie durchschaut wird. Irgendwie ist wohl alles besser als die Wahrheit. Egal, Aylin lächelt wieder, das ist die Hauptsache. Und wenn sie meine Eltern noch mal anschleppt ... dann kann ich mir immer noch überlegen, wie ich reagiere.

Eine knappe halbe Stunde später liege ich bei Kerzenschein in meinem Bett. Neben mir, auf dem Nachttisch, stehen zwei Gläser Rotwein, und ich warte darauf, dass Aylin aus dem Bad kommt. Ich habe mein Handy abgeschaltet und Aylin hat ihr iPhone auf lautlos gestellt – eine Handlung, die von einigen Familienmitgliedern bestimmt als Verrat an der türkischen Kultur interpretiert würde.

Kerzenlicht, Rotwein ... Irgendetwas fehlt. Ach ja, Musik. Ich gehe zum CD-Player und lege die *Kuschelrock 7* ein, die mir Mark mit den Worten »Falls der unwahrscheinliche Fall eintreten sollte, dass du eine Frau abschleppst« zum 20. Geburtstag geschenkt hat. Dann fällt mir ein, dass meiner ersten Freundin Melanie beim Lied *Forever Young* von Alphaville nach einer Niesattacke ein halbes Gummibärchen aus dem linken Nasenloch rutschte, und ich entscheide mich spontan um und wähle die *Kuschelklassik Piano Dreams 2*, die ich mal um drei Uhr nachts betrunken bei Amazon bestellt habe, zusammen mit den ersten drei Staffeln *Frasier* und einer Sigmund-Freud-Action-Figur aus Plastik.

Als die ersten zarten Klänge der *Earth-Song*-Klassikklavierversion ertönen, genieße ich den Duft von Aylins Duschgel, der aus dem Bad kommt, und lasse die schummrig-romantische Atmosphäre auf mich wirken. Die so schummrig-romantisch ist, dass mir das blinkende Display von Aylins iPhone sofort ins Auge fällt. Der Name ›Abdullah Amca‹ wird angezeigt. Warum ruft er nach Mitternacht an? Will er etwa doch noch zurückkommen? Nein, ich lasse mir nicht noch ein zweites Mal von Aylins Familie die Erotik vermiesen. Ich drehe das iPhone um. Trotzdem kann ich erkennen, dass es weiter blinkt. Ich lege ein Kissen drauf.

Jetzt fühle ich mich als schlechter Mensch, weil ich Onkel Abdullahs Anruf geheim halte. Das darf doch nicht wahr sein! Haben wir denn kein Recht auf Privatsphäre? Als wäre es unsere staatsbürgerliche Pflicht, jederzeit Gewehr bei Fuß zu stehen, wenn irgendein Familienmitglied irgendwas von uns will. Ich hebe das Kissen hoch.

Das Display blinkt weiter.

Das Display blinkt weiter.

Das Display blinkt weiter.

Diese Penetranz! Onkel Abdullah hat nicht das geringste Gespür dafür, was hier los ist. Aber nicht mit mir! Ich werde jetzt mein Recht auf freie Entfaltung der Persönlichkeit wahrnehmen und den Anruf ignorieren.

Das Display blinkt weiter.

Das Display blinkt weiter.

Ich schalte das iPhone aus.

Jaaaaaaa, ich hab's geschafft!!! Wir sind freie Menschen!!! Ich habe uns von den Geißeln der modernen Informationsgesellschaft befreit.

Ich höre, wie Aylin das Wasser abdreht und aus der Dusche steigt. Ich lege mich in Position und versuche, irgendwie locker, aber doch auf männliche Art verführerisch auszusehen. Was gar nicht so leicht ist.

Aylin summt im Bad vor sich hin. Mein Blick bleibt an ihrem iPhone haften. Es wirkt irgendwie tot, wenn es abgeschaltet ist ... Manchmal schaffe ich es, sogar Gegenständen gegenüber ein schlechtes Gewissen zu entwickeln. Als mein letzter Staubsauger kaputtging, habe ich ihn am Abend zu einem großen Haufen Sperrmüll an den Straßenrand gestellt und bin dann mitten in der Nacht mit dem Gefühl aufgewacht, dass er bestimmt traurig ist und mich als undankbar empfindet – nach allem, was er für mich getan hat. Ich bin dann zum Fenster gegangen, und als ich ihn so alleine neben einer alten Matratze stehen sah, bekam ich dasselbe Mitleid wie damals mit »E.T., dem Außerirdischen«, als der von seinen Mit-Aliens einfach auf der Erde vergessen wurde. Die Nacht führt manchmal zu eigenartigen Bewusstseinszuständen. Und, auch wenn mir das inzwischen peinlich ist: Als ich um halb sieben vom Lärm des Sperrmüllwagens geweckt wurde, habe ich meinem Staubsauger zum Abschied zugewinkt. Das darf meine türkische Familie niemals erfahren!

Jetzt bring deine Gedanken unter Kontrolle, Daniel! Die schönste Frau der Welt wird gleich nackt vor dir stehen, und dann ... Aber was ist, wenn Onkel Abdullah doch noch zurückkommt? Um 23 Uhr 27 fährt ein Intercity aus Düsseldorf ab, der um 23 Uhr 49 in Köln ankommt. Wenn Onkel Abdullah dann ein Taxi genommen hätte, wäre er schon hier. Aber wenn er in die Straßenbahn gestiegen ist ... Hör auf, Daniel! Morgen sagst du Aylin, dass Abdullah angerufen hat, und alles ist gut.

Lebe im Hier und Jetzt. Und da gibt es nur dich und Aylin. Und sonst nichts. Lebe im Hier und Jetzt. Das ist der Schlüssel zum Glück.

Ich hätte Onkel Abdullah nicht den Schlüssel geben sollen. Dann müsste er klingeln und wir wären gewarnt ... Vielleicht sollte ich ihn zurückrufen und fragen, ob er noch in Düsseldorf ist? Herrgott, Daniel, entspann dich!

Die Badezimmertür öffnet sich. Mit nassen Haaren sieht Aylin noch verführerischer aus. Sie schickt mir einen heißen Blick, der mir sofort unter die Haut geht. Leider hat sie sich mein 1. FC-Köln-Badehandtuch um den Körper gewickelt, sodass jetzt zwei Gedanken gleichzeitig in meinem Kopf auftauchen:

1. Ich begehre Aylin so sehr wie keine Frau jemals zuvor.
2. Wird der 1. FC Köln am Samstag in Frankfurt wohl mit 4-4-2- oder 4-5-1-System antreten?

Dann kommt es in nur zwei Sekunden zu folgender Gedankenkette: 1. FC Köln – Geißbock – kölsch wie der Geißbock – Süffels Kölsch – Jupp Süffels – Schnurrbart – Onkel Abdullah.

Aylin schaut mich irritiert an:

»Alles in Ordnung, Daniel?«

»'tschuldigung, war kurz abwesend.«

»Was ist denn?«

»Nichts.«

Aylin legt sich zu mir und nimmt ein Glas Rotwein, wobei sich das Handtuch öffnet und herunterrutscht. Wir stoßen an, trinken und schauen uns tief in die Augen. Es läuft perfekt. Sieht man von der Tatsache ab, dass ich immer noch ein schlechtes Gewissen habe:

»Du bist doch nicht böse, wenn ich dein iPhone abgeschaltet habe, oder?«

Aylin schaut mich überrascht an.

»Du hast mein iPhone abgeschaltet?«

»Ja.«

»Okay.«

»Okay?«

»Ja, okay. Ich meine, es ist ja nicht verboten, sein iPhone auszuschalten.«

»Exakt. Genau das hab ich auch gedacht.«

Jetzt geht es mir besser. Ich knabbere an Aylins Schulter und spüre, wie Aylin sich verkrampft. Mir wird klar: Ich habe einen Fehler gemacht. Aylin grübelt:

»Ich meine, es ist nach Mitternacht – da ruft keiner mehr an.«

»Genau.«

»Also jedenfalls *wahrscheinlich* nicht.«

»Exakt.«

»Es sei denn, es wäre ein Notfall.«

»Genau.«

»Dann können wir's ja auch eigentlich anlassen, Daniel.«

»Wieso?«

»Na, weil ja wahrscheinlich keiner anruft.«

»Aber im Notfall wissen sie ja, dass du hier bist. Dann können sie uns übers Festnetz erreichen.«

»Du weißt doch, dass ich offiziell bei Emine übernachte.«
»Bei welcher Emine?«
»Ist doch egal. Auf jeden Fall bin ich offiziell nicht hier.«
»Aber deine Eltern wissen, dass du hier bist.«
»Glaube schon.«
»Gut, dann lassen wir's also aus.«
»Okay.«
»Und Onkel Abdullah kannst du morgen früh zurückrufen.«
Ich küsse Aylins Hals in der Hoffnung, dass sie meinen letzten Satz überhört hat. Vergebens.
»Onkel Abdullah hat angerufen?«
»Ja.«
»Wann?«
»Gerade, als du unter der Dusche warst.«
»Was wollte er?«
»Weiß nicht. Bin ja nicht drangegangen.«
»Was???«
»Ich bin nicht drangegangen.«
»Aber jetzt denkt Onkel Abdullah, ich will ihn nicht sprechen.«
»Du willst ihn ja auch nicht sprechen.«
»Ja schon. Aber er darf nicht *denken*, dass ich ihn nicht sprechen will.«
»Warum nicht?«
»Weil das unhöflich ist.«
»Unhöflich ist es, nach Mitternacht anzurufen.«
»Aber vielleicht ist es ein Notfall.«
»Das ist unwahrscheinlich.«
»Aber möglich.«
Ich reiche Aylin das iPhone.
»Okay, jetzt bin ich selbst neugierig.«
Aylin schaltet das iPhone wieder ein und schaut mich sorgenvoll an:
»Ich hoffe, es ist nichts mit Tante Emine passiert.«
Ich höre, wie Onkel Abdullah sich meldet. Aylin redet aufgeregt Türkisch. Dann legt sie auf und lächelt mich an:
»Eine gute und eine schlechte Nachricht.«
»Zuerst die schlechte!«

»Onkel Abdullah ist in zehn Minuten hier.«

»Okay, wir beeilen uns!«

Ich verliere keine Zeit und küsse Aylins Hals. Drei Sekunden später wird mir klar, dass ich zu angespannt bin. Ich seufze:

»Und was ist die gute Nachricht?«

»Onkel Serkan war auch in Düsseldorf.«

»Hochzeitssalon-in-Leverkusen-Onkel-Serkan?«

»Genau.«

»Und das ist eine gute Nachricht.«

»Ja. Er hat nämlich gerade erfahren, dass für Samstag eine Hochzeit abgesagt wurde. Wir können den Saal haben, wenn wir wollen. Onkel Abdullah hat sofort Tante Emine gefragt – sie hat nichts dagegen. Sie meinte, der Kaffeesatz hat diesmal nicht die Wahrheit gesagt. Sie ist über den Berg.«

»Das heißt: Wir können schon am Samstag heiraten?«

»Ja.«

Ich bekomme eine Gänsehaut. Aylin und ich umarmen uns fest, während der CD-Player die Piano-Klassik-Version von *Über sieben Brücken musst du geh'n* ins Zimmer spült. Nur noch fünf Tage. Wenn wir einen Termin beim Standesamt kriegen. Und die Prognose aus dem Kaffeesatz sich nicht doch noch bewahrheitet. Und auch sonst niemand ernsthaft erkrankt. Und niemand rausfindet, dass ich kein Moslem bin. Und die Denizoğlus nach der *Romeo-und-Julia*-Premiere am Mittwoch keinen Rückzieher machen. Und Aylin nicht mehr ihr Leben an roten Ampeln aufs Spiel setzt.

Mach dich nicht verrückt, Daniel. Was ist das Schlimmste, das in den fünf Tagen passieren kann? Tja.

VIERTER TEIL

3. und 4. Februar

34

2 Tage, 1 Stunde, 35 Minuten vor der Hochzeit.

Am nächsten Morgen machen Aylin und ich im Kölner Standesamt den neuen Hochzeitstermin aus: Donnerstag, 5. Februar, elf Uhr im historischen Rathaus. Für Freitag und Samstag gab es keine Termine mehr, aber so können wir uns Donnerstagabend ganz auf die Hochzeitsnacht konzentrieren, Freitag den Saal schmücken und Samstag gelöst feiern.

Wir haben das Standesamt noch nicht verlassen, als Aylin die frohe Botschaft bereits per iPhone via SMS, Facebook, E-Mail und Skype möglichst vielen Familienmitgliedern, Freunden, Bekannten und Unbekannten verkündet hat.

Wenig später sitzen wir bei »Starbucks« am Friesenplatz. Die Nachricht von unserem neuen Hochzeitstermin gefällt auf Facebook bereits hundertachtunddreißig Menschen und hat siebenundvierzig Kommentare; Aylins iPhone piepst im Schnitt alle 6,3 Sekunden, um den Eingang einer Glückwunsch-SMS zu vermelden; und ich habe in fünfundvierzig Minuten mit über zwanzig vor Freude kreischenden Familienmitgliedern telefoniert, von denen ich sogar fast die Hälfte kannte. Jetzt stoßen wir mit Chai Latte auf unsere bevorstehende Hochzeit an. Aylin strahlt:

»Ich kann es noch gar nicht fassen, dass es so schnell geklappt hat.«

»Ich auch nicht. Das ist ... super!«

Habe ich gerade *super* gesagt? Das Wort ist viel zu banal für diesen außergewöhnlichen Anlass. Ich scanne meinen mentalen Thesaurus nach besseren Begriffen für das Hurra-wir-können-jetzt-doch-heiraten-Glücksgefühl durch und komme auf: toll, klasse, supi, spitze, geil, supergeil, megageil und geilomat. Offensichtlich ist mein Sprachzentrum von akutem Sauerstoffmangel befallen.

»Alles okay, Daniel? Daniel? Daniel?«

Ich schrecke aus einem Sekundenschlaf hoch.

»Ja. Alles ist ... äh ... super.«

Ich habe mal wieder eine schlaflose Nacht hinter mir. Aylin ist gegangen, als Onkel Abdullah wiederkam. Ich weiß nicht, wie er das schafft, aber er schnarcht schon während des Zähneputzens los. Und gestern Nacht hat er einen neuen Rekord aufgestellt – dieser Mann verursacht beim Schnarchen mehr Lärm als ein startender Düsenjet mit Hella von Sinnen und den Ten Tenors an Bord.

Um mich abzulenken, habe ich die ganze Nacht türkisches Fernsehen geguckt. Obwohl ich außer »Allah, Allah« und »Pezevenk« (Zuhälter) kein Wort verstanden habe, hielt ich sechs Folgen osmanischer Seifenopern hintereinander durch – in der Hoffnung, dass mein Gehirn davon aufweicht und ich einschlafen kann. Was natürlich nicht funktioniert hat. In einem Anflug nächtlichen Wahnsinns habe ich dann ab halb vier mithilfe meiner Stoppuhr interessante Statistiken über das Verhalten von Türken in Soaps erstellt:

28% der Zeit weint eine Frau, während sich Männer hilflose Blicke zuwerfen.
19% der Zeit weinen Frauen gemeinsam ohne Männer.
14% der Zeit tröstet eine Frau eine weinende Frau.
12% der Zeit versuchen Männer, hysterische Frauen zu beruhigen.
11% der Zeit streitet sich ein Liebespaar.
8% der Zeit versuchen Frauen, Männer zu überreden, eine Waffe nicht zu benutzen.
5% der Zeit versuchen heterosexuelle Paare, sich heimlich zu küssen, in Angst, dabei erwischt zu werden (davon werden sie in 43% der Fälle auch tatsächlich erwischt).
2% der Zeit werden Männer von streitenden Frauen beim Fußball-Gucken gestört.

1% der Zeit werden Männer von *weinenden* Frauen beim Fußball-Gucken gestört.

Aylin sieht mich fragend an. Ich kämpfe gegen den Schlaf.

»Hast du verstanden, Daniel? Ich habe gesagt, Onkel Serkan verrechnet die Kosten mit dem Ausfallhonorar vom Samstag. Dann müssen deine Eltern nicht draufzahlen.«

Schlagartig bin ich wach:

»Äh, Moment. *Meine* Eltern?«

»Ja, klar.«

»Wir dachten, *deine* Eltern zahlen.«

»Nein, es zahlt doch traditionell die Familie des Bräutigams.«

»In Deutschland zahlt die Familie der Braut.«

»Oh.«

»Oh.«

»Tja.«

»Und was sollen wir jetzt machen, Daniel? Vielleicht 50/50?«

»50/50? Aylin, das sind doch alles *eure* Gäste – wir wollten höchstens 50 Leute einladen, ich meine ...«

Aylin schmollt. Das ist natürlich ein Argument.

»... ich meine, 50/50 klingt fair. Ich rede mal mit Rigobert und Erika.«

Aylin lächelt wieder und will mich gerade mit einem Versöhnungskuss belohnen, als mal wieder ihr Handy klingelt. Diesmal ist es Reisebüro-Kenan. Aylin erschrickt, sagt dann mehrfach »O nein!« und »Allah, Allah«. Dazu macht sie ein bestürztes Gesicht. Mein Magen krampft sich zusammen. Ist Tante Emines Voraussage doch noch eingetroffen und eine Komplikation aufgetreten? Das Gespräch zieht sich viel zu sehr in die Länge.

»Allah, Allah ... O nein! Allah, Allah ... Allah, Allah ... O nein!«

Ich fürchte, ich werde bis zur Hochzeit bei jedem Anruf Panik kriegen. Aylins engster Familienkreis besteht aus gefühlt 500 Leuten – die können doch nie alle gleichzeitig gesund sein. Und ich kenne bisher nur eine Regel:

Verwandter zweiten Grades (Tante) + Herzinfarkt = Absage.

Aber was wäre, wenn ein Cousin einen Nierenstein hat? Was ist mit Gelbsucht bei Verwandten dritten Grades oder Borreliose bei angeheirateten Onkeln mütterlicherseits? Das macht mich verrückt: dass meine Hochzeit von einem einzigen Zeckenbiss abhängen kann. Meine Therapeutin hat mir zwar geraten, ich soll das Glas nicht als halb leer, sondern als halb voll betrachten. Aber immer wenn ich mir das Glas halb voll vorstelle, dann ist Kräuter-Bionade drin. Und ich *hasse* Kräuter-Bionade.

Ich weiß ja inzwischen: Alles ist Schicksal, und wenn der Beduine Pech hat, fickt ihn in der Wüste ein Polarbär. Trotzdem werde ich langsam nervös, denn Aylin telefoniert immer noch:

»Allah, Allah ... Inanmıyorum ... Allah, Allah ...«

Das Wort *Inanmıyorum* kenne ich inzwischen auch, weil es so oft verwendet wird. Es bedeutet: »Ich glaube es nicht.« Paradoxerweise wird es meistens in Kombination mit *Allah, Allah* verwendet.

Meine Nervosität steigt. Was auch immer Aylin gerade erfährt, es klingt dramatisch. In türkischen Telefonaten klingt zwar *alles* dramatisch, also auch, wenn Tante Ayşe die Knoblauchwurst angebrannt ist oder Onkel Mustafa ein Loch in der Socke hat. Aber etwas Dramatisches klingt eben auch dramatisch – und ich habe immer noch keine Methode gefunden, echte Dramatik von künstlicher Dramatik zu unterscheiden.

»Allah, Allah ... Allah, Allah ... Inanmıyorum ... Okay, ich sag's Daniel.«

Aylin legt auf, und ich warte in stiller Panik auf die Hiobsbotschaft.

»Daniel, es gibt zwei Probleme. Ein kleines und ein großes.«

»Okay, ich will zuerst das große hören. Nein, das kleine. Oder, halt! Doch zuerst das große.«

»Gut, zuerst das kleine: Kenan hat unsere gesamte Hochzeits-Dekoration über eBay an ein Paar in Rheda-Wiedenbrück versteigert. Die heiraten zwar erst in drei Wochen, haben aber schon alles abgeholt. Jetzt könnten wir die Sachen zurückkaufen, aber die haben 2500 Euro bezahlt und wollen jetzt 3500.«

»Und das große Problem?«

»Die Sitzordnung.«

»Was ist mit der Sitzordnung?«

»Du weißt doch: Beim ersten Termin gab es das Problem, dass

Emine nicht mit Ayşe gesprochen hat. Weshalb wir gesagt haben, wir machen zwei Familientische und beim Brautpaar sitzen nur die Eltern.«

»Stimmt, das war eine von deinen 372 SMS.«

»Jetzt hat sich Ayşe nach dem Herzinfarkt so rührend um Emine gekümmert, dass sie sich versöhnt haben.«

»Na wunderbar, dann können alle wieder an einen Tisch.«

»Das war nicht der Punkt. Emine muss sowieso noch im Krankenhaus bleiben.«

»Und was ist der Punkt?«

»Kenan hat gerade erzählt, dass Ayşe inzwischen nicht mehr mit Hatice redet, weil sie Emine nur einmal im Krankenhaus besucht hat.«

»Und da wären es wieder zwei Tische.«

»Außerdem hat sie sich mit der anderen Emine verkracht, weil sie immer noch ein Problem im Kaffeesatz sieht. Und sie redet auch nicht mehr mit ihrer Nichte Aysun, weil die während der OP im Kino war. Onkel Abdullah ist auch auf ihrer Liste – seit er gesagt hat, dass Emines Herzinfarkt eine Strafe von Allah für ihr Lotterleben war.«

»Moment mal. Erst hat Ayşe nicht mit Emine geredet, dann versöhnt sie sich mit Emine, redet aber mit niemandem mehr, der Emine schlecht behandelt hat.«

»Exakt.«

»Dann kommen die alle an den Leute-mit-denen-Tante-Ayşe-nicht-redet-Tisch.«

»Im Prinzip ja, aber die Kaffeesatzlese-Emine redet *auch* nicht mit ihrer Nichte Aysun …«

»Dann brauchen wir einen dritten Tisch.«

»… und Tante Hatice hat sich gestern mit Onkel Abdullah gestritten, weil sie in seiner Gegenwart ein Schweineschnitzel gegessen hat.«

»Okay, das wird kompliziert. Wir machen einfach nur Vierertische, dann kann sich jeder aussuchen, mit wem …«

»Das kostet zu viel Platz.«

»Dann müssen sie sich eben irgendwie arrangieren.«

»Das gibt eine Katastrophe: Die Frauen werden hysterisch;

dann kommen die Männer, wollen schlichten, und am Ende kommt's zur Schlägerei.«

»Aber kannst du der Familie denn nicht klarmachen, dass es aus Platzmangel nicht möglich ist ...«

»Entschuldigung, Daniel, aber du gehst von einer falschen und, tja ... sehr deutschen Vorstellung aus ...«

»Und die wäre?«

»Dass die Beteiligten ihren *Verstand* benutzen.«

35

1 Tag, 23 Stunden, 14 Minuten vor der Hochzeit.

»Emine, kannst du diese Unterlagen für mich kopieren, bitte?«

»Okay, Schwager.«

Ich warte. Nichts passiert. Dann höre ich Hühner gackern.

»Emine?«

»Hm?«

»Die Kopien?!«

»Okay.«

Ich warte. Dann ertönt das Blöken eines Schafs.

»Emine?«

»Yasemin hat mir ein Schaf geschenkt.«

»Großartig. Ich bin begeistert.«

»Jetzt hab ich mehr Schafe als Hühner.«

»Herzlichen Glückwunsch.«

Emine ist seit einer Stunde damit beschäftigt, virtuelle Tiere zu kaufen, um damit im Internet einen imaginären Bauernhof zu betreiben. Was natürlich Priorität hat.

»Emine, die positive Entwicklung deines Farmbetriebs freut mich wirklich sehr. Und dass du für das Pflanzen eines Apfelbaums mit dem getigerten Schwein belohnt wurdest, sollte bei Gelegenheit gefeiert werden. Aber solange du hier arbeitest, musst du mit *Farmville* Pause machen. Okay?«

»Okay. Oh. Auf Kenans Farm hat sich eine rosa Kuh verirrt. Die muss ich unbedingt noch adoptieren.«

Ich seufze. Wahrscheinlich bin ich der einzige Chef der Welt, der seiner Untergebenen die virtuelle Adoption einer rosafarbenen Kuh als Entschuldigung durchgehen lässt.

»Aber wenn du die rosa Kuh hast, machst du die Kopien.«

»Klar ... Dann brauch ich nur noch die weiße fliegende Kuh und das Schaf auf dem Motorrad.«

Das darf ja wohl nicht wahr sein! Dabei hat mein Tag so schön begonnen: Erst der neue Hochzeitstermin und dann habe ich mir auf dem Weg zur Arbeit die deutsche Überkorrektheit weiter abtrainiert:

1. Ich habe die zehn Cent, die mir der Büdchenbesitzer für die Cola-Dose zu viel rausgegeben hat, einfach behalten und beschlossen, mit dem schlechten Gewissen zu leben.
2. Ich bin am Friesenplatz bei Rot über die Straße gegangen.
3. Ich habe die leere Cola-Dose in eine *private* gelbe Tonne geworfen. (Sicher, es wäre *noch* rebellischer gewesen, wenn ich sie in eine private blaue Tonne geworfen hätte, aber man muss ja nicht alle Prinzipien auf einmal über den Haufen werfen.)
4. Ich bin in der Venloer Straße bei Rot gegangen.
5. Ich bin in der Brüsseler Straße bei Rot gegangen.
6. Ich habe den Typ von *McFit*, der mich anwerben wollte, mit der Lüge gestoppt, dass ich schon Mitglied bin.

Anschließend habe ich beim Lesen des *Kölner Express* Wesentliches über unsere Welt gelernt: Peter Maffay schwört auf Klappmesser, Nelly Furtado hat einen Töpferkurs besucht, und in Salt Lake City wurde eine Demo gegen die vom Menschen verursachte Klimaerwärmung von einem Schneesturm gestoppt.

Danach habe ich bei Facebook erfahren, dass Mark jetzt mit Gott befreundet ist – also ein ganz normaler Arbeitsbeginn. Bis Emine siebenunddreißig Minuten zu spät in meinem Büro eintraf, natürlich ohne sich zu entschuldigen, und mich seitdem durch konstantes Desinteresse an mir und ihrem Job wahnsinnig macht.

»Emine, jetzt komm schon. Muss ich denn erst wütend werden?«

Eine leere Drohung. Ich *bin* ja schon wütend. Es ist mir nur physisch unmöglich, meine Umwelt daran teilhaben zu lassen. Ich weiß zwar theoretisch, dass ich meine Stimme erheben und Sätze sagen müsste wie: ›So, mir reicht's! Entweder, du machst jetzt *sofort* Kopien, oder du kannst nach Hause gehen.‹ Aber in der Praxis habe ich auf diesen Teil des menschlichen Verhaltensrepertoires keinen Zugriff. Emine lacht:

»Guck mal, Schwager, mit der rosa Kuh kann ich Erdbeermilch produzieren.«

Auf meinem Laptop-Monitor leuchten seit gut zehn Minuten zwanzig verschiedene Entwürfe für den Schriftzug »Echt typisch kölsch«. Ich sollte mich jetzt für einen davon entscheiden. Stattdessen taucht in meinem Kopf meine Biologielehrerin auf, an die ich seit über zehn Jahren nicht mehr gedacht habe, und erklärt mir, dass es erstens keine rosa Kühe gibt und dass diese zweitens, selbst wenn es sie geben würde, keine Erdbeermilch produzieren könnten.

Verdammt noch mal, alle Praktikantinnen dieser Welt machen Kopien, nur meine nicht.

»Also, Emine, was ist mit den Kopien?«

»Kommen sofort, Schwager.«

Mir ist längst klar, dass das Wort ›sofort‹ sowohl eine europäische als auch eine orientalische Bedeutung hat – das gilt übrigens für alle Zeitangaben:

Begriff	**Europäische Bedeutung**	**Orientalische Bedeutung**
Sofort	Innerhalb der nächsten ein bis zwei Minuten.	Erst mal nicht.
Gleich	Innerhalb eines Zeitrahmens, der etwa zwischen einer Minute und einer Stunde liegen kann.	Jedenfalls nicht in dieser Woche.
Heute	Heute.	Vielleicht morgen.
Morgen	Morgen.	Nie.
In einer Minute	In einer Minute.	Wenn innerhalb der nächsten zwei bis drei Tage nichts passiert, einfach noch mal nachfragen.

Obwohl ich es prinzipiell beneidenswert finde, dass der Orientale an sich weniger stressanfällig ist als ich, habe ich doch das Gefühl, dass ich als Boss irgendwann mal was sagen sollte, wenn die Praktikantin seit zwei Stunden *Farmville* spielt. Sarkasmus ist das, was in meinem Verhaltensinventar dem Äußern von Wut noch am nächsten kommt:

»Emine, ich bin mir der überragenden Bedeutung deiner Tätigkeit voll bewusst. Wahrscheinlich wären rosa Kühe ohne dich schon ausgestorben, und du wirst dafür irgendwann das Bundesverdienstkreuz erhalten. Aber auch das Kopieren ist eine heilige Aufgabe, und du musst dich ihr in deinem Leben irgendwann stellen.«

Emine schaut mich mit leerem Blick an.

»Was meinst du, Schwager?«

Sarkasmus wirkt leider nur bei Menschen, die ihn verstehen.

»Ich meinte, du wolltest diese Unterlagen kopieren.«

»Okay, Schwager. Oder soll ich dich jetzt Chef nennen?«

»Nenn mich einfach Daniel.«

»Okay, Schwager.«

Ich seufze.

»Was ist, Schwager?«

»Die Kopien?!«

»Kommen gleich.«

»Nicht gleich. *Jetzt.*«

Für eine Sekunde denke ich, dass Emine genervt aufstöhnt, aber in Wirklichkeit hat nur die rosa Kuh gemuht. In diesem Moment kommt Ulli rein, der trotz 22 Grad Celsius in der Firma einen dicken Wollschal um den Hals gewickelt hat:

»Du, Daniel, ich hab hier mal einen Entwurf fürs CD-Cover von Bernd Banane.«

Er überreicht mir einen Ausdruck, auf dem Bernd Banane im gelben Glitzeranzug posiert und in James-Bond-Manier eine Banane in der Hand hält, als wäre es eine Pistole. Es sieht genauso albern aus, wie wir es haben wollten. Ich lache:

»Perfekt, Ulli! Dagegen hat selbst Jürgen Drews eine erhabene Ausstrahlung.«

Emine wendet sich Ulli zu und redet plötzlich mit einer Ich-bin-auf-der-Suche-nach-einem-geeigneten-Sexualpartner-und-dabei-ziemlich-kompromissbereit-Stimme:

»Du, Ulli, kannst du mir einen Gefallen tun?!«

Ich kann beobachten, wie sich der freie Wille aus Ullis Gehirn verabschiedet.

»Einen Gefallen? Ja. Klar.«

»Kannst du diese Unterlagen kopieren?«

»Sicher.«

»Super. Und bringst du mir aus der Küche 'ne Cola mit?!«

»Kommt sofort.«

Emine lächelt mich kurz an und widmet sich dann dem Verkauf von frischer Erdbeermilch.

Eine Stunde später sitze ich bei Rüdiger Kleinmüller im Büro. Mein Chef instruiert gerade telefonisch seine Sekretärin:

»... der soll gefälligst seinen Arsch hier in meine Firma schwingen – ich bin doch kein Hansel, der es nötig hat, für 10 000 Euro bei einem Mittelstands-Arschloch anzutanzen und um den Auftrag zu betteln. Für wen hält der sich eigentlich?«

Wütend drückt Kleinmüller den Knopf seines schnurlosen Telefons. Das ist zweifellos ein Nachteil des Fortschritts – dass man nicht mehr den Hörer auf die Gabel knallen kann wie früher. Es ist unmöglich, seine Wut durch das Drücken eines Knopfes abzureagieren. So bleibt nach einem unangenehmen Telefonat immer ein Wutrest übrig, der dann irgendwo anders hinmuss. Normalerweise zum nächsten Gegenstand, der in der Nähe ist. In diesem Fall zu mir:

»Daniel, wo ist das Plakat? Es sollte doch schon fertig sein!«

Zum Glück bin ich in der Kunst der eleganten Ausrede geschult:

»Ich wollte noch über das Motiv sprechen.«

»Der Dom. Wie immer bei Süffels Kölsch.«

»Ja, wir haben aber mal über Alternativen nachgedacht: zum Beispiel das Millowitsch-Denkmal, die KölnArena oder ein paar schöne Altstadthäuser. Dann hatte Karl die Idee, dass sich eine Cheerleaderin des 1. FC Köln den Schriftzug *Echt typisch kölsch* als Arschgeweih tätowieren lässt – das fand ich echt ...«

Rüdiger Kleinmüller schaut mich traurig an. Ich verstehe:

»... oder wir nehmen einfach den Dom.«

»Hey, you got it.«

»Und was ist mit *neuen Wegen*?«

»Hier, lies selbst.«

Rüdiger Kleinmüller dreht seinen Monitor mit einer E-Mail zu mir:

> Sehr geehrter Herr Kleinmüller,
> wie ich Ihnen bereits im persönlichen Kontakt zu verstehen gegeben versucht haben wollte, möchten wir bezüglich der Plakatgestaltung einmal neue Wege zu gehen gedenken.
> Traditionell wurde die Fotografierung des Doms immer von der Frontseite her durchzuführen getätigt. Nun sind wir gemeinsam einstimmlich der Entscheidung anheimgefallen, den Standpunkt des Fotografen 200 Meter nach links zu verlegen. Auf diese Weise wird die Dom-Südseite zu größerer Proportionierung gelangen und somit einer veränderten Ästhetik beiwohnen.
> Mit freundlichen Grüßen,
> Jupp Süffels.

Als ich fertig gelesen habe, sehe ich, wie Rüdiger Kleinmüller gerade Angela Merkel, deren Foto auf dem Cover des *Spiegel* prangt, ein Hitler-Bärtchen ins Gesicht malt. Ich frage mich, wer heutzutage noch ernsthaft Hitler-Bärtchen auf ein Foto malt und dabei denkt: Was bin ich nur für ein Rebell!

Kleinmüller beendet seine ›künstlerische Tätigkeit‹ und kippt einen Kaffee auf ex:

»Und – wie läuft es mit Bernd Banane?«

»Er ist am Freitagmorgen bei SAT.1 im Frühstücksfernsehen.«

»Und du meinst, der Plan mit *TV Total* und dem anschließenden YouTube-Hype geht auf, Daniel?«

»Es ist unsere einzige Chance.«

»Okay. Ralf Süffels muss am Freitag total gut drauf sein. Er soll sich für den absoluten Ober-Champ halten.«

»Genau so geht's.«

»Jep. Ich will, dass du mit nach Berlin fliegst.«

»Das geht nicht. Ich heirate am Donnerstag.«

»Schon wieder? Du hast doch erst letzte Woche geheiratet.«

»Ich hab doch erzählt, dass die Hochzeit ...«

»Ach ja. Der Onkel war gestorben.«

»Nein. Die Tante hatte einen Herzinfarkt.«

»Auch egal. So oder so – Familie ist immer scheiße, believe me.«

»Das finde ich nicht. Obwohl: Sie kann schon nerven.«

»Nerven? Familie ist Terrorherrschaft auf genetischer Grundlage.«

»Auf jeden Fall fliege ich am Donnerstag nicht nach Berlin.«

»Na schön. Das ist aber deine letzte Hochzeit in diesem Halbjahr. So, ich muss jetzt noch den Online-Werbedeal mit dieser Kondom-Firma eintüten. Die Arschlöcher wollen mich im Preis drücken – dann sollen die ihre Scheiße doch woanders machen.«

Ich mag Männer, die zu kernigen Aussagen fähig sind – vor allem, wenn hinter ihnen ein Rahmen mit dem Spruch hängt: ›Öffne dein Herz und sende jedem Lebewesen deine Liebe‹.

Als ich zurück ins Kreativbüro komme, sitzen Karl, Ulli und Lysa gemeinsam mit Emine an Karls Computer und spielen *Farmville*. Na bravo. Jetzt hält meine Praktikantin auch noch meine Mitarbeiter von der Arbeit ab. Karl nebelt zwar den Bildschirm ein, aber ich kann trotzdem einen Elefanten erkennen. Lysa redet mit Emine:

»Natürlich lohnt sich die Anschaffung eines Elefanten, der bringt Erdnüsse ein.«

Ulli stutzt:

»Seit wann produzieren Elefanten Erdnüsse? Das ist völlig unlogisch.«

»Das sagt jemand, der sich zur Hautkrebs-Vorsorge mit Edding ein Melanom unter die Achselhöhlen gemalt hat.«

»Natürlich war das logisch. Ich wollte testen, ob die Ärztin gründlich vorgeht.«

Jetzt sieht mich Emine:

»Hallo, Schwager. Hast du gerade was für mich zu tun ...?«

Na immerhin. Emine will sich endlich ihrem Job als Praktikantin widmen.

»... Ich muss nämlich mal für 'ne Stunde weg, okay?!«

»Okay ... Nein, Moment, das ist nicht okay. Wieso musst du weg?!«

»Tante Emine fühlt sich noch wackelig auf den Beinen, jetzt soll ich Stützstrümpfe besorgen.«

Meine Praktikantin stört nicht nur das Team und lenkt mich von meinen Aufgaben ab, sie überrascht auch mit einer sehr interessanten Interpretation des Wortes »Arbeitszeit«. Das darf ich nicht durchgehen lassen. Ich atme tief durch und spiele eine Autoritätsperson:

»Emine, du hast hier einen Job! Und in der Arbeitszeit besorgst du nur Dinge für *Creative Brains*.«

Ha! Das war überzeugend. Ich hab es mir selbst abgenommen. Ich bin der Boss. Emine rollt mit den Augen:

»Okay, und *was* soll ich besorgen?«

»Äh ... Heftzwecken.«

Heftzwecken? Warum habe ich Heftzwecken gesagt? Wir brauchen keine verdammten Heftzwecken. Alle schauen mich irritiert an. Ich muss noch was nachschieben.

»Aber äh ... Hauptsächlich auch ... Druckerpatronen.«

»Bitte. Wie du willst, Schwager.«

Emine zieht genervt ab. Ich habe gewonnen. Druckerpatronen brauchen wir zwar auch nicht, aber meine Autorität bleibt gewahrt. Das ist die Hauptsache. Ich muss auch vor Lysa, Karl und Ulli zeigen, dass ich den Laden im Griff habe. Ich lächele selbstzufrieden und werde von Lysas Stimme in die Realität zurückgeholt:

»Da, eine hässliche Ente! Wenn wir die adoptieren, wird sie in ein paar Tagen zum Schwan.«

»Das ist auch total unlogisch.«

»Ulli, du nervst.«

Als meine Mitarbeiter zwanzig Minuten später immer noch *Farmville* spielen, überlege ich, mit welchen Worten ich sie wieder zur Arbeit motivieren kann. Inhaltlich zu argumentieren wird schwierig, denn das Betreiben eines virtuellen Bauernhofs und die Karriereplanung für Bernd Banane teilen sich in der Liste der sinnlosesten Tätigkeiten aller Zeiten den Spitzenplatz noch weit vor Felsblock-einen-steilen-Hang-Hinaufrollen und Nordic Walking.

Als ich gerade in Erwägung ziehe, erst mal eine halbe Stunde mitzuspielen und *danach* Disziplin einzufordern, steht plötzlich Reisebüro-Kenan im Büro. Ich bin wie vom Blitz getroffen, als er mich mit Wangenküsschen begrüßt:

»Hallo Schwager! Emine hat gesagt, du brauchst Druckerpatronen. Kein Problem. Ich mache dir einen Superpreis.«

»Kenan, das ist nett, aber ich möchte Arbeit und Familie gerne trennen.«

Kenan lacht und klopft mir auf die Schulter.

»Du hast echt einen guten Humor, Daniel. Das mag ich ... Du, ich habe gerade gesehen, eure Bildschirme sind der totale Schrott. Da ist bei mir gerade 1-a-Ware eingetroffen, können wir sogar mit Rechnung machen, wenn es unbedingt sein muss.«

36

1 Tag, 15 Stunden, 27 Minuten vor der Hochzeit.

Ich gehe neben Aylin den Ubierring entlang in Richtung meiner Wohnung. Seit über zwanzig Minuten reden wir kein Wort miteinander. Was nicht etwa daran liegt, dass wir uns gestritten haben. Aber seitdem Aylin mich in der Firma abgeholt hat, ist sie am Handy pausenlos damit beschäftigt, besorgte Familienmitglieder über die Sitzplatzverteilung aufzuklären. Als wir in die Alteburger Straße einbiegen, glaube ich für fünf Sekunden, Onkel Abdullahs Schnarchen in meinem Kopf zu hören. Auch wenn es diesmal eine echte Harley Davidson ist, habe ich doch das Gefühl, dass meine Nerven ganz langsam den Geist aufgeben. Ich habe mich seit Monaten auf die Hochzeit gefreut, und jetzt ist allein die Tischordnung komplizierter als eine Friedenskonferenz im Gaza-Streifen. Mit den Informationen, die mir zugetragen wurden, habe ich in meiner Mittagspause eine Tabelle erstellt, um einen Überblick über die aktuelle Situation zu bekommen:

	Ayşe	Kaffeesatz-Emine	Hatice	Aysun	Abdullah
Kaffee-satz-Emine	Reden nicht mehr miteinander	–	–	–	–
Hatice	Versöhnt, steht aber auf der Kippe	Hassen sich	–	–	–
Aysun	Reden kein Wort mehr	Ignorieren einander	Lieben sich	Kann sich selbst nicht leiden	–
Abdullah	Verstritten wegen Schweineschnitzel	Kontakt abgebrochen	Sind sich gleichgültig	Hassen sich bis aufs Blut	–
Emine Nr. 3 (angeheiratet)	Beste Freundinnen (noch)	Reden kein Wort mehr	Reden miteinander, aber kühl	Eisiges Schweigen, brauchen mindestens zehn Meter Abstand	Kann keiner sagen – Risiko

Diese Liste ist gerade mal ein paar Stunden alt und stimmt schon nicht mehr: Zwar haben sich Ayşe und Abdullah überraschenderweise versöhnt, dafür hat aber eine weitere Emine den Kontakt zu Ayşe abgebrochen. Außerdem habe ich einen Streit zwischen Yasemin und Gül ebenso außer Acht gelassen wie die Tatsache, dass Mustafa seit drei Tagen den Kopf wegdreht, wenn er Valide sieht. Ich habe das Gefühl, wir bewegen uns im Kreis.

Als wir meine Wohnung betreten, beendet Aylin gerade ein Handygespräch und strahlt mich an:

»Das war Onkel Abdullah. Er lädt dich zu einem Männerabend ein. Mein Vater kommt auch. Und Onkel Mustafa. Und Cem mit seinem Freund.«

Perfekt. Mal was mit der Familie unternehmen – was für eine schöne Abwechslung! Ich spüre ein Kribbeln in der Nase – wahrscheinlich bin ich kurz davor, eine Allergie gegen das Wort »Familie« zu entwickeln. Wenn meine Hautärztin auf meinem Rücken mit ein paar Schnäuzerhaaren von Onkel Abdullah einen Prick-Test durchführen würde, hätte ich bestimmt schon einen Ausschlag wie bei Pferden, Katzen und Paranüssen. Trotzdem ist es eine nette Geste, dass Onkel Abdullah sich für meine Gastfreundschaft revanchieren möchte. Also halte ich mal schön den Ball flach:

»Okay, wo treffen wir uns denn?«

»Bei dir.«

»Bei mir?«

»Ja.«

Das war's. Die Schlacht um meine Privatsphäre* ist endgültig verloren. Nach dem Gästezimmer fielen heute auch Küche und Wohnzimmer unter osmanische Herrschaft. Ich muss gleich mal draußen nachschauen – ich wäre erstaunt, wenn immer noch Hagenberger auf dem Klingelschild steht. Aber was soll's? Ich besuche mehrmals in der Woche eine fremde Tante im Krankenhaus, parke auf Frauenparkplätzen, hole die Familie in die Firma und gebe mich als Moslem aus. Warum soll ich nicht auch noch die Kontrolle über meine eigene Wohnung aufgeben?

»Super-Idee. Männerabend in meiner Wohnung. Ich freue mich.«

Da ist es wieder: Aylins Lächeln. Und schon geht es mir gut. Nun ist es ja eine alte männliche Tradition, in der Gegenwart einer attraktiven Frau auf so unbedeutende Dinge wie Selbstachtung zu verzichten. Trotzdem frage ich mich, ob es langfristig klug ist, wenn ich nur für ein Lächeln meine Prinzipien schneller wechsle als ein durchschnittlicher FDP-Abgeordneter.

Aylin schaltet den Samowar an, den Onkel Abdullah gestern anstelle meiner Kaffeemaschine auf die Arbeitsplatte gestellt hat:

»Ich bereite euch schon mal Tee vor – sie kommen nämlich in einer halben Stunde.«

»Gut zu wissen.«

»Und denk dran: Cem ist natürlich nicht offiziell mit Chrístos zusammen. Sie sind einfach nur beste Freunde.«

* Interessanterweise gibt es im Türkischen kein Wort für »Privatsphäre«. Wozu auch etwas benennen, das nicht existiert?!

»Schon klar.«

»Cem kommt mit einer Frau zu unserer Hochzeit, Fatma. Sie ist eigentlich Kellnerin, aber wir haben allen erzählt, sie sei Anwältin.«

»Warum?«

»Keine Ahnung. Weil's besser klingt, denke ich. Auf jeden Fall: Fatma ist Cems dritte feste Freundin. Alexandra durfte ihn nicht heiraten, weil ihre Eltern keinen Moslem in der Familie wollten, und Ayça war von Anfang an eine falsche Schlange. Das ist die offizielle Version – nur falls jemand nachfragt. Du musst wissen, nicht jeder ist so tolerant wie meine Eltern.«

»Äh, wäre es nicht toleranter, wenn sich Cem keine Lügen ausdenken müsste und seine Homosexualität offen leben könnte?!«

Aylin lacht:

»Wie süß – du bist so naiv manchmal. Ach, und Chrístos ist natürlich auch kein Grieche.«

»Natürlich nicht.«

»Er ist Moslem, genau wie du.«

»Puh – das erfordert Glaubenskraft, bei dem Namen.«

»Wieso?«

»Na ja. Er heißt halt nicht Mohammed, sondern Chrístos.«

»Stimmt. Ist mir noch nie aufgefallen. Egal.«

»Aber abgesehen davon, dass Cems Freund ein heterosexueller nichtgriechischer Moslem ist, muss ich nichts beachten?«

»Nein.«

»Gut.«

»Nur, falls du unsere Kennenlern-Geschichte erzählen willst: Onkel Mustafa weiß nicht, dass ich als Kinderanimateurin gearbeitet habe. Offiziell war ich in der Zeit bei Onkel Serkan zu Besuch.«

»Okay.«

»Außer für Onkel Serkan. Er denkt, dass ich bei Tante Nihal war.«

»Perfekt. Jetzt bin ich auf alle Eventualitäten vorbereitet.«

»Lass mich nachdenken ... Ansonsten musst du nur ein paar Kleinigkeiten beachten: Onkel Mustafas Tochter war noch nie in der Disco, die Haarfarbe von Tante Emine ist echt – und dass ich offiziell noch Jungfrau bin, weißt du ja.«

»Gut. Dann kann ich mich ja ganz ungezwungen unterhalten.«

Eine gute halbe Stunde später sitze ich mit Aylins Vater, Onkel Mustafa, Cem und Chrístos in meinem Wohnzimmer, während Onkel Abdullah ein gigantisches Tablett mit Çiğ Köfte auf den Tisch stellt – das sind kleine, stark gewürzte Frikadellen aus rohem Fleisch. Im Gegensatz zu weiblichen orientalischen Gastgebern hält es Onkel Abdullah offenbar nicht für nötig, noch 1000 Schälchen mit Kleinigkeiten dazuzustellen. Rohes Fleisch reicht. Was würde auch besser zu einem Männerabend passen?

Ich kann beobachten, wie Chrístos beim Anblick von mindestens zehn Kilo totem Tier so übel wird, dass Cem ihn mimisch beruhigen muss. Chrístos ist mit Abstand der weiblichste Grieche, den ich je gesehen habe: Seine Augenbrauen sind gezupft, die Fingernägel manikürt, seine Bewegungen erinnern mich an Mireille Mathieu, um seine Wimpern würden ihn die meisten Frauen beneiden, und seine Gesichtszüge sind so männlich wie ein Himbeertörtchen auf Vanilleschaum. Kurz: Es gehört eine enorme Verdrängungsleistung dazu, ihn als heterosexuell wahrzunehmen. Immerhin lässt ihn sein dunkler Teint südländischer wirken als Cem, der mit seinen roten Haaren und den blauen Augen so türkisch aussieht wie Hansi Hinterseer. Dafür passt seine breitbeinige Sitzposition besser zu einem Männerabend als Chrístos' übereinandergeschlagene Oberschenkel. Während Cem sich gerade vier Çiğ Köfte auf einmal in den Mund schiebt, packt Onkel Mustafa dem zögerlichen Chrístos mindestens zehn Frikadellen auf den Teller.

»Na los, mein Junge! Ist genug da für alle.«

Chrístos windet sich und schaut Cem Hilfe suchend an. Offensichtlich ist er nicht nur ein schwuler christlicher Grieche, sondern auch noch Vegetarier. Da bin ich mit meiner Moslemlüge ja noch relativ dicht an der Wahrheit. Cem antwortet für seinen Freund:

»Chrístos hat sich gestern den Magen verdorben.«

Chrístos lächelt entschuldigend, während Onkel Abdullah einen leicht verächtlichen Brummton vernehmen lässt. Nun tritt eine Gesprächspause ein, die darin begründet liegt, dass sich Onkel Abdullah, Cem, Onkel Mustafa und Herr Denizoğlu offensichtlich in einem Wettstreit befinden: Wer am schnellsten isst, hat gewonnen. Ich bin beeindruckt. Noch nie in meinem Leben habe ich Menschen in einer derartig gigantischen Geschwindigkeit essen sehen. Und obwohl ich oft Naturdokumentationen gucke, konnte ich auch im Tierreich nichts Vergleichbares beobachten. Als Cem einmal für fünf Sekunden durchschnauft, tupft ihm Chrístos liebevoll die Mundwinkel mit einer Serviette ab. Die beiden sind wirklich ein süßes Paar. Beziehungsweise wirklich süße beste Freunde. Dabei steht Chrístos auch noch sein kleiner Finger ab. Obwohl er sich Mühe gibt, möglichst viele Hinweise auf seine Homosexualität zu liefern, scheint niemand etwas zu bemerken.

Diese Fähigkeit zur Verdrängung scheinen Türken durch jahrelanges Training zu perfektionieren. Ich glaube, Chrístos könnte hier im rosa Tütü sitzen und »Ich bin schwul« auf die Stirn tätowiert haben – sie könnten immer noch darüber hinwegsehen.

In weniger als zehn Minuten ist der gigantische Fleischberg komplett vertilgt, obwohl ich höchstens 200 Gramm hatte und Chrístos gar nichts. Das bedeutet, die anderen vier müssen jeder über zwei Kilo Fleisch gegessen haben. Respekt.

Jetzt bedanken sich meine Verwandten bei Allah dafür, dass sie gerade eins seiner Geschöpfe vertilgen durften, und wenden sich mit zufriedenen Seufzern wieder ihren Teegläsern zu. Onkel Abdullah lächelt mich an:

»Daniel, warum hast du deine Schwiegervater nix erzählt, dass du bist Kriegsheld?«

Was hat er gerade gesagt? Kriegsheld? Ich? Was ist das jetzt schon wieder für ein Hirngespinst? Ich bin verunsichert:

»Wieso Kriegsheld? Was … äh …«

»Aaaaaah, du musst nicht sein so bescheiden, Daniel. Ich habe gesehen Urkunde und Medaille in deine Flur.«

Ach so – die Fotomontage von Karl, Ulli und Lysa mit der DDR-Medaille, die mich als »Held der Schlacht von Brüssel« ausweist.

»Nein, das ist eigentlich …«

Herr Denizoğlu unterbricht mich:

»Weißt du, meine Sohn, Militär ist für mich sehr wichtig. Ist sehr wichtig für Menschheit. Und deshalb, ich bin unheimlich stolz, dass ich habe so eine tapfere Schwiegersohn.«

»Tja, das ist sehr schmeichelhaft, aber ...«

Schon ist Onkel Abdullah aufgestanden, hat das Bild aus dem Flur mitgebracht und Herrn Denizoğlu in die Hand gedrückt. Der ist begeistert:

»Vallaha, sehr beeindruckend. Uniform steht dir gut, Daniel.«

Er glaubt es wirklich. Das kann doch einfach nicht wahr sein! Gut, Ulli ist ein ausgezeichneter Grafiker – die Urkunde sieht tatsächlich authentisch aus. Aber erstens sind auf normalen Urkunden keine Fotos, und zweitens prangen auf dem Held-der-Arbeit-Orden Hammer und Zirkel – ein eindeutiger Hinweis auf die DDR. Doch im Ignorieren von Hinweisen auf die Wahrheit ist Herr Denizoğlu ja bestens geschult. Cem muss grinsen – er weiß, was los ist. Und gibt mir mimisch zu verstehen, dass ich das Missverständnis nicht aufklären muss. Herr Denizoğlu klopft mir auf die Schulter:

»Habe ich nicht gewusst, Daniel. Aber vallaha, meine Respekt für dich ist jetzt noch größer.«

Damit reicht er die Urkunde weiter an Onkel Mustafa, der ebenso beeindruckt nickt und mir den gestreckten Daumen zeigt. Ob es daran liegt, dass ich durch den dauernden Schlafmangel matschig in der Birne bin – plötzlich finde ich es großartig, als Kriegsheld gesehen zu werden. Diese bewundernden Blicke, dieser Respekt – so etwas habe ich noch nie erlebt. Und wenn sie Chrístos abkaufen, dass er ein heterosexueller, fleischfressender, nichtgriechischer Moslem ist, dann ist alles möglich. Dann kann ich auch ein Kriegsheld sein.

»Wo hast du denn gekämpft?«

Herr Denizoğlu reißt mich aus meinen Gedanken. Ich höre mich sagen:

»In Afghanistan.«

Spinnst du, Daniel? Du hast keine Ahnung von Afghanistan. Spätestens jetzt musst du alles aufklären! Du könntest nicht eine einzige Nachfrage glaubwürdig beantworten ... Zu spät. Onkel Abdullah ist neugierig geworden:

»Und wofür hast du bekommen Medaille?«

»Ach so, das war so, also äh, meine Einheit lag kurz vor äh ...«

Toll, jetzt fällt mir keine einzige Stadt in Afghanistan ein.

»... äh ... also, da waren viele Häuser, aber das Ortseingangsschild war beschädigt, deshalb kann ich mich jetzt nicht mehr an den Namen ...«

Hör auf, Daniel. Lügen ist was für Profis. Du bist ein Amateur. Sag endlich die verdammte Wahrheit! Andererseits ... ist Herr Denizoğlu immer noch stolz auf mich, wenn ich ihm erzähle, dass ich in Wirklichkeit wegen multipler Kreuzallergien ausgemustert wurde?! Nein, ich ziehe das jetzt durch.

»... und dann, also, ja, es war so: Wir wurden angegriffen, von äh Heckenschützen. Also, da war eine Hecke. Mit Schützen drin. Ich weiß jetzt nicht mehr genau, ob es Kirschlorbeer war oder Buchsbaum, aber egal ...«

Was redest du für einen Schwachsinn, Daniel? Ich fühle mich, als wäre ich in einer albernen Tür-auf-Tür-zu-Boulevard-Komödie gefangen – der deutsch-türkischen Variante von *Tante Trude aus Buxtehude*.

»Jedenfalls, die Heckenschützen habe ich erledigt. Mit meiner ... äh ... ja, Waffe.«

Herr Denizoğlu nickt beeindruckt:

»Was für eine Waffe hattest du?«

Na toll. Ich kenne keine einzige Waffe beim Namen.

»Tja, das war so eine ... Schusswaffe. Also, äh ... so ähnlich wie eine Pistole. Im Prinzip *war* es auch eine Pistole. Nur ein bisschen größer. Also ... es war eine ... M7 von Ektorp.«

Bist du jetzt von allen guten Geistern verlassen, Daniel? Ektorp ist der Name deines IKEA-Sofas! Was soll das denn für eine Waffe sein? Egal, die Antwort scheint Herrn Denizoğlu zufriedenzustellen:

»Bravo, mein Sohn ... Was für ein Mann ... Ich bin vallaha sehr stolz. Sehr stolz.«

Chrístos fächelt sich selbst Luft zu:

»O mein Gott, was für eine schreckliche Geschichte. Mir ist schon beim Zuhören der Schweiß ausgebrochen ...«

Jetzt bringt Onkel Mustafa zu meinem Glück eine überraschende Wendung ins Gespräch:

»Wie geht es eigentlich deiner Frau, Chrístos?«

»O gut. Beziehungsweise *zu* gut. Gestern hat sie sich schon wieder vier Paar Stiefel gekauft ... Weiber!«

Das Wort »Weiber« hätte selbst Wolfgang Joop nicht tuntiger aussprechen können. Niemand stört sich daran.

Zwei Stunden und gefühlte 3000 Lügen später brummt mir der Schädel, weil ich mir langsam aufschreiben muss, wem ich was erzählt habe. Außerdem: Was werden meine Eltern sagen, wenn sie erfahren, dass ich mich als muslimischer Kriegsheld ausgebe? Ich glaube, ich bin zu weit gegangen. Aber jetzt kann ich auch nicht mehr so leicht zurückrudern. O nein, was habe ich getan? Ich muss mit einem Lügenprofi reden und ziehe Cem zu einem Vieraugengespräch in den Flur.

»Was ist, Schwager?«

»Cem, ich glaube, ich schaffe das nicht mit dem Lügen.«

»Wieso? Du machst das super. Bald bist du Profi.«

»Ich weiß gar nicht, ob ich Profi werden will. Ich ... Stört dich das eigentlich nicht, die ganze Zeit mit dieser riesengroßen Lüge zu leben?«

»Doch, klar.«

»Aber du willst trotzdem immer so weitermachen.«

»Natürlich nicht. Die ständige Lügerei geht mir langsam auf den Zeiger. Irgendwann will ich heiraten.«

»Das würdest du dich trauen? Ich meine, die türkische Kultur ist in der Frage ja schon ein klitzekleines bisschen ... äh ...«

Plötzlich kriegt Cem große Augen – er hat eine Idee:

»Weißt du was? Wir geben auf deiner Hochzeit meine Verlobung bekannt!«

Ich kann kaum glauben, was ich höre. Cem will sich vor über 500 Leuten outen und dann auch noch eine Schwulen-Hochzeit ankündigen.

»Wirklich? Wow, das ... wäre echt mutig von dir.«

»Ja. Ich habe auch etwas Angst. Aber es ist an der Zeit.«

Ich umarme Cem herzlich:

»Cem – ich bin stolz auf dich. Egal, wie die anderen reagieren – ich halte zu euch.«

37

16 Stunden, 27 Minuten vor der Hochzeit.

»Dübndüdüüüüüü – eeeey Mark, alter Schlawiner, was macht das Lilalotterleben?!«

»Dübndüdüüüüüü – Daniel, alter Unter-die-Haube-Kriecher …«

Mark und ich tänzeln vor dem Eingang des *Cinedoms* in Lindenberg-Manier ein paar Sekunden voreinander herum, bis wir uns schließlich so unbeholfen in die Arme nehmen, wie es die männliche Tradition verlangt. Für meinen zweiten und hoffentlich letzten Junggesellenabschied haben wir beschlossen, *Ice Age 3* ohne Familie, dafür aber in 3-D zu genießen.

»Mark, das war eine Super-Idee. Ich konnte mich letzte Woche gar nicht auf den Film konzentrieren, weil mein Vater mich die ganze Zeit mit Informationen über die Tundrenzeit zugetextet hat.«

»Tja, lustige, sprechende Urzeittiere sind definitiv ein würdigerer Abschluss des Junggesellendaseins als nackte Frauen … Oder was machen wir nach dem Kino?«

»Ich würde sagen: Wir gehen zu dem Table-Dance-Club am Kaiser-Wilhelm-Ring, trauen uns nicht rein, dann zu dem Strip-Schuppen im Belgischen Viertel, trauen uns auch nicht rein, und am Ende versacken wir in irgendeiner Kneipe.«

»Klingt nach einem perfekten Plan.«

Ein entspannter Abend mit Mark ist genau das, was ich so kurz vor der Hochzeit brauche, denn der heutige Tag war, gelinde gesagt, problematisch. Mein Team hat dank meiner Praktikantin zwar sehr viel Zeit mit erdnussproduzierenden Elefanten, fliegenden weißen Kühen und Motorrad fahrenden Schafen verbracht, aber sehr wenig Zeit mit Bernd Banane. Dann sind zwei Cousins und ein Onkel von Aylin aufgetaucht, die alle der Firma irgendwelche günstigen Angebote machen wollten. Und schließlich hat sich irgendeine Cousine mit irgendeiner Tante gestritten und damit die schöne Sitzordnung, die Aylin mir gestern nach Mitternacht gemailt hat, wieder über den Haufen geworfen. Ich kann langsam nicht mehr. Ich will endlich verheiratet sein. Wenn man die Hochzeit einfach überspringen könnte, wär's mir auch recht.

Mark und ich stellen uns in die Schlange an der Kasse, direkt hinter einer Gruppe von fünf 18-jährigen Jungs, die allesamt den Schritt ihrer Jeanshosen in Kniehöhe baumeln haben. Dadurch sieht es aus, als hätten sie extrem kurze Beine – und sie erinnern mich an *E.T.* Als ich gerade mit Erschrecken feststelle, dass ich den Geschmack der Jugend nicht mehr verstehe, vibriert mein Handy. Es ist meine Mutter.

»Hallo, Erika.«

»Daniel, hast du alles vorbereitet für morgen? Vergiss den Ausweis nicht. Du weißt ja, dass du eine halbe Stunde vorher da sein musst. Wo bist du jetzt überhaupt? Habe ich dich zu Hause erwischt, oder bist du schon draußen? Ich höre Stimmen – sitzt du in der Straßenbahn?«

»Nein, ich bin ...«

»Moment, für die Straßenbahn fehlen die typischen metallischen Fahrgeräusche. Du hast also den Bus genommen. Oder nein, es klingt eher so, als wärst du in einer Kneipe.«

Die Erfindung des Handys hat aus meiner Mutter eine Art Geräuschdetektivin gemacht. Heute Mittag hat sie anhand der *Farmville*-Soundeffekte den Schluss gezogen, dass ich einen Ausflug aufs Land gemacht habe.

»Erika, ich ...«

»Hast du schon was gegessen? Sonst wird es nämlich langsam knapp. Oder arbeitest du etwa noch? Du weißt, du sollst es nicht übertreiben. Du heiratest schließlich morgen, da muss dein Chef doch Verständnis haben, auch wenn er ein skrupelloses Kapitalisten-Arschloch ist ... O Gott, du hast doch nicht etwa auf Lautsprecher gestellt und er hört mit?!«

»Nein, Erika …«

»Herr Kleinmüller, das hab ich nicht ernst gemeint gerade! Herr Kleinmüller? Hallo? Das war ein Spaß, hahahaha …«

»Erika, ich bin im Kino!«

»Wieso, was willst du denn im Kino?«

»Einen Film gucken.«

»Aber gleich ist Dimiters Premiere mit *Romeo und Julia* im Schauspielhaus. Da *musst* du kommen.«

Mist! Die Premiere – die habe ich in der Aufregung vergessen. Aber nein, ich werde meinen Junggesellenabschied nicht in einer Dimiter-Zilnik-Inszenierung verbringen.

»Ich muss überhaupt nichts. Ich kann machen, was ich will. Und ich will lieber ins Kino.«

»Na gut. Wie du meinst.«

Ich bin überrascht. So schnell gibt sie normalerweise nicht auf.

»Okay, Erika – wir sehen uns dann morgen.«

»Moment. Ich gebe dir kurz Frau Denizoğlu.«

Ich höre, wie meine Mutter Frau Denizoğlu erzählt, dass ich nicht komme, und wie Aylins Mutter daraufhin mehrere *Allah, Allahs* sowie ein lang gezogenes »ooooooooooooh« hören lässt. Ich ahne, dass mir eine harte Prüfung bevorsteht.

»Daniel?«

»Hallo!«

»Daniel, du musst vallaha kommen! Ich kann sehen: Deine Mutter ist unheimlich traurig, vallaha ich sehe Träne in ihre Auge. Ich weiß, sie ist sehr nette Frau, sie will dir nicht sagen – aber ich schwöre dir, wenn du nicht kommst, ist sehr, sehr schlimm für deine Mutter, wird sicher weinen die ganze Nacht.«

Das darf doch einfach nicht wahr sein. Meine Mutter wusste genau, was passieren wird, wenn sie Frau Denizoğlu einspannt. Verdammt, das ist raffiniert – sie lässt Aylins Mutter die Drecksarbeit machen. Sieht so meine Zukunft aus – zwei Mütter, die mich im Duett kontrollieren und den freien Willen aus mir heraussaugen? Wenn ich jetzt nicht hart bleibe, habe ich für die nächsten Jahre verloren.

»Frau Denizoğlu, ich möchte aber …«

Aber Frau Denizoğlu ist verschwunden. Stattdessen höre ich die Stimme meiner Verlobten.

»Hallo, Daniel!«

»Aylin? Ich wollte deiner Mutter gerade sagen ...«

»Daniel, ich hab die Premiere auch vergessen. Und ich weiß, du willst in *Ice Age 3*. Aber ... *meine* Eltern sind da, *deine* Eltern sind da, *ich* bin da – du fehlst einfach.«

»Aber ...«

»Bitte, Daniel ... Bittebittebitte ...«

In diesem Moment sehe ich ihren Schmollmund vor meinem geistigen Auge. Aber ich muss jetzt stark bleiben.

»Tut mir leid, Aylin. Das ist mein Junggesellenabschied, und da darf ich machen, was ich will. Und ich will mit Mark ins Kino.«

»Na gut. Aber bleibt brav hinterher. Strip-Lokale – okay. Aber ohne anfassen.«

»Du wirst es nicht glauben, aber wir machen's sogar ohne *Reingehen*.«

»Du lügst.«

»Ich wünschte, es wäre so.«

»Na gut ... Wir sehen uns dann vorm Standesamt. Ich liebe dich.«

»Ich liebe dich auch.«

Ich lege auf. Und bin unglaublich stolz auf mich. Ich strahle Mark im Gefühl des Triumphs an:

»Hast du das gehört? Ich habe mich gegen extremen emotionalen Druck meiner Mutter, meiner Schwiegermutter *und* meiner Verlobten behauptet – das war meine Meisterprüfung. Ich kann meine Therapie beenden. Du darfst mir gratulieren: Gerade eben bin ich endgültig erwachsen geworden.«

Mark schüttelt mir die Hand und klopft mir auf die Schulter. Inzwischen sind wir an der Kasse angelangt, wo eine bleiche Schwarzhaarige mit blauen Strähnen, *Nightwish*-T-Shirt und einer auf den Hals tätowierten schwarzen Rose uns gelangweilt anguckt. Ich setze gerade an zu sprechen, als Mark mir zuvorkommt:

»Äh, Daniel – ich will ja deine Euphorie nicht bremsen, aber hattest du nicht gesagt: Wenn ich bei der *Romeo-und-Julia*-Premiere nicht eine diplomatische Meisterleistung hinlege, kommt es zur Katastrophe?«

»Das stimmt, das habe ich gesagt. Aber ... äh ...«

Ich komme ins Grübeln. Die Gothic-Lady an der Kasse schiebt sich mit der Zunge ihr Oberlippenpiercing zurecht, als handle es sich um den Einschalt-Knopf für ihr Sprachzentrum:

»Also, in welchen Film wollt ihr?«

»Tut mir leid. Ich muss zu *Romeo und Julia*.«

Nachdem mir Mark netterweise versichert hat, dass es ihm erstens nichts ausmacht, *Ice Age 3* alleine zu gucken, und dass es aus therapeutischer Sicht trotzdem ein Durchbruch war, wie ich mich gegen meine Mutter, meine Schwiegermutter und Aylin behauptet habe, treffe ich 23 Minuten später im Foyer des Kölner Schauspielhauses ein, wo sich meine Eltern gerade in einer lebhaften Diskussion mit den Denizoğlus befinden. Meine Mutter ist in voller Fahrt:

»... und mit acht war Daniel in seine Klassenlehrerin verliebt. Sie war eine Lesbe – eine unheimlich intelligente, toughe Frau, und enorm attraktiv. Auf dem Sommerfest ist sie mit der Gitarre aufgetreten und hat gesungen: ›Ich habe abgetrieben‹ – das fand ich unglaublich mutig. Dabei hatte sie gar nicht abgetrieben, das war einfach ein politisches Statement. Ich hatte dann ein kurzes Verhältnis mit ihr, aber keine Sorge, das war damals nur eine ganz kurze Experimentierphase. Was ich sagen wollte: Daniel hat sich immer zu starken Frauen hingezogen gefühlt. Er hat sich nur nie getraut, sie anzusprechen, aber ... Ah, wie schön – Daniel!«

Ich bin keine Sekunde zu früh gekommen. Und habe ein ganz mulmiges Gefühl, was den Verlauf des Abends betrifft. Eine Dimiter-Zilnik-Inszenierung ist mit Abstand das schlechteste Programm, das man sich als Vorbereitung auf eine Hochzeit vorstellen könnte. Meine Aufgabe wird darin bestehen, den Schaden zu begrenzen.

Während Aylin mich erfreut in den Arm nimmt, wird meine Mutter von Alice Schwarzer begrüßt, für deren *Emma* sie gelegentlich Artikel schreibt. Frau Denizoğlu ist begeistert:

»Aaaaaaaah, ich habe Sie gesehen bei ›Wer wird Millionär‹ ...

Sind Sie vallaha unheimlich klug. Habe ich noch nie gesehen eine so kluge Frau, vallaha. Müssen Sie mir unbedingt sagen: Wie ist Günther Jauch? Ich mag ihn unheimlich, vallaha, ist meine Liebling, Günther Jauch. Vielleicht könne Sie mir geben Adresse von seine Fernsehstudio, dann bringe ich für nächste Sendung Börek und Schafskäse vorbei.«

Alice Schwarzer lächelt - aber bevor sie antworten kann, wird sie von einem Journalisten des *Kölner Stadt-Anzeigers* beiseitegezogen, der von ihr ein kurzes Statement zur Premiere hören will und daraufhin von Frau Schwarzer aufgeklärt wird, dass sie Theaterinszenierungen in der Regel besser beurteilen kann, *nachdem* sie sie gesehen hat.

Derweil wendet sich Frau Denizoğlu an meine Mutter:

»Ist sehr attraktive Frau. Hat sie eine Mann?«

»Nein.«

»Perfekt. Müssen wir sie bekannt machen mit Onkel Abdullah. Seit seine Frau gestorben, er ist sehr einsam.«

Meine Mutter ist irritiert:

»Sie wollen Alice Schwarzer mit Onkel Abdullah verkuppeln?!«

»Ja. Ich habe gesehen bei Günther Jauch, dass sie ist sehr nette Frau, und kann gut umgehen mit Männer. Wird Onkel Abdullah auf jeden Fall mögen.«

»Sie wissen, dass sie Deutschlands führende Feministin ist?«

»Was ist Feministin?«

»Sie setzt sich für die Rechte der Frauen ein.«

»Ach so, ist kein Problem. Kann sie machen, wenn Onkel Abdullah guckt Fußball.«

»Also, ich glaube, das ist keine so gute Idee.«

»Natürlich, sie muss konvertieren zum Islam.«

»Alice Schwarzer???«

In diesem Moment wird die heitere Diskussion leider vom dritten Gong unterbrochen, der uns ins Auditorium ruft. Ich gehe mit Aylin und unseren Eltern zu den Plätzen, die Dimiter Zilnik uns nebeneinander in der ersten Reihe reserviert hat. Als wir uns der Bühne nähern, die aus zwei völlig leeren grauschwarzen Räumen besteht, gerät mein Vater ins Schwärmen:

»Wieder mal ein phantastisches Bühnenbild – abstrakt, aber unheimlich suggestiv.«

Suggestiv gehört zu den Lieblingswörtern meines Vaters, und er benutzt es immer dann, wenn ich *leer* sagen würde.

Herr Denizoğlu setzt sich auf seinen Platz und guckt verwirrt auf die Bühne:

»Wo ist denn Bühnenbild?«

»Dort, die beiden symbolischen grauen Räume.«

»Aber hängt kein Bild da.«

»Ach so. Nein, äh, also, äh ... Nun, als Bühnenbild bezeichnet man die optische Gestaltung eines szenischen Raumes.«

»Aber Raum ist nicht gestaltet. Raum ist einfach nur grau.«

»Exakt. Genau das *ist* ja die Gestaltung. Die Kunst besteht in der Reduktion.«

Herr und Frau Denizoğlu schauen sich ratlos an. Nach einer Weile wendet sich Aylins Mutter an meine:

»Das ist unheimlich schade! Warum hat eure Freund nicht Bescheid gesagt? Wir haben für Hochzeitsfeier noch vier Ballen Tüll übrig – gold und rot. Hätte ich alles geben können, würde jetzt viel hübscher aussehen.«

Meiner Mutter verschlägt es für einen Moment die Sprache:

»Äh, haha, ja, also, äh ...«

»Und einfach nur ein paar Kerzen – macht unheimlich viel aus. Und aus Keupstraße kann Kenan besorgen wunderschöne Bilder mit Blumen, aus Leder, mit Hand gemacht. Sieht vallaha unglaublich aus. Und kann man bisschen Porzellanfiguren in die Ecke stellen.«

»Tja, ich denke nicht, dass das Dimiters Intention ...«

»Und Möbel – warum sind keine Möbel in Zimmer? Müssen alle auf dem Boden sitzen, ist unheimlich unbequem.«

»Wissen Sie, Frau Denizoğlu, Dimiter geht es darum, den Schmerz und die Schrecken des Balkankrieges auszudrücken. Ich denke nicht, dass roter Tüll oder Blumenbilder aus Leder diesen Zweck erfüllen würden – oder was meinen Sie?«

»Ich meine: Einfach alles grau – das ist so schade. So schade. So schade, vallaha.«

Ein blechernes Husten verkündet, dass nun auch der Regisseur im Auditorium Platz genommen hat. Das Licht geht aus, und ein Spot leuchtet mit kalkweißem Licht in die schmale Gasse zwischen den beiden leeren (beziehungsweise *suggestiven*) Räumen. Während entfernte Kampfgeräusche eingespielt werden, die sich vortrefflich mit Dimiter Zilniks Husten vermengen, kriecht eine nackte alte Frau auf allen vieren quälend langsam in Richtung Rampe, bleibt dann zusammengekrümmt liegen und wimmert. Meine Mutter ist aufgeregt und flüstert:

»Gucken Sie mal, Frau Denizoğlu – da ist Ingeborg Trutz.«

Auf den Gesichtern der Denizoğlus kann ich sehen, was das Wort ›Kulturschock‹ bedeutet. Sie sind ja schon einiges von meinen Eltern gewohnt, aber beim Anblick der zusammengekrümmten nackten Ingeborg Trutz fasst sich Frau Denizoğlu ans Herz und atmet schwer. Aylin schaut mich besorgt an; Herr Denizoğlu holt unwillkürlich eine Gebetskette hervor und wendet den Blick ab.

Ich finde es grundsätzlich großartig, wenn alte Menschen zu ihrem Körper stehen. Das ist allerdings meine theoretische Einstellung. In der Praxis frage ich mich gerade, ob der Anblick von Ingeborg Trutzens ergrauten Schamhaaren in weniger als drei Metern Entfernung meinen zukünftigen Schwiegereltern nicht doch eine zu große Verdrängungsleistung abverlangt.

Mein Vater wendet sich Herrn Denizoğlu zu und flüstert ergriffen:

»Das ist typisch Dimiter Zilnik. Sehen Sie das Wort ›Ficken‹ auf Ingeborgs Hintern? Es geht darum, die kleinbürgerlich-spießige Vorstellung, die wir von der Julia-Figur haben, unverzüglich und schonungslos zu brechen.«

Die Augen von Aylins Vater starren ausdruckslos ins Nichts. Er könnte nicht *noch* schockierter sein – selbst wenn Costa Cordalis im Wohnzimmer der Denizoğlus die griechische Nationalhymne anstimmen oder die PKK im Trabzonspor-Stadion ein freies Kurdistan ausrufen würde. Dieser Mann befindet sich gerade im gleichen Zustand wie Keanu Reeves, als er zum ersten Mal die *Matrix* verlässt: Er muss erkennen, dass er sich sein Leben lang etwas vorgemacht hat und die Welt ein hässlicher, brutaler Ort ist.

Er wird erst aus seiner Schockstarre gerissen, als seine Frau hektisch eine 300-ml-Flasche *Kolonya* aus ihrer Handtasche holt, seine Hände ergreift und mindestens 100 ml hineinschüttet. In einer automatischen Bewegung klatscht sich Herr Denizoğlu den Flüssig-Urinalstein ins Gesicht und holt das nach, was er in den letzten zwei Minuten schlicht vergessen hat: das Atmen.

Nachdem Ingeborg Trutz etwa drei Minuten wimmernd auf dem Boden lag, springt sie urplötzlich auf – wobei mich ihre Haut ein kleines bisschen an meinen Besuch im Panzernashorn-Gehege des Kölner Zoos erinnert – und brüllt:

»ICH – BIN – EINE – HUUUUREEEEEEEEE!!!!!

ICH–HABE–EINE–MÖÖÖÖÖÖÖÖÖÖÖSEEEEEEEEE!!!!!!«

Wie es scheint, hat Dimiter Zilnik den Shakespeare-Originaltext tatsächlich geringfügig abgewandelt. Oder, wie es im Programmheft heißt: *die subtile Erotik der Shakespeare'schen Originalsprache ins 21. Jahrhundert transferiert.* Wenn das wahr ist, hole ich mir morgen einen Popel aus der Nase und behaupte, ich habe die Venus von Milo neu interpretiert.

Frau Denizoğlu schaut flehend zum Notausgangsschild und hyperventiliert. Herr Denizoğlu hat die Augen geschlossen, und Aylins Hand krampft sich in meinen Oberschenkel.

Die gute Nachricht: Den ersten Schock haben wir überstanden.

Die schlechte Nachricht: Dimiter-Zilnik-Inszenierungen dauern nie unter drei Stunden und sind bekannt dafür, sich zum Ende hin zu steigern.

38

Noch zweieinhalb Stunden nackte brüllende Menschen und einmal schlafen bis zur Hochzeit.

Nachdem Ingeborg Trutz ohne erkennbaren Grund – weiterhin splitternackt – schreiend durchs Publikum gerannt und verschwunden ist, bestehen die nächsten gut sechzig Minuten darin, dass sich zwei Familien pausenlos in bedeutungsschwangeren Sätzen anbrüllen und alle neunzig Sekunden aufeinander schießen. Dazu werden Bilder vom Balkankrieg auf die am Boden liegenden Leichen projiziert, während ein kopfüber von der Decke hängender Transvestit wie wild auf einem Klavier herumhämmert. Der Lärmpegel ist so hoch, dass Herr Denizoğlu trotz intensiver Bemühungen keinen Schlaf findet und dann unter dem Vorwand einer Magenverstimmung mit seiner Frau den Saal verlässt. Im Gegensatz zu den vielen Abonnenten, die bereits nach fünf Minuten gegangen sind, knallen sie immerhin nicht wütend die Tür zu. Dimiter Zilnik wird hinterher sagen, dass diese Menschen der emotionalen Intensität seiner Inszenierung nicht standhalten konnten. Er wird beim Verbeugen ausgebuht werden, und das wird ihn glücklich machen. Denn wenn das Publikum buht, ist es Kunst. Ich flüstere Aylin ins Ohr:

»Ich habe dir ja gesagt, es wird schrecklich!«

»Ich dachte, du übertreibst. Aber das hier ist schlimmer als eine Wurzelbehandlung.«

»In der Tat. Vom Quälfaktor her kann es locker mit einem Flippers-Konzert mithalten. Ich rede mal mit deinen Eltern.«

Unter den tadelnden Blicken meiner Eltern stehe ich auf und bewege mich in Richtung Ausgang. Ich kriege gerade noch mit, wie der splitternackte Romeo aus Leibeskräften »Ficken ist Macht« brüllt und daraufhin von einer Regenmaschine nass gemacht wird. Im Foyer sitzen die immer noch verstörten Denizoğlus an einem Tisch, und ich geselle mich hinzu. Frau Denizoğlu fächert sich mit einer Hand Luft zu, während ihr Mann mehrfach »Allah, Allah« vor sich hin murmelt.

Panik steigt in mir hoch: Sie haben das Nacktbild meiner Mutter verdrängt und die Erzählungen über das Sexleben der Hagenbergers ignoriert. Aber über eine Dimiter-Zilnik-Inszenierung kann man einfach nicht hinwegsehen. Ich habe das Gefühl, dass eine Katastrophe passiert, wenn mir jetzt nicht sehr überzeugende Sätze einfallen:

»Also, tja, haha, das ist modernes Theater. Wissen Sie, mein Vater ist 1944 geboren, also mitten im Krieg – wenn er etwas Schreckliches sieht, gibt ihm das ein Gefühl der Geborgenheit ...«

Die Denizoğlus schauen mich ratlos an.

»... Egal. Was ich sagen wollte: Ingeborg Trutz sollte eigentlich gar nicht nackt spielen – das Kostüm ist nur nicht rechtzeitig fertig geworden ...«

Was rede ich denn da für einen Schwachsinn? Verdammt, ich brauche eine Idee ... Ich *habe* eine Idee:

»Tja, so ist halt Theater. Und warum ist Theater so? Weil die Griechen es erfunden haben.«

Herr Denizoğlu lacht.

»Vallaha, du hast recht, Daniel. Ich habe mich schon gefragt, warum ist so scheise. Aber das ist sehr gute Erklärung.«

Na bitte. Auch Frau Denizoğlu ringt sich jetzt ein Lächeln ab. Ich seufze erleichtert:

»Gut, dass Sie's locker nehmen. Ich hatte schon Angst, dass Sie jetzt sagen: In so eine Familie darf Aylin nicht einheiraten.«

Jetzt legt Herr Denizoğlu seinen Arm um mich:

»Daniel, mach dir keine Sorge. Du bist schon wie eine Sohn für mich ... Und seit gestern, ich bin dir auch noch über alles dankbar.«

»Weil ich ein Kriegsheld bin?«

»Nein, weil du Cem Mut gegeben hast, damit er endlich heiratet.«

Jetzt bin ich überrascht: Cem hat sich schon geoutet, und seine Eltern stimmen zu? Ich kann kaum glauben, dass das so reibungslos läuft:

»Moment mal, Sie stimmen der Hochzeit zu?«

»Na klar. Wir warten seit Jahren darauf.«

»Aber ... ich meine ... das ist unglaublich tolerant ...«

»Ich weiß, Fatmas Vater ist für Fenerbahçe – aber was soll ich machen? Ich bin froh, dass mein Sohn kommt endlich unter die Haube.«

»Was??????? Cem heiratet *Fatma*????? Und nicht ...«

Herr Denizoğlu lacht:

»Wen soll er denn sonst heiraten? Mit Ayça ist schon Schluss seit zwei Jahren.«

Plötzlich dreht sich mein Kopf. Ich muss dringend mit Cem sprechen. Ich entschuldige mich bei den Denizoğlus, gehe nach draußen an die frische Luft und wähle seine Nummer.

»Cem? Hier ist Daniel.«

»Hey, Schwager! Koyun copluyor mu?«

»Was? Ich verstehe nicht ...«

»Ist ein Witz. Heißt so viel wie ›schlägt dich dein Schaf?‹.«

»Ob mich mein Schaf schlägt?«

»Genau.«

»Hat das was mit *Farmville* zu tun?«

»Nein, das ist ein Wortspiel. Ich merke gerade, auf Deutsch funktioniert das nicht.«

»Na ja, egal.«

»Weißt du, auf Türkisch hat das eine sexuelle Doppeldeutigkeit.«

»Ah.«

»›Koyun‹ heißt ›dein Schaf‹. Aber ›koyunca‹ bedeutet: ›wenn du stößt‹.«

»Verstehe. Ich bin sicher, für Türken ist das ein Brüller.«

»Und das andere Wort ... aber das ist zu kompliziert jetzt. Warum hast du angerufen?«

»Tja, also ... Ich habe gerade gehört, du heiratest eine Frau.«

»Ja, habe ich dir doch gesagt.«

»Ich dachte, du willst Christos heiraten.«

Lautes Lachen am anderen Ende der Leitung.

»Du hast echt Humor, Schwager.«

»Aber ... du hast doch gesagt, du willst mit dem Lügen aufhören.«

»Genau. Deshalb werde ich jetzt heterosexuell. Dann muss ich nicht mehr lügen.«

»Aber du kannst nicht einfach sagen: Jetzt bin ich heterosexuell. Das funktioniert doch nicht.«

»Wieso? Wenn ich eine Frau heirate, heißt das: Ich bin hetero.«

»Und was wird aus Chrístos?«

»Der findet's okay.«

»Echt?«

»Klar. Schließlich ist er auch verheiratet.«

»Was? Das war *keine* Lüge?«

»Nein.«

Mir wird langsam schwindelig. Ich muss mich gegen die Glastür lehnen. Eben hatten die Denizoğlus einen Kulturschock, jetzt habe *ich* einen. Cem redet so, als handle es sich um die größte Selbstverständlichkeit der Welt:

»Weißt du, meine Beziehung mit Chrístos läuft ganz normal weiter, das hat eigentlich keinen Einfluss dadrauf.«

»Aber was wird Fatma dazu sagen?«

»Die weiß Bescheid. Schließlich ist sie lesbisch.«

»Ah.«

»Aber Kinder wollen wir schon – ein oder zwei.«

»Das ist ... toll. Ich äh, also ... dann ... äh ... wir sehen uns!«

Ich lege auf. Ich bin verwirrt. Plötzlich erscheint mir die türkische Kultur unglaublich fremd. Durch die Scheibe sehe ich, dass Aylin inzwischen bei ihren Eltern ist. Ich gehe wieder rein und ziehe sie zur Seite:

»Du, Aylin, mir ist gerade nicht so wohl. Liegt sicher an der Dimiter-Zilnik-Inszenierung, haha. Du, ich gehe nach Hause, okay? Wir sehen uns dann morgen früh am Standesamt.«

Aylin nickt leicht enttäuscht, und wir küssen uns zum Abschied.

»Ach, Daniel, eins hab ich noch vergessen: Hast du gehört, dass Cem um Fatmas Hand angehalten hat?«

»Ja.«

»Ist das nicht phantastisch?«

»Na ja. ›Phantastisch‹ wäre jetzt nicht das erste Attribut, das mir in diesem Kontext in den Sinn käme.«

»Auf jeden Fall: Ich habe mir etwas überlegt. Es wäre doch eine tolle Überraschung, wenn wir Cems Verlobung mit Fatma auf unserer Hochzeitsfeier bekannt geben.«

»Ich weiß nicht ...«

»Oder noch besser: *Du* gibst sie bekannt. O ja, das wäre perfekt. Die Familie wird dich dafür lieben!«

Mir wird schwindelig. Aylin strahlt mich an. Das sollte mich glücklich machen. Tut es aber nicht.

»Aylin, das ... ich kann das nicht.«

»Was? Warum nicht?«

»Cem und Fatma ... Das ist eine Lüge.«

»Nein, sie wollen wirklich heiraten.«

»Aber Cem liebt Chrístos.«

»Er wird auch Fatma lieben. Das braucht nur ein bisschen Zeit. Also, du machst das, ja? Mach es für mich.«

Aylin setzt ihren Schmollmund ein. Aber diesmal funktioniert er nicht.

»Tut mir leid, das ist zu viel ... Weißt du, ich war tagelang bei deiner kranken Tante. Ich habe versucht, deine hysterischen Verwandten zu beruhigen, ich habe deinen schnarchenden Onkel in meiner Wohnung und deine Cousins und Cousinen auf meiner Arbeit. Ich habe auf einem Frauenparkplatz geparkt, ich habe mich als Moslem und Kriegsheld ausgegeben. Das war alles okay. Aber ...«

»Aber was?!«

Mein Kopf dreht sich. Dann wird plötzlich alles klar.

»... Ich habe das Gefühl, diese Hochzeit ... das alles hat nichts mit *mir* zu tun. Das bin ich nicht. Ich wollte dir ein Liebesgedicht schreiben, das dich zu Tränen rührt. Stattdessen versuche ich zu verhindern, dass bei unserer Hochzeit der dritte Weltkrieg ausbricht. Ich wollte eine romantische Atmosphäre an einem ganz besonderen Ort und keine Neonröhren in Leverkusen. Ich wollte unsere Liebe nur mit Menschen teilen, die mir etwas bedeuten, und nicht mit 1000 Leuten, von denen ich über 900 nicht kenne.«

Aylin schaut mich erschrocken an. Ich will mich stoppen. Ich schaffe es nicht.

»Aber das habe ich alles in Kauf genommen, weil ich mein Leben mit dir verbringen wollte. Weil ich gedacht habe, ich muss nur diese Hochzeit hinter mich bringen, und dann wird alles gut. Nur jetzt ... ganz plötzlich ... weiß ich nicht, ob ich dich überhaupt richtig kenne. Ob du nicht ganz andere Werte hast als ich ... Weißt du, ich wollte nie der Boss sein in deinem Leben. Wir sollten gemeinsam der Boss sein. Aber jetzt habe ich das Gefühl, wir sind nur kleine Angestellte in einer großen Firma - deiner Familie. Und das will ich nicht.«

Aylin ist erschüttert. Ich bin auch erschüttert. Warum habe ich das alles gesagt? Komm, Daniel, reiß dich zusammen. Sag irgendwas, das Aylin wieder zum Lächeln bringt. Es geht nicht. Da kommt kein Satz mehr. Ich habe gesagt, was ich zu sagen hatte. Aylin weint:

»Ich denke, unter diesen Umständen ... sollten wir morgen nicht heiraten.«

Alarm! Alarm! Alaaaaaaaaarm!!!!! Los, Daniel, sag, dass alles ein Missverständnis war. Sag: *Aylin, doch, lass uns bittebittebitte heiraten*. Mach schon, Daniel!

Ich nicke traurig und gehe. Ich lasse sie einfach stehen, meine Verlobte. Ohne Abschied. Ohne Versöhnung. Ohne den geringsten Versuch, ihr Lächeln zurückzuzaubern. Ich gehe weg und habe nicht die Kraft, mich noch einmal umzudrehen. Monatelang hatte ich Angst davor, dass sie mich verlassen könnte. Jetzt verlasse ich sie.

FÜNFTER TEIL

5.–7. Februar

39

Fünf Minuten vor der zweiten geplatzten Hochzeit.

»In wenigen Minuten erreichen wir Wolfsburg Hauptbahnhof.«

Ich schrecke aus dem Schlaf und erinnere mich: Ich befinde mich in Wagen 34 auf Platz 47 im ICE nach Berlin. Und wie es aussieht, werde ich um elf Uhr nicht neben Aylin im Kölner Rathaus sitzen, sondern neben dem leeren Platz 48 in Wolfsburg. Ausgerechnet Wolfsburg.

»In a few minutes we will arrive at Wolfsburg main station.«

Der Schaffner könnte den Satz auch noch auf Französisch, Italienisch und Kisuaheli wiederholen – er würde Wolfsburg trotzdem kein internationales Flair verleihen. Ich bin dem Schicksal zwar dankbar, dass ich in Köln-Mülheim eingeschlafen bin, sodass mir der Anblick von Leverkusen erspart blieb – aber jetzt werde ich die Minuten, die die schönsten meines Lebens werden sollten, in Wolfsburg verbringen. Wolfsburg – der Barbarossaplatz* als Stadt.

»Der Ausstieg ist in Fahrtrichtung links. The äh ... out-step is in the driving direction left.«

Meine Abneigung gegen Wolfsburg ist eigentlich pures Vorurteil – schließlich war ich noch nie dort. Vielleicht ist es ja in Wirklichkeit eine architektonische Perle und wird von Kennern ›das Florenz von Niedersachsen‹ genannt. Ich wage es allerdings zu bezweifeln.

* Betonwüste in Köln, wo städteplanerisches und architektonisches Kollektivversagen zu einem Ensemble des Grauens geführt hat, das durch die totale Abwesenheit von Ästhetik beeindruckt (Synonyme: Mordor, Todesstern, Dimiter-Zilnik-Inszenierung).

Auf meinen Streit mit Aylin folgte eine zweistündige Tour durch Kölner Altstadt-Kneipen, bei der mich selbst das Mitgrölen der 1.-FC-Köln-Hymne in der Stimmungskneipe »Keks« nicht aufheitern konnte – und das trotz erheblich gestiegenen Alkoholpegels. Danach irrte ich ebenso betrunken wie ziellos durch die Kölner Altstadt, diskutierte zwischendurch eine halbe Stunde mit dem Millowitsch-Denkmal über das Thema Großfamilie, beschloss schließlich, die Begegnung mit Onkel Abdullah zu vermeiden, und checkte im Hotel »Heinzelmännchen« ein. Dabei verfestigten sich drei Gedanken in meinem Kopf:

1. Ich habe – vielleicht zum ersten Mal in meinem Leben – nicht versucht, es allen recht zu machen, nur damit man mich liebt.
2. Meine Therapeutin wird stolz auf mich sein.
3. Das Timing meiner Selbstfindung war extrem beschissen.

In den folgenden Stunden habe ich festgestellt, dass ich auch ohne Onkel Abdullahs Schnarchen die Nacht durchmachen kann. Ich wollte Aylin vergessen, indem ich auf irgendeinem Spartenkanal drei Blondinen beim Strip-Poker zusah. Nach fünf Minuten legte die erste Dame ihren Silikonbusen frei und zwinkerte dabei so verkrampft in die Kamera, dass die Darbietung einen ähnlichen Erotik-Level erreichte wie die nackte Ingeborg Trutz – danach habe ich zwei Stunden lang bei Center TV die Straßenbahnlinie 16 durch Köln fahren sehen.

Anschließend versuchte ich bei einer Wiederholung von *Gute Zeiten, schlechte Zeiten* vergeblich, mit einem Typen mitzuheulen, der gerade von seiner Freundin verlassen wurde – woraufhin ich aus Frust bei einem Homeshopping-Kanal anrief und mir sechs Spültücher aus der *Das-Blaue-Wunder*-Kollektion bestellt habe – doch selbst die Aussicht, mein Geschirr demnächst mit hohem Bambus-Anteil für streifenfreien Glanz polieren zu können, befreite mich nicht aus meiner trüben Stimmung.

Um Viertel nach sechs war mein Alkoholpegel dramatisch gesunken, und ich hatte Hunger. Ich checkte aus und wartete dann zehn

Minuten vor der Bäckerei Merzenich in der Hohe Straße. Als sie um halb sieben öffnete, begrüßte mich eine Frau um die sechzig mit einer Kombination aus penetrant guter Laune und einer Reibeisen-Stimme, die selbst Bonnie Tyler vor Neid erblassen ließe:

»Einen wunderschönen juten Morjen, der Herr – wat darf et sein? Lecker Käffchen?«

Jede Pore in meinem Gesicht muss der Frau gezeigt haben, dass es mir beschissen ging – da gehört schon eine große Portion Ignoranz dazu, von einem wunderschönen guten Morgen zu sprechen. In solchen Momenten habe ich das Gefühl, dass sich die berühmte kölsche Toleranz an der Grenze zur Gleichgültigkeit bewegt, nach dem Motto: »Mir doch egal, aus welchem Land der kommt. Für Ausländerfeindlichkeit fehlt mir einfach die Zeit.«

Als mich die Bäckereifachverkäuferin immer noch anstrahlte, nachdem ich ihr einen Ich-hasse-gute-Laune-Blick geschickt hatte, verspürte ich das spontane Bedürfnis, nach Berlin zu fahren. Berliner sind prinzipiell erst mal unfreundlich und scheiße drauf – also der perfekte Ort für meine gegenwärtige Stimmung. Um 7 Uhr 47 habe ich die Fahrkarte für den ICE gekauft, der um 7 Uhr 48 losfährt, bin dann in aller Ruhe zu Gleis 1 geschlendert, um dann festzustellen, dass eine Minute gar nicht mal soooo viel Zeit ist. Ich legte meine neue persönliche Bestzeit über 200 Meter hin und erwischte die letzte noch geöffnete Zugtür. Der Schaffner wartete mürrisch und begrüßte mich mit Berliner Akzent:

»Det is wegen Leute wie Sie, det wir zu spät kommen. Und dann heißt det wieder: die blöde Bahn. Da sag ick immer: Wenn wir nur halb so bescheuert wären wie unsere Kunden, dann lief hier gar nüscht mehr.«

Miesdraufsein in Reinkultur. Ich hätte ihn abknutschen können.

Es ist 11 Uhr 01 und wir sind in Wolfsburg. Ich schalte mein Handy ein – vielleicht will Aylin mich ja erreichen, um ... ja, warum eigentlich? Drei neue Nachrichten. Ich wähle die Mailbox an und höre die Stimme meiner Mutter:

»Daniel, ich versuche seit einer Stunde, dich zu erreichen. Wo bist du? Zu Hause bist du nicht, da hab ich's schon probiert. Oder bist du nicht drangegangen? Also, als ob es nicht schlimm genug war, dass du die Aufführung verlassen hast – dann bläst du auch noch die Hochzeit ab ... Du, die Premiere wurde noch besser, nachdem du weg warst, da hast du was verpasst: Ingeborg hatte am Ende Sex mit Romeo im Blut ihrer eigenen Familien, während Hunderte Kreuze von der Decke regneten und vorne ein Zwerg Texte von Elfriede Jelinek in ein Megafon gebrüllt hat – das war eine unglaubliche Szene, also ich hatte eine Gänsehaut. Aber das ist ja jetzt alles furchtbar unwichtig. Ich meine, was ist denn passiert? Aylin war ja völlig aufgelöst. Angeblich hast du irgendwas gegen türkische Familienstrukturen gesagt. Also, Daniel, man *kann* eine Hochzeit abblasen, keine Frage, aber doch nicht aus rassistischen Motiven! Ehrlich, ich verstehe dich nicht – hast du denn gar nichts aus der Geschichte gelernt? Wenn sie dich mit Ehrenmord bedroht hätten oder Zwangsbeschneidung – dann hätte ich verstanden, dass du dich von der Kultur distanzierst, aber ... Na ja, ich meine, es geht mich zwar nichts an, aber du musst mir *alles* erzählen. Jedes Detail. Jede Kleinigkeit. Ich will dich ja verstehen, aber ich verstehe dich einfach nicht. Ich bin doch deine Mutter, mit mir kannst du doch reden. Ich ... Du weißt ja, dass ich dich lieb habe, das muss ich ja nicht sagen. Also ruf mich an. Oh, da kommt Dimiter. Ich muss ihm gratulieren. Dimiter, es-war-soooooooo-toll ...«

Die zweite Nachricht ist von meinem Vater:

»Mein Sohn, ich wollte dir nur Folgendes sagen: Also, was die Hochzeit betrifft, äh ... hmmm ... also ... nun ... Tja. Du weißt ja, ich rede nicht so gerne mit einer Maschine ... Tja.«

Die dritte Nachricht ist von Mark:

»Hallo, Daniel? Also, ich bin hier am Rathaus, und ihr seid nicht da. Es ist fünf vor elf. Da müsstet ihr doch eigentlich ...«

Wie immer, wenn Mark emotional wird, wechselt er zur Stimme von Udo Lindenberg:

»Ich hoffe, es ist nichts panikmäßig Schlimmes passiert ... dübndüdüüü ... Also ruf mich an ... Dein Jacques Gelee.«

Während ich Mark eine Antwort-SMS als Votan Wahnwitz schreibe, döse ich ein – und wache erst am Berliner Hauptbahnhof wieder auf.

13 Grad – fast frühlingshafte Temperaturen Anfang Februar, dazu Sonne satt. Ist das schon der Klimawandel, oder will mir das Schicksal einfach kein Wetter gönnen, das zu meiner trüben Stimmung passt? Auf dem Weg durch den gigantischen neuen Hauptstadt-Hauptbahnhof (quasi ein eigenes Stadtviertel) erreicht mich ein Anruf von Rüdiger Kleinmüller:

»Du, Daniel, ich hatte gerade eine Phone-Conference mit Jupp Süffels, der will unbedingt, dass sein Sohn morgen im Frühstücksfernsehen eine Süffels-Kölsch-Schirmmütze trägt. Kannst du das gerade mal von deinem SAT.1-Kontaktmann greenlighten lassen? Falls der dafür Kohle will, ruf mich noch mal an.«

»Tja, also ...«

»Und übrigens Glückwunsch zur Hochzeit. Alles super, nehme ich an?!«

»Nein.«

»Gut, dann halt die Ohren steif, und ... Was?«

»Lange Geschichte. Auf jeden Fall ...«

Plötzlich habe ich eine Idee.

»... also, die Hochzeit ist abgesagt, dafür bin ich sofort nach Berlin gefahren, um morgen früh bei Ralf Süffels zu sein. Die Reisekosten übernimmt doch die *Creative Brains Unit*?«

»Klar. Und wegen der Hochzeit, mach dir keinen Kopf. Shit happens. Wenn du meinen Rat willst: Such dir eine Nutte und lass dich ein bisschen verwöhnen – dann kommst du gar nicht erst ins Grübeln.«

Ob er das auch im Buch vom Dalai Lama gelesen hat, wage ich zu bezweifeln. Als ich das Gespräch beende, glaube ich für einen kurzen Moment, im Büro meines Chefs blökende Schafe zu hören. Für fast eine Minute bin ich euphorisch, weil mein Spontan-Trip plötzlich einen Grund bekommen hat, dann kehrt die Trübsal zurück. Bernd Banane ist zur Sinnstiftung grundsätzlich ungeeignet. Außerdem habe ich noch 18 Stunden Berlin vor mir, ehe ich dem Karrierestart der neuen Hip-Hop-Legende beiwohnen darf.

Da ich ohne Gepäck gereist bin, spaziere ich einfach drauflos. Während ich die Spree überquere, rufe ich meinen SAT.1-Kontaktmann an. Es hat in der Geschichte menschlicher Diskurse schon anspruchsvollere Themen gegeben als den Preis für das Tragen einer Süffels-Kölsch-Schirmmütze im Frühstücksfernsehen. Fünf Minuten später, vor dem Reichstag, merke ich, dass mein Gehirn seit mindestens fünf Minuten das Lied *Pizza wundaba* von den Höhnern in einer Endlos-Schleife abspielt. Das darf doch nicht wahr sein: Ich fahre nach Berlin, um vor der kölschen Fröhlichkeit zu flüchten – und in meinem Hypothalamus findet eine imaginäre Karnevalssitzung statt.

Als ich etwa 100 Meter vor dem Reichstag stehe und die gelungene Glaskuppel bewundere, empfinde ich eine gewisse Diskrepanz zwischen der Erhabenheit des Ortes und dem Refrain »O lala, willst du eine Pizza, O lala, Pizza wundaba – lalalalalalalalalala«, der sich gerade zum 250. Mal in meinem Kopf wiederholt.

Irgendjemand hat mir mal erzählt, das Lied *Thank you for the Music* von Abba würde lästige Ohrwürmer neutralisieren. Also summe ich leise »Thank you for the Music« vor mich hin, und tatsächlich: Die Höhner sind innerhalb von zwei Minuten aus meinem Kopf verschwunden. Jetzt spukt dort zwar »Thank you for the Music«, aber im Vergleich zu den Höhnern ist das geradezu ein Trauermarsch. Passenderweise laufe ich wenig später am Holocaust-Mahnmal vorbei, das perfekt zu meiner momentanen Stimmung passt, quasi die deutsche Top-Location für Trauerarbeit. Aber ich bin natürlich politisch viel zu korrekt, um das Gedenken an die dunkelsten Kapitel unserer Geschichte für die Verarbeitung privater Probleme zu instrumentalisieren, also gehe ich weiter. Dabei sehe ich auf einer der fast 3000 Stelen einen Fenerbahçe-Sticker kleben. Offensichtlich das Werk eines türkischen Fußball-Fans mit entspanntem Verhältnis zur deutschen Vergangenheit. Ich bin empört: Ein Trabzonspor-Sticker am Holocaust-Mahnmal wäre ja schon unpassend, aber Fenerbahçe – das geht gar nicht. Ich reiße den Sticker ab und freue mich, in doppelter Hinsicht eine gute Tat vollbracht zu haben.

Zufrieden spaziere ich weiter. Vielleicht soll ich heute nicht trauern. Vielleicht sollte ich mich einfach amüsieren. Also steuere ich den Potsdamer Platz an, dieses Mini-Manhattan im ehemaligen Niemandsland, und stelle zu meiner großen Freude fest, dass das CinemaxX-Kino in einer Viertelstunde *Ice Age 3* in 3-D zeigt.

Ich kaufe mir ein Ticket sowie einen großen Eimer Popcorn. Das gönne ich mir jetzt. So.

Es ist ein interessanter Effekt, wenn man *Ice Age 3* am Tag seiner geplatzten Hochzeit ansieht: Plötzlich stellt man fest, dass es sich gar nicht, wie man bisher immer dachte, um einen witzig-harmlosen Unterhaltungsfilm handelt. Nein, die Geschichte des Faultiers Sid, das so gerne in die Tyrannosaurus-Rex-Familie aufgenommen werden will, ist ... sooooooooooo traurig!

Die kulturellen Unterschiede zwischen Faultieren und Tyrannosauriern sind am Ende zu groß, und Sid muss sich von seinen Kaltblüter-Freunden trennen. In diesem Moment schluchze ich laut los, und die gut 100 gackernden Kinder im Publikum schauen mich ebenso entgeistert an wie ihre erwachsenen Begleiter. Im Gegensatz zu Dimiter Zilnik erkenne ich zwar keine Verbindung zu den Balkankriegen, aber zum ersten Mal in meinem Leben verstehe ich, was in Ingeborg Trutz vorgeht. Als ich feststelle, dass mit verheulten Augen der 3-D-Effekt verloren geht, verlasse ich das Kino.

Bin ich ein Faultier, das in eine Dinosaurier-Familie wollte? War das unser Problem – dass wir zu verschieden sind? Irgendwie zieht es mich nach Kreuzberg. Ich brauche eine Antwort. Ich fahre mit der U-Bahn zum Halleschen Tor, gehe am Landwehrkanal entlang in Richtung Prinzenstraße. Der Weg schlängelt sich am Carl-Herz-Ufer entlang, wo sich Trauerweiden im Wasser spiegeln. Na bitte – Trauerweiden sind doch mal eine dem heutigen Tag angemessene Pflanzenart. Nur die fröhlich zwitschernden Spatzen stören ein wenig.

Ich erreiche den Urban-Hafen, wo einige Restaurant-Schiffe auf Kunden warten, und bald darauf beginnt der Orient: Türkische Geschäfte und Restaurants reihen sich aneinander – in einer der Straßen ist das einzig Deutsche ein Tempo-30-Schild; und selbst da wurde die Drei mit Edding zu einer Acht umgemalt.

Ich betrete das »Hadigari Grillhaus« und bestelle mir eine Portion Manisa Kebap – mein türkisches Lieblingsfleischgericht. Verdammt noch mal, ich liebe doch die türkische Kultur – was ist denn passiert?

Am Nachbartisch beobachte ich eine junge Frau, die mit ihrem

Vater darüber diskutiert, ob sie morgen in die Disco darf. Welche deutsche Zwanzigjährige würde ihren Vater deswegen um Erlaubnis bitten? Ein deutscher Vater ist ja schon froh, wenn seine 14-jährige Tochter wenigstens Kondome mitnimmt.

Als der Vater nicht direkt Ja sagt, setzt die junge Türkin einen Schmollmund ein, der zwar nicht ganz an Aylins heranreicht, bei ihrem Vater aber die entsprechende Wirkung erzielt: Nach einem lang gezogenen Seufzer, mehreren ›Allah, Allahs‹ und genervten Blicken zur Decke gibt er schließlich seine Erlaubnis. Zum Dank wird er auf die Wange geküsst – und schon ist seine Tochter auf die Straße verschwunden. Ich wende mich dem Vater zu:

»Entschuldigung, wenn Ihre Tochter einen deutschen Freund hätte, was würden Sie von ihm erwarten?«

Der Mann schaut mich kurz irritiert an, dann lässt er einen Seufzer vernehmen. Dann noch einen. Und noch einen. Und noch einen. Offenbar bereitet ihm allein die Vorstellung, seine Tochter könnte einen deutschen Freund haben, körperliche Probleme. Schließlich lässt er einen weiteren Stoßseufzer nahtlos in einen Satz übergehen:

»Ich würde erwarten, dass meine Tochter keine Beziehung mit einem deutschen Mann anfängt. Das funktioniert nicht. Deutsche haben kein Verständnis für die Familie.«

»Wie meinen Sie das?«

»Allein schon die Altersvorsorge ... Ein türkischer Schwiegersohn nimmt uns nach Hause und pflegt uns. Ein deutscher Schwiegersohn schickt uns ins Altenheim, und wir müssen selbst bezahlen.«

Zwei Stunden später laufe ich wütend durch Ostberlin. Wütend darauf, dass ich keine Lösung sehe. Warum gibt Aylin denn keine Pressekonferenz wie Julia Roberts am Ende von *Notting Hill*? Da könnte ich dann in letzter Sekunde auftauchen, sagen, dass ich ein Idiot war, und alles wäre wieder gut. Aber war ich denn überhaupt ein Idiot?

Auf dem Alexanderplatz haben sich drei Peruaner aufgebaut und geben mit der Panflöte Metallicas *Nothing else matters* zum Besten – was ich noch um 0,2 Zlatko peinlicher finde als die Panflötenversion von *Wind of Change*. Ist denn eigentlich gar nichts mehr vor der Panflöte sicher? Das ist doch grauenhaft – dieses Instrument zerlegt jedes noch so schöne Lied in seine Einzelteile, es bleibt nichts anderes übrig als ein hässlicher Klangbrei, und dann kann man Metallica nicht mehr von DJ Bobo unterscheiden ... Was kommt demnächst? Die Schlacht von Stalingrad auf der Panflöte nachgeblasen? Bin Ladens schönste Terrorbotschaften – jetzt ganz romantisch zum Schwelgen?

Wut steigt in mir hoch. Ich habe Neonazis, Atomkraftwerke und *DSDS* kommentarlos hingenommen, weil ich dachte: Okay, es gibt das Böse auf der Welt. Ich kann keine Umweltkatastrophen verhindern und auch keine Kriege. Aber irgendwann ist Feierabend – *Nothing else matters* auf der Panflöte, das geht zu weit. Ich muss handeln. Ich werfe den Peruanern verächtlich zehn Euro zu, nehme mir eine CD, schmettere sie zu Boden, springe mehrfach drauf und trete dann die Einzelteile in Richtung Fernsehturm.

Jaaaaaaa, das hat gutgetan! Hahahaaaaaaa! Daniel Hagenberger lebt! Daniel Hagenberger leistet zivilen Widerstand! Daniel Hagenberger lässt nicht mehr alles mit sich machen! Daniel Hagenberger ist wieder daaaaaaaaa!

In diesem Moment wird mir schmerzhaft bewusst, dass die Peruaner immer noch *Nothing else matters* spielen. Und dass ich gerade zehn Euro für eine Panflöten-CD ausgegeben habe. Und dass mich die drei indianisch anmutenden Herren mit den IKEA-Teppichen auf den Schultern jetzt wohl für geistesgestört halten. Und dass sie wahrscheinlich recht haben.

Die Peruaner spielen den letzten Ton, und ich verspüre den unwiderstehlichen Drang, mich zu entschuldigen:

»Äh, tut mir leid, ich bin gerade mies drauf. Wissen Sie, ich wollte heute eigentlich heiraten, aber wir haben uns getrennt, Aylin und ich. Und es könnte sein, dass ich die Trauer und die Wut, die ich deshalb empfinde, fälschlicherweise auf Sie projiziert habe.«

Die Peruaner schauen mich ausdruckslos an. Ich hasse peinliche Gesprächspausen, also rede ich weiter:

»Nicht, dass wir uns falsch verstehen: Ich halte es für ein geschmackliches Verbrechen, Metallica auf der Panflöte nachzublasen. Aber das hier ist Deutschland, und ein jeder hat das Recht, schlechte Kunst zu produzieren. Gucken Sie sich mal in Köln *Romeo und Julia* an – dann wissen Sie, was ich meine.«

Die Nachfahren der Inka erbringen nun einen weiteren Nachweis, dass die Hochkultur in ihrem Land seit über 500 Jahren tot ist, und stimmen *Amazing Grace* an.

»Also, noch mal: Ich fühle mich inhaltlich im Recht, aber die Aggression war unangebracht. Okay?!«

»Sorry, no hablamos alemán.«

Wenig später ist es dunkel und kalt geworden. Ich trotte vorbei an der Synagoge in der Oranienburger Straße. Mehrere Damen, deren Garderobe sich nur in kleinen Details vom Disco-Outfit meiner Praktikantin unterscheidet, haben sich am Straßenrand postiert. Eine von ihnen sucht meinen Blick, als ich in ihre Richtung komme:

»Hi, ich bin Janine, und wer bist du?«

Janine ist höchstens Mitte zwanzig, hat lange braune Haare und könnte die Schwester von Sandra Bullock sein. Ich sollte gehen. Ich habe noch nie mit einer Prostituierten gesprochen, und so sollte es auch bleiben. Andererseits wäre es unhöflich, die Frage einfach so im Raum stehen zu lassen.

40

9 Stunden, 34 Minuten nach der zweiten geplatzten Hochzeit.

»Also, ich bin Daniel. Aber ich möchte keine falschen Hoffnungen wecken – ich bin nicht an Ihren Diensten interessiert. Ich habe gerade die Panflötenversion von *Nothing else matters* gehört – heute kann ich unmöglich Sex haben. Abgesehen davon halte ich käuflichen Sex für moralisch ... äh ... Wobei, ich will Ihnen jetzt kein schlechtes Gewissen machen, das ist natürlich *Ihre* Entscheidung. Es geht nur darum, äh ... dass ich in meinem persönlichen Wertekodex gekauften Sex zu den Dingen zähle, die ich ebenso unterlassen möchte wie FDP wählen und zu einem Jeanette-Biedermann-Konzert gehen.«

Janine, die auf so hohen Plateau-Pumps steht, dass sie im Zirkus sofort als Stelzenläuferin anfangen könnte, schaut mich irritiert an:

»Na, du bist mir ja vielleicht ein komischer Vogel.«

»Wow – noch nie hat jemand *komischer Vogel* zu mir gesagt. Ich dachte, dieser Begriff wäre ausgestorben, und man sagt jetzt *Freak* oder *Nerd*.«

Janine lacht und streicht mir über den Arm. Irgendwie tut es gut, berührt zu werden.

»Weißt du was, Daniel?«

»Was?«

»Ich glaube, du willst es und traust dich nur nicht.«

»Ich sehe es ein kleines bisschen anders: Mein *Es* will, aber mein Ich und mein Über-Ich sind sich einig, dass das eine schlechte Idee wäre.«

»Okay. Französisch 50 Euro, GV 100 Euro.«

Janine hat sich offensichtlich entschlossen, nur mit meinem Es zu kommunizieren – was sowohl mein Ich als auch mein Über-Ich als grobe Unhöflichkeit empfinden. Wenn ich Politiker wäre, würde ich Janine jetzt sagen: »Nun, ich werde Ihr Angebot jetzt erst mal intern mit meinen Moral-Ausschüssen in aller Sorgsamkeit diskutieren und dann zu gegebenem Zeitpunkt mit einem Beschluss in die Öffentlichkeit treten.« Aber ich bin ja kein Politiker. Janine wird langsam ungeduldig:

»Na los – gib dir einen Ruck!«

Ich denke nach: Ich und Über-Ich gegen Es – das ist eine klare 2/3-Mehrheit. Der Fall ist also klar: Ich werde ›Nein danke‹ sagen und gehen.

»Äh ... GV, das steht für ...«

»Geschlechtsverkehr.«

»Ich hatte es vermutet, aber bei Abkürzungen bin ich immer vorsichtig – es hätte ja auch Garantie-Vertrag heißen können. Oder Grapefruit-Verzehr. Oder Gürteltier-Verein.«

Janine lacht höflichkeitshalber und streicht mir dabei erneut über den Arm. Okay, offenbar habe ich aus irgendeinem Grund nicht ›Nein danke‹ gesagt und bin auch nicht gegangen.

Stattdessen probt das Es einen Aufstand und versucht das Ich auf seine Seite zu ziehen – wobei es von Janine neue Argumente geliefert bekommt: Sie öffnet ihre Jacke ein wenig weiter und gibt einige Zentimeter mehr von ihrem BH frei, der durch das transparente Oberteil hindurchschimmert. Was dem Über-Ich wurscht ist. Eigentlich ist das Über-Ich ein ziemlich arroganter Schnösel mit seinen unerschütterlichen Prinzipien. Ein echter Moral-Streber. In der Schule hätten wir so jemanden mit nassen Schwämmen beworfen oder während des Unterrichts mit seinen eigenen Schnürsenkeln am Stuhl festgebunden. Irgendwie ist mir plötzlich das Es sympathischer. Der Kerl ist spontan und folgt seinen Instinkten – einer wie Lukas Podolski.

»Also, was läuft?«

Das ist jetzt meine zweite verpasste Hochzeitsnacht. Die erste habe ich mit Onkel Abdullah verbracht. Wäre es nicht eine Steigerung, wenn ich die zweite mit Janine verbringe?

»Äh, also 100 Euro?«

»Jep.«

»100 Euro ... tja ...«

Janine nimmt meine Hand:

»Na los – in meinem Bett ist es kuschelig warm. Deine Finger sind ja fast zu Eis gefroren.«

Plötzlich fällt mir ein, dass ich als Kind immer alles in Becher-Eis umgerechnet habe. Ich liebte Becher-Eis, vor allem das grüne: Waldmeister – hmmm, lecker! Oft habe ich so hastig gegessen, dass ich Kopfschmerzen bekam. Im Sommer durfte kein Tag ohne mindestens ein Becher-Eis vergehen. Deshalb war es bei fünf Mark Taschengeld in der Woche gar nicht so leicht, richtig zu kalkulieren – und Becher-Eis wurde zu meiner Währung. Ein Becher-Eis kostete 50 Pfennig, also waren eine Mark zwei Becher-Eis. Heute wäre ein Euro beim Kurs von 2:1 folgerichtig vier Becher-Eis.

»Also – was ist?«

Janines Stimme holt mich zurück in die Gegenwart. Ich bin irritiert:

»100 Euro für Geschlechtsverkehr? Aber das sind ja 400 Becher Eis!«

Janine schaut mich mit einem irritierten Okay-jetzt-bist-du-kein-lustiger-Vogel-mehr-sondern-doch-ein-Freak-Blick an:

»Becher-Eis?«

»Ja, weißt du, als Kind, da habe ich immer ...«

»Aber du bist jetzt erwachsen. Oder nicht?«

Sie hat recht. Ich bin erwachsen. Aber da gibt es einen kleinen Daniel in mir, und der ist heute traurig. Er ist zehn Jahre alt und möchte keinen Sex. Er möchte getröstet werden. Aber nicht von Janine.

Knapp drei Stunden später liege ich wach in meinem schicken Design-Hotelzimmer, das ein ambitionierter Innenarchitekt in ein Gründerzeithaus der Rosa-Luxemburg-Straße gezaubert hat. Nachdem ich Janine kopfschüttelnd zurückgelassen hatte, habe ich ohne ein einziges Gepäckstück im Hotel »Lux 11« eingecheckt, danach fast zwei Stunden lang geduscht, bis ich merkte, dass meine Haut schrumpelig war, anschließend im Pay-TV den Film *Kung Fu Panda* geguckt, ohne ihn wahrzunehmen, und dann noch gute drei Stunden damit verbracht, Seiten aus der Zeitschrift *Top Berlin* zu reißen, daraus Flugzeuge zu falten und diese in den Papierkorb fliegen zu lassen.

Jetzt versuche ich, mit einer Entspannungsübung meiner Therapeutin den Schlaf zu finden:

Ich soll die Augen schließen und mir vorstellen, ich läge am Strand einer einsamen Insel unter Palmen – um mich herum plätschern die Wellen, und eine sanfte Brise milder Meeresluft umschmeichelt meinen Körper. Dieses schöne Bild kann ich etwa dreißig Sekunden lang genießen, dann tauchen die ersten Fragen auf: Wenn das eine einsame Insel ist, warum bin ich da? Bin ich das Opfer eines Flugzeugabsturzes wie Tom Hanks in *Verschollen*? Gibt es Nahrung auf der Insel? Giftige Insekten? Schlangen? Sanitäre Anlagen?

Ich korrigiere das Bild und liege jetzt am überwachten Strand eines Fünfsternehotels in der Karibik, wo es kein Ungeziefer gibt, aber eine Bar und All-inclusive-Büfett.

Dieses Bild halte ich immerhin vierzig Sekunden. Dann wird mir klar, dass All-inclusive-Büfetts immer irgendwelche nervenden Pauschaltouristen anziehen. Schon liegen rechts neben mir zwei Schwaben, die sich über die Vor- und Nachteile des Bausparens unterhalten, während sich hinter mir eine sächsische Familie beim Strand-Kellner über die miese Getränkeauswahl beschwert. Auf meiner linken Seite grölt ein besoffener Engländer *God save the Queen*, und in den plätschernden Wellen tanzt das Ensemble von Riverdance. Ich habe keine Ahnung, wie sich das Ensemble von Riverdance in diese Vision geschlichen hat, zumal der große Erfolg dieser durchchoreografierten Bewegungsabnormität mindestens zehn Jahre her ist. Als auch noch einer der hüpfenden Iren von einem Hai gefressen wird, fürchte ich, dass ich verrückt werde.

Ich rufe meinen Geist zur Ordnung: Okay, Daniel, Pauschalurlaubsvisionen funktionieren nicht, also versuch's einfach mit Individualtourismus. Eine kleine Familienpension an einem einsamen Strand der Französischen Riviera, in der ich der einzige

Gast bin und liebevoll umsorgt werde. Diesmal kann ich fast eine Minute ungestört am Strand liegen, bis plötzlich Kenan auftaucht und Geld für meine Sonnenliege verlangt. In diesem Moment höre ich Onkel Abdullahs Schnarchen. Wenig später kommen mindestens 500 hysterische Türken aus dem Wasser und laufen zur kranken Tante Emine, die jetzt auf meiner Liege liegt, während ich bis zum Kopf in den Sand eingebuddelt bin und mich nicht mehr bewegen kann. Eine mir wohlbekannte alte Rosenverkäuferin mit höchstens noch drei Zähnen kommt auf mich zu:

»Du Rosse kaufe? Funf Öro.«

»Entschuldigung, würden Sie *bitte* aus meiner Entspannungsvision verschwinden?«

»Rott Rosse, kelb Rosse, weiss Rosse. Drei Öro fönza.«

»Jetzt hören Sie mir mal zu: Diese Übung haben sich Profi-Psychologen ausgedacht. Da erwarte ich ein klein wenig mehr Respekt.«

Sie legt mir eine Rose vor die Nase.

»Drei Öro fönza.«

Okay, Daniel – das ist nur in deinem Kopf. Denk dir einfach 100 Euro, dann verschwindet sie. Ich stelle mir also zwei Fünfzig-Euro-Scheine vor – mit dem Ergebnis, dass jetzt zehn weitere Rosenverkäuferinnen angelaufen kommen, weil ich so ein guter Kunde bin. Als der fünfjährige Taifun mir dann auch noch seinen Schniedel präsentieren will, beschließe ich, die Entspannungsübung abzubrechen. Allein das Wort *Familien*pension hat ausgereicht, um mir Schreckensbilder zu bescheren. Ich sollte jetzt weinen, einfach alles rauslassen. Ich spüre, wie die Tränen auf den Augapfel drücken, aber sie kommen einfach nicht raus, die Feiglinge.

Ganz ruhig, Daniel. Was ist das Schlimmste, das jetzt passieren kann? Ich denke nach. Und bin erstaunt: Die übliche Horrorvision bleibt aus. Das Schlimmste, das passieren kann, ist bereits passiert: Ich habe Aylin verlassen. Schlimmer kann der Tod auch nicht sein. Diese Erkenntnis entspannt mich, und ich falle in einen tiefen, traumlosen Schlaf, aus dem mich mein Handywecker nach einer knappen Dreiviertelstunde wieder zurückholt: Zeit für Bernd Banane!

41

10 Minuten vor dem künstlerischen Durchbruch von Bernd Banane.

Es ist Freitagmorgen, halb sechs Uhr, und ich sitze mit Jupp und Ralf Süffels in einer tristen SAT.1-Frühstücksfernsehen-Garderobe, in der eine Autogrammkarten-Galerie von Künstlern, die hier zu Gast waren, den einzigen Schmuck bildet: Von Soap-Sternchen über Schlagerstars bis hin zu Möchtegern-Star-Astrologen hat hier jeder schon mal seine Nase reingehalten, dem ein Fernsehauftritt wichtiger war als gesunder Schlaf.

Ich befinde mich in einer Art Wachkoma und fühle mich von Jupp Süffels' guter Laune belästigt, mit der er das Lied »Jetzt geht's los« von den Höhnern viel zu laut in die kleine Garderobe katapultiert. Ich summe leise »Thank you for the Music« dagegen, aber der Trick funktioniert nur, wenn der Ohrwurm im Kopf rotiert und nicht im Zimmer.

Als sich Ralf Süffels unter dem kritischen Blick seines Vaters den gelben Glitzeranzug anzieht, habe ich das Gefühl, durch einen Riss im Raum/Zeit-Kontinuum in eine erotische Phantasie von Carmen Nebel geraten zu sein. Ich reiße mich zusammen und versuche, positiv zu wirken:

»Also, Ralf, geh da raus und rock den Laden. Du kannst das!«

Mein Gott, bin ich verlogen. Jetzt legt Jupp Süffels den Arm um seinen Sohn und beweist, dass er die moderne Motivationspsychologie meisterhaft beherrscht:

»Dat ist deine jroße Chance, Ralf – verstehste? Wenn du dat hier versaust, dann war et dat mit deiner Karriere.«

Ralf nickt unsicher. Und ich habe eine spontane Einsicht: Familiären Druck gibt es in einer deutschen Familie genauso wie in einer türkischen – hierzulande gibt es nur weniger Personen, die ihn ausüben können.

Während sich Ralf eine unglaublich alberne gelb glitzernde Schirmmütze mit eingesticktem Süffels-Kölsch-Schriftzug auf den Kopf setzt, memoriert er noch einmal seinen Text:

»Hey, du Doofmann, schreib dir auf die Fahne: Keiner ist so stark wie Bernd Banane ...«

»Stimmt, dat wollte isch dir die janze Zeit schon sagen, Ralf ...«

»Wat denn, Papa?«

»Dat mit dem Doofmann, dat jefällt mir nit. Da fehlt der Charme.«

»Papa, normalerweise singen die: ›Du Pisser‹ oder ›Du Hure‹.«

»Echt? Dat is aber meilenweit unter Niveau.«

»Dat is nit unter Niveau, dat is normal im Hip-Hop.«

»Dat hat misch die janze Zeit schon jestört. Oder auch die andere Zeile da: ›Mit mir ist nit jut Kirschen essen‹ – wat soll dat?«

»Papa, isch habe in fünf Minuten den Auftritt! Isch muss misch jetzt konzentrieren.«

»Isch mein ja nur. Wir sind Kölsche. Wir sind tolerant, und mit uns *ist* jut Kirschen essen.«

»Papa, die von Aggro Berlin, die singen, dat sie die anderen umbringen und die Jeschlechtsteile abschneiden und so – isch meine, da ist dat mit dem Kirschenessen doch harmlos.«

»Die wollen die Jeschlechtsteile abschneiden? Also, dat hat für misch nix mehr mit Unterhaltung zu tun.«

»Außerdem: Würdest du bitte aufhören, den Text zu kritisieren?! Isch muss da gleich raus.«

Die Tür öffnet sich, und eine unterkühlte Ich-bin-was-Besseres-denn-ich-arbeite-beim-Fernsehen-Blondine mit Headset steckt kurz ihren Kopf ins Zimmer:

»Herr Banane? Jetzt läuft gerade der Bericht über Laktoseintoleranz bei Nagetieren, danach ist Ihr Auftritt. Ich hole Sie dann in drei Minuten ab.«

Ralf Süffels pustet tief durch. Jupp Süffels klopft ihm auf die Schulter.

»Jetzt bleib mal janz ruhig, Ralf. Den Text kannst du eh im Schlaf, den kann sogar *isch*, obwohl isch dat Lied nur dreimal jehört hab. Herr Hagenberger, Sie sind doch auch Texter ... Könnense nit schnell wat anderes finden als ›Hey, du Doofmann‹?«

Ich döse.

»Herr Hagenberger?«

Ich döse immer noch.

»Herr Hagenberger?!«

Erst jetzt sind die vergangenen zwei Minuten in meiner Großhirnrinde angekommen. Normalerweise hätte mir spätestens die Diskussion über Aggro Berlin die Lachtränen in die Augen getrieben – aber heute ... Da ist nichts. Gar nichts. Na los, Daniel! Nicht schlappmachen! Nicht drei Minuten vor dem großen Auftritt von Bernd Banane! Ich atme tief durch und bin wieder bei klarem Verstand: Ich muss Ralf vor seinem eigenen Vater beschützen – ich muss ihm jetzt Kraft geben. Ich gehe zu Ralf, lege ihm die Hände auf die Schultern und nicke ihm lächelnd zu:

»Ralf, vergiss alles, was dein Vater gesagt hat. Das Lied ist großartig, und dein Auftritt wird dich ganz nach oben ...«

Plötzlich und ohne Vorwarnung schießen mir die Tränen ins Gesicht.

»... ganz nach oben in die Liste der lächerlichsten Menschen Deutschlands katapultieren.«

Ich schluchze. O nein! Bitte nicht, Daniel – nicht zwei Minuten vor dem Auftritt! Jupp Süffels zieht mich von seinem Sohn weg.

»Herr Hagenberger, wat soll dat?«

Ich kann mich nicht mehr kontrollieren. Von heftigem Schluchzen geschüttelt, fließen mir Sätze aus dem Mund.

»Ja, wahrscheinlich schaffen wir es, Ihren Sohn berühmt zu machen – aber was ist der Preis?«

»Dat Ihr Chef den Werbedeal bekommt.«

»Das meine ich nicht. Ich meine: Das ist der schlechteste Hip-Hop-Song aller Zeiten – den sollte niemand singen müssen! Und niemand sollte Bernd Banane heißen. Niemand sollte vor einem Millionenpublikum der Lächerlichkeit preisgegeben werden. ›Die Würde des Menschen ist unantastbar‹? Ha! Wenn dieser Artikel konsequent angewendet würde, wäre das gesamte Privatfernsehen längst verboten! Aber es geht nie um die Menschenwürde, es geht immer um irgendwelche Deals. Süffels, BMW, Nokia – egal. Die Würde ist doch scheißegal, solange der Profit stimmt. Dschungelcamp, Topmodel, Supertalent – das sind doch alles Verzweifelte, die sich für ein bisschen Aufmerksamkeit zum Affen machen. Und Ihr Sohn ist die ärmste Sau von allen! Ich meine: Wie tief muss man sinken, um in einem gelben Glitzerkostüm im SAT.1-Frühstücksfernsehen nach einem Bericht über Laktoseintoleranz bei Nagetieren ...«

Und wieder fange ich an zu schluchzen. Ich bin von mir selbst überrascht. Normalerweise denke ich gar nicht so moralisch. Und wenn, dann wenigstens mit der Stimme von Udo Lindenberg.

Jupp Süffels ist jetzt sauer:

»Herr Hagenberger, hören Sie auf! Der Ralf muss sisch konzentrifizieren!«

»*Ich* soll aufhören? *Sie* drängen ihn doch zu dem Schwachsinn hier. Wie ich diesen familiären Druck hasse! Daniel, mach dies, Daniel, mach das. Den musst du anlügen, und die dürfen nicht nebeneinandersitzen, und ...«

»Wovon reden Sie überhaupt?!«

»Ich ... äh ...«

»Dat muss isch mir nit anhören. Verlassen Sie auf der Stelle die Garderobe meines Sohnes.«

Ich nicke stumm und will gerade gehen, als sich die Tür öffnet und der Kopf der Headset-Tusse erneut erscheint:

»Es ist so weit. Kommen Sie bitte mit, Herr Banane.«

»Nein.«

Jupp Süffels ist schockiert:

»Ralf, na los ...«

»Nein. Herr Hagenberger hat recht. Isch wollte nie auftreten. Nit im Karneval, und schon gar nit hier. Dat war immer nur *dein* Wunsch.«

Die Headset-Tusse spricht in ihr Headset:

»Wir haben ein Problem mit dem Künstler. Zieht den Beitrag über den Erfinder der aufziehbaren Hüpfpenisse vor.«

Jupp Süffels legt jetzt jovial den Arm um sie:

»Mädschen, dat hab isch gleisch. Gib mir drei Minuten, dann ist der Jung parat.«

»Na hoffentlich.«

Die Headset-Tusse verschwindet, und Jupp Süffels redet jetzt auf seinen Sohn ein wie ein Box-Coach auf seinen Schützling nach einer verlorenen Runde:

»Hey, lass disch nit hängen – du jehst da jetzt raus und singst dat Lied. Haben wir uns verstanden???!!!«

»Nein.«

»Doch.«

»Nein.«

»Scheiße! Scheiße! Scheiße!«

Plötzlich bin ich hellwach. Und mir kommt eine Idee:

»Herr Süffels, wenn Ihr Sohn nicht will – warum treten *Sie* nicht auf?«

»Isch? Dat ist doch Quatsch.«

»Wieso? Sie haben doch eben gesagt, Sie können den Text.«

Jupp Süffels denkt kurz nach. Dann atmet er einmal tief aus und dreht sich zu seinem Sohn:

»Ralf, zieh dat Kostüm aus, und zwar schnell. Jetzt jeht et um die Familienehre.«

In Windeseile wechselt das Kostüm den Träger. Ob man die Familienehre rettet, indem man seinen Bierbauch in ein gelbes Glitzerkostüm zwängt, ist mir allerdings nicht zu 100 Prozent klar.

Als Jupp Süffels von der Headset-Tusse ins Studio geführt wird, bleiben Ralf und ich in der Garderobe. Über einen Monitor können wir die Sendung verfolgen – gerade hüpft ein aufziehbarer Hüpfpenis vom Beckenrand in einen edlen Swimmingpool, dann erscheint eine Moderatorin:

»Tja, es gibt viele Wege, zu einer Strandvilla in Malibu zu kommen. Der Vertrieb von aufziehbaren Hüpfpenissen ist einer davon. Freuen Sie sich jetzt auf einen Mann, der Ihnen heute Morgen den Rhythmus beim Zähneputzen vorgibt: Hier ist – live gesungen – Bernd Banane.«

Es folgt ein Schnitt auf Jupp Süffels, der unbeholfen in der

Kulisse steht, während sich die gelbe Weste über seinem Bauch spannt:

»Welsche Kamera is jetzt die richtige? Die, wo dat rote Licht brennt?!«

Auch wenn Kleinmüller den Süffels-Deal nach meinem heutigen Verhalten wohl verlieren dürfte, lenkt mich diese absurde Performance erfolgreich von meinem Liebeskummer ab.

Im Monitor hüpft Jupp Süffels mit einer ähnlichen Eleganz wie zuvor der Plastikpenis durchs Bild und singt:

»Schallallallallallaaaa schallallallallalllallllaaaaaa ...«

So viel zum Thema ›Ich kann den Text‹.

Ich kann mir ein Lachen nicht verkneifen, und auch Ralf Süffels lässt sich vom skurrilen Auftritt seines Vater erheitern, der seinen Höhepunkt findet, als Jupp Süffels bei einem Ausfallschritt kurz nacheinander erst die Weste und dann das Hemd platzen.

Ich höre im Geiste schon, wie Kleinmüller mich feuert, weil ich den Süffels-Deal versaut habe, als etwas Erstaunliches passiert: Jupp Süffels reißt das Hemd nach dem Refrain komplett auf und präsentiert voller Stolz sein Feinripp-Unterhemd – als sei die Panne geplant gewesen.

Dann tanzt er beschwingt durchs Studio, macht kurz vor der Kamera halt und zwinkert hinein – kaum zu glauben, dass das sein erster Auftritt ist. Die Moderatorin klatscht begeistert im Takt mit – und wird wenig später von Jupp Süffels, der immer mehr in Fahrt kommt, zum Tanzen aufgefordert. Jetzt improvisiert er:

»Isch sag nicht ›Hure‹ und nicht ›Pisser‹ –
Dat ist unter dem Niveau.
Außer zu 'nem Düsseldorfer,
denn dat macht die Seele froh.«

Auch wenn die Spontan-Dichtung sicherlich nicht den Annette-von-Droste-Hülshoff-Preis gewinnen dürfte, hat Jupp Süffels ganz offensichtlich etwas, das sein Sohn nicht besitzt: Showtalent.

Fünf Minuten später geht die Garderobentür auf. Jupp Süffels kommt mit drohendem Zeigefinger auf mich zu:

»Dat is alles Ihre Schuld! Ihretwegen habe isch die schlimmsten Minuten meines Lebens durchgemacht ...«

Dann spüre ich plötzlich seinen Bierbauch auf meinem Magen. Kann es sein, dass mich Jupp Süffels umarmt? Tatsächlich.

»… und Ihretwegen ist mein Jugendtraum endlisch wahr jeworden – isch danke Ihnen, von janzem Herzen!«

42

2 Stunden, 13 Minuten nach dem Karrierestart von Jupp Süffels.

Mit roten Augen nähere ich mich dem Gebäude des Berliner Hauptbahnhofs, um meine Rückreise nach Köln anzutreten. Seit zwei Stunden renne ich durch Berlin, in der Hoffnung, dass mein Körper irgendwann Endorphine ausschüttet und sich so der Seelenschmerz reduziert. Ich bin so daneben, dass ich sogar kurz vor zwei Zeugen Jehovas stehen bleibe, um mich zu erkundigen, ob die Welt bald endlich untergeht oder ob ich noch weiter leiden muss. Dummerweise haben sie keinen exakten Armageddon-Zeitplan. Dilettanten!

Ich habe vor einer Stunde mein Handy eingeschaltet – niemand will mich erreichen. Das ist so deprimierend. Wenigstens meine Mutter könnte mich fragen, wo ich gerade bin und was ich gerade mache. Dann könnte ich sagen, dass ich es ihr nicht sage; sie würde anfangen zu raten, und ich wäre genervt – das wäre toll. Oder Mark? Oder Ulli? Oder Lysa? Oder Karl? Irgendwer muss doch Notiz davon nehmen, dass ich noch existiere. Oder ... Aylin? Was ist mit ihr?

Mein Handy vibriert in der Hosentasche, und mein Herz macht einen Sprung. Wenn das Aylin ist, dann hat sie im selben Moment an mich gedacht, und das würde bedeuten ... Es ist Rüdiger Kleinmüller. Der Mensch im Universum, mit dem ich jetzt am allerwenigsten sprechen will. Aber immer noch besser als gar keiner.

»Ja?«

»Du, Daniel, wie isses denn gelaufen mit Bernd Banane? Ich

wollt's mir aufnehmen, aber da ist irgendwas schiefgelaufen, weil der Speicher meines Festplattenrekorders schon voller Pornos ist, haha. No, I'm only joking, es sind höchstens zwei, drei Softsex-Filme – das Scheiß-Teil ist einfach kaputt.«

»Also, es lief zwar anders als geplant, aber gut, denke ich.«

»Schön. Du, pass auf, ich hab einen Job für dich, es geht um eine Campaign für Ostfriesentee.«

»Klingt ungeheuer spannend.«

»Auf jeden Fall: Ich habe keine Zeit, deshalb musst du zu dem Kick-off-Meeting mit dem Produzenten fahren. Du fragst ihn einfach, was er will, checkst dann ein paar Ideen ab und guckst mal, auf welche Scheiße er anspringt, okay?«

»Okay.«

»Perfect. Du, das ist irgendwo auf dem platten Land – deshalb hab ich einen Driving Service engagiert, der dich da abliefert. Sag mir einfach, wo du gerade bist – dann gebe ich dem Fahrer Bescheid.«

Knapp 15 Minuten später sitze ich in einem Mercedes S-Klasse und verlasse Berlin in Richtung Norden. Ehe ich mir weitere Gedanken machen kann, holt sich mein Körper das, was ich ihm in den letzten Tagen vorenthalten habe: Schlaf.

Gut vier Stunden später werde ich wach. Die Limousine hält vor einem Haus mit typisch friesischem Reetdach. Ich schleiche in Richtung Eingang. Plötzlich stoppt mich die Stimme des Chauffeurs:

»Herr Hagenberger?«

»Ja?«

»Die Besprechung findet dort hinten statt.«

Er weist am Haus vorbei, auf eine Wiese. Dahinter ist Meer. Wie praktisch – da kann ich mich gleich nach der Besprechung reinstürzen. Ich sehe mich zum ersten Mal richtig um: Ich kenne diesen Ort ... Ich bin auf der Hamburger Hallig! Dem Ort meiner Verlobung!

Als ich weiter über die Wiese gehe, sehe ich plötzlich zwei Gestalten: einen Mann und eine Frau im weißen Kleid. Es ist ... ein

Brautkleid. Ich denke kurz darüber nach, ob mich eine Wahnvorstellung heimsucht – aber als ich näher komme, sehe ich, dass ich mich nicht getäuscht habe. Es ist tatsächlich ein Brautkleid. Ein wunderschönes Brautkleid. Und darin … Aylin.

43

Wann? Wo? Was?

»Aylin? Aylin!«

Ich gehe wie in Trance auf sie zu. Aylin lächelt mich durch den weißen Schleier an. Ihre Augen und Lippen sind dezent, aber wirkungsvoll geschminkt, die Haare elegant zusammengesteckt. Sie sieht bezaubernd aus.

»Hallo, Daniel.«

»Was ... wie ... ich ... ich dachte, ich habe eine Besprechung mit einem Tee-Produzenten.«

»Tja, da haben wir deinen Chef wohl zu einer kleinen Lüge angestiftet.«

»Wir?«

»Emine und ich. Seit Kleinmüller mit ihr geschlafen hat, würde er ihr wahrscheinlich *jeden* Wunsch erfüllen.«

»Emine hat mit Kleinmüller ... Ich hab's geahnt.«

Ich lache, und Aylin schaut mich an. Sie atmet tief ein.

»Weißt du, Daniel ... Für mich ist das normal, das ganze Familienchaos. Die ständigen Anrufe, die Emotionen, die Hysterie, der Druck. Ich bin damit aufgewachsen, und manchmal merke ich das alles gar nicht. Deshalb ... na ja, also ich denke, mir war nicht klar, dass das alles zu viel für dich war. Dass ich dich überfordert habe. Dass meine Familie dich überfordert hat.«

»Ich habe es dir ja auch nie gesagt.«

»Weil du der liebste Mensch der Welt bist und mir alles recht machen wolltest. Du hast genug Zeichen gegeben, aber ich ... ich war einfach in diesem Film drin, und ... ja, ich wollte allen zeigen, wie toll sich mein deutscher Verlobter in die Familie integriert.

Ich wollte so sehr, dass sie dich akzeptieren, dass ich nicht mehr wahrgenommen habe, wie es dir geht. Und wo deine Grenzen sind. Ich wollte das nicht, das musst du mir glauben – aber in den letzten Wochen, da war mir das Bild, das meine Familie von dir hat, viel wichtiger als *du*. Und dafür möchte ich mich entschuldigen – von ganzem Herzen. Verzeihst du mir?«

Jetzt sollte ich sie erst mal eine Weile zappeln lassen.

»Natürlich. Natürlich verzeihe ich dir. Ich liebe dich.«

Ob man bei 0,36 Sekunden von einer ›Weile‹ sprechen kann, weiß ich nicht. Aber ich habe ihr schon in dem Moment verziehen, als ich sie gesehen habe. Für meine Verhältnisse war ich also extrem cool. Aylin schaut mich lange an.

»Daniel, benimle evlenmek istiyor musun?«*

Okay. Aber jetzt lasse ich sie zappeln.

»Ja. Ja, ich will!«

Fast eine Sekunde. Weil ich noch einatmen musste.

Wir umarmen uns ganz fest. Tränen der Freude und der Erleichterung fließen aus unseren Augen – obwohl es eigentlich überflüssig ist, noch mehr Salzwasser zu produzieren, wenn um uns herum die Nordsee tobt. Als ich zur Seite gucke, sehe ich einen älteren Herrn, der angestrengt an uns vorbeistarrt. Ich war so auf Aylin fixiert – ich habe völlig vergessen, dass wir nicht alleine sind. Aylin tupft sich unter ihrem Schleier die Tränen ab.

»Das ist Herr Petersen, der Standesbeamte. Herr Petersen, das ist Daniel Hagenberger.«

Herr Petersen steht an einem kleinen Pult, und wie es sich für einen ordentlichen Norddeutschen gehört, sagt er erst mal nichts. Er nickt mir nur höflich zu. Da ich ja inzwischen darin geübt bin, mich schnell in eine fremde Kultur zu integrieren, verzichte auch ich auf Worte und nicke höflich zurück. Ich flüstere Aylin ins Ohr:

»Aber so schnell kriegt man doch normalerweise keinen Hochzeitstermin. Was hast du dir diesmal für eine Lüge ausgedacht?«

Aylin flüstert zurück:

* Willst du mich heiraten?

»Ich habe mir keine Lüge ausgedacht, ich habe einfach unsere Geschichte erzählt. Wie wir uns verlobt haben. Und dass du dir gewünscht hast, hier zu heiraten.«

»Ich wusste gar nicht, dass norddeutsche Beamte Romantiker sind.«

»Okay, meinen Schmollmund hab ich natürlich auch eingesetzt.«

Völlig überraschend und wie aus dem Nichts sagt Herr Petersen plötzlich etwas:

»So.«

Aylin und ich warten eine gute halbe Minute, dass noch etwas folgt. Ein ›So‹ kommt ja in der Regel nicht alleine. Da schließt sich eigentlich immer was an: ›So, ich bin dann mal weg.‹ ... ›So, Ihre Waschmaschine läuft wieder – das macht 600 Euro.‹ ... ›So, ich bin jetzt mit der Sonde in Ihrem Magen angekommen.‹

Aber ein Norddeutscher kann ein ›So‹ auch einfach mal stehen lassen. Das macht einen Rheinländer irgendwann wahnsinnig. Als das ›So‹ nach einer Minute immer noch alleine in der Luft schwebt, wage ich eine Nachfrage:

»Äh, wollten Sie mit dem Wort ›So‹ andeuten, dass wir anfangen können?«

Pause.

Pause.

Paaaaaauuuuuuuuuuuusssssseeeeeeeeeee.

»Jouw.«

Für Norddeutsche müsste es eine Fast-Forward-Taste geben, mit der man sie schneller machen kann. Es ist zwar verhältnismäßig warm für einen sechsten Februar, aber es geht ein ziemlicher Wind, und ich sehe, dass Aylin in ihrem luftigen Kleid langsam zu frieren anfängt.

Herr Petersen schaut mich auffordernd an. Will er etwas von mir? Ich glaube ja. In der einen Hand hält er Aylins Personalausweis, die andere streckt er mir entgegen. Natürlich, die Ausweise! O mein Gott – habe ich meinen Perso dabei? Ich durchsuche panisch mein Portemonnaie. Nichts. Mein Herz setzt zwei Schläge aus.

»Äh, tut's auch die Dauerkarte vom 1. FC Köln?«

Pause.

Pause.

Gleich wird er sowieso »Neij« sagen, also suche ich panisch weiter. Aylin schaut mich besorgt an:

»Du hast ihn doch sonst immer dabei.«

Ich durchforste weiter mein Portemonnaie: EC-Karte, VISA-Karte, Mitgliedsausweis der Aktion Fischotterschutz ... Ich hasse mein Portemonnaie dafür, dass es so viele Fächer hat. O Gott sei Dank, da ist er! Ich strahle Aylin an, sie seufzt erleichtert. Dann gebe ich Herrn Petersen meinen Personalausweis.

»Neij.«

Wie – ›neij‹?! Ist der etwa abgelaufen? Ach so, das bezog sich noch auf die FC-Dauerkarte. Alles ist gut. Herr Petersen prüft quälend langsam unsere Ausweise. Ich reibe die mittlerweile zitternde Aylin an Armen und Oberkörper. Nach einer Weile beweist Herr Petersen, dass er überraschenderweise auch einen ganzen Satz formulieren kann:

»Die Personalien konnte ich feststellen.«

Pause.

Pause.

Paaaaaaaaaaauuuuuuuuuuuusssssssseeeeeeeee.

»Die Ringe, bitte.«

Aylin und ich lächeln uns an. Wir haben unsere Verlobungsringe nie abgenommen. Jetzt reichen wir sie Herrn Petersen, der sie im Zeitlupentempo auf dem Pult platziert.

»So.«

Pause.

Pause.

Schon wieder ein ›So‹ ohne Folgetext? Nein, diesmal kommt was:

»Bevor ich Sie jetzt offiziell vermähle ...«

Pause.

Pause.

»... habe ich eine kleine Rede vorbereitet.«

Herr Petersen schaut uns jetzt mit einem Ich-gebe-Ihnen-nun-etwas-sehr-Bedeutsames-mit-in-die-Ehe-Blick an.

Pause.

Pause.

Ich ziehe meine Jacke aus und lege sie Aylin um die Schultern. Sie lächelt mich dankbar an. Jetzt ist *mir* kalt. Herr Petersen scheint davon auszugehen, dass seine Rede umso bedeutsamer wird, je länger die Pause davor andauert.

Pause.

Pause.

Paaaaaaaauuuuuuuuuuussssseeeeeeeeeee.

»Also ...«

Pause.

Pause.

»... Seid nett zueinander und geht nicht zu spät ins Bett.«

Pause.

Pause.

Pause.

War das die Rede? Das war die Rede. Aylin und ich schauen uns an. Wenn man ein Lachen unterdrücken will, wird es bekanntlich schlimmer. Aylin sieht unglaublich süß aus, wenn sie versucht, sich zu beherrschen, während es sie schüttelt und die ersten Lachtränen aus den Augen fließen.

Herr Petersen blättert jetzt quälend lange in den Unterlagen, sodass ich ein wenig auf der Stelle hüpfe, um mich warm zu halten. Aylin sieht das – und kichert wieder los. Ich kichere mit. Was tun Brautpaare nicht alles, um ihre Hochzeit unvergesslich zu machen? Sie heiraten im Hubschrauber über den Niagarafällen; sie heiraten unter Wasser mit Zeichensprache; sie reiten auf Pferden zu einem Altar am Seychellen-Strand. Aber wenn mich irgendwann mal jemand fragt, was ich wirklich romantisch finde, dann ist es das gemeinsame Unterdrücken eines Lachanfalls aus Rücksicht auf die Gefühle eines alten Friesen.

Herr Petersen wendet sich uns wieder zu, und wir spielen ein seriöses Brautpaar.

»Herr Hagenberger, möchten Sie die hier anwesende Aylin Denizoğlu zur Ehefrau nehmen, dann antworten Sie bitte mit ›jouw‹.«

»Ja. Ja, ich will.«

»Frau Denizoğlu, möchten Sie den hier anwesenden Daniel

Hagenberger zum Ehemann nehmen, dann antworten Sie bitte mit ›jouw‹.«

»Ja. Ja, ich will. Von ganzem Herzen.«

»Dann erkläre ich Sie hiermit zu Mann und Frau.«

Die Nachmittagssonne über der Nordsee taucht die Schäfchenwolken in ein kräftiges Orange – eine Winterromantik, die selbst die besten Dreamworks-Programmierer nicht so bombastisch hinbekommen hätten. Herr Petersen reicht uns die Ringe, die wir uns mit zitternden Fingern anstecken. Ich lüfte Aylins Schleier und bin überwältigt, wie schön sie mit verschmiertem Kajal aussieht. Dann küsse ich zum allerersten Mal meine Ehefrau.

Allein für diesen Augenblick würde ich ein ganzes Jahr lang Onkel Abdullahs Schnarchen ertragen und mindestens zwanzig türkische Tanten im Krankenhaus besuchen.

44

2 Stunden, 35 Minuten nach der Hochzeit.

Aylin sitzt in ihrem Hochzeitskleid auf der Bettkante und schaut mich erwartungsvoll an. Ich versuche, ein Saxofon zu imitieren, das die Melodie von *You can leave your hat on* spielt. Dabei knöpfe ich mit vielsagenden Blicken mein Hemd auf.

Nach der Trauung sind wir bei einem Candlelight-Dinner im Hallig-Krog, der extra für uns aufgemacht hat, langsam wieder aufgetaut – wobei uns zwei Gläser Grog und eine extrem leckere Fischsuppe geholfen haben. Danach lieferte uns der Chauffeur in der Ferienwohnung eines Bauernhofs ab, in der wir damals nach unserer Verlobung schon einmal übernachtet haben – mit geschätzten 500 Flaschenschiffen würde sie auch als Museum durchgehen. Damals wollte ich Sex, aber Aylin wollte noch warten. Heute gibt es nichts, das uns von einer perfekten Hochzeitsnacht abhalten kann. Nichts? Nichts. Alle Kommunikationsmedien sind abgeschaltet und Aylins Familie ist über 400 Kilometer weit weg.

Aylin feuert mich jauchzend an – ich lasse erst die linke, dann die rechte nackte Schulter sehen und ziehe das Hemd aus. Bis auf eine kurze Verzögerung, in der ich den Ärmelknopf nicht aufkriege, steht meine Performance den California Dream Boys in nichts nach. Ich lasse das Hemd über meinem Kopf kreisen, um es dann elegant wegzuschleudern. Wobei es wohl Abzüge in der B-Note gibt, als es sich in der Deckenlampe verheddert.

Plötzlich habe ich das Bedürfnis, Aylin etwas zu fragen, was nichts mit Erotik zu tun hat. Ich denke kurz darüber nach, ob ich die Frage nicht besser verschiebe, aber ich würde bestimmt die ganze Zeit daran denken; dann würde ich mich ärgern, und meine Hochzeitsnacht hätte für immer einen Makel.

»Aylin, diese Hochzeit war genau so, wie ich es mir gewünscht habe. Nur noch besser – Herr Petersen war einfach Weltklasse.«

Bei der Erinnerung müssen wir beide wieder kichern. Gemeinsames Kichern ist eine unterschätzte Vorspiel-Praktik.

»Aber jetzt ... Statt 1000 verrückter Türken hatten wir einen einzigen stocksteifen Friesen. Hast *du* jetzt nicht alles aufgegeben?«

»Daniel, alles, was mir wichtig war, habe ich bekommen: dich!«

»Aber ich finde, wir sollten trotzdem noch mit der Familie feiern. Ich weiß, sie bedeutet dir viel. Und ich will, dass du glücklich bist. Außerdem ist eine Hochzeit nicht komplett, wenn niemand wegen der Sitzordnung beleidigt ist.«

Aylin strahlt:

»Dann ist es ja gut, dass ich die Feier noch nicht abgesagt habe.«

Ich muss lachen:

»Hast du nicht?«

»Nein.«

»Hast du geahnt, dass ich ...«

»Ja. Weil du der warmherzigste und liebevollste Mensch bist, den ich kenne. Deshalb habe ich dich doch geheiratet.«

»Ach so. Und ich dachte, weil ich so ein begnadeter Stripper bin.«

Ich lasse wieder die Mund-Saxofon-Version von *You can leave your hat on* hören. Aylin johlt, greift sich meinen Arm und zieht mich aufs Bett.

Gut acht Stunden später wache ich in dem Bewusstsein auf, die schönste Hochzeitsnacht aller Zeiten erlebt zu haben. (Natürlich habe ich keinen Vergleich und kann nicht garantieren, dass Lothar Matthäus bei einem seiner diversen Versuche nicht etwas ähnlich Tolles widerfahren ist.)

Ich bin überrascht, was die Hochzeitsnacht mit meinem Gehirn angestellt hat: Plötzlich freue ich mich auf Leverkusen! Ich denke: Was hatte ich nur immer gegen diese pulsierende Metropole?

Ich wecke Aylin sanft. Kaum ist sie wach, schon strahlt sie mich an:

»Das war unglaublich schön gestern. Schade, dass keiner die Zeremonie gesehen hat.«

Ich habe einen Geistesblitz:

»Aylin, wie wär's, wenn wir die Zeremonie faken? Ein Bekannter von mir spielt den Standesbeamten, und die ganze Familie denkt, dass sie live bei der Trauung dabei ist.«

»Das ... das ist brillant! Wow, du kannst schon wie ein echter Türke denken.«

»Ist das ein Kompliment?«

»Natürlich. Du hast unsere Kultur verstanden. Herzlichen Glückwunsch. Und was Cems Verlobung betrifft ...«

Ich zucke zusammen. Das Thema habe ich völlig verdrängt. Cems Scheinehe war der Grund für das Platzen der Hochzeit. Wird sie jetzt auch der Grund für den ersten Ehekrach?

»... ich habe nachgedacht, Daniel ... Weißt du, ich bin immer noch verwirrt. Mir ist klar, dass Cems Verlobung eine Lüge ist. Aber ich weiß auch, dass viele Familienmitglieder die Wahrheit nicht akzeptieren können. Und wenn mein Bruder sich entscheidet, den einfacheren Weg zu gehen, dann verstehe ich das.«

»Aber verstehst du auch, dass ich den Romantikfaktor einer Scheinehe relativ gering einstufe?«

»Ja. Du musst das nicht auf unserer Feier verkünden. War eine blöde Idee von mir.«

»Nein, das war keine ... doch, eigentlich war es schon eine blöde Idee.«

Wir lachen, und Aylin boxt gespielt beleidigt gegen meinen Brustkorb. Ich entspanne mich wieder. Für exakt vier Sekunden.

»Daniel?«

»Hmm?!«

»Hast du deinen Gästen eigentlich gesagt, dass du offiziell Moslem bist?«

»Nein.«

»Uuuh, das könnte Probleme geben.«

Ich zucke schon wieder zusammen. Meine Lügen habe ich genauso schön verdrängt wie Cems Verlobung. Die Schweißdrüsen, die sich gerade beruhigt haben, fangen wieder an zu arbeiten. Es gibt nur zwei Möglichkeiten: Entweder kommt alles raus, oder ich muss die nächsten fünfzig Jahre weiterlügen. Das ist, als hätte man die Wahl zwischen Pest und Cholera. Zwischen Guillotine und elektrischem Stuhl. Zwischen Wolfsburg und dem Barbarossaplatz. In mir reift ein Gedanke: Ob sie mich danach noch lieben oder nicht – ich muss das Risiko eingehen.

»Aylin, es geht nicht anders – ich muss die Wahrheit sagen.«

»Wann?«

»Auf der Feier.«

»Bist du sicher? Das könnte ein Erdbeben verursachen.«

»Es ist die einzige logische Alternative.«

»Tja. Und jetzt denkst du wie ein echter Deutscher. Aber das ist auch okay. Egal, wie die Familie reagiert, ich bin bei dir.«

45

28 Stunden, 35 Minuten nach der Trauung,
eine Stunde vor der Wahrheit.

Der Mercedes hält mitten in einem Industriegebiet irgendwo in Leverkusen. Onkel Serkans Hochzeitssalon würde von außen auch als Lagerhalle durchgehen. Lediglich ein gut zwei mal vier Meter großes Stoff-Transparent mit dem Schriftzug

Aylin'in ve Daniel'in düğünü

sowie gut zwanzig große Herzen mit verschiedenen türkischen Inschriften, die aus vielen Hundert roten Rosen geformt sind, lassen auf den eigentlichen Zweck der Halle schließen. Aylin zupft meinen glänzenden weißen Hemdkragen zurecht und streift meine Anzugjacke glatt. Dann zieht sie sich den Schleier vors Gesicht. Wir steigen aus der Limousine und gehen über einen roten Teppich an dem Spalier der roten Herzen vorbei in den Saal. Sofort brandet Applaus von gut 1200 Gästen auf – es sind spontan noch einige hinzugekommen. Während es offenbar ein Gesetz gibt, das türkischen Männern verbietet, in etwas anderem als einem engen schwarzen Glanzanzug auf einer Hochzeit zu erscheinen, ist bei den Frauen vom strassbesetzten kleinen Schwarzen über pinke Satinkleider bis hin zu silbernen und goldenen Paillettenträumen alles vertreten – es muss nur hauteng, möglichst auffällig und vor allem: glitzernd sein. Auch Schminke wird nicht etwa zur dezenten Betonung eingesetzt – es werden im Gesicht eigenständige farbige Erlebniswelten erschaffen. Insgesamt kann man sagen: Der Anblick türkischer Hochzeitsgäste ist nur schwer von der Wirkung halluzigener Pilze zu unterscheiden.

Zunächst sehe ich nur unbekannte Gesichter, bis ich Herrn Töller, den Portier vom Info-Schalter des Herzzentrums, ausmachen kann:

»Herr Töller, wie schön! Wer hat Sie denn eingeladen?«

Herr Töllers Zunge bewegt sich unter Alkoholeinfluss noch leichter als ohnehin schon:

»Fragen Se misch lieber, wer misch *nit* einjeladen hat. Den ersten fünf hab isch ja noch abjesagt, weil isch jedacht hab, bei den Moslems jibbet kein Kölsch, die trinken ja nur Tee und Rosenwasser. Als dann der Sechste kam, hab isch mal nachjefragt, und dann wurde mir jesagt, et jibt Efes Pilsen, und dat schmeckt ja wie eine Mischung aus Gaffel und Sünner Kölsch, also hab isch jedacht: Hermann, da biste mal tolerant, und außerdem sag isch immer: Einem jeschenkten Bier schaut man nit ins Visier – haha, kleiner Spaß, muss auch mal sein. Weil sonst sagt man ja Gaul und Maul, ne, aber isch hab dat umjetextet auf Bier; und weil sisch Maul ja nit auf Bier reimt, kam isch dann auf Visier, hahahaha. Kam mir einfach so unter der Dusche, die Idee, ja, isch weiß auch nit, wo isch dat immer herhole, isch meine, dat is Talent – der eine hattet, der andere hattet nit. Isch hab et halt – da bilde isch mir jar nix drauf ein, dat is halt einfach so. Bier – Visier, hahaha, isch schmeiß misch weg. Nee, isch bin schon ne Marke.«

Während Aylin von mindestens vierzig Frauen umschwärmt wird, die alle mit spitzen Schreien und großen Gesten ihr Kleid bewundern, lache ich noch einmal höflichkeitshalber über den Bier-Visier-Reim und schiebe mich dann weiter durch die Menge, bis ich meine Eltern erblicke, die mit Dimiter Zilnik, Ingeborg Trutz und Oma Berta bereits an einem der riesigen Tische Platz genommen haben. Im Vergleich zu den gestylten türkischen Gästen wirkt mein Vater mit seinem Cord-Jackett fast wie ein Obdachloser – meine Mutter scheint in ihrem beigefarbenen Hosenanzug von einem anderen Planeten zu stammen als die wandelnden türkischen Farbexperimente. Als sie mich sieht, springt sie auf und umarmt mich:

»Ich freue mich ja so, dass ihr's euch anders überlegt habt! Was war denn los? Warum habt ihr euch denn gestritten? Und wie habt ihr euch versöhnt? Und wo? Was hast du überhaupt gegen die türkische Familienkultur gesagt? Ach, Schwamm drüber, du, ich glaube, du hast dich erkältet, deine Nase ist ganz rot. Aber die Halle hier ist ja umwerfend, das wirkt wie eine postmoderne Pop-Art-Parodie. Also, wenn man's unter satirischem Blickwinkel sieht – phantastisch!«

Wie mir Aylin auf der Fahrt erzählte, hat Cem die komplette Ausstattung vom ersten Mal aus Rheda-Wiedenbrück zurückgekauft, während Kenan gleichzeitig bei eBay das Zubehör einer großen Christopher-Street-Day-Party ersteigert und Frau Denizoğlu ein Tüll-Lager in Köln-Kalk leergekauft hat. So war plötzlich die dreifache Menge an Deko-Material da, und es wurde *alles* verwendet.

Ich schaue mich zum ersten Mal in Ruhe um: Es sieht aus, als wäre Bayern-König Ludwig II. wiederauferstanden, weil ihm Schloss Neuschwanstein nicht kitschig genug war, und hätte die Ausstatter von Disney World mit dem Ästhetik-Komitee des Sissi-Fanclubs zusammengebracht, um gemeinsam den schwulsten Raum aller Zeiten zu erschaffen. Das Lichtkonzept besteht aus einer Kombination aus mit rosa Folie zugeklebten Neonröhren und der kompletten Jahresproduktion einer chinesischen Lichterkettenfabrik. Die Tische quellen über vor roten, goldenen, weißen und silbernen Tüchern, Kerzen in allen denkbaren Farben und Formen (darunter die lustigen Tier-Kerzen aus London) und Deko-Kitsch wie glitzernde Rehe, rosa Gartenzwerge und orientalisch geformte silberne, goldene und bronzene Vasen, in die künstliche, mit Glitzerspray überzogene Blumen gesteckt wurden. Wände und Decke sind hinter mehreren Schichten Tüll verborgen, und die letzten freien Millimeter werden von Flachbild-Monitoren ausgefüllt, auf denen man das Treiben in anderen Ecken der Halle bewundern kann – die gesamte Feier wird nämlich, das hat Kenan organisiert, parallel mit fünf fest installierten und drei Handkameras gefilmt, an einem Mischpult geschnitten, auf die Monitore gespielt sowie über den Hochzeitssender Düğün TV live in die Türkei übertragen und kann nach der Feier für 39 Euro auf DVD sofort mitgenommen werden. Auf einer Bühne, die aussieht wie die Kulisse für *Captain Cook und seine singenden Saxofone* beim Grand Prix der Volksmusik, sitzen sechs Musiker an fünf Keyboards und einem Schlagzeug, trinken Tee, und drücken alle zehn Sekunden irgendeine Taste, die bewirkt, dass der orientalische Klangteppich, der die ganze Zeit durch den Saal wabert, eine neue Nuance bekommt.

Jetzt wendet sich Oma Berta an mich:

»Gut, dass du kommst, Daniel. Gleich spricht der Führer.«

»Berta, der Führer ist seit über sechzig Jahren tot.«

»Wie, der ist tot? Der hat gestern noch eine Fernsehansprache gehalten.«

»Berta, das war nur ein Film, in dem Bruno Ganz Hitler gespielt hat.«

»Der hat den Führer gespielt? Auweia! Wenn das rauskommt, wird der bestimmt erschossen.«

Während mein Vater seine Mutter beiseitenimmt und ihr erklärt, in welchem Jahr wir uns befinden, umarmt mich Ingeborg Trutz theatralisch:

»Daniel, ich gratuliere dir – du, der Raum ist phantastisch, phan-taaaas-tisch. Also, es macht mich zwar traurig, wenn ich daran denke, dass man mit dem Geld, das diese Feier kostet, mindestens 1000 Katzen retten könnte, aber lass dir davon nicht die Freude verderben – du hast es dir verdient. Ich fühle eine gaaaaanz intensive positive Energie, wenn ich an dich und Ayşe denke!«

»Aylin.«

»Hab ich Ayşe gesagt? Hach, mein Gehirn ist durchlöchert wie die Mauern von Sarajevo im Jugoslawienkrieg.«

Es ist schwer, das Bild der nackten Ingeborg aus dem Kopf zu kriegen, auch wenn sie heute ein Kleid aus aneinandergenähten Stoffresten trägt – die künstlerisch ambitionierte Variante eines Lappenclown-Kostüms. Dimiter Zilnik hat die 1,5-Promille-Grenze noch nicht erreicht und sagt insofern erst mal gar nichts, sondern versucht, sein blechernes Husten als weitere Sound-Nuance in den orientalischen Klangteppich einzuweben. Meine Eltern, Ingeborg und Dimiter sind als Einzige in den Fake eingeweiht – das musste ich tun, weil unser Standesbeamter auch in

Dimiters *Romeo-und-Julia*-Inszenierung mitspielt. Er stellt dort einen serbischen Kriegsverbrecher dar, der am Ende in eine Kanone uriniert.

Ich gehe weiter und treffe die Denizoğlus. Während Herr Denizoğlu den obligatorischen schwarzen Glanzanzug trägt, hat seine Frau ein leuchtend rotes Abendkleid an. Sie umarmt mich mit großem Pathos und Tränen in den Augen:

»Daniel, vallaha, ich bin unheimlich froh, dass hat doch noch geklappt alles, vallaha, ich war wahnsinnig traurig wegen abgesagte Hochzeit, aber jetzt vallaha, ich bin so froh, kannst du dir nicht vorstellen, wie froh, vallaha billaha ... Komm her, mein Sohn.«

Jetzt nimmt Frau Denizoğlu die Haut meiner Wangen in beide Hände und schüttelt daran – offensichtlich mit dem Ziel, mir eine Gehirnerschütterung zu verursachen. Dann kneift sie mir noch ins Kinn und ins Ohrläppchen, bevor sie mich so fest an sich drückt, dass mein von der Fahrt zerknittertes Hemd dabei geglättet wird. Diese Gesten in Kombination mit der Tatsache, dass sie mich als ihren Sohn bezeichnet, werte ich als dezente Hinweise, dass sie mich immer noch liebt.

Herr Denizoğlu klopft mir auf die Schulter:

»Mein Sohn ... heute ist für mich wunderbare Tag ...«

»Für mich auch.«

»... weil Trabzonspor hat gewonnen 1:0 bei Antalyaspor.«

»Toll, herzlichen Glückwunsch.«

»Ach ja – für dich auch herzlichen Glückwunsch!«

»Zur Hochzeit?«

»Nein, weil 1. FC Köln hat gespielt 2:2 in Frankfurt.«

Wenig später treffe ich direkt neben einer gigantischen silbernen Vase, in der sich in fast zwei Metern Höhe mit goldenen Pailletten beklebte violette Stoffblumen befinden, auf Jupp und Ralf Süffels, die gerade von Onkel Abdullah in sein Sommerhaus am Schwarzen Meer eingeladen werden. Jupp legt mir sofort den Arm auf die Schulter und zieht mich beiseite:

»Hör mal, Jung, dat jeht aber nit.«

»Was?«

»Efes Pilsen bei einer Hochzeit in Köln.«

»Äh, hier ist Leverkusen.«

»Für misch existiert kein Leverkusen. Ejal, wenn ein Kölscher wie du Hochzeit feiert, dann muss et Kölsch jeben. Isch hab jrad mal den Pitter anjerufen, der bringt ein Fünfzig-Liter-Fass vorbei. Keine Ursache, ist selbstverständlich. Du, hör mal, ich war gestern in der NDR-Talkshow zu Gast, heute Morgen hatte ich schon über 500 000 Klicks bei YouTube, und heute Mittag kamen Einladungen zu *TV Total* und *Willkommen bei Carmen Nebel*. Jung, ejal wo du bist, ob in Köln, in der Türkei oder am Nordpol – wenn du Kölsch brauchst, ruf misch an, und du kriegst so viel, wie du willst.«

Als die Musik plötzlich stoppt, merke ich: Der große Moment ist gekommen. Zwei vergoldete Stühle werden auf die Bühne gestellt. Aylin und ich nehmen Platz. Als der von mir engagierte Schauspieler zum Mikrofon schreitet, kommt mir das irgendwie surreal vor, aber ich genieße jede Sekunde. Gestern hatte ich die Traumhochzeit für meine deutsche Seele – und es hätte definitiv etwas gefehlt, wenn nicht heute das türkische Mega-Event gefolgt wäre. Im Publikum sehe ich, dass Ralf und Jupp Süffels mit Mark und Tanja an einem Tisch sitzen. Alle vier zeigen mir jetzt den gestreckten Daumen. An den Tischen der türkischen Familie entsteht kurz Unruhe, weil zwei Tanten beleidigt aufstehen und den Platz wechseln, als Onkel Abdullah sich setzt. Der Schauspieler, Gerd Erdmann, nimmt das Mikrofon.

»So, ich darf mich kurz vorstellen: Mein Name ist Heribert Fassbender, und ich bin Standesbeamter der Stadt Köln.«

Warum nennt er sich wie der ehemalige ARD-Sportchef, Moderator der *Sportschau* und ungeschlagener Meister des gelangweilten Spielkommentars? Egal, wird schon niemandem auffallen.

»Ich konnte die Personalien überprüfen und ihre Richtigkeit feststellen, und deshalb sage ich nun: Lllllllllet's get ready to rrrrrummmmblllleeeeee ...«

Ja, ist der denn von allen guten Geistern verlassen? Erst nennt er sich Heribert Fassbender, und jetzt imitiert er Michael Buffer. Man sollte Schauspieler nie ohne Regisseur agieren lassen.

»Also, ich frage zunächst die anwesende ... äh ...«

Er lässt sich von Aylin ihren Namen ins Ohr flüstern.

»... Aylin Denizoğlu: Wollen Sie den hier anwesenden Daniel Hagenberger zum Mann nehmen, ihn lieben und ehren, in guten wie in schlechten Zeiten, bis dass der Tod euch scheidet ...«

Das ist zwar der kirchliche Text, aber solange er Gott nicht erwähnt, wird es wohl durchgehen.

»... so antworten Sie in Gottes Angesicht laut und vernehmlich mit ›Ja‹.«

Aylin lächelt.

»Ja, ich will.«

»Und wollen Sie, äh, Daniel Hagenberger, die hier anwesende ... Aylin äh ... Duru ... lolu zur Frau nehmen, sie lieben und ehren, in guten wie in schlechten Zeiten, bis dass der Tod euch scheidet, so antworten Sie in Gottes ...«

Ich habe ihm einen warnenden Blick geschickt, damit er Gott nicht noch mal erwähnt, aber er hat es eine Nuance zu spät gemerkt. »... äh, und natürlich auch in Allahs Angesicht ... laut und vernehmlich mit ›Ja‹.«

»Ja, ich will.«

»Kraft des mir von Gott, nein, von äh der Stadt Köln verliehenen Amtes erkläre ich Sie hiermit zu Mann und Frau. Sie dürfen die Braut jetzt küssen.«

Ich lüfte Aylins Schleier und küsse sie unter dem Applaus von 1200 Gästen – ein erhebendes Gefühl. Heribert Fassbender schüttelt uns die Hände und verlässt die Bühne. Eigentlich war die Performance keine 100 Euro wert, aber der euphorische Applaus zeigt, dass Familie, Freunde und wer sonst noch so heute hier ist, bereitwillig über die kleinen Unstimmigkeiten hinwegsehen.

Onkel Abdullah hebt jetzt eine Holzkiste an, die vor dem geöffneten Eingangstor steht. Es kommen zehn weiße Tauben zum Vorschein, die sich sofort majestätisch in die Luft erheben, begleitet von Hunderten ergriffener Oooooohs und Aaaaaaahs. Onkel Abdullah beweist ausgesprochenen Sinn für romantische Momente, als er einer der Tauben, die nicht sofort losfliegt, mit einem beherzten Tritt Starthilfe gibt.

Als ich Aylin zulächle und den Moment genießen will, platzt

fast mein Trommelfell, weil die Band spontan das Tarkan-Lied *Şıkıdım* in voller Lautstärke aus dem Keyboard-Speicher in die Lautsprecher befördert. Dann werde ich erneut Zeuge eines Weltrekords: In weniger als zwei Sekunden ist eine leere Tanzfläche mit über 900 Leuten gefüllt, die ihre Hüften kreisen lassen und schnipsen.

Ich bin mal wieder beeindruckt, wie sich Türken bewegen können. Selbst Kleinkinder zeigen eine natürliche Geschmeidigkeit, als hätten sie schon in der Gebärmutter jeden Tag Unterricht erhalten. Einige wenige Gäste sitzen noch an den Tischen: alte, gebrechliche und deutsche.

Nach ein paar Minuten wagt sich mein Vater auf die Tanzfläche und versucht zu zeigen, dass er sich genauso locker bewegen kann wie die Türken – wobei es für mich eher so aussieht, als hätte Joe Cocker kurz nach einer Hüft-OP eine Dose Ecstasy-Pillen verschluckt. Wenig später folgen meine Mutter und Ingeborg Trutz. Meine Mutter hüpft fröhlich auf der Stelle und schafft es – im Gegensatz zu den sinnlich mit der Hüfte kreisenden Türkinnen –, jegliche Erotik aus ihrer Tanzperformance herauszuhalten; das hat seine ganz eigene Qualität. Ingeborg Trutz hingegen zieht zunächst ihre Schuhe aus und bewegt sich dann theatralisch-esoterisch, wobei sie aus irgendeinem nicht nachvollziehbaren Grund wild mit den Armen über ihrem Kopf herumfuchtelt. So beweist sie eindrucksvoll, dass man die Stimmung der Musik auch komplett ignorieren kann, wenn man nur genügend Ideen für sinnlose Bewegungen in sich trägt. Dimiter Zilnik sitzt mit Oma Berta am Tisch und zieht an seiner Zigarre. Er ist seit seiner Geburt überzeugter Nichttänzer und wird es auch für den Rest seines Lebens bleiben.

Eine Stunde lang wird geschnipst, gehüftkreist und gehüpft, dann stoppt die Musik, weil das Essen aufgetragen wird: Mindestens dreißig Kellner schieben große Metallgestelle in den Saal, auf denen sich vorbereitete Teller mit Reis und gigantischen Fleischbergen befinden. Als eine halbe Stunde später die Teller leer gegessen sind, sehe ich zu meinem Entsetzen, wie mein Vater in Richtung Bühne marschiert. Ich ahne Schlimmes und kann nichts dagegen tun – es ist wie in einem Bond-Film, wenn 007 gefesselt ist und mit ansehen muss, wie der Oberschurke die Welt zerstört. Mit dem Unterschied, dass James Bond im Gegensatz zu mir die Katastrophe in der letzten Sekunde abwenden kann. Mein Vater ergreift das Mikrofon und räuspert sich eine halbe Minute lang, während er diverse Zettel sortiert – dann nimmt das Unheil seinen Lauf:

»Liebe Hochzeitsgäste. Benim adım Rigobert. Das bedeutet: Mein Name ist Rigobert. Da ich noch ganz am Anfang meiner Bemühungen um die türkische Sprache stehe, war ich leider gezwungen, auf diese klischeehafte Begrüßungsformel zurückzugreifen, und muss den Rest meiner gut zwanzigminütigen Rede nun auf Deutsch halten.«

Zwanzig Minuten? O neeeeeeiiiiiiiiiiiiiiiiiinnnnnnnnnn!!!!

»Zunächst einmal möchte ich darauf hinweisen, dass, obwohl die Türken bekanntlich nicht zu den verfolgten Minderheiten im Dritten Reich gehörten, ...«

Mist, jetzt habe ich nicht gestoppt. Dabei waren es höchstens zwanzig Sekunden, das wäre neuer Rekord bei Festreden!

»... mir bewusst ist, dass die muslimische Minderheit in Deutschland zum Teil erheblichen Diskriminierungen ausgesetzt wird ...«

Da ist es, das Moslem-Thema. Das ist mein Stichwort! Mein Magen krampft sich zusammen: Die Zeremonie war eine sympathische kleine Lüge für die Familie. Jetzt wird es Zeit für die Wahrheit. Ich stürme auf die Bühne und nehme meinem Vater das Mikrofon aus der Hand:

»Entschuldigung, Rigobert, aber ich muss eine kurze Zwischenansage machen.«

Mein Vater schaut mich irritiert und leicht beleidigt an.

»Tja, da mein Vater das Thema gerade angeschnitten hat, möchte ich euch jetzt noch etwas mitteilen.«

Alle schauen mich erwartungsvoll an. Ich kann meinen Puls hören – er hat den Takt von Speed-Metal angenommen. Was ist der Preis meiner Ehrlichkeit? Bald werde ich schlauer sein. Mein Mund wird trocken.

»Ich möchte zunächst einmal betonen, wie dankbar ich dafür bin, dass mich die Familie Denizoğlu und die gesamte Verwandtschaft so herzlich aufgenommen haben. Allerdings gibt es etwas, das mich in den letzten Tagen gequält hat, und zwar ... also, ich habe euch nicht die Wahrheit gesagt. Und die Wahrheit ist: Ich bin kein Moslem.«

Totenstille im Saal – nur das Gurren einer Taube, die sich in den Saal verflogen und in einer orangen Tüllbahn verheddert hat, ist zu hören.

»Und außerdem bin ich auch kein Kriegsheld.«

In die Augen meines Vaters tritt eine völlige Leere. Offensichtlich kann er meine Sätze nicht in das ihm bekannte Universum einordnen. Aber das ist mir im Moment egal:

»Die Urkunde war ein Gag, den sich meine Kollegen ausgedacht haben.«

Ich höre Karls Lache und sehe ihn an einem Tisch mit Ulli, Lysa, Kleinmüller und Emine. Ansonsten eisiges Schweigen. Hunderte Türken starren mich ungläubig an. Ich schaue zu Aylin, die mir zulächelt und aufmunternd nickt, obwohl auch sie angespannt ist. Ich weiß nicht mehr, was ich sagen soll, und gebe das Mikro meinem Vater zurück, der verwirrt hineinstammelt:

»Nun, das ... äh ... was ... also ... Kriegsheld?«

In diesem Moment sehe ich, dass Cem zur Bühne kommt. Will er seine Hochzeit ankündigen? Diesmal ist er es, der meinem verdutzten Vater das Mikro aus der Hand nimmt:

»Ich habe euch auch etwas zu sagen. Eigentlich wollte ich jetzt meine Verlobung mit Fatma bekannt geben. Aber Daniels Mut hat auch mir Mut gemacht, zur Wahrheit zu stehen. Und die Wahrheit ist: Ich bin schwul.«

Fassungslosigkeit im Saal. Chrístos schreit spitz auf und zieht die Blicke auf sich. Herr und Frau Denizoğlu strahlen eine ähnliche Begeisterung aus wie beim Nacktauftritt von Ingeborg Trutz. Aber Cem ist noch nicht fertig.

»Und ich habe eine Beziehung mit einem Griechen.«

Frau Denizoğlu sackt ohnmächtig in sich zusammen und kommt erst wieder zu sich, als ihr Mann eine halbe *Kolonya*-Flasche in ihr Gesicht gespritzt hat. Ihre Schnappatmung ist außer der kreischenden Taube, die jetzt von einem Tüllschleier umhüllt auf das Schlagzeug kracht, das einzige Geräusch im Saal. Die Zeit dehnt sich. Es scheint wie die Ruhe vor dem Sturm, die nur von Oma Berta kurz unterbrochen wird:

»Warum sind denn alle so ruhig? Ist schon wieder Fliegeralarm?«

Weiterhin angespannte Stille. Ich habe keine Ahnung, was hier gleich losbricht. Als ich gerade fürchte, dass der dritte Weltkrieg in diesem Saal seinen Anfang nehmen könnte, fängt irgendwer lauthals an zu lachen. Dann stimmen mehrere mit ein. Schließlich lacht der ganze Saal. Cem kann es nicht fassen:

»Nein, ehrlich. Ich bin schwul, und mein Freund ist Grieche.«

Es folgen geradezu hysterische Lachstürme. Cem und ich gucken uns ratlos an. Aylin zuckt mit den Schultern und fängt dann auch an zu kichern. Onkel Mustafa stürmt auf die Bühne und reißt das Mikro an sich:

»Und ich wurde entführt von Außerirdischen.«

Jetzt ist der Saal nicht mehr zu halten. Ohrenbetäubende Lacher, Pfeifen und Applaus. Ich beginne zu begreifen. Ein Outing braucht zwei Seiten: eine, die sich outet, und eine, die dafür bereit ist.

Als sich das Lachen langsam wieder beruhigt, nimmt mein Vater das Mikrofon wieder an sich und wirkt verwirrt:

»Nun, ich nehme an, dass das Sich-Outen auf Hochzeiten eine türkische Tradition darstellt, die mir allerdings bis heute nicht ... äh ... aber um auf mein Thema zurückzukommen: Gerade aufgrund unserer Geschichte als Deutsche bin ich, also sind *wir*, also Erika und ich ... wobei das ›Wir‹ in diesem Falle einen Gesinnungskonsens in dieser historisch so wichtigen Frage ausdrücken soll und nicht etwa das blinde Verschmelzen der Meinung innerhalb einer Ehe, wie es in unemanzipierten Verhältnissen ... egal. Auf jeden Fall ... äh, tut mir leid, ich bin ein bisschen verwirrt, von äh ... Daniel, warum hast du gesagt, dass du kein Moslem bist? Egal, zurück zum Thema ...«

Niemand hört meinem Vater zu. Überall wird jetzt aufgeregt getuschelt. Plötzlich brechen an einem der Familientische wilde Diskussionen los. Offensichtlich hat sich irgendeine Tante neben irgendeine andere Tante gesetzt, die mit ihr nicht mehr spricht. Innerhalb von Sekunden bilden sich Fronten, und ein Tumult entsteht: Mehrere Männer wollen schlichten und geraten dabei aneinander, werden von anderen Männern festgehalten, die dann ihrerseits aufeinander losgehen wollen. Mein Vater kriegt von alldem nicht mal ansatzweise etwas mit:

»... und obwohl Hitler eine gewisse Sympathie für Atatürk und die Türkei gehegt hat, sehe ich die Ehe zwischen Daniel und Aylin nicht in dieser Tradition, sondern, äh, in einer neuen Form der deutsch-griechischen Freundschaft ... also, äh ... ich meine natürlich die deutsch-*türkische* Freundschaft ... nun ja ...«

Die Aufmerksamkeit von Herrn Denizoğlu ist zu 100 % von der drohenden körperlichen Auseinandersetzung am Familientisch absorbiert, sodass er den Griechen-Fauxpas erst beim gemeinsamen Anschauen der Hochzeits-DVD zu sehen bekommen wird – ich freue mich jetzt schon drauf. Als der erste Mann gegen einen Tisch geschubst wird und mehrere Teller krachend auf dem Boden landen, riecht es nach Massenschlägerei, bis Aylins Cousine Gül zur Bühne rennt und mittlerweile die Vierte ist, die meinem verdutzten Vater das Mikro aus der Hand reißt:

»Wir müssen schnell in die Uniklinik – meine Mutter hatte einen Rückfall.«

Nach einer kurzen Schrecksekunde stürmen gut 400 der 1200 Hochzeitsgäste unter hysterischem Gezeter zum Ausgang und rennen sich dabei fast gegenseitig über den Haufen. Die Kaffeesatzlese-Emine, die ihre gut neunzig Kilo in ein viel zu enges grünes Satinkleid gezwängt hat, lässt eine Mischung aus Sorge und Triumph vernehmen:

»Ich habe gewusst ... Ich habe gewusst.«

Ich schaue Aylin fragend an, sie nickt besorgt – auch wir gehen. Als wir am Tisch meiner Eltern vorbeikommen, sehe ich, dass meine Mutter das Treiben ebenso fasziniert beobachtet wie Ingeborg Trutz und Dimiter Zilnik, der sich bereits Notizen macht. Mein Vater steht hilflos mit dem Mikro auf der Bühne:

»Nun ja ... Also, manchmal, da ... äh ... treten unvorhergesehene Ereignisse ein und machen eine geplante Rede ... äh, eigentlich überflüssig. Lassen Sie mich dennoch zu meinem Hauptgedanken zurückkehren ...«

In diesem Moment drückt einer der Musiker auf sein Keyboard, und das türkische Eurovisions-Gewinner-Lied von 2003 *Everyway that I can* dröhnt in ohrenbetäubender Lautstärke los. Eine Zehntelsekunde später ist die Tanzfläche voll. Ich brülle Aylin ins Ohr:

»Was meinst du? Soll ich bei unseren Gästen bleiben, und du fährst ins Krankenhaus?!«

»Entscheide du. Du bist der Boss.«

»Tja, also, ich bin nicht ganz sicher, was jetzt ...«

»Okay, du kommst mit.«

»Okay.«

Mir wird endgültig klar, dass ich zwar offiziell der Boss bin, dass dieser Titel aber nie auch nur ansatzweise eine inhaltliche Bedeutung hatte, hat oder haben wird. Es hört sich einfach nur gut an. Aber das ist ja auch was Feines.

Als Aylin und ich den Saal verlassen, sehe ich, dass mein Vater mit einer wegwerfenden Handbewegung von der Bühne geht und daraufhin von einer Frau in einem rosaroten Glitzerkleid auf die Tanzfläche gezerrt wird. Aylin und ich eilen zur Limousine und fahren - mal wieder - zur Uniklinik.

46

26 Stunden, 45 Minuten nach der echten und 2 Stunden nach der Fake-Hochzeit.

Bis vor einer Viertelstunde war Aylin der Mittelpunkt des Abends – jetzt ist sie genau wie ich Teil einer Menge von 400 hysterisch-besorgten Türken, die sich durch die viel zu kleine Eingangstür des Herzzentrums quetscht. Ich werde mit einem solchen Druck an Onkel Mustafa gepresst, dass ich mit meinem Brustkorb seinen Puls messen kann. Da dieser mindestens 180 beträgt, versuche ich ihn ein wenig abzulenken:

»Das war gut eben. Von Außerirdischen entführt ... Super-Idee.«

»Was heißt Idee? Ich wurde wirklich entführt von Außerirdischen.«

»Ah. Ach so. Ja dann, äh ... Okay.«

Als wir endlich im Foyer sind, stürmt Aylins Familie die Treppe hoch, während ich – offenbar habe ich meinen deutschen Ordnungssinn doch noch nicht überwunden – mich erst mal zum Info-Schalter begebe. Dort sitzt zu meiner großen Überraschung: Hermann Töller.

»Herr Töller – waren Sie nicht gerade noch bei unserer Hochzeitsfeier?«

»Tja, isch hab Dienst ab 22 Uhr, da musste isch schon nach zehn Efes weg. Aber dat ihr extra für misch die Feier verlegt – dat wäre doch nit nötisch jewesen. Hahaha, kleiner Spaß, muss auch mal sein.«

»Wo liegt denn Frau Kılıçdaroğlu jetzt?«

»Wer ist denn Frau Kılıç ... ach, Sie meinen Tante Emine?!«

»Ja.«

»Zimmer 347. Aber isch glaube, da kommense heute schwerer rein als in die Lachende KölnArena ... Wobei, da kann isch Ihnen noch Karten besorgen, kein Thema, weil mein Schwager, der Wilbert, der kennt ja den Jupp von den Roten Funken, und der ist mit dem Schlagzeuger der Höhner befreundet, dem Janus Fröhlisch ...«

Ich zucke mit den Schultern und eile in den dritten Stock, wo ich nicht lange nach dem Zimmer suchen muss, weil der Gang voller Familienmitglieder ist und es weder vor noch zurück geht. Aylin steckt zehn Meter näher am Zimmer zwischen ihrem Vater und Tante Ayşe fest, während ihre Mutter ihr von hinten *Kolonya* in den Nacken spritzt.

Aylins Cousine Ayşe sieht uns:

»Aylin, Daniel – Tante Emine will euch sehen.«

Nun teilt sich die Familie vor uns wie das Rote Meer vor Moses, und unzählige Arme schieben uns zu Zimmer 347. Es ist ein surreales Erlebnis, in einem sterilen engen Korridor durch eine hysterische türkische Hochzeitskostümparade geschoben zu werden. So ungefähr müssen sich die Pferde im Kölner Rosenmontagszug fühlen. Als Aylin und ich das Zimmer betreten, verlassen Emines Töchter Orkide und Gül sowie ihr Sohn Kenan sofort den Raum und lassen uns mit ihrer Mutter allein. Aylin stürzt besorgt zu ihrer Tante:

»Teyze, ne oldu? Nasılsın? Ben çok korktum!«*

Tante Emine lächelt milde.

»Mache keine Sorgen, Kinder! Setzt euch.«

Aylin und ich nehmen uns zwei Stühle und platzieren uns neben dem Bett. Tante Emine nimmt Aylins Hand:

»Meine Kinder, ich kenne unsere Familie. Macht immer viel Stress. Und waren alle sehr aufgeregt wegen meine Herzinfarkt, deshalb noch mehr Stress. Dann ich habe zu Gül gesagt: Wenn gibt Problem auf Hochzeit, du musst sagen, ich habe Rückfall, damit alle werden wieder vernünftig.«

* Tante, was ist passiert? Wie geht es dir? Ich habe solche Angst gehabt!

Ich bin fassungslos:

»Also hast du gar keinen Rückfall?«

»Nein.«

»Aber die Familie macht sich große Sorgen.«

»Werden schon sehen, dass ich sterbe nicht. Ist gut, wenn machen sich bisschen Sorgen, dann sehe ich, ich bin nicht egal für sie.«

Tante Emine lacht. Aylin seufzt erleichtert und weint:

»Seni çok seviyorum Teyze.«*

Ich weiß nicht genau, warum, aber auch meine Augen werden feucht:

»Danke, Tante Emine, dass du für uns einen Rückfall vorgetäuscht hast. Ich bin mir zwar nicht sicher, ob ich deine Methode weiterempfehlen kann, aber ich weiß, du hast es für uns getan.«

Nachdem Tante Emine meine Wange geschüttelt und mein Kinn gezwickt hat, nimmt sie meine Hand:

»Daniel ... Mein Kinder haben erzählt, dass du hast gemacht Witz auf Hochzeitsfeier. Hast gesagt, du bist kein Moslem. Sag mal ... bist du jetzt Moslem oder nicht?«

Ich lächle Tante Emine an. Ich spüre, dass sie mich in ihr Herz geschlossen hat. Als Moslem? Oder als Daniel? Ich gucke ihr tief in die Augen.

»Ist das wirklich wichtig?«

Sie drückt meine Hand fester.

»Nein.«

Vor dem Zimmer hat sich die Familie inzwischen ein wenig beruhigt, weil die Kaffeesatzlese-Emine gerade im Kaffeesatz gelesen hat, dass Herzinfarkt-Emine außer Gefahr ist. Trotzdem steht ihnen der Schock noch in die Gesichter geschrieben.

Als ich am Ende des Korridors Prof. Dr. Meyer erblicke, denke ich, dass es nicht schaden kann, wenn auch er die Wahrheit erfährt. Ich kämpfe mich zu ihm durch:

»Prof. Dr. Meyer? Ich wollte nur sagen, dass Frau Kılıçdaroğlu ... also sie hat nur ...«

* Ich liebe dich sehr, Tante.

Plötzlich denke ich: Er ist Arzt. Er wird die Wahrheit schon selbst herausfinden. Aylins Familie hat bisher mit ihrem Verhalten überlebt, und ich kann das auch einfach mal so stehen lassen. Prof. Dr. Meyer erkennt mich nicht wieder und schaut mich irritiert an:

»Gehören Sie zur Familie?«

Also was jetzt? Gehöre ich zu diesen Menschen? Die einen Herzanfall vortäuschen, um einen Streit zu beenden? Die die Zufahrt zum Krankenhaus blockieren, um schneller bei ihrer Tante zu sein? Die innerhalb einer Zehntelsekunde hysterisch werden können und für die die Wahrheit nicht mehr ist als eine mögliche Option unter vielen? Vor einer Woche konnte ich diese Frage nicht beantworten.

Aber jetzt sehe ich Aylin, die mir verliebt zulächelt. Ich sehe, wie sich Frau Denizoğlu zum hundertsten Mal eine Ladung *Kolonya* ins Gesicht klatscht, und muss an die innige Umarmung von vorhin denken; und dass sie mich als ihren Sohn bezeichnet, obwohl sie meinetwegen die Schamhaare von Ingeborg Trutz sehen musste. Dann fällt mein Blick auf Herrn Denizoğlu und Onkel Abdullah, die sich gegenseitig aufmunternd auf den Rücken klopfen und mir dann mit traurigem Blick zulächeln. Ich schaue auf Aylins Bruder Cem, auf die Cousinen, Cousins, Tanten und Onkel, die aus einem einzigen Grund heute hier sind: Sie sind eine Familie. Sie sind zwar bescheuert und treiben sich gegenseitig in den Wahnsinn, aber in der Krise halten sie zusammen.

Vielleicht werde ich sie niemals zu 100% verstehen. Vielleicht werden auch sie nie ganz begreifen, was ich denke und fühle. Warum ich meine Zlatko-Skala brauche, gelegentlich mit der Stimme von Udo Lindenberg rede und Angst habe, meine eigene Unterschrift nicht hinzukriegen, wenn sie bei einer EC-Cash-Zahlung verlangt wird.

Aber ich habe mit diesen Menschen ein seltsames Weihnachtsfest, zwei Hochzeitsabsagen, einen Herzinfarkt, mehrere Nahtoderfahrungen im Auto, eine Dimiter-Zilnik-Inszenierung, die Rede meines Vaters, mein Outing als Nicht-Moslem und Nicht-Kriegsheld, Cems Outing als schwuler Liebhaber eines Griechen, eine

Prügelei und einen vorgetäuschten Rückfall überstanden, und wir lieben uns immer noch – was bitte kann uns jetzt noch erschüttern?

Ich weiß, jeder Tag mit ihnen wird ein Abenteuer werden. Es wird nicht alles so laufen, wie ich es mir wünsche. Es wird auch nicht alles so laufen, wie sie sich das wünschen. Aber geht es nicht auch darum in der Liebe? Dass man Unterschiede zulässt und nicht versucht, den anderen zu verbiegen?

Ich lächle Aylin zu und wende mich wieder an Prof. Dr. Meyer. Meine Stimme ist klar und selbstsicher, als ich sage:

»Die Antwort ist ›ja‹. Ja, ich gehöre zur Familie.«

ENDE

Danke

An erster Stelle will ich mich von ganzem Herzen bei meiner Frau Hülya bedanken. Wenn man als Autor eine Türkin mit Dramaturgieausbildung heiratet und dann Romane über die türkische Kultur schreibt, könnten einem missgünstige Menschen Berechnung unterstellen. Zumal Hülya mit einer seltenen Kombination aus Fachverstand, Liebe, guten Ideen und Instinkt meine wertvollste Beraterin war und ist. Sie besitzt außerdem die Gabe, den Finger immer genau in die Wunde zu legen, wofür man sie im ersten Moment umbringen, aber nur wenige Minuten später küssen will. Außerdem hat sie jeden Gag als Erste gehört und meine Arbeit durch zahlreiche Lachanfälle zu einem Vergnügen gemacht. Ohne sie würde es dieses Buch nicht geben. Aber ich schwöre: Als ich mich in sie verliebte, hatte ich keine Hintergedanken.

Ein großer Dank gilt meinem Lektor Martin Breitfeld. Niemand auf diesem Planeten kann Kritik so vorsichtig formulieren und doch exakt dort eingreifen, wo es nötig ist. Wenn irgendein Mensch das Zeug hat, den Nahostkonflikt zu lösen, dann er.

Außerdem danke ich Juliane Schindler für ihre Korrekturen und dem gesamten Team von Kiepenheuer & Witsch. Besonders erfreulich fand ich wieder einmal die Zusammenarbeit mit der Grafik-Abteilung, die in der Cover-Frage sehr flexibel reagiert hat.

Heike Schmidtke vom Argon Verlag hat ebenfalls wertvolle Hinweise geliefert. Danke!

Für seine dramaturgischen Tipps bedanke ich mich bei Roger Schmelzer und fordere hiermit jeden Produzenten oder Redakteur, der das liest, auf, Herrn Schmelzer unverzüglich um Rat zu fragen. Der deutsche Film könnte so viel besser werden!

Außerdem danke ich meinen Freunden Dietmar Jacobs und Thomas Lienenlüke, die mich in Momenten des Zweifels an meine Stärken erinnert haben. Teilweise sogar mit den Stimmen von Jochen Busse und Willy Brandt.

Ich danke auch meiner türkischen Familie, die mich – größtenteils freiwillig – inspiriert hat. Ich möchte aber darauf hinweisen, dass die Figuren im Roman fiktiv und frei erfunden sind. Das gilt ganz besonders für Schwager Cem.

Ebenfalls herzlicher Dank an meine Eltern, die mich stets zum Quatschmachen ermutigt haben und meinen Humor selbst dann noch fördern, wenn sie selbst zur Zielscheibe werden; aber auch an meine Tanten Ilse und Helli, die mich immer unterstützen.

Einige Menschen haben ihr Talent und Wissen als Heiler besonders liebevoll bei mir angewendet und mir so ermöglicht, das Roman-Projekt in physischer und geistiger Gesundheit zu bewältigen. Um es mit *Herr der Ringe* zu sagen: Meine Verbündeten im Kampf gegen die dunklen Mächte von Mordor: Anke Berger von Oesen, Anke Doll, Ardalan Schamlu, Natascha Lobisch und Thomas Roth.

Meine Agenten Barbara Schwerfel und Ralf Remmel halten mir immer den Rücken frei, sodass ich mich mit Buchstaben beschäftigen darf und nicht mit Zahlen. Danke!

Und schließlich danke ich den vielen Lesern von *Macho Man*, die mich durch ihre positiven Rückmeldungen ermutigt haben, weiterzuschreiben.

Wie immer habe ich Angst, jemanden vergessen und damit verletzt zu haben. Deshalb bin ich gerne bereit, meine Danksagung handschriftlich zu ergänzen:

Ich bedanke mich besonders herzlich bei

und entschuldige mich, dass ich sie/ihn (Unzutreffendes bitte streichen) vergessen habe.

Moritz Netenjakob